Karine Tuil
DIE GIERIGEN

Karine Tuil

DIE GIERIGEN

Roman

Aus dem Französischen
von Maja Ueberle-Pfaff

Büchergilde Gutenberg

Die Originalausgabe mit dem Titel
L'invention de nos vies
erschien 2013 bei den Editions Grasset, Paris.

Lizenzausgabe für die Büchergilde Gutenberg, Frankfurt am Main, Zürich, Wien
www.buechergilde.de
Mit freundlicher Genehmigung des Aufbau Verlags, Berlin

© Aufbau Verlag GmbH & Co. KG, Berlin 2014
© Editions Grasset & Fasquelle, 2013
Druck und Bindung: CPI – Clausen & Bosse, Leck
Printed in Germany 2014
ISBN 978-3-7632-6753-8

Für Ariel

»Die Liebe ist keineswegs eine so erquickliche Angelegenheit, wie alle sagen – vielleicht foltert man die Leute, damit sie das behaupten? Auf jeden Fall lügen sie alle.«
Orhan Pamuk, *Les Inrocks*, April 2011

»Hinter jedem Erfolg verbirgt sich eine Entsagung.«
Simone de Beauvoir,
Memoiren einer Tochter aus gutem Hause

»Der literarische Erfolg stellt einen kleinen Teil meiner Sorgen dar. Der Erfolg zerrinnt Ihnen zwischen den Fingern, entgleitet Ihnen allenthalben (…), und es ist mein eigenes Leben, das am Ende am meisten zählt.«
Marguerite Yourcenar
im Gespräch mit Bernard Pivot, 1979

I

1

Mit seiner Wunde hatte es angefangen, ja, mit ihr hatte es angefangen, dem letzten Stigma einer Tyrannei, der Samir Tahar sein Leben lang zu entkommen suchte: einer drei Zentimeter langen Schnittwunde am Hals, die er einmal von einem Schönheitschirurgen am Times Square mit einem Diamantschleifkopf hatte glätten lassen wollen, vergeblich, es war zu spät gewesen, er würde sie als Souvenir behalten und sie sich jeden Morgen ansehen, um sich daran zu erinnern, woher er kam, aus welcher Gegend/aus welchem Umfeld der Gewalt. *Schau hin! Fass sie an!* Sie schauten hin, sie fassten sie an, und beim ersten Mal waren sie schockiert über den Anblick und die Beschaffenheit dieser bleichen Narbe, die ihn als Draufgänger auswies, die von der Bereitschaft zu gewalttätigen Auseinandersetzungen, zum Widerstand zeugte – einer Form von Skrupellosigkeit, die, bis zum Äußersten getrieben, reine Erotik war. Eine Wunde, die er unter einem Schal, einem Seidentuch, einem Rollkragen verstecken konnte, und schon sah man nichts mehr.

An jenem Tag hatte er sie tatsächlich unter dem gestärkten Kragen seines Businesshemds versteckt, für das er garantiert 300 Dollar hingelegt hatte, sicher stammte es aus einer dieser Edelboutiquen, an denen Samuel Baron nicht mehr vorbeigehen konnte, ohne dass ihn der leise Wunsch befiel, mit der Kasse abzuhauen. Samirs ganzes Erscheinungsbild verströmte Wohlstand, Selbstzufriedenheit, Konsumorientierung, Null-Fehler-Prinzip, nichts war geblieben von seiner Vergangenheit, das verrieten auch sein hochmütiger Gesichtsausdruck und sein pseudoaristokratisches Näseln – dabei war er an der Juristischen Fakultät einer der militantesten Aktivisten der proletarischen Linken gewesen. Einer der radikalsten! Einer von denen, die ihre eigenen Demütigungen zu Waffen gegen die Gesellschaft umgeschmiedet hatten! Heute saß da ein Dandy, ein Emporkömmling, ein Spieler, ein grandioser Rhetoriker, eine *Lex Machine*. Das konnten nur ein radikaler Identitätswechsel, befriedigter Ehrgeiz, ein sozialer Aufstieg bewirkt haben – das genaue Gegenteil dessen also, was Samuel erlebt hatte. Eine Fata Morgana? Vielleicht. Das ist doch nicht wahr, dachte/betete/schrie Samuel, dieser nagelneue, hochgelobte, umschwärmte Mann kann doch nicht Samir sein, nie und nimmer ist er dieses Wesen da im Fernsehen, das sich selbst erschaffen zu haben scheint, dieser von seinen Günstlingen umschwärmte Fürst, dieser Meister der Scheinargumente. Vor der laufenden Kamera spreizte er sich, flirtete, gefiel Männern wie Frauen, wurde von allen beweihräuchert, vielleicht auch neidisch beäugt, aber doch respektiert. Im Gerichtssaal agierte er virtuos, er war einer von den Anwälten, die das Anklageverfahren kurzerhand aus den Angeln hoben, die Beweisführung ihrer Gegner mit vernichtendem Humor zerpflückten und bei alledem nicht mit der Wimper zuckten. Das kann doch nicht Samir sein, dieser scharfe Hund da in New York, auf CNN, auch wenn auf dem Bildschirm sein amerikanisierter Name in Großbuchstaben aufleuchtete, SAM TAHAR, und darunter sein

Titel, *Lawyer* – Rechtsanwalt. Und er, Samuel, hauste für 700 Euro pro Monat zur Untermiete in einer Absteige in Clichy-sous-Bois, rackerte sich acht Stunden täglich als Sozialarbeiter in einer Einrichtung für benachteiligte Jugendliche ab, denen nichts Besseres einfiel, als ihn zu fragen: *Baron, ist das ein jüdischer Name?* Abendelang surfte Samuel im Internet und las/kommentierte unter dem Namen Witold92 Einträge in Literatur-Blogs, schrieb unter Pseudonym Manuskripte, die regelmäßig zurückgeschickt wurden. *Sein großer Gesellschaftsroman? Auf den warten wir noch.* Das kann doch nicht Samir Tahar sein, so vollkommen verwandelt, kaum wiederzuerkennen, eine beigefarbene Make-up-Schicht auf dem Gesicht, den Blick in die Kamera gerichtet, mit der unnachahmlichen Souveränität eines Schauspielers/Dompteurs/Scharfschützen, die dunkelbraunen Augenbrauen mit Wachs epiliert, in einem maßgeschneiderten Markenanzug, den er vielleicht sogar für diesen Anlass gekauft hatte und der sein Publikum beeindrucken/verführen/überzeugen sollte – die heilige Dreieinigkeit der politischen Kommunikation, die man ihnen bis zum Erbrechen in ihren Seminaren eingetrichtert hatte und die Samir jetzt mit dem Dünkel und der Selbstsicherheit eines Wahlkämpfers einsetzte. Samir vertrat auf Einladung des amerikanischen Fernsehens die Familien von zwei US-Soldaten[*], die in Afghanistan gefallen waren, stimmte das Loblied auf die Interventionspolitik an, schmeichelte der populistischen Moral, spielte auf der Klaviatur der Ge-

---

[*] Santiago Pereira, 22, und Dennis Walter, 25. Pereira wollte Maler werden, ging dann aber auf Druck seines Vaters, eines hochrangigen Offiziers, zur Armee. Walter erklärte: »Für sein Land zu kämpfen bedeutet, dass man etwas aus seinem Leben gemacht hat.«

fühle und saß der Journalistin*, die ihm ehrerbietig ihre Fragen stellte – ihn befragte, als wäre er das verkörperte Gewissen der freien Welt! –, ruhig und selbstbewusst gegenüber. Offenbar hatte er dem wilden Tier, das in ihm steckte, einen Maulkorb umgebunden und die Aggression gemeistert, die lange jede seiner Gesten infiziert hatte.

Und dennoch nahm man bei der ersten Begegnung mit ihm nur diese heimliche Wunde wahr, den tragischen Widerhall des Grauens: Seine schönsten Jahre hatte Samir zwischen den dreckigen Wänden eines zwanzigstöckigen Hochhauses verbracht, zusammengepfercht mit fünfzehn, zwanzig – wer bietet mehr? – anderen, in Treppenhäusern, in die Hunde und Männer pissten. Jahrelang vegetierte er im achtzehnten Stock dahin, mit Aussicht auf die Balkons und die Wäscheleinen gegenüber, an denen Freizeitklamotten hingen – Imitate von Adidas, Nike, Puma, spottbillig gekauft oder erschachert in Taiwan/Ventimiglia/Marrakesch oder bei Emmaus vom Trödel abgestaubt –, grau verfärbte, schweißgetränkte Unterhemden, abgewetzte Slips, raue Handtücher, kunststoffbeschichtete Tischdecken, Hosen, die durch häufiges Waschen und die Bewegung des Körpers ausgebeult waren. Das ganze Zeug hing unmittelbar vor den Satellitenschüsseln, die sich massenhaft über die Dächer und Fassaden ausbreiteten, wie die Ratten, die man in den düsteren Kellerräumen aufscheuchte, in die freiwillig keiner mehr ging, aus Furcht vor Raubüberfällen/Vergewaltigungen/Angriffen, in die sich keiner mehr wagte, es sei denn, jemand bedrohte ihn mit Revolver/Messer/

---

* Kathleen Weiner, 1939 in New Jersey als Tochter eines Schusters und einer Hausfrau geboren, ergatterte einen Studienplatz in Harvard, aber ihr größter Triumph war, im Alter von sechzehn Jahren, eine angebliche Affäre mit dem amerikanischen Schriftsteller Norman Mailer.

Cutter/Schlagring/Schlagstock/Schwefelsäure/Pumpgun/ Tränengas/Karabiner/Nunchaku, und das war noch vor dem Flächenbrand im Osten gewesen, der massenhaft Kriegswaffen aus Ex-Jugoslawien ins Land spülte, welch eine Gabe des Himmels! Ein Familienausflug und hopp!, schon lag der ganze Plunder zwischen den Spielsachen im Kofferraum: Sturmgewehre, Automatikwaffen, Kalaschnikows, Uzis, Handgranaten mit elektronischem Zünder. Ganze Lager waren da im Niemandsland versteckt, und wenn einem danach war, wenn man Cash auf die Kralle gab, wenn es einen scharfmachte, konnte man auch Panzerfäuste kaufen. Und damit ging man in den Wald, feuerte ganz in Ruhe, in aller Stille, ohne Zeugen. Trainierte für den unterirdischen Krieg in den Tiefgaragen, zwischen Öl- und Urinpfützen, auch dahin ging niemand mehr, außer ein Bulle kam mit, der aber nicht mitkam, wenn ihn nicht ein anderer Bulle begleitete, der aber auch nicht mitkommen wollte. Machte sich fit für den ideologischen Krieg in den besetzten Häusern, wo großmäulige Typen von fünfundzwanzig, dreißig die Welt missbilligten/neu erfanden. Oder für den sexuellen Krieg in den feuchten, vom Gestank der Scheißhaufen verpesteten Kellern, wo Typen von vierzehn, fünfzehn reihum Minderjährige OHNE DEREN EINWILLIGUNG bestiegen, zehn, zwanzig von ihnen nahmen sich die Mädchen vor, einer nach dem anderen – man muss ihnen doch zeigen, dass man ein Mann ist, man muss doch irgendwohin mit der Wut, sagten sie dem Richter zu ihrer Verteidigung, die muss doch irgendwo raus. Oder für den Krieg der Gangs auf dem unbebauten Gelände, das in eine Kampfarena umgemodelt worden war, Tag und Nacht drängten sie sich zu Dutzenden um diesen

Kampfplatz, auf dem Pitbulls mit verklebten Augen und den Namen gestürzter Diktatoren – Hitler war besonders beliebt – aufeinander losgingen, setzten hohe Summen auf den Besten, den Wildesten, den Mörderischsten, und aufgeputscht durch das Blut/das zerfetzte Fleisch/das Röcheln, ermutigten sie das Biest, seinen Gegner in Stücke zu reißen, ihm mit seinem kräftigen Kiefer die Augen auszubeißen – während er, Samir, oben blieb und schuftete, weil er nicht ohne Perspektive, ohne Zukunft, ohne sicheres Gehalt leben wollte, weil er nicht als Putzmann/Lagerarbeiter/Lieferant/Hausmeister/Wachmann enden wollte oder im besten Fall, wenn einen der Ehrgeiz stach, als Dealer. Er hatte vor, seiner Mutter Nawel zu beweisen, dass es auch anders ging.

Nawel Tahar war Hausangestellte bei der Familie Brunet – ihr Arbeitgeber, der französische Politiker François Brunet, geboren am 3. September 1945 in Lyon, war Abgeordneter der Sozialistischen Partei, Autor mehrerer Bücher, das aktuellste trug den Titel *Für eine gerechte Welt* und verkaufte sich bestens (Quelle: Wikipedia). Nawel, eine kleine, dunkelhaarige Frau mit schwarzen Augen, war *eine Perle*, sie wusste alles über die Familie, wusch deren Wäsche, Geschirr, Fußböden und Kinder, scheuerte, putzte, polierte, saugte, zu fünfzig Prozent schwarz, arbeitete an Feiertagen und Samstagen, manchmal auch abends, um die Brunets/ihre Freunde bei Tisch zu bedienen, sozial engagierte, reizbare Freunde, die ihre Namen in der Presse suchten, die ego-googelten, um im Bilde zu sein, sobald jemand etwas über sie schrieb – gut oder schlecht, Hauptsache, man sprach über sie –, die glücklich waren, wenn sie in ganzjährig gemieteten Dachkammern junge Frauen unter dreißig vögelten, die sich Sorgen machten wegen ihres Gewichts, wegen der Börsenkurse, besessen waren vom Verlust ihrer Jugend, ihres Kapitals, ihrer Haare. Leute, die miteinander schliefen, miteinander arbeiteten, sich Posten, Ehefrauen, Geliebte zuschoben, sich gegenseitig beförderten, einander die Stiefel leckten und sich die eigenen von albanischen Huren lecken ließen, weil die *die professionellsten* waren, und wenn diese Huren dann in der Abschiebehaft landeten, wo ehrgeizige Beamte *(die Statistik!)* sie festhielten, versuchten sie ihre Beziehungen spielen zu lassen, ohne Erfolg, wie bedauerlich, sie waren angewidert von der Politik, die ihnen die Objekte ihrer Begierde entriss, ihre Hausangestellten, die Ammen, die ihre Kinder liebgewonnen hatten, die Schwarzarbeiter, die ihnen leerstehende Industriegebäude *(die Krise!)* zu Luxuslofts umbauten, in denen sie ihren Protest fortsetzten, der genau bis zur Metrostation Assemblée Nationale reichte – was dahinter lag, ging sie nichts mehr an. *Nawel, nehmen Sie doch die Reste mit, wir möchten sie nicht wegwerfen, und einen Hund haben wir nicht.*

Ja, das Unglück und der Hass von zwanzig Jahren, in denen Samir die fürchterlichsten Dinge erleben musste, hatten Spuren hinterlassen, hatten sich als tragisches Funkeln in seinem Blick eingeprägt – ein harter, verschatteter, messerscharfer Blick, mit dem er einen skalpierte, aber es half nichts, man musste ihn trotzdem lieben. Doch das alles lag vor seinem Auftritt als gemachter Mann, als beifallheischende Fernsehmarionette: Bravo, gut gemacht!

Sie war erobert. Denn Samuel saß nicht allein vor dem Fernseher, dort saßen zwei Personen, beide bemüht, ihre latente Hysterie im Zaum zu halten, zwei Komplizen in der

Niederlage – bei ihm war Nina. Sie hatte ihn geliebt, mit zwanzig, als das Spiel noch offen war, als noch alles möglich war, und welche Ziele hatten sie heute? 1. Eine Gehaltserhöhung von 100 Euro aushandeln. 2. Ein Kind bekommen, bevor es zu spät war – aber was für eine Zukunft hätte es? 3. In eine Zweizimmerwohnung umziehen, mit Blick auf einen Bolzplatz/Müllcontainer/ein verschlammtes Ufer, an dem zwei schmutzigweiße Schwäne sich angiften/dekorativ dahingleiten. 4. Ihre Schulden zurückzahlen – aber wie? Kurzfristige Maßnahme: Schuldnerberatung. Ziel: noch zu definieren. 5. In Urlaub fahren, eine Woche Tunesien vielleicht, nach Djerba in einen Club, *all inclusive*, man wird ja noch träumen dürfen.

»Schau ihn dir an!«, schrie Nina, den Blick wie hypnotisiert auf den Bildschirm geheftet, von ihm angezogen wie ein Insekt vom Schein einer Halogenlampe, an der es verglühen wird, und Samuel, fassungslos, hatte nur eine Erklärung für das, was sie da gerade sahen: Samir verschwendete keinen Gedanken mehr an die Ereignisse, die sich 1987 an der Universität von Paris abgespielt und ihn, Samuel, endgültig gebrochen hatten. Zwanzig Jahre hatte Samir Zeit gehabt, das Drama zu vergessen, das Samuel unbewusst inszeniert hatte und zu dessen Sühneopfer er geworden war, und wo tauchte er jetzt auf? Bei CNN, zur besten Sendezeit.

Sie waren sich Mitte der 1980er Jahre an der Juristischen Fakultät von Paris begegnet. Nina und Samuel waren bereits seit einem Jahr ein Paar, als sie am ersten Tag des Studienjahres Samir Tahar kennenlernten. Man konnte ihn nicht übersehen, er war neunzehn Jahre alt wie sie, wirkte aber älter: ein mittelgroßer, muskulöser Mann mit einem dynamischen Gang, ein Mann, den man auf den ersten Blick nicht besonders attraktiv fand, aber das änderte sich, sobald man mit ihm ins Gespräch kam. Man war gefesselt und dachte: So sieht männliche Autorität aus, das ist animalische Ausstrahlung, so entfacht man sexuelle Begierde. Sein ganzes Wesen verhieß Genuss, er vibrierte vor Erotik, aber es war eine aggressive, verderbliche Erotik. Das war das Verwirrendste an diesem Typ, den sie kaum kannten: Er lebte seinen Eroberungsdrang völlig offen aus. Seine Sucht nach Frauen – Sex war schon damals seine Schwäche – sprang einem sofort ins Auge, ebenso sein Talent zur unverblümten, fast mechanischen Verführung, seine sexuelle Gefräßigkeit, die er nicht einmal zu beherrschen versuchte, die er mit einem einzigen Blick auszudrücken vermochte (einem durchdringenden, starren, pornographischen Blick, der seine Absichten enthüllte und auf das geringste Echo lauerte) und die schleunigst befriedigt werden musste. Man registrierte seinen fordernden, hemmungslosen Hedonismus, sein umwerfend lässiges Auftreten. Jeder freundschaftliche oder soziale Kontakt zu einer Frau hatte für ihn offensichtlich nur dann Sinn, wenn die Möglichkeit bestand, dass daraus eine andere Art von Kontakt wurde.

Aber da war noch etwas anderes ... Man nahm eine Art Jagdinstinkt an ihm wahr, man spürte bei diesem Sohn tunesischer Einwanderer den Zorn, der von einer Kränkung gespeist wurde, und diese Kränkung war so offensichtlich, dass man sich fragte, welche Punkte in seiner Biographie und in seinen von Misstrauen geprägten Beziehungen ihn überhaupt so lange und so zuverlässig am Leben erhalten hatten. Gut, er hatte die Ambitionen seiner Mutter. Er war auf Erfolg aus, er wollte den familiären Teufelskreis der

Niederlagen und Entbehrungen, des Verzichts und der Entsagung durchbrechen, der seinen Vater das Leben gekostet, die Träume seiner Mutter zunichtegemacht und seine Familie entwurzelt hatte. Er wollte aus seinem sozialen Gefängnis ausbrechen, und wenn er die Gitterstäbe mit den Zähnen durchnagte. Ein Streber? Vielleicht ... Auf jeden Fall ein Migrantensohn, der sich nicht bescheiden wollte, der die Botschaft der Politik verinnerlicht hatte: Ihr müsst studieren, ihr müsst arbeiten. Ein Vorbild. Man beneidete den jungen Agitator um seinen anarchischen Mut und um eine intellektuelle Angriffslust, die durchaus ihren Charme hatte. Und wie hätte man ihm auch widerstehen können, wenn er leicht ironisch, aber mit herzergreifender Eindringlichkeit von seiner Kindheit in den schäbigsten Armenvierteln Londons und in der heruntergekommenen Hochhaussiedlung am Rand von Paris erzählte, von seiner Jugend in der Dienstbotenkammer und dem Umzug in einen verwahrlosten Sozialbau, und fünf Minuten später über eine Diskussion zwischen Gorbatschow und Mitterrand referierte, als wäre er dabei gewesen. Seine Stärke war sein Sinn für politische Zusammenhänge und für das Anekdotische. Er konnte ganze Abende lang Memoiren oder Nobelpreisreden lesen, er liebte Berichte über außergewöhnliche Lebensläufe, denn genau das wollte er: ein Schicksal. Die Aura, das Charisma hatte er bereits.

Für Samuel, der sich als ein einziges Bündel von Neurosen betrachtete und nur den einen Ehrgeiz besaß, seine persönliche Leidensgeschichte zu einem großen Roman zu verarbeiten, war diese Freundschaft ein Glücksfall. Denn als er Samir kennenlernte, war er völlig am Boden zerstört. Er hatte gerade auf brutale Weise die Wahrheit über seine Herkunft erfahren, und in ihm herrschte das reinste Chaos. Seine Eltern hatten ihm pünktlich zu seinem achtzehnten Geburtstag eröffnet, dass er als Krzysztof Antkowiak in Polen zur Welt gekommen war – Schluss mit der Freude über die Volljährigkeit, willkommen in der Welt der Erwachsenen. Ihm wäre es lieber gewesen, er hätte das alles nicht erfahren … Er wusste nicht, was ihn mehr schockierte: dass seine Eltern nicht seine Erzeuger waren oder dass sein richtiger Vorname von Christus abgeleitet wurde. Denn er war von einem durch und durch religionsfeindlichen Paar erzogen worden, das kompromisslos, stur und aggressiv für eine laizistische Gesellschaft eintrat und dann auf einmal zum jüdisch-orthodoxen Glauben übertrat – eine spektakuläre Umorientierung, für die es keine rationale Erklärung gab. Das allein bot schon Stoff für ein ganzes Buch. Ein paar Stunden nach seiner Geburt war Samuel von seiner Mutter Sofia Antkowiak* ausgesetzt, von Unbekannten in ein Waisenhaus gebracht und schließlich von Jacques und Martine Baron, einem französischen Ehepaar jüdischer Herkunft, adoptiert worden. Ihre Namen sind in Vergessenheit geraten, aber in den 1960er und 1970er Jahren gehörten sie zu den unermüdlichsten Agitatoren der intellektuell-politischen Protestbewegung in Frankreich. Jacques und Martine Baron, die dem assimilierten jüdischen Kleinbürgertum entstammten, waren Mitglieder des Kommunistischen Studentenverbands UEC und der Kommunistischen Partei Frankreichs, standen Alain Krivine und Henri Weber nahe und hatten seit langem jeden Iden-

---

* Die polnische Bauerntochter Sofia Antkowiak träumte davon, eine berühmte Tänzerin zu werden, wurde jedoch von einem durchreisenden Soldaten schwanger. Zwei Monate nachdem sie ihr Kind ausgesetzt hatte, warf sie sich auf der Strecke Warschau-Lodz vor den Zug.

titätsanspruch verworfen. Sie lehnten Determinismus und Herdentrieb ab – und diese Prinzipien hatten sie dazu gebracht, sich wie durch Zauberei neu zu erfinden. Sie bewegten sich im Dunstkreis der intellektuellen Schwergewichte, die die Szene beherrschten. Sie hatten gemeinsam an einer Elitehochschule studiert und erfolgreich die Prüfung abgelegt, die sie dazu befähigte, an Universitäten zu lehren. Sie unterrichteten Literatur und Philosophie, waren jung, schön, kämpferisch und hatten alles – *außer dem, worauf es ankam: einem Kind.* Jacques war zeugungsunfähig und litt sehr darunter, denn er hatte schließlich sein ganzes Leben auf die Weitergabe von Wissen ausgerichtet. Das Paar leitete ein Adoptionsverfahren ein und erhielt nach einer Wartezeit von zwei Jahren endlich einen positiven Bescheid. An jenem Abend feierten sie mit ungefähr dreißig ihrer engsten Freunde die unmittelbar bevorstehende Ankunft des Kindes. Nach einigen Gläsern Wein erhob sich die Frage: »Und wie wollt ihr das Kind nennen?« Diese Frage hatten sie sich – das wurde ihnen jetzt erst bewusst, wie peinlich! – noch nie gestellt. Martine kam als Erste mit dem Vorschlag, sie könnten ihn doch Jacques nennen, nach ihrem Mann. Oder Paul, zum Beispiel, oder Pierre. Der Vorschlag fand allgemeine Zustimmung, man trank auf den zukünftigen PierrePaulJacques. Dieser Abend sollte ihnen als einer der wichtigsten ihres Lebens in Erinnerung bleiben. Zwei Wochen später jedoch beschloss Jacques zur Überraschung aller, die ihn kannten, seinen Sohn beschneiden zu lassen, obwohl er selbst nicht beschnitten war. Er nannte ihn Samuel, was in der wörtlichen Übersetzung aus dem Hebräischen so viel bedeutet wie »Sein Name ist Gott«, veranstaltete ein großes Fest und lud alle seine Freunde dazu ein. Und als der Rabbiner mit lauter Stimme den Vornamen des Kindes nannte, geschah etwas Außerordentliches: Jacques erklärte dem Rabbiner, er wolle von nun an wieder seinen echten Namen – Bembaron – tragen und sich künftig Jacob nennen. Er wolle den Bund, den sein Sohn gerade geschlossen hatte, selbst erneuern. Unter den Anwesenden – im Wesentlichen militante Linke, Journalisten, Schriftsteller, Lehrer und laizistische Intellektuelle – herrschte Ratlosigkeit. Wenn nicht gar Bestürzung. »Rückkehr ins Ghetto«, ging manch einem durch den Kopf. Jacques/Jacob war wie verwandelt, er schwitzte, und sein Gesicht strahlte, obwohl er nichts getrunken hatte, er sah den Rabbiner, er sah die golden schillernden Stickereien, welche die Thorarollen schmückten, er hörte die brausenden Orgelklänge von der Empore herab, und er hatte eine Erleuchtung. Eine andere Erklärung gab es für diese Hinwendung zum Heiligen nicht, die er später tatsächlich »meine Rückkehr« nannte – nicht die Rückkehr ins Ghetto, sondern die Rückkehr zu sich selbst, zum Text. Bald darauf verließ die Familie Paris, das Quartier Latin, das Café de Flore und ihre Freunde, die sie nicht mehr verstanden, die sagten: »Sie sind verrückt geworden, wie traurig, eine Tragödie, sie stecken in einer Krise, sie werden zurückkommen.«

Sie kamen nie mehr zurück. Sie zogen in eine Dreizimmerwohnung in der Rue du Plateau im 19. Pariser Arrondissement, meldeten ihren Sohn in einer ultraorthodoxen jüdischen Schule an, wo die Lehrer Bärte und schwarze Hüte trugen und Gebete und heilige Schriften studiert wurden. In dieser Umgebung fühlte sich Jacob wohl. Er hatte sich noch nie so wohl gefühlt wie an der Seite seines Lehrers, eines charismatischen Siebzigjährigen, der ihm

Hebräisch beibrachte und ihn in das Studium von Thora, Talmud und Kabbala einführte. Er fühlte sich wie neugeboren, er war nicht mehr der hochpolitische, rebellische, wütende Mann von früher. Und wenn er letztlich doch den Namen Baron behielt, dann nur, weil die Behörden ihn dazu zwangen.

Samuel wusste nichts über seine Herkunft. Jacob hatte mit der großen Offenbarung bis zur Volljährigkeit des Jungen gewartet. Zuerst reagierte Samuel gar nicht. Dann, nach ein paar Minuten, stand er wortlos auf, ging aus dem Zimmer, verließ das Haus. Kaum eine Stunde war vergangen. In der Toilette der städtischen Badeanstalt rasierte er sich den Bart, schnitt sich die Schläfenlocken ab und zog seine schwarze Kleidung aus. Lüge. Irreführung. Verrat. Schluss damit! Mit seiner Wut hatten die Eltern gerechnet, nicht aber mit der brutalen Zurückweisung, dem Bruch. Samuel schlief fortan in besetzten Häusern, dann begegnete er Nina im Hörsaal seines Fachbereichs. So, sie war keine Jüdin? Umso besser, ihm lag viel daran, seine Eltern zu provozieren. Denn für praktizierende Juden, denen die Weitergabe der jüdischen Identität am Herzen lag, war das ein Drama. Und sie stellten ihn vor die Wahl: Entweder du kommst zurück, oder du bleibst bei ihr und siehst uns nie wieder. Ein kategorisches Ultimatum, eine aggressive Kampfansage war genau das Richtige, um ihn von der Rückkehr ins Elternhaus abzuhalten. Er fand Unterschlupf bei einer Tante, die Eltern waren eingeweiht, sie steckten mit ihr unter einer Decke, aber es funktionierte. Es war ihnen lieber, ihr Sohn wohnte bei ihr als auf der Straße. In jener Zeit war er sehr verliebt in Nina und emotional vollkommen abhängig von ihr, kein angenehmer Zustand, aber die Soldatentochter hatte eine ziemlich strenge Erziehung über sich ergehen lassen müssen und ein starkes Moralempfinden. Loyalität war ihr wichtig. Als Siebenjährige hatte sie erlebt, wie ihre Mutter zu einem anderen Mann gezogen war. Sie war eines Morgens aufgewacht und hatte eine Abschiedskarte der Mutter auf dem Wohnzimmertisch vorgefunden, eine farbenfrohe Grußkarte, wie man sie nach einer Einladung an die Gastgeber schickt, um sich zu bedanken. Auf der Vorderseite stand in Großbuchstaben »DANKE« geschrieben. Auf die Rückseite hatte sie mit zittriger Handschrift ein paar Worte gekritzelt. Danke für die gemeinsam verbrachten Jahre, danke, dass ihr mich nicht verurteilt, danke, dass ihr mir verzeiht. Der Vater hatte die Karte an ein Feuerzeug gehalten und sie vor Ninas Augen verbrannt. Von diesem Schlag hatten sie sich nie erholt. Der Vater hatte angefangen zu trinken. Nina war zu einem aufrechten, moralischen jungen Mädchen ohne Selbstvertrauen und Orientierung herangewachsen, dem Samuel den Spitznamen »die französische Justitia« gab.

Samirs plötzliches Auftauchen hatte frischen Wind in ihre monotone Beziehung gebracht. Von nun an waren sie zu dritt, wie eine Phalanx rückten sie vor, wie eine Welle, man sah sie von weitem kommen, sie waren Freunde, Komplizen, das verliebte Duo und das frei bewegliche Elektron, keine Spur von Eifersucht oder Falschheit. Das gab Anlass zu Gerede, nicht nur auf den Fluren der Universität: Seht euch an, wie sie ihre Freundschaftsnummer abziehen, wie sie im Gleichschritt marschieren! Sie waren Gesprächsthema, und das genossen sie, es war ein Spiel.

Und dann auf einmal die Tragödie: Wenige Tage vor den mündlichen Prüfungen, nachdem Samuel lange nichts mehr von seinen Eltern gehört hatte, erfuhr er, dass sie bei einem Autounfall ums Leben gekommen waren. Ein Polizist hatte es ihm im Morgengrauen mitgeteilt. Davor hatte er ihn gefragt, ob er auch *wirklich* der Sohn von Jacques und Martine Baron sei. *Ja, das bin ich.* Er ist *wirklich* der Sohn seines Vaters, als der Polizist ihm erzählt, dass das Auto von der Straße abgekommen und in eine Schlucht gestürzt sei. Samuel erinnert sich nicht mehr an seine Reaktion, ein schwarzes Loch tat sich auf, vielleicht ist er zusammengebrochen, hat geweint, hat geschrien, hat »Das ist doch nicht möglich! Ich kann das nicht glauben. Sagen Sie mir, dass es nicht wahr ist!« hervorgestoßen. *Glauben Sie mir, es ist wahr.* Aber an die Totenwache erinnert er sich noch gut und auch an den Anblick der beiden mit Leichentüchern bedeckten Körper, umgeben von schwarzgekleideten Männern, die Gebete murmelten, und er selbst stand mit seinem Gebetbuch in der Hand dabei und rezitierte das Kaddisch für den Frieden ihrer Seelen. Samir war auch da, er stand hinter ihm, das Käppchen auf dem Scheitel. Auch er dachte an seinen Vater, zu dessen Beerdigung niemand gekommen war und den niemand beweint hatte. Noch am selben Tag überführte Samuel, begleitet von seiner Tante, die sterblichen Überreste seiner Eltern nach Israel, wie es ihrem letzten Wunsch entsprach. Doch bevor er das Leichenschauhaus verließ, nahm er Samir zur Seite und bat ihn in ernstem Tonfall: »Kümmere dich um Nina. Lass sie nicht allein. Ich verlasse mich auf dich.«

Und Samir kümmerte sich. Er lud sie zum Essen und ins Kino ein, brachte ihr Bücher, begleitete sie in die Bibliothek und ins Museum, hörte sie ab, und als sie kaum eine Woche nach Samuels Abreise in Tränen aufgelöst aus einer mündlichen Prüfung kam, brachte er sie in eine winzige Wohnung, die ihm ein Freund zur Verfügung gestellt hatte, nahm sie in die Arme, damit sie sich beruhigte, und brachte sie innerhalb weniger Minuten dazu, dass sie sich, immer noch weinend, gegen ihn fallen ließ. Er zog sie aus, sie trug einen Rock, das traf sich gut, und er tröstete sie auf seine Weise. Sex war seine Form von Trost, von Wiedergutmachung, seine Antwort auf die Brutalität der Welt – die deutlichste Antwort von allen, er hatte nie eine bessere gefunden. Dabei hätten sie es belassen können, aber das war unmöglich. Es war zu stark. Zu intensiv. Es überwältigte sie. Auf einmal waren sie schutzlos, einander ausgeliefert, das hatten sie nicht vorausgesehen. Und obwohl er ihr hätte sagen müssen, dass alles ein Irrtum war, obwohl er es hätte beenden müssen – denn das tat er immer, ganz instinktiv, ohne böse Absicht, weil er sich langweilte und nicht gern etwas wiederholte –, verliebte er sich in sie. Sie sahen sich wieder, sie trennten sich nicht mehr, verbrachten mehrere Tage eng aneinandergeschmiegt. Er liebte sie, begehrte sie, wollte mit ihr leben und sagte es ihr. Es war ein unsäglicher Verrat, Samuel würde wiederkommen, er hatte gerade unter tragischen Umständen seine Eltern verloren, er war sein Freund. In einer gerechten, fairen, moralisch einwandfreien Gesellschaft war das ein Skandal, *aber wir leben nicht in einer gerechten Gesellschaft,* dachte Samir, *ich kenne mich aus, ich weiß, wovon ich spreche. Vielleicht ist das hier eine unfassbare Gewalttat – und wenn schon. Gewalt ist überall, mehr gibt es dazu nicht zu sagen. Auch die Liebe ist gewalttätig. Entscheide dich.*

Als Samuel zurückkam, erzählten sie ihm nichts von ihrer Affäre. Samuel bedankte sich bei Samir – du bist ein

Freund, ein wahrer Freund, auf den man sich verlassen kann, der da ist, wenn man ihn braucht, ein Bruder, dem man vertrauen kann. So ging es neun Monate, vielleicht auch länger, und Nina wollte Samuel, der jetzt allein in der Mietwohnung seiner Eltern zwischen den Möbeln und Habseligkeiten von Toten lebte, immer noch nichts sagen. Sie besuchte Samir nie, er kam nie mehr zu ihr – es war vorbei, sie schliefen nicht mehr miteinander, doch am Ende des akademischen Jahres stellte er ihr ein Ultimatum: er oder ich.

An diese Zeit erinnerte sich Samuel mühelos, und er wusste bald nicht mehr, wie er der Bilderflut von Samir-Superstar Herr werden sollte, die in mächtigen Wellen über ihn hinwegrollte und alles zerriss, was mühsam geflickt war, die alles überschwemmte, auch das fragile Gebäude, das er in sich errichtet hatte und das nun krachend zerbarst, bis kein Stein mehr auf dem anderen blieb.
Sein Erfolg beeindruckt dich, gib's zu.
Nina betrachtete ihn mit einer Mischung aus Mitleid und Zorn.
Ja.
Das ist wahr.
So ist es.
Es ist so weit.
Sie hatte sich einen kurzen Moment lang vorgestellt, was passiert wäre, wenn sie vor zwanzig Jahren, als Samir sie vor die Entscheidung gestellt hatte, mit ihm weggegangen wäre. Hier ein von Selbstvertrauen strotzender Samir, ein Mann auf Erfolgskurs, dem niemand widerstehen konnte, dort ein von der Liebe geschwächter, vom Unglück gebeu-

telter, durch die abrupte Trennung von Nina niedergeschmetterter Samuel. Er hatte damals kein anderes Mittel gefunden, sie aufzuhalten, als sich mitten im Hörsaal mit einem Teppichmesser die Pulsadern aufzuschneiden, einem Messer mit blauem Plastikgriff und einziehbarer Klinge, bei dem man den Schieber einrasten lässt – eigentlich sollte es gleich beim ersten Schnitt klappen, selbst wenn die Haut zähen Widerstand bot, selbst wenn es weh tat, damit das Blut und all die Traurigkeit herausrinnen konnten. Ihm war nichts anderes als Liebesbeweis eingefallen, sie sollte wissen, dass er bereit war, für sie zu sterben, und dieser entsetzliche Schmerz sollte aufhören, er wollte ihn mit einem einzigen Schnitt beenden. Ratsch.

Beim Aufwachen hatte er verstanden, dass sie sich für ihn entschieden hatte. Die Illusion, dass der erste Impuls nicht trügt. Dass er nicht manipuliert werden kann. Dass es keine Fehlerquote gibt. Die Fesseln der Theorie, das Gewicht der Vernunft, die Tyrannei der Moral, die Verlockungen des Konformismus und der Wiederholung – all das lässt uns erstarren. Die Geißel der Entscheidung. Ihre Risiken. Ihre Gefahren. Und doch *muss* man da durch. Nina saß da, mit struppigen Haaren und bleichem, fast ausgezehrtem Gesicht – er leidet, also leide ich. Sie saß am Bettrand, fast zu seinen Füßen, *wie ein Hündchen,* das Bild drängte sich auf. Sie war ganz für ihn da, schüttelte ihm das Kopfkissen auf, reichte ihm sein Glas, wenn er Durst hatte, half ihm beim Essen – es war die Stunde der Wiedergutmachung, der Mechanismus der Buße funktionierte wie geschmiert. Nina erlag der romantischen Vorstellung vom Selbstmord *aus Liebe* – wie schön, wie heldenhaft, wie gewaltig. Nina wich nicht von Samuels Seite, ging nur aus dem Zimmer, wenn das medizinische Personal auftauchte, und von Samir war keine Rede mehr. Die Sache war erledigt. Keiner von beiden versuchte je, ihn wiederzusehen. Sein Vorname wurde zum Tabu. Sie taten so, als hätten sie ihn vergessen.

Nach seinem Klinikaufenthalt zog Samuel aus der viel zu teuren Wohnung seiner Eltern aus, überließ ihre Möbel karitativen Einrichtungen, mietete sich eine Einzimmerwohnung und brach sein Jurastudium ab. (Er fragte sich, warum er gegen den Willen seines Vaters überhaupt damit angefangen hatte, aber er kam zu keinem Ergebnis, denn sein Suizidversuch und der Klinikaufenthalt hatten irgendwie jede Entschlusskraft und jedes Durchsetzungsvermögen ausgelöscht, und er bewegte sich von da an in einer verschwommenen, unscharfen Sphäre, in der alles mehrdeutig war.) Er studierte Literatur an einer Fernuniversität und brachte Ausländern Lesen und Schreiben bei. Auch Nina brach das Studium ab, das ihr nicht gefiel, und jobbte erst einmal als Verkäuferin, Kellnerin und Empfangsdame. Später modelte sie für die Kataloge großer Einzelhandelsunternehmen, vor allem für Carrefour und C&A.

Da! Schau dir das an!

Es war etwas Primitiv-Masochistisches an der Beharrlichkeit, mit der sie sich Samirs triumphalem Medienauftritt auslieferten. Umschalten? Nein. Möglicherweise schürte ihre passive Opferhaltung die Wut und die Empörung noch (endlich ein Motiv zum Schreiben, dachte Samuel, endlich der Anlass, einen Roman zu schreiben, der gelesen wird). Nina und Samuel saßen wie versteinert vor ihrem Firstline-Fernseher, den sie für 545 Euro, zahlbar in drei Raten ohne Zusatzkosten, bei Carrefour gekauft hatten (die Anschaffung des Geräts hatte für beträchtlichen Unfrieden gesorgt, da Nina seit Jahren einen Fernseher wollte, Samuel hingegen sah ihn als Bedrohung an und sperrte sich, gab am Ende allerdings nach), und begriffen, dass nichts mehr so sein würde wie bisher, dass etwas für immer verdorben/zerstört/beschmutzt war. Man konnte es Unschuld nennen oder auch den falschen Frieden der Ahnungslosen.

Samuel trat dicht an den Bildschirm heran und nahm Samir genau in Augenschein. Sah die Nase nicht so aus, als sei sie korrigiert worden, waren die Lippen nicht aufgespritzt? Auch die glänzende Stirn war unnatürlich glatt. Durch ein grausames Spiel der Spiegelungen überlagerte sich Samirs Kopf mit seinem. »Geh weg! Ich seh nichts!«, beschwerte sich Nina. Samuel trat zur Seite und stellte sich hinter Nina, sah ihren gebeugten Rücken, wie sie fast demütig vor dem Fernseher kniete und etwas vor sich hin murmelte – aber was?

Samir lächelte die Journalistin mechanisch an, es machte ihn stolz, auf diesem Stuhl zu sitzen, er war glücklich, das merkte man daran, wie er sich aufplusterte und die Oberlippe anspannte, sein Hochgefühl sprang einen direkt an. Nichts von dem, was sie zusammen erlebt hatten, schien ihn wirklich berührt zu haben, er sah aus wie jemand, der nach einem grauenhaften Autounfall dem brennenden Fahrzeug unverletzt entsteigt, während der Beifahrer auf der Stelle tot ist.

2

Seine Mutter* hatte angerufen – fünf Mal, Samir hatte mitgezählt, das wurde langsam zwanghaft –, jedoch nicht, um ihm zum Geburtstag zu gratulieren, und auch nicht, um sich nach seinem Befinden zu erkundigen. Nein, sie klang verstört und hatte eine beunruhigende Nachricht hinterlassen, in der sie ihn um einen Rückruf bat, es sei »ernst«, es sei »dringend«. Dabei hatte er ihr doch in aller Deutlichkeit klargemacht, dass er keinen Kontakt mehr mit ihr wünschte, so sehr er sie liebte, das hatte er mehrfach hervorgehoben: Ich werfe dir nichts vor. Er reagierte nie auf ihre Anrufe, nicht etwa, weil er sie verachtet hätte – er respektierte seine Mutter –, sondern weil er keinen Missklang wollte. Nur darum ging es: Er wollte im Einklang sein mit dem Leben, das er sich ausgesucht hatte. Du bist vierzig, du hast in den USA eine außergewöhnliche Karriere hingelegt, du hast die Tochter eines der reichsten amerikanischen Unternehmer geheiratet, wie du das angestellt hast, spielt hier keine Rolle, du hast es so gewollt, du hast dich dafür abgerackert, du hast dich mit Beharrlichkeit durchgesetzt, das war nicht leicht, niemand hat dir dabei geholfen, niemand hat dich bei einflussreichen Leuten empfohlen, du hast dir selbst eine Existenz aufgebaut und warst auf dich allein gestellt, mit deinem Willen, der Erste zu sein, der Beste zu sein, getrieben von dem unbezähmbaren Wunsch, reich zu werden (wo ist das Problem?), ein schönes Haus zu besitzen (das schönste), eine Luxuskarosse (die stärkste), du hast die

---

* Nawel Tahar, geborene Yahyaoui, Tochter des Metallarbeiters Ismail Yahyaoui. Die Tunesierin musste nach dem tödlichen Arbeitsunfall ihres Vaters die Schule abbrechen und einer Erwerbstätigkeit nachgehen.

Vorlieben der Reichen, der Neureichen, na und? Mehr als einmal wärst du fast gescheitert, weil sich die Hindernisse auftürmten und ein Scheitern unvermeidlich schien: Du musstest in einem fremden Land studieren, die amerikanische Zweigstelle einer der renommiertesten französischen Anwaltskanzleien auf die Beine stellen und dir dort eine Position schaffen, dir einen Namen machen, du hattest manchmal Angst, die falsche Entscheidung getroffen zu haben, als du aus Frankreich weggegangen bist und jeden Kontakt zu deiner Familie, deiner Mutter abgebrochen hast, aber diese Zerfallsprozesse musste man eben ertragen.

Was wollte sie jetzt auf einmal, warum hatte sie ihn angerufen? Geld schickte er ihr regelmäßig, das vergaß er nie, die Überweisungen linderten seine Schuldgefühle, sie sprachen ihn frei, er unterstützte immerhin seine Mutter, er spendete für wohltätige Zwecke. »Du bist ein guter Sohn«, schrieb seine Mutter dankbar, »und, wie ich hoffe, EIN GUTER MUSLIM« – die letzten Worte hatte sie in Druckschrift geschrieben und unterstrichen. Er verabscheute diese krampfhafte Suche nach Identität, all das, was ihn vertrieben hatte, ihn die Wahrheit verschweigen und betrügen ließ.

Er hatte ihren Brief verbrannt.

Während er sich fragte, ob seine Mutter womöglich den Verstand verloren hatte, hielt er die maniküre Hand seiner Frau fest, die ihn mit verbundenen Augen durch die Dunkelheit führte. Er überließ sich blind ihrer Führung, tastete sich auf einen geheim gehaltenen Ort zu. Nichts war durchgesickert, niemand hatte etwas ausgeplaudert. Er fühlte sich ein wenig beengt in seinem Anzug, den er erst kürzlich bei

Dior für seinen CNN-Auftritt gekauft hatte (und ich war gut, dachte er, ich war gelöst, redegewandt, präzise – einen »Fernsehgott« hatte die Moderatorin ihn hinterher augenzwinkernd genannt, und ihr kokettes Lächeln hatte ihn zu einem Wiedersehen eingeladen, sie könnten doch noch ein wenig plaudern/etwas trinken gehen oder auch mehr, *wenn es sich ergab,* und ob es sich ergeben würde, und er hatte im Stillen erwidert, »wenn du wüsstest, wie göttlich ich erst im Bett bin«, es war seine Art, immer alles auf Leistung zu reduzieren, sich mit anderen zu messen und ihnen überlegen sein zu wollen … in seine erotischen Fähigkeiten hatte er unbedingtes Vertrauen). In solchen Momenten existierte seine Mutter nicht mehr, und als er das leise Glucksen und unterdrückte Lachen im Raum hörte, hatte er sie besiegt, da war von seiner Vergangenheit nicht mehr übrig als von einem Leichnam, den man in Säure gelegt hat, damit er sich auflöst. Es gab nur noch ihn, Samir, inmitten einer riesigen Menschenmenge, die seinetwegen zusammengekommen war, ihn erwartete und ihm applaudierte. Mit der raschen Geste eines Entführers, der seine Geisel freilässt, löste seine Frau mit zarter Hand die Augenbinde, und Samir erblickte Hunderte von Gästen, die *»Happy birthday to you, Sami«* sangen. Er sah einen Luchs, zwei Timberwölfe, Goldene und Weiße Tiger, einen Sahara-Gepard, einen Asiatischen Löwen – alle waren in Käfige gesperrt und wurden von peitscheschwingenden Frauen, die in aufreizend durchscheinenden Panther-Kostümen steckten, im Zaum gehalten. Er sah einen bemalten Elefanten*, der majestätisch über einen Schaumteppich schritt, einen altersgrauen Gorilla

---

* Der Elefant, den Blake Edwards in seinem Film *Der Partyschreck* (1968) auftreten ließ, wurde später gelegentlich für private Feiern engagiert.

mit Emailleaugen, den man für ausgestopft gehalten hätte, wenn er nicht all jenen, die es wagten, ihn durch die Eisengitter seines Käfigs hindurch zu streicheln, seine riesige, haarige Pranke entgegengestreckt hätte. Zwischen dieser Menagerie standen Herren mit Krawatte und ihre maskierten Begleiterinnen. Die Damen trugen mit Strass besetzte und mit Goldfäden abgesteppte Masken; Masken aus geklöppelter, gehäkelter, handgefertigter Spitze; Masken aus Stoff, Gips, Naturleder; Masken aus Pfauenfedern, Latex, Wildseide, Filz, schwarzem Samt; Piratenmasken, Zorro-Masken, afrikanische Masken, venezianische Masken – alles war erlaubt, was das Objektiv des Fotografen anlockte, der den vierzigsten Geburtstag von Samir Tahar für die Ewigkeit festhielt. In einem der exklusivsten und angesagtesten Clubs von New York drängte sich die Elite der amerikanischen Intellektuellen; Politiker, Anwälte, Verleger, Wirtschaftsexperten waren herbeigeströmt, um der Einladung der *Tochter von Rahm Berg* zu folgen. Ruth, Tahars Frau, hatte eine vorbildliche Biographie aufzuweisen: eine liebevolle Kindheit im Schoß einer großbürgerlichen, jüdisch-amerikanischen Familie, Jurastudium in Harvard, ein Kommunikationstalent, ein Mathematiktalent, ein Multitalent – und noch dazu uneigennützig, eine Philanthropin, die mehrmals im Jahr Lebensmittel an Bedürftige verteilte, eine reiche, eine immens reiche junge Frau, die jedoch nie vergaß, zehn Prozent ihres Einkommens an karitative Einrichtungen zu spenden, wie es das jüdische Gesetz vorschrieb. Natürlich hielt sie sich an die Traditionen, sie hatte neben den Rechtswissenschaften auch ein Literaturstudium absolviert und bei Joseph Brodsky, der sie als eine seiner brillantesten und feinsinnigsten Studentinnen bezeichnete, dichten gelernt. Sie hatte die klassischen Sprachen studiert und auch die Thora in der Originalsprache – angeleitet von ihrem Großvater mütterlicherseits, Rav Chalom Levine*, einem Rabbiner mit Bart und Schläfenlocken, der einem Roman von Isaac Bashevis Singer** hätte entsprungen sein können. Es war alles sehr beeindruckend.

Und trotzdem war sie Samir Tahar zunächst nicht aufgefallen, als sie plötzlich in seiner Kanzlei auftauchte, weil sein Partner sie, ohne ihm Bescheid zu sagen, als Praktikantin eingestellt hatte – sie war ihm zu solide, zu zurückhaltend, gab sich allzu klassisch-elegant. Junge Frauen präsentieren sich bei ihrer ersten Stelle gern auf diese Art, weil sie ihre Unerfahrenheit mit damenhafter Kleidung kaschieren wollen – mit knielangen Röcken, Rüschenblusen, sogar viereckigen, gemusterten Seidentüchern, die sie sich von ihren Müttern oder Großmüttern geliehen haben und die sie gleich zehn Jahre älter aussehen lassen, so etwas wirkt gesetzt, professionell. Sie glauben, wenn sie älter wirken, nimmt man sie ernst und erkennt ihre Kompetenzen an. Von wegen! Sie haben nicht begriffen, dass geschlitzte Röcke, Miniröcke und tiefausgeschnittene Tops zehn Jahre Berufserfahrung wettmachen. Sie haben nicht begriffen, dass sie über Macht verfügen. Ihre Jugend ist ihre Macht. Sie sind Mitte, Ende zwanzig. Sie haben studiert, sind fleißig, ehrgeizig, sie profitieren von sämtlichen Errungen-

---

* Der 1890 in Polen geborene Rav Shalom Levin war über vierzig Jahre lang Beauftragter für die Bestattung heiliger Schriften, die nach jüdischem Brauch weder verbrannt noch zerrissen werden dürfen. Das langjährige Mitglied des Warschauer Vereins jüdischer Schriftsteller zitierte gern den folgenden Satz aus den »Sprüchen der Väter«: »Wer ist reich? Der sich bescheidet.«
** Obwohl er 1978 den Nobelpreis für Literatur erhielt, erklärte Isaac Bashevis Singer: »Ich halte die Tatsache, dass ich Vegetarier geworden bin, für den größten Erfolg meines Lebens.«

schaften des Feminismus, ohne irgendetwas einfordern zu müssen, sie müssen nicht kämpfen. Aber sie schlagen die Augen nieder vor ihren Vorgesetzten, sechzigjährigen, unglücklich verheirateten Männern: Unglaublich! Sie schlagen die Augen nieder, wenn die Männer ihnen Komplimente wegen ihrer Haarfarbe machen. Und wenn sie sie beim Reden fixieren: Mal sehen, ob die alte Hypnosemaske noch funktioniert. In Gegenwart der alten Schwerenöter spielen sie das verängstigte Reh, das schwache Weib, sie schlüpfen in die Frauenrolle früherer Jahrhunderte, sie verlieren ihr Selbstvertrauen, ihre Mütter würden sich für sie schämen, aber seht sie euch nur an, diese Apostel der Potenz, mit ihrem Viagra-gestählten Geschlecht, ihrem flachen Bauch und den gefärbten Haaren, sie setzen zum Sprung an und lassen ihre Beute nicht aus den Augen. Erst anschleichen, dann einen Köder auswerfen, anlocken und schließlich, vielleicht, in Besitz nehmen. Die jungen Frauen merken nichts – oder geben vor, nichts zu merken. Sie ignorieren die chauvinistischen Bemerkungen, die anzüglichen Sprüche. Sie glauben, das alles gehöre zum Spiel: eine Hand, die sich beiläufig auf die Schulter legt (ein Zeichen für Zuneigung), eine Einladung ins Restaurant (ein Arbeitsessen), vertrauliches Geplänkel (ein Zeichen von Interesse). Sie halten sich für angreifbar, weil sie jung sind, deshalb verkleiden sie sich. Manche legen sich einen männlichen Look zu: dunkle Hosenanzüge, flache Halbschuhe, manchmal eine Krawatte, das scheint im Trend zu liegen. Ruth Berg ist auch so ein androgyner Typ. Zu ihrem achtzehnten Geburtstag hatte sie allen Ernstes eine Brustverkleinerung vornehmen lassen. Sie hatte den Brustumfang ihrer Urgroßmutter Judith geerbt, einer kalten, schroffen Frau, deren einziges weibliches Attribut ihr enormer Busen war, an dem (laut Familienlegende) ein Gutteil der Säuglinge von Warschau gestillt worden war*. Während die meisten Frauen von Brustimplantaten träumten, ließ sich Ruth Berg also nach einem Foto ihre Brust verkleinern. Ihr Vorbild war Diane Keaton in dem Film *Der Stadtneurotiker* – Bundfaltenhose, Männerweste, Hut auf dem Kopf –, eine kleine, modebewusste New Yorker Intellektuelle. Wie hätte sie Samir auffallen sollen? Er phantasierte eher von sinnlichen, üppigen Frauen mit ausladendem Hinterteil, feine Gesichtszüge und intellektuelle Neugier waren zweitrangig.

Ruth Berg war ihm zu dünn, zu diskret, flach wie ein Brett, man suchte vergeblich nach Kurven, sie hatte nichts zu bieten, bei ihr hatte man nur Knochen in der Hand, man holte sich ja blaue Flecke. Sie dagegen interessierte sich auf Anhieb für diesen rätselhaften Mann mit dem starken französischen Akzent. Seit sie ihn zum ersten Mal mit einem Stapel Ordner unter dem Arm und einem Zehntausend-Dollar-Lächeln aus seinem Büro hatte kommen sehen, fahndete sie bei seinen Mitarbeitern nach biographischen Details, aber da war nicht viel zu holen. Sie hörte immer nur dasselbe: brillant, eingebildet, verschlossen, fleißig – und ein Frauenheld. Achtung, Gefahr! Seinem erotischen Flair kann keine widerstehen. Siehst du die da drüben? Und die da? Sie hatten eine Affäre mit ihm, aber das hält nie lange. Sobald eine Frau mehr von ihm will, wird er widerspenstig und taucht ab – eine offizielle Trennung gibt es nicht. »Ist eben ein Franzose«, sagten sie spöttisch grinsend. Was so viel heißen sollte wie: Er denkt nur an das eine.

---

* Einer von ihnen, Jonathan Strauss, wurde ein berühmter Harfenist.

Schwer zu sagen, warum er eine solche Wirkung auf sie ausübte. Er war älter als sie und immun gegen ihre Reize. Sie versuchte es trotzdem, lud eine Kanzleiangestellte* nach der Arbeit auf einen Kaffee ein. Sie wollte mehr erfahren, möglichst Einzelheiten, alles, was ihr helfen konnte, besser an Tahar heranzukommen. Sechs Monate nach ihrer Affäre grollte ihm die junge Angestellte immer noch, beim Erzählen kamen ihr fast die Tränen. Diese Geschichte habe sie »zerstört«, erklärte sie. »Halte dich von diesem Mann fern, er ist ein Opportunist, er manipuliert seine Umgebung.« *Vorsicht, Gefahr.* Tahar zog Ruth in seinen Bann, sie wusste nicht warum, sie fühlte sich regelrecht von ihm angesaugt. Doch sie schwor, Tahar interessiere sie nicht, und ihre Kollegin brach in Gelächter aus. »Tahar interessiert alle.« Ruth musterte die Kollegin aufmerksam, als sie nach einer kurzen Pause weitersprach: »Er interessiert alle, Männer und Frauen, weil er anders ist als die anderen, er ist empfindlich, unnahbar, herrisch – das macht seinen Charme aus.« Dann entspannte sie sich ein wenig, beugte sich zu Ruth hinüber und wollte ihr offensichtlich ein Geheimnis offenbaren, sie lächelte, strich sich eine Haarsträhne aus dem Gesicht und flüsterte in einem Ton, der bloß gekünsteltes Einverständnis verriet: »Er ist …«, aber sie hatte keine Zeit, den Satz zu beenden, denn Ruth hob abwehrend die Hand. Die öffentliche Meinung sollte genügen.

Wie hatte Ruth Tahars Aufmerksamkeit schließlich doch auf sich gezogen? Wie konnte sie ihn halten? Nicht durch

---

* Sofia Werther (aber ist das ihr richtiger Name?), angeblich 1979 geboren. Hang zu Depressionen. Hat allerdings Woody Allen nach einem seiner Konzerte als Klarinettist in der Carnegie Hall dazu gebracht, mit ihr essen zu gehen, indem sie sich als tschechische Produzentin ausgab.

Sex – sie war zu diszipliniert, zu berechenbar für ihn. Sie hatte nichts, womit sie ihn überraschen konnte. Als er sie kennenlernte, war sie tatsächlich noch Jungfrau. Sie hatte natürlich in einer Studentenbude in Harvard ein paar junge Männer auf den Mund geküsst, aber dabei vermieden, die Zunge zu benutzen, obwohl sie wusste, wie es ging, und zu Hause geübt hatte. Aber wenn sie wie ein schlabberndes Kätzchen die Zungenspitze über die Handinnenfläche kreisen ließ, kitzelte es nur, und als sie sich schließlich versuchsweise den stürmischen Avancen eines Informatikstudenten überlassen hatte, der sie aus Unerfahrenheit ein wenig zu heftig umarmte (Adam Konigsberg, der Sohn eines Chirurgen am Beth-Sinai-Krankenhaus, eine gute Partie*), empfand sie nichts als tiefen Abscheu vor diesem glibberigen Etwas im Mund, diesem muschelartigen, klebrigen Ding, das nicht einmal zum Verzehr geeignet war – und dafür das ganze Theater? Einmal hatte sie sich die Brüste streicheln lassen, und der Betreffende (Ethan Weinstein, der Sohn eines republikanischen Senators**) hatte wie eine Baggerschaufel auf ihrer Brust herumgescharrt – wollte er sie zerquetschen, oder was? Danach hatte sie eine regelrechte Abneigung gegen Berührungen entwickelt, und als Michael Abramovitch (der Sohn eines New Yorker Bankers***) versucht hatte, während des Films *Uhrwerk Orange* im Kino seine Hand in ihre Unterhose zu schieben (sehr ungeschickt, denn es war die linke Hand, obwohl er Rechtshän-

---

* Adam Konigsberg hatte schon als kleiner Junge zu seinen Eltern gesagt: »Später werde ich mal reich.« Heute besitzt er mehrere Sex-Shops.
** Nach einem Studium der Politikwissenschaft wurde Ethan Weinstein demokratischer Senator, um seinem Vater »eins auszuwischen«.
*** Michael Abramovitch, den sein Vater lange als »Versager« betrachtete und der davon träumte, Schauspieler zu werden, stürzte sich mit 27 Jahren aus dem Fenster.

der war), hatte sie sich nicht mehr beherrschen können, ihn angeschrien und geohrfeigt, war aus dem Kino gestürmt und hatte in einem dunklen Winkel das Popcorn erbrochen, das er ihr noch großzügig spendiert hatte, bevor er sich an sie herangemacht hatte. »Wundert mich nicht«, hatte das junge Mädchen* gesagt, mit dem sie ihr Studentenzimmer teilte. »Ein Typ, der dich beim ersten Date in *Uhrwerk Orange* schleppt, ist entweder ein Kinofreak oder ein Psychopath.« Ruth neigte zur zweiten Option. Die jungen Männer, die sie kennenlernte – verwöhnte, superverwöhnte, megaverwöhnte Sprösslinge des jüdisch-amerikanischen Großbürgertums, die nichts anderes im Sinn hatten, als Papas Geld an den Stränden von Goa oder Cancún auf den Kopf zu hauen –, brachten mit Milch und Honig aufgepäppelte jüdische Prinzessinnen wie Ruth nicht zum Träumen. Sie war mit ihnen aufgewachsen, hatte mit ihnen Hausaufgaben gemacht und Partys gefeiert, sie betete in derselben Synagoge, inmitten der frommen Juden aus der Nachbarschaft, war Mitglied in denselben Clubs, und dann sollte sie auch noch einen von ihnen heiraten? Eine Schreckensvision, in jeder Hinsicht. Aber: »Du sollst einen Juden heiraten« lautete das elfte Gebot des Vaters. Du sollst dich nicht mit dem Sohn eines Ausländers verbinden, du sollst sein Lager nicht mit ihm teilen, du sollst ihm keine Nachkommen gebären. Ein Dilemma. Und dann hatte sie Sam Tahar gesehen. Ein Jude, aber auch ein Franzose. Ein sephardischer Jude, das war doch mal was anderes. Tahars Vater sei ein Jude tunesischer Abstammung, hieß es, der

---

* Deborah Levy, hochbegabte Tochter extrem leistungsorientierter Eltern, brach ihr Studium ab, als sie einen Amerikaner indischer Abstammung kennenlernte. Sie konvertierte zum Hinduismus und lebte mit ihrem Mann und acht Kindern in Mumbai.

sich in den fünfziger Jahren in Frankreich niedergelassen hatte. Tahars Mutter war angeblich eine in Frankreich geborene Jüdin und Kind polnischer Juden, die um das Jahr 1910 herum aus ihrem Land geflohen waren. Seine Eltern, sagte man, seien bei einem Autounfall ums Leben gekommen, als Sam zwanzig war. Er sei ein Einzelkind. Er habe keine Angehörigen mehr. Er sei ein entjudaisierter, assimilierter, antiklerikaler und propalästinensischer Jude (manche wurden deutlicher und nannten ihn »charakterlos«). Und noch dazu ein Provokateur. Der es doch tatsächlich fertigbrachte, bei der alljährlichen Gala des National Jewish Committee am Ehrentisch ein Gedicht von Mahmoud Darwisch* zu rezitieren. Reden Sie mit ihm nicht über Religion. Kommen Sie ihm nicht mit Israel. Bitten Sie ihn nicht, als zehnter Mann in die Synagoge zu gehen, damit der Gottesdienst stattfinden kann. (Das galt allerdings später nicht mehr, denn als er mit Ruth und ihrer Familie in Berührung kam, musste er sich deren religiösen Bräuchen fügen und sich ihrer Denkweise anpassen.) Vermeiden Sie außenpolitische Themen. Unterhalten Sie sich mit ihm lieber über Frauen, hieß es …

Was das betraf, so hatte einzig sein amerikanischer Partner Dylan Berman** noch einen gewissen Einfluss auf ihn. Er konnte zu ihm sagen: »Da hast du Mist gebaut, da gehst du zu weit, hör auf damit«, und er hatte Tahar auch gleich gewarnt, als ihm auffiel, dass die Berg-Tochter ihm nach-

---

* Palästinensischer Dichter. Der in London erscheinenden arabischsprachigen Tageszeitung Al-Hayat sagte er im Dezember 2005: »Ich glaube nicht an Beifall. Ich weiß, dass Zustimmung flüchtig und trügerisch ist und den Dichter von der Poesie ablenken kann.«
** Dylan Berman, geboren 1965 in New York. Der Sohn eines Schneiders aus Brooklyn wollte schon sehr früh Rechtsanwalt werden. Er konnte sich rühmen, einer der höchstdotierten US-amerikanischen Anwälte zu sein.

lief: »Lass die Finger von ihr. Sie ist nichts für dich.« Tahar hatte nur gelächelt, während Berman nachlegte: »Geh mit deiner Sekretärin aus, ruf deine Ex an, treib es meinetwegen mit einer Mandantin, aber halte dich von dieser Frau fern.«

»Warum? Sie ist Praktikantin, sie ist über achtzehn, und ich gefalle ihr, das sieht man doch von weitem.«

Aber bei Einfluss, Macht und Geld hörte für Berman der Spaß auf, denn sie garantierten ihm seinen Lebensunterhalt, ernährten ihn und seine Familie, waren der Motor der Kanzlei, sicherten ihm ein ansehnliches Einkommen und einen makellosen Ruf. Berman war für eine strenge Trennung von Sex und Arbeit, Gefühlen und Finanzen: »*No sex in business!* Sie ist die Tochter von Rahm Berg, einem der vermögendsten Männer der Vereinigten Staaten, dem wichtigsten Mandanten unserer Kanzlei. Wenn wir ihn verlieren, können wir den Laden dichtmachen, verstanden? Wenn du seinem kleinen Mädchen etwas tust, wird er dir den Kopf abreißen. Sei so gut, wenn du etwas zu kopieren hast, bitte lieber deine Assistentin oder mach es selbst, aber Ruth solltest du um gar nichts bitten, nicht einmal um eine Auskunft.«

»Ach, was redest du da ... was sind das für Drohungen ... Je mehr du mir dieses Mädchen verbietest, desto mehr reizt sie mich!«

»Dann schlaf doch mit der Assistentin des Staatsanwalts, dieser Nabila Farés!«

»Nabila? Machst du Witze? Das wäre ja, als würde ich mit meiner Schwester ins Bett gehen!«

»Mit deiner Schwester? Aber sie ist Araberin!«

Solche Schnitzer unterliefen ihm häufig. Er vergaß, wer er geworden war – ein Jude unter Juden.

»Hör zu«, drängte Berman, »vergiss Ruth Berg! Wenn du diesem Mädchen ein Haar krümmst, bringt dich ihr Vater um.«

Aber sie hatten nicht mit seiner Sturheit gerechnet, nicht mit dem Eigensinn des Arbeitersohnes, des Gedemütigten, und auch nicht mit einer gewissen Rachsucht – nicht mit seinem Charisma, seinem Einfallsreichtum, seiner Attraktivität. Er gefiel nun einmal Frauen und Männern. Selbst die Kinder liebten ihn. Ganz zu schweigen von den Mandanten … Wenn sie 1000 Dollar pro Stunde berappten, wollten sie dafür ihn und keinen anderen.

Auf den niedrigen Tischchen in seinem Büro stapelten sich Zeitungsartikel über ihn. Zusätzlich sammelte er sie in einer großen schwarzen Ledermappe, auf die er seine Initialen in Gold hatte prägen lassen und die neben seiner juristischen Fachliteratur in einem Regal an der Rückwand hinter dem gläsernen Schreibtisch stand. Die Mappe enthielt eine Reihe von Artikeln, in denen er nur zitiert wurde. Kurze Pressemeldungen. Aber auch lange Zeitungsberichte, in denen er diffamiert oder gelobt wurde. Er schnitt sie selbst mit größter Sorgfalt aus und schob sie mit der Gewissenhaftigkeit eines Schmetterlingssammlers in transparente Hüllen. Ruth Berg las ausnahmslos alle, sogar den Test in einem Männermagazin, für den er sich erstaunlicherweise Zeit genommen hatte. So wusste sie von Anfang an, dass er *niemals treu* sein würde, dass er *ständig* an Sex dachte und *alles ausprobiert hatte*. Sie recherchierte im Internet nach Informationen über ihn, dann machte sie ihm gezielt Komplimente und schmeichelte ihm. Sie war sanft und scharfsinnig. Eine so starke, selbstsichere Frau musste einen

Mann beeindrucken, und Tahar ganz gewiss. Ein anderer wäre auf Distanz gegangen, denn Ruth schüchterte Männer ein und war keine leichte Beute. Nicht so Tahar. Er hatte ein zu großes Zutrauen in seine Fähigkeit als Herzensbrecher. Sexuelle Hörigkeit war ihm ein Begriff, in dieser Hinsicht konnte ihm niemand etwas vormachen. Unter seine Geschichte mit Nina hatte er einen Schlussstrich gezogen – es tat zu weh. Als er Ruth kennenlernte, wusste er, was er nicht mehr wollte: sich verlieben, jemanden brauchen, von einer Frau abhängig sein.

Nicht durch ihre Freizügigkeit oder erotische Neugier eroberte ihn die Praktikantin in Prada-Stiefeln, sondern durch ihre gesellschaftliche Unverwundbarkeit – eine seltene Qualität, die es rechtfertigte, dass er auf alle anderen Frauen verzichtete und sich ganz auf sie konzentrierte. Endlich eine Frau, die fremde Blicke nicht fürchtete, die sich nie gekränkt oder erniedrigt fühlte, die nichts zu gewinnen und zu beweisen hatte. Konkurrenz? Welche Konkurrenz? Politik war ein Spiel, Geld ein Mittel zum Zweck, die gesellschaftliche Stellung eine Frage von Beziehungen und Chancen. Ruth war der Inbegriff von Zugehörigkeit und Erfolg. Ihr Klassenbewusstsein äußerte sich darin, dass sie bestimmte Dinge in ihrer Umgebung für selbstverständlich hielt. Sie reiste im Privatjet und fand das normal, sie aß mit Bill Clinton und Shimon Peres zu Abend und langweilte sich dabei. Vor einem ethischen Dilemma stand sie, wenn sie entscheiden musste, ob sie für eine Stiftung spenden sollte, die die Armut in Israel bekämpfte, oder lieber für eine, die sich der Hungernden in der Sahelzone annahm. Andererseits war sie durchaus kein verwöhntes, arrogantes, oberflächliches, vom Geld korrumpiertes Society-Girl, ihr war bewusst, wie privilegiert sie lebte, sie wusste, dass sie vom Glück begünstigt war, aber sie gehörte nun mal zum Club der Erbinnen. Sie stand über den anderen. Sie war von einer Aura, einem Glorienschein umgeben. Nie hatte ihr jemand das Gefühl vermittelt, sie sei nicht am richtigen Platz, denn sie wusste genau, wo ihr Platz war. Auf dem Podest. In der ersten Reihe. Im Vordergrund. Dabei musste sie weder posieren noch sich anstrengen, sie war *von Natur aus so.* Wenn sie das Wort an einen richtete, fühlte man sich auserwählt. Sie betrat einen Raum, und jeder wusste, dass sie wichtig war. Wieso? Weil sie selbst es wusste. Ihr Vater hatte es ihr gesagt, er hatte es ihr immer wieder eingeschärft. Ihre Angehörigen hatten es ihr beigebracht. Die Verkäuferinnen in den Boutiquen, in denen sie einkaufte, hatten es sie spüren lassen. Wenn sie jemanden anrief, wurde sie noch am selben Tag zurückgerufen. Wenn sie sich zum Mittagessen verabreden wollte, bestimmte sie Tag, Ort und Uhrzeit. Es wäre niemandem eingefallen, ihr einen Korb zu geben. Man ließ sie NIEMALS warten. Sie kannte die Bequemlichkeiten, die eine hohe gesellschaftliche Stellung mit sich brachte. Gleichzeitig war sie frei von Überheblichkeit, von Herablassung. Sie war die Erste, die die Angestellten ihres Vaters grüßte: Guten Tag, Auf Wiedersehen. Wie geht es Ihnen? Haben Sie gute Nachrichten von Ihren Verwandten? Alles in Ordnung? Ihre Fragen klangen aufrichtig, es war für sie eine Ehrensache, den Kontakt zu den Menschen nicht zu verlieren, aber sie wahrte eine Distanz, die einen *Unterschied* erkennen ließ. Die Leute waren ihr sympathisch, sie respektierte sie, aber sie gehörten nicht zu ihrer Welt. Ihre Welt bestand aus ein paar hundert Metern Fifth Avenue und den Präsidentensuiten der schönsten

Nobelhotels, ihre Welt war eine Oase des Luxus und der Sorglosigkeit, unter der sich ein Reich der Finsternis verbarg. Ihre Welt war die der Erneuerung, des Aufschwungs, die Fassade war vergoldet, aber das Haus auf Asche gebaut: Der Vater hatte das Unternehmen auf Verlangen des Großvaters, eines Auschwitz-Überlebenden, gegründet und zum Erfolg geführt. Dieser Großvater unterhielt sich bereitwillig über Politik und Ökologie, brachte ihnen anstandslos Bridge bei, rückte widerstrebend sein Rezept für gehackte Leber heraus, erzählte stundenlang von Hiob und der Erschaffung der Welt, konnte genau erläutern, warum Isaak Jakob lieber hatte als Esau, nahm jedes Jahr am Bibel-Wettbewerb teil, analysierte Wortbedeutungen, doch warum er eine Nummer auf dem Unterarm trug, hätte er nie laut ausgesprochen. Ruhe – und *cut!*

Deshalb erzählte Ruth bei den ersten Dates mit Tahar von den Büchern, die sie zuletzt gelesen hatte, von ihren Ferien mit Papa in der Toskana, auf der Yacht von Steven Spielberg, von der Schönheit der Strände auf Martha's Vineyard, wo sie einmal John Kennedy junior über den Weg gelaufen war. Sie war die Tochter eines Mannes, der über seinem inneren Friedhof einen Freizeitpark errichtet hatte. Diese Tochter besaß genug, womit sie Tahar beeindrucken konnte: eines der erlesensten Adressbücher von New York. Gesellschaftliches Ansehen. Das war ihm wichtig. Das zählte für ihn. Ihm fehlte noch die Erfahrung, geschätzt zu werden, berühmt zu sein.

Schließlich hatte Rahm Berg ihm dann doch nicht den Kopf abgerissen. Ganz im Gegenteil, er hatte ihm sogar seine Tochter plus ein 300-Quadratmeter-Penthouse mit Blick auf den Central Park überlassen, das von einem der renommiertesten Immobilienbüros der Ostküste auf 17 Millionen Dollar geschätzt worden war. Tahar hätte ablehnen können, aber so weit ging sein Stolz nun doch nicht. Das Geschenk bestärkte ihn in seinem Glauben, etwas Besonderes zu sein. Kurz gesagt, es war eine Mitgift. Und was für eine! Fünf Schlafzimmer, sechs Badezimmer, eine 70 Quadratmeter große Terrasse mit einer separaten Fläche zur Sondernutzung, auf der Rahm Berg einen Jacuzzi hatte installieren lassen. Seiner Tochter sollte es gutgehen. Sie sollte glücklich sein – und das Glück bestand darin, in einem lichtdurchfluteten Zimmer aufzuwachen, das Frühstück mit Blick auf New York einzunehmen, in der *New York Times* zu blättern und den eigenen Namen zu lesen. »Meine Tochter ist eine Prinzessin«, hatte Berg gesagt. Er hatte dabei gelacht, aber er hatte es gesagt. Auch Samir nannte sie so: »*My Jewish Princess*« – meine jüdische Prinzessin. Am Eingang zur Wohnung und an sämtlichen Türrahmen hatten Vater und Großvater, die Kippa und einen großen schwarzen Hut auf dem Kopf, gläserne Mesusot befestigt. Alles in allem zwanzig Schriftkapseln. Zwanzig kleine Behälter mit hebräischen Thoratexten, in denen der Allmächtige gebeten wird, den Hausstand zu beschützen. Das war ein wichtiges Ritual. Berg hatte keine Tür vergessen. Aber eigentlich hätte er eine Schriftkapsel auf den Kopf seiner Tochter legen müssen, um *sie* zu beschützen.

Eine Tochter, ein Haus und ein jüdisches Leben – das hatte Ruths Vater ihm geschenkt. Gut, es war nicht leicht gewesen, er hatte sich ins Zeug legen und bei dem Patriarchen seine Sache überzeugend vertreten müssen, aber schließlich war das Herumkriegen ja sein Beruf. Er hatte sich bei Ruths Mutter, einer großen, unglaublich redseligen Blondine, einschmeicheln müssen. Sie war eine hundertfünfzigprozentige Hausfrau und Mutter, aber auch eine Dermatologin, die auf den ersten Blick ein bösartiges Melanom erkannte, eine unvergleichliche Köchin, die zu den Chanukka-Abenden bis zu 120 Krapfen buk, und eine hervorragende Sportlerin und Marathonläuferin – ihre Tochter schlug ihr offensichtlich nach. Eine starke Frau also, die allem Anschein nach ganz in ihrer Sorge um Heim und Familie aufging.

Du bist ein guter Sohn und, wie ich hoffe, EIN GUTER MUSLIM.

Warum ging ihm dieser Satz ständig durch den Kopf, während er zwischen den Geburtstagsgästen immer weiter in den Saal hineinging? Warum gerade jetzt? Es war doch sein Geburtstag, der gefeiert wurde, und nicht irgendein jüdisches Fest. Man würde ihn nicht mit Klezmer-Musik begrüßen oder ihn auf einen Stuhl setzen und unter »Maseltov!«-Rufen durch die Luft schwenken. Er musste heute keine Gedanken an das Judentum verschwenden. *Das Judentum ist nur ein Detail meines Lebens.* Warum verfolgte ihn der Satz seiner Mutter? Warum war ihm plötzlich so heiß? Er schwitzte, sein Hemd war nass (und es war nicht irgendein beliebiges Hemd, es hatte über 300 Dollar gekostet und bestand aus dem besten, luftigsten, feinsten Stoff, den man sich denken konnte, aber jetzt war es so durchweicht, dass es an seiner Haut klebte, und er hatte plötzlich seinen Vater vor Augen, der von der Arbeit nach Hause kam und auf dessen billigem Hemd sich unter den Achseln zwei Flecke mit gelblichen Rändern abzeichneten, von denen ein so starker Schweißgeruch ausging, dass jedes Zimmer, das er betrat, danach roch – ein Geruch, den er unweigerlich mit Armut assoziierte). Tahar schwitzte wie ein Marathonläufer. Das war die Angst. Er wusste – und hatte es im Grunde vom ersten Tag an gewusst –, dass das Judentum kein Detail war, sondern *sein ganzes Leben.* Man hielt ihn für einen Juden. Seine Partner waren Juden, seine Frau war Jüdin, und auch seine Kinder mussten zwangsläufig Juden werden. Die meisten seiner Freunde waren Juden. Seine Schwiegereltern waren nicht einfach nur Juden, sondern praktizierende, orthodoxe Juden. Die von Freitagabend, wenn die Sonne unterging, bis Samstagabend bei Einbruch der Dunkelheit nicht arbeiteten. Die, wenn sie etwas zu entscheiden oder bedenken hatten, Rabbiner konsultierten wie andere Leute Wahrsager. Die mindestens 400 der 613 Gebote befolgten. Die häufig nach Israel reisten, in Jerusalem an der Klagemauer beteten und Wünsche auf Zettelchen schrieben, die sie in eine der glühend heißen Mauerspalten steckten. Ein einziges Mal hatte er seinen Schwiegervater begleitet (ein Jahr nach seiner ersten Begegnung mit Ruth, sie waren noch nicht verheiratet, nicht einmal verlobt, es war eine Initiationsreise – und ein Härtetest, denn am israelischen Zoll war ihm vor lauter Angst, in Anwesenheit von Ruth und ihrem Vater enttarnt zu werden, der Schweiß aus allen Poren gebrochen, er hatte sich quasi verflüssigt), und bei diesem einen und einzigen Mal war es ihm gelungen, das Zettelchen an sich zu bringen, das Berg in die Mauerritze gesteckt hatte. Er hatte es heimlich auseinandergefaltet und gelesen:

»O Herr, Ewiger, mein Gott, König der Welt, ich bitte Dich:

Wunsch Nummer 1: Beschütze meine Familie, gewähre ihr gute Gesundheit.

Wunsch Nummer 2: Hilf mir zu bewahren, was ich erworben habe.

Wunsch Nummer 3: Möge sich meine Tochter von Sam TAHAR trennen.«

Berg hatte drei Wünsche geäußert, drei Wünsche, von denen er ziemlich sicher sein konnte, dass sie in Erfüllung gehen würden, denn er war stark im Glauben, er glaubte wirklich, er war ein Mystiker. Er hatte nur ein winziges Papierfetzchen und wenige Minuten, um seine Wünsche zu formulieren, er musste sich kurzfassen, präzise sein, und alles, um das er seinen Gott bat, war, dass sich seine Tochter von »Sam TAHAR« trennen möge. Er schrieb nicht: »Herr, heile meine Mutter« (die zu jener Zeit an metastasierendem Leberkrebs litt) oder »Herr, schenke meiner kleinen Schwester ein gesundes Kind« (denn sie war im dritten Monat schwanger, und ein Bluttest hatte ergeben, dass eine Fruchtwasseruntersuchung sinnvoll wäre), nein, vor dem sonnengebleichten Stein, vor einer der überwältigendsten Landschaften der Welt, deren atemberaubende Schönheit die Menschen zu Tränen rührt und existentielle Fragen aufwirft, dachte er an Tahar, und er dachte nichts Gutes. Er wünschte sich, dass er aus dem Leben seiner Tochter verschwände, dass er das Feld räumte. Was wusste er denn über diesen Kerl? Nichts – oder jedenfalls nicht viel. Natürlich hatte er der Heirat seiner Tochter nicht ohne weiteres zugestimmt, er hatte Dokumente verlangt. Tahar hatte behauptet, er besäße die Heiratsurkunde seiner Eltern nicht: »Sie müssen sie verloren haben, und das betreffende Konsistorium ist abgebrannt.« Er habe keine Angehörigen mehr.

Wie sollte man so etwas glauben? Berg gefiel das nicht – man war Jude oder man war keiner. Tahar wollte sein Ehrenwort geben? Das taugte nicht viel. Gut, sein Vorname sprach für ihn. Sam war die Abkürzung von Samuel, oder nicht? Dagegen war nichts einzuwenden, sein Vorname war zufriedenstellend. Aber der Nachname, Tahar. Irgendwie verdächtig. Ruths Vater hatte einen Studenten engagiert, der sich auf genealogische Recherchen spezialisiert hatte. Und der hatte Folgendes herausgefunden: »Arabischer Familienname, *manchmal* von sephardischen Juden übernommen. Im Hebräischen wie im Arabischen gebräuchlich: Tahir, der Keusche, Echte, Tugendsame, Ehrenhafte.«

»Das passt«, sagte Sam. Tahar-der-Keusche, darüber musste Berman herzlich lachen. Samuel war der Name eines Propheten, einer biblischen Gestalt. Und wenn man Samir so betrachtete, mit seinem schönen, sephardischen Haupt, den schwarzglänzenden Haaren, die er häufig mit Gel glättete wie ein Mafia-Pate, mit seiner dunklen Haut, seiner leicht gebogenen Nase, den schwarzen, von hauchdünnen Wimpern gesäumten Augen und den schweren Lidern, dann wirkte er edel und aufrecht. Ein gutaussehender Orientale. Welch ein Kontrast zu den blonden oder rothaarigen aschkenasischen Juden, die ihre helle Haut rund um die Uhr mit Faktor-60-Sonnencreme, einem Hut und extradunklen Brillengläsern vor den Sonnenstrahlen schützen mussten. Dass sie es mit einem Sepharden zu tun hatten, störte sie, das wusste er. Es missfiel ihnen sogar sehr. *Dieser Araber! Seien wir doch mal ehrlich. Er ist nicht wie Wir* (das hieß, er ist weniger gut als *Wir*, weniger zivilisiert, weniger integriert, weniger subtil als *Wir*). Die Bergs mussten sich mit einem Juden aus dem arabischen Kulturkreis arrangieren, und das war für den versnobtesten Zweig der Familie, der eine quasi aristokratische Abstammungslinie anstrebte, eine echte Herausforderung. Er konnte so raffiniert, gebildet und kultiviert sein, wie er wollte, er würde ihnen immer zu emotional, zu heißblütig, zu braun sein. Er redete zu viel und zu laut, während sie flüsterten; er lachte, während sie ernst waren; er war locker, während sie tiefsinnig waren. Er war nicht *wirklich* einer von ihnen. Und dann hieß er auch noch Tahar, was wie ein Fremdwort klang und das Ohr beleidigte. »Tahar« deklassierte ihn und ängstigte sie.

Eine der ersten Bedingungen, die Ruths Vater ihm stellte, lautete: »Meine Enkelkinder werden den Namen Berg tragen.« Er hatte es etwas abrupt hervorgestoßen, um die Dinge ein für alle Mal klarzustellen und seine Autorität zu unterstreichen: Hier bin ich der Chef. Tahar stand wie versteinert vor ihm. Wie begründete er eine solche Demütigung, eine solche Anomalie? Durch welchen gewieften Schachzug hoffte er sich aus der Affäre ziehen zu können, ohne dass es zu einem Streit und einer heftigen Reaktion kam? »Sachte … sachte … Kommen Sie her.« Berg öffnete die Arme zu einer väterlichen Geste, man hätte meinen können, er wollte Tahar in die Arme schließen, ihm etwas anvertrauen, das er aus Vorsicht noch nie einem Menschen anvertraut hatte. Rahm Berg konnte Gefühle gewinnbringend einsetzen, man lenkte ein. Er sagte nicht zu Samir: Ich will nicht, dass meine Nachkommen einen nordafrikanischen Namen tragen. Er sagte nicht: Es wäre angesichts meines Renommees, meiner Stellung und meines politischen und wirtschaftlichen Gewichts sinnvoll, dass meine Nachkommenschaft denselben Namen wie ich trägt, denn es ist ein nützlicher, lukrativer Name, der Türen öffnet, der einem zehn, fünfzehn Jahre Arbeit ersparen kann. Er schob sich nicht in den Vordergrund, im Gegenteil, er stellte sich hinter seine Familie. Er wirkte aufgewühlt, er schien es ehrlich zu meinen, warum auch nicht, seine Stimme war belegt, aber das lag nicht an Tränen, sondern an einer Art unterdrückter Wut. Praktisch seine gesamte Familie, erzählte er Tahar, sei im Krieg ermordet worden. »Der Name Berg ist so gut wie ausgestorben. Die Nazis haben meinen Namen vernichtet. Da ich keinen Sohn habe, ist meine Tochter die letzte Berg.« Das hatte Tahar außerordentlich erschüttert. Deshalb hatte er sich einverstanden erklärt, seinen Kindern den Namen Berg zu geben, und verzichtete darauf, den Namen seines Vaters zu vererben. Aber es gab ihm immer einen Stich, wenn er die Namen seiner Kinder auf ihren Schulheften las: LUCAS BERG, 5 Jahre, LISA BERG, 3 Jahre. Nicht einmal sein Aussehen hatte er ihnen vererbt, mit ihren kastanienbraunen Haaren und ihrer hellen Haut sahen beide ihrer Mutter ähnlich.

Auch seine Kenntnisse über das Judentum hatte sein Schwiegervater getestet. Keine Einwände, in den wesentlichen Punkten schnitt er ganz ordentlich ab. Er hatte viel von Samuel gelernt, und durch den Kontakt mit seinen Kollegen von der Kanzlei war er annähernd über die Sabbatzeiten informiert. Das Täuschungsmanöver gelang. Er wusste, wie man Fragen stellte, und so gab man ihm bei der Pessach-Feier den Platz des »weisen Sohnes«. Er konnte die hebräische Schrift nicht lesen, also gut, dann las er den Text eben mit seinem französischen Akzent in Lautschrift, und alle hatten etwas zu lachen. Eines Tages aber, als sie zusammensaßen und Ruths Mutter Samir in schneidendem Ton bat, etwas weniger laut zu lachen, flüsterte ihm Ruth halb amüsiert, halb ernsthaft zu: »Sei ihnen nicht böse, Sami, für sie bist du ein Araber.« Er durchbohrte sie mit seinen Blicken. Gern hätte er sie in diesem Moment vor versammelter Familie angefahren: »Ja, das bin ich. Ein echter Araber. Sohn des Abdelkader Tahar, Enkelsohn des Eisenwarenhändlers Mohammed Tahar und der Schneiderin Fatima Oualil. Leckt mich doch alle!«

Sein Vater – noch so eine tiefe, schwärende Wunde, die ihn beharrlich quälte. Abdelkader Tahar war dreißig gewesen, als er seine zukünftige Ehefrau Nawel Yahyaoui kennengelernt hatte. Sie stammte aus Oulad el Houra in Tunesien, einem kleinen Ort im Herzen des Gouvernements Kef. Sein Vater, Mohammed Tahar, arrangierte ein erstes Kennenlernen, das Mädchen gefiel ihm: tugendhaft/unbescholten/rein, das sanfte Gesicht von zwei langen Zöpfen umrahmt, eine sandfarbene Haut, samtweich wie eine Aprikose, so etwas hatte er noch nie gesehen. Sie war wie für ihn geschaffen, das spürte er, das wusste er, er fragte sie nicht nach ihrer Meinung – wozu auch? – und heiratete sie. Anfang der 1960er Jahre emigrierten sie gemeinsam nach Frankreich. Angeblich gab es dort Arbeit, nichts wie hin. Zehn Jahre lang schuftete er wie ein Verrückter in den Salinen von Varangéville, das ging an die Nieren. Dann die Chance. Er konnte einen Monat lang einen Freund vertreten, der bei einem Geschäftsmann als Chauffeur angestellt war, ein Traum*, eine Tür ging auf, er trat ein. Tag und

---

* Das Wort »Traum« hat eine wahre Erfolgsgeschichte hinter sich. Es wird regelmäßig von bedeutenden Politikern verwendet, aber auch von großen Denkern, unter anderen Sigmund Freud. Leider kann man von »Pipifax« nicht dasselbe sagen; dieses Wort hat nicht das Schicksal, das es verdient, und ist heute leider vom Aussterben bedroht.

Nacht kutschierte er die verwöhnten Söhne einer saudi-arabischen Familie von der Place Vendôme in die verrufenen Viertel von Paris, wo es Mädchen, Haschisch und harte Drogen gab. Abdelkader wartete und kassierte, als Trinkgeld erhielt er gerollte Geldscheine. Aber das war nicht von Dauer, die Familie kehrte nach Dubai zurück, und Abdelkader kam bei einem Industriellen unter*. Nawel Tahar arbeitete in der Kantine einer Gemeindeschule, sie liebte Kinder. 1967 kam Samir zur Welt. Ein kleines dunkles Kerlchen mit Augen, die wie schwarze Diamanten strahlten – und was für eine Persönlichkeit! »Schon im Bauch hat er mich getreten, weil er hinauswollte.« Aber obwohl Nawel nicht krank war, wurde sie nicht wieder schwanger. Drei Jahre später ließ sich der Arbeitgeber des Vaters in London nieder und verlangte von ihm, dass er mitkam. Sie blieben fünf Jahre dort. Sie wohnten in einer kleinen Zweizimmerwohnung im dritten Stockwerk eines weißverputzten Wohnhauses an der belebten Edgware Road, im Zentrum von Londons arabischem Viertel. Ihnen gefielen die belebten Hauptstraßen, auf denen sich ein buntgemischtes Völkchen drängte: verirrte Touristen, den Stadtplan in der Hand, Kebab-Verkäufer, die ihre heißen Fladen in Zeitungspapier wickelten, Näherinnen in traditionellen Kostümen, die spottbillige bestickte Schals schwenkten, libanesische, syrische, iranische, marokkanische, tunesische und algerische Gastwirte, die mit warmen Gerichten und Schischas lockten, Kassiererinnen, die in die kleinen Verkaufsbuden zurückhasteten, in denen man direkt importierte

---

* Erwan Leconte, ein franko-britischer Unternehmer, der 1956 in London geboren wurde. Seine Mutter sagte einmal zu einer Freundin: »Wenn man einen Sohn wie Erwan hat, hat man etwas erreicht im Leben.«

Lebensmittel aus dem Orient bekam: riesige Dosen Thunfisch in Öl, Olivenpaste, eingelegte Zitronen, Sesamsamen, Sesampaste, Sesamkrokant, Halal-Fleisch, aus Syrien importierte Halva, Couscous, Safranfäden, vielfarbige Gewürze, deren herber Duft die Luft erfüllte und sich in den Kleidern festsetzte, exotische Fruchtsäfte, drei Finger große Datteln, schmelzend und süß – so teuer, dass man sie sich nur bei bedeutenden Anlässen leistete –, getrocknete Aprikosen und entsteinte Pflaumen, die die Kunden paketweise wegtrugen und mit denen sie Fleisch füllten, Pistazien, frische und gesalzene Mandeln und sogar schwarze Steine aus dem Atlasgebirge, deren Verbrennung vor dem bösen Blick schützte und die Geister vertrieb. Nawel bekam gar nicht genug davon, Dinge zu kaufen, die sie an ihre Kindheit erinnerten, oder auch nur mit den anderen Käufern zu schwatzen, Einwanderern wie sie, die am liebsten unter sich blieben und von der Vergangenheit schwärmten. In kostenlosen Abendkursen, die militante Mitglieder einer linken Vereinigung organisiert hatten, lernten sie innerhalb weniger Monate Englisch. Die Integration gelang.

Doch als der Industrielle nach Frankreich zurückkehrte, beschloss Abdelkader, ihm auch diesmal zu folgen. Er verdankte ihm alles, *ich brauche Sie, Abdelkader* – zum ersten Mal brachte ihm jemand Wertschätzung entgegen und zeigte sich dankbar, das rührte ihn zu Tränen. Sie fanden eine Sozialwohnung in Grigny in einem gerade noch akzeptablen Wohnblock – das sollte sich bald ändern –, aber als Abdelkader mit vierundsechzig kurz vor der Rente stand, wurde er am Ausgang der Metrostation Strasbourg – Saint-Denis verhaftet. Ausweiskontrolle, Ihre Papiere ... Sie haben nicht *bitte* gesagt ... Soso, wir haben nicht bitte gesagt, er will, dass wir bitte sagen ... Ja, ich verstehe nicht, warum Sie nicht *bitte, Monsieur* sagen können, ich habe nichts angestellt/ich habe nichts gestohlen/ich habe niemanden umgebracht ... Das sagst du, her mit dem Ausweis ... Sagen Sie *bitte* ... Und so weiter ... Polizeigewahrsam ... Vernehmung ...

»Natürliche Todesursache« stand im Protokoll der Kripo, Fotos von einem verformten menschlichen Schädel lagen bei. »Dem leitenden Oberstaatsanwalt XYZ am Zivilgericht der ersten Instanz wurde eine Person überstellt, die bei der vorläufigen Festnahme die folgenden Angaben zur Person machte:

M. TAHAR Abdelkader

Geburtsdatum: 15. Januar 1915

Geburtsort: Oulad el Houra (Tunesien)

Eltern: Mohammed Tahar und Fatima Oualil

Beruf: Arbeiter

Familienstand: verheiratet

Kinder: 1

Wir haben ihn von den Straftaten, die ihm vorgeworfen werden, in Kenntnis gesetzt und teilten ihm mit, dass man ihm Folgendes zur Last legt:

Am 4. April 1979 in Paris bei einer Ausweiskontrolle einem Polizeibeamten gegenüber beleidigende Äußerungen von sich gegeben zu haben.

Auf Wunsch des Beschuldigten nehmen wir seine Erklärung ins Protokoll auf:

»*Ich bestreite den Sachverhalt. Ich hatte meine Papiere nicht bei mir, der Polizist hat abfällig mit mir geredet, er hat nicht bitte gesagt usw., ich habe ihm geantwortet, ohne ihn zu beleidigen, das schwöre ich.*«

Dann ging es weiter ... Abdelkader Tahar hat geschrien,

ist mit dem Kopf gegen die Wand gelaufen, ist durchgedreht (sagen sie) – Akte geschlossen.

Nein, Samir konnte nicht »mein Vater« sagen und auf einen Karriereschub oder Respekt hoffen. Er konnte nicht sagen: »Ich bin der Sohn von Abdelkader Tahar«, und einen besseren Tisch im Restaurant, ein Bankdarlehen oder Schmeicheleien erwarten. Ruth dagegen trat ein und sagte: »Ich bin die Tochter von Rahm Berg«, und man behandelte sie wie ein kostbares Schmuckstück, man bemühte sich um einen liebenswürdigen Ton, ein Zimmer, einen Tisch, einen Chauffeur, ein Taxi, man bot ihr eine Chance, ein gutes Geschäft, eine Arbeit, eine Stellung, einen Unterschlupf, man lud sie zum Essen ein, man wollte sie sehen, sie wiedersehen, man beteuerte ihr: Es wäre mir ein Vergnügen, ein Privileg, eine Ehre. In ihrer Nähe war Tahar zu einem Mann geworden, dem man an seinem Geburtstag wie einem Gott huldigte …

Tahar hatte nichts von Ruths wochenlangen Vorbereitungen mitbekommen. Nun beobachtete er sie, wie sie, mit Schmuck behängt, frisch vom Friseur, in einer sündhaft teuren, perlenbesetzten Designerrobe, die Gäste begrüßte, und er musste daran denken, dass er ihr das alles verdankte. Später am Abend drückte er ihr in seiner Dankesrede öffentlich seine Liebe und Bewunderung aus. Die Feier war ein Spektakel, früher hatte er so etwas verabscheut, aber seit er in den USA lebte, leuchteten ihm Sinn und Zweck einer solchen Veranstaltung immer mehr ein. Die Gäste applaudierten frenetisch, seine Frau vergoss Tränen der Rührung, seine Kinder stürzten auf ihn zu und umarmten ihn. Der Fotograf hielt den Augenblick für die Ewigkeit fest. Eine wunderschöne jüdische Familie. Klick.

3

Zwanzig Jahre später geht die Bombe hoch – als ein Feuer, das von innen heraus verzehrt, als eine Kränkung. Sie explodiert in einem Moment, in dem Samuel es am wenigsten erwartet, in dem er um den Mann trauert, der er hätte sein müssen; sie explodiert, als ihm nichts mehr geblieben ist, zielsicher hat er alle Chancen, die sich ihm geboten hatten, ausgeschlagen, all seine Begabungen ungenutzt gelassen. Warum nur hat er seine Selbstzerstörung so verbissen vorangetrieben? Nun steht er mitten in der Nacht schwankend auf, man könnte meinen, er würde hinken, würde geradewegs gegen die Wand laufen, aber er hält das Gleichgewicht, hält den Kurs, wächst an seiner Aufgabe, und nun steht er wie gelähmt vor Nina und betrachtet ihren klassisch schönen Körper, der auf einer Matratze auf dem Boden ausgestreckt liegt. Sein Blick wandert über ihre geschlossenen Augen mit den bläulichen Lidern und den dunklen Ringen, dem Ergebnis durchwachter, zergrübelter Nächte, über die schwarze Haarflut, deren Spitzen sie sich selbst mit einer gebogenen Nagelschere abgeschnitten hat, und die vollen, weißen Brüste, die sich unter dem zu großen T-Shirt abzeichnen – woher kommt diese Manie, immer alles eine Nummer zu groß zu kaufen, was will sie denn verstecken? Sie ist, *völlig objektiv betrachtet,* die schönste Frau, die er je gesehen hat, was ihn jedes Mal, wenn er sie offen oder verstohlen beim An- und Ausziehen beobachtet, aufs Neue bestürzt. Er hätte sich in der langen Zeit, die sie nun schon zusammenlebten, daran gewöhnen müssen, man gewöhnt sich schließlich an alles, aber daran dann doch nicht. Sie ist hochgewachsen, hat schwarzumrandete Augen, feine Gesichtszüge und einen vollen, sinnlichen Körper. Ihr Hintern ist rund und fest, sie hat ein ausgeprägtes Hohlkreuz und lange Beine und ist erstaunlich muskulös, obwohl ihre wichtigste sportliche Aktivität darin besteht, der Regionalbahn oder dem Bus hinterherzulaufen. Ihre Gesten verleihen den geringsten Alltagsverrichtungen Glanz. Man muss ihr nur beim Lesen zusehen. Oder bei der Hausarbeit. Sie dabei zu beobachten, wie sie ein Zimmer betritt oder die Straße überquert, ist an sich schon ein erotisches Erlebnis, nicht etwa, weil Nina sich herausfordernd verhalten oder in den Mittelpunkt stellen würde – dazu ist sie viel zu diskret, zu unverstellt –, sondern weil ihr vollendeter Körper ihr hinderlich zu sein scheint. Sie ist nicht frei in ihren Bewegungen; sie kann nicht einfach mal mit offenen Haaren, in Shorts oder einem tiefer ausgeschnittenen Top auf die Straße gehen, um Luft zu schnappen. Wenn sie das tut, wenn sie ihrer Spontaneität und Sinnlichkeit freien Lauf lässt, pfeift man ihr nach, sie wird angesprochen, angebaggert, begafft. Sie hasst das, die ungerechten Gesetze der Begierde sind ihr lästig. Die gekünstelten Balzrituale, die das gesellschaftliche Leben regeln, langweilen sie. Man sieht ihr an, dass sie nicht weiß, was sie mit ihrem supererotischen Körper anfangen soll – sie kann machen, was sie will, ihr Körper zieht die Blicke auf sich, er übt eine magische Anziehungskraft aus. Der zweibeinige Jäger, der ihr Unbehagen spürt, denkt nur an eines: Er will sie besitzen. Für einen solchen Körper brauchte man eine Gebrauchsanweisung. So viel Schönheit macht unfrei. Zu Recht fühlt sich ihr niemand gewachsen. Sie ist keine Frau, die am ersten Abend mit einem Mann ins Bett steigt. Nicht mal am zweiten Abend. Nicht, weil sie besonders prüde wäre – ihr Moralempfinden ist eine variable Größe –, aber sie weiß zu gut Bescheid über die vernichtende Wirkung ihrer Schönheit, die anderen Angst macht, die entfremdet – und dabei macht ihr selbst ihre Schönheit am meisten Angst und entfremdet sie von ihrer Umgebung. Sie bindet ihre langen, glatten schwarzen Haare zu einem Pferdeschwanz zusammen, etwas Besseres fällt ihr nicht ein. Gut, sie ist vor kurzem vierzig geworden und kommt allmählich in die Wechseljahre. Sie weiß, dass sich in ein paar Monaten oder Jahren (jedenfalls einer sehr kurzen, immer weiter schrumpfenden Zeitspanne, vor deren Ende sie keine Angst hat, denn das Alter wird das erotische Knistern dämpfen, das ihre Anwesenheit in einem Raum auslöst) die Männer nicht mehr nach ihr umdrehen werden. Samuel kann es kaum erwarten. Eine Frau wie sie löst schreckliche Verlustängste aus. Du siehst sie an und weißt, dass jederzeit ein anderer kommen und sie dir wegnehmen kann, ein Mann, der den Wunsch und vielleicht auch die Mittel dazu hat: Charme, Humor, ein Vermögen, was auch immer. Es ist nur eine Frage von Stunden, von Wochen, von Monaten, dann nimmt er den Platz ein, den du dir durch Drohungen, Einschüchterung, Erpressung erkämpft hast und der ständig bedroht ist, weil dein Wankelmut und deine wiederholten Misserfolge dich bei ihr in Misskredit bringen. Dein Platz ist ein Schleudersitz, du musst schmeicheln/tricksen/verhandeln, um bleiben zu können, du wandelst beständig am Rande des Abgrunds, du fühlst dich niemals sicher, und selbst wenn du mit ihr im Bett liegst, hast du Angst, dem Geschenk, das sie dir mit ihrem Körper macht, nicht gerecht zu werden, du bist schon nervös, wenn du dich hinlegst, du schläfst schlecht und wachst mit der Angst im

Bauch auf. In der Nähe einer so schönen Frau benimmst du dich wie ein schreckhafter Chauffeur am Steuer eines gepanzerten Geldtransporters. Reiß dich zusammen: Du beförderst schließlich den Inhalt der Französischen Nationalbank, alle Wegelagerer des Landes stehen bereit zum Überfall, sie warten nur darauf, dir mit einer Schrotflinte das Gehirn wegzupusten und mit der Beute abzuhauen. Sie wollen das, was dir gehört, und sie sind viel gieriger und stürmischer als du, denn sie hatten sie noch nie in den Fingern, sie wissen nicht, wie es ist, von einer so schönen Frau geliebt zu werden. Als Spionin hätte sie nur ihren Kopf auf ein Kissen legen müssen, um Staatsgeheimnisse in Erfahrung zu bringen, aber sie ist sich ihrer Macht nicht bewusst. Sie duckt sich immer noch ein bisschen, wenn sie einen Raum betritt, und senkt den Blick. Trotzdem wird sie angestarrt, und der Gedanke, sie zu verlieren, erschreckt Samuel maßlos. (Er ist auf dem besten Wege dahin, das spürt er, denn warum sonst hätte sie ihm, kaum war der Fernseher ausgeschaltet, den Vorschlag gemacht, Recherchen über Samir anzustellen?)

Schalt den Computer an, wir wollen doch mal sehen, was sich finden lässt. Und schon kauerten sie wie zwei fleißige Studenten vor dem Bildschirm. Samuel tippte die Worte SAMIR TAHAR in die Suchmaschine ein und las die folgende Empfehlung: *Meinten Sie: »Sam Tahar«.* Innerhalb weniger Sekunden erschienen Dutzende von Einträgen – Berufliches, Auszüge aus Interviews, Hinweise auf laufende Verfahren. Kein Eintrag in den einschlägigen sozialen Netzwerken.

Er klickte auf jeden Link, der Samir betraf, und druckte

jedes Dokument aus. So erfuhr er, dass Samir sein Jurastudium in Montpellier mit Auszeichnung abgeschlossen hatte und danach in die Anwaltskanzlei Lévy und Queffélec aufgenommen worden war, in der er zwei Jahre blieb, bis er die Leitung ihrer neugegründeten anwaltlichen Zweigstelle in New York übernahm. Samuel tippte: *Lévy, Berman und Partner*. Als Mitglied der Anwaltskammern von Paris und New York hatte sich Samir einen Namen gemacht, indem er für die Rechte eines amerikanischen Feuerwehrmanns eintrat, der bei der Rettungsoperation in den Türmen des World Trade Center schwere Verletzungen erlitten hatte, und indem er die Familien zweier in Afghanistan gefallener Soldaten verteidigte. Außerdem tauchte sein Name häufig im Zusammenhang mit Aktionen feministischer Gruppierungen auf, offenbar war er als Rechtsbeistand mehrerer Opfer von Gruppenvergewaltigungen aufgetreten. Das Internet informierte außerdem darüber, dass er mit Ruth Berg, der Tochter von Rahm Berg, verheiratet war.

Bei Wikipedia stießen Nina und Samuel auf folgenden Eintrag:

Rahm Berg, geboren am 4. Mai 1945 in Jerusalem, amerikanischer Unternehmer und ehemaliger Präsident der RBA-Gruppe. Berg zählt zu den hundert reichsten Menschen der Welt und gilt als einer der wichtigsten Sammler moderner und zeitgenössischer Kunst.

Sein Vorname Rahm bedeutet im Hebräischen »erhaben«. Seine Mutter Rebecca Weiss entstammt einer berühmten Familie ultraorthodoxer Rabbiner. Sein Vater Abraham Berg, geboren in Jerusalem, ist ein ehemaliges Mitglied der ultranationalistischen zionistischen Untergrundorganisation Irgun, die von 1931 bis 1948 zunächst in Palästina und dann in Israel aktiv war. Er emigrierte Ende der 1950er Jahre mit seinen Kindern in die Vereinigten Staaten von Amerika.

Rahm Berg ist ein glühender Anhänger der »jüdischen Sache« und des Staates Israel. Er finanzierte mehrere Kunstprojekte, vor allem eine große Ausstellung mit dem Titel »Das schuldige Schweigen« im Londoner Somerset House.

Dann sahen sie nach, welche Ergänzungsvorschläge Google machte, wenn sie Samirs Namen eingaben. Als sie »Sam Tahar« tippten, tauchten verschiedene Kombinationen auf:

Sam Tahar Anwalt

Sam Tahar New York

Sam Tahar Jude

Zuerst waren sie skeptisch. Sie wussten, dass die Bezeichnung »Jude« oft von Suchmaschinen an Eigennamen angehängt wurde, also klickten sie sicherheitshalber auf aktuelle Links, und die ließen keinen Zweifel.

»Samir gibt sich als Jude aus oder ist Jude geworden, das ist ziemlich klar, oder?«, sagte Nina.

»Ja«, antwortete Samuel trocken, ihm schien der Fund peinlich zu sein.

»Meinst du, er ist konvertiert?«

»Möglich ... Bei dem ist *alles* möglich.«

Plötzlich fiel Ninas Blick auf ein großes Porträt von Samir in einer amerikanischen Zeitschrift. Samir posierte in einem schwarzen Anzug mit weißem Hemd vor der Kamera eines berühmten Fotografen, sein Gesicht war kontrastreich ausgeleuchtet, als sollte die Doppelnatur des Porträtierten unterstrichen werden, welche die Bildlegende suggerierte: *Gott oder Teufel?* Über der Reportage, die eine ganze Seite füllte, stand in großer Schrift: *Was treibt Sami an?* Der Artikel, den eine junge amerikanische Romanautorin[*] verfasst hatte, war im Rahmen einer Porträtreihe mit dem Titel *Schicksale* entstanden, die den Werdegang außergewöhnlicher Persönlichkeiten unter die Lupe nahm.

»Gib her.« Sie griff nach dem Laptop, dessen Akku ganz heiß geworden war, stellte ihn sich auf die Knie und begann laut zu übersetzen, da Samuel, im Gegensatz zu ihr, nicht gut Englisch sprach. Aber schon nach wenigen Sekunden zog sie eine Grimasse und verstummte.

»Was ist? Was steht da?«, wollte Samuel wissen.

Nina sagte nichts, las stumm weiter und konnte den Blick nicht vom Bildschirm lösen.

»Aber was ist denn?«, rief Samuel. Er war kurz davor durchzudrehen, sie quälte ihn, warum quälte sie ihn, sag mir, was da steht, warum übersetzte sie es nicht für ihn? Doch Nina schwieg hartnäckig, sie musste den Artikel drei, vier Mal lesen, um seine Tragweite zu begreifen und um sich eine Strategie auszudenken. Er schüttelte sie: »Was ist? Sag schon! Was steht da?« Aber sie starrte ihn nur mit offenem Mund an und brachte keinen Ton heraus.

---

[*] Samantha David, 28, Autorin des politischen Romans »Die Versöhnung«. Unter dem Pseudonym Lola Monroe schrieb sie auch erotische Romane.

4

Die Tahars betreten ihr Apartmenthaus mit der blasierten Miene von Leuten, die schon alles gesehen haben. Sie gehen Hand in Hand an dem Nachtportier* vorbei, der engagiert wurde, um den Zugang zum Gebäude zu bewachen, und sie mit einer Mischung aus Faszination und Verachtung anstarrt. *Was für Idioten, diese Geldsäcke!*, wird er später zu seiner Frau sagen, vorläufig aber setzt er ein breites Lächeln auf, Guten Abend, Ma'am, Guten Abend, Sir. Er quasselt, was das Zeug hält, trägt dick auf, hat es auf ein Trinkgeld abgesehen, Unterwürfigkeit ist teuer. Und am Ende steckt Tahar ihm tatsächlich etwas zu – aber nicht gleich, denn Ruths Handy klingelt, so ein Ärger, es ist ihr Vater, der ihm noch ein letztes Mal gratulieren und seiner Tochter sagen will, wie stolz er auf sie ist. Und noch viel mehr. Sie nehmen den Lift – der Vater redet immer noch – und erreichen ihr Apartment, das wäre geschafft, sie legt auf, nicht ohne ihrem Vater noch ein Dutzend Mal gedankt zu haben. (Inwieweit war er eigentlich an der Organisation meiner Geburtstagsfeier beteiligt?, fragt sich Samir, erbost über die Aussicht, künftig noch tiefer in der Schuld seines Schwiegervaters zu stehen.) *Wollen wir im Salon noch ein Glas trinken?* Nein, sie hat schon zu viel getrunken, sie ist müde.

»Du hast noch Energie? Ich nicht, ich habe so viele Leute geküsst, dass ich mir bestimmt die Keime von ganz Manhattan eingefangen habe!«

---

* Marc Costanza, 45, Nachtportier im Gebäude 23, Fifth Avenue, ist der Sohn italienischer Einwanderer. Geboren im New Yorker Stadtviertel Little Italy, ging er früh von der Schule ab, um im Familienbetrieb, einer Schuhmacherei, zu arbeiten. Anschließend erhielt er eine Stelle als Nachtportier und belegte Theaterkurse. Sein größter Wunsch? »Der neue Al Pacino werden.«

Er ist noch nicht müde, das muss an der Aufregung, der Überreizung liegen. Bevor sie schlafen geht, gibt Ruth ihm den großen weißen Umschlag, der die detaillierte Geschenkliste enthält, die sie bei Ralph Lauren hinterlegt hatte. Er kann es sich nicht verkneifen, ihn in ihrer Gegenwart zu öffnen und jeden einzelnen Geldbetrag zu kommentieren, den einer der Gäste lockergemacht hat.

»Stan, dieser Mistkerl, hat mir einen Schal für 500 Dollar geschenkt! Und ich habe ihn angelernt! Dylan hat 1500 Euro ausgegeben, ich hoffe nur, dass er die nicht auf die Spesenrechnung setzt«, witzelt er.

»Du hast jetzt genug im Schrank, bis du fünfzig bist«, antwortet Ruth, küsst ihn und geht in Richtung Schlafzimmer.

Samir blickt ihr nach. Ihre schlanke Silhouette entschwindet im Flur, von ihrer schmalen Hand baumeln die Riemchen ihrer teuren Slingpumps, barfuß gleitet sie auf zarten Füßen über den Boden, schwerelos wie eine Balletttänzerin. Denn natürlich hat sie als kleines Mädchen auch Ballett getanzt – vergöttert von einem Vater, der in ihr die wandelnde Vollkommenheit sah, hatte sie an allen außerschulischen Aktivitäten teilgenommen, die für eine Tochter aus gutem Hause unerlässlich waren: klassischer Tanz, Musik und Sprachen, mit einem überdurchschnittlichen Ergebnis, das versteht sich von selbst. Man musste nur ihren stolzen, geschmeidigen Gang erleben, ihre Kopfhaltung, ihr virtuoses Klavierspiel und die Gewandtheit, mit der sie sich auf Deutsch und Hebräisch ausdrücken konnte. Japanisch hatte sie als Erwachsene gelernt, um Haikus im Original lesen zu können.

Samir sieht ihr hinterher und bereut in diesem Augenblick, dass er andere Frauen verführt, dass er Ruth überhaupt betrügt, wenn sich nur die Gelegenheit bietet, und Trieben nachgibt, die ihm seine Natur aufzuzwingen scheint, ohne dass er sich dagegen wehren könnte. Er kommt sich vor wie eine Geisel seiner Obsessionen, seines Körpers, der ungehindert besitzen/genießen/begehren und seine Phantasien mit beängstigender Hemmungslosigkeit ausleben will. Dagegen ist er wehrlos. Frauen gegenüber verhält er sich immer offensiv, er ist *allzeit bereit*, unfähig, sich zu beherrschen. In der Öffentlichkeit wie im privaten Umfeld liegt er immer auf der Lauer, er begutachtet jede Frau, die den Raum betritt, sucht in ihrem Blick ein verheißungsvolles Signal. Manche Frauen entdeckt er sogar in den Medien, und dann schreibt er ihnen »Ich liebe Ihre Arbeit« und lädt sie zum Essen ein. Er macht sich vor allem an Autorinnen heran, die er durch Abbildungen auf den Literaturseiten des *New Yorker* aufspürt.

»Macht dir das keine Angst?«, fragte Berman jedes Mal, wenn er wieder einen potentiellen Skandal witterte.

»Doch, natürlich ... Ich habe Angst, meine Frau und meine Kinder zu verlieren. Ich habe Angst, mich zu verlieben. Ich habe Angst, einer Frau zu begegnen, die mich nicht in Ruhe lässt, die Anzeige erstattet, um sich zu rächen. Ich habe Angst, mir eine Krankheit zu holen – ich weiß, du hast es mir schon gesagt, es ist verrückt, sich nicht immer zu schützen, es ist unverantwortlich, unentschuldbar, ich bringe meine Frau in Gefahr, mein Leben, ich könnte alles verlieren wegen einer Sache von zehn Minuten. Das schockiert dich? Also gut, dann mach dich jetzt auf einen noch größeren Schock gefasst: Manchmal dauert es nicht mal zehn Minuten, und ich bin hinterher wütend auf mich, furchtbar wütend, ich bin zerknirscht, ich fühle mich grauenhaft schuldig, ich habe eine Scheißangst, aber weißt du, die Lust ist stärker als die Angst, sie dämpft die Angst, löscht sie fast völlig aus. Jedes Mal nehme ich mir fest vor, nicht wieder damit anzufangen, mich endlich zu beherrschen, aber es ist stärker als ich. Wenn ich eine Frau sehe, die mir gefällt, die mich erregt – sie muss nicht unbedingt schön sein, sie kann vulgär oder dick sein, Lust hat überhaupt nichts mit Schönheit oder gesellschaftlichen Normen zu tun –, dann hält mich nichts. Ist das eine Sucht? Ja, sicher, aber was soll ich deiner Meinung nach tun? Soll ich verdrängen, was ich empfinde? Das kommt mit dem Alter doch ganz von allein, oder?«

Berman hatte ihn mehrfach gewarnt: »In den USA musst du dich zurückhalten, du musst dich zügeln. Du weißt nicht wie? Dann wirst du es lernen. Glaub mir. Das ist kein guter Rat. Das ist eine Anweisung. Du sollst die Frau deines Nächsten nicht begehren. Du sollst sie nicht einmal ansehen. Vermeide es, mit ihr allein zu sein. Wenn sie aufregend ist, wenn sie etwas mit dir anfangen will, schalte deine Vernunft ein. Geh zu einem Psychiater. Rede mit einem Freund. Rede mit mir. Atme tief durch. Nimm ein Beruhigungsmittel. Eine kalte Dusche. Ein Ersatzobjekt. Lass nie zu, dass die Lust über deinen Verstand siegt und deine Moral außer Gefecht setzt, denn die führt in diesem Land das Regiment. Sie bestimmt über deine Zukunft und deine Position innerhalb der amerikanischen Gesellschaft. Setzt du dich über sie hinweg, verlierst du deinen Posten, deine Frau, den Respekt deiner Kinder. Das gefällt dir nicht? Dann such dir ein anderes Land. Geh nach Frankreich zurück, wo man auf das Privatleben öffentlicher Personen noch relativ viel Rücksicht nimmt. François Mitterrand konnte ein Doppelleben führen – zwei Frauen, zwei Familien. Warum du nicht auch?«

Unmöglich. Undenkbar. Tahar will in New York bleiben. Hier ist alles, was er hat: sein Leben, seine Karriere, seine Familie. Er liebt das Leben, das er führt. Er liebt seine Arbeit. Und er liebt seine Frau – auf seine Weise. Aber das klar definierte Eheleben mit seinen Normen, seinen Regeln, seinen gespurten Wegen ist nichts für ihn. Bei Ruth schlägt sein Herz nicht schneller, da regt sich nichts, und Samir braucht Erschütterungen, er muss sich in Gefahr begeben, um sich lebendig zu fühlen. Dieses Gefühl gibt ihm hemmungsloser Sex, die Kollision zweier Körper. Selbst das Alter der Frau spielt im Grunde keine Rolle, und als sein Partner das hört, gerät er außer sich. Tahars Schwäche sind siebzehnjährige Mädchen, die wie zweiundzwanzig aussehen: Aufgetakelt wie Schaufensterpuppen stöckeln sie auf zwölf Zentimeter hohen Highheels umher, die sie ihren Müttern abgeluchst oder als Schnäppchen online gekauft haben. Sie beteuern hoch und heilig, dass sie sie nie tragen werden, und ziehen sie gleich am nächsten Tag an. Los geht's, auf die Piste! Sie wollen gefallen. Sie wollen, dass die männlichen Passanten denken: *Wow! So eine Frau hab ich ja noch nie gesehen!* Samir denkt es und sagt, was er denkt. Im Allgemeinen funktioniert das. Nach zwei, drei Gläsern und einem Gespräch über ihre Lieblingsmusik und die angesagten Fernsehserien, die er inzwischen ziemlich gut kennt, kommen sie mit ihm mit. Tahar hat dafür eine Erklärung parat. Ein fünfzehnjähriges Mädchen ist genauso aufgeklärt wie eine Achtzehnjährige. Manchmal ist sie sogar enthemmter, wie er Berman erläutert.

»Das ist eine Tatsache, die unsere Gesellschaft geheim hält, und ich muss ehrlich sagen, dass ich dafür bin, das Schutzalter für sexuelle Handlungen in New York von siebzehn auf sechzehn herabzusetzen.«

»Gott sei Dank bewirbst du dich nicht um ein politisches Mandat!«, erwiderte sein Partner trocken.

Tahar versteckt sich nicht, er stellt den jungen Mädchen nach, wenn sie aus der Schule kommen; am liebsten ist ihm das Französische Gymnasium von Manhattan.

»Ich setze mich in ein Café und beobachte sie, ich nehme die Schärfsten ins Visier, die am wenigsten scheu sind, das erkenne ich nämlich auf den ersten Blick, dann lasse ich meinen inneren Film ablaufen, ich stehe gleichzeitig hinter der Kamera und davor, ich sehe mich in Aktion, wie ich sie geil mache, wie ich sie ficke …«

Berman unterbrach ihn gereizt: »Halt den Mund, Tahar! Lass mich zufrieden mit deinen Schweinereien! Es ist schon strafbar, sich so etwas anzuhören, sei still oder ich gehe!«

Aber Samir war nicht zu bremsen. »Wieso ist das so ein Drama, wieso ist es so schlimm, wenn sie es selbst auch wollen? Darauf kommt es an – ob sie auch Lust darauf haben! Ich rede ja nicht von Gewalt … Glaub mir, die jungen Mädchen sind nicht unnahbar, im Gegenteil, sie sind viel forscher als die meisten Frauen meines Alters, mit denen ich ab und zu auch noch schlafe, aber nicht mehr sehr oft, weil sie mir zu kompliziert sind. Das Alter macht sie unsicher, sie brauchen Bestätigung, aber das nervt mich, dazu bin ich nicht da, verstehst du? Wenn ich mit einem dieser blutjungen Mädchen ins Bett gehe, fühle ich mich total begehrt, sie geben sich alle Mühe, mir zu beweisen, dass sie echte Frauen sind und das alles irrsinnig genießen, sie sind rührend in ihrem Übereifer. Sie ahnen nicht, dass es beim Sex um etwas anderes geht, sie ahnen nicht, dass ihre aggressive Anmache unglaubwürdig ist. Was mir an ihnen gefällt, ist, dass sie noch nicht von gängigen Codes und Regeln und ihrem Leistungsdenken verdorben sind, das rührt mich.«

Wenn Berman ihn so reden hörte, nannte er ihn einen Pädophilen.

»Du hast überhaupt nichts verstanden, oder willst du mich nicht verstehen? Es geht nicht um das Alter, sondern um die sexuelle Reife.«

Er kann nicht auf Sex verzichten, er hat es versucht, hat sich gut zugeredet, hat sich zusammengerissen, ist zum Psychiater gegangen, der ihm Beruhigungsmittel verschrieb, er hat sogar einen Rabbiner um Rat gefragt, ja, tatsächlich, und dieser empfahl ihm, diskret zu sein und heimlich Orte aufzusuchen, die weit von seiner Wohnung entfernt lagen. Nie in der Öffentlichkeit. Nie bei Tageslicht.

Aber etwas hat er Berman noch nie erzählt: Einmal im Monat zieht er sich von Kopf bis Fuß schwarz an und geht in ein Stundenhotel, wo er mit Frauen schläft, die ihn Samir nennen. Callgirls, die 1000 Dollar für zwei Stunden verlangen, sind nicht nach seinem Geschmack. »Soll das ein Witz sein? Sie bekommen denselben Stundenlohn wie ich, und ich habe acht Jahre studiert!« Er versprach Berman stets, vorsichtig zu sein. Wenn du in den Vereinigten Staaten lebst, hatte ihm sein Partner eingeschärft, und sich dein Sperma auf dem Kleid, der Bluse, der Hose, dem T-Shirt einer Frau findet, bist du gesellschaftlich tot. »Auf gewisse Weise hat Bill Clinton für uns alle bezahlt!«

Tahar weiß das alles. Aber kein Argument zieht wirklich, und als er am Abend seines Geburtstags eine SMS von Elisa

Hanks* erhält, einer großen, fülligen Blondine aus dem Büro des New Yorker Staatsanwalts, die er bei einer Gerichtsverhandlung kennengelernt hat, kann er wieder einmal nicht widerstehen. Er hat bereits Hose, Hemd und Straßenschuhe abgelegt und steht, ein Glas Wodka in der Hand, auf seiner riesigen Terrasse mit Blick auf den Central Park. Ein kühler Wind weht ihm ins Gesicht. An das Geländer gelehnt, bewundert er die Wolkenkratzer, die vor ihm in der Dunkelheit aufragen wie Kontrolltürme auf einem gewaltigen Flugfeld. Die junge Frau hat ihm per SMS zum Geburtstag gratuliert; er bedankt sich und fragt zurück, was sie gerade macht – eine Frau verschickt nicht mitten in der Nacht ohne Hintergedanken eine so nichtssagende SMS, und richtig, da kommt gleich wieder eine Nachricht, deren erotischen Subtext er mühelos entschlüsselt. Dann fragt sie, ob sein Computer angeschaltet sei, sie will über die Webcam mit ihm sprechen. Er versteht die Anspielung, aber er hat keine Lust, in sein Arbeitszimmer zu gehen und den PC anzustellen, um vielleicht dieser Frau dabei zuzusehen, wie sie sich vor ihm auszieht. Was hat sie ihm zu bieten? Sie hat große Brüste, das ist ihm aufgefallen. Immerhin etwas. Und sonst? Schöne blonde Haare, die sie immer zu einem Knoten schlingt und die er gern offen sehen würde. Die Vorstellung von einer nackten jungen Frau, der die Haare über die Brüste fallen, erregt ihn dann allerdings so, dass er den Morgenmantel, der mit seinen Initia-

---

* Elisa Hanks hatte ursprünglich nicht vorgehabt, Anwältin zu werden. Bis zu ihrem siebzehnten Lebensjahr träumte sie von einer Karriere als Balletttänzerin, musste aber nach einem Autounfall, durch den sie zwei Jahre lang gelähmt war, ihren Traum begraben. Sie studierte Jura, auf Anraten ihres Vaters, des Rechtsanwalts John Hanks, der hoffte, sie werde einmal seine Kanzlei übernehmen, was sie zehn Jahre später ohne große Begeisterung auch tat.

len bestickt ist, auszieht und auf den Boden fallen lässt. Er hat einen athletischen, durch viele Stunden Sport gestählten Körper – er ist stolz darauf, dass er denselben Personal Trainer hat wie Al Gore. Seine braune Haut bildet einen auffälligen Kontrast zu seinem blendend weißen, enganliegenden Baumwollslip. Langsam richtet er den Bildschirm seines Smartphones auf den Slip, unter dem eine erkennbare Schwellung seine Erregung verrät, stellt die Kamerafunktion ein und – klick. Er schickt das Foto als Anhang los, nachdem er sich vergewissert hat, dass es auch wirklich an Elisa Hanks geht. Dann wartet er. Sein Telefon vibriert. Er lässt sich einen Moment Zeit, bis seine Erregung stärker geworden ist. Dann will er die neue Nachricht lesen. Aber auf dem Display steht nicht der Name Elisa. Die Nachricht kommt von seiner Mutter.

5

Artikel aus der Times vom 22. Februar 2007

Über dem Schreibtisch in seinem gediegenen Büro hängen zwei gerahmte Fotografien von Robert Mapplethorpe. Auf der ersten zielt eine nur mit schwarzen Lederhandschuhen bekleidete Frau mit einem Revolver auf den Betrachter; auf dem zweiten schwingt ein tätowierter, muskulöser Mann im Profil drohend ein Messer. Liebt Tahar die Provokation? Zweifellos würzt er die zivilisierte Welt der Justiz mit einer Prise Anrüchigkeit und Dämonie. Der Anwalt mit dem dunklen Teint, der einer Folge des *Paten* entsprungen sein könnte, legt zudem einen Hang zur Geheimniskrämerei an den Tag, der schon an Paranoia grenzt. Gleich zu Beginn des Gesprächs warnt er uns mit einem hintergründigen Lächeln: »Über mich werden Sie nichts erfahren.« Kein Zweifel, die erstaunliche Karriere des Vierzigjährigen, der 1967 in Frankreich als Sohn eines Professorenehepaars zur Welt kam, macht neugierig. Nach seiner Übersiedlung in die USA Anfang der 1990er Jahre etablierte er sich innerhalb von fünfzehn Jahren als einer der gefragtesten Anwälte der Ostküste. Kritische Stimmen behaupten, eine nicht unwesentliche Rolle habe dabei die Tatsache gespielt, dass er im Jahr 2000 mit Ruth Berg die Ehe schloss, der Tochter von Rahm Berg, einem der mächtigsten Wirtschaftsbosse der Staaten. Doch am Ende des zweistündigen Gesprächs, in dessen Verlauf er sich als unwiderstehlicher Charmeur, brillanter Manipulator und engagierter Jurist erweist, versteht man, dass er sich nicht darauf reduzieren lassen möchte: »Mein Lebensweg ist gepflastert mit Tragödien«, bekennt er mit einer gewissen Schwermut in der Stimme. »Ich habe gekämpft, um da anzukommen, wo ich heute bin.« Dann fügt er hinzu: »Sie werden mich nicht dazu bringen, mehr zu sagen.« Die Stationen seiner Biographie sind schnell erzählt. So ist durchgesickert, dass er mit zwanzig seine Eltern durch einen Autounfall verlor. Dass er in die Vereinigten Staaten ging, um ein neues Leben zu beginnen. Dass sein Vorname Samuel ist. Dass seine Eltern laizistische, politisch aktive nordafrikanische Juden waren, die den Philosophen Benny Lévy und Emmanuel Levinas nahestanden. Doch sobald sein Privatleben zur Sprache kommt, wird der höfliche, zuweilen sogar herzliche Mann verschlossen: »Ich bin meine Arbeit«, erklärt er, um dann zu präzisieren: »Ich liebe die Menschen für das, was sie tun, und nicht für das, was sie sind.« Auf seinem tadellos aufgeräumten Schreibtisch finden sich kein Familienfoto und kein persönlicher Gegenstand, die einen Hinweis auf sein sorgsam gehütetes Privatleben geben könnten. »Ich spreche nicht gern über mich, ich lasse mich nicht gern fotografieren.« Auch in den sozialen Netzwerken entdeckt man keine Spur von Sam Tahar: »Für so etwas habe ich keine Zeit«, sagt er, »ich lese lieber. Ich liebe die Literatur, die Politik, die Worte.« Und er zitiert einen Satz aus *I have a dream*, der berühmten Rede von Martin Luther King: »*Wir werden nicht zufriedengestellt sein, bis das Recht strömt wie Wasser und die Gerechtigkeit wie ein mächtiger Strom.*«

»Nun ist mir doch zu viel entschlüpft«, sagt er scherzhaft. Ist Sam Tahar ein scheuer Mensch? Immerhin hat er sich von CNN als Studiogast in eine Nachrichtensendung einladen lassen. »Das hatte rein berufliche Gründe«, wiegelt er ab. »Ich wollte mich nicht in den Vordergrund drängen, aber mein Mandant weigert sich, im Fernsehen aufzutreten.« Seine aktuellen Mandanten? Die Familien der beiden jungen Soldaten, die bei Kampfhandlungen in Afghanistan ums Leben kamen und in kürzester Zeit zu Nationalhelden wurden. »Ich weiß nicht, ob ich den Mut hätte, so wie sie zu handeln«, kommentiert Sam Tahar. Wenn man ihm glauben will, war sein Werdegang von kolossaler Banalität: Er hatte eine »Kindheit ohne besondere Vorkommnisse« (sprich: eine bürgerliche Kindheit), lebte lange in London (was erklärt, warum er fast perfekt Englisch spricht – allerdings mit einem französischen Akzent, *tout à fait adorable*). »Über mich gibt es nicht viel zu sagen«, schließt er unergründlich. Denkt man an seinen verschleierten Blick, in dem sich Intelligenz und Humor die Waage halten, hat man Mühe, das zu glauben …

Tahar versteht sich auf Ausweichmanöver, aber er ist auch ein großartiger Rhetoriker und gewiefter Diplomat, der seine Karriere mit einer beachtlichen Zielstrebigkeit vorangetrieben hat. Nachdem er im südfranzösischen Montpellier die Anwaltszulassung erhalten hatte, trat er in die Kanzlei des berühmten französischen Strafverteidigers Pierre Lévy ein. Dort blieb er zwei Jahre. Pierre Lévy nennt ihn eine »intellektuelle Koryphäe« und ist der Meinung, er sei »ein wirklich großer Anwalt – er hat alles, was dafür erforderlich ist«. Lachend fügt er hinzu: »Er würde ein Stuhlbein weichklopfen.« Tahar lässt häufig seinen Charme spielen – etwas zu häufig, meinen gewisse Personen, die lieber ungenannt bleiben wollen. »Nun ja, wenn Tahar einen wichtigen Gesprächspartner vor sich hat, schaltet er sofort in den Verführungsmodus«, so Lévy. Ein weiteres Detail: Seine Freunde und Förderer sind dreißig, vierzig Jahre älter als er. »Er wickelt die Alten um den Finger«, spottet ein Konkurrent. »Das Alter spielt für mich keine Rolle«, kontert Sami Tahar in ernstem Ton. »Ich suche mir meine Freunde nach gemeinsamen Interessen aus, und es ist richtig, dass ich schon immer mehr mit älteren Menschen gemeinsam hatte, da sie interessanter und witziger sind als Menschen aus meiner verwirrten Generation, die nur Erfolg im Kopf haben.«

Pierre Lévy, der sofort vom Potential seines jungen Schützlings überzeugt ist, schickt ihn in die USA, wo er in New York als Anwalt reüssiert, und ernennt ihn schließlich zum Leiter der Zweigstelle, die er in Manhattan eröffnet hat. Dort begegnet Tahar der Frau, die er später heiraten wird. Ruth Berg öffnet ihm die Türen zum amerikanischen

Establishment, ihn jedoch zieht es beruflich in die Elendsviertel. Er geht in den Häusern der alteingesessenen Ostküsten-Aristokratie ein und aus, in der Bronx aber findet er seine Mandanten. Er macht sich einen Namen durch die Verteidigung einer illegalen mexikanischen Kellnerin, die von ihrem Arbeitgeber vergewaltigt worden ist, er vertritt zwei ultraorthodoxe Juden, die in den Handel mit Ecstasy verwickelt sind, und einen schwarzen Ladenbesitzer, der bei einem Juwelier eingebrochen ist und den Tod zweier Menschen verschuldet hat. Am kämpferischsten zeigt er sich aber zweifellos als Unterstützer feministischer Gruppierungen und als Rechtsbeistand jugendlicher Opfer von Gruppenvergewaltigungen. »Strafanwalt zu sein bedeutet nicht, die Unschuld eines Mandanten zu beweisen, sondern die Argumente des Gegners zu entkräften«, erklärt er. Seinen Gegnern, die ihm Opportunismus und eine Vorliebe für medienwirksame Prozesse vorwerfen, antwortet er mit einem orientalischen Sprichwort: »Setze dich an das Ufer des Flusses und warte, bis die Leichen deiner Feinde vorübertreiben!« Und wenn man auf seine Erfolge anspielt, zitiert er John F. Kennedy: »*Ein gescheiter Mann muss so gescheit sein, Leute einzustellen, die viel gescheiter sind als er.*« Er gilt als Liebhaber politischer Debatten und bestätigt dies: »Wenn ich nicht Rechtsanwalt geworden wäre, wäre ich sehr gern Redenschreiber eines großen Staatsmannes geworden.« Auf den Bücherregalen in seinem Büro stehen Memoiren, Interview-Bände und Dokumentationen über die großen politischen Ereignisse der französischen und amerikanischen Geschichte. Wir fragen ihn, welchen der großen Männer er gern kennengelernt hätte. Nach kurzem Zögern nennt er René Cassin – den Mann, der 1948 die

Allgemeine Erklärung der Menschenrechte verfasst hat. Und er begründet seine Wahl so: »In seiner Dankesrede bei der Verleihung des Friedensnobelpreises hat er gesagt, der Mensch müsse einsehen, dass er als Einzelner nicht wirkungsvoll handeln könne, dass er sich des Verständnisses und des Willens aller anderen gewiss sein müsse. Das ist für mich ein wichtiger Gedanke, der sich durch die Begegnung mit anderen Menschen in mir verfestigt hat.« Sieht er sich tatsächlich als Akteur im Hintergrund? Man bezweifelt es, und während er den Raum verlässt und wir ihm nachblicken, fällt uns ein Roman von Budd Schulberg ein: *Was treibt Sammy an?*

6

Nina übersetzte den Artikel, ohne sich lange bei den Details aufzuhalten, aber … »Schon gut, es reicht … Glaubst du, ich habe nicht kapiert, dass er sich ein neues Leben aufgebaut hat, indem er mir meines geklaut hat? Er nennt sich Samuel, behauptet, dass er seine Eltern mit zwanzig bei einem Verkehrsunfall verloren hat, aber das ist *meine* Geschichte! Ich habe euch allein gelassen, ich bin ins Ausland gefahren, um meine Eltern zu begraben, und in dieser Zeit seid ihr miteinander ins Bett gegangen! Ich hätte mich damals von dir trennen sollen! Nach dem, was du mir angetan hast, hätte ich nie bei dir bleiben dürfen. Und damit noch nicht genug, behauptet er doch tatsächlich, dass er die Literatur liebt, aber wie viele Bücher hat er denn überhaupt gelesen, dieser Schweinehund, bei *Krieg und Frieden* ist er sicher nicht mal bis Seite 15 gekommen! Und das

Schlimmste – *das Schlimmste!* –, er gibt sich als Jude aus, man hält ihn für einen Juden, einen sephardischen Juden! Du wirst schon sehen, was ich mit ihm mache, ich werde seine Scheißgeschichte auffliegen lassen!«

Nina wiegelte ab: »Was spielt denn das für eine Rolle? Es ist vorbei, er lebt nicht in Frankreich, es ändert doch nichts an unserem Leben, was sollte das ändern? Wir haben zwanzig Jahre lang nicht an ihn gedacht ...«

»Doch, das ändert alles.«

»Er hat zwei, drei Details von dir übernommen, mehr nicht. Studiert hat er selbst, du nicht. Karriere hat er allein gemacht, also wo ist dein Problem?«

Sein Problem? Er wusste, worauf sie hinauswollte. Der Versager war eindeutig er. Was spielte sich da gerade zwischen ihnen ab? Welche Kraftprobe? Welcher Test? Welche Kränkung? Warum baute er sich vor ihr auf und sagte in autoritärem, fast schneidendem Ton: »Du wirst ihn anrufen und dich mit ihm treffen.« – »Was? Bist du verrückt geworden?« Nein, auf gar keinen Fall, sie hatte nicht die geringste Absicht, Samir anzurufen oder sich mit ihm zu treffen, das war vorbei, gelaufen, unter dieses Kapitel war ein Schlussstrich gezogen, aber er schaltete auf stur.

»Hör mir jetzt zu. Wir werden ihn gemeinsam anrufen« (»Niemals!«, schrie sie dazwischen), »und diesmal werde ich herausfinden, ob du trotzdem bei mir bleibst.«

»Aber das geht doch nicht, jetzt drehst du völlig durch!« Nina war außer sich. »Niemals, hörst du, niemals werde ich Samir wiedersehen!« – und Samuel hörte zwangsläufig das Ungesagte mit: nicht nach dem, was passiert ist. Keiner von beiden hatte seine Drohung, seine Erpressung und seine Tat vergessen, dieses Drama stand zwischen ihnen, sie trugen es mit sich herum. Was wollte er jetzt herausfinden, indem er sie auf die Probe stellte? Ihm war damals nichts anderes eingefallen, um sie zu halten, er wusste, sie wäre bei Samir geblieben, wenn er nicht versucht hätte, sich das Leben zu nehmen, sie hätte mit Samir zusammengelebt, hätte jetzt vielleicht ein Kind von ihm, oder zwei oder drei, und diese Vorstellung trieb ihn auch nach zwanzig Jahren noch in den Wahnsinn, es war nicht auszuhalten.

»Er klaut mir mein Leben, und dir ist das egal? Er baut sein Leben auf der Asche meines Lebens auf, und ich soll mir das einfach so gefallen lassen?«

»Also, ich verstehe dich wirklich nicht. Was willst du denn unternehmen? Willst du ihn damit konfrontieren und bedrohen?« Ja, genau das schwebte ihm vor, er sah sich schon mit der tödlichen Waffe in der Hand, den Finger am Abzug. »Das ist vollkommen irre, du bist nicht ganz bei Trost, Samuel, ruf ihn an und sag ihm, was du von der Sache hältst, oder geh zum Psychiater, aber verlange nicht von mir, dass ich ihn wiedersehe.«

»Du hast Angst davor, stimmt's? Gib es zu. Du hast Angst!«

»Nein.« Sie hätte gern Worte gefunden, mit denen sie dem gebrochenen Mann, der da vor ihr stand, seine Ängste nehmen könnte, aber sie fand keine.

Das Zusammenleben mit einer Person, die mit all ihren überreizten Sinnen nach einer Beziehung zur Welt und einem festen Platz im sozialen Gefüge lechzt, mit einem Nervenbündel, einem Versuchskaninchen, das von der Welt getestet wird, wie es auf ihre Brutalität reagiert, hat etwas zutiefst Tragisches an sich, in dem die Zerbrechlichkeit des Menschen aufblitzt.

»Ich will, dass wir ihn treffen. Dass wir ihn gemeinsam treffen«, verlangte Samuel, und Nina gab nach, sie war einverstanden, obwohl sie im Grunde wusste, dass sie in eine Falle geraten würde. Auch sie dachte nach zwanzig Jahren immer noch an Samir, sie könnte ihn lieben, das war eine plausible Möglichkeit, die eine moralisch integre, solide Frau wie Nina sehr belastete. Der Vulkan, der seit zwanzig Jahren schläft, könnte dir, wenn du ihn weckst, seine Lava ins Gesicht schleudern. Weck ihn auf, und er wird alles unter sich begraben.

»Worum geht es dir denn wirklich? Willst du mich auf die Probe stellen? Das ist doch kindisch und lächerlich ... Du willst wissen, ob ich noch an ihn denke? Ob ich mich wieder in ihn verlieben könnte? Oder willst du dich einfach nur an ihm rächen? Vielleicht steckt einfach nur Verbitterung dahinter.« Sie hatte recht: Samuel war verbittert. Warum er?, fragte er sich. Warum er und nicht ich? Er verglich sich mit Samir, listete im Geist alles auf, was die Gesellschaft ihnen beiden an Erfolgen zugebilligt hatte. Er verlor.

Eine Stunde später ist die Diskussion abgeschlossen, und Nina sagt, sie schlafe im Wohnzimmer. Ein erster Rückzug vor der endgültigen Räumung der Kampfzone, ein Umschalten in den fünften Gang, es geht in Richtung Trennung, die Zukunft winkt. Samuel hingegen ist ganz in der Vergangenheit versunken. Das Belastungsmaterial befindet sich in einer Sammelmappe, am Boden der Abstellkammer, neben der Eingangstür. Er wartet, bis sie eingeschlafen ist, und als die Luft endlich rein ist, geht er zur Kammer, stößt mit dem Knie gegen die Tür, geht zum Angriff über. Die dünne Holztür gibt nach, er könnte eintreten, aber er bleibt auf der Schwelle stehen, angeekelt von dem feuchten, muffigen Gestank, der ihm entgegenschlägt und sich in seinen Kleidern festsetzt, schnell einen Schal um Mund und Nase gewickelt, eng wie einen Knebel, dann geht er weiter, aber vorsichtig, er drückt auf den Lichtschalter, der funktioniert nicht, wie zu erwarten, der Raum bleibt in ein trübes Dämmerlicht getaucht, nur durch das Dachfenster fällt ein schwacher Lichtschein, o Gott, jetzt sieht er die Kakerlaken-Prozession, die durch die schräg einfallenden Lichtstreifen über die Wand huscht und in Ritzen Deckung sucht, nicht einmal Insektizide richten etwas gegen sie aus. Das ekelt ihn ziemlich an, aber er überwindet sich und tastet sich rechts und links vorwärts, stößt gegen einen Verputzhaken, zieht den Kopf ein, bekommt etwas Weiches zwischen die Finger, schürft sich die Haut an Schmirgelpapier auf, sucht weiter und entdeckt schließlich unter einer Leiter die Sammelmappe, auf der *Privat* steht. Er stürzt sich darauf, schiebt die Leiter mit einer so brüsken Geste zur Seite, dass sie ihn fast an der Schläfe trifft, kann sie gerade noch festhalten, greift sich schließlich die Mappe und verlässt die Kammer. Sein T-Shirt ist von Staub und weißlichen Spinnweben überzogen; er wischt mit dem Handrücken darüber, die Bewegung erinnert an eine Echse, die ihre alte Haut abstreift. Im Wohnzimmer geht er auf das Sofa zu, auf dem Nina liegt: »Schläfst du?« Sie reagiert nicht. Er schüttelt sie leicht: »Du schläfst nicht, ich weiß, dass du nicht schläfst.« Ebenso deprimiert wie er liegt sie auf dem Rücken, wie eine Patientin kurz vor einer Operation, dem Skalpell des Chirurgen ausgeliefert. Samuel setzt sich zu ihr, versucht, sie zu umarmen, bekommt sie irgendwie zu fassen, drückt sie an sich, aber sie will nicht, sie weist ihn ab, macht die Augen auf, sieht ihn ohne jede Zärtlichkeit an und stößt ihn dann mit einer Heftigkeit von sich, die so unerwartet kommt, dass sie Aggressionen weckt. Das Tier in ihm zu wecken ist gefährlich, aber sie weiß, wie sie ihn nehmen muss, das hat sie mit der Zeit gelernt – niemals frontal, niemals offensiv, man muss das Tier umgehen, den befallenen Teil isolieren, so wie man einen Baum beschneidet, erst dann kann man sich ihm annähern, indem man einen Weg in die Zukunft weist. Nein, mit Psychologie und Realitätssinn kann man ihm jetzt nicht kommen – er ist verzweifelt, das sieht sie ihm an, und schon zieht er ihr das Nachthemd aus und versucht einen Sturmangriff, Nina wehrt ihn ab, seine flehentlichen Bitten führen dazu, dass sie sich ihm zuletzt ganz entzieht, von ihrem improvisierten Bett aufspringt und sich ins Badezimmer flüchtet. Dort dreht sie den Schlüssel zwei Mal um, damit sie seine Existenz ausblenden kann. Zehn Minuten später kommt sie in einem grauen Trainingsanzug wieder heraus und verlässt mit den flüchtig hingeworfenen Worten *Ich muss Luft schnappen* die Wohnung.

Die Tür fällt mit einem ohrenbetäubenden Krachen ins Schloss, als hätte ein Orkan sie zugeknallt, doch Samuel steht nicht auf. Er ist von der Vergangenheit, von Samir besessen, und Nina spielt nur noch eine Nebenrolle. Soll sie doch zur Hölle fahren. Er setzt sich auf das durchgelegene Sofa und schlägt die Mappe auf. Ganz oben auf dem Stapel der Dokumente liegt sein Abiturzeugnis, sprachlicher Zweig, unten steht ein *Sehr gut*. Darunter findet sich eine Hausarbeit im Fach Philosophie mit dem Thema: Ist jede Bewusstwerdung eine Befreiung? (18 von 20 Punkten), schließlich drei Zeugnisse der Abschlussklasse. Auf dem Zeugnis für das letzte Trimester liest er den Kommentar des Schulleiters: »Ein intelligenter, sensibler Schüler«, es folgt in Großbuchstaben die emphatische Schlussfolgerung: *ERFOLGVERSPRECHEND*. So wie er sich augenblicklich fühlt, weiß er nicht recht, ob er darüber lachen oder den Schulleiter ausfindig machen und diesem jämmerlichen Propheten – falls er noch lebt – die Meinung geigen soll: Sehen Sie mich an, sehen Sie mich an und was aus mir geworden ist! Er legt die Zeugnisse beiseite und wühlt weiter, entdeckt mehrere Briefe, die er an seine Eltern geschickt hat, nach dem Poststempel zu urteilen, war er damals in Meaux in einem Sommerlager gewesen, das von der jüdischen Pfadfinder-Organisation Frankreichs organisiert wurde. In den Briefen steht »Ich liebe Euch« und »Ihr fehlt mir«. Er erinnert sich nicht, jemals zu solchen Worten fähig gewesen zu sein. Dann findet er benutzte Metrotickets, ein zerfleddertes Exemplar von Kafkas *Brief an den Vater*, ein Heft mit den bekanntesten jüdischen Gedichten auf Hebräisch, eine Audiokassette, die sich zu Bandsalat verwickelt hat, einen kaputten Kopfhörer, Fotos von der Schulklasse, von der Familie. Samuel holt nach und nach alle Papiere heraus. Ganz unten entdeckt er in einem schwarzen Pappumschlag endlich die Zeitungsausschnitte. Es sind fünf. Zwei kleben auf Din-A 4-Blättern, die anderen liegen lose dabei. Auf allen steht in dicken schwarzen Lettern auf weißem Hintergrund: »Jurastudent unternimmt Suizidversuch während der Vorlesung.«

Wie es weiterging, kann er nicht mehr rekonstruieren. Vielleicht hat er getrunken und ist eingeschlafen. Als er aufwacht, liegt Nina neben ihm im Bett, und seine Dokumente sind weg. Sie lächelt ihn an und fragt, ob er gut geschlafen habe. Die Karten sind neu gemischt, das spürt er, sie steht seiner Idee nicht mehr so feindselig gegenüber, sie hat sogar Lust zu diesem Spiel, es macht ihr Spaß. Will sie nach zwanzig Jahren testen, ob ihr Sex-Appeal noch wirkt? Reizt sie die Gefahr? Die Aussicht auf Liebe? Auf eine Wiederholung?

Sie leiht sich Kleider von einem Stylisten, der den Katalog gestaltet, für den sie immer noch modelt, einfache Schnitte, billige Stoffe – Viskose, Acryl, aber sie mag so etwas. Sie sucht nach der richtigen Größe, wählt die besten Modelle aus, Modelle, die von der Geschäftsleitung abgelehnt worden sind, weil sie angeblich der großen Masse nicht gefallen. Nina hat sich eine voluminöse Plastik-Umhängetasche gekauft und die Kleider in wenigen Minuten darin verstaut. Zu Hause breitet sie die Sachen auf dem Wohnzimmertisch aus und legt einen alten Otis-Redding-Hit auf. »Bist du bereit?« Er staunt. »Das haben sie dir alles mitgegeben?« Sie probiert ein schwarzes Kleid aus unechter Spitze an, dann ein rotes mit Rüschen, dann ein grünes tailliertes, mit Gürtel. Die Modenschau zieht sich in die Länge. Samuel lässt sich anstecken und wirft sich in einen Anzug: »Schau mich an.« Nina zwängt ihren Körper in ein extrem figurbetontes schwarzes Stretchkleid, das wie eine zweite Haut sitzt. Voilà, sie häuten sich. Ein sehenswertes Schauspiel, wie sie vor dem Spiegel stehen und sich selbst bewundern, was für ein topmodisches Paar wir doch sind, hoheitsvoll stolzieren sie auf und ab, Platz da, jetzt kommen wir. Sie machen Fotos. Voll bekleidet/in Unterwäsche. Distanziert/verliebt. Dann speichern sie die Bilder ihrer erfundenen Erfolgsstory auf dem Computer in einem Ordner mit dem Namen »Wir«.

Der Kitzel des Exhibitionismus. Im Internet suchen sie sich die Requisiten für ihre Maskerade zusammen und legen auf den verschiedenen sozialen Netzwerken Profile an, falls Samir auf die Idee kommen sollte, Informationen über sie zu suchen.

Denk dir etwas aus.

Schreib, dass du in einer Bank arbeitest, bei einem Verlag, in einem Fernsehsender.

Du liebst Reisen, Kino, Bücher.

Du hast Ehrgeiz, Freunde, Kontakte. Schaffe Fakten, die deinen Einfluss belegen. Das ist ein Spiel.

Nina lässt auf dem Bildschirm die Bilder ihrer falschen Herrlichkeit an sich vorüberziehen, überprüft noch einmal alle Einträge, ergänzt, streicht. Am Ende sucht sie ihr Profilfoto aus. Die Augen sind mit Kajal schwarz umrahmt, die Haut schimmert. Aber es ist ihr unangenehm, Verwandlungskünstlerin zu spielen und daran auch noch Gefallen zu finden. Von nun an steht es in ihrer Macht, sich neu zu erfinden.

7

Die Erregung ist zu stark, deshalb liest Samir zuerst die SMS von Elisa Hanks, die gleich nach der von seiner Mutter angekommen ist. »Das ist äußerst vielversprechend«, schreibt Elisa, und ein paar Sekunden später: »Treffen wir uns irgendwo?« Er zögert kurz. Auch er hat große Lust, sich mit der Frau zu treffen, am besten in dem Studio, das er nur ein paar Straßen von der Kanzlei entfernt gekauft hat. Es ist eine minimalistisch möblierte Einzimmerwohnung im obersten Stockwerk eines Wohnhauses, die er sich ungefähr ein Jahr nach seiner Heirat hat einrichten lassen, als ihm aufging, dass er Ruth nie treu sein würde und er sich für seine Sex-Eskapaden besser einen geeigneten diskreten und sicheren Rahmen schaffen sollte. Er durfte nicht das Risiko eingehen, sich gewissermaßen in flagranti erwischen zu lassen, beim Verlassen eines Hotelzimmers oder gar auf offener Straße, wo überall potentielle Zeugen und von den Rivalen engagierte Privatdetektive lauerten.

Er stellt sich vor, was er mit dieser Frau alles anstellen könnte, wenn er die Energie aufbrächte, noch einmal aus dem Haus zu gehen. Es ist fast zwei Uhr früh, er ist müde, er hat zu viel getrunken, aber Elisa Hanks lässt nicht locker und schickt eine neue SMS: »Du machst mich verrückt.« Eine prominente Frau wie sie in den erotischen Ausnahmezustand versetzt zu haben, ist eine große Genugtuung für einen Mann wie Samir, der nichts mehr liebt, als das Kräfteverhältnis umzukehren. Und was für eine Frau! Strenge Miene, die Haare immer zum Knoten geschlungen oder seitlich zum Zopf geflochten, immer im perfekten Businesskostüm, immer in gedeckten Farben, Schwarz oder Marineblau, eine Amerikanerin aus gutem Hause, die nie vergisst, sich einen Tag freizunehmen, damit sie an Thanksgiving selbst den Truthahn zubereiten kann, die nie Lippenstift benutzt, sich nur ein feines Eau de Cologne gestattet, das von Frauen einer Amisch-Gemeinschaft hergestellt wurde, die auf keinen Fall an Feiertagen den Gottesdienst versäumen würde, die jedoch nichts dagegen hat, sich von den Junganwälten flachlegen zu lassen, die jede Woche hoffnungsvoll durch ihr Büro streunen, vorzugsweise Juden mit unaussprechlichen Namen, vor denen ihr Vater sie so oft gewarnt hat. Samir lässt sie ein paar Minuten zappeln, dann fordert er sie per SMS auf: »Streichle dich, ich komme.« Er geht in die Wohnung zurück, streift sich Hose und Hemd über, schlüpft in seine Schuhe und verlässt lautlos die Wohnung. Ruth schläft fest. Das Schlafmittel, das sie geschluckt hat, wird verhindern, dass sie aufwacht. Als er beim Parkservice-Mitarbeiter* seinen Schlüssel verlangt, hat er die Nachricht seiner Mutter bereits vergessen.

Zehn Minuten später steht er vor der Tür des Studios, dessen Adresse er Elisa durchgegeben hat. Sie wartet schon, sie trägt ein kurzes Baumwollkleid mit schmalen Trägern. Er stößt sie in die Wohnung, küsst sie, löst ihre Haare, streift ihr das Kleid ab und dringt in sie ein – das alles dauert nur wenige Minuten. Dann liegen sie ein paar Minuten nebeneinander auf dem Sofa. Elisa Hanks zündet sich eine Zigarette an. Feuchte blonde Haarsträhnen fallen ihr ins Gesicht. Tahar wendet sich ihr zu, nimmt ihr die Zigarette aus der Hand und zieht ein paar Mal daran, bevor er sie ihr zurückgibt. In diesem Moment bemerkt sie die Narbe an seinem Hals. Sie ist ihr vorher noch nie aufgefallen. Aber als sie die Hand hebt, um mit den Fingern darüberzustreichen, wehrt Samir mit einer ruppigen Geste ab: *Fass mich nicht an!* Er steht auf, zieht sich an und wirkt seltsam abwesend. Sie hakt nach, sie will wissen, woher er diese Narbe hat, aber

---

* James Liver, 43, Pokerspieler. Träumte davon, das große Los zu gewinnen, damit er »sein Leben ändern« könne.

seine einzige Reaktion besteht in der Aufforderung, sie möge bitte *jetzt sofort* gehen. »Schon? Aber ich bin doch gerade erst gekommen ... Ich dachte, wir bleiben noch ein wenig beisammen.« – »Ich bin müde, ich muss morgen früh aufstehen.« Mit diesen Worten fängt er an, die Wohnung aufzuräumen. Die junge Frau richtet sich auf, bedeckt die Brüste mit den Händen, er sieht, dass sie verärgert ist, dass ihr fast die Tränen kommen, sie zieht sich ihr Kleid über und steht ebenfalls auf. Ein paar Sekunden bleibt sie mitten im Zimmer stehen, als würde sie auf etwas warten, während er mit manischer Gewissenhaftigkeit weiter aufräumt, die Kissen in gerader Reihe aufstellt, über einen Fleck auf dem Couchtisch reibt, eine Haarspange aufhebt und sie Elisa gibt: »Hier, das ist deine.« Nein, sie gehört ihr nicht, sie trägt keine Haarspange, sie muss einer anderen gehören, ihrer Vorgängerin, wann war die hier? Vor ein paar Stunden? Gestern? Eine Eifersuchtsszene – wie Tahar so etwas hasst. Bei seiner Frau würde er es noch tolerieren, aber bei ihr, die er kaum kennt, der er nichts versprochen hat, nein. Er tritt auf sie zu, streicht ihr eine Haarsträhne hinters Ohr, küsst sie achtlos auf die Wange – ihr Körper, ihr Geruch, alles, was ihn vorhin so erregt hat, ist ihm jetzt fremd. Wozu Gefühle investieren in eine Affäre von wenigen Minuten, an die sich keiner von beiden lange erinnern wird? Am Treppenaufgang fragt sie trotzdem: »Rufst du mich an?«

»Ja doch, ja«, antwortet er mechanisch. Frauen, die fordern, Frauen, die nachfragen, sortiert er gleich von Anfang an aus. Als sie fort ist, lüftet er und räumt zu Ende auf. Dann geht auch er. Eine Polizeisirene jault durch die Nacht. Auf dem Weg zu seinem Auto raucht er eine Zigarette, und erst als er am Steuer seines Aston Martin sitzt und mit über

130 Stundenkilometern durch die Straßen rast, fällt ihm wieder ein, dass seine Mutter vor einer Stunde versucht hat, ihn zu erreichen. An einer roten Ampel greift er zum Telefon und liest die Nachricht, die sie ihm geschickt hat: »Samir, ruf mich an, ich bitte dich, es geht um deinen Bruder.«

8

Wie konnte seine Mutter nur »dein Bruder« schreiben, obwohl Samir nichts von ihm weiß, nichts von ihm wissen will, er ist nicht sein »Bruder«, sondern sein Halbbruder – sie haben nicht denselben Vater, nicht dieselbe Identität –, er bedeutet ihm nichts, dieser Typ ist ein Fremder, er ist vierundzwanzig und wirkt körperlich und geistig wie achtzehn. Er wohnt noch bei der Mutter. Er ist ein großer, dünner Bursche mit rotblonden Haaren und blauen Augen, ein hellhäutiger, europäischer Typ, der ihm, dem Orientalen, überhaupt nicht ähnlich sieht. Seine braunhaarige, schwarzäugige Mutter wurde häufig gefragt: »Sind Sie die Babysitterin?« – »Nein, ich bin die Mutter.« Und Samir musste antworten: »Das ist mein *Bruder* – François.«

Drei Jahre nach dem Tod von Samirs Vater, Anfang 1982, wurde seine Mutter schwanger. Von wem? Wie? Das verriet sie nicht gleich, sie versteckte ihren Bauch, übergab sich im Dunkeln oder auf der Straße und weinte still vor sich hin. Sie kaufte sich weitgeschnittene Kleider in Übergrößen, Ponchos und schwarze Gewänder, und behauptete, sie hätte zugenommen. Das ist der Stress, sagte sie, das sind die Hormone. Ihre Augenringe übertünchte sie mit einer dicken Make-up-Grundierung, aber es nutzte nichts, sie schimmerten bläulich wie Blutergüsse. Ihre schweren, aufgedunsenen Beine, die sie auf Anraten einer Apothekerin in Stützstrümpfe gezwängt hatte, mussten sie vom Morgengrauen bis in den Abend tragen, denn ihre Arbeitgeber bemerkten nichts oder taten jedenfalls so; sie wollten ihr keinen freien Tag, ja, nicht einmal ein Stündchen Pause bewilligen. Doch dann rückte der Geburtstermin näher, sie konnte sich nicht mehr verstellen, die Wehen konnten jeden Moment losgehen, auf dem Gehweg, im Bus oder gar auf der blanken Erde wie bei einer Hündin. Das hatte Samir eines Vormittags in ihrer Vorstadtsiedlung beobachtet: Eine kleine, kurzhaarige Promenadenmischung lag blutend hinter den Mülleimern versteckt, drei, vier nasse Welpen hingen zusammengekrümmt an ihrem Bauch; er musste damals ungefähr acht gewesen sein und hatte vor hilflosem Zorn geweint. Später hatte er die Hündin allein herumirren sehen, die Müllmänner hatten die Welpen in hohem Bogen in ihren Wagen geschleudert und sich dabei halb totgelacht, alle wurden zerquetscht. So würde es auch der Mutter ergehen, wenn sie nichts sagte, genau so würde es kommen, und dann? Samir hatte in ihrer Unterwäsche-Schublade Papiere gefunden, unter anderem ihren Mutterpass, in den alle Laborwerte und alle Ultraschall-Untersuchungen eingetragen waren. Was für ein Schock! Er hatte sie mit den Bildern in der Hand zur Rede gestellt, und sie hatte (unter Tränen) gemurmelt: »Ja, ich bin schwanger.« Dann hatte sie in feierlichem Ton hinzugefügt: »Mehr kann ich dir vorläufig nicht anvertrauen.« – »Mehr kannst du mir nicht anvertrauen?« Eine unverheiratete Mutter war in dieser Vorstadt schon Schande genug, man geriet unweigerlich ins Visier der Prüden, der Frommen, der Islamisten – es gab immer mehr von der Sorte, und sie machten Jagd auf die Allzu-Modernen, die Unzureichend-Verschleierten, die Allzu-Freizügigen. Ein Schandfleck. Er musste mit ihr verschwinden. Und zwar schnell.

Sie stahlen sich klammheimlich wie Diebe davon, ohne sich von jemandem zu verabschieden. Das würde noch lange für Gesprächsstoff sorgen. Sie brachen auf, ohne zu wissen wohin; das heißt, die Mutter wusste es, aber sie verriet es nicht, sie sagte einfach nur, dass sie *künftig* in Paris leben würden. Das bedeutete Veränderung, Aufbruch, *künftig* klang verheißungsvoll. Mit ihren Koffern und ihren vollgestopften karierten Monstertragetaschen, die hier und da schon eingerissen waren, stiegen sie in die Metro ein. Was für ein Plunder, man warf ihnen Blicke zu. Zigeuner! Nawel hatte Sandwiches mit Thunfischsalat gemacht, die sie schweigend aßen, während sie sich bei jedem Halt vergewisserten, dass die Linie 10 noch in die richtige Richtung fuhr. An der Station Porte d'Auteuil stiegen sie aus, das hatte ihnen eine Frau von der Verkehrsgesellschaft geraten, der es leidtat, wie sie ratlos wie im Wald verirrte Kinder vor dem Übersichtsplan standen. *Wir sind gleich da*. Sie gingen dicht nebeneinander die Straße entlang, die Koffer zerrten mit dem ganzen Gewicht ihres Unglücks an den Armen, denn sie hatten keine Rollen, sie mussten getragen werden. Nawel konnte nicht mehr, ihr Bauch war gewaltig. »Da ist es.« Die Mutter deutete auf ein großes Gebäude aus Steinquadern, dessen Fassade mit Marmorfiguren verziert war – welch ein Luxus. So etwas hatte er noch nie gesehen! Hier würden sie wohnen? An der Sprechanlage standen keine Namen, so wichtig waren die Leute hier. Im Flur geriet Samir ganz außer sich: Hatte sie im Lotto gewonnen, oder was? Aber seine Luftschlösser bröckelten schnell. Es gab zwar einen Aufzug, doch für den brauchte man einen Schlüssel. Samir drückte gerade mit aller Kraft auf den Knopf, als ein ungefähr sechzigjähriger Mann auftauchte und ihm nüchtern erklärte, dass sie den Lift nicht benutzen dürften: »Man muss Eigentümer sein, man muss für den Einbau des Lifts seinen Anteil entrichtet haben, und alle, die seinerzeit bei der letzten Eigentümerversammlung nicht abgestimmt haben, müssen nun mal zu Fuß die Treppe hinauf.« Mit diesen Worten betrat er den Aufzug, ohne ihnen einen Platz in der Kabine anzubieten, und zog die Tür hinter sich zu. Nawel machte Samir ein Zeichen, dass er nichts sagen sollte, und ging auf die Treppe zu. Auf jedem Absatz keuchte sie: *Höher.* Völlig außer Atem und schweißüberströmt erreichten sie das sechste Stockwerk, die Zunge klebte ihnen am Gaumen, ihre Hände waren feucht; sie hatten nicht einmal mehr die Kraft, sich zu beschweren, als sie den Ort sahen, an dem sie *künftig* leben würden: eine 10 Quadratmeter große Dienstbotenkammer mit einer Luke im Schrägdach als einziger Lichtquelle. Die Decke war niedrig, freiliegende Balken nahmen noch mehr Platz weg. Mit gesenktem Kopf traten sie ein, wie Büßer – aber wofür mussten sie büßen? Samir sagte nichts, er suchte die Toilette – *in welchem Jahrhundert sind wir hier eigentlich gelandet?* Er fand sie auf dem Treppenabsatz, am Ende eines düsteren geraden Gangs, es waren Stehklosetts, deren zersprungene Porzellanwannen einen bestialischen Gestank verbreiteten. Es gab keinen Riegel, den man vorlegen konnte. Samir trat ein, ließ die Jeans herunter, und als er breitbeinig dastand, den Blick auf den Urinstrahl gerichtet, um sich nicht zu bespritzen, fing er an zu weinen. Als er mit dem Pissen und dem Weinen fertig war, kehrte er in die Kammer zurück und half seiner Mutter beim Auspacken und Einrichten. Das ging schnell, immerhin ein Vorteil. In dem winzigen Raum schaffte es die Mutter, zur Feier des Einzugs Hühnchen mit Oliven zu kochen, und zehn Minuten später, nachdem sie den Gaskocher eingeschaltet hatte, klopfte es. Vor der Tür standen zwei Studenten aus dem Nachbarzimmer*. Nawel bekam es mit der Angst zu tun, entschuldigte sich für den Lärm, den Geruch, *wir wollten Sie nicht stören*, sie hatte sich ihr ganzes Leben lang ständig entschuldigt. Aber nein, deswegen seien sie nicht gekommen, der Duft habe sie angelockt, sie hätten noch nie etwas so Appetitliches gerochen, und Nawel lud die beiden ein: Kommen Sie und greifen Sie zu. Von da an kreuzten die beiden Studenten häufig zum Abendessen auf, es wurde gut gegessen, viel gelacht, es war warm, sie brachten Getränke oder Kuchen mit, man musste sich doch stärken.

Samir hatte verstanden. Die Dienstbotenkammer gehörte François Brunet, dem Arbeitgeber seiner Mutter. Gewiss hatte er sie gekauft, um darin ein Au-pair-Mädchen unterzubringen, das seinen Kindern Englisch oder Deutsch beibrachte. Gewiss hatte er sie gekauft, »um in Immobilien zu investieren, das ist die einzig sichere Anlage«, oder um seine parlamentarische Assistentin** zu vögeln, aber gewiss nicht,

---

* David Sellam und Paul Delatour, 23 und 24 Jahre alt, Studenten im fünften Jahr an der Pierre-et-Marie-Curie-Universität. Sellam träumte von einer medizinischen Laufbahn im Krankenhaus, Delatour hatte vor, die kardiologische Praxis seines Vaters im 8. Pariser Arrondissement zu übernehmen.
** Linda Delon, 28, mit richtigem Namen Linda Cadavre. Sie hatte ihren Namen ändern lassen, um ihr Schicksal zu ändern.

um dort seine Hausangestellte mitsamt ihrem Sohn aus einer früheren Beziehung und dem gemeinsamen Spross einzuquartieren. Samir stellte keine Fragen, im Grunde zog er nicht ungern aus der Vorstadt weg. Er wurde im Gymnasium Janson-de-Sailly angemeldet und dadurch Klassenkamerad verwöhnter Gören, blaublütiger Katholiken und Juden mit Goldarmbändchen. Das verunsicherte ihn, es gefiel ihm aber auch, und er fügte sich quasi über Nacht in diese Welt ein, als hätte er schon immer dazugehört. Er gab sich als Sohn eines saudi-arabischen Geschäftsmannes aus; er käme aus Dubai, behauptete er, und werde höchstens zwei, drei Jahre in Paris bleiben, und dann nichts wie zurück in seinen Palast, in seine 1000-Quadratmeter-Villa, zu seinem Hauspersonal, den Sportwagen, ja, wirklich, es ist ein Traum! Er erfand sich neu, und sie glaubten ihm. Seine Kleidung kaufte er für einen Pappenstiel von Schülern, die sich dem Diktat der neuesten Modetrends unterwarfen. Sie hatten die alten Klamotten satt, er konnte sie gebrauchen, und nach zwei Monaten sah er so gestylt aus wie ein Hollywoodstar. *Wo wohnst du?* Das war vermintes Gelände, aber Samir hatte eine Antwort parat: Die Lage im Palast war zu angespannt, sein Vater hatte drei Frauen ... Diese Erklärung kam gut an in dem rechten Milieu, in dem er sich neuerdings bewegte. Die Klassenkameraden arrangierten sich mit dem Unausgesprochenen, niemand fragte ihn, wo sein Vater sich eigentlich aufhielt. Die Lüge verhalf zu Akzeptanz und zu positiven Perspektiven. Das Leben war ein Roman, den man Tag für Tag fortschrieb. Ein Roman, dessen Held er war. Mit einer so blühenden Phantasie konnte er Schriftsteller werden, aber schon mit fünfzehn reizten ihn das Geld und die Freiheit, die er sich damit verschaffen konnte, zu sehr, als dass er sich auf eine künstlerische Karriere beschränken wollte, die ihn doch nur einengen würde. Sein Credo lautete: Ich will/werde Erfolg haben, und wenn es sein muss, auf der Grundlage einer selbstgebastelten Vergangenheit. Wenn er seine Mutter betrachtete, deren magerer Körper sich unter dem Gewicht des Babys verbog, gelobte er sich, dass er ihr eines Tages die ganze Welt schenken würde.

Als bei ihr die Wehen einsetzten, saß er gerade dicht neben ihr vor dem Fernseher; es war kurz vor Mitternacht, sie hatte ihm gesagt, dass es losging – die Medizinstudenten hatten Nachtdienst, waren nicht erreichbar. Also zogen sie ihre Jacken über und eilten die Treppe hinunter. Auf der Straße drückten sie sich gegen die Hauswände wie lichtscheue Gestalten. Es war dunkel, die Mutter atmete immer stärker, keuchte fast, sie steuerten den Eingang zur Metro an, und plötzlich sackte sie mitten auf der Treppe in sich zusammen. Samir musste an die kleine Hündin denken, er hatte Angst, dass sie starb und er allein zurückblieb und in ein Heim gesteckt würde, und auf einmal stieg gallebittere Wut in ihm auf, und er schrie: »Zu Hilfe!« Passanten liefen herbei, und fünf Minuten später war der Rettungswagen da. Seine Mutter wurde auf einer Trage abtransportiert. Die Wehen wurden immer stärker, sie hatte ganz vergessen, wie einen dieser Schmerz zerriss, ihr war zumute, als prügelte jemand sie von innen mit einem schweren Gegenstand zu Tode. Wenige Minuten später brachte sie in der Ambulanz zwischen zwei Feuerwehrleuten* ihr Kind zur Welt. Die

---

* Frédéric Dupont und Louis Minard, beide 35, hatten sich auf Online-Partnervermittlungen als John Lewis und Ben Cooper eingetragen.

Sirenen übertönten ihre Schreie, sie schämte sich und weinte. Die Männer sagten ihr: Es ist ein Junge. Sie hatte es nicht gewusst, sie hatte es nicht wissen wollen, sie hatte so sehr gehofft, dass es ein Junge werden würde. Die Feuerwehrleute fragten, ob sie jemanden benachrichtigen sollten, »den Vater« zum Beispiel, aber sie drehte den Kopf von links nach rechts. Sie würde ihn in ein paar Minuten selbst anrufen, *wenn es ihr besser ginge, wenn sie die Kraft dazu hätte,* und im Stillen fügte sie hinzu: *seine Kälte zu ertragen.*

François Brunet, ihr »Arbeitgeber«: ein ziemlich dünner, großer und spröder Mann, blond, mit durchscheinender, heller Haut. Zum schwarzen Anzug trägt er immer ein weißes Hemd mit Umschlagmanschetten, an denen Manschettenknöpfe aus Perlmutt schimmern, und eine marineblaue, manchmal auch bordeauxrote Krawatte – die einzige exzentrische Note, die er sich zugesteht. Seine Umgangsformen sind erlesen, fast affektiert. Er verfügt über exzellente Kenntnisse in der bildenden Kunst, der Musik, der Literatur – er ist eine intellektuelle Autorität. Ein engagierter Mann. Eine moralische Instanz. Wer ihn sieht, fasst gleich Vertrauen zu ihm. Einem wie ihm würde man bei der ersten Begegnung ohne weiteres die PIN für das eigene Bankkonto geben. Sollte man ihn je allein in einer dunklen Sackgasse treffen, wäre man nicht beunruhigt. Man betrachtet ihn nicht als potentiellen Feind. Man nimmt weder seine Gewaltbereitschaft noch seine sexuelle Energie wahr, denn sie werden von seinem steifen, konservativen Erscheinungsbild überdeckt. Er lebt mit seiner hochgewachsenen rothaarigen Frau, die in besten Verhältnissen in Bordeaux aufgewachsen ist, und den drei Kindern in einer schönen

Wohnung an der Place Vauban, umgeben von Büchern und Klassik-CDs – Bach liebt er besonders –, mehreren Katzen und zeitgenössischen Gemälden, seiner großen Leidenschaft. Er siezt alle Menschen, auch seine Eltern. Vertraulichkeiten sind ihm ein Gräuel, aber er hat nichts dagegen, sich beim Sex beschimpfen zu lassen.

Als Nawel Ende der 1970er Jahre als eine von vier Bewerberinnen zu einem Vorstellungsgespräch zu ihm kam, fiel sie ihm gleich auf. Sie hatte die rassige Schönheit der orientalischen Frauen, und unter dem viel zu großen, selbstgenähten Polyesterkleid erahnte er üppige Kurven, die seine Phantasie anregten. Auf all seine Fragen antwortete sie mit *Ja, Monsieur* oder *Gut, Monsieur*. Er gab ihr einen unbefristeten Vertrag, weil er heimlich hoffte, dass sie seine Geliebte werden würde. Seit sie seine Wohnung betreten hatte, ging ihm dieser Gedanke nicht mehr aus dem Kopf. Seine Frau sah sich Nawel und die anderen Kandidatinnen ebenfalls an und kommentierte knapp: »Ich würde lieber eine Rumänin oder eine Polin einstellen, sie sind ruhiger und sauberer als die Araberinnen, aber mach du es, wie du willst.« Und er wollte *sie*. Er fragte sie aus, tat so, als interessierte er sich für sie und ihre Ideen, und eines Abends forderte er sie auf, zu ihm ins Arbeitszimmer zu kommen. Nawel hätte sich eigentlich weigern müssen, doch sie ging hin.

Die Obszönität der Lust. Die Pornographie der Herkunft. Was ermächtigte ihn, sie in sein Arbeitszimmer zu beordern, nachdem sie stundenlang Hausarbeiten verrichtet hatte, und sie in seinen privaten Salon mitzunehmen, den er eigens hatte einrichten lassen, um dort Journalisten, Kollegen, aber auch Frauen zu empfangen? Was ermächtigte ihn, mit ihr zu sprechen, als stünden sie sich nahe, und um sie herumzuschleichen wie ein wildes Tier, das seine Beute witterte? *Sie gefallen mir, Nawel,* wiederholte er immer wieder, *Sie gefallen mir ausnehmend gut.* Was gab ihm das Recht, sich vor sie hinzuknien, die Hände unter ihr kurzes schwarzes Kleid zu schieben und ihr Höschen zu küssen, *aber sprechen Sie nie mit irgendjemandem über das, was gleich passiert.* Er sagte: Lass mich nur machen und halt still. Er sagte: Tu dies, tu jenes, und sie tut es. Aber die Situation war nicht so eindeutig, wie es den Anschein haben mochte. Nawel tat es, weil sie es wollte. Sie fühlte sich frei mit ihm. Zum ersten Mal überließ sie sich der Lust eines Mannes, der sie wirklich ansah. Sie liebte ihn. Sie unterwarf sich ihm. So viel Folgsamkeit faszinierte Brunet, der es gewohnt war, mit starken Frauen zusammenzuarbeiten, feministischen, politisch interessierten Frauen, die immer auf der Hut waren und jede seiner Attacken abwehrten. Er dachte: Bin das wirklich ich, der einflussreiche Politiker, der ENA-Absolvent, der hier vor einer arabischen Hausangestellten kniet? Er hatte das Gefühl, sich zu erniedrigen, und er liebte dieses Gefühl. Er war ein Gefangener seiner Triebe. Diese dunkelhäutige Frau machte ihn verrückt. Sie hatte dafür gesorgt, dass er den Kopf verlor, seine Würde, seinen Gleichmut, dessen war er sich bewusst. Er war das Produkt einer Erziehung nach den Prinzipien eines rigorosen Katholizismus und einer bürgerlichen Moral, die nichts erlaubte und alles verdammte, und er empfand den Kontrollverlust in gewisser Weise als Wohltat. Sie war seine orientalische Blume. Was für ein Klischee! Die Abneigung als sexuelles Stimulans – aber das störte ihn nicht, die Sache hatte ihn im Griff, überwältigte ihn, er konnte an nichts anderes mehr denken. Es könnte ihn seine Stellung kosten, er setzte alles aufs Spiel für fünf Minuten Vergnügen mit seiner Hausangestellten. Es war ja keine große Sache, beruhigte er sich, *nur ein kurzes Bespringen des Zimmermädchens*, da wäre er nicht der Einzige. Er verübelte es ihr, dass sie ihn zu einem schwächlichen, willenlosen Wesen degradiert hatte. Diese kleine dunkle Frau hatte seine wohlgeordnete Existenz aus dem Gleichgewicht gebracht, und das ängstigte ihn.

Die einzige Betätigung, bei der er sich wirklich abreagieren konnte, war die Jagd. Drei Jahre vor der Begegnung mit Nawel war er einem Schießclub beigetreten, der seinen Sitz im 16. Pariser Arrondissement hatte. Dort zog er sich seinen Gehörschutz über die Ohren, konzentrierte sich auf die Schießscheibe und entspannte sich. In diese Zeit fielen auch seine ersten Afrikareisen und Großwildjagden. Er liebte die Farbe des Blutes und seinen Geruch – und das war für ihn als vehementen Gegner der Todesstrafe ein Dilemma, wie er sich selbst eingestand. Er liebte den Kontrast zwischen der Reinheit der Natur – dem weiten Himmel, den weitläufigen, in kalte Farben getauchten Landschaften – und dem traurigen Anblick der Gerippe, der zerfetzten Körper, des rotgesprenkelten Fells. Er liebte das Schauspiel des Todes, das er selbst herbeigeführt hatte, und am meisten liebte er es, nach der Jagd mit einer Frau zu schlafen, die Berührung eines warmen Körpers zu spüren, der dem des Tieres ähnelte, das eben noch auf der sonnenverbrannten Erde mit dem Tode gerungen hatte. Das nichts sagte. Das alles mit sich machen ließ. Einmal hatte er sogar eine Frau gefickt, während an seinen Händen noch Blut klebte. Manchmal, wenn die Bilder von diesem wahnsinnigen, primitiven Akt in ihm aufstiegen, konnte er die Lust immer noch spüren. Auf seinen Afrikareisen, die er allein oder mit einem Freund unternahm, war es für gewöhnlich kein Problem, sich eine Frau aufs Hotelzimmer kommen zu lassen; er hatte seine Kontakte, einfache Leute, die seinen Wunsch nach Diskretion und seine Position respektierten.

Wenn er mit Nawel zusammen war, brachen seine Obsessionen wieder aus. Je häufiger er sie sah, desto mehr Lust hatte er auf sie. Sie war in ihn verliebt, das war nicht zu übersehen, und er gelangte bald zu der Überzeugung, dass er Schluss machen musste. Aber er wusste nicht recht, wie er es anstellen sollte. Als sie ihm mitteilte, dass sie schwanger war, forderte er sie auf, abtreiben zu lassen, zuerst sanft, um sie nicht vor den Kopf zu stoßen, dann entschiedener, in der Hoffnung, sie einzuschüchtern. Er hatte versprochen, dass er alle anfallenden Kosten übernehmen würde, er wollte für den Verlust, den sie erleiden würde, *Schadensersatz* leisten – genau so drückte er es aus. Sie konnte das Kind nicht behalten, man musste doch verantwortlich handeln, wie ein erwachsener Mensch. Sie weigerte sich. Für sie bedeutete verantwortlich und erwachsen handeln, dass sie das Kind behielt, dessen Vater sie liebte. Jahrelang hatte sie geglaubt, dass sie unfruchtbar sei, und nun hatte »Gott« ihnen »ein Kind geschenkt«.

Als Brunet verstand, dass er sie nicht umstimmen konnte, brachte er sie in einer Reinigung in der Rue Montorgueil unter. Er konnte sie auf keinen Fall länger unter seinem Dach wohnen lassen, sonst würde seine Frau sicher anfangen, Fragen zu stellen. Nawel war einverstanden und unterzeichnete ein von ihm aufgesetztes Dokument mit dem Titel »Kündigungsschreiben«. Sie hatte sich einen Neuanfang mit Brunet in einer hübschen Wohnung an der Rive Droite erträumt und rieb nun stattdessen Öl, Kaffee, Blut, Sperma und Fett aus Stoff; manche Flecke gingen heraus, andere blieben. Berge von verschmutzter, stinkender Wäsche, Berge von bloßgelegten Intimitäten. Das war das Gegenteil ihres Traums. Das war die Realität. Sie schuftete zehn Stunden täglich in der Reinigung. Sie nahm die Wäsche entgegen, nummerierte die Teile, bestimmte die Art der Flecke, sortierte nach Farben, sortierte nach Stoffen, bürstete den Stoff, reinigte vor, befüllte die Maschinen mit Tetrachlorethen, belud und entlud die Maschinen durch das Bullauge, überprüfte die Stoffe, streifte die Kleidungsstücke der aufblasbaren Gummipuppe über, prüfte noch einmal, schweißte ein – das war ihre tägliche Arbeit. Wenn sie abends abschloss, kämpfte sie nicht selten gegen den Drang an, ihren Kopf in die Trockenreinigungsmaschine zu stecken und die giftigen Dämpfe einzuatmen. Nur das Baby, das in ihrem Bauch wuchs, hielt sie davon ab. Sie hatte fast keinen Kontakt mehr mit Brunet. Bis zum Tag der Geburt.

Nachdem sie ihr Kind mehrere Stunden lang ununterbrochen angeschaut hatte, nachdem sie seine Finger und Zehen gezählt und sich vergewissert hatte, dass alle Gliedmaßen am richtigen Platz waren, hatte sie von der Klinik aus Brunet angerufen. »Ihr Sohn ist geboren«, hatte sie mit einer angespannten, fast heiseren Stimme gesagt, der man Schwäche, Erschöpfung, Kampf und Einsamkeit anhörte. Er erwiderte nichts, ließ zu, dass sich das Schweigen zwischen ihnen ausdehnte, und verkündete dann gelassen, er werde gegen Mittag vorbeikommen. Um 14 Uhr betrat er mit einem blauen Plüschhund, den er im besten Spielzeugladen der Rue Malesherbes gekauft hatte, Nawels Zimmer. Er hatte keine zärtliche Geste für sie übrig, sondern ging gleich auf das Kind zu und hob es langsam auf. Und dann starrte er das Baby ungläubig an. Denn es war sein genaues Ebenbild: weiße Haut, wasserblaue Augen, die vermutlich diese Farbe behalten würden, ein rotblonder Haarschopf. Er hatte angenommen, das Kind werde dunkelhäutig sein wie seine Mutter und schwarze, glänzende Augen haben (»eine Arabervisage«, hatte er gedacht), und nun war er schlagartig beruhigt. Das war ja ein Weißer, ein Blonder wie er selbst. Er könnte ihn lieben. »Wie wollen Sie ihn nennen?«, fragte er Nawel. Sie blickte ihn unsicher an und erwiderte: »François.« Er stieß ein »Ah« aus, dann schwieg er. Er protestierte nicht, er wusste, dass er dieses Kind, das seinen Vornamen trug, nicht aufziehen würde, dass er sich von ihm distanzieren musste und ihm keinen Namen nach seinem Geschmack geben konnte. Sie konnte den Kleinen nennen, wie es ihr gefiel … Sie würde tun, was ihr gefiel … Er würde dieses Kind nicht anerkennen. Am nächsten Vormittag kam er ein letztes Mal, um Nawel mitzuteilen, dass er die Krankenhauskosten übernehmen und ihr zwei Jahresgehälter überweisen würde, um sich »an den Aufwendungen für das Kleinkindalter zu beteiligen«. Sie hätte drei oder vier Jahresgehälter und die unbefristete Nutzung des Dienstbotenzimmers verlangen können, er hätte es ihr gewährt, denn schließlich wollte er keinen Skandal, aber sie verlangte nichts, sie schwieg. Er betrachtete sie lange mit gerührter Miene, aber dann erklärte er ihr kühl, er wolle sie nicht wiedersehen, sie nicht und auch das Kind nicht. Er hatte zu viel zu verlieren: seine friedliche Ehe, seine Kinder, seine politische Karriere, all das, was er sich geduldig durch unzählige Opfer aufgebaut hatte.

Er war noch im Zimmer, als Samir in Begleitung der beiden Studenten eintrat, die Arme voller Geschenke. Brunet begrüßte sie, verabschiedete sich von Nawel und ging hinaus. Er schaute dann doch hin und wieder in der Dienstbotenkammer vorbei, aber seine Besuche hörten auf, nachdem er eine junge, militante Gaullistin kennengelernt und sich auf der Stelle in sie verliebt hatte*. Zwei Jahre später forderte er Nawel auf, die Kammer zu räumen, die er ihr zur Verfügung gestellt hatte. Dass er sie für Schäferstündchen mit seiner verheirateten Geliebten wollte, sagte er ihr nicht. Er teilte ihr nur kurz mit, er müsse diesen Vermögenswert verkaufen, werde ihr aber weiterhin eine kleine monatliche Unterhaltszahlung für das Kind zukommen lassen. Nawel wollte nicht weg, sie hatte weder Geld noch einen Ort, an den sie gehen konnte, und »wieder einmal« war es Brunet, der für sie durch die Vermittlung eines Freundes in Sevran eine Zweizimmerwohnung fand. Nach wenigen Wochen war alles geregelt. François Brunet engagierte eine Firma und ließ das Zimmer renovieren. Zwei Monate später erinnerte nichts mehr an den Aufenthalt von Nawel und ihren Kindern.

Samir hat sich diesem Bruder, der ihm so gar nicht ähnlich sah und ihm von Anfang an suspekt war, nie besonders nahegefühlt. Er selbst war die Frucht ehelicher Pflichten,

---

* Manon Perdrix, 28, Mutter zweier Kinder, die von einem »starken Frankreich« und einer »kinderreichen Familie« träumte.

das Kind einer arrangierten, vielleicht sogar erzwungenen Ehe, der andere dagegen ein Kind der Liebe, der frevelhaften Begierde, der verbotenen Leidenschaft. Ein Europäer – während er der Orientale blieb, das wusste er, das sprang ins Auge und machte ihn rasend vor Wut und Eifersucht. Deshalb erträgt er es auch heute noch nicht, wenn seine Mutter »dein Bruder« sagt. Blutsbande? Eine Erfindung. Seine Familie sucht er sich selbst aus. Für ihn entsteht Nähe durch Freundschaft, durch geistige oder sexuelle Übereinstimmung. Nicht durch die sogenannte Familie, das Phantasiegebilde einer perfekten Abstammungslinie.

Dennoch ruft er schließlich an, sie ist trotz allem seine Mutter. Und er schämt sich ein bisschen: Gerade noch hat er seinen Geburtstag gefeiert, ohne dass er auch nur im Traum daran gedacht hätte, sie einzuladen. Es ist unmöglich, sie weiß nichts von seinem Leben in New York. Er hat sich sehr früh eingeredet – noch bevor er sich mit seinem angeblichen Judentum selbst eine Falle gestellt hatte, ja schon seit Beginn seines Studiums oder vielleicht sogar seit ihrem Umzug ins 16. Arrondissement –, seine Mutter sei ein Hindernis für seinen sozialen Aufstieg. Die Scham über seine Herkunft hat er so gut wie möglich verdrängt. Er lud nie jemanden zu sich nach Hause ein und verlangte von seiner Mutter, dass sie ihn nie von der Schule abholte.

Seine Schuldgefühle sind noch nicht abgeklungen, als er ihre Nummer wählt. Sie hebt beim ersten Klingelton ab, wahrscheinlich hat sie am Telefon gesessen und auf den Anruf ihres exilierten Sohnes gewartet.

»Ah, Samir, mein Sohn, endlich.«

Ihre Sprachmelodie und ihr arabischer Akzent gehen

ihm zu Herzen, und er fragt: »Was gibt es, Mama?« Er sagt es mit einer gewissen Mattigkeit in der Stimme, man hört ihm seinen Widerwillen und seinen Missmut an; viel lieber hätte er überhaupt nicht mehr mit ihr gesprochen, die Brücken hinter sich endgültig abgerissen. Aber das ist undenkbar, das könnte er nie: Er liebt seine Mutter, er bewundert ihren Mut und ihre Zähigkeit – und er empfindet Trauer. Ein Leben lang hat sie für andere Leute geputzt – und wozu das Ganze?

»Es geht um deinen Bruder ... ich habe den Eindruck, dass er auf die schiefe Bahn gerät ...«

Als Samir das hört, herrscht er seine Mutter an, sie solle sofort still sein. Ihm ist klar, dass ihr Gespräch möglicherweise abgehört wird. Und als Anwalt, der hochsensible Fälle bearbeitet, ist er vorsichtig. Dann holt er tief Luft und redet ihr gut zu: »Mach dir keine Sorgen, das wird schon wieder, ich versuche, mit ihm zu reden.«

Sie beruhigt sich sofort, stellt sich vor, wie sie von ihren beiden großen Söhnen flankiert wird, das tut ihr gut, und ihre Gefühle brechen hervor: »Ich erwarte dich, mein Sohn, ich freue mich so darauf, dich zu sehen, du bist so weit fort, du fehlst mir so sehr. Und immer noch nichts? Keine Verlobte?«

»Nein, keine Verlobte, Mama, ich arbeite viel.«

»Das wird schon, *inch'Allah*, ach, und ich habe es ganz vergessen: Alles Gute zum Geburtstag!«

»Danke, Mama, bis später.« Er legt auf, beeilt sich, nach Hause zu kommen, gibt dem Mann vom Parkservice seine Autoschlüssel, und im Foyer des Gebäudes steigt plötzlich eine Welle von Übelkeit in ihm auf. Die Bilder überlagern sich: das Geburtstagsfest, seine Frau, der schweißnasse Körper von Elisa Hanks, sein Bruder, den er seit zwei Jahren nicht mehr gesehen hat, mit dem er nie spricht. Ihm wird auf einmal so schlecht, dass er würgen muss, und er erbricht unter den Augen des besorgten Portiers seinen Mageninhalt auf den Fußboden. »Alles in Ordnung?«, fragt der Portier. Nein, nichts ist in Ordnung, er bekommt keine Luft mehr, krümmt sich, die Hand auf den Bauch gepresst, er keucht, ringt nach Luft. Von der Pfütze auf dem Boden steigt ein säuerlicher Gestank auf. Nach einer Weile richtet er sich auf, saugt frische Luft in die Lungen, sagt, dass es ihm wieder besser gehe, und eilt mit raschen Schritten, ohne einen Blick zum Portier, auf den Lift zu. Was für ein Glück, denkt er, dass er die Kotze nicht selbst aufwischen muss.

9

An dem Tag, an dem Samuel Nina auffordert, sich mit Samir in Verbindung zu setzen, geht er zur Arbeit, als sei nichts geschehen. Er weiß, was er riskiert, er weiß, was er zu verlieren hat, aber in den vergangenen zwanzig Jahren gab es ohnehin nicht einen Tag, an dem er nicht daran dachte, dass sie nur bei ihm geblieben war, weil er sie erpresst hatte. Ich will wissen, ob sie heute freiwillig, aus eigenem Entschluss bleiben würde, denkt er, als er in sein Büro kommt, wo eine in Tränen aufgelöste, todunglückliche Frau auf ihn wartet, die sich kaum auf dem Stuhl halten kann. Das ist sein Leben: die Gewalt. Sein Leben besteht aus einem 10-Quadratmeter-Büro und Menschen, die mit oder ohne Termin hereinschneien, die vor ihm sitzen und sagen, guten

Tag, mein Mann schlägt mich, mein Sohn schlägt mich, ich habe keinen Ausweis, meine Tochter ist schwanger, mein Sohn sitzt im Gefängnis, die sagen, man hat mich beleidigt, man hat mich vergewaltigt, beraubt, ich bin obdachlos, ich werde bald obdachlos sein, ich habe Angst, auf der Straße zu landen, die sagen, ich bekomme keinen Kredit, ich kann meine Kinder nicht ernähren, ich esse nur jeden zweiten Tag, die sagen, ich bin allein, ich bin einsam, ich bin Witwe, ich bin alt, die sagen, ich habe keine Kinder, ich habe zehn Kinder, ich werde krepieren, ich krepiere, helfen Sie mir, helfen Sie uns. Und er weiß jedes Mal, was zu tun ist, er hat die Lösung, den Kontakt. Er liebt es, sie um sich zu haben, ihnen zuzuhören, mit ihnen zu sprechen, sie zu beruhigen, er liebt es, zu erklären, zu telefonieren, sich zu bemühen, Adressen und Namen zu finden, Hilfe anzufordern. Sein Leben sind die anderen, er macht sich gern nützlich, das wertet ihn auf, das adelt ihn – nur nicht an diesem Vormittag, denn sein Kopf ist voll von Tahar, quillt über von Tahar, er hat Kopfschmerzen, wenn er nur an ihn denkt, deshalb arbeitet er an diesem Tag nicht, er setzt sich in sein Büro, stützt den Kopf auf die Hände und wartet auf Ninas Anruf. Am Nachmittag hat er immer noch nichts von ihr gehört, und als er gegen 17 Uhr nach Hause kommt, findet er sie ausgestreckt auf dem Sofa, sie blättert in einer Zeitschrift. Er tritt auf sie zu, küsst sie und fragt, ob sie Samir angerufen habe. Ja, das hat sie, aber er war nicht da.

»Seine Sekretärin hat gesagt, er wird mich zurückrufen.«
»Das ist alles?«
»Ja, das ist alles.«
»Und was hast du heute gemacht?«

»Oh, eine ganze Menge.«

Aber er kann an ihrem flackernden Blick erkennen, dass sie den ganzen Tag auf Samirs Rückruf gewartet hat.

10

Nina Roche hat angerufen. Samir glaubt zu träumen, er muss die Worte drei Mal lesen, um sich davon zu überzeugen, dass er nicht träumt. Da steht wirklich ihr Name. Könnte es ein Name sein, der so ähnlich klingt? Er springt auf, stürzt aus dem Büro zu seiner Sekretärin und will alles von ihr wissen: »Wann hat sie angerufen? Hat sie irgendetwas Besonderes gesagt?«

»Nein.«

Er zittert, ihm wird schwindlig, seine Knie werden weich. Ein Schock.

Das ist ein Scherz, das kann sie unmöglich sein. Seit zwanzig Jahren hat er nichts mehr von ihr gehört. Er kehrt in sein Büro zurück, setzt sich, stützt das Kinn auf die Hände, lacht leise. *Ich fasse es nicht.* Irgendwann kommt er zu dem Schluss, dass sie es tatsächlich ist, sie will ihn wiedersehen, nach zwanzig Jahren bedauert sie, was geschehen ist. Und er? Habe ich Lust, sie nach einer so langen Zeit wiederzusehen, sie ist zwanzig Jahre älter, ob sie sich verändert hat? Warum ausgerechnet jetzt? Er zittert, er ist beunruhigt, möchte aus lauter Neugier am liebsten auf der Stelle mit ihr reden, ihre Stimme hören, aber dann wird ihm plötzlich bewusst, dass er hier ein anderer ist. Er ist nicht Samir Tahar, sie darf nichts über sein Leben erfahren, er kann sie nicht wiedersehen, es ist zu gefährlich. Wie soll er sich ihr gegenüber verhalten, zwanzig Jahre nachdem sie ihn verlassen hat? Er ruft nicht zurück, obwohl er vor Sehnsucht fast zerspringt. Seine Gedanken kreisen unablässig um sie, und als ihm auf einmal einfällt, dass es in Paris ungefähr ein Uhr nachts ist, redet er sich ein, dass er sie anrufen *muss*, jetzt oder nie, er kann nicht anders, er kann sich nicht dagegen wehren, er darf eigentlich keinen Kontakt mit ihr aufnehmen, das spürt er, das weiß er, *du wirst dir dein Leben, dein geordnetes, ruhiges, gut organisiertes Leben ruinieren.* Dennoch bittet er seine Sekretärin mit schlecht verhohlener Ungeduld: »Rufen Sie Nina Roche zurück, und stellen Sie den Anruf in mein Büro durch.«

Er setzt sich in seinen breiten, schwarzen Ledersessel und legt eine Hand auf den Telefonhörer. Sein Herz klopft zum Zerspringen. Es klingelt, seine Sekretärin meldet sich: »Miss Roche ist am Apparat.« Es ist so weit, sie ist es wirklich, er erkennt ihre warme, raue, ernste Stimme, die Stimme, die ihm die Sinne verwirrt hat, er will nur noch dieser Stimme zuhören.

»Es tut mir leid, dass ich so spät anrufe. Du hast hoffentlich noch nicht geschlafen?«

»Nein, nein, überhaupt nicht. Alles Gute zum Geburtstag, ich habe mich an das Datum erinnert.«

»Nach so langer Zeit?«

»Ich habe dich gestern zufällig im Fernsehen gesehen und...«

Du hast dich an mich erinnert.

Sie unterhalten sich lange. Samuel hört von der anderen Seite des Bettes aus bestürzt und angespannt zu und weiß plötzlich: Das hier ist Wahnsinn, der reine Selbstmord. Er hört sie diskutieren, plaudern, sie versprechen einander, sich zu treffen. Nina spielt das Spiel gekonnt mit, sie zeigt Einsatz und Entschlusskraft, und sehr bald hält es Samuel nicht mehr aus, er bekommt Angst und gibt ihr mit einer Handbewegung zu verstehen, dass sie aufhören soll. *Mach's kurz.* Sie blinzelt ihm zu und hebt ihrerseits die Hand, *warte*, dann spricht sie weiter und lacht. Es ist ein vertrautes, freies Lachen, das verrät, wie sehr sie sich freut, Samir wiedergefunden zu haben – entsetzlich –, aber ein paar Sekunden später legt sie endlich auf: *Jetzt hast du, was du wolltest.* Sie tun so, als wären sie zufrieden, du müsstest dich doch freuen, hol was zu trinken, das müssen wir feiern. Aber als Nina aufsteht und er sie von unten sieht, hochgewachsen, in vollendeter Schönheit, als er diesen göttlichen Körper sieht, kann er nicht an sich halten, packt sie am Arm und zieht sie zu sich herunter. Er will sie umarmen, mit ihr schlafen, auf seine Art sagen: »Du gehörst mir. Du bist mein Eigentum.« Glaubt er wirklich, dass der Konflikt durch eine Demonstration sexueller Macht zu lösen sei? Die Aggression als Triebfeder der Erotik. Die Feindseligkeit als Nährboden des Begehrens. Das war mit der Zeit zu ihrer Patentlösung geworden. Nina lässt es geschehen, obwohl sie ihn eigentlich abweisen müsste. Sie protestiert nicht, und diese ungewohnte Form von Passivität ist der grausamste Hinweis auf ihre Gleichgültigkeit.

11

Er hat nicht erwartet, sie je wiederzusehen. Der Anruf hat ihn unvorbereitet getroffen, er denkt den ganzen Tag an sie (schon allein ihr Name lässt phantastische Traumbilder von Liebe und Erotik vor ihm erstehen), und er möchte ihr endlich sagen können: Du hast mir so gefallen, ich habe so oft an dich gedacht, du bedeutest mir immer noch viel, ich habe dich geliebt, ich habe so gern mit dir geschlafen, ich wollte nie etwas anderes als mit dir zusammen sein. Auf einmal vermisst er sie schrecklich, und als er ihre Stimme hört, empfindet er ihre Abwesenheit wie einen Schmerz. Eine so natürliche, unkomplizierte Erotik, die alle Sinne berührt, die ohne Tricks auskommt, eine so unmittelbare, elementare Leidenschaft hat er nur mit ihr erlebt. Dass dies eine außergewöhnliche Erfahrung ist, weiß er inzwischen, und deshalb lässt er auch nicht locker, er besteht darauf: *Ich möchte dich wiedersehen.* Denn er will sie, darum kreisen seine Gedanken, er wird sie mit der Zeit herumkriegen, *ich will dich unbedingt wiedersehen.* Dieser Wunsch lässt ihn nicht mehr los, setzt sich in ihm fest, bis ihn Tag und Nacht erotische Phantasien und Zukunftsträume heimsuchen, er hat die größten Schwierigkeiten, sich auf irgendetwas zu konzentrieren. Alles wird zweitrangig: Arbeit, Familienleben, Politik.
Das interessiert mich alles nicht.
Ruths bürgerliche Moral. Ihr Festhalten an den Konventionen. Ihre fast langweilige Beständigkeit, immer ist sie da, wo man sie erwartet. Bei ihr hat er nie das Gefühl, ganz er selbst sein zu können. Er ist immer nur die perfekte Verkörperung der archetypischen Männlichkeit: der kompetente

Anwalt, der gute Vater, der pflichtbewusste Jude, der liebevolle Ehemann, der aufmerksame Schwiegersohn – Rollen, die er stets mit einem verdächtigen Eifer spielt, damit die Leute sagen: *Er hat alles*, damit Ruth sagen kann: *Er ist perfekt*. Aber die Biographie, die er sich erfunden hat, wird nie seine eigene sein. Wie ein Autor, der sich eine Art Doppelgänger als Erzähler erschafft, hat er sich ein zweites Ich erschaffen. Mit Nina jedoch würde er an die Quelle zurückkehren, zur Originalversion, zum Wesentlichen, zu seiner orientalischen Herkunft – zu der Spontaneität, die er vermisst und die er nur während der kurzen Besuche bei seiner Mutter wiederfindet.

Am nächsten Tag fängt er an, ihr explizite Nachrichten zu schicken: Er hat Lust auf sie, er hat immer nur sie begehrt und wird es ihr beweisen. Sein Flugzeug landet am Montag um 8 Uhr 10 in Paris. Nina zeigt Samuel die SMS-Nachrichten nicht, sondern löscht sie alle. Sie ist verwirrt. Samir ist galant und hartnäckig, was ist schon dabei. Wenn er sie will, soll er kommen und sie holen. Erst jetzt stellt er ihr die Frage, die ihn umtreibt: *Gibt es jemanden in deinem Leben?*

Als er den Namen »Samuel« liest, verschwimmt alles um ihn herum, eine plötzliche Schwäche überkommt ihn. Ein Mann wie er, der aus seiner Souveränität und Männlichkeit seine Kraft bezieht, muss darin den quälenden Beweis dafür sehen, dass er mit dieser Geschichte noch nicht ins Reine gekommen ist. Er verliert den Boden unter den Füßen, er versinkt. Er hat ganz vergessen, wie furchtbar es sich anfühlt, auf schwankendem Boden zu stehen, die eigenen Gefühle nicht mehr unter Kontrolle zu haben, sich verzweifelt um eine rationale Einschätzung zu bemühen und zu scheitern. Er versteht sehr rasch, dass es zu spät ist, er ist wieder abgestürzt – und zwar ins Bodenlose. »Du bist bei ihm geblieben?« Er fragt ironisch, obwohl es ihn innerlich fast zerreißt, und sie antwortet: »Ja, sicher, wundert dich das?« Nach einer Weile erwidert er: »Nein, eigentlich nicht. Sie müssten dich inzwischen seliggesprochen haben.« Er meint, sie am anderen Ende der Leitung lachen zu hören, als er das schreibt, und das bringt ihn aus der Fassung. »Habt ihr Kinder?« – »Nein.« Er ist erleichtert. Wenn sie Kinder gehabt hätten, hätte er vielleicht nicht so stürmisch auf ein Wiedersehen gedrängt. Im Allgemeinen vermied er Affären mit Frauen, die Kinder hatten; die Mutterschaft machte sie weniger verfügbar, sie gaben sich nie ganz hin, ein Teil von ihnen schien immer mit ihrem Kind verbunden zu sein. Und außerdem ertrug er die Vorstellung nicht, eines Tages womöglich den Kindern von Nina und Samuel zu begegnen und dabei denken zu müssen: Diese Kinder müssten von mir sein.

Er fragt, ob Samuel über ihren Anruf informiert ist. *Ja, sicher, er saß mit mir vor dem Fernseher.* (Befriedigt denkt Samir: Also hat er mich *gesehen*.)

Diesen Moment wählt sie, um ihm mitzuteilen, dass sie den *Times*-Artikel gelesen hat. Schweigen am anderen Ende der Leitung. Sie weiß Bescheid. Hastig entgegnet er, dass er darüber lieber persönlich mit ihr reden würde. »Weil du glaubst, dass ich dich wiedersehen will?«, fragt sie. Er lässt ein paar Sekunden verstreichen, bis er sich wieder unter Kontrolle hat. Dann erwidert er: »Natürlich willst du mich wiedersehen, und ich will es auch.«

12

Im Flugzeug stülpt sich Samir, kaum dass er sitzt, die Kopfhörer auf die Ohren und schwankt zwischen *No Country for Old Men*, einem Film der Gebrüder Coen mit dem amerikanischen Schauspieler Josh Brolin*, und einem Film des französischen Regisseurs Eric Rochant**, *Ein Typ zum Küssen*. Er entscheidet sich für den zweiten, aber es hat alles keinen Sinn, er muss immer an Nina und ihr Wiedersehen denken. Er würde am liebsten gar nicht erst mit ihr reden müssen, er hätte es gern, wenn sie vor der Anzeigetafel stünde und auf ihn warten würde. Er würde sie in die Arme nehmen, sie küssen und sie in das nächstgelegene Hotel mitnehmen, um mit ihr zu schlafen – wozu Umstände machen? Aber am Flughafen erwartet ihn nur ein etwas bärbeißiger Chauffeur, den ihm sein Hotel geschickt hat, ein kleiner Glatzkopf***, der ein Schild umklammert, auf dem in Großbuchstaben sein Name steht: SAM TAHAR.

---

* Der US-amerikanische Schauspieler Josh Brolin spielte in zahlreichen Filmen mit. Als ihn eine französische Journalistin fragte, ob er nie daran gedacht habe, seine Kinokarriere aufzugeben, antwortete er: »Die Leute haben zu mir gesagt: *Demnächst kommt der Durchbruch!* Nach zehn Jahren antwortete ich: *Ach, Blödsinn!.*

** Der hochtalentierte, ehrgeizige und kreative Filmemacher Eric Rochant schrieb in einem privaten Brief: »In unserer Welt wird ununterbrochen gewertet. Eine Niederlage ist schrecklich, aber Erfolg ist unwürdig.«

*** Alfredo Dos Santos, 45, arbeitete seit zehn Jahren als Chauffeur. Er führte zwei klar voneinander getrennte Leben, eines in Frankreich und das andere in Portugal.

II

1

Nina ist das Zeichen, dass Samuel es zu etwas gebracht hat. Wie gut ihr das schwarze Spitzenkleid steht, und diese Ausstrahlung! Die langen Haare fallen ihr offen über ihre nackten Schultern, sie ist das Beste, was das Leben Samuel geschenkt hat. Das soll Samir ruhig wissen und sehen. Zwanzig Jahre ist sie mit ihm zusammengeblieben, und immer noch ist sie so schön, was für ein Anblick, ja, sieh sie dir nur an. Mit den einfachsten Mitteln hat sie sich ihre Schönheit bewahrt. Sie ist gewieft: Jeden Morgen, wenn die großen Kaufhäuser ihre Türen öffnen, oder manchmal auch in der Mittagspause, wenn die Touristen sie erstürmen und die Verkäuferinnen zwischen den Regalen umherflattern, von Duftwolken umgeben und weiße Papierstreifchen schwenkend, bedient Nina sich in den Kosmetikabteilungen bei den Testern, die überall herumstehen: Antifaltencreme, Augenkonturcreme, Hautserum, Make-up-Grundierung, Wimperntusche, Parfüm – sie sucht sich immer die teuersten Marken aus, fragt nach Pröbchen, gibt sich als potentielle Kundin aus. Auf diese Weise hat sie über Jahre hinweg, ohne auch nur einen Cent auszugeben, ihre Haut gepflegt und die teuersten Düfte getragen. Zum Haareschneiden ging sie regelmäßig als Modell in eine Friseurschule, wo die Auszubildenden die neuesten Trendfrisuren an ihr übten. Manchmal ließ sie sich auch bei den afrikanischen Friseuren in der Nähe der Porte de la Chapelle für ein paar Euro die Haare zu einem langen glänzenden Zopf flechten, den sie wie eine Fürstenkrone auf dem Kopf trug.

Samir hat sich mit ihnen im Bristol verabredet. Er hat Nina bei seiner Ankunft auf dem Flughafen angerufen, und sie hat ihn vorgewarnt: Ja, sie kommt, aber mit Samuel. *Kein Problem.*

Nina und Samuel nehmen erst den Bus, dann den Vorortzug, sie fallen auf und ernten Pfiffe – *Fahren Sie etwa nach Cannes zum Festival*? Sie lachen. Nina stöckelt, an Samuels Arm geklammert, angestrengt auf zehn Zentimeter hohen Absätzen einher, *ich will, dass sie auf dich aufmerksam werden, du solltest dir immer so eine Frisur machen.* Eine ganze Stunde hat sie gebraucht, um sich die Haare zu glätten, dann ab zur Maniküre, bordeauxrote Fingernägel, geschminkt hat sie sich selbst, dezent, ihrem Alter entsprechend, nicht ordinär. Samuel drückt sie an sich und denkt: Meine Frau. Sein Besitzerstolz hat schon leicht pathologische Züge. Er stellt Nina wie eine Trophäe zur Schau und stärkt dadurch sein Selbstvertrauen, das ist kindisch und ein bisschen erbärmlich. Er hat nichts Besseres gefunden, womit er sich gegen die Resignation zur Wehr setzen könnte, allein Nina verdankt er seinen Status, er ist von ihr abhängig, ohne sie ist er ein Niemand. Zu dieser Überzeugung ist er in den gemeinsam verbrachten Jahren gelangt. Wenn sie geht, sterbe ich, wenn sie geht, bringe ich mich um, denkt er oft. Er weiß es, er sagt es ihr, und trotzdem geht er jetzt bewusst das Risiko ein, sie zu verlieren. Er setzt sie der Gefahr aus, spielt mit dem Feuer, stellt sie auf die Probe. Kamikaze.

Als sie die Rue du Faubourg Saint-Honoré erreichen, ist es noch zu früh. Nina schlägt vor, ein paar Schritte zu gehen, Samuel will lieber durch die Geschäfte schlendern, sich in den Auslagen umsehen und wieder hinausgehen, ohne etwas gekauft zu haben, er will das Vergnügen auskosten, begrüßt, hofiert, an Ninas Seite gesehen zu werden, und bittet sie, in einer Luxusboutique ein Kleid mit einem schwindelerregenden Ausschnitt anzuprobieren. Unter den Augen der schmunzelnden Verkäuferin* bringt er ihr mehrere Kleidungsstücke selbst zur Umkleidekabine. Mit den Worten »Wir kommen zurecht« wimmelt er die Frau ab, und als sie gegangen ist, schlüpft er in die Kabine. Nina steht in Unterwäsche da und stößt einen Schrei aus, *du bist ja verrückt, wenn uns jemand sieht*, aber genau darum geht es ihm, er will gesehen werden. Er zieht den Vorhang zu und küsst sie. »Du bist verrückt.« – »Ja, ich bin verrückt nach dir.«

2

Samir hat kein Lampenfieber, wenn er im Fernsehen oder vor Gericht auftritt, in Gegenwart von Frauen, Richtern und anderen Autoritätspersonen bleibt er cool. Er hat seine Gefühle im Griff, und die vielen Plädoyers und außergerichtlichen Einigungen haben ihn gehörig abgehärtet. Doch wenn er nur daran denkt, Nina wiederzusehen,

---

* Kadi Diallo, 34. Die Tochter eines afrikanischen Diplomaten arbeitete als Model bei Dior, bevor sie sich für eine humanitäre Mission im Sudan engagierte. Nach drei Jahren kehrte sie nach Frankreich zurück, wo sie eine Stelle als Teilzeit-Verkäuferin fand. Sie hofft, eines Tages die Leitung des Modegeschäfts übernehmen zu können.

bekommt er Herzklopfen. Seine Hände flattern, er fängt an zu stammeln, das kennt er gar nicht von sich. Er verliert den Boden unter den Füßen. Wo ist seine berühmte Selbstsicherheit geblieben? Und seine Arroganz? Wie weggeblasen. Er greift sich ans Handgelenk und misst seinen rasenden Puls, er zittert unkontrolliert, selbst die bläuliche Vene, die sich über seinen Unterarm schlängelt, scheint zu vibrieren. Er betrachtet sich konzentriert im Spiegel, als wollte er eine Bestandsaufnahme machen, zieht sich drei, vier Mal um – erst ist das Hemd zu stark tailliert, dann wieder der Kragen schlecht gebügelt oder die Farbe zu düster. Er bestellt einen Whisky, tigert durchs Zimmer, schaltet den Fernseher ein/aus, setzt sich/steht auf, greift schließlich nach seinem Laptop und googelt Samuel und Nina. Abgesehen von einem Eintrag in einem sozialen Netzwerk ist nichts über sie zu finden. Das beruhigt ihn. Ihre Accounts sind frei zugänglich. Mit ein paar Klicks gelangt er zu einem guten Dutzend Fotos, mehr sind es nicht, aber er sieht Liebe/Harmonie/Selbstzufriedenheit und ist bestürzt. Nina ist immer noch genauso schön wie früher, sie hat sich nicht verändert, und Samuel steht in ihrem Schatten.

Abrupt klappt Samir den Laptop zu. Der Anblick der beiden ist ihm zuwider, und er ist sich nicht mehr sicher, ob er wirklich Lust hat, sie in der Bar zu treffen. Um sich abzulenken, erledigt er ein paar Telefonate und beschließt fünf Minuten vor der vereinbarten Zeit dann doch hinunterzugehen – jetzt oder nie. Die Konfrontation ist überfällig. Mit einem lauten Knall schlägt er die Tür hinter sich zu. (*Entspann dich!*) Eilt entschlossenen Schrittes durch den Gang, aber als er am Lift eine Frau von hinten sieht*, die ihn an Nina erinnert, zieht es ihm wieder den Boden unter den Füßen weg.

3

Sie entdecken ihn sofort. *Da hinten, da, schau mal, das ist er –* mit seinem sonnengebräunten Gesicht und den perfekt gestylten Haaren sitzt er, das Smartphone in der Hand und eine aufgeschlagene Zeitschrift vor sich, auf einem der Samtsofas. Sie haben sich mit voller Absicht verspätet und lassen sich auch jetzt Zeit. Beim Näherkommen bemerken sie, wie nervös Samir ist. Er hebt den Kopf, und sein Urteil steht in Sekundenbruchteilen fest: Nina ist noch schöner als auf den Fotos, tatsächlich noch hinreißender als vor zwanzig Jahren, es ist kaum zu glauben. Samuel hingegen hat sich verändert, er ist gealtert und nicht so gut in Form wie er selbst.

Er ist tief in die weichen Polster versunken, und als sie vor ihm stehen, fühlt er sich erniedrigt, wie ausgelöscht, am Boden, er hat diese Frau nicht halten können – sie ist die Niederlage seines Lebens –, *schau her*, heißt Samuels Botschaft, *meinetwegen hat sie dich verlassen, schau sie dir an und leide*. Und Samir leidet, es zerreißt ihn innerlich, sein Herz schlägt Purzelbäume, er kann sein nervöses Zittern kaum noch unterdrücken, und es kommt ihm vor, als würde er von einem Geisteskranken, einem Kleinkind, einem Sadisten ferngesteuert. Er wird doch jetzt nicht zusammenbrechen? Der Raum verschwimmt, die lange Zeit hat sein Verlangen nicht gemindert, er ist schweißgebadet, er hat ge-

---

* Diese Frau ist Maria Milosz, deren Leben mehr als eine Fußnote verdient.

liebt/gelebt/besessen, und nun reißt die Erde auf und erbebt, das Beben geht durch ihn hindurch, die Kontinente verschieben sich. Er hat sich auf eine freundschaftliche Geste, ein paar witzige Sprüche, ein bisschen Sentimentalität eingestellt – guten Abend, du hast dich verändert, ja/nein, ein Schluck Wein, ein Lächeln, ein Augenzwinkern, nichts, was ihn aus der Ruhe und das innere Gebäude ins Wanken bringen würde, nichts, was sein Selbstvertrauen/seine Selbstachtung/seinen Stolz erschüttern könnte, er hat sich ein Wiedersehen ohne Herzlichkeit ausgemalt, ein versöhnliches Geplänkel, nichts Problematisches, nichts Schmerzliches, einfach nur ein freudiges Hallo nach vielen Jahren und ein wenig Nostalgie pro forma. Überhaupt nicht gerechnet hat er mit dieser Panik, die sich schon im Hotelzimmer ankündigte. Er hätte sich viel besser wappnen und schützen müssen, denn plötzlich explodiert etwas in seinem Inneren, er ist bezwungen, zerschmettert, schnappt nach Luft, keucht, zerbirst, löst sich in seine Einzelteile auf. Er streckt seine feuchte, zittrige Hand aus, die seine Angst deutlicher verrät als seine Worte, und als Samuel sie zur Seite schiebt, ihn an den Schultern packt und mit kumpelhafter Herzlichkeit in die Arme schließt – obwohl er ihn hasst, obwohl sie Feinde sind, seit Nina ins Spiel gekommen ist –, kommt ihm ein kindischer Satz in den Sinn: Eines Tages werde ich sie ihm wegnehmen.

Sie setzen sich. Es ist eine Tortur, sie als verliebtes, lächelndes Paar zu erleben, es ist eine Tortur, den beiden gegenüberzusitzen und zusehen zu müssen, wie sie sich streicheln und umarmen. Es ist eine Tortur, sich ihre private und gesellschaftliche Erfolgsstory anhören zu müssen. Es ist eine Tortur, Nina so nahe zu sein und sie nicht berühren zu dürfen. Es ist eine Tortur, unter zu vielen Menschen gesittet in einer Hotelbar auf einem Sofa zu sitzen, wo er doch viel lieber allein mit ihr in einem Zimmer wäre. Es ist eine Tortur, das Chaos in seinem Inneren aushalten zu müssen, während sich ihr Glück vor ihm wie eine Nutte spreizt, die er sich nicht leisten kann.

Doch dann registriert/taxiert/entschlüsselt Samir ihre Kleidersünden, und plötzlich wird ihm alles klar. Auf dem Gebiet der sozialen Codes kennt er sich aus, er durchschaut sie auf den ersten Blick. Was ist das für ein schlechtgeschnittener, viel zu großer Anzug, der an Samuel schlottert wie an einer Vogelscheuche? Was sind das bloß für billige Kunstlederschuhe? Und diese Plastiksohle, an der noch ein Preisschild klebt! Samuel hat vielleicht Geld und Erfolg, aber er ist ein Bauer. Alles nur Glanz und Flitter, nichts Raffiniertes, keine Finesse. Samirs Blick wird abschätzig – na, dann wollen wir uns doch mal vergleichen. Und mit einem Mal gerät das Zusammentreffen zum Duell: Zwei Männer begehren dieselbe Frau, ihre Blicke kreuzen sich, messen sich, beurteilen sich, analysieren sich, Statussymbole werden abgefragt und geheimste Gedanken offenbar. Was für eine Anspannung! Und dazwischen die Frau, deren Anwesenheit ein wahrnehmbares erotisches Knistern auslöst. Sie taucht auf, und alles steht unter Strom. Einem solchen Phänomen begegnet man nicht alle Tage, dabei laufen in der Hotelbar viele Klassefrauen herum, perfekte Körper in enganliegenden Viertausend-Dollar-Roben, blendend aussehende junge Frauen mit ebenmäßigen Gesichtszügen – aber eine Frau, die mit einer solchen Intensität leuchtet, eine Frau, deren erotisches Potential ins Auge springt, obwohl sie Distanz hält, die findet man hier kein zweites Mal.

Nicht, dass Nina sich absichtlich besonders reserviert geben würde, nein, aber sie scheint etwas zurückzuhalten, sie hat sich verschanzt, und jeder Mann, der sie sieht, will nur eines: herausfinden, was dahintersteckt. Wie ist so eine Frau im Bett? Hält sie die Distanz? Lässt sie los? Samir weiß es – man erlebt einen Vulkanausbruch. Man nähert sich ihr, als befände man sich bei einem Minenräumkommando, gewissermaßen im Schutzanzug, angespannt, hochkonzentriert, ohne sicher sein zu können, dass man die Begegnung unbeschadet übersteht. Wer sich darauf einlässt, stellt fest, dass man eine Frau wie sie nie wirklich besitzen und sich ihrer Liebe nie ganz sicher sein kann.

Samir ist überrascht. Er hatte nicht erwartet, dass Samuel eine solche Show abziehen, so offensiv und besitzergreifend auftreten würde. Da steht er nun und will ihm unter die Nase reiben, was für ein Glückspilz er ist. *Schau her!* Samir, der es gewohnt ist, im Mittelpunkt zu stehen, muss sich schwer zusammenreißen. Wie kann es sein, dass sie diese Niete *ihm* vorgezogen hat? Der Typ hat keine Ahnung, wie man sich kleidet, er redet zu laut, er hat Dreck unter den Fingernägeln und Schwielen an den Händen, er hat nicht mal Rasierwasser benutzt. Genervt fängt Samir an, Small Talk zu machen, und siehe da, es funktioniert. Nina gerät ins Plaudern, sie gestikuliert angeregt und bestellt sich ein Glas Wein. Sie erzählt nicht, dass sie für Carrefour modelt, nein, sie ist »in der Modebranche«. Kinder haben sie bisher noch nicht, aber natürlich wollen sie welche. Samir berichtet von seinem Leben in den USA, er schmückt die dürren Fakten aus, spricht über seinen Erfolg/seine Karriere/sein Geld, Samuel könnte die Wände hochgehen. Dass er Geld hat, manifestiert sich in allem: seiner sündhaft teuren Uhr, den rahmengenähten Lederschuhen, dem maßgeschneiderten Anzug, aber auch in der lässigen Geste, mit der er den Kellner herbeiwinkt und einen Extrawunsch nach dem anderen äußert. Er verlangt einen anderen Tisch (»hier ist es zu laut«), eine neue Flasche Wein (»dieser schmeckt mir nicht«), ein sauberes Glas (»Da ist ein Fleck, sehen Sie?«).

»Du bist anscheinend nie zufrieden, was?«, fragt Samuel kopfschüttelnd.

»Ich bin anspruchsvoll, das ist nicht dasselbe.« Samir probiert den Wein, den ihm der Kellner eingeschenkt hat. »Diesmal ist er sehr gut, danke.«

Nina führt ihr Glas an die Lippen. »Erzähl uns mehr von deinem Leben in New York.«

»Aufregend. Anstrengend.«

Samuel fixiert seinen Gegenspieler herausfordernd und kontert ironisch: »Paul Morand hat einmal gesagt: ›*New York ist ein Nervengift. Ein Europäer hält es dort nur wenige Monate aus.*‹«

»Damit hatte er nicht unrecht!«

Sie heben die Gläser und trinken auf ihr Wiedersehen.

»Und?«, fragt Samir mit dem Glas in der Hand und sieht Samuel an. »Bist du *doch noch* Schriftsteller geworden? Ich habe im Internet gesucht, aber ich habe nichts gefunden.«

Seine Methode ist ausgefeilt. Die aggressive Replik ist seine Domäne. Und Samuel antwortet, er habe sich auf »geschäftliche Projekte« verlegt. Projekte, das klingt super. Da seine tatsächlichen Projekte, bei denen er sich mit Problemen in sozialen Brennpunkten herumschlägt, aus ihm keinen Wirtschaftsboss machen, weicht er aus, aber Samir hakt nach.

»Hast du das Schreiben aufgegeben?«

»Nein, ich schreibe noch.«

»Aber du hast nichts veröffentlicht?«

»Nein.«

»Dabei erscheinen jedes Jahr so viele Bücher, unglaublich, man könnte meinen, dass die ganze Welt schreibt und dass es …«

»Leicht ist? Nein, ist es nicht … Für mich jedenfalls nicht.«

Nina mischt sich ein: »Er schreibt, aber er schickt nichts mehr an Verlage.«

»Ach, wirklich. Das reduziert deine Chancen natürlich erheblich!«

»Deinen Namen habe ich übrigens auch gegoogelt. Unter Samir findet man nichts …«

Samir lacht. »Das kommt daher, dass mein Name einmal falsch geschrieben wurde und alle diese falsche Schreibweise übernehmen. Gewöhnlich werde ich Sam genannt …«

»Oder Samuel …«

»Das kommt vor.«

Spannung liegt in der Luft. Nach einer Weile fragt Samuel: »Bist du zum Judentum konvertiert?«

»Wie bitte? Nein, die Sache beruht auf einem Missverständnis, meine Frau ist Jüdin.«

»Es wäre doch möglich, ich sehe nicht, wo das Problem liegt.«

»Meine Frau ist Jüdin. Punkt.«

»Ich habe da in der *Times* neulich einen langen Bericht über dich gelesen.«

Nina seufzt, und Samir sieht sie unsicher an. Was hat Samuel vor? Will er ihn aus dem Konzept bringen?

»Ich sollte dir erklären …«, setzt Samir an.

»Du musst mir nichts erklären. Du hast Teile meiner Vergangenheit geklaut und dir daraus eine Biographie zusammengebastelt! Du hast meine Lebensgeschichte geplündert, um deine auszuschmücken. Das ist pervers! Wie konntest du so was nur tun?«

»Was willst du? Hätte ich dich um Erlaubnis bitten sollen? Du kennst die Journalisten nicht, sie stochern in allem herum. Ich habe ihnen gegeben, was sie hören wollten ... Ist das der Grund für dieses Treffen?«

»Auf eine Frage mit einer Gegenfrage zu antworten, das ist sehr jüdisch, das ...«

»Was soll ich dazu sagen? Dass ich es absichtlich getan habe? Nein, habe ich nicht! Ich hatte einfach keine Lust, über mein Leben zu reden.«

»Und nach zwanzig Jahren fällt dir nichts Besseres ein als meine Geschichte?«

»Es könnte ja sein, dass sie mich beeindruckt hat.«

Nina beschließt einzugreifen.

»Hört auf, das wird allmählich lächerlich. Samir hat dir gesagt, dass es nicht gegen dich gerichtet ist, Samuel, glaub ihm einfach.«

Bald darauf steht Samuel auf, schützt einen dringenden Anruf vor und verschwindet. Das hat er von Anfang an so geplant. Jetzt sind sie allein. Sie unterhalten sich nicht. Sie sehen sich nur an. Samir kann den Blick nicht von Ninas Gesicht und Körper lösen, er würde ihr so gern sagen: *Ich habe Lust auf dich, ich liebe dich, ich kann so nicht weitermachen, ich kann dich nicht anschauen, ohne dich zu berühren, ich muss dich anfassen, lass mich dich streicheln, ich begehre dich, komm mit mir mit.* Stattdessen sagt er: »Ich freue mich, dich wiederzusehen.«

»Seltsam, nach so vielen Jahren, nicht?«

»So würde ich es nicht ausdrücken. Ich würde sagen, es ist aufregend, intensiv, beängstigend.«

Sie lächelt, und er würde ihr gern die Hand an die Wange legen, oder auf die Oberschenkel. Dieses tiefdekolletierte Kleid hat sie doch sicher angezogen, um ihn scharfzumachen, oder? Aber er unternimmt nichts, er kann sich zügeln – die Gurte der Konvention sitzen straff.

»Samuel ist immer noch so … nervös.«

»Ich glaube, die Vorstellung, dich wiederzusehen, hat ihn nervös gemacht.«

»Mir ging es ähnlich … bei der Vorstellung, dich zu sehen.«

Um ihre Verlegenheit zu überspielen, trinkt Nina einen Schluck Wein. »Wie bist du auf die Idee gekommen, in die USA zu ziehen? Du hast dein Leben radikal geändert.«

»Das solltest du doch am besten wissen! Ich habe die Flucht ergriffen!«

Sie blickt ihn verunsichert an.

»Wenn du mich nicht verlassen hättest, wäre ich vielleicht immer noch in Paris.«

»Wenn ich sehe, was aus dir geworden ist, muss ich sagen, es war eine gute Entscheidung«, erwidert Nina lachend.

Samirs Gesicht wird zur Grimasse. »Was weißt du denn davon?«, fährt er auf. »Wovon redest du? Du hast doch keine Ahnung! Ich wäre fast durchgedreht!«

Die Worte brechen mit einer solchen Heftigkeit hervor, dass sie erschrocken zurückweicht.

»Ich sehe das alles inzwischen aus einer gewissen Distanz, aber damals war es die Hölle, glaub mir. Bei weitem das

Schlimmste, das ich je durchgemacht habe. Ich habe Jahre gebraucht, um mich davon zu erholen. Eine simple Trennung ... unfassbar, oder? Du bist da anders, dir geht so was nicht besonders nah.«

Stumm wendet sie den Blick ab und beobachtet Samuel, der ein Telefonat simuliert. Er ereifert sich, fährt sich mit der Hand durch die Haare und zwinkert hektisch, damit man ihm seine Darbietung abnimmt.

»Wie geht es ihm?«

Samir will sie an das Eifersuchtsdrama und an Samuels instabile Psyche erinnern, er konfrontiert sie mit ihren Entscheidungen und Irrtümern, und sie antwortet: »Gut, es geht ihm gut.« In Wahrheit ging es Samuel noch nie so schlecht, er war noch nie so verbittert und verzweifelt. Jeden Morgen klagt er beim Aufstehen, was für ein Versager er doch sei, und jeden Abend stöhnt er beim Schlafengehen, er hielte es nicht mehr aus. Gut geht es ihm, danke, er wird eines Tages unter seinen Selbstvorwürfen zusammenbrechen, er ekelt sich vor sich selbst, vor diesem antriebslosen Waschlappen, diesem mittelmäßigen Lebensgefährten, alles gut, danke, er wacht mit Rückenschmerzen auf und schläft mit Magenschmerzen ein, er hat ihr nicht mal ein Kind machen können, gut geht's ihm, er wird seit zwei Jahren von einem Psychiater betreut, er fühlt sich alt, er ist anfällig geworden, und es ist ihm peinlich, sich das einzugestehen.

Aber gut oder schlecht, das spielt für Nina in diesem Augenblick keine Rolle mehr, denn jetzt sitzt sie Samir gegenüber, der sie nicht aus den Augen lässt und es darauf anlegt, sie zu verwirren, sie wieder zu entflammen, auch wenn er spürt, dass es ihr unangenehm ist: »Du bist immer noch genauso schön.« Sie schlägt die Beine übereinander, verschränkt die Arme vor der Brust, und diesen Moment wählt Samir, um ihr zu sagen: »Du hast mir so gefehlt.« Nervös greift sie nach ihrem Glas und wendet sich ab. Hastig, als wollte er sie hypnotisieren, redet er weiter: »Ich habe unsere Geschichte nie ganz vergessen können.« Sie erwidert nichts. »Bei keiner anderen Frau habe ich je wieder die Vertrautheit gefunden, die es zwischen uns gab. Ich will, dass du das weißt: nie wieder.« Und sie sehen sich sekundenlang stumm und reglos in die Augen.

Als Samuel zurückkommt, ist die Rechnung beglichen. Samir schlägt vor, gemeinsam etwas zu essen. Er hat die Initiative ergriffen und im Hotelrestaurant einen Tisch für drei reserviert. Er besteht darauf: Ihr seid eingeladen.

»Ich muss los«, wehrt Samuel ab, »im Büro ist ein Problem aufgetaucht.« Er wendet sich an Nina: »Aber bleib du nur, Nina, ich komme später dazu.«

Von einer solchen Entwicklung hätte Samir kaum zu träumen gewagt, er hatte angenommen, dass Samuel Nina wie ein überängstlicher Vater keine Sekunde aus den Augen lassen würde, und ergreift seine Chance: »Ja, bitte bleib, Nina, ich würde mich sehr freuen.«

Nina fühlt sich im Stich gelassen. Samuel gibt sie preis, er bietet sie feil. Sie ist empört und erwidert zur Überraschung beider Männer, dass sie nach Hause möchte: »Nein, ich bin müde, ein andermal vielleicht.«

Das hat Samuel nicht erwartet, und sein Ärger ist deutlich wahrnehmbar. Dadurch, dass sie sich schon bei den ersten Spielzügen verweigert, nimmt sie ihm die Möglichkeit, sie auf die Probe zu stellen. Sie sagt nein, und damit ist die Sache beendet. Samuel bezweifelt nicht, dass diese Weigerung Samirs Lust nur weiter anstacheln wird, und richtig, er schickt Nina am nächsten Tag eine SMS nach der anderen: *Ich will dich wiedersehen, ich muss ununterbrochen an dich denken. Ich habe die ganze Nacht kein Auge zugetan, du fehlst mir, ich vermisse dich so.*

Auf dem Rückweg eilt Samuel fast im Laufschritt durch die langen, unterirdischen Gänge zur Regionalbahn, während Nina mühsam hinterhertrippelt, er wird laut, sie fängt an zu weinen, *ja, heul du nur, beweine deinen Verlust,* aber er täuscht sich, sie weint um ihn und sich, um ihre Beziehung, sie weint um das, was sie im Begriff ist zu verlieren. Die Wimperntusche hinterlässt dunkle Spuren auf ihrer blassen Haut, auf ihren Lippen glitzern Tränen. *Du weinst seinetwegen, das Wiedersehen ist dir unter die Haut gegangen, gib's zu, du bist ja ganz zittrig, es hat was mit dir gemacht, das kannst du nicht abstreiten, es war ja auch nicht zu übersehen, wie gern du bei ihm geblieben wärst.* Sie gibt keine Antwort. Ist sie dieses schwache, willenlose Objekt? *Merkst du überhaupt, wie du dich aufführst? Nicht zu fassen!* Sie steigen in die erste Bahn ein, die kommt, und setzen sich in verschiedene Reihen. Der Waggon ist fast leer. Nina sieht ihr Spiegelbild im Fenster und erkennt sich kaum wieder. Das hat er aus mir gemacht, denkt sie. Das ist das Resultat dieser ewigen Opferhaltung. Es ist nicht die Angst vor dem Alter, die sie in diesem Moment quält. Nein, die nicht, sondern der Verrat. Während so vieler Jahre hat sie auf jemanden oder etwas gewartet, aber niemand ist gekommen, um sie zu retten, und nichts hat sich ergeben. Eine Frau wie sie sollte tausend Leben leben. Sie zählt im Geist die Talente und Fähigkeiten auf, die die Natur ihr mitgegeben und die sie sich durch

Lernen, Arbeiten, Beharrlichkeit und Charme erworben hat, und zieht Bilanz: Ich habe meine Chance vertan.

Während der Fahrt wechseln sie kein einziges Wort, und auch danach, auf der Straße, gehen sie schweigend nebeneinander her und berühren sich nicht. Samuel legt noch einen Zahn zu, und sie hat plötzlich Angst, dass er sie abhängt. Sie trägt ein enges Kleid und Schuhe mit Bleistiftabsätzen. Sie ruft ihm zu, er möge doch bitte warten, aber er läuft nur noch schneller. Also zieht sie ihre Highheels aus und läuft barfuß über das schmutzige Pflaster, weinend läuft sie hinter ihm her, sie japst wie eine Hündin, und er fühlt sich stark, wie er da vor ihr herläuft, er ist mächtig, und als sie in der Wohnung angekommen sind und sich schlafen legen, zeigt er ihr, wer hier die Spielregeln festlegt. Er weist sie ab, entzieht sich ihren Zärtlichkeiten, hört ihr nicht zu, er ist müde, abgespannt. *Lass mich in Ruhe. Du hast gar nichts verstanden! Dabei war es doch ganz einfach. Du redest mit ihm, du flirtest mit ihm, schließlich verlangt ja keiner von dir, dass du ihn heiraten sollst! Keiner verlangt, dass du mit ihm ins Bett steigst* – er vermeidet es, »ich« zu sagen –, *keiner verlangt, dass du dich verkaufst! Du wickelst ihn ein, klopfst ihn weich, das reicht, ihr Frauen wisst doch, wie so was geht, oder? Du vor allem …*

4

Nina will nicht mit ihm essen. Das ist das Fazit, das Samir aus ihrer Begegnung zieht, und ihre Weigerung ist eine eklatante öffentliche Demütigung, im Grunde unzumutbar. Er hat sich so auf das Wiedersehen gefreut – und was hat er nun davon? Seine Vermutung hat sich bestätigt: Sie ist nicht mehr so frei wie früher. Warum hat sie ihn dann überhaupt angerufen? Mit welcher Absicht? Welche Spielchen treiben Frauen, wenn sie sich überlegen fühlen?

Er spürt plötzlich einen starken Druck auf der Brust, als sei das Schmerzgedächtnis unvermittelt aktiviert worden, und macht sich Vorwürfe, weil er auf diesem Wiedersehen bestanden hat, in dem festen Glauben, er könne die Geschichte neu aufrollen, ohne zu leiden. Doch jetzt erinnert er sich wieder: Er hatte gelitten wie ein Tier. Er sieht sich im Unigebäude über der Kloschüssel hängen und eine grünliche Flüssigkeit ausspucken. Mein ganzer Körper ist infiziert, hatte er damals gedacht, infiziert von dieser Liebe. Er sieht sich in seiner winzigen Bude mit Frauen vögeln, die er irgendwo abgeschleppt hat, damit er Nina vielleicht für ein paar Minuten vergisst. Und er sieht sich neben einer muslimischen Studentin in der Wohnung seiner Mutter sitzen. Das Treffen hatte seine Mutter arrangiert, er sollte die junge Frau kennenlernen. »Mach mir die Freude«, hatte seine Mutter gesagt, »sie wird dir gefallen, *inch'Allah*.« Er hatte der jungen Frau gegenübergesessen und sich redlich bemüht, irgendwelche Reize an ihr zu entdecken, er hatte sich angestrengt, weil er Nina vergessen wollte, er hatte der Frau viele Fragen gestellt, sie sogar auf Betreiben seiner Mutter ins Restaurant eingeladen. Es war bei diesem einen Mal geblieben. Nichts hatte sich geregt.

In seinem Hotelzimmer versucht Samir, sich zu entspannen. Er zieht sich aus, duscht, trinkt ein Glas und beschließt, seinen nächsten Termin wahrzunehmen. Er entscheidet sich für einen schwarzen Anzug, ein weißes Hemd mit winzigen irisierenden Knöpfen und neue Halbschuhe. Mit dem Goldkettchen, das er wie einen Talisman um den Hals trägt – ein Geschenk seiner Mutter zum dreizehnten Geburtstag –, und den gegelten Haaren würde er ins Rotlichtmilieu passen. Er könnte als modebewusster, gutfrisierter Kleinzuhälter durchgehen. Sein Spiegelbild muntert ihn auf, bringt ihn in Stimmung, dieser Aufzug, kombiniert mit einem schweren, animalischen Duft, gefällt doch den Frauen, logisch, diese Form von Männlichkeit zieht immer, sie verheißt Ordnung und Exzess, Brutalität und Zärtlichkeit. Er knöpft sich sogar noch das Hemd auf, damit man die dunkelbraunen Härchen auf der bronzefarbenen Haut sieht.

Nicht wegen Nina oder seiner Mutter ist er extra aus New York gekommen, und auch nicht wegen Pierre Lévy. Nein, er ist in Paris, um an einer Abendgesellschaft teilzunehmen, auf die er sich ganz besonders freut. Einmal im Jahr oder, wenn er gerade nicht verreisen kann, alle zwei Jahre nimmt er an einem höchst exklusiven Abend teil, den der berühmte Schuhfabrikant Berluti veranstaltet. Seit seiner Heirat mit Ruth ist Samir auf Empfehlung eines Freundes der Familie Berg Mitglied im »Swann Club«, so benannt nach Charles Swann, einer berühmten Figur von Marcel Proust. Ein paar Dutzend privilegierte Kunden wie er – Männer, die anstandslos von den etwa zwanzig neuen Schuhmodellen, die jedes Jahr auf den Markt kommen, mindestens ein Paar kaufen – versammeln sich an außergewöhnlichen Orten, beispielsweise in venezianischen Gondeln, die speziell für die modernen Dandys ausgestattet wurden, oder in den besten Pariser Luxushotels.

Im Taxi, das ihn in das Hotel bringt, in dem die Veranstaltung diesmal stattfindet, schließt er die Hemdknöpfe und zupft die Fliege zurecht. Als er aussteigt, rückt ihm ein Bettler zu Leibe, den er mit einer Handbewegung verscheucht: *Ich habe nichts bei mir, ich habe es eilig, tut mir leid.* Schnell verschwindet er im Hotel, man erwartet ihn schon. Rechtzeitig zu Beginn der Veranstaltung haben sich Männer unterschiedlichen Alters in maßgeschneiderten Anzügen oder Smokings eingefunden. Alle tragen Berluti-Schuhe an den Füßen. Die schönsten Modelle. In der Mitte eines großen Tisches prangt ein Bukett aus weißen Rosen, flankiert von gewaltigen silbernen Kerzenleuchtern, in denen hell flackernde Kerzen stecken. Daneben liegen Schächtelchen mit Schuhwachs und kleine Tücher aus feinstem Leinen. Über den Tisch verteilt stehen mehrere Champagnerkübel mit Dom-Pérignon-Flaschen. Endlich steigt der Vollmond am Nachthimmel empor – *es ist so weit!* Die Champagnerkorken knallen, die Gastgeberin eröffnet die Zeremonie. Eine leichte Nervosität macht sich breit. Die Männer stoßen an, nehmen kleine Schlucke aus den Kristallschalen, die sie rasch wieder abstellen, und auf einmal ziehen alle ihre Schuhe aus, stellen sie auf den Tisch, greifen nach den vielfarbigen Wachsschächtelchen und den kleinen Karrees aus edlem Stoff und beginnen mit langsamen, präzisen Bewegungen das Leder zu massieren. Dann kommt der Augenblick, auf den alle gewartet haben: die Taufe der Schuhe mit Dom Pérignon. »Das ist die wahre Dekadenz«, sagt die Gastgeberin, und die Männer lachen zustimmend. Das gewachste Leder glänzt wie Metall. »Der Champagner härtet das Wachs«, erklärt einer der Gäste Samir, der daraufhin seine Schuhe so hingebungsvoll poliert, als würde er keinen größeren Genuss kennen, während ein anderer Gast den Versammelten in Erinnerung ruft, dass die bemerkenswerte Tradition von den Zaren und den russischen Offizieren ins Leben gerufen wurde. Als das Ritual beendet ist, wechseln die Männer noch ein paar Worte, tauschen Visitenkarten aus, vergleichen ihre Schuhe und verabschieden sich mit den Worten: *Auf nächstes Jahr!*

Es ist fast ein Uhr morgens, als Samir mit dem Gefühl, etwas Außergewöhnliches erlebt zu haben, die Veranstaltung verlässt. Auf der Suche nach einem Taxi taucht er in die schwarze Nacht ein. Er hat sich mit zwei seiner alten Freunde aus der Banlieue in einem Nachtclub in der Nähe der Champs-Élysées verabredet. Die beiden haben es im Textilgewerbe zu etwas gebracht und werfen mit Geld nur so um sich. Sie wissen nicht, dass er in New York lebt, er hat ihnen erzählt, er arbeite in einem Londoner Finanzunternehmen. Als Samir eintritt, sitzen sie bereits an einem schwarzen Plexiglastisch direkt vor der Tanzfläche, einen Sektkübel vor sich, der blonde/brünette/rothaarige Go-go-Girls anlockt. Nackte junge Frauen* winden sich lasziv um Leuchtröhren, deren pulsierende Lichtwellen nicht vorhandene Muskeln auf die schmalen Körper modellieren. Jeden Abend dasselbe Beckenkreisen, dieselben Verrenkungen, die die Besucher scharfmachen sollen, heiß soll es ihnen werden, so will es die Direktion, sie sollen Durst bekommen und konsumieren. Stroboskope schießen ihre wirbelnden Lichtblitze im Rhythmus einer immer lauter werdenden elektronischen Musik in den Raum, ein Akustikrausch.

---

* Charlène und Nadia, 24 und 25 Jahre alt. Charlène wäre gern zum Ballett gegangen. Nadia hat lange einen Aerobic-Kurs unterrichtet und tritt in dem Club nur auf, weil ihr Lebensgefährte Bruno Benchimol, genannt BB, darauf besteht. Ihren Eltern erzählt sie, sie arbeite im »Eventbereich«.

Samir fühlt sich wohl unter den vielen Unbekannten, hier ist er ein Fremder unter Fremden, er muss nichts darstellen, er geht in der anonymen Menge unter. Er kann irgendeine Braut anquatschen und ihr sagen, dass er Samir heißt, er kann sie küssen, befummeln, ihr Sekt spendieren, Koks anbieten und sie zum Ficken auf die Toilette mitnehmen, und genau das macht er nach einer Stunde mit einem Mädchen, dessen Namen er sich nicht merkt (nennen wir sie X*), es dauert nur ein paar Minuten und kostet ihn 300 Euro (drei Hunderter, die er ihr hinterher in den BH steckt, an dem noch das H&M-Schildchen hängt), aber danach geht es ihm gut, er ist entspannt und locker, kann ins Hotel zurück und auf dem Rückweg seine Frau anrufen. In New York ist es jetzt acht Uhr abends, die Kinder sind auf dem Weg ins Bett, *ihr fehlt mir ... habt ihr schon gegessen? Habt ihr eure Hausaufgaben gemacht? Wie geht's dir, mein Schatz? Ja, Papa gibt dir einen Kuss, ja, Papa hat euch lieb.*

5

Ein Fiasko, dieses Wiedersehen, eine Enttäuschung, *wir haben ihn idealisiert, oder?* So sieht es Nina, Samuel dagegen fühlt sich als Sieger. Er kann sich sagen, dass Samir Nina »mit seiner ganzen Kohle, seiner Selbstgefälligkeit und seiner Arroganz« nicht beeindruckt und nicht rumgekriegt hat. Und so offenbart sich nach und nach das Ziel, das er sich bewusst oder unbewusst gesetzt hat: Er will herausfin-

---

* X hieß in Wirklichkeit Mouna Cesar. Die Tochter eines Metallarbeiters phantasierte von einer adligen Abstammung.

den, ob sie angesichts eines ähnlichen Dilemmas wie vor zwanzig Jahren aus freien Stücken bei ihm bleiben würde. Sie zählt Samirs Fehler auf, als müsste sie Inventur machen: »Er ist arrogant, eingebildet, narzisstisch und oberflächlich. Er hat Karriere gemacht und will damit protzen.« Und sie resümiert: »Ich kann so etwas nicht ausstehen.« Mit seinem Geld so anzugeben, ist abstoßend und vulgär, versichern sie sich gegenseitig. Es widert sie an. Doch mit ihrem hehren Anspruch auf Reinheit und Unkorrumpierbarkeit kehren sie jede Menge Frustration unter den Tisch. Sie belügen sich. Ihre Ehrbarkeit ist aufgesetzt. Eine Illusion.

Nina verrät Samuel nichts von Samirs diversen SMS. Eine regelrechte Nachrichtensalve hat er abgefeuert, er will sie treffen, er zielt auf ihr Herz. Sie erzählt ihm nur von einer, in der Samir schreibt, dass er sie wiedersehen will – und zwar allein. Samuel versteht, aber er erwidert leichthin: »Geh nur, das ist kein Problem für mich, wenn es dir Freude macht.«

»Eigentlich nicht ... Ich habe ihm nichts zu sagen.«

»Triff dich mit ihm.«

»Verlangst du von mir, dass ich ihn allein treffe?«

»Ja. Warum nicht? Ich habe nichts zu befürchten, oder?«

»Willst du gar nicht wissen, ob ich überhaupt Lust habe, mit ihm zu reden?«

»Du hast Lust, das ist doch offensichtlich.«

»Nicht besonders.«

»Sicher?«

»Ist das von Bedeutung?«

»Nein.«

Vertraut er ihr wirklich? Will er sie auf die Probe stellen? Er sagt: *Geh!* Und sie geht.

6

Seit seiner Ankunft in Paris hat Samir schon mehrere Anrufe von Pierre Lévy bekommen. Der Anwalt will ihn unbedingt sehen und schlägt ihm vor, im Lauf des Vormittags in der Kanzlei vorbeizukommen: Hast du Zeit für ein Mittagessen? Für ein Abendessen?

Nein, eigentlich nicht. Samir kann nicht sagen: Ich muss zu meiner Mutter, ich will eine Weile bei ihr sein. Er weiß auch nicht recht, ob er Nina erwähnen soll, also erfindet er Ausreden, geschäftliche Meetings, einen Termin beim Kardiologen, einen Besuch bei einem kranken Freund, bis Pierre ihn schließlich unterbricht. Er verstehe ja, behauptet er, aber im Grunde ist er gekränkt, dass Samir keine Zeit für ihn findet. Es enttäuscht ihn, dass Samir auf seine Gefühle und Zuneigungsbekundungen mit kühler Gleichgültigkeit reagiert.

»Hast du mir etwas vorzuwerfen? Habe ich dir etwas getan? Es erweckt den Anschein, als würdest du mir aus dem Weg gehen ...« Lange hatte er Samir gegenüber ein väterlich-joviales Verhalten an den Tag gelegt, aber inzwischen hat er gelernt, eine Beziehung auf Augenhöhe zu führen. Allerdings hat er nie seine ursprüngliche demonstrative Herzlichkeit aufgegeben, die Samir anfangs geradezu erdrückt hatte. Samir war nicht auf der Suche nach einem Vater. Er hatte einen Vater gehabt und ihn geliebt, besten Dank, er war schwach gewesen, aber würdevoll – arm, aber integer.

Diesmal hat er Pierre nicht angerufen und ihm seine Ankunftszeit mitgeteilt. Üblicherweise holt Pierre ihn am Flughafen ab, und oft übernachtet er auch bei ihm, solange er sich in Paris aufhält. Pierre besitzt eine große Wohnung an der Place de Mexico im 16. Arrondissement. Er lebt allein, war nie verheiratet, ist nie Teil eines Paars gewesen. Samir weiß nur von ein paar Abenteuern mit jungen Frauen, die Pierre in Clubs kennengelernt hat, meist Models aus Osteuropa – er liebt die kühlen Blonden –, und zieht ihn gern damit auf. »Warum eröffnest du nicht eine Zweigniederlassung in Minsk?« – »Weil ich nicht mit einem Bild von Lukaschenko über dem Kopf einschlafen will.« Nein, Pierre versteht wirklich nicht, warum Samir ihm diesmal seine Ankunftszeit nicht mitgeteilt und sich ein Zimmer im Bristol reserviert hat. »Fühlst du dich bei mir nicht wohl?« – Die ungewohnte Distanz macht ihn traurig, doch er protestiert nicht. »Komm am Vormittag vorbei, wenn du willst, ich bin in der Kanzlei.« Und Samir geht am Ende doch hin, weil er meint, es sei an der Zeit, über Nina zu sprechen. Unterwegs kauft er, wie es sich gehört, große Pralinenschachteln und Macarons für die Mitarbeiter der Kanzlei. Um zehn ist er zur Stelle und wird herzlich, ja geradezu stürmisch begrüßt von Pierre, der ihn in die Arme nimmt und küsst: »Ah, du bist gekommen! Nur weil ich darauf bestanden habe! Sollen wir irgendwo einen Kaffee trinken?« – »Nein, bleiben wir hier.« Sie setzen sich in Pierres geräumiges Büro, einen Raum mit großen Fenstern, in dem Samir siebzehn Jahre zuvor sein Einstellungsgespräch geführt hat. Er fühlt sich unwohl in diesem Raum. Hier, denkt er, hat sich zwischen Schreibtisch und Stuhl alles entschieden, hier kam es zu dem Missverständnis, das mittlerweile sein ganzes Leben bestimmt.

»Was hast du in Paris denn so Dringendes und Anstrengendes zu erledigen, dass du nicht mal Zeit hast, mit mir zu essen?«

Samir lächelt vielsagend.

»Ah, ich verstehe ... Wie sieht sie aus?«

»Dunkler Typ, sehr schön.«

»Das muss sie aber auch sein, wenn du acht Stunden im Flugzeug sitzt und deinem besten Freund nicht mal ein Essen gönnst. Und wie lange geht das schon?«

»Es ist noch nichts passiert ...«

»Bist du jetzt zum Verfechter der platonischen Liebe geworden? Du hast dich ganz schön verändert, Sami. Du fliegst von New York nach Paris, um mit einer Frau zu schlafen?«

Samir lacht.

»Sie ist nicht irgendeine Frau.«

»Wenn man bedenkt, was ein Flug in der Businessclass von New York nach Paris kostet, glaube ich das gern ... Erzähl mir von ihr.«

»Ich habe sie vor zwanzig Jahren geliebt.«

Pierre fängt an zu lachen.

»Oha, in zwanzig Jahren dürfte sie sich aber verändert haben ... Mach dich darauf gefasst, dass du sie nicht wiedererkennst.«

»Gesehen habe ich sie schon, gestern ... Sie ist noch schöner als vor zwanzig Jahren.«

»Ist sie verheiratet?«

»Sie lebt mit einem alten Freund von mir zusammen.«

»Du hast einen echten Sinn für Freundschaft und Loyalität ... Das kann ja heiter werden.«

»Ich bin vollkommen verrückt nach ihr.«

»Na, dann genieß den Augenblick, sieht nicht so aus, als würde das eine längere Geschichte werden.«

»Du bist ein solcher Zyniker!«

»Nein, nein! Nur Realist. Deshalb wollte ich auch nie heiraten.«

Pierre steht auf und zieht die Jalousie herunter. Zwischen den Lamellen fällt schräg das Licht ein, das sich zu Streifen in schillernden Regenbogenfarben auffächert.

»Übrigens ... danke für das Geburtstagsgeschenk«, sagt Samir.

»Hat es dir gefallen? Deine Frau hat uns vorgeschlagen, sich mit einem Geldbetrag an einer Geschenkliste zu beteiligen, die sie bei Ralph Lauren hinterlegt hat. Bist du sicher, dass deine Frau dich kennt, Sami? Ich habe dich noch nie in Ralph Lauren gesehen! Deine Kinder schon, aber dich doch nicht ... Weiß sie überhaupt, dass du denselben Schneider wie der amerikanische Präsident hast? Donnerwetter, Sami, Anzüge für zwanzigtausend Dollar!«

»Dreißigtausend.«

»Für einen einzigen Anzug?«

»Ja, aber was für einen! Maßgeschneidert aus dem geschmeidigsten Tuch, das mir je in die Finger gekommen ist! Apropos – kennst du den? Das Einzige, was Demokraten und Republikaner unterscheidet, ist ihr Schneider.«

»Ich sehe dich noch in deinem netten kleinen mausgrauen Nadelstreifenanzug, mit dem du hier zum Bewerbungsgespräch aufgetaucht bist.«

Wie eine schlechtverheilte Wunde bricht die Erinnerung an jenen Vormittag auf, an dem er *ein anderer* geworden ist, und Gewissensbisse überfallen ihn: Warum hat er damals gelogen? Genau genommen, kennt er den Grund – das abscheuliche Adjektiv »klein«. Er lebte damals in einer *netten kleinen* Wohnung mit seiner *netten kleinen* Mutter, die von einer *netten kleinen* Ehefrau für ihn träumte, hatte eine *nette kleine* Summe auf die Seite gelegt und trug einen *netten kleinen* Anzug – dabei hatte er Großes im Sinn.

»Du hast es wirklich weit gebracht, Samir! Aber die Krönung war dein Geburtstag. Ich war in meinem ganzen Leben noch nie auf einem solchen Fest, und du kannst dir denken, dass ich schon zu vielen Festen eingeladen war. Deine Frau hat uns schwer beeindruckt. Wo hatte sie nur diese Ideen her?«

»Sie hat die größte Eventagentur der USA beauftragt.«

»Sogar Tiere hat sie ankarren lassen! Hat sie den New Yorker Zoo dazu gebracht, seine Käfige zu öffnen?«

»Der Elefant war ein alter, todkranker Profi-Darsteller, nicht gerade ein Glücksgriff!«

»Und da tauche ich mit einem Buch unter dem Arm auf! Aber du glaubst nicht, was ich alles anstellen musste, um es aufzutreiben!«

»Ich weiß, es ist eine seltene Ausgabe. Ich fand die Idee großartig. Hast du die Leute bei Christie's bestochen?«

»Ich habe die Leiterin der Abteilung ›Kostbare Bücher‹ verführt … Es will mir nicht in den Kopf, dass ein Mann wie du, der so gern politische Schriften liest, sich nicht irgendwie politisch engagiert.«

»In den USA ist das nicht so einfach.«

»Als Jude hättest du dort sicher bessere Chancen als in Frankreich.«

Da, schon wieder. Ein Dolchstoß mitten ins Herz seiner zerrissenen Identität. Es kommt ihm jedes Mal so vor, als sei von einem anderen die Rede, nicht von ihm.

»Du hast recht, ich sollte es mir überlegen …«

»Dein Schwiegervater hätte die nötigen Mittel, dich zu unterstützen.«

»Berg? Oh, der hat mit sich selbst genug zu tun.«

Während sie noch lachen, klopft es an der Tür. »Herein!« Ein Mann von Anfang dreißig tritt ein. Er ist nicht sehr groß, hat einen kleinen Bauchansatz und ist – was Samir sofort auffällt – ganz offensichtlich Maghrebiner. Er hat braune Haut und dichtes, gekräuseltes Haar, das seinen Kopf wie ein kompakter schwarzer Helm umschließt. Sein Gesicht ist rund und noch ein wenig unfertig. Er trägt einen klassisch geschnittenen grauen Anzug, ein weißes Hemd und eine bordeauxrote Krawatte, die er am Hals so eng geknotet hat, dass er wie ausgestopft wirkt. Er bleibt an der Tür stehen.

»Entschuldigen Sie, ich wusste nicht, dass Sie Besuch haben.«

»Nein, nein, Sofiane, das macht doch nichts, kommen Sie nur herein, ich möchte Ihnen unseren amerikanischen Partner Sam vorstellen.«

Unbefangen tritt der Mann näher und begrüßt Samir mit einem festen Händedruck.

»Sami, das ist Sofiane Boubekri, unser neuer Mitarbeiter. Er ist vor drei Wochen in unsere Kanzlei eingetreten.«

»Freut mich.«

Eine Nahaufnahme von Samirs Gesichtsausdruck, als der Mann in sein Blickfeld gerät, würde Erstaunen, Neugier und eine Art Geringschätzung zu erkennen geben, die jedoch nicht aus einem Bewusstsein der eigenen Überlegenheit herrührt, sondern im Gegenteil Neid und Eifersucht kaschiert – blanke, unverhüllte Eifersucht. Samir fängt an zu schwitzen. Er will wissen, was dieser Kerl, der aus seiner Abstammung keinen Hehl macht, hier, in *seinem* alten Büro, zu suchen hat, an einem Platz, der doch eigentlich *ihm* gebührt. Samir kann ihn von der ersten Sekunde an nicht leiden, und Sofiane Boubekri reagiert auf seine Abneigung, indem er sofort klarstellt, dass er nicht bleiben wird: »Ich komme später wieder. Es war mir ein Vergnügen, Sie kennenzulernen.« Er dreht sich auf dem Absatz um und geht. Kaum hat er die Tür hinter sich geschlossen, als Pierre auch schon wissen will, was Samir von ihm hält.

»Langweilig.«

»Langweilig? Das verstehe ich nicht.«

»Nach welchen Kriterien hast du diesen Kerl eingestellt? Er ist Durchschnitt ...«

»Durchschnitt? Er kommt von Braun & Vidal! Er hat an der Assas studiert und war ein Jahr in Cambridge, er ist sehr witzig, sehr beharrlich, er hat so gar nichts Durchschnittliches an sich. Wie kommst du zu diesem Urteil?«

»Ich weiß nicht ... Er macht mir einfach diesen Eindruck.«

Pierre lacht.

»Du findest ihn langweilig ... Rate mal, mit wem er verheiratet ist.«

Samir braust auf. »Woher soll ich das wissen? Ich kenne den Kerl nicht!«

»Erinnerst du dich an Gaëlle, die phantastische Anwältin, die wir vor drei Jahren eingestellt haben?«

Samir zuckt mit den Achseln.

»Doch, natürlich erinnerst du dich, du hast dich sogar an sie rangemacht, aber sie wollte sich nicht von dir zum Essen einladen lassen ... Eine Rothaarige, nicht sehr groß, sehr hübsch ...«

»Ja, gut, und weiter?«

»Na ja, sie hat ihn geheiratet, und sie haben gerade einen kleinen Jungen bekommen. Er heißt Djibril.«

»Mit so einem Namen hat er in Frankreich ja die besten Chancen auf eine reibungslose Integration.«

»Was ist los, Sami? Passt dir etwas nicht an Sofiane?«

»Nein, ich wäre nur gern informiert worden.«

»Aber du praktizierst in New York! Du schneist einmal im Jahr hier herein ... Hätte ich dir etwa seine Bewerbungsunterlagen schicken sollen? Du kannst mir schließlich vertrauen, oder etwa nicht? Wenn ich dir sage, dass er ein ausgezeichneter Anwalt ist ... Soll ich ehrlich sein? Ein besserer Anwalt als wir beide, wenn es um Verfahrensfragen geht.«

»Als du vielleicht. Besser als ich ... da wäre ich mir nicht so sicher. Woher kommt er?«

»Was soll das heißen, woher kommt er? Das habe ich dir doch gesagt, er hat an der Assas studiert.«

»An der Assas, ach was? Dann musste er sich mit den rechtsradikalen Rüpeln von der GUD herumschlagen ...«

»Als Araber, meinst du? Sprich es ruhig aus. Das weiß ich nicht, er hat nie mit mir darüber gesprochen. Aber eins kann ich dir sagen: Ich habe mir zu meiner Zeit mehr als einmal eine blutige Nase geholt, ich habe mir nichts bieten lassen! Ich war immerhin Präsident des Jüdischen Studentenbunds. Wie oft wir uns mit diesen Faschos geprügelt haben! Warst du nie politisch aktiv?«

»Doch, in der Studentengewerkschaft UNEF-ID, aber ich bin schnell wieder ausgetreten. Ich war noch nie ein Herdentier.«

»Ich auch nicht, das kannst du mir nicht vorwerfen.«

»Weil du einen Araber eingestellt hast?«

»Damit hast du offenbar ein Problem.«

»Ich habe überhaupt kein Problem damit.«

»Du kommst vergnügt und munter in die Kanzlei, siehst Sofiane, hörst, dass er hier arbeitet, und schon ziehst du ein Gesicht …«

»Ich ziehe kein Gesicht, ich wundere mich nur.«

»Hör zu, ich verstehe schon, worauf du hinauswillst, und ich weiß nicht, ob ich Lust habe, mit dir darüber zu diskutieren. Er ist Araber, ja und? Er spricht fließend Arabisch, wir haben Mandanten in Dubai und in London, und …«

»Du hast ihn eingestellt, weil die Kanzlei von ihm profitieren kann.«

»Also wirklich, ich verstehe dich nicht! Ja, sicher, meine Mitarbeiter sollen einen Mehrwert für die Kanzlei erwirtschaften. Das wollen alle Arbeitgeber, oder nicht?«

In seiner Erregung verschüttet Pierre Kaffee über die Papiere auf seinem Schreibtisch. Verdammt! Samir steht auf und hilft ihm, die bräunlichen Flecke, die sich rasch ausbreiten, von der Unterlage zu tupfen. »Lass gut sein … Du gehst jetzt wohl besser zu deinem Termin.«

Daraufhin greift Samir nach seinem Mantel, bleibt, den Blick auf Pierre gerichtet, noch ein paar Sekunden unschlüssig stehen und entfernt sich schließlich mit der gemurmelten Entschuldigung, es täte ihm leid, *ehrlich* leid.

7

Am Abend hat sich Samir mit Nina in einem bekannten Pariser Restaurant verabredet. Es liegt geschützt, mit Blick auf einen blühenden Garten, in einem der typischen großbürgerlichen Stadthäuser; es ist hübsch, es ist schick, hoffentlich imponiert es ihr, es strahlt die kalkulierte Nüchternheit und friedliche Stille der Exklusivität aus, die er so spät entdeckt hat, eigentlich erst durch seine Frau, die nie eine andere Welt gekannt hat. Er hatte den Concierge seines Hotels gebeten, ihm einen diskreten Tisch zu reservieren, nun sitzt er schon vor der verabredeten Zeit da und kann seine Ungeduld kaum zügeln. Endlich erblickt er Nina an der Tür zum Speisesaal, sie trägt ein kurzes rotes Kleid, dessen Ausschnitt ihren üppigen Busen erahnen lässt, und hat die Schultern wie zum Schutz leicht nach vorn gezogen. Sie kommt auf ihn zu, und er nimmt nur noch sie wahr – sie und die Blicke der anderen Gäste. Er steht auf und umarmt sie, und als er sie auf die Wange küsst, lässt er seine Lippen etwas länger als nötig dort ruhen, nur wenige Zentimeter von ihren Lippen entfernt. Er hält sie so lange wie möglich im Arm, um durch den Stoff hindurch ihre Haut zu spüren. Alles an ihr trägt zu seiner Erregung bei, nicht zuletzt ihr Parfüm, eine Mischung aus Mandarine, Weihrauch und Zedernholz, und es fällt ihm schwer, sich von ihr loszureißen. Man sieht ihm an, dass er sie begehrt und dass er sich nicht unter Kontrolle hat, man sieht ihm an, dass er Lust hat, sie zu berühren, ihr nahe zu sein, mit ihr zu schlafen. Sie setzen sich dicht nebeneinander an den Tisch, so dass sie den Saal und die geschäftig umhereilenden Kellner im Blick haben. Nina ist noch nie in ein so elegantes Restaurant eingeladen worden, hat noch nie so auserlesene Speisen gegessen und ist entsprechend angespannt und verkrampft. Er spürt es, und es gefällt ihm. Er tut so, als wäre er selbst auch beeindruckt, aber im Grunde ist die Situation für ihn alltäglich. Er ist es gewöhnt, bedient, umsorgt und mit Aufmerksamkeit überschüttet zu werden. Wenn er ein Restaurant betritt, geleitet man ihn an den besten Tisch. Ohne dass er etwas bestellt hätte, bringt ihm eine Kellnerin ein Glas seines Lieblingschampagners. Er stellt eine Frage zur Speisekarte, und der Küchenchef erscheint persönlich, um ihn zu begrüßen. Er strahlt eine natürliche Autorität aus. Und durch die genaue Beobachtung seiner wohlhabenden Frau, der man jeden Wunsch von den Augen abliest, hat er sich noch etwas anderes erworben: die trügerische Bescheidenheit der Superreichen. Man sitzt zusammen, man unterhält sich, und siehe da, auch der Reiche ist ein ganz normaler Mensch, freundlich, zugänglich. Das erstaunt und entwaffnet – aber wenn man genau hinsieht, erkennt man die Unterschiede in den Details – an der Art, wie er sich gibt, wie er formuliert. Man erkennt die frappierende Selbstgefälligkeit, die die Zugehörigkeit zu einer privilegierten Schicht verleiht. Samir ist hier der Mittelpunkt des Geschehens, sitzt an den Schalthebeln der Macht, und Nina kommt sich in ihrem geschenkten roten Fähnchen, das sie Samuel vor kurzem so freudestrahlend vorgeführt hat, plötzlich schäbig vor. Und ist das Parfüm – die Imitation eines Eau de Toilette von Prada – nicht zu penetrant? Die Pumps, die sie bei einem Trödler aufgestöbert hat, versteckt sie unter dem Tisch, damit Samir sie nicht sieht. Wen will sie mit diesem billigen Kram hinters Licht führen? Wohl kaum einen Mann wie Samir, mit seinem untrüglichen Blick für Markenartikel. Leder? Nein, Plastik. Seide? Nein, Polyester, man schwitzt darin, der Stoff löst Allergien aus und kratzt wie verrückt. Kaschmir? Nein, Acryl, es fusselt und speichert sämtliche Körpergerüche. Ihr eklatanter Mangel an Geld und Geschmack erzeugt ein Ungleichgewicht und wirkt auf Samir wie ein Aphrodisiakum. In diesem Restaurant ist er der Überlegene, aber in einem Zimmer, in einem Bett, hat Nina Macht über ihn – die Macht, die die Gesellschaft ihr verweigert und an der sie hier nur durch die unmittelbare Nähe zu Samir teilhat. Sie fühlt sich unwohl, elend, und auf einmal bricht es aus ihr heraus: »Samir, ich habe dich angelogen, ich bin nicht die, für die du mich hältst. Ich arbeite nicht wirklich in der Modebranche, und Samuel leitet kein Unternehmen … Es ist mir lieber, wenn du das jetzt gleich erfährst.« – »Das weiß ich längst«, erwidert er von oben herab. Er erklärt nicht, woher er es weiß. Er kann ihr nicht ins Gesicht sagen: Ich erkenne es an deiner Haltung, deiner Kleidung, der Art, wie du ein Hotel betrittst und dem Blick der Kellner ausweichst, und vor allem – das augenfälligste Detail – an deinen Schuhen. Du stakst unbeholfen auf zerkratzten Absätzen herein, deine Schuhe haben Karree-Form, dabei sind spitze modern, und Samuels Füße rutschten in viel zu großen Halbschuhen aus billigem Lederimitat herum, deren Sohlen beim Laufen quietschen – *und wenn man einen Schuh schon in einem Billigladen kauft, zieht man doch als Erstes das Preisschild ab!* Er wagt nicht, Nina zu fragen, wo sie und Samuel in Wirklichkeit arbeiten, aber sie beantwortet seine unausgesprochene Frage von allein.

»Samuel ist Sozialpädagoge in Clichy-sous-Bois. Und ich arbeite zwar tatsächlich als Model, aber nur für Kaufhauskataloge. Wenn die Marketing-Abteilung von Carrefour ihre Sommer- oder Winter-Sales vorbereitet, rufen sie mich an. Du findest mich im Katalog auf den Seiten mit dem Zubehör für die Grillparty oder bei dem neuen Beaujolais, zwischen den Fleisch- und Wurstwaren oder beim

Schulbedarf für die lieben Kleinen. Ich spiele die perfekte Hausfrau und Mutter, dabei habe ich nicht mal Kinder!« Sie sagt das in einem selbstironischen Ton, sie demütigt sich, und Samir ist gerührt.

»Ich muss mir unbedingt so einen Katalog besorgen, mit einem Schweinskopf in der Hand siehst du sicher besonders appetitlich aus.«

Sie lacht.

Nach dem Essen lädt er sie auf ein letztes Glas an die Bar seines Hotels ein. Er hofft inständig, dass sie mit ihm aufs Zimmer kommt, er ist mit den Nerven am Ende. Diesmal sitzen sie sich mit ihren Tequilas am Tisch gegenüber. Er starrt sie an und wagt einen Vorstoß: *Du bist so aufregend, ich bin verrückt nach dir*, aber sie will, dass er über seine Frau spricht, also gut, er hat verstanden und wird schweigsam. Er hat keine Lust, Ruth oder seine Kinder ins Spiel zu bringen, er hat Lust auf Nina, schließlich ist er allein in Paris und frei: »Komm mit mir nach oben.« Es klingt weder wie ein Vorschlag noch wie eine Bitte, sondern wie ein Befehl. Er will, dass sie ihm gehorcht, *komm*, sie soll sich nicht so anstellen, *komm!* Doch sie sträubt sich, schaltet auf stur, nein, es bleibt beim Nein, hör auf damit, sonst gehe ich, bedränge mich nicht, sonst siehst du mich nie wieder. *Dann sag mir, dass du es nicht auch willst, sag es, und ich höre auf.* Sie sehen sich lange mit einer Intensität in die Augen, die Erinnerungen wachruft. *Sag es, und ich höre auf.*

Verstehst du denn nicht? Ich habe Angst.

8

Es ist fast elf Uhr, als Nina mit zerzausten Haaren und leicht beschwipst nach Hause kommt. Samuel ist wach, er erwartet sie mit grimmiger Miene vor dem Bücherregal stehend, eine Hand in die Seite gestemmt, und sieht aus, als würde er jeden Moment umkippen. Er zieht hektisch an seiner Zigarette, im Aschenbecher türmen sich die Stummel, und im ganzen Zimmer stinkt es nach Nikotin. Nina geht wortlos ans Fenster und reißt es weit auf. Ein kalter Windstoß treibt die Rauchschwaden auseinander und bläst frische Luft herein. »Und, hat er dich gevögelt?«, fragt Samuel, während Nina das Fenster wieder schließt. Er ist brutal, ausfallend, rigoros, bei ihm gibt es nur schwarz oder weiß, gut oder schlecht, er hat einfach keinen Sinn für Zwischentöne. Seine undifferenzierte Weltsicht bringt sie zur Verzweiflung – es wäre lächerlich, sich diesem Drang nach Rechtschaffenheit zu beugen. *Du wirst mich verlassen du wirst mich verlassen sag mir dass du mich verlässt du gehst wieder zu ihm ich weiß es sag es mir ...* Was für ein Anblick: Zigarette im Mundwinkel, Bierflasche in der Hand, den Körper vornübergekrümmt.

Ich bin ein Versager ...

Ich bin eine Null ...

Ich konnte dir nicht mal ein Kind machen ...

Die tödliche Trilogie.

So, jetzt hast du ihn also wiedergesehen, es hat dich gepackt, du bist total durcheinander, er hat's geschafft, er hat dir den Kopf verdreht! Soll ich ehrlich sein? Ich hab das alles nur gemacht, um dich zu testen. Du bist genau wie er! Opportunistisch! Karrieregeil! Ihr seid das Produkt einer von Grund auf korrupten

Gesellschaft! Erfolg, immer nur Erfolg ... dieses debile Streben nach Erfolg! Dieser groteske Ehrgeiz! Du bist davon genauso angefressen wie alle anderen! Aber ich ... ich habe nie zu euch gehört! Ich bin von Leuten erzogen worden, für die Erfolg nie einen Wert darstellte, die Glauben, Erkenntnis und Nächstenliebe über alles gestellt haben, Leute, die sich nie an materiellen Besitz gebunden haben. Und du, was hast du von mir verlangt? Dass ich allein mit Hilfe der Bildung, die mir meine Eltern mitgegeben haben, das Lager wechsle? Aber um ins andere Lager überzuwechseln, muss man beweisen, dass man dazu fähig ist, das ist ein Initiationsritus, man wird gebissen und muss selbst zubeißen, man wird verraten und muss selbst verraten, man wird brutal behandelt und muss selbst brutal sein, so läuft es nun mal. Mach nicht so ein erstauntes Gesicht. Kampf heißt die Parole! Um ins andere Lager überzuwechseln, muss man Glück, Macht, Geld haben oder alles zusammen, man darf nicht darauf warten, dass jemand Platz macht, man muss sich seinen Platz mit Gewalt erobern, wenn man wirklich Erfolg haben will, darf man sich für nichts zu schade sein. Man muss jemandem seinen Platz wegnehmen, und es spielt keine Rolle, ob der andere sich bestohlen, verraten oder verletzt fühlt, denn er wird garantiert aus Gier nach Erfolg, Macht und Geld selbst einem anderen den Platz wegnehmen. Ich habe gedacht, man könnte ... ich könnte mich ohne Berechnung und Hinterlist durchsetzen, aber das ist genauso utopisch wie die Behauptung, man könne einen Krieg führen, ohne Zivilisten zu töten ... Außerdem muss man das mögen: Wer ein Territorium besitzen will, muss es erobern, er muss die Bewohner massakrieren und darf keine Angst haben, einen nach dem anderen abzuknallen: Peng! Peng! Er muss sie eliminieren, verstehst du? Aber ich bin wie ein Soldat, der weder die Courage hat zu desertieren, noch die Kraft hat zu schießen, ich bin ein Wachposten, ich habe mich hinter die Front zurückgezogen, mein Leben lang hab ich am Rand gestanden und mich über die himmelschreiende soziale Ungerechtigkeit aufgeregt, schön warm in meine schäbige Decke eingewickelt, hab ich mich über die Verhältnisse beklagt. Soll ich mir das etwa als persönliches Verdienst anrechnen? Das ist doch absurd! Ich schäme mich dafür! Ich empfinde Scham! Groll! Eifersucht! Bitterkeit! Ja, ich bin ein Neidhammel geworden, ein Scheusal, ein Versager, ich bin der Abschaum der Gesellschaft! Ein Parasit! Weißt du, was ich bin? Eine Null!

Er lügt. Er rechnet es sich durchaus als persönliches Verdienst an. Ein Loser zu sein und als solcher von der Gesellschaft wahrgenommen zu werden, ist ein Sieg über das System, über faule Kompromisse und Korruption, es ist der Beweis, dass man dem Ehrgeiz und dem Mammon nicht verfallen, sondern ein guter, aufrechter Mensch geblieben ist, der das Volk und dessen Bedürfnisse – den täglichen Kampf um eine anständige Wohnung und einen Job – kennt. Dass man eben nicht einer von diesen pseudolinken Spießern geworden ist, die in den einschlägigen Tageszeitungen Kolumnen schreiben, in denen sie die Rechte der illegalen Einwanderer verteidigen, während sie gleichzeitig ihre Kinder auf elitäre Privatschulen schicken, in die man nur kommt, wenn man von einem Mächtigeren protegiert wird und mit der entsprechenden Steuererklärung wedeln kann. In solch exklusiven Bildungseinrichtungen kommt ihr Nachwuchs Gott sei Dank nicht mit *Migranten- und Hausmeisterkindern* zusammen, die *das Niveau drücken* und *den Unterricht stören*, wo doch ihre altklugen, verwöhnten

Gören viel lieber unter sich sind. Samuel will ein grandioser Loser sein, ein verkannter Schriftsteller, ein Geächteter – die personifizierte Empörung. Das glaubt er jedenfalls. Aber es stimmt nicht, was er Nina entgegengeschleudert hat. Er empfindet sogar Stolz (mehr als das – eine Art Hochmut, ein Gefühl von Überlegenheit), weil er *Widerstand* geleistet hat – das ist das Wort, das er benutzt, obwohl er nicht einmal aktiv am Kampf gegen die soziale Ungerechtigkeit teilgenommen hat. Neuerdings ist Tahar für ihn das Symbol all dessen, was die Gesellschaft an Schlechtem hervorgebracht hat, Tahar ist ein aalglatter, gefühlloser Anwalt, er selbst dagegen der subversive Schriftsteller, der die Ordnung stört, auch auf die Gefahr hin, dass er nicht publiziert wird und man seine Werke nicht liest.

Den gesellschaftlichen Normen hat *er* sich nie gebeugt, sie haben ihn schon immer angeekelt, er war dagegen, er hat davon geträumt, ein freier Mensch zu sein, obwohl es keinen gab, der mehr an seiner Lebensgefährtin und seiner Bequemlichkeit hing. Er sieht sich als Rebellen, der auf Cliquenwirtschaft und Kapitalismus spuckt, dabei spucken in Wahrheit sie auf ihn. Er ist der Spielverderber, der disqualifiziert und eliminiert wird! Rote Karte! Er wird vom Platz gestellt.

Nach solchen Reden sollte man eigentlich nicht weinen, aber er kann nicht verhindern, dass ihm die Tränen kommen. Wie bei einem gestauten Fluss steigt das Wasser, bis es irgendwann überfließt.

»Jetzt flennst du wie ein Kleinkind, du kannst einem echt leidtun! Schließlich hast du von mir verlangt, dass ich ihn anrufe, es war doch deine Idee!« Nina wirft ihm die Worte ungerührt hin, sie unternimmt nichts, um ihn zu trösten, und er sinkt langsam in sich zusammen, als wären an seinen Fußgelenken eiserne Ketten befestigt, die ihn auf den Grund eines trüben Gewässers ziehen.

Samirs Rückkehr hat ihr Leben vergiftet, sie kränkeln und bedauern allmählich, ihn überhaupt kontaktiert und getroffen zu haben. Aber sie wagen nicht, sich das einzugestehen. Er sonnt sich im Glanz seines Erfolgs und seiner gesellschaftlichen Position, sie hingegen haben nichts vorzuweisen.

»Ich will ihn nicht noch mal sehen. Hören wir auf damit.«
»Kommt nicht in Frage.«
»Warum tust du das? Du machst alles kaputt.«
»Mag sein.«

Nun kann sie sich nicht mehr beherrschen, sie stürzt auf ihn zu, umarmt ihn, weint, sie ist verzweifelt, aber er stößt sie zurück.

»Ich will ein Kind.«
»Nein.«
»Ich will bei dir bleiben!«
»Nein.«
»Ich liebe dich, ich bin bald vierzig, ich will ein Kind, jetzt oder nie.«
»Nie.«

Als sie das hört, geht sie ins Badezimmer und kommt erst eine halbe Stunde später grell geschminkt wieder zum Vorschein. Eine andere Frau.

»Ich gehe.«

Mit einer Gehässigkeit im Blick, die ihn entwürdigt und entstellt, fragt Samuel Nina, ob sie zu Samir ins Hotel zurückgeht. Er hat getrunken, viel getrunken.

»Wohin willst du mit dieser Kriegsbemalung? Zu ihm?

Natürlich zu ihm, du Schlampe.« Er sitzt im Wohnzimmer auf dem ausgeblichenen Sofa, das er in der IKEA-Schnäppchenecke aufgetrieben hat, und raucht. Die Asche fällt auf den fleckigen Leinenbezug und brennt ein Loch hinein, *pass doch auf*, nein, wieso, er zieht an seiner Zigarette, *ist mir doch scheißegal*. Bläuliche Rauchschwaden verdecken sein zerknittertes Gesicht. Nina erkennt ihn kaum wieder – ist das der Mann, von dem sie noch vor einer Stunde ein Kind wollte? Sie sagt ihm, dass sie ihn nicht mehr braucht, sie hat keine Angst mehr, und als sie schon fast an der Wohnungstür ist, hört sie ihn rufen: »Du gehst also zu ihm? Na gut, dann hau ab!« So ist es – sie haut ab.

Im Vorortzug lärmen ein paar Jugendliche*, und Nina setzt sich Kopfhörer auf, um den Krach auszublenden. Samuel kann sie noch so oft auf dem Handy anrufen, er will doch nur wissen, wo sie steckt und wohin sie geht, *warum tust du mir das an?* Sie nimmt nicht ab.

Sie erreicht die Rue Faubourg Saint-Honoré und betritt das Hotelfoyer, *Guten Abend, Madame*, ganz wohl ist ihr nicht dabei, deshalb steuert sie erst einmal die Toilette an. Vor einem großen Spiegel erneuert sie ihr Make-up, umrandet die Augen mit einem grauen Kajal, malt sich die Lippen hellrot, löst die Haare, besprüht sich mit Parfüm und geht wieder hinaus. Eine Duftwolke umweht sie, alle Blicke folgen ihr, Männer, Frauen und Kinder starren sie an, aber das kennt sie ja nun schon. Sie geht zur Rezeption

---

* Kamel, Léon und Dylan, Schüler der sechsten Klasse am Collège de Sevran. Am ersten Tag des neuen Schuljahrs hatte Kamel auf die Frage »Welchen Beruf willst du später einmal ergreifen?« mit »Präsident von Frankreich« geantwortet, Léon hatte »Hersteller von Videospielen« gesagt, und Dylan hatte erklärt, er wolle »der größte Räuber aller Zeiten« werden. Alle hatten gelacht.

und fragt nach Monsieur Tahar. *Einen Augenblick bitte.* Der Empfangschef geht ein Stück zur Seite und flüstert einem Mann, der sein Vorgesetzter zu sein scheint, etwas ins Ohr.
Er hält mich für eine Nutte.
Er hält mich für eine Nutte.
Er hält mich für eine Nutte.
Lächeln. Ruhig bleiben. Abwarten. Dann kommt der Empfangschef zurück, wählt vor ihren Augen Samirs Nummer und teilt diesem mit, dass eine junge Dame vor ihm stehe, die mit Monsieur Tahar sprechen wolle. Er reicht ihr den Hörer, und sie hört Samirs Stimme: »Wer ist am Apparat?« Er fragt, obwohl er weiß, dass sie es ist, denn er hat sie erwartet – und sie sagt nur: »Ich bin da.« Im Telefonhörer hört sie seine Atemzüge. Dann befiehlt seine Stimme: »Komm hoch. Suite 503*.«

9

Samuel ruft sie zehn, fünfzehn Mal auf dem Handy an, aber sie reagiert nicht. *Was macht sie denn nur? Was habe ich getan?* Je mehr Zeit vergeht, desto deutlicher kommt ihm zu Bewusstsein, dass es verrückt war, sie gehen zu lassen, es tut ihm alles so leid, er ruft sie gleich noch einmal an, schreit frustriert los, das ist der helle WAHNSINN, was ist bloß in mich gefahren, wie konnte ich nur glauben, dass ich sie HALTEN könnte, ich konnte sie nicht halten, ich bin

* Die Suite 503 wurde schon häufig für Seitensprünge angemietet – so beispielsweise für den heißen Flirt zwischen einer berühmten französischen Schauspielerin und einem französischen Politiker (der schon immer davon geträumt hatte, mit dieser Frau in der Suite 503 eine Affäre zu haben).

KRANK, ich bin eine NULL, ich bin ein HAUFEN SCHEISSE, ja, das bin ich, es geschieht mir recht, wenn ich KREPIERE, eine Frau wie sie habe ich nicht VERDIENT, sie hat mich verlassen, diese SCHLAMPE, diese HURE, obwohl ich alles für sie getan habe, immer habe ich ihr zugehört, ich war für sie da, wenn sie SCHLECHT DRAUF war, seit ich mit ihr zusammen bin, habe ich immer nur GELITTEN, ich konnte mich nicht entwickeln, kein VERTRAUEN aufbauen, sie hat mir mein Leben RUINIERT, und wozu das alles? Damit sie am Ende wieder zu IHM rennt, zu diesem MISTKERL, diesem WINDHUND. Es ist zu spät, es ist zu spät. ZU SPÄT, du hast sie verloren.

Wie konntest du dir nur einbilden, dass du sie HALTEN könntest? Sie hat dir nie wirklich GEHÖRT, es ging nur mit Hilfe von DROHUNGEN, von GEWALT, klar doch, eine so SCHÖNE Frau ist viel zu gut für dich, viel zu schön für dich, du hast nichts getan, um ihr zu HELFEN, um sie VORANZUBRINGEN, um ihr zum ERFOLG zu verhelfen. ERFOLG. ERFOLG. Ihr ist es offenbar wichtig, bekannt/anerkannt/bewundert/geschätzt/von den Medien wahrgenommen zu werden, du konntest sie nicht GLÜCKLICH machen, und wenn man sie heute sieht: MÜDE, TRAURIG, BEKÜMMERT, VERBITTERT … Wart's ab, nicht mehr lange, dann wird sie dich BETRÜGEN.

Sie betrügt dich doch jetzt schon, sie ist bei ihm, sie liegt in seinem Bett, er schläft mit ihr, während du hier Trübsal bläst, sie wird NICHT zurückkommen, sie wird NIE mehr zurückkommen, denn du warst ihren Anforderungen nie gewachsen, sie ist nur aus MITLEID bei dir geblieben, weil du ihr nichts zu bieten hattest, es ist aus, es ist AUS, du hast sie VERLOREN.

10

»Herein.« Nina steht vor Samir, mit ihrer blendenden Schönheit füllt sie den Raum aus. Er zieht sie an sich, küsst sie wortlos mit geschlossenen Augen, er nimmt den Duft ihrer Haut, ihres Parfüms in sich auf, legt das Gesicht an ihren Hals, atmet tief ein. Ganz berauscht ist er von ihr und wird auf einmal fahrig, es drängt ihn danach, sie auszuziehen und endlich ihren vollkommenen, harmonischen Körper zu sehen, der dazu geschaffen scheint, Begehren zu wecken und geliebt zu werden, und Samir merkt, dass ihm keine Zeit mehr bleibt, sie zu verführen, sie zu hofieren, sich bei ihr einzuschmeicheln und langsam ihre Widerstände aufzuweichen. Sie ist ja *deshalb* gekommen, und so überspringt er die sinnlose Anwärmphase, die die Konvention verlangt, er bittet sie nicht, sich zu setzen, er beginnt keine Unterhaltung, bestellt ihr nichts zu trinken, erkundigt sich nicht nach ihrem Befinden, er will nicht wissen, warum oder wie sie hergekommen ist, er hat nicht die Absicht, ihr zuzuhören, nicht gleich jedenfalls, später, gut, aber jetzt will er sie erst einmal berühren, sie spüren und mit ihr schlafen, alles andere zählt nicht und interessiert ihn nicht, nur diese Nähe sucht er, die die Jahre ihnen geraubt haben, die Vertrautheit ihrer Körper. Sie will etwas sagen, aber er legt ihr einen Finger auf die Lippen, *psst, sei still, komm*, und sie lässt zu, dass sein Mund von ihrem Kinn über ihren Hals bis zu ihrer Brust gleitet.

»Samir, ich …« Sie nennt ihn beim Namen – welch eine Befreiung nach so vielen Jahren, die er unter einer anderen Identität gelebt hat, eine Befreiung und ein Wiedererkennen. »Sag noch einmal meinen Namen, bitte.« *Samir,*

Samir. Er küsst sie, nimmt ihr Gesicht zwischen seine Hände, streicht ihr flüchtig übers Haar, teilt mit der Zunge ihre Lippen, und es ist alles wie früher, nichts hat sich geändert, er ist überwältigt von ihr, verrückt nach ihr, langsam zieht er sie zum Bett, zieht sie auf sich, *sag meinen Namen,* zieht sie aus, verharrt ein paar Sekunden regungslos, um sie zu betrachten – bei ihr gibt es immer diesen kurzen Moment der Unterwerfung. Er kann versuchen, sich abzulenken, sich nicht zu sehr auf ihr Äußeres zu konzentrieren, aber es hilft nichts, ihre Schönheit überstrahlt alles, man kann ihr nicht ausweichen. Er weiß, dass er sich mit der Panik arrangieren muss, die ihn jedes Mal überfällt, wenn er sie nackt vor sich sieht, und er beherrscht sich oder bemüht sich zumindest darum, er betrachtet sie, streichelt sie und dringt erst in dem Augenblick in sie ein, als er sich seiner selbst sicher sein kann und weiß, dass er die Kontrolle nicht verliert. Die Intensität des Augenblicks ist kaum zu übertreffen, er ist in ihr, bei ihr, und als sie mit geschlossenen Augen im Halbschlaf neben ihm liegt und die schweißnassen Haare an ihrem Gesicht kleben, steht er auf und bestellt Champagner, Wein und etwas zu essen.

Wir sind zusammen.

Die Fragen und die Geständnisse beginnen nach dem Essen. Sie liegen aneinandergeschmiegt auf dem Bett. *Ich will, dass du mir die Wahrheit sagst.* Sie äußert keine Bitte, sie gibt einen Befehl, und in seinem Inneren reißt etwas auf: Er wird sprechen.

Sie will wissen, warum er Samuels Identität und Teile seiner Biographie übernommen hat, um sich sein neues Leben aufzubauen. Ob seine Angehörigen darüber Bescheid wissen. Ob er an die Konsequenzen gedacht hat. »Du hast sicher nicht vorausgesehen, dass sie eines Tages in der *Times* einen Artikel über dich bringen …«

Ja, das stimmt, sie hat recht, er hätte sich nie träumen lassen, dass er eine so steile Karriere machen und ein so gewaltiges Medieninteresse auf sich ziehen würde. »Da, wo ich herkomme, schaffen wenige den Aufstieg, normalerweise krepiert man in dem Loch, in dem man aufgewachsen ist.« Ab und zu hat er seine alten Freunde getroffen. Die meisten sind arbeitslos oder schlagen sich mit Gelegenheitsjobs durch. Sie haben Kinder, Geldprobleme, zu kleine Wohnungen, fahren nie in Urlaub, warten auf das Monatsende wie auf den Messias, träumen von einem neuen Auto, Fernseher, Leben. Manche sind auf die schiefe Bahn geraten. Er bedauert nicht, was er getan hat. Ja, gut, er hat gelogen, ja, er hat betrogen. Aber doch nur, weil er etwas aus sich machen wollte, ihm hat keiner etwas geschenkt.

»Du willst wissen, warum ich mich neu erfunden habe? Du willst es wissen?« Sie antwortet nicht und rührt sich nicht – *es ist mir egal, es interessiert mich nicht, weil ich dich liebe*. Da richtet er sich auf und packt sie ungestüm an den Schultern. »Nina, mein ganzes Leben beruht auf einer Lüge.«

11

»Nach Samuels Selbstmordversuch, nachdem du mit mir Schluss gemacht hattest … Du hast dich so schmählich von ihm erpressen lassen! Nachdem ich also alles verloren hatte, was mir je etwas bedeutet hat, bin ich aus Paris weggegangen. Allein die Vorstellung, euch zufällig über den Weg zu laufen, hat mich in den Wahnsinn getrieben. Schließlich bin ich im Süden gelandet, in Montpellier, und habe dort ein Jurastudium angefangen. Glücklicherweise hatte ich ein Stipendium in der Tasche. Außer meiner Mutter wusste niemand Bescheid, wo ich war. Ich hatte jeden Kontakt zu gemeinsamen Freunden von uns abgebrochen, ich war wirklich entschlossen, euch zu vergessen … Nur ein Mal, ein einziges Mal, bin ich schwach geworden und mit dem Zug nach Paris gefahren. Einen ganzen Tag lang habe ich vor deinem Haus hinter einem Lieferwagen darauf gelauert, dass du herauskommst, aber als du endlich aufgetaucht bist, habe ich mich nicht getraut, dich anzusprechen … Ich sehe dich noch genau vor mir, du hattest einen Jeansrock und ein weißes Oberteil an.

Danach habe ich nur noch gearbeitet. Wenn ich an diese Zeit denke, sehe ich mich immer nur in meinem Zimmer über meinen juristischen Fachbüchern brüten. Ich habe Dutzende von diesen Büchern praktisch auswendig gelernt und dabei gedacht: Sie wird es noch bereuen! Ich habe ein brillantes Examen mit Schwerpunkt Strafrecht hingelegt, danach habe ich noch ein Aufbaustudium angehängt und ebenfalls mit Prädikat abgeschlossen. Im darauffolgenden Sommer habe ich eine Weile in London als Kellner gejobbt. Und als ich wieder in Paris war, fing die Stellensuche an.

Ab diesem Punkt ist alles etwas komplizierter geworden. Dabei hatte ich einen beeindruckenden Lebenslauf vorzuweisen! An diesem Lebenslauf habe ich jahrelang gefeilt, jedes Diplom, jede Zeile war dem Schicksal gegen alle Widerstände abgerungen. Dieser Lebenslauf war mein Meisterwerk! Ich bewarb mich bei den besten Kanzleien, ich war total zuversichtlich, dass mein Leben nun eine entscheidende Wendung nehmen würde. Einmal habe ich meine Mutter und meinen Bruder ins Restaurant eingeladen, um meinen Abschluss zu feiern. Ich bin fast geplatzt vor Glück und Stolz ... Fast zehn Jahre Anstrengung und persönliche Opfer hatten sich gelohnt! Und niemand hatte mir geholfen, nichts hatte ich geschenkt bekommen! Nichts!

Zehn Tage später war ich um einige Illusionen ärmer. Die ersten Absagen trudelten ein, eine nach der anderen. Es traf mich wie ein Schlag ins Gesicht. Nein, schrieben sie, wir bedauern, wir wünschen Ihnen weiterhin viel Glück. Nein, leider nicht, aber wir werden gern bei Bedarf auf Sie zurückkommen. Nicht einmal zu einem Gespräch wollten sie mich einladen! Es machte mich rasend! Um nicht völlig den Boden unter den Füßen zu verlieren, fing ich an, wie ein Besessener Sport zu treiben, Boxen vor allem. Aber es half nichts, die quälende Frage wurde ich nicht los: Wo war meine Schwachstelle?

Ich sagte mir: Du hast doch eine Spitzenleistung geliefert. Du bist fleißig, überzeugend, dynamisch. Du hast das Profil, das sie suchen. Du hast nicht nur die richtigen Diplome, du hast sogar ein Prädikatsexamen vorzuweisen. Du hast bei der Tagung des Anwaltsverbands am Rhetorikwettbewerb teilgenommen und ihn gewonnen! Haushoch! Sie haben dich beklatscht und bejubelt, sie haben dich beneidet. Sie haben gesagt: Er ist einer der Brillantesten seines Jahrgangs, er wird es weit bringen, in spätestens fünf Jahren gehört er zu den renommiertesten Anwälten von Paris. Und jetzt bekommst du nur Absagen! Ich habe geschäumt vor Wut! Ich habe sie alle gehasst.

Meiner Mutter wagte ich nichts zu sagen, sondern ließ sie in dem Glauben, dass ich von einer großen Kanzlei eingestellt worden sei. Jeden Morgen um sechs bin ich aufgestanden, habe in Anzug und Krawatte die Wohnung verlassen und ihr ›bis heute Abend‹ zugerufen. Der perfekt integrierte Sohn!

Mit Mordgelüsten habe ich meine Tage in den Geschäftsvierteln von Paris zugebracht. Es war der Horror! Wenn ich diese glattrasierten Managertypen da herumlaufen sah, brodelte es in mir, ich wusste, dass mein Leben innerhalb von Sekunden aus den Fugen geraten konnte, ich spürte diese gewaltige Aggression in mir, aber sie machte mir interessanterweise irgendwann keine Angst mehr. Im Gegenteil, sie machte mich plötzlich stark, und sie war immer da: Wenn ich vor den Schaufenstern der Luxusboutiquen stand und mir klar wurde, dass ich mich nicht mal in den Laden hineintraute, oder wenn ich diese phantastischen jungen Mädchen beobachtete, die am Arm von irgend so einem reichen Tattergreis hingen.

Eines Abends bin ich nach dem Sport mit einem ehemaligen Kommilitonen noch etwas trinken gegangen. Ich hatte schon wieder eine Absage kassiert, war außer mir vor Zorn, und mein Freund redete auf mich ein, ich bekäme schon noch eine Stelle, ich solle positiv denken, alles werde gut. Da wurde ich richtig wütend. Wie sollte ich positiv denken? Optimismus ist eine Tugend der Privilegierten, wer Lebensversicherungen und Kreditkarten hat, kann optimistisch sein. Und ich hatte mit meiner Herkunft kaum eine Chance, mich in einem Milieu durchzusetzen, das offenbar nur der gesellschaftlichen Elite zugänglich war. Herausfordernd behauptete ich:

›Ich denke, dass die ganzen Absagen sich durch die Tatsache erklären lassen, dass ich einen arabischen Namen habe.‹

Mein Kumpel fing an zu lachen und tat, als wäre ich paranoid. Das sei doch lächerlich! Aber ich war nicht paranoid. Ich hatte meine Mappe an Dutzende von Kanzleien geschickt und nur negative Antworten erhalten, oder manchmal auch gar keine, während ein anderer Student aus meinem Jahrgang bei Bertrand und Vilar, einer großen Pariser Wirtschaftskanzlei, untergekommen war – ein absolut farbloser Typ ohne jedes Urteilsvermögen, der zwei Mal durchs Examen gerasselt war und dem alle prophezeit hatten, dass er die Juristerei bald aufgeben und die Firma seines Vaters übernehmen würde. Und weißt du, was mir mein Freund geantwortet hat?

›Du stilisierst dich zum Opfer, du klagst an, du beschwerst dich – das ist kontraproduktiv.‹

Aber ich war mir plötzlich ganz sicher, dass ich keine Stelle bekam, weil ich ein Araber war! Wenn die Personalchefs meinen Namen lasen, dachten sie sofort: Der nicht. Der soll in seiner Banlieue bleiben und Kürbiskerne lutschen! Und während ich also darauf beharrte, dass mein Name und meine Identität das Problem darstellten, brachte mein Freund mich mit einem Mal auf die Idee, meinen Vornamen zu ändern. Er meinte es völlig ernst. Vielleicht hätte ich recht, dass man im heutigen Frankreich als Louis, Hugo oder Lucas bessere Chancen habe als mit einem Vornamen wie Mohammed. Er sagte: ›Schreib Sam Tahar statt Samir.‹ Und eines Abends habe ich dann die Probe aufs Exempel gemacht. Ich wollte wissen, woran ich bin, habe den Namen auf meinen Unterlagen überall in SAM TA-

HAR geändert und aufs Neue an ein Dutzend Kanzleien geschickt. Und weißt du was? Eine Woche später hatte ich die Einladungen zu drei Bewerbungsgesprächen im Briefkasten! Die beiden ersten liefen gut, man stellte mir eine rasche Antwort in Aussicht. Das dritte Gespräch fand in einer großen Kanzlei an der Avenue George V statt, die hauptsächlich auf Strafrecht spezialisiert war. Am Eingang fiel mir eine kleine, transparente Kapsel auf, ein Behälter mit einem Stück Pergament, wie ihn die Juden am Türpfosten befestigen, um ihr Haus zu beschützen. Der Mann, der mich in Empfang nahm, hieß Pierre Lévy, ein sephardischer Jude um die vierzig, ein intelligenter, energischer Mann, in dessen Gegenwart ich mich sofort wohl fühlte. Ich weiß nicht, wie es kam, aber mitten im Gespräch fragte er unvermittelt: ›Sam ist die Abkürzung für Samuel, oder?‹ Und ich nickte spontan, ohne nachzudenken. Ich wollte die Stelle … Sam, Samuel, Samir, was machte das schon für einen Unterschied … Erst später, als er mir erzählte, dass er vor langer Zeit mit einer ›Jüdin aus Nordafrika‹ verlobt gewesen sei, einer gewissen Claire Tahar, die einen Bruder namens Samuel hatte, habe ich plötzlich verstanden, dass er mich für einen Juden hielt. Ich dachte: Vielleicht will er mich nur einstellen, weil er glaubt, dass ich zu seinem Volk gehöre. Ich hatte das Klischee im Kopf, dass sich Juden immer gegenseitig helfen. Heute weiß ich, wie falsch dieser Gedanke war, wie ungern die Juden aus einer gewissen Schicht unter sich bleiben – der Ghetto-Gedanke erschreckt sie.

Hinterher hatte ich nicht das Gefühl, mich in diesem Bewerbungsgespräch besonders hervorgetan zu haben. Ich fand sogar, dass ich weniger überzeugend aufgetreten war als in den beiden ersten Gesprächen. Trotzdem meinte Lévy auf dem Weg zum Ausgang, ich könne mich als Angestellten der Kanzlei Lévy und Queffélec betrachten. Unglaublich, oder? Am nächsten Tag stellte er mir die anderen beiden assoziierten Partner vor und zeigte mir mein Büro, einen schönen hellen Raum zur Straße hin. Anschließend lud er mich zum Mittagessen ins Restaurant ein. Als wir die Speisekarte bekamen, fragte er mich, ob ich praktizierender Jude sei, und ich antwortete, ich äße nur kein Schweinefleisch, was ja nicht gelogen war. Er lachte und sagte: ›Ah ja, ich sehe schon, Sie sind auch einer von diesen Jom-Kippur-Juden, die nur einmal im Jahr in die Synagoge gehen.‹ Ich hätte ihm widersprechen können, aber ich blieb stumm.

Beim Essen sagte er, wie glücklich er sei, bald einen so hochqualifizierten Anwalt in seiner Kanzlei zu haben. Ich fragte mich, was wohl passieren würde, wenn ich ihm beichtete, dass ich Muslim war und kein Jude, wie er glaubte und sich vielleicht wünschte. Aber ich brauchte diese Stelle und redete mir ein, dass ich es ihm später, nach ein paar Monaten, erklären würde, oder dass ich eines Tages aus der Kanzlei ausscheiden würde, ohne dass der Schwindel aufgeflogen wäre.

Den Rest kannst du dir denken: Ich habe es nie fertiggebracht, ihm die Wahrheit zu sagen. Meine ganze berufliche Laufbahn ist seit damals eng mit ihm verknüpft. Für einen jungen Anwalt wie mich war es das Größte, mit einem so erfahrenen und kultivierten Profi zusammenarbeiten zu können. Pierre ist nicht nur ein scharfsinniger Anwalt, sondern auch ein großzügiger Mensch, ein aufmerksamer Freund, einer, der dich mitten in der Nacht am Flughafen abholt, nur weil er sich darauf freut, dich zu sehen, auch wenn du ihn nicht darum gebeten hast, einer, der dir im Restaurant nie die Rechnung überlässt – das versteht sich von selbst, sie erscheint gar nicht erst am Tisch –, der dir, wenn du Geld brauchst, noch am selben Tag die nötige Summe überweist, ohne nach dem Verwendungszweck oder dem Ursprung deiner Probleme zu fragen oder dir das Gefühl zu geben, dass du in seiner Schuld stehst, der für dich bürgt, wenn du ihn darum bittest. Er ist sehr gefühlsbetont: Bring ihn dazu, dich zu mögen, und er gibt dir alles, was er hat, und mehr. Du lachst? Ich bin mir sicher, einem Mann wie ihm begegnet man nur einmal im Leben.

Eine solche Freundschaft wollte ich auf gar keinen Fall aufs Spiel setzen. Ich stellte ganz offiziell einen Antrag auf Namensänderung: ›Samuel‹ lag auf der Hand, denn ich wurde sowieso ›Sam‹ genannt. Ich konnte ja nicht ahnen, dass wir uns eines Tages wiedersehen würden … Ein paar Monate später war es dann amtlich: Ich hieß Samuel Tahar.

Im Grunde war diese Namensänderung nur die logische Konsequenz einer früheren Lüge … Weißt du, wie ich mein Examen und die Anwaltszulassung gefeiert habe? Allein. Meiner Mutter hatte ich nichts erzählt, weil ich nicht wollte, dass sie plötzlich in Montpellier aufkreuzte. Es wäre mir peinlich gewesen. Da alle anderen Absolventen mit ihren Eltern feierten, musste ich mir allerdings Gründe ausdenken, wieso ich allein war, und so kam ich auf die Idee, Samuels Geschichte und den Tod seiner Eltern ins Spiel zu bringen. Als an jenem Tag mein Name aufgerufen wurde und ich zum Podium ging, um mein Diplom entgegenzunehmen, konnte ich mich kaum auf den Beinen halten. Denn mir stand in dem Augenblick klar vor Augen, was meine Lüge bedeutete: Ich würde nie wirklich etwas teilen können. Weder Glück noch Unglück. Mit keinem Menschen. Ich war allein und würde es immer bleiben.

Auf Wunsch von Lévy, der in den USA eine Zweigniederlassung gründen wollte, pendelte ich drei Jahre lang auf Kosten der Kanzlei zwischen Paris und New York, bis ich auch in New York als Anwalt zugelassen wurde und mir dort eine Wohnung suchte. So verkürzt klingt das sehr einfach, aber in Wahrheit war es eine der schwierigsten Phasen meines Lebens. Ich kannte zunächst kaum jemanden und bewegte mich unsicher in dem sozialen Umfeld, das mich am meisten faszinierte – das der New Yorker Intellektuellen, zu dem Journalisten und Schriftsteller, aber auch Anwälte zählten.

Was mich dann weitergebracht hat? Anpassung, nichts leichter als das. Ich suchte mir einen neuen Freundeskreis aus gutbürgerlichen Juden, die mich mit offenen Armen aufnahmen. Ich hatte eine gute Intuition und eine gewisse soziale Kompetenz. Und ich habe sie zum Lachen gebracht, glaube ich. Nach fünf Jahren hatte ich alle politischen Biographien gelesen, die es auf dem Markt gab, und hatte mich in den New Yorker Gesellschaftsklatsch eingearbeitet – ich konnte plaudern und fabulieren, bissig und boshaft sein, wenn es die Situation erforderte, und das imponierte ihnen. Meine wohlkalkulierten Regelverstöße faszinierten die Leute, da die meisten sich selbst in engen Grenzen bewegten. Ich kannte diese Grenzen, die gesellschaftlichen Normen hatte ich mir schließlich bewusst angeeignet, teils theoretisch, teils, indem ich sie an anderen studierte. Als ich die ersten Einladungen in gesellschaftliche Kreise bekam, zu denen ich bis dahin keinen Zugang gehabt hatte, nahm ich Unterricht bei einem Oberkellner, den ich auf einer Geschäftsreise nach Paris kennengelernt hatte. Ich wollte lernen, wie ich Besteck platziere und benutze, wie ich mich bei

Tisch benehme. Die Umgangsformen eben, die ich nie gelernt hatte. Zu meinem dreißigsten Geburtstag gönnte ich mir ein einwöchiges Weinseminar im Burgund, danach konnte ich immerhin den Unterschied zwischen zwei Weinen benennen und war in der Lage, den besseren auszuwählen. Ein wenig später entdeckte ich die Musik – ich hatte mich einmal schrecklich blamiert, als mich Kollegen in die Oper einluden und ich den ganzen Abend den Mund nicht aufbekam. Ein totaler Reinfall, und in puncto Musik konnte ich auch nicht bluffen, ich hatte schlicht keine Ahnung. Also ließ ich mir am nächsten Tag von einem Plattenhändler eine perfekte CD-Auswahl zusammenstellen, mit Bach, Chopin, Mozart, Dvořák und so weiter. Dann kaufte ich mir ein Jahresabo für die Oper, und das war wirklich eine Offenbarung! Anders als das Theater, wo ich mich immer tödlich langweilte. Einmal bin ich eingeschlafen, als das Stück eines großen polnischen Dramatikers aufgeführt wurde – in Originalsprache mit Untertiteln! So was wollte ich mir in Zukunft ersparen. Von da an verkündete ich großspurig: ›Wissen Sie, ich bin kein besonders großer Theaterliebhaber.‹

Ich hab mich neu erschaffen, verstehst du? Durch Willenskraft und eigene Anstrengung! Ja, auf der Grundlage einer Lüge, meinetwegen, aber der Erfolg ist ganz allein mein Werk. Die wichtigen Entscheidungen für mein Leben habe ich gefällt, meinen Karriereplan habe ich entworfen, ich wollte auf keinen Fall irgendetwas passiv erdulden! Aus diesem Grund konnte ich mich nicht mit vielen Leuten anfreunden. In Freundschaften und engen Beziehungen muss man sich früher oder später öffnen und sich dem anderen anvertrauen, und das habe ich mir verboten. Ich bleibe auf

Distanz. Weißt du, dass ich dich neulich bei deinem Anruf fast gesiezt hätte? Vertrautheit mit jedermann und kumpelhaftes Benehmen entziehen dir sofort den Nimbus der Macht. In den USA kann man Distanz natürlich nicht durch das Siezen herstellen, dort muss man sie auf andere Weise wahren – durch einen kühlen Blick, einen beiläufigen Händedruck, ein aufgesetztes Lächeln. So entsteht Spannung, so wird Macht zum Ausdruck gebracht. Mir hat das sehr gefallen. Die einzigen Menschen, mit denen ich mir echte Beziehungen erlaube, sind meine Kanzlei-Partner. Aber selbst ihnen habe ich nie die Wahrheit gesagt, verstehst du? Aus dieser Nummer komme ich nie wieder raus, Nina.«

Eine Frage brennt ihr unter den Nägeln, sie zögert, sie will ihn nicht kränken. Schließlich fragt sie doch.
»Hat man dich wirklich nie für einen Araber gehalten? Das würde mich wundern. Wenn man dich sieht, denkt man doch sofort an eine orientalische Herkunft.«
»Klar, ich musste mich ständig rechtfertigen. Bei den Juden war es nicht so schwierig, sie hielten mich für einen sephardischen Juden aus Frankreich – die dunkle Haut und die gebogene Nase, das passte. Aber andere Leute hielten mich andauernd für einen Araber.«
»Und hattest du deswegen Probleme?«
»Bis zum 11. September nicht, oder kaum, bis dahin waren die USA ein echter Melting Pot, in dem keiner besonders auffiel. Aber danach schon, sehr häufig. Am Tag des Attentats bin ich wie betäubt durch die Straßen von New York gelaufen, ich hatte Bekannte, die bei Cantor Fitzgerald in den Türmen arbeiteten. Ich hätte am liebsten laut ge-

schrien, aber meine Kehle war wie zugeschnürt, und natürlich wollte ich unbedingt meine Mutter anrufen, um sie zu beruhigen und ihr zu sagen, dass es mir gutging. Ich hatte ihr irgendwann erzählt, dass ich inzwischen in New York lebte, das war so ungefähr das Einzige, was sie von mir wusste. Ich hatte sie gleich am Apparat, was ein Glück war, denn die Leitungen waren so überlastet, dass es kaum gelang, jemanden zu erreichen. Das steigerte die Panik natürlich noch … Als ich die Stimme meiner Mutter hörte, war ich sehr aufgewühlt und bemerkte gar nicht, dass ich instinktiv ins Arabische verfiel … Plötzlich brüllte mich ein Typ an, ich solle mich lieber gleich in mein Land verziehen, die Amerikaner würden sich nämlich rächen und uns alle bis zum letzten Mann umbringen! Ich war über Nacht ein Feind, ein Paria geworden …

Von da an begann eine sehr schwierige Zeit. Ich wurde immerfort angehalten und kontrolliert. Vor allem auf Flughäfen fragte man mich ständig, ob ich Muslim oder Araber sei. Es war mir selbst zuwider, wenn ich meine verlogene Antwort hörte: *Nein, ich bin kein muslimischer Araber.* Manchmal sagte ich sogar ungefragt, wie auf der Reise nach Israel: *Nein, ich bin Jude.* Wohin ich auch kam, überall hörte ich dieselben ätzenden Klischees: dass Muslime nicht integrierbar seien, dass sie früher oder später alle zu gefährlichen Islamisten würden, dass sie nur in Diktaturen leben könnten, weil sie einen starken Herrscher brauchten. Dass sie doppelzüngig seien. Dass man sie ausweisen, sie loswerden müsse. Ihnen nie vertrauen dürfe. Unglaubliche Gewaltphantasien kamen da ans Licht! Dass ich häufig so tun musste, als sei ich einverstanden, brachte mich an meine Grenzen. Als wir uns in der Kanzlei mit dem Fall eines türkischen Arztes beschäftigten, meinte mein Sozius zu mir, man müsse sich vor diesen Arabern grundsätzlich in Acht nehmen, und ich habe dazu gelächelt. Ich habe gelächelt! Später habe ich mich deswegen entsetzlich geschämt ... Aber was hätte ich tun sollen? Ich benahm mich wie diese Macho-Typen, die mit ihrer Homophobie hausieren gehen, um damit ihre Homosexualität zu kaschieren. Aber im Grunde dachte ich ja ganz ähnlich wie die Menschen, die ihre Wut und Furcht ausdrückten. Ich war schockiert über das Attentat, ich fühlte mich mit den Dreckskerlen, die das getan hatten, ganz und gar nicht verbunden. Ihr Islam war nicht mein Islam, verstehst du?

Aber auch von der anderen Seite wurde scharf geschossen. Einmal geriet ich zufällig in eine kleine Gruppe muslimischer Araber, die sich darin einig waren, dass die Angriffe vom 11. September vom israelischen und amerikanischen Geheimdienst angezettelt worden seien, und zwar allein mit dem Ziel, einen amerikanischen Gegenangriff zu rechtfertigen. Die Juden seien vorgewarnt worden, damit es in den Türmen keine jüdischen Opfer geben würde. Die reinste Verschwörungstheorie! Primitivster Antisemitismus. Ich hatte Lust, dem Mann, der das gesagt hatte, eins auf die Fresse zu geben, aber ich ließ es sein und hörte mir weiter an, wie sie ihren Hass und ihre perversen Phantasien hinausposaunten ... Ja, man könnte sagen, dass ich nie mehr eine innere Heimat gefunden habe.«

Nina richtet sich auf, zu Tränen gerührt. Nun will sie, dass Samir alles über ihr Lebensdrama und den Ursprung ihres Scheiterns und ihrer Ernüchterung erfährt. Sie will, dass er sich nun ihre Geschichte anhört.

»Ich habe dir ja schon erzählt, dass Samuel Sozialarbeiter in einem Problembezirk war. Vor einiger Zeit, drei, vier Jahre ist das her, war er zum ersten Mal mit antisemitischen Bemerkungen konfrontiert. Es fing schleichend an und wurde dann offen bedrohlich. Wenn er morgens zur Arbeit kam, war die Hauswand mit Wörtern wie ›dreckiger Jude‹ und ähnlich schrecklichen Dingen beschmiert. Er beantragte seine Versetzung in eine andere Stadt, und man riet ihm, dort nicht zu verraten, dass er Jude ist. Kannst du dir das vorstellen? Man hat ihm geraten, seinen Vornamen zu ändern oder sich ›Sam‹ zu nennen. Schließlich nahm er den Vornamen seines Vaters an – Jacques. Aus lauter Angst vor Repressalien hat er geschwiegen.«

»Hör mal, ich mag es nicht, wenn du so ernst bist«, unterbricht Samir sie unvermittelt. Er ist betroffen und wehrt sich dagegen, und in solchen Augenblicken kennt er keine andere Sprache als Sex. »Komm her, du redest zu viel«, er zieht sie an sich und nimmt sie. Sie sagt nichts mehr, sie schließt die Augen und seufzt. Die Wahrheit? Welche Wahrheit? Er hat nie eine andere Art von Wahrheit als den Sex kennengelernt. Er ist brutal, nervös, sinnlich, aber auch zärtlich und leidenschaftlich – er agiert wie ein Getriebener, und kaum haben sie sich geliebt, da sagt er ihr auch schon, dass sie jetzt gehen soll. Er will allein sein. »Es ist schon spät, ich rufe dir ein Taxi.«

Sie hatte einen Moment lang gehofft, sie würden die Nacht zusammen verbringen, vielleicht sogar drei, vier Tage, er würde sie ihrem trüben, trostlosen Alltag entreißen, aber nein, der Jetlag macht ihm zu schaffen, und er muss ein paar Anrufe erledigen. Sie ist immer noch halb nackt, nur ein zu kurzes Handtuch liegt auf ihrer brennenden Haut. Er sagt: »Zieh dich an«, und sie zieht sich an. Sie macht ihm keine Vorwürfe, ihm gegenüber verzichtet sie auf kategorische Forderungen. Die unbestreitbar vorhandene gegenseitige Anziehung und der Sinnentaumel genügen ihr, alles andere ist von einer Komplexität, die sie nicht entschlüsseln kann und will. Sie hat kein Bedürfnis, in seinem Verhalten nach Anzeichen für echte Gefühle zu forschen, und Samir, der es gewohnt ist, sich vor seiner eigenen Frau und den Frauen generell rechtfertigen zu müssen, kommt das sehr entgegen, denn er will, vielleicht aus einem Reflex des Widerstands heraus, auf keinen Fall Besitz sein. Und als er zusieht, wie sie ohne eine letzte zärtliche Geste, ohne einen Hauch von Unzufriedenheit zur Tür geht, zieht er seine Schlüsse: »Du benimmst dich wie ein Mann.« Er will sie wiedersehen, sagt er und legt ihr eine Hand an die Wange, mit der anderen streichelt er ihre Schenkel durch den weichen, fließenden Kleiderstoff hindurch, und als sie nichts erwidert, wird er ungeduldig. *Sag mir, dass du mich wiedersehen willst, sag es mir!* Sie lacht, ohne eines der Worte auszusprechen, auf die er hofft, und verlässt das Zimmer.

Als er allein ist, geht er zum Bett zurück und greift nach seinem Telefon. Seine Frau hat ihm mehrere SMS geschickt, sie will wissen, ob es ihm gutgeht, ob er ohne sie nicht zu einsam ist. Sie vermisse ihn, beteuert sie immer wieder und schreibt: »Ich wäre so gern mit dir in Paris. Wenn ich könnte, würde ich das nächste Flugzeug nehmen und zu dir kommen.« Sie liebt Samir bedingungslos, abgöttisch. Zehn Jahre nach ihrer ersten Begegnung kommt es immer noch vor, dass sie ihn ansieht, als hätte sie gerade der Blitz getroffen, und das geschieht nicht aus Kalkül. Sie ist keine von den Frauen, die ihre Liebe in der Öffentlichkeit zur Schau tragen, sich affektiert an den Arm ihres Ehemannes klammern, ihn mit Kosenamen und kindischen Zärtlichkeiten überschütten, nein, sie ist *immer* vernarrt in ihren Mann. In seiner Gegenwart kommen ihr die Souveränität und Klasse abhanden, die sie auf dem gesellschaftlichen Parkett auszeichnen. In seinem Beisein fühlt sie sich verletzlich. Weiß sie über seine Affären Bescheid? Ahnt sie etwas? Ihre Verliebtheit hat etwas Neurotisches an sich, sie stellt sich blind und leugnet die Realität, sie will nichts sehen und liefert sich mit Haut und Haar den Bedürfnissen des Menschen aus, den sie sich erwählt hat. In ihrem sozialen Umfeld übt sie jede erdenkliche Form von Autorität aus, zu Hause bleibt sie bewusst im Schatten, im Zustand der Unmündigkeit. Samir steht zu ihr, das weiß sie, und nur so kann ihre seltsame Ehe, die viele ihrer Freunde mit Skepsis betrachten, überhaupt funktionieren. Sie fragt ihn aus, es ist fast schon ein Verhör, und Samir beschwichtigt sie nicht, im Gegenteil, ihn erregt dieses Spielchen. Sie ist vollkommen von ihm abhängig, und genau das liebt er.

Sie sprechen lange miteinander, und als sie endlich auflegen, sieht Samir nach, ob neue SMS eingegangen sind. Nina hat nicht geschrieben. Ihre Kaltblütigkeit macht ihn rasend, und er muss wie unter Zwang ihre Nummer wählen, um wenigstens ihre Stimme zu hören. Aber sie hebt nicht ab. Er versucht es noch ein paar Mal. Ohne Erfolg. Dann plötzlich hört er ein undeutliches Gemurmel am anderen Ende der Leitung. Ein paar Worte, eiskalt: »Ich kann jetzt nicht mit dir reden.«

12

Bei ihrer Rückkehr findet Nina Samuel schlafend vor dem Computer, sein Gesicht ist vom Alkohol gerötet. Der Bildschirm zeigt die Website einer Zeitung. Nina tritt neben ihn, klickt auf den Verlauf und stellt fest, dass er Einträge über Samir, Samirs Kanzlei, seine Frau und seine Kinder gelesen hat. Er ist wie besessen von ihm, und sie bekommt plötzlich Angst, weil sie begreift, was sich da gerade abspielt: eine Wiederholung. Sie hat nicht vorausgesehen, dass Samir nach zwanzig Jahren immer noch eine so starke erotische Wirkung auf sie ausüben würde – sobald sie ihn sieht, spürt sie, dass alles wieder von vorn anfangen könnte, nichts hat sich verändert, weder Zeit noch Abwesenheit, noch Entfernung konnten die emotionale Fixierung auflösen.

Sie schlüpft ins Bett und schläft gleich ein, doch mitten in der Nacht beugt sich Samuel auf einmal über sie und rüttelt sie. Mit glasigem Blick, der nichts Gutes verheißt, starrt er sie an. Sie stößt ihn von sich, es ist spät, sie ist müde, aber er rüttelt weiter an ihrer Schulter, erst sanft – *du verheimlichst mir etwas, raus damit, ich will es wissen* – und dann immer gröber. *Lass los, du spinnst!* Sie sträubt sich, bricht in Tränen aus, *lass mich, ich muss schlafen*, aber er gibt keine Ruhe. Er bestürmt sie mit Fragen und fordert schließlich gnadenlos: *Du musst mir alles sagen, es ist riskant, aber ich wag's.*

Und nun geschieht etwas Erstaunliches. Obwohl Nina eigentlich auf ihr Schlafbedürfnis pochen müsste – denn wie kann er allen Ernstes wissen wollen, was zwischen Samir und ihr passiert ist? Wie kann er glauben, dass ihm ihre Untreue nicht das Herz brechen würde? –, setzt sie sich auf den Bettrand und erzählt.

»Wir haben in der Hotelbar etwas getrunken.«

»Und dann?«

»Dann haben wir in der Nähe der Tuilerien einen Spaziergang gemacht.«

»Und dann?«

»Er hat vorgeschlagen, in seinem Hotel noch ein Glas zu trinken.«

»Und dann?«

»Ich war einverstanden.«

»Hat er dich aufgefordert, mit ihm aufs Zimmer zu kommen?«

»Ja.«

»Und du warst einverstanden?«

»Ja, war ich.«

»Du hattest keinerlei Bedenken?«

»Nein.«

»Du bist mit ihm auf sein Zimmer gegangen …«

»Ja, richtig.«

»Aber du hattest doch irgendwelche Erwartungen?«

»Vielleicht, das weiß ich nicht.«

»Erklär mir das, ich verstehe es nicht.«

»Ich weiß auch nicht, ich habe mir die Frage nicht gestellt. Er hat mich aufgefordert, bei ihm noch etwas zu trinken, ich war einverstanden, ich habe nicht darüber nachgedacht, was passieren könnte.«

»Du gehst mit einem Mann auf sein Zimmer, mit einem Mann, den du einmal geliebt hast, mit dem du eine regelrechte Beziehung hattest, mit dem gehst du aufs Zimmer und machst dir keine Gedanken, was passieren könnte – ich rede immer noch im Konditional, ich weiß ja noch nicht, was passiert ist ... Es fällt mir schwer, dir das zu glauben.«

»Es ist mir durch den Kopf gegangen, aber ...«

»Aha, es ist dir durch den Kopf gegangen.«

»Ja.«

»Und was genau?«

»Was passieren würde, wenn er ... sagen wir ... etwas im Sinn hätte.«

»Und du bist trotzdem mitgegangen?«

»Ja, ich hatte Lust, das Risiko einzugehen.«

»Was habt ihr in seinem Zimmer gemacht?«

»Wir haben geredet, wir haben etwas getrunken.«

»Worüber habt ihr geredet?«

»Vor allem über ihn, über sein Leben in New York. Und dann ... wollte ich wissen, wie er es fertiggebracht hat, sein Leben auf einer Lüge aufzubauen und dir deines zu stehlen.«

»Und was hat er dir geantwortet?«

»Bist du dir wirklich sicher, dass du jetzt darüber reden willst?«

»Bist du müde?«

»Ja, ich bin müde, ich will schlafen.«

Damit streckt sich Nina aus, zieht die Decke über sich und dreht Samuel den Rücken zu.

»Hast du mit ihm geschlafen?«

Er stellt seine Frage nüchtern, fast kühl. Nina sagt nichts und rührt sich nicht.

»Du hast mir noch nicht geantwortet: Hast du mit ihm geschlafen?«

Da sagt sie tonlos, ohne sich ihm zuzuwenden: »Ja.«

13

Immer wenn er seine Mutter besucht, zieht Samir alle Register, da klimpern die Armbänder, da klacken die Verschlüsse der Handtaschen, nichts ist zu schön für sie, es ist ein bewährtes Muster. Geldbündel (Euro- und Dollarscheine), Geschenke aus den teuersten Läden – Mode-, Gold-, Silberschmuck, Anhänger mit weißen/schwarzen Diamanten, Seidenschals, Tücher von Hermès oder Dior –, und manchmal, wenn er Zeit zum Einkaufen hatte, sind sogar weitgeschnittene, buntgemusterte Tuniken dabei, immer Markenartikel, versteht sich, denn damit kann er sie beeindrucken, sie symbolisieren Erfolg und gelungene Integration. Mitbringsel aus dem Duty-free-Shop, vor allem ihre Lieblingspralinen aus Milchschokolade, aber auch verschiedenste Düfte, Taschen und Schlüsseletuis aus Leder. Auf diese Weise tut er Buße und erleichtert sein Gewissen, wenn die Schuldgefühle überhandnehmen.

An diesem Morgen veranlasst er gleich nach dem Erwachen alles Notwendige, ruft den Hotel-Concierge* an, ordert einen Wagen mit Chauffeur, einen enormen Strauß wohlriechender Rosen und eine Chanel-Handtasche, das klassische Modell aus schwarzem, gestepptem Leder mit Goldkette. Geld spielt keine Rolle, und alles vor 12 Uhr, bitte. Sehr wohl, Monsieur. Er genießt das Katzbuckeln und die Beflissenheit, die man ihm gegenüber an den Tag legt, die vielen Unterwerfungsgesten, die sein hoher Sozialstatus abverlangt, die übertriebene Höflichkeit interpretiert er als eine Form der Respektbekundung. Im Hotel ist er der

---

* Jacques Duval, 54, seit dreißig Jahren in seinem Beruf. Sohn des Concierge aus dem Ritz. Wurde »exakt« das, was er als Kind werden wollte.

König, der nach Belieben Macht ausübt, tun Sie dies, tun Sie jenes, manchmal drückt er einem der Bediensteten diskret eine Banknote in die Hand – ausgezeichnet, danke. Am Vorabend hat er von seinem Hotelzimmer aus seine Mutter angerufen, um sie wissen zu lassen, dass er in Paris ist. *Ich komme zum Mittagessen vorbei*. Sie ist jedes Mal überrascht, denn er kündigt sich nie vorher an. Ihre Freude tut ihm gut, er will sich ihre spontane, ungekünstelte Reaktion am Telefon erhalten. Keine der Frauen, die er umgarnt/gekannt/geliebt hat, ist ihm je mit dieser rückhaltlosen Offenheit begegnet, die weniger von einem schlichten Gemüt zeugt, denkt er, als von Liebe, von reiner Mutterliebe. Und dennoch belügt er sie.

Er sitzt, nur mit einer Unterhose bekleidet, auf dem Bett, das Frühstückstablett auf den Knien, während im Fernseher *CNN Today* läuft, und denkt an Nina. Ganz kurz erwägt er, sie anzurufen, und lässt es dann doch bleiben. Die Sehnsucht ist eine Gemütskrankheit.

Er hat seine Mutter seit zwei Jahren nicht gesehen. Bei seinem letzten Besuch im Winter 2005 war sie ihm stark gealtert erschienen. Sie klagte über Schmerzen in der Brust und in den Beinen, und er hatte sie zu einer dreitägigen Generaluntersuchung ins Amerikanische Krankenhaus von Paris einweisen lassen. Auf einmal hatte er gefürchtet, sie zu verlieren. Ihre Haare waren grau geworden, sie wirkte irgendwie geschrumpft, und ihm war aufgefallen, dass sie weniger lebhaft sprach als früher, so als müsste sie beim Sprechen gegen eine unsichtbare Kraft ankämpfen, die ihre Denkprozesse verlangsamte. Dabei war sie eine vitale Frau, eine Frau in den besten Jahren. Sie war noch keine sechzig.

Er hat jedes Mal Angst vor seinen Besuchen bei ihr, aber gedrückt hat er sich noch nie. Er hatte diese Möglichkeit vorübergehend in Betracht gezogen, nachdem er Ruth und ihren Vater kennengelernt und verstanden hatte, dass für private Geständnisse kein Platz war; er musste nun mal mit dieser neuen Identität leben, die er sich widerstrebend zugelegt hatte. Doch trotz aller Bedenken hatte er sich nie dazu durchringen können, den Kontakt zu seiner Mutter vollständig abzubrechen, weniger ihr zuliebe als sich selbst zuliebe: Er konnte ohne sie nicht leben. Ein starkes Band fesselte ihn an sie, ohne dass er genau hätte beschreiben können, worin es bestand. Eine innige, kindliche Zuneigung? Eine neurotische Liebe? Ja, zweifellos. Wie für jeden Sohn, der mit der Milch der reinsten Zärtlichkeit aufgezogen wurde, blieb auch für ihn die Mutter die wichtigste Frau im Leben. Aber es gab auch noch einen anderen Grund, dieses liebevolle Joch nicht abzustreifen. Alles in ihm sträubte sich dagegen, eine Frau zu verletzen, die ein Leben voller Kränkungen und Entbehrungen ertragen musste: eine Kindheit in Armut, eine Zwangsheirat, Auswanderung und materielle Not, Schikanen – kurz: ein Scheißleben. Er konnte nicht an seine Mutter denken, ohne dass Wut und Empörung in ihm aufflackerten. Selbst in seinem neuen millionenschweren, großbürgerlichen, hermetisch abgeriegelten Umfeld, das sich nur Menschen mit einem erlesenen Stammbaum öffnete, war er Nawel Tahars kleines Schätzchen geblieben, das Kind, dessen einziger Ehrgeiz darin bestand, den sozialen Aufstieg zu schaffen und seine Mutter zu rächen. Das Wiedersehen mit ihr erinnerte ihn jedes Mal an das Versprechen, das er nicht gehalten hatte – sie in der Stunde seines Sieges an seine Seite zu holen. Er hatte anderswo gesiegt, ohne sie.

Sie kam ihm oft blass vor, doch dieser Eindruck wurde schnell von ihren Liebesbezeigungen zerstreut. Jedes Mal, wenn er sie nach einer langen Trennung besuchte, machte sie ein Fest daraus, wurde bald ausgelassen vor Freude und verbrachte Stunden in der Küche, um ihm sein Lieblingsessen zu kochen. Sie räumte sorgfältig die Wohnung auf, zog sich etwas Hübsches an und parfümierte sich, *für ihn*. Er hatte ihr nie gestanden, dass er Vater zweier Kinder war, und sie hatte ihn nie direkt danach gefragt. Manchmal wollte sie wissen, ob er die Absicht habe, sich zu verheiraten und eine Familie zu gründen. Dann erwiderte er, dass er keine der Frauen, die er kannte, genug liebe, um sie zu heiraten. Im Allgemeinen hakte sie nicht nach. (Nur ein Mal hatte sie ihm gesagt, dass sie davon träume, Enkel zu haben, und er hatte knapp geantwortet: »Das wird geschehen, *inch'Allah*.«)

Immer dieses Unbehagen, wenn er sein Ziel erreicht und ihn ein Schreckensszenario erwartet. Das Land seiner Kindheit ist eine Müllhalde, er hat das Gefühl, in ein Reich der ewigen Finsternis einzutauchen – wie kann es sein, dass nur eine Stunde von Paris entfernt ein solches Elend existiert? Um ihn herum nur Verfall und Zerstörung. Die Hauswände sind mit obszönen Graffiti und Macho-Sprüchen besprüht, die Bäume haben Unbekannte mit Taschenmessern entrindet, ausgeweidete Autowracks liegen in einem von Dornengestrüpp und besonders hässlichen, schwärzlich-grünen Brennnesseln überwucherten Niemandsland, aus dem hier und da Ersatzteile, Altmetall und Holzpflöcke herausstechen, und dazwischen lungern Zwölfjährige herum, die mit wachsamen Blicken ihr Revier kontrollieren, immer einen Fluch auf den Lippen und ein verschlagenes Grinsen im Gesicht, immer kurz vor dem Explodieren: *Eh, komm her, willst du Stress, Alter.* Die Verwüstung der Sprache. Die Degeneration. Dealereien. Armut. Er hat seine Kinder davor bewahrt und wird ihnen ein Erbe hinterlassen, das nicht von Determinismus und Fatalismus bestimmt ist. Was er sich gewünscht hat, hat er bekommen. Er wollte, dass seine Nachkommen behütet und ohne die Erfahrung von Mangel aufwachsen, dass sie vom Besten profitieren, was die Gesellschaft zu bieten hat. Sie werden diese Art von sozialer Gewalt nicht erleben müssen.

Er glaubt nicht, dass Leid und Überforderung einen Sinn haben, er glaubt nicht, dass man das tiefste Elend – Armut, Entbehrungen, Kränkungen und Schläge – durchlitten haben muss, um gestärkt daraus hervorzugehen. Im Gegenteil. Armut macht dünnhäutig, davon ist er überzeugt. Mangel schwächt, körperlich wie moralisch. Bestenfalls erzeugt er eine Art Groll – und Zorn kann natürlich eine Antriebskraft sein, manchmal hilft sie, Türen gewaltsam aufzustoßen, aber sobald du den Raum dahinter betrittst, wirst du sehen, dass deine Wut dich stigmatisiert. Du wirst sofort alles Erdenkliche tun, um dich anzupassen, und dich möglichst konform verhalten, damit du dazugehörst. Denn im innersten Kreis der gesellschaftlichen Elite zählt nicht der Zorn, sondern die Kontrolle, die Selbstbeherrschung. Das macht ihre Stabilität aus. Das ist ihr wahres Erkennungszeichen. Und diese Selbstbeherrschung – das hat Samir durch seine Beziehung zu Ruth erkannt – ist möglicherweise an mentale Stärke gekoppelt, ganz sicher aber an die Erziehung. An eine Jugend, in der man lernt, seine Gefühle zu kontrollieren, immer und überall. Sich nie eine Blöße zu geben.

Seine Kinder. Die eine so gute Ausbildung genießen. Gute Manieren haben. Deren außergewöhnliche Talente von handverlesenen emeritierten Professoren aus Harvard oder Stanford und den besten Orchestermusikern in wöchentlichen Unterrichtsstunden gefördert werden. Nichts ist gut genug für sie. Und am Sonntagvormittag geht er selbst nach seinem einstündigen Fitnessprogramm mit ihnen ihre Hausaufgaben durch und überprüft ihren Wissensstand. Sicher, es ist zu viel des Guten, sie sind ja noch Kinder. In seiner Umgebung amüsiert man sich wohlwollend über ihn und sein unverhohlenes Leistungsdenken. Er weiß, wie Elite produziert wird. Er hat es selbst geschafft, oder? Und in den Momenten der Zufriedenheit und tiefempfundener Genugtuung darüber ist er überzeugt davon, die richtige Entscheidung getroffen zu haben, er ist stolz und voller Selbstvertrauen, bis dann wieder die Scham einsetzt, die Scham … und die Erniedrigung. Die Scham, weil er das Andenken seines Vaters verraten, die Geschichte seiner Familie missachtet, sich ihrem Leid verschlossen hat … Die Scham, weil er nicht zu seiner Herkunft steht … Die Scham, weil er kapituliert hat … Die Scham, weil er seine Mutter im Stich gelassen hat … Die Scham, weil er sie nie in einer anständigen Wohnung untergebracht hat. Es war ihre Entscheidung gewesen, sie hatte ihre alte Wohnung trotz seiner wiederholten Bitten nicht verlassen wollen, ihr Leben war die Banlieue, ihr Leben war diese Scheiße, ja, das stimmt, sagte sie, aber hier ist mein Leben. Ihre Nachbarinnen sind da, wenn sie Hilfe braucht, die Kinder aus der Nachbarschaft machen Besorgungen für sie, sie ist nicht allein. Da drüben, *bei den Reichen*, da würden sie sie *krepieren* lassen. *Die würden ja nicht mal wissen, dass es mich gibt!*

Wenn du wüsstest, denkt er, die Menschen zerfleischen sich überall.

Der Chauffeur hat ihn ein paar hundert Meter vor der Siedlung abgesetzt, weiter wollte er nicht fahren, »zu gefährlich«. Keine Lust, mit Steinen beworfen zu werden. Samir geht mit schnellen Schritten um ein frisch gerodetes Gelände herum, bahnt sich einen Weg durch den herumliegenden Schrott. Er fällt auf in diesem Niemandsland, denn er kommt daher wie ein Gangster aus Little Italy, die Arme voller weißer Rosen, eine Geschenkpackung von Chanel in der Hand, sie rufen ihm etwas zu, verneigen sich ironisch, *oho, der Big Boss!* Hier ist ihm ein großer Auftritt immer noch gewiss, er ist unantastbar, das weiß er, er wird abgeklatscht, geküsst, *mein Bruder*, und sie lassen ihn ungehindert passieren, *er gehört zu uns*. Die Treppen steigt er zu Fuß hoch – der Aufzug ist mal wieder kaputt –, überholt eine ungefähr dreißigjährige Afrikanerin, die in einem großen, bunten Tragetuch ein Kind auf dem Rücken trägt, in der linken Hand einen Sechserpack Wasser, in der rechten einen Sechserpack Milch aus dem Discounter. Sie wohnt im 15. Stockwerk, Samir bietet ihr seine Hilfe an, kann gerade noch einer Urinpfütze ausweichen, steigt keuchend weiter bis vor ihre Wohnungstür, kehrt dann um und geht ins 8. Stockwerk zurück, wobei er sich fragt, wie um Himmels willen seine Mutter es schafft, ihre Einkäufe hier hochzuschleppen. Als er vor ihrer Wohnungstür steht, atmet er tief ein, um sich Mut zu machen, und atmet tief aus, um die Nervosität loszuwerden. Seine Kehle ist wie zugeschnürt. Er klingelt, und sofort steht sie vor ihm. Sicher hat sie hinter der Tür gewartet. Kaum sieht sie ihn, geht es los, es gibt kein Halten mehr, sie fängt an zu weinen (keine künstlichen Filmtränen, sondern *echte*) und umarmt ihn, als sei ein Gott zu ihr herabgestiegen. *Mein Sohn … mein Sohn …*

»Schon gut, Mama, nicht so fest. Du erwürgst mich ja!« So viel Zärtlichkeit nimmt ihm den Atem.

»Komm herein, komm herein, *yaouldi*, mein Junge!« Er folgt ihr in die Wohnung, und die Kindheit trifft ihn wie ein Bumerang, Erinnerungen stürzen auf ihn ein. Er überreicht ihr die Blumen und die Handtasche. Sie weint noch heftiger: »Das ist zu viel, das ist zu viel, das ist zu teuer« – im Geiste hört er *zu teuer für eine Frau wie mich* –, »das war doch nicht nötig, warum hast du so viel ausgegeben, ich will nicht, dass du dich für mich in Unkosten stürzt, du bist so großzügig, ein guter Sohn.« Und dann wiederholt sie, was sie ihm bereits geschrieben hat: »… und ein guter Muslim, das weiß ich«, und er bekommt den zu erwartenden Schweißausbruch. Immer wenn sie diesen Ausdruck verwendet, ergreift ihn die Panik. Sein Herz rast und hämmert, als würde es zerspringen, und wer würde dann Ruth und seinen Kindern erklären, was er bei dieser Frau in Paris zu suchen hatte? Was, wenn er hier und jetzt sterben würde? Seine Mutter würde niemanden benachrichtigen. Sie würde ihn auf dem nächstgelegenen Friedhof im muslimischen Gräberfeld bestatten lassen. Ruth würde es eine Woche später erfahren, vielleicht von Pierre Lévy. *Da drüben ist Samir begraben.* Schock. Entsetzen. Schnell einen Stuhl.

Auf dem Tisch stehen ein Dutzend Salate und das Brot, das seine Mutter am Morgen gebacken hat, dicke, krümelige Maisfladen, von denen er normalerweise nicht genug bekommen kann. Aber im Augenblick bekommt er keinen Bissen herunter. Seine Mutter bestürmt ihn mit Fragen nach seiner Arbeit und seinem Leben in New York und wirft ihm zum ersten Mal vor, dass er sie noch nie zu sich eingeladen hat, nicht ein einziges Mal, *damit ich sehe, wie du lebst, eine Mutter hat das Recht dazu, oder etwa nicht?* Nie spricht er über seinen Alltag, sein Haus oder die Frau in seinem Leben, nichts weiß sie über ihn, er erzählt immer nur von oberflächlichen Dingen, aber jetzt will sie ALLES von ihm wissen – *schämst du dich meinetwegen?* Wie und wo er lebt, was er isst, was er macht, wer seine Freunde, wer seine Mitarbeiter sind. Aber Samir geht nicht darauf ein, weil er spürt, dass sie nicht wirklich mit dem Herzen dabei ist und im Grunde nur ein Thema hat, über das sie mit ihm sprechen will: François.

»Los, erzähl mir von ihm. Was ist passiert, was ist das Problem?«

Das Problem ist François selbst. Seine schwierige Persönlichkeit, seine Clique, seine Labilität, seine Sprunghaftigkeit. Sie bringt es auf den Punkt:

»Er vergeudet seine Zeit. Er ist nicht wie du, er vermasselt alles, was er anfängt. Nach der neunten Klasse ist er von der Schule abgegangen, nie hat er einen Job länger als eine Woche behalten, er hatte die Möglichkeit, auf dem Markt zu arbeiten, aber dann ist er morgens nicht aufgestanden, er trödelt den ganzen Tag herum, angeblich findet er keinen Job, aber er bemüht sich gar nicht, er hat einfach kein Glück, ich weiß auch nicht ...«

»Mama, er ist vierundzwanzig, er ist erwachsen, lass ihn leben, wie er will.«

»In seinem Kopf ist er nicht so alt, glaub mir, ich mache mir ununterbrochen Sorgen.« Samir tätschelt seiner Mutter flüchtig die Schulter, sie seufzt. »Für eine Mutter ist es ein großer Kummer, zwei Kinder zu haben, von denen das eine erfolgreich ist und das andere nicht«, sagt sie mit von Traurigkeit heiserer Stimme. »Wenn du Kinder hättest, würdest du mich verstehen ...«

Samir versteift sich. Wie konnte er ihr nur so lange die Existenz seiner Kinder verschweigen? Jetzt würde er sie gern anrufen und ihnen sagen: *Eure Großmutter möchte mit euch sprechen.* Sie haben ihn immer wieder angebettelt, von seinen Eltern zu erzählen, und er hat ihnen auch in diesem Punkt nur Lügen aufgetischt: Seine Mutter war eine schöne und kluge Feministin und sein Vater ein berühmter, aber sehr strenger Wissenschaftler.

Sie klagt, dass sie nicht mehr schlafen kann und ihr das Essen nicht mehr schmeckt.

»Ich brauche dich, Samir«, fleht sie, »lass mich nicht im Stich, ich bitte dich, er ist doch mein Kind, er ist leicht zu beeinflussen, und ich habe Angst, dass er auf die schiefe Bahn gerät. In letzter Zeit ist er oft mit schlechten Menschen zusammen, neulich gab es einen bewaffneten Überfall, und sie haben hier in der Siedlung zehn Männer verhaftet, ich habe Waffen in seinem Zimmer gefunden. Darüber habe ich am Telefon nichts gesagt, wie du es von mir verlangt hast, aber wovor hast du eigentlich Angst? Du hast doch nicht etwa Probleme mit der Polizei?«

»Aber nein, Mama, ich bin Rechtsanwalt, ich arbeite an brisanten Fällen und werde eventuell abgehört, mehr steckt nicht dahinter. Ich bin nur vorsichtig.«

»Komm mit, ich will dir zeigen, was ich gefunden habe.«

Er folgt ihr durch den langen Flur, vorbei an Fotos von ihr und François – Fotos, auf denen vor allem die fehlende Ähnlichkeit von Mutter und Sohn ins Auge sticht: sie –

dunkle Haare, dunkler Teint; François – blond, hellhäutig. Sie – traditionell gekleidet, den Körper unter bodenlangen Tuniken verborgen (ihre Hausgewänder – draußen trägt sie nur Kleider, die sie sich selbst aus Meterware vom Marché Saint-Pierre näht); François – immer in übergroßen Sweatshirts, billigen Imitationen der trendigen US-Sportmarken. Als sie die Tür zu François' Zimmer öffnet, hält Samir unwillkürlich inne und ist sofort gereizt. Das Bett ist gemacht, die Fenster sind geputzt, aber ansonsten herrscht ein wildes Durcheinander aus Zeitungen, losen Blättern, leeren Verpackungen, Kleidung und zerdrückten Red-Bull- und Bierdosen.

»Er will nicht, dass ich seine Sachen anfasse«, rechtfertigt sich seine Mutter, als sie Samirs angewiderten Blick bemerkt. In einer Ecke liegen, achtlos hingeworfen, neue Sportschuhe von Nike, darunter mehrere Trainers, die über hundert Dollar das Paar kosten. Vor einer Playstation stapeln sich bluttriefende Horror-DVDs, ultrabrutale Videospiele für Erwachsene und nicht wenige Pornos. (Woher hat François nur das Geld für dieses ganze Zeug? Wie kann er das alles offen herumliegen lassen, obwohl seine Mutter jeden Tag zum Aufräumen in sein Zimmer kommt?)

»Wenn er sich nicht irgendwo herumtreibt, schließt er sich in seinem Zimmer ein und spielt den ganzen Tag Videospiele, aber in letzter Zeit habe ich bemerkt, dass er auch andere Sachen macht ...« Mit diesen Worten lässt sie sich auf die Knie nieder, deutet auf den Fußboden und winkt Samir zu sich. »Schau dir das an«, sagt sie leise und hebt ein Stück von dem gräulichen Linoleum hoch, das mit einem Teppichmesser ausgeschnitten wurde. Darunter kommt ein Hohlraum zum Vorschein. »Komm her.« Mit einer kleinen Taschenlampe, die sie aus ihrer Kittelschürze holt, leuchtet sie in das Versteck, damit Samir den Revolver, das Messer, die Handgranate, den Schlagstock und weitere Handfeuerwaffen sieht. »Was sagst du dazu?«, fragt sie mit weitaufgerissenen, feuchten Augen. »Wenn sie die nicht dazu brauchen, um jemanden zu bedrohen oder zu berauben oder umzubringen, wozu dann, kannst du mir das verraten?«

Sie macht sich große Sorgen, weil sie glaubt, dass François an dem bewaffneten Raubüberfall teilgenommen hat, von dem sie Samir erzählt hat. Die Verantwortlichen wurden nicht geschnappt, und die Polizei hat das Gebäude durchsucht. »Sie waren hier, Samir, Dutzende von bewaffneten Männern, die wie Soldaten aussahen. Ich habe Angst, Samir, ich habe solche Angst, dass er etwas Schlimmes getan hat und ins Gefängnis muss, oh diese *hchouma*!«

»Man sagt Schande, Mama.«

»Nein, es heißt *hchouma*! Es gibt Wörter, die auf Arabisch besser klingen! *Schande* ist kraftlos, in diesem Wort steckt keine Gewalt, es lügt. *Hchouma* ist hart, es kommt aus der Kehle.« Sie schluchzt auf und jammert laut: »Was für ein *mektoub*!« Noch so ein Wort – *mektoub* mit seinem klackenden »k« in der Mitte vermittelt die ganze Bürde der Gewalt und der unausweichlichen Fügung –, und diesmal korrigiert er sie nicht. Weinend stößt sie hervor: »Ach, mein Sohn! Zum Glück bist du da! Lass mich nicht mit ihm allein, *yaouldi*, ich bitte dich!«

Sie ist hysterisch, denkt er, und geht innerlich auf Abstand. Ausufernde Gefühlsausbrüche und theatralische Wutanfälle konnte er noch nie leiden. Er hat aus seinem Leben ein Geheimnis gemacht und aus der Diskretion eine

Daseinsform und distanziert sich automatisch von seiner Mutter, sobald er den Eindruck hat, dass sie nichts mehr gemeinsam haben, dass dem neuen Samir, dem renommierten Anwalt, inzwischen andere Verhaltensweisen, Überzeugungen und Lebensumstände besser entsprechen. Dennoch redet er mit sanfter Stimme beruhigend auf sie ein. Schluchzend droht sie, der Kummer werde sie noch umbringen, sie werde sich die Kleider zerreißen, sich die Haut blutig kratzen – *ist es das, was du willst, willst du mich leiden sehen?* –, und jetzt hat er endgültig genug und unterbricht sie mit schneidender Stimme: »Hör auf, Mama. Was soll ich denn deiner Meinung nach tun? Er lebt sein Leben, ich meines. Ich kann nicht die Probleme der ganzen Welt lösen. Und kannst du dir vorstellen, welche Folgen so etwas für mein eigenes Leben hätte? Wenn man erfahren würde, dass mein Bruder Waffen versteckt? Ich könnte durch diese Geschichte alles verlieren. Ich verstehe, dass du beunruhigt bist, ich werde auch mit ihm sprechen und, soweit es in meiner Macht steht, versuchen, ihm zu helfen, aber mehr nicht, sonst bringe ich mich selbst in Gefahr, und das kommt nicht in Frage.«

»Ich flehe dich an, Samir, unternimm etwas.«

In welchem Moment wird Samir klar, dass er sich nicht in diese Geschichte hineinziehen lassen darf und endgültig Distanz zu seiner Mutter und seinem Bruder braucht? Als das Wort »Gefängnis« fällt? Als er die Waffen gesehen hat? Oder schon früher, auf dem Weg in die Banlieue? Ihm wird auf einmal heiß. Er weiß, was er riskiert, wenn man ihn in der Nähe des Waffenverstecks findet. Er ist schweißgebadet, zieht hastig Jacke und Krawatte aus und wirft beides auf François' Bett.

»Du darfst mit niemandem darüber sprechen, hast du verstanden? Auf gar keinen Fall darf jemand dieses Zeug finden! Was soll ich denn machen? Du weißt genau, dass er sich von mir nichts sagen lässt. Ich kenne ihn kaum. Wir haben ganze fünf Jahre unter einem Dach gelebt! Wir haben nichts gemein, das weißt du genau. Der Einzige, der auf ihn einwirken könnte, ist sein Vater. Vielleicht solltest du Kontakt zu ihm aufnehmen und mit ihm reden.« Als Samir François' Vater erwähnt, sackt Nawel in sich zusammen und sinkt zu Boden wie eine Marionette, der die Fäden abgeschnitten wurden. Samir bleibt stehen, während sie untröstlich weinend auf dem Boden liegt. Schließlich sagt er: »Ich verstehe nicht, warum du Brunet nicht anrufst. François ist schließlich auch *sein* Sohn. Du hast ihn dein Leben lang beschützt. Wovor hast du Angst? Er muss ihm nur ein wenig auf die Sprünge helfen, eine Arbeit für ihn finden, er hat doch die Möglichkeiten, die Kontakte und das Geld dazu, und es ist seine Pflicht. Von mir verlangst du, dass ich etwas unternehme, aber ich bin nicht sein Vater! Mit Brunet hast du dieses Kind gemacht, du hast dich entschlossen, es allein großzuziehen, aber er sollte François wenigstens unterstützen! Das ist seine Aufgabe! Nicht meine!«

Plötzlich knallt eine Tür, Schritte quietschen auf dem Linoleum, und jemand ruft: »Mama?«

»Da ist er«, flüstert Nawel mit ängstlicher Miene, wischt sich die Tränen aus dem Gesicht, deckt das Waffenversteck wieder ab und steht auf. Sie zieht Samir zum Flur.

»He, Mama, wo steckst du, verdammt?«

»Ich komme.«

Jedes Mal, wenn Samir seinen Bruder sieht, ist er aufs Neue schockiert. François trägt Jeans, die an den Knien und am Hintern eingerissen sind, ein schwarzes T-Shirt mit rundem Ausschnitt und breite, grellfarbene Basketballschuhe. Als er Samir sieht, geht er auf ihn zu und will ihn mit einer pubertären Geste abklatschen. »Ah, da ist ja der große Herr!« Samir antwortet nicht, diese Form von Zudringlichkeit, dieses Abklatschen ist ihm ein Gräuel. Er folgt seiner Mutter, die ihre Söhne auffordert, sich an den Tisch zu setzen. Anspannung. Aggressivität. Misstrauen. Bei jedem Besuch muss Samir dagegen ankämpfen. Die Begegnung mit François bedeutet für ihn die Konfrontation mit der düstersten Fratze seiner Lebensgeschichte, und es sind nicht die Armut oder die Not, deren er sich schämt, sondern der Bruder, den er nie haben wollte und mit dem er nichts teilt. Alles trennt sie, der Intellekt, die gesellschaftliche Stellung, einfach alles. François hat seinen Berufsabschluss als Automechaniker nicht geschafft und die Ausbildung abgebrochen, er beherrscht die Rechtschreibung nicht und drückt sich falsch und vulgär aus – er ist ein Wilder, denkt Samir, als er zusieht, wie François mit dem Stuhl kippelt, sich das Essen in den Mund schaufelt und beim Trinken seltsame Geräusche von sich gibt.

»Und? Was treibst du hier?«

»Ich wollte Mama besuchen.«

»Dein Pflichtbesuch im Knast? Gucken, was die Lebenslänglichen so machen, und nach zwanzig Minuten wieder abzischen! Bis zum nächsten Mal dann!«

»Du scheinst dich auszukennen ...«

»Nein, stell dir vor, ich hab noch nie gesessen. Das raffst du nicht, was? Ich hab zwar schon Scheiße gebaut, aber eingelocht haben die mich noch nicht.«

»Was nicht ist, kann ja noch werden.«

»Bist du hier, um rumzustressen?«

»Musst du immer gleich so aggressiv werden?«

»Du machst doch hier einen auf aggro! Du tauchst auf, hältst Moralpredigten und verdrückst dich wieder.«

Samir entgegnet nichts. François kaut geräuschvoll weiter.

»Kannst du nicht weniger laut essen?«

»Leck mich!«

Samir sieht ihn an. François hält das Messer in der geballten Faust und versucht angestrengt, das Fleisch auf seinem Teller zu schneiden. »Weißt du nicht, wie man ein Messer benutzt?«

François springt auf und richtet die Klinge unglaublich flink auf Samir: »Soll ich's dir zeigen?« Er wirft das Messer, begleitet vom Geschrei seiner Mutter, quer durchs Zimmer. »*Ich* wohne hier! Und ich lebe, wie ich Bock habe! Wenn dir das nicht passt, verpiss dich.« Er geht ein paar Schritte auf die Tür zu und dreht sich dann noch einmal um. »Vergiss nicht, Kohle dazulassen, wenn du gehst.« Damit verschwindet er und lässt Samir mit der Mutter allein zurück.

»Siehst du?«, sagt sie mit tränenerstickter Stimme. »Immer tobt er gleich! Ich kann nicht mehr mit ihm reden!«

Und plötzlich dringt aus François' Zimmer in ohrenbetäubender Lautstärke ein brutaler Rap:

On verra comment tu fais la belle avec une jambe cassée!
On verra comment tu suces quand j'te déboîterai la mâchoire.
T'es juste une truie, tu mérites ta place à l'abattoir!
T'es juste un démon déguisé en femme! Je veux te voir brisée, en larmes!

J'veux te voir rendre l'âme!
J'veux te voir retourner brûler dans les flammes!

Mal sehn, wie schnell du abhauen kannst mit 'nem gebrochenen Bein!
Mal sehn, wie gut du bläst mit 'nem ausgerenkten Kiefer.
Du bist doch nur 'ne Sau, die ins Schlachthaus gehört!
Ein Dämon, der sich als Frau verkleidet! Ich will, dass du heulend am Boden liegst!
Ich will sehn, wie du krepierst!
Ich will sehn, wie du in Flammen aufgehst!

Samir steht auf, aber seine Mutter hält ihn zurück.

»Bitte, geh jetzt nicht zu ihm, warte, bis er sich beruhigt hat.«

Also setzt er sich wieder hin, isst ohne rechten Appetit, ignoriert die Tränen seiner Mutter und muss auf einmal an Nina denken, mit der er jetzt am liebsten zusammen wäre. Im Hintergrund wummert die Musik, und François grölt lauthals den Refrain mit: »*Du bist 'ne dreckige Hure! Dreckige Hure! Dreckige Hure! Dreckige Hure! Dreckige Hure! Ich werd dich schwängern, du dreckige Hure! Und hol den Bastard mit 'nem Messer wieder raus!*«

»Hörst du das? Er ist krank!«, ruft Samir.

»Es geht ihm gerade nicht sehr gut, sei ihm nicht böse, er ist arbeitslos. Ich hoffe, das gibt sich bald. Aber was mir wirklich Angst macht, sind die Sachen, die ich dir vorhin gezeigt habe.«

»Du findest dauernd neue Entschuldigungen für ihn. Er muss sich nur Arbeit suchen, statt dir auf der Tasche zu liegen. Er ist ein Mann, Mama, kein Kind.«

»Sprich nicht so, er tut, was er kann. Er hat nicht viele Freunde, manchmal treibt er sich mit zwei Männern aus der Siedlung rum, die ich nicht mag, aber er hat ein gutes Herz, er ist ein lieber Junge, man muss ihn nur zu nehmen wissen ... Er hatte nie deine Möglichkeiten ...«

»Was für Möglichkeiten? Was redest du denn da?«

Auf einmal herrscht Stille. François hat die Musik abgestellt.

»Hat er keine Freundin?«

»Nein. Geh jetzt hin und rede mit ihm, er scheint sich beruhigt zu haben.«

Samir steht auf und überlegt, während er zum Zimmer seines Bruders geht, was er ihm sagen könnte. Er klopft an und tritt ein, ohne auf ein »Herein« zu warten. François sitzt vor seinem Computer und spielt ganz in sich versunken ein Ballerspiel. Samir sieht, wie auf dem Bildschirm ein animierter Muskelprotz in einem blutgetränkten T-Shirt eine Machete schwingt, seine einzige Aufgabe scheint darin zu bestehen, möglichst viele Leute abzuschlachten. François dreht sich um.

»Hab ich dir erlaubt reinzukommen? Was soll das, was willst du hier?«

»Rede gefälligst in einem anderen Ton mit mir!«

»Ich rede, wie ich will. Wenn es dir nicht passt, zieh Leine. Das hier ist mein Zimmer.«

Samir würde ihm am liebsten eine Ohrfeige verpassen, aber er beherrscht sich. Mit einer Strafanzeige wegen Körperverletzung auf der Polizeiwache an der Ecke zu landen und das Gezeter seiner Mutter ertragen zu müssen – nein, lieber nicht.

»Ich bin nicht da, um mich mit dir zu streiten, im Gegenteil, ich will dir helfen. Wenn du Probleme hast, kann ich ...«

»Seit wann interessierst du dich für meinen Kram?«

»Ich tue, was ich kann, damit es Mama besser geht. Und ich weiß, dass sie sich deinetwegen Sorgen macht. Warum arbeitest du nicht?«

»Ich finde nichts.«

»In welchem Bereich suchst du?«

»Alles Mögliche ... Security, Autowerkstätten ... Manchmal klappt es für ein, zwei Wochen, länger nie. Und die löhnen schlecht. Ich hab echt keinen Bock, mir für nichts und wieder nichts den Arsch aufzureißen.«

»Ohne ein Minimum an Anstrengung wirst du nichts erreichen.«

»Willst du mir Vorträge halten? Du hast leicht reden, bei deinem lockeren Leben. Du hast Schwein gehabt!«

»Ich habe meine Chance ergriffen, mir ist nichts geschenkt worden!«

»Du schwimmst doch im Geld ...«

»Das stimmt so nicht, ich arbeite hart dafür.«

»Ach, hör auf, mir kommen gleich die Tränen!«

»Wenn du in Schwierigkeiten bist, kann ich dir helfen, aber sei so gut und bau keinen Mist. Zieh vor allem Mama nicht in deine dubiosen Geschäfte mit rein.«

»He, weißt du was? Leck mich doch. Du bist nicht mein Vater!«

»O ja, den hätten wir hier gern häufiger zu Gesicht gekriegt!«

Samir bedauert sofort, was er da gesagt hat, denn François wirft ihm einen hasserfüllten Blick zu und brüllt: »Hau endlich ab. Hau ab, du Arschloch!«

Samir nimmt sein Jackett und seine Krawatte vom Bett und verlässt das Zimmer. François hat den CD-Player wieder eingeschaltet, und das wütende Geschrei des Rappers lässt die Wände erzittern – *dreckige Hure! Dreckige Hure!* Im Flur bleibt er vor einem Foto stehen, das François als Grundschüler zeigt: Mit seinem rotblonden Wuschelkopf, den großen blauen Augen und dem Lächeln, das die Lücke zwischen den Schneidezähnen offenbart, hätte er auf die Titelseite jeder Kinderzeitschrift gepasst. Samir hört, wie seine Mutter im Wohnzimmer den Tisch abräumt. Er öffnet seine Geldbörse und entnimmt ihr ein Bündel Scheine, das er auf die Kommode legt, über der ein Porträt seines Vaters hängt.

»Ich mach mich auf den Weg, Mama!«, ruft er. Beim Anblick der zerknitterten Geldscheine zögert er plötzlich. Schon so oft hat er das Geld einfach so, wortlos und ohne Umschlag, dort abgelegt, das ist nicht in Ordnung, die Empfänger werden dadurch entwertet, ihrer Würde beraubt. Und richtig, seine Mutter sagt, sie verlange doch nichts von ihm – *dreckige Hure!* –, ihre Rente sei ausreichend, sie käme mit wenig aus. Jetzt steht sie vor ihm und protestiert, sie wolle dieses Geld nicht, es sei zu viel: »Behalte es!« Und er wird ungehalten: »Hör auf, Mama, das reicht! Ich muss jetzt los.«

Wie brutal seine Worte geklungen haben, merkt er erst, als er wie ein Verrückter die Treppe hinunterrennt, er stolpert, fällt fast hin, nur weg, nur weg von hier, seine Schritte hallen im Treppenhaus – *dreckige Hure!* –, die Worte des Songs verfolgen ihn, als wären sie für ihn bestimmt.

14

Nina hat nicht mehr das Bedürfnis, sich mit Samuel auszusprechen. Sie geht ihm aus dem Weg und hat alles satt – seine Ansichten, seine Lebensweise, seinen Charakter, ja, seine ganze Persönlichkeit. Schluss damit (Schluss mit der Schwarzseherei und dem mangelnden Selbstwertgefühl, das ihn auf die Rolle des Versagers festlegt, Schluss mit der Opferpose, die das Schreiben mit sich bringt, weil man sich dabei nie ganz verwirklicht und immer von Zweifeln angenagt bleibt, Schluss mit dieser Liebesgeschichte, die mit einer Erpressung begann; es gibt keine Liebe, keine Lust, keine gemeinsamen Projekte mehr, sie rennen nur noch wie Laborratten in ihrem Käfig herum, immer im Kreis, und zerfleischen sich gegenseitig).

Sie kann in den tristen, perspektivlosen Alltag, mit dem sie sich vor Samir abgefunden hatte, nicht wieder zurückkehren, und die Vorstellung, dass sie ihr Leben hier in dieser Vorstadtsiedlung beenden könnte, wo zahllose Mieter täglich ganze Hände voll Antidepressiva schlucken, jagt ihr schreckliche Angst ein. Die Menschen hoffen, dass es ihnen dann besser geht, dass sie die wirtschaftliche und gesellschaftliche Misere besser ertragen können, aber das ist eine Utopie, keine falschen Hoffnungen bitte, denn gar nichts wird sich verändern. Nina versucht sich als Wahrsagerin in eigener Sache, sie möchte in die Zukunft blicken, aber sie sieht nur Dunkelheit und Schrecken, ein finsterer Abgrund tut sich vor ihr auf – sie wird ihre Schönheit einbüßen, den einzigen Besitz, der sie am Leben erhält, und sie ist wütend auf Samuel, denn nur seinetwegen ist sie jetzt an diesem Punkt. Seine Antriebslosigkeit und seine Neurosen sind schuld.

»Du bist schwach«, wirft sie ihm vor, »das muss mal gesagt werden, du gibst dich mit so wenig zufrieden, du hast keinen Ehrgeiz und keine Träume, du bist und bleibst Mittelmaß, man kann dich einfach nicht bewundern, und manchmal kann man dich auch wirklich nicht leiden.«

Samuel hört zu und widerspricht nicht, er will – feige/schwach/entwaffnet – die Diskussion vom Vorabend nicht wieder aufwärmen und tut so, als würde nichts ihr friedliches Zusammensein stören, er stellt sich tot, zieht sich in sein Schneckenhaus zurück, zieht den Kopf ein: *Ich halte mir die Augen zu, dann existiere ich nicht.* Würde er etwas erwidern, sie gar provozieren, würde er sie verlieren, das weiß er und mag gar nicht daran denken. Es macht ihn verrückt, dass sie so leicht herumzukriegen ist und ihn auf ein Wort hin verlassen würde. Er muss einfach abwarten. Samir wird nach New York zurückfliegen und sie nie mehr anrufen, er wird etwas Besseres finden, eine Jüngere. Sie werden ihn vergessen, sie werden ihn irgendwann vergessen haben.

Bevor er zur Arbeit fährt, sagt Samuel Nina, dass er sie liebt. Wozu soll das gut sein? Sie reagiert nicht darauf, blickt ihm hinterher und denkt: Ich liebe ihn nicht mehr.

Endlich allein. Was tun? Sie weiß nur, dass sie dieses glanzlose, lieblose tägliche Einerlei nicht mehr aushält. Sie erträgt Samuels Berührungen nicht mehr, Schluss, aus, vorbei. Mit Shorts und einem ärmellosen T-Shirt bekleidet, stellt sie sich vor den großen Spiegel am Eingang. Ist sie wirklich diese attraktive Frau mit dem straffen Körper und den vollen Brüsten? Sie zieht sich aus, will sich nackt sehen. Sie löst die Haare und betrachtet sich verwundert. Lange hat sie ihr Spiegelbild nicht mehr so gründlich angeschaut. Ihr kommt ein Ratschlag von Brigitte Bardot an eine junge

Schauspielerin in den Sinn, den sie in einer Zeitschrift gelesen hat: »Wenn du einen Raum betrittst, hebe das Kinn und tu so, als würdest du gern mit allen anwesenden Männern schlafen wollen. Du bist die schönste Frau der Welt. Nutze die Zeit, es wird nicht ewig dauern.«

Genau das hat sie vor. Sie richtet sich stolz zu ihrer vollen Größe auf, und in diesem Moment klingelt ihr Handy. Es ist Samir, er will sie wiedersehen, er sehnt sich nach ihr, sie soll sofort kommen, er vermisst sie, er vermisst sie ganz schrecklich.

Sie lacht. »Stell dir vor, ich hatte mich gerade ausgezogen, als du angerufen hast. Ich bin nackt.«

»Sag so was bitte nicht, du könntest mich mit diesen drei Worten glatt umbringen. Bist du wirklich nackt?«

»Ja.«

»Hör gut zu. Du ziehst jetzt nur ein Kleid an, nichts darunter, verstehst du? Und dann nimmst du ein Taxi und fährst zu mir.«

»Und wenn ich mich weigere?«

»Du kannst mir nichts verweigern.«

Nina legt abrupt auf. Er ruft wieder an, sie hebt nicht ab. Er schickt ihr vier SMS, sie treibt ihn in den Wahnsinn, er ist erregt, will mit ihr schlafen, versucht sich zu beruhigen, alles vergebens, er ruft wieder und wieder an, weiß nicht mehr weiter, nimmt eine Dusche, trinkt ein Glas Whisky, wo bleibt sie denn nur? Eine Stunde später klopft es an die Tür, er stürzt hin und reißt sie auf, und da steht Nina in einem enganliegenden Baumwollkleid mit Druckknöpfen.

»Ich wäre fast gestorben.« Er presst ihren Körper gegen seinen. »Dafür müsste ich dich bestrafen.« Er küsst sie, umarmt sie, vergräbt das Gesicht in ihren Haaren, führt sie zum Bett und legt sich neben sie. Mit einer schnellen Bewegung reißt er die Druckknöpfe an ihrem Kleid auf und schiebt eine Hand unter ihr Kreuz. Er zieht sie an sich, nicht sehr sanft, denn er liebt es grob und ungestüm, drückt sie auf die Matratze und dringt in sie ein, damit sie versteht, dass er Herr der Lage ist. Ihr Retter ist da.

Sie liegt auf dem Bett, eng an ihn geschmiegt, erforscht mit ihrer Zunge seinen Mund, wandert mit ihren Lippen seinen Hals hinunter und streichelt mit den Fingerspitzen seine Narbe.

»Wirst du mir eines Tages verraten, wo du sie dir geholt hast?« Er schiebt sie sanft zurück. »Was ist denn? Erzähl es mir …«

Er fasst sie leicht an den Schultern. »Du willst es wirklich wissen?« Nina nickt. »Es hat aber mit Gewalt zu tun«, wendet er mit ironischem Unterton ein. »Du könntest traumatisiert werden.«

Spontan erwidert sie: »Ich liebe diese Narbe, sie macht dich so männlich, sie …«

»Sei still.« Er entzieht sich ihrer Umarmung, richtet sich auf und verschränkt die Arme hinter dem Kopf, als wollte er sich selbst Mut machen. »Ich habe noch nie jemandem davon erzählt. Normalerweise behaupte ich, dass ich eine Frau beschützen wollte, die auf offener Straße von einem Kerl angegriffen wurde … Die heroische Version eben, sehr imponierend. Aber das stimmt natürlich nicht … Ich war fünfzehn, meine Mutter hatte mich gebeten, einen Koffer in den Keller zu bringen. Sie wollte nicht, dass ich allein gehe, niemand geht gern allein in den Keller, es ist dreckig da unten, und immer lungern dort Typen herum, die rauchen und dealen, deshalb bat sie den Sohn des Portiers, mich zu begleiten. Ein übler Gangster, nur wusste das meine Mutter nicht. Er versprach ihr, dass er sich um mich kümmern werde.

Wir gehen also die Treppen runter, und auf einmal fragt er mich, ob ich schon mal mit einem Mädchen geschlafen habe. Ich sage nein, woraufhin er meint, dann sei es aber höchste Zeit, am besten gleich. Ich wollte nicht, ich musste Hausaufgaben machen, außerdem hatte ich keine Lust, mit diesem kranken Typen mitzugehen, aber er ließ nicht locker, und als ich seinen irren Blick sah, war mir klar, dass ich ihm nicht widersprechen durfte. Okay, wir gehen also durch einen langen Gang, der schlecht beleuchtet ist. Ganz hinten stehen ungefähr ein Dutzend Typen in meinem Alter vor einer Tür, hinter der jemand so grässlich schreit, dass es mir den Magen umdreht. Er packt mich am Arm, zieht mich an allen vorbei und schiebt mich in einen feuchten Kellerraum, und ich sehe auf einem halb demontierten Schreibtisch ein Mädchen von dreizehn oder vierzehn, das gerade von einem Halbstarken vergewaltigt wird. Sie schreit, sie wimmert wie ein Tier, sie fleht ihn an aufzuhören, sie schreit, dass er ihr weh tut, sie schreit um Hilfe ... Es ist grauenhaft ... Der Chef herrscht die Kleine an, sie soll die Klappe halten, er stößt den Typen, der sie gerade fickt, zur Seite und befiehlt ihr: ›Blas ihm einen‹, und dabei deutet er auf mich. Das Mädchen rutscht schluchzend näher und kniet sich vor mich hin. Der Chef schlägt sie ins Gesicht: ›Blas ihm einen!‹ Blut läuft ihr aus der Nase, sie weint laut, und ich sage, dass ich nicht will, ich sage zu ihm: ›Lasst sie gehen.‹ Einer von den Jungs fängt an, mich zu beschimpfen, er motzt herum, dass ich nicht mehr dran bin, die Typen hinter mir werden unruhig, einer brüllt: ›Der verpfeift uns garantiert.‹ Der Chef sagt zu mir: ›Scheiße, was bist du bloß für 'ne Memme! Die ist doch nur 'ne Schlampe.‹ Ich kann mich nicht rühren, ich bin vor Schreck wie gelähmt, und die anderen fangen an, ihn gegen mich aufzuhetzen, er soll mich bestrafen und dafür sorgen, dass ich nichts verrate. Da zieht er sein Taschenmesser und ritzt mir den Hals auf und droht, wenn ich rede, sticht er woanders zu, bis ich krepiere. Da renne ich los. Ich lasse den Koffer stehen und rase los wie ein Irrer … Ich habe es nie jemandem erzählt. Niemand hat je Anzeige erstattet.«

»Das tut mir so leid«, murmelt Nina, »ich wusste nicht, dass …«

»Ich konnte dieses Mädchen nie vergessen. Sie war der Grund, warum ich Anwalt für Strafrecht geworden bin. Ich wollte nie wieder in eine Situation geraten, in der die Opfer nicht beschützt werden und die Henker ungestraft davonkommen.«

Nina streicht ihm mit einer fast mütterlichen Geste über die Haare. »Das habe ich nicht gewusst«, sagt sie leise, »du hast nie davon erzählt.«

»Es gibt so vieles, was ich dir nie erzählt habe.«

»Ich dachte, ich wüsste alles über dich.«

Als er das hört, wendet sich Samir von ihr ab und antwortet: »Mich kennt niemand. Wenn jemand behauptet, mich zu kennen, darfst du ihm nicht glauben.«

15

In jeder Liebesgeschichte kommt der Punkt, an dem man sich überlegen muss, mit welcher Methode sich die Liebe am besten festhalten lässt. Man muss ihr einen festen Rahmen geben – durch eine Wohnung oder indem man sie legalisiert. Dieser Schritt führt unweigerlich zur Ernüchterung, das weiß das Paar, das weiß alle Welt, aber dieses Wissen hat noch nie jemanden davon abgehalten. Nach einer gewissen Zeitspanne, die kürzer oder länger sein kann, wollen die Liebenden zusammenleben, obwohl exakt die Tatsache, dass sie nicht zusammenleben, ihre Liebe am Leben erhält.

Samir und Nina liegen in ihren Morgenmänteln auf dem zerwühlten Bett. Es geht ihnen gut, sie sind glücklich und erzählen sich gegenseitig die Geschichte ihrer Liebe. Samirs Handy klingelt, seine Frau ruft an, aber er hebt nicht ab, zu groß ist seine Angst, diesen Moment der innigen Vertrautheit zu zerstören. Eine so leidenschaftliche Liebe erlebt man selten, das weiß er sehr wohl. Ruth ruft bestimmt fünf Mal an, er hört es nicht, er ist unvernünftig, er ist verliebt, das ist gefährlich. Alles ist möglich, und er sagt zu Nina: *Ich kann nicht mehr ohne dich leben.* Sie wiegelt ab, spielt die Stimme der Vernunft, nein, das ist doch utopisch, er fliegt bald zurück, und dann geht jeder wieder seiner Wege. Mit ruhiger Stimme redet sie auf ihn ein, während sie insgeheim auf Widerspruch hofft – und tatsächlich widerspricht er, sie hat ihr Blatt gut gespielt. Er startet einen neuen Versuch, beharrt auf seiner Idee: *Du verstehst mich nicht, ich liebe dich, ich liebe dich wirklich.*

»Was ich mir wünsche, kannst du mir nicht bieten. Ich

bin schon vierzig und will ein Kind. Du bist verheiratet und hast eine Familie.«

»Na und? Ich kann sie verlassen.«

»Ach, das sagst du so. Weshalb sollte ich dir glauben?«

Warum hat er das gesagt? Warum hat er ihr diese Möglichkeit in Aussicht gestellt, obwohl er sich doch für eine konventionelle, durch und durch geregelte und äußerst privilegierte Existenz entschieden hat – nach außen hin allerdings nur, denn diese Sorglosigkeit hat ihren Preis: den Verlust der Freiheit. Er ist der Ehemann von Ruth Berg. Der Schwiegersohn von Rahm Berg. Er kann natürlich versuchen, das zu vergessen oder so zu tun, als sei es ein unwichtiges Detail, aber seinen Status verdankt er nun mal seiner Frau und deren Familie. Zwar hat er durch eigene Anstrengung Karriere gemacht, aber ohne Ruths Familie hätte er nie Zugang zu den exklusiven Clubs erhalten und die einflussreichen Mandanten kennengelernt, an die man nur über eine persönliche Empfehlung herankommt. Er kann Nina in noch so schillernden Farben ein besseres Leben ausmalen, in dem noch einmal alles möglich ist: Er lügt.

Sie fixiert einen Punkt an der Wand. Will sie sich seinem Blick und seiner Kontrolle entziehen? Er beugt sich zu ihr vor.

»Gehen wir schwimmen?«

»Um diese Zeit? Der Hotelpool ist bestimmt schon geschlossen!«

Er lacht und küsst sie. »Für mich machen sie ihn auf.«

16

In der Abflughalle bittet Samir Nina, zu ihm nach New York zu kommen. *Du hast keine Kinder, du hast hier keine Verpflichtungen, komm mit, komm zu mir,* und sie sagt sich, jetzt ist es so weit, hier ist meine Chance, und sie sagt *ja,* sagt das, was er hören will. Er wird sich um alles kümmern, um ihr Ticket/ihren Transfer/ihre Unterkunft, sie muss sich um nichts Gedanken machen (diese Vorstellung müsste sie eigentlich abschrecken und einen Fluchtimpuls auslösen, doch sie ist sogar erleichtert), er wird sie abholen, sie wird bei ihm bleiben, sie werden sich nie mehr trennen, sie werden zusammenleben. *Ja.*

III

1

Seitdem ihm Nina wie eine Angeklagte vor dem Urteilsspruch in feierlichem Ton und mit niedergeschlagenen Augen verkündet hat, sie werde ihn verlassen, ist Samuel jeder Lebenswille abhandengekommen. Sie werde ihn, um genau zu sein, in den nächsten Stunden oder Tagen verlassen, weil sie in Samir verliebt sei *und er auch in sie* – als würde ihre Liebe dadurch doppelt zählen, als würden die Zahlen für sich sprechen und die Gefühle aufwerten, als sei eine erwiderte Liebe mehr wert und die Beziehung zu Samuel durch die Trennung als eine eintönige und ausweglose Einbahnstraße, gewissermaßen als Sackgasse entlarvt worden. Sie dividiert und subtrahiert, als handelte es sich um eine mathematische Gleichung. Sie habe die Entscheidung lange hinausgezögert und mit Samir darüber gesprochen, sagt sie,_ und es bleibt Samuel überlassen, sich das intime Bettgeflüster vorzustellen, die Argumente dafür und dagegen, es bleibt Samuel überlassen, die Konsequenzen aus diesem Verrat zu ziehen. Nina und Samir lieben sich, damit das klar ist, und ob ein Dritter dabei geopfert wird, ist ihnen egal. Liebe rechtfertigt Zerstörung, Liebe legitimiert das Leid, das sie verursacht, die Liebe regiert wie ein tyrannischer Herrscher, dem sich niemand entgegenstellen darf. Sie wird ihn verlassen, trotz ihres langen gemeinsamen Weges, ihrer zwanzig Jahre, trotz der Versprechen, die jetzt nichts mehr zählen, trotz der Worte, die nichts mehr gelten, weil neue Worte sie ersetzen. Sie verlässt ihn aus Liebe zu einem anderen/Überdruss/Langeweile, mit Entschlossenheit, freilich auch gewissen Bedenken, die jedoch durch die Glut ihrer aufflammenden Leidenschaft bald hinweggefegt werden – eine solche Chance bietet sich nur einmal im Leben. Sie verlässt ihn aus Gleichgültigkeit, so als hätten ihre gemeinsamen Erinnerungen ausgedient, wären eingefroren, mumifiziert, geschmolzen, überflüssig geworden. Um ihre Liebe ist es geschehen, sie ist tot; ihre neue Liebe ist eine brennende Halde, in Brand gesetzt mit einem einzigen in Alkohol getränkten Streichholz, es ist eine reine, starke Liebe, eine Liebe, die tötet.

Sie ist ihm mit Scheinargumenten gekommen, wollte ihm einreden, dass es *so besser* sei – sie und Samir auf der einen Seite, er auf der anderen, nach strikter Anwendung des Prinzips der Artentrennung: Du sollst denjenigen, der liebt, nicht mit jenem vereinen, der nicht mehr liebt. Du sollst das Reine und das Unreine, das Heilige und das Profane nicht vermischen. Sie habe doch immer versucht, ihn zu unterstützen, ihm beizustehen, sie habe ihm zugehört, wenn es ihm schlechtging, ihn geliebt, wenn er litt, Anteil genommen, wenn er über seiner Unfähigkeit verzagte. Etwas sagt sie nicht, aber sie denkt es: Sie hat sich beispielhaft verhalten, er hat ihr nichts vorzuwerfen, sie hat nicht die Absicht gehabt, mit Samir ins Bett zu gehen, sie hat ihn nicht skrupellos verführt, es war schließlich Samuels Idee, wieder Kontakt zu ihm aufzunehmen, auch auf die Gefahr hin, sie zu verlieren. Sie betrügt niemanden, und man kann keinem die Schuld geben, solche Dinge passieren nun mal. Sie verharmlost das Geschehen, verwandelt es in eine Nachricht aus der Rubrik »Vermischtes«, man hört doch jeden Tag von Trennungen, das sind Banalitäten verglichen mit Kriegen, Krankheiten oder gar dem Tod.

Ich werde darüber hinwegkommen,
du wirst darüber hinwegkommen,
er wird darüber hinwegkommen,
wir werden darüber hinwegkommen,
ihr werdet darüber hinwegkommen,
sie werden darüber hinwegkommen.

Was für ein Unsinn, für ihn ist es eine Katastrophe, das Ende dieser Liebe zieht eine unaufhaltsame Blutvergiftung nach sich. Nina ist ihm amputiert worden, und nun hat der Wundbrand eingesetzt, Samuel ist eine medizinische Kuriosität: Sehen Sie doch nur, er bekommt keine Luft mehr, er kann die Nachricht nicht mit Besonnenheit aufnehmen, schnell, die Sauerstoffmaske, die Ventilatoren, die Fächer, stellen Sie die Klimaanlage an, öffnen Sie die Fenster – rasch, die Fenster auf! Er erstickt! Er ist nicht mehr in der Lage zu relativieren, ist durch nichts zu beruhigen, er ist dabei durchzudrehen. *Ich liebe dich* (ah, er liebt sie), er sagt Ihnen, dass er Sie liebt, aber seine Worte zählen nicht, seine Empfindungen haben nicht die geringste Relevanz, bringen niemanden ins Wanken. Er wird darüber hinwegkommen, so steht es geschrieben, er wird es irgendwann akzeptieren, er wird eine andere Frau kennenlernen, auf der Straße vielleicht oder über eine Partnerbörse im Internet, oder er wird *jemanden* bitten, ihm *jemanden* vorzustellen, er wird Ninas Sachen ohne große Gefühlsregung wegschaffen, sie aus seinem Adressbuch streichen oder sie gelegentlich treffen. Wir können Freunde bleiben, hat sie gesagt, ja, warum denn nicht, wie in *Die Dinge des Lebens*, wie im Soundtrack zu dem Film, in *La Chanson d'Hélène: je t'aimais tant ... il faut se quitter ... je ne sais plus t'aimer ... c'est mieux ainsi, c'était l'amour sans amitié* (ich habe dich so geliebt ... wir müssen uns trennen ... ich kann dich nicht mehr lieben ... es ist besser so – es war Liebe ohne Freundschaft). Er wird nicht mehr mit ihr ausgehen, er hat nicht mehr das Recht, ihre Hand zu ergreifen oder sie in der Öffentlichkeit zu küssen oder spontan mit ihr zu schlafen, er wird ihr keine Parfüms und Bücher mehr kaufen – weißt du noch, *Das Buch der Unruhe, Das Handbuch der phantastischen Zoologie, Das Buch meiner Mutter, Das Sandbuch* ... Er wird nicht mehr unangekündigt bei ihr vorbeischauen, einfach so, *unversehens*, er liebt dieses Wort, es klingt nach Spontaneität, Schwung, Natürlichkeit, er wird sie nicht mehr zu allen Tageszeiten anrufen, nur um ihr zu sagen, dass er sie liebe, und sie fragen: Wo bist du? Mit wem? Was machst du? Oder um sie zu löchern: Du gehst nicht ans Telefon! Warum gehst du nicht ans Telefon? Wann gehst du endlich ans Telefon? Er wird sie nicht mehr um Rat fragen, er wird sich nicht mehr in einer Spelunke mit ihr verabreden, damit sie Angst hat und sich an ihn klammert, *ich liebe dich so sehr*. Er wird sie nicht mehr zu einem Wochenende nach Rom oder in eine andere Stadt einladen, egal wohin, Hauptsache, sie sind zusammen. Er wird sie nicht mehr mit seltenen Ausdrücken ködern können. Er wird ihr keine Taschenspielertricks und Zauberkunststücke mehr vorführen. Er wird ihr keine begeisterten Kommentare mehr entlocken. Er wird sich keine Wörter wie Schweißheiliger, Lustballon oder Löwenzahnweh mehr ausdenken, die sie so witzig findet. Er wird sich nicht mehr aufregen, weil sie vergessen hat, den Verschluss der Sprudelwasserflasche zuzudrehen, so dass die Kohlensäure entwichen ist, auch wenn die Wissenschaft behauptet, das sei unmöglich. Er wird ihr nicht mehr in den Ohren liegen, sie solle doch bitte seine Manuskripte lesen. Er wird sie nicht mehr nach ihrer Meinung zur richtigen Platzierung eines Kommas fragen oder zur Zukunft des Apostrophs. Er wird sich nicht mehr als Groucho Marx verkleiden und sie am Metroausgang abpassen, in einem T-Shirt, auf das er mit schwarzem Filzstift *Your bed or mine?* geschrieben hat. Er wird ihr keine Gedichte von Jehuda Amichai mehr vorlesen. Sie werden sich nicht mehr aus weltanschaulichen Gründen streiten. Er wird nicht mehr vor dem Haus ihrer Agentin mit zwei Hotdogs auf sie warten, einem mit und einem ohne Senf, er wird den zweiten Satz von Mozarts Klavierkonzert Nr. 23 mit Vladimir Horowitz nicht mehr hören können, ohne weinen zu müssen. Er wird keine dunkelhaarigen Frauen mehr ansehen, weil alle Dunkelhaarigen ihn an Nina erinnern. Er wird nicht mehr überlegen, ob er sein Studium fortsetzen soll. Er wird nicht mehr jeden Morgen laufen gehen, damit sie ihm beim Ausziehen zusieht und »Was für ein Luxusbody!« haucht. Er wird keine DVD mehr ausleihen und sich dabei fragen, ob ihr der Film wohl gefallen wird. Er wird keinen »Tisch für zwei« mehr reservieren. Er wird sich bei pizzahut.com eine Pizza bestellen. Er wird doppelt so viel rauchen und trinken wie bisher. Er wird in seinem Lexikon blättern und verzweifelt das treffende Wort für diese Mischung aus Schwermut und Verwirrung suchen, die ihn immer wieder mit der Gewalt eines Stromschlags niederreißt. Aber es gibt kein Wort für das alles umfassende Gefühl von Scheitern und Machtlosigkeit, von Schmerz und Wut, das denjenigen befällt, der wegen eines anderen verlassen worden ist. Kein Wort erfasst den Zorn und den Hass, die Angst vor der Zukunft ohne sie, dem Alltag ohne sie, der Liebe ohne sie.

2

Nina bezieht ein großes Apartment im obersten Stockwerk eines luxuriösen Gebäudes im Herzen von SoHo, das Samir ausgesucht hat – ein kleines Townhouse aus grauem, mit grünen Metallstreben durchsetztem Stein und einer Feuertreppe, die architektonisch wertvoll an der Fassade angebracht ist: »Falls du mich verlassen willst, musst du nur über die Treppe nach unten«, sagt Samir grinsend. Nina betritt lachend das Haus (»So was habe ich noch nie gesehen!«) und folgt Samir, der sie zum Lift zieht. In der großen Kabine schließt er sie in die Arme, und sie küssen sich, ohne auf die laute Welt zu achten, die sie umgibt. »Mach die Augen zu.« Er nimmt sie an der Hand und führt sie zur Wohnung, und als er die Tür aufgeschlossen hat und sie auf der Schwelle steht, bittet er sie, die Augen langsam wieder zu öffnen … langsam, damit sie nicht durch das Licht geblendet wird, das durch die gigantischen Fensterscheiben wie durch ein Prisma gebrochen wird. Er führt sie durch die Wohnung: Hier ist die Küche. Hier das Badezimmer. Und hier *unser* Zimmer. Brüsk stößt er sie aufs Bett und zieht sie aus. Das Gesicht in seinem Nacken vergraben, flüstert sie: »Unser Zimmer.«

Das Doppelleben – eine herrliche Zeit, deren Intensität Samir Flügel verleiht. Er hat den Eindruck, als lebte er doppelt so leidenschaftlich und doppelt so schnell wie früher, er kommt und geht, läuft, liebt, lügt, verheimlicht, verschweigt, fabuliert, erfindet, manipuliert, spielt, überspielt, zieht sich aus Schlingen, ist nervös, aufgedreht, schläft kaum noch, aber welch ein Rausch! Welche Freiheit, sich in zwei Parallelwelten zu bewegen, in denen er als unumschränkter Herrscher waltet (so fühlt es sich jedenfalls für ihn an), ohne das Risiko, hintergangen zu werden, das sonst immer eine Begleiterscheinung der Macht ist. Wer sollte ihn hintergehen? Ruth? Sie ahnt nichts und ist auch keine dieser kleinmütigen, argwöhnischen Ehefrauen, die ihrem Mann hinterherspionieren. Dafür ist sie zu selbstbewusst. Nina? Ihr bietet er ein Leben, das sie sich in ihren kühnsten Träumen nicht ausgemalt hat. Das erkennt er unschwer an ihrer staunenden Begeisterung über Kleinigkeiten – ein Geschenk, ein Restaurant, sogar Orte, die ihm banal vorkämen, würde er ihre Wirkung auf Nina nicht erleben. Sie ist hingerissen, und genau das gefällt ihm. Sie ist kein blasiertes, verwöhntes Girlie und auch keine überbehütete Erbin, die allenfalls im Bett mal ein schmutziges Wort hört. Sie ist das Gegenteil seiner Frau. Er braucht beide Frauen und wechselt mit verblüffender Leichtigkeit von der einen zur anderen. Von dieser weitverbreiteten bürgerlichen Bigamie hat er schon immer geträumt, und da er den Großteil seiner zerrissenen Existenz unter dem Joch selbstauferlegter Überlebensregeln verbracht hat, empfindet er diese Phase seines Lebens als ungeheuer wohltuend und heilsam. Seine Frau ist da, Nina ist da, er hat die Beständigkeit der Kleinfamilie mit Kindern, die eine perfekte Erziehung genießen, und er selbst schwelgt in der seelischen und materiellen Sicherheit, die ihm seine Ehe bietet (ja, er gibt gern zu, dass der Blick auf seine Kontoauszüge und die Aufstellung der Besitzwerte ihn unverändert beeindruckt). Auf der anderen Seite die Wollust des Lasters und die ungehemmte Sexualität, derer er sich in den USA beraubt fühlte. Er lebt seine Lust nun mit einer Ungezwungenheit aus, die ihn selbst erstaunt. Er hat nicht geglaubt, dass er dazu noch fähig wäre, so sehr haben ihn Pflicht und Lüge blockiert. Mit vierzig Jahren ist er endlich vollkommen glücklich. Bei Nina, in ihrer gemeinsamen Wohnung, ist er wieder Samir Tahar. Er gestattet es sich, in seinen Alltag Elemente zu integrieren, die ihn mit seiner Kindheit verbinden, ganz simple Dinge wie das Knoblauchgericht, das seine Mutter immer gekocht hat, oder die arabische Musik, die sie während ihrer Schwangerschaft pausenlos gehört hat – Folklore, zugegeben, aber setzt sich Identität nicht auch aus unverbundenen, unbedeutenden, unerklärlichen Fragmenten zusammen?

Es ist zweifellos die beste Zeit seines Lebens, eine Zeit, die seinem Wesen und seinen Wunschträumen am meisten entspricht. Es ist, als wären seine Kindheitssehnsüchte – all diese phantastischen Zukunftsvisionen, die er damals hatte – endlich Wirklichkeit geworden, als wäre er nun genau der Mann, der er mit achtzehn werden wollte. Damals, als er noch mit Mutter und Bruder in einer heruntergekommenen Banlieue hauste, hatte er sich geschworen, wegzugehen und *nie wiederzukommen*. Ist ihm bewusst, dass er sich eine künstliche Welt geschaffen hat? Eine Welt, in der Geld kein Problem ist und man kaum einen Gedanken daran verschwendet? Nein, durchaus nicht, denn er kennt keine andere mehr.

3

Samuels Schmerz ist allumfassend. Es ist ein drückender, qualvoller Schmerz, der in Wellen gegen sein Herz anbrandet und es hin und wieder bei dem Gedanken an Nina unvermittelt durchbohrt. Es geht zu Ende mit ihm, redet er sich ein, ein Organ nach dem anderen macht schlapp und blockiert, wie man es von Autobremsen kennt: nichts zu machen, irreparabel – auf den Schrottplatz damit! Eine positive Entwicklung oder gar einen Neuanfang kann er sich beim besten Willen nicht vorstellen, etwas in ihm ist zerbrochen, er ist innerlich verwüstet.

Eines Vormittags geht er in eine Buchhandlung, die auf medizinische Fachliteratur spezialisiert ist, weil er hofft, in einem Gesundheitslexikon eine Erklärung für seinen Zustand zu finden, irgendwelche vernünftigen Erläuterungen, eine Beschreibung der Symptome. Ein solcher Schmerz kann doch nicht normal sein. Ist er der Vorbote eines Aneurysmas, einer Krebserkrankung, eines langsamen Erstickungstods? Hat ihn Nina in einem Anfall von Wahnsinn verlassen? Sie sind zwanzig Jahre zusammengeblieben, obwohl wissenschaftlich erwiesen ist, dass eine Liebe nur drei Jahre hält. Sie haben der Wissenschaft getrotzt, und jetzt soll er kapitulieren? Er spuckt auf die Medizin und auf die willkürlichen Gesetze der Liebe. In der Abteilung »Psychiatrie« – denn er ist dabei, verrückt zu werden – schlägt er aufs Geratewohl ein Buch auf und liest Definitionen, die auf seinen Fall zuzutreffen scheinen: emotionaler Rückzug, autistische Störung. Ohne Nina hat er zu nichts mehr Lust.

Er hat im Laufe der Jahre zahllosen leidenden Menschen zugehört und ihnen Lösungen vorgeschlagen, die zuweilen ihr Leben tiefgreifend verändert haben. Und nun steht er da und sucht selbst Gründe für das Unerklärliche, weint um eine geliebte Frau und versucht zu verstehen, warum sie ihn verlassen hat. Ist sie wirklich in Samir verliebt? Warum braucht sie Abstand? Sehnt sie sich denn überhaupt nicht mehr nach ihm? Er schlägt das *Große Buch der Liebesfragen* auf wie einen heiligen Text. Nina hat seine Welt erschaffen und sich dann aus ihr zurückgezogen. Warum? Es gibt tausend mögliche Deutungen, aber keine lindert den Schmerz des Verlusts. *Sie hat dich verlassen, kapierst du das endlich? Sie liebt dich nicht mehr! Hast du verstanden?* SIE KOMMT NICHT ZURÜCK! Er redet laut mit sich selbst. *Es ist aus.* Er spricht sich die Worte vor und stolpert dabei über die einzelnen Silben, als gehörten sie zu einer Fremdsprache, die zu erlernen sein Geist sich weigert. Immer wieder liest er, was Cesare Pavese in *Das Handwerk des Lebens* geschrieben hat: *Aber dieses hat sie getan: dass ich nur eine Liebesgeschichte gehabt habe, während der ich verurteilt wurde und für unwürdig erklärt, sie fortzusetzen.*

Gleich nach seiner Rückkehr in die Wohnung wirft er all ihre Hinterlassenschaften und Geschenke in die Mülltonne: einen Terminkalender aus rotem Leder, einen silbernen Kugelschreiber, das Figürchen, das sie von ihrer Model-Gage bei einem Antiquitätenhändler gekauft hat, und andere kleine Zeichen der Zuneigung und Zärtlichkeit wie bekritzelte Papierservietten, Ansichtskarten, Briefe, Talismane, die er bisher sorgfältig aufbewahrt hat. Dann zieht er alle Bücher aus den Regalen, die ihn an Nina erinnern. Es sind über dreißig.

Noch am selben Abend beginnt er zu trauern. Er befolgt

sämtliche Trauerriten. Er zerreißt sein Hemd und schläft auf der Erde. Als Trauermahlzeit nimmt er zwei Soleier zu sich. Er verhängt alle Spiegel mit schwarzen Tüchern, um seinem Spiegelbild nicht zu begegnen. Er rasiert sich nicht. Er hört keine Musik. Er wäscht sich nicht mehr. Er rezitiert ein Kaddisch für die verstorbene Liebe.

4

Ein Glück wird wahr, das Samir längst nicht mehr für möglich gehalten hat. Ein Neuanfang, eine Wiedergeburt erscheinen denkbar. Eine neue Liebe. Es ist, als könnte er das Verfallsdatum aufschieben, sich der Vergänglichkeit und der Konformität verweigern, seine Existenz neu erfinden, indem er anders lebt als bisher, mit einer anderen Frau, an anderen Orten. Ein Sinn tut sich auf. (»Das Leben ist keine Generalprobe«, hatte einmal ein Freund zu ihm gesagt, »es gibt keine zweite Chance. Das versteht sich eigentlich von selbst, aber die meisten Leute vergessen es und verhalten sich nicht danach.«) Mit vierzig hat er endlich das Gefühl, die von der Gesellschaft vorgegebenen und die in verschiedenen Lebensphasen selbstgesetzten Ziele – pubertäre Hoffnungen, erwachsene Träume, bescheidene oder größenwahnsinnige Pläne – nicht nur erreicht, sondern sogar übertroffen zu haben.

Er hatte sich zwar gewünscht, Jurist zu werden, aber dass er einmal zu den renommiertesten Anwälten von New York gehören würde, hatte außerhalb seiner Vorstellungskraft gelegen. Er hatte gehofft, eine bezaubernde und gebildete

Frau zu heiraten, die einer höheren Gesellschaftsschicht angehörte, aber er hatte es sich nicht träumen lassen, dass er die Tochter eines der mächtigsten Männer der USA gewinnen würde, die schön war und außerdem an den besten Universitäten der USA studiert hatte. Er hatte sich oft ausgemalt, eine Familie zu gründen, aber nie gewagt, das Modell ernsthaft zu ersinnen, das er jetzt lebte: zwei hübsche, wohlerzogene, hochbegabte Kinder, die schon mit vier und fünf Jahren erstaunliche soziale Kompetenzen aufwiesen. All das hatte er durch ein Zusammenwirken günstiger Faktoren erreicht – Glück, Kühnheit, Arbeit und Kontakte. Was erhofft sich jemand, der schon alles bis zum Exzess erlebt und ausgekostet hat? Das Wichtigste allerdings fehlte ihm – die Liebe der Frau, die er selbst am meisten liebte.

Und nun gehört sie ihm. Er hat sie erobert.

Er war noch nie so glücklich wie in dieser Zeit mit Nina. Alles erscheint ihm unglaublich einfach. Menschen und Ereignisse entwickeln sich harmonisch und gefahrlos in eine Richtung, die ihm entgegenkommt. Er liebt Nina, er ist verrückt nach ihr, das ist ganz neu für ihn, denn eine echte Bindung ist für ihn bisher nie in Frage gekommen. Seine neue Gelassenheit führt dazu, dass er vor Berman nicht einknickt, aber sie bewirkt auch, dass er weniger auf der Hut ist. Er ist nicht mehr so vorsichtig, und mangelnde Vorsicht kann böse enden, aber darüber denkt er lieber nicht nach. Er könnte seine Frau und seine Stelle in der Kanzlei verlieren, aber das wäre dann eben der Preis für diese intensive Erfahrung. Es wäre der Preis für die unangestrengte, ungekünstelte sexuelle Hochspannung, die fast schon animalische Sinnlichkeit, deren Mechanismen er sich nicht erklären kann. Einwände und Bedenken, dies sei doch nur eine flüchtige Affäre, die nicht von Dauer sein und nicht immer so heiß lodern werde und für die er unsinnige Risiken eingehe, helfen nicht: Er stürzt sich kopfüber hinein. Invasion – das ist wohl das treffendste Wort für sein Verhältnis zu Nina. Er ist geistig und körperlich besessen von ihr und will nur eines: sie in Besitz nehmen. Er will immer nur bei ihr, in ihr sein. Bei Nina muss er sich nicht verstellen und kein stimulierendes Kopfkino inszenieren. Sobald er an sie denkt, ist er erregt. Er betrachtet sie und begehrt sie, das ist ein Automatismus. Manchmal kann er kaum glauben, dass sie alles für ihn aufgegeben hat und er nur zum Hörer greifen und ein paar Straßen überqueren muss, um sie zu sehen. Die Eigenschaft, die er an einer Frau am meisten schätzt, ist ihre sexuelle Verfügbarkeit, das gesteht er sich ein, und Nina gibt ihm exakt das, was er will. Nicht dass sie besonders unterwürfig wäre, sie ist kein folgsames Weibchen, dem man beigebracht hat, dass es die Rolle der Frau sei, den Mann zu befriedigen – so rückständig war ihr Vater nun doch nicht –, aber sie hat kein Problem mit dem Sex. Sie hat kein Problem mit der Lust. Probleme hat sie mit den Spielregeln der Verführung, den gesellschaftlichen Verhältnissen, der Jagd. Dass man sie anbaggert, belästigt und ihr auf offener Straße und bei der Arbeit nachpfeift, ist ihr zuwider. Aber im Bett mit einem Mann, den sie liebt und will, hat sie keine Hemmungen. Und diese erotische Freizügigkeit, dieses ehrliche, freudige Einverständnis verbindet sie mit Samir. Wenn er bei ihr ist, fühlt er sich von jeder Verantwortung befreit, denn sie will dasselbe wie er. Schuldgefühle? Was für Schuldgefühle? Er setzt nur ihre Geschichte da fort, wo sie durch Samuels emotionale Erpressung, durch die *Macht der Umstände* und sein eigenes fatalistisches Erdulden der Gegebenheiten unterbrochen worden ist. Vielleicht war es damals nicht der richtige Zeitpunkt, denkt er, doch jetzt wird nichts mehr ihre Liebe behindern.

Wie hätte sein Leben ausgesehen, wenn Nina damals bei ihm geblieben wäre? Zweifellos hätte er nicht in Südfrankreich studiert, aber mit Diskriminierung hätte er sich trotzdem herumschlagen müssen. Er hätte womöglich kapituliert und einen Job als Jurist in irgendeiner mickrigen Firma angenommen. Inzwischen wären Nina und er vielleicht schon geschieden. Aber an die möglichen Konsequenzen, die diese düstere Lebensphase gehabt hätte, will er lieber nicht denken. Sie ist *vorbei*. Heute geht es darum, ganz in der Realität verankert zu sein und den gegenwärtigen Augenblick bis zur Neige auszukosten. Und so ergreift er den Augenblick, überrascht Nina, entführt sie auf Reisen, liest ihr jeden Wunsch von den Augen ab. Wenn er bei ihr ist, fallen Ängstlichkeit, Armut und Bedrückung von ihr ab. Neben ihm erstrahlt sie, und am Ende geschieht das, was er unbedingt vermeiden wollte, weshalb er die Heimlichkeit zu seiner Lebensform und den Schatten zum Handlungsspielraum erklärt hatte: Wenn er mit der schönen Nina unterwegs ist, richten sich alle Blicke auf ihn.

5

Die Flasche hält er, sobald er aufwacht, stets griffbereit. Nur der Alkohol, nichts anderes, vermag den Betonblock in seinem Kopf zu verflüssigen. In Alkohol getaucht, wird er ein wenig poröser, vorübergehend ist alles etwas erträglicher. Die Flüssigkeit rinnt Samuel wärmend durch die Kehle, während er auf dem Bett liegt oder am Tresen steht, manchmal stellt er sich auch unten im Keller zu den anderen *Opfern* in die Schlange und kauft Dope oder ein bisschen Koks, um die nächsten fünf, sechs Stunden zu überstehen. Bald darauf geht er zu härteren Drogen über. In seinem Kopf explodiert irgendetwas, und danach entlädt sich plötzlich eine ähnliche Energie auf dem Papier. Zum ersten Mal im Leben hat er das Gefühl, etwas Brauchbares zu schreiben. Ich bin mehr wert, denkt er, als diese armseligen Schreiberlinge, die das alles nicht kennen, was ich kenne – die Gewalt, die Armut, die Panik, die Angst, vor die Tür zu gehen, die Todesgefahr, den Geschmack von Blut und Eisen –, die nicht wissen, wie es ist, mitten in der Nacht geweckt zu werden, von einem stöhnenden Kind, einem Schuss, heulenden Sirenen, Nachbarn, die sich prügeln. Die mussten nie die Straßenseite oder das Viertel wechseln, er dagegen hat die Not/die Scheiße/den Tod von nahem gesehen, ihm macht keiner was vor, er steckt mittendrin, und es geht ihm gut dabei, er würde mit keinem tauschen wollen, er mag das Loch, das er sich gegraben hat und in dem er irgendwann bekifft krepieren wird. Er sitzt an seinem Schreibtisch und stürzt sich in den Text wie ein Rennfahrer in die Kurve, wie besoffen rast er über den Asphalt, jeden Moment könnte er gegen eine Wand krachen, er sieht und hört nichts außer dem, was sich in seinem Kopf abspielt. Seine Tage und Nächte verbringt er am Schreibtisch, am Rand der Erschöpfung, mit verspannten Muskeln, holperndem Herzschlag und erweiterten Pupillen; sein Mund ist wie ausgedörrt, er isst nichts mehr, ihm graut vor seinem

Spiegelbild, er kratzt sich bis aufs Blut. Die Jeans schlottern an seinem hochgewachsenen Körper, aber zum Koksen hat er immer noch Kraft, das stimuliert ihn. Er könnte daran sterben oder nicht mehr in die Realität zurückkommen, aber davor hat er keine Angst. Er will jetzt über die Wirklichkeit schreiben, *seine* Wirklichkeit, die Einsamkeit, den Schmerz, die Ausgrenzung, die vom Staat verschuldete, vom Staat geförderte Isolation. Sie sind hier unter sich, wie abgeschnitten von der Welt, eine Stunde würde man mit öffentlichen Verkehrsmitteln brauchen, um in die Hauptstadt zu fahren und Feuer zu legen, darauf verzichten sie dann doch – bleiben wir lieber für uns. Alles ist wahr, denkt er. Er erfindet nichts. Sein Leben ist der große Gesellschaftsroman. Beim Schreiben hat er einen Satz von Hemingway im Kopf: »Für einen wahren Schriftsteller ist jedes Buch ein neuer Anfang, ein neuer Versuch, das Unerreichbare anzugehen. Er sollte stets danach streben, das Noch-nie-Dagewesene zu tun oder etwas, das andere scheitern ließ. Manchmal, mit viel Glück, gelingt es.« Jahrelang klaffte ein tiefer Abgrund zwischen dem, was er schreiben wollte, und dem, was dabei herauskam, so als wären die kraftvollsten Gedanken durch den mühsamen Akt des Aufschreibens zu stumpfen Sätzen verkommen, in denen sämtliche Wörter und Satzzeichen am falschen Platz waren. Er hatte immer neue Formulierungen gesucht, ohne jemals das perfekte Gleichgewicht zwischen Gedanke und Form zu finden, und erst jetzt, mit vierzig, nachdem Nina ihn verlassen hat, fühlt er sich auf einmal im Vollbesitz seiner Kräfte, und zwischen seinen Absichten und seinem Handeln herrscht eine vollkommene Übereinstimmung.

Er arbeitet immerfort und geht nur noch aus dem Haus, um sich Stoff zu besorgen. Vielleicht sollte er sich lieber gleich umbringen, die Sache hat extreme Formen angenommen. Kaum macht er einen Schritt vor die Tür, verlassen ihn die Kräfte. Seine Beine zucken unkontrolliert, das wird allmählich lästig, warum hört es nicht auf? Auch die Hände tasten zitternd über die Wände, denn er muss sich abstützen, um nicht ins Stolpern zu geraten. Auf dem Treppenabsatz gegenüber sitzt rauchend ein zwölfjähriges Jüngelchen, das ihn anglotzt und keinen Finger rührt, um ihm zu helfen. Wie ein Museumswärter sitzt der Bursche auf seinem wackligen Stuhl und passt auf. Das macht er den ganzen Abend, auf diese Weise bringt er seine Familie durch. Fünfzig Euro auf die Hand pro Nacht. Samuel taumelt die Treppe hinunter, der Lift funktioniert schon wieder nicht. Dann müssen die Bullen wohl zu Fuß die Treppe hochsteigen, sie werden fluchen und die Absätze ihrer Einsatzstiefel geräuschvoll über die gefliesten Stufen schrappen lassen – WIR SIND DA –, sie werden mit ihren Handschellen rasseln, damit man sie bis ganz oben hört – WIR SIND DA –, sie werden über ihre Walkie-Talkies mit den Kollegen unten im Haus kommunizieren – WIR HABEN DIE SITUATION IM GRIFF. Doch wenn sie oben ankommen, ist alles in bester Ordnung, versteckt, weggeräumt, fortgeschafft. Die junge Witwe mit den drei kleinen Kindern, deren Mann auf dem Parkplatz der Siedlung mit drei Schüssen in die Brust getötet worden ist, hat sich inzwischen unter den Schutz des Bandenchefs gestellt, es ist ihr nichts anderes übriggeblieben, und nun versteckt sie Dope in den Windeln ihres Jüngsten. Man grüßt sie freundlich, und jeder hilft, wie er kann. Im achten Stockwerk wird Samuels

Abstieg zum Hindernislauf. Jemand hat Eisengitter im Treppenhaus verkeilt, um den Zugang zu den höheren Etagen zu versperren. Es dauert eine Viertelstunde, bis er die Barriere überwunden hat, und als er endlich unten ankommt und auf die Straße tritt, landet eine Tüte Müll auf seinem Kopf. Windeln, keine Frage, denn der Inhalt stinkt bestialisch, aber er beschwert sich nicht einmal mehr, so etwas passiert häufiger.

»Cité du Chêne Pointu« heißt diese Siedlung in Clichy-sous-Bois. Eichensiedlung, romantischer Name. Der Ort ist alles andere als romantisch, niemand will Samuel mehr besuchen, »zu gefährlich«, sagen seine Bekannten. Ein Ghetto, es stinkt nach Tod/Sex/Kohle, aber hier brodelt auch das Leben. Samuel steigt in den Keller hinunter, in dem Kinder toben, düstere Gestalten dealen, Mädchen anschaffen, Ratten durch die Gänge huschen, er weiß, wohin er muss, aber als er vor seinem Dealer steht, werden ihm die Knie weich, denn er braucht Stoff und hat kein Geld. Schon gut, schon gut, er bezahlt morgen, ganz bestimmt, Ehrenwort, beim Leben seiner Eltern, die sind sowieso längst tot, er schwört auf sein eigenes Leben und das seiner zukünftigen Kinder und auf das Andenken der Toten, dann schleppt er sich die Treppe hoch und verzieht sich in seine Wohnung, wirft eine Pille Ecstasy ein und schreibt bis tief in die Nacht. Er ist der König der Welt.

Wenige Tage später treten sie ihm die Tür ein. Zwei bewaffnete Männer stürmen herein und verwüsten die Wohnung. Sie wollen Geld, Samuel beteuert, dass er nichts bei sich hat (in Wahrheit hat er auch auf der Bank nichts mehr, er hat überhaupt nichts mehr, nirgendwo), aber da fällt ihr

Blick auf den Computer, sie kassieren ihn kurzerhand ein. Samuel schreit und klammert sich an ihre Beine, die ersten Kapitel seines Buches sind als Datei *roman5* auf der Festplatte gespeichert, und er hat keine Sicherungskopie. Lieber stirbt er, als sein Buch diesen Typen zu überlassen. Die beiden Eindringlinge schlagen ihm ins Gesicht und verschwinden – mit dem Computer. Er bekommt ihn wieder, sagen sie beim Rausgehen, sobald er die Kohle liefert, plus Verzugszinsen, versteht sich, *du hast vierundzwanzig Stunden und keine Minute länger.* Sie lassen ihn in seinem Blut liegen wie ein überfahrenes Tier. Sein Gesicht ist verquollen, einen Zahn hat er verloren. Es ist der absolute Tiefpunkt, jetzt ist er ganz unten angekommen.

6

Samir kann den Beginn des Zerfalls auf den Tag genau bestimmen, den Moment, als die Auflösungserscheinungen anfingen, als die totale, anarchische und endgültige Desorientierung einsetzte, bei der das Unterscheidungsvermögen versagt, der Geist sich eintrübt, der Blick sich verschleiert, das Chaos triumphiert und die Angst einem die Kehle zuschnürt. Er weiß genau, wann die existentielle und emotionale Ordnung, die er sich geschaffen hatte, auseinanderbrach. Ungefähr drei Wochen nach Ninas Ankunft in New York. Ein Satz, den seine Sekretärin an einem Montagvormittag gegen zehn Uhr in bekümmertem Ton ausspricht, genügt, um die geregelte Welt zum Einsturz zu bringen, die er durch jahrelanges Lügen, faule Kompromisse und gesellschaftliche Arrangements aufrechterhalten hat. Ein einziger Satz: »Ihr Bruder erwartet Sie in Ihrem Büro.«

Das Ende der Unschuld. Sein Bruder? Welcher Bruder? Er hat keinen Bruder, hat nie einen gehabt, *ich habe keine Verwandten, das wissen Sie doch*. Ja, das weiß sie und erklärt verschämt lachend, dieser Mann – der sich ihr als Tahars Bruder vorgestellt hat, aber unter einem anderen Namen (»François Yahyaoui, sagt Ihnen das etwas?«) – sei auf der Suche nach »Samir Tahar«. *Das bin ich nicht.* Darüber ist sie sich im Klaren, und sie fragt, ob sie Berman Bescheid sagen soll. Ein Unbekannter kommt in die Kanzlei und stellt sich als Bruder von Sam Tahar vor. Er hat sich keinen Termin geben lassen. Womöglich ist er unzurechnungsfähig oder ein Psychopath. Könnte er gefährlich sein? Bewaffnet? »Er scheint nicht richtig zu ticken. Ich kann die Security rufen, wenn Sie möchten …« Blankes Entsetzen. »Nein, tun Sie das nicht, ich kümmere mich um ihn.« Samir holt tief Luft, er muss an Nina und seine Frau denken und stellt sich schon die schrecklichsten Szenen vor. François kann man nicht kontrollieren oder lenken, er ist zu allem fähig. Samirs Gesichtszüge entgleisen zu einer hässlichen Fratze, er bekommt keine Luft mehr, ihm wird heiß. Sein Bruder in New York – auf diese Eventualität war er nicht gefasst. Er hat ihm nie seine Adresse gegeben, ihn nie zu einem Besuch aufgefordert, er hat sich von sozialen Netzwerken stets ferngehalten. Er hasst diesen Kerl aus tiefster Seele, er ist ihm körperlich zuwider, und dieser Abscheu reicht weit zurück. Trotzdem geht er jetzt durch einen stickigen, überheizten Flur, der nach einem raffinierten System von Dutzenden gelblichen Scheinwerfern ausgeleuchtet ist, auf den Warteraum zu. Bermans Büro ist nur wenige Meter entfernt, es ist nicht ausgeschlossen, dass er auf einmal in der Tür steht und fragt: »Gibt es ein Problem?« Samir legt die Hand vorsichtig auf den Türknauf und rutscht beinah ab, weil seine Handflächen so feucht sind. Dann öffnet er die Tür und sieht ihn, seinen Bruder.

So, wie François an diesem Tag aussieht, kann er einem wahrhaftig Angst einjagen. Er trägt eine Jeansjacke mit schwarzen Flecken (Fett? Tinte? Ruß?), seine Jeans haben Löcher an den Knien, auf seinem T-Shirt prangt das Bild einer Rockband, und die Schnürsenkel seiner voluminösen neonfarbenen Laufschuhe sind ausgefranst. In seinen blauen Augen steht ein besorgniserregendes, fast irres Funkeln. In diesem Aufzug traut man ihm *alles* zu. Gespannt wie ein schussbereiter Revolver sitzt er auf einem braunen Samtsessel. Er kommt gar nicht erst dazu, den Mund aufzumachen, denn nachdem Samir hastig die Tür hinter sich geschlossen und sich vergewissert hat, dass niemand sie belauscht, stürzt er auf ihn zu und bestürmt ihn mit Fragen: *Was machst du hier? Wie hast du mich gefunden? Wer hat dir meine Adresse gegeben? Was willst du von mir? Ist Mama mitgekommen?* Impulsiv lädt er nach und feuert die nächste Salve ab. *Wie lange hast du vor zu bleiben? Mit wem hast du über mich geredet? Wer hat dir erlaubt, dich als mein Bruder vorzustellen? Was willst du überhaupt?*

»Sachte, sachte …« Ist das eine Art, seinen Bruder zu begrüßen? Er hat gerade acht Stunden im Flugzeug hinter sich, ein Etappenflug in einem beschissenen Billigflieger, wo einem die Lehne vom Vordersitz praktisch gegen die Visage gedrückt wird, zusammenrollen musste er sich wie ein krankes Tier, und kotzen musste er auch ein paar Mal, er ist erledigt, er hat die ganze Nacht nicht geschlafen, weil er seinen Bruder wiedersehen wollte, und dem fällt nichts Besseres ein als *Was machst du hier?*.

»Scheiße, so redet man nicht mit seinem Bruder! Du bist ein mieses Arschloch.«

»Beruhige dich, sei so gut.«

»Beruhigen soll ich mich? Wieso sollte ich mich beruhigen? Du behandelst mich wie Dreck!«

»Ich hatte nur nicht mit deinem Besuch gerechnet.«

»Ich wollte dich überraschen …«

François hat sich die Haare millimeterkurz geschoren, und an manchen Stellen schimmert die helle, von rötlichen Flecken übersäte Kopfhaut durch. Seit ihrer letzten Begegnung in der Wohnung ihrer Mutter ist er noch dünner geworden. Seine auffälligsten Merkmale sind die spitzen Knochen, die totenbleiche Haut und der hervorspringende Adamsapfel, der wie ein Faustkeil vom Hals absteht. Vor ihm auf dem Boden liegt eine große grüne Sporttasche mit abgerissenem Griff.

Ich verbiete dir, unangekündigt in meiner Kanzlei aufzutauchen.

François hat den Blick gesenkt und spielt nervös mit einem versilberten Kettchen, das er aus der Hosentasche gezogen hat.

Ich bewege meinen Arsch nicht von hier weg.

Samir zieht die Vorhänge einen Spaltbreit auf, denkt nach, listet im Geist die Alternativen auf – er muss schnell reagieren und François mit allen Mitteln aus der Kanzlei wegbringen. Er dreht sich um und schlägt in liebenswürdigem Ton vor, in ein nahe gelegenes Café zu gehen. »Dort haben wir mehr Ruhe. Hier bin ich zu angespannt. Zu gestresst.« Er hat keine Lust, länger mit François in seinem

Büro zu bleiben, wo jeden Moment jemand hereinplatzen könnte. Er will nicht riskieren, dass jemand an die Tür klopft, eintritt und sagt: »Guten Tag, ich bin XY, ich arbeite in dieser Kanzlei. Und Sie?« Ja, er ist ein bisschen paranoid, das liegt an den Umständen. Er besitzt zwei Handys und spricht an seiner Arbeitsstelle nie über Privates, weil er Angst hat, entdeckt und durchschaut zu werden. François ist einverstanden, streckt seine langen Beine aus und steht federnd auf. Er greift nach seiner Tasche und geht als Erster hinaus. *Bis gleich.*

Erleichterung und Verunsicherung. Ein kleiner Aufschub ist erreicht, die Katastrophe hinausgezögert.

Ich bin erledigt.

Samir bricht der Angstschweiß aus, ein feuchter Film liegt auf seiner Haut wie klebriger Schaum. Sein Puls beschleunigt sich, dreht hohl und stottert wie ein Motor: Kann man vor Angst sterben? Als er fünf Minuten später auf den Ausgang zugeht, fragt ihn seine Sekretärin, wer der Herr war, der sich als sein Bruder ausgegeben hat. Und er erwidert spontan mit einem Lächeln: »Ein Mandant, der zu allem bereit ist, damit ich ihn vertrete.« In diesem Moment strahlt er Selbstsicherheit aus und räumt damit jeden Zweifel und jeden Argwohn aus.

Im Lift kehrt die Angst zurück, und er bekommt kaum noch Luft. Seine Umgebung hat auf einmal etwas unnatürlich Scharfkantiges und wirkt irreal. Was will François? Er fühlt sich in die Ecke gedrängt, verwundbar – wie kann das sein, er lässt sich doch sonst von nichts und niemandem einschüchtern. Die Situation ist neu für ihn. Er versucht sich zusammenzunehmen: *Ganz ruhig, alles in Ordnung!*

Aber der Sturm, der in seinem Inneren tobt, ist nicht zu bändigen. Vor dem Spiegel rückt er die Krawatte zurecht und fährt sich mit dem Kamm durch die Haare. *Ganz ruhig, ganz ruhig, alles in Ordnung.* Er weiß, dass er François einschüchtern muss. Er muss von Anfang an seine Muskeln spielen lassen, dann wird der Bruder mit ein paar Geldscheinen in der Tasche nach Paris zurückfliegen, ohne das Geringste erfahren und herausgefunden zu haben. (Und nach einer Weile gelingt es Samir, sich das selbst weiszumachen, er glaubt *tatsächlich* daran.) Doch als er das Café betritt, in dem er sich mit François verabredet hat, ist sein Bruder nicht da. Samir schaut in jedem Winkel nach und fragt den Kellner, ob er »einen blonden Mann mit einer grünen Sporttasche« gesehen habe. Nein, er hat niemanden gesehen, der so aussieht. Dabei hat Samir François den Namen und die Adresse des Cafés extra aufgeschrieben! Er wartet zwanzig Minuten, kann sich auf nichts konzentrieren (er liest keine Zeitschrift, rührt seinen Tee nicht an, reagiert nicht auf die wiederholten Anrufe seiner Frau) und fragt dann bei seiner Sekretärin nach, ob jemand ihm eine Nachricht hinterlassen habe. (»Ja, Ihre Frau«, erwidert die Sekretärin, »sie hat versucht, Sie auf Ihrem Handy zu erreichen, und versteht nicht, warum Sie nicht rangehen.«) Am Ende steht er auf und geht hinaus. Die erste Runde hat er verloren.

Auf dem Rückweg ins Büro grübelt er darüber nach, welche Erklärung es für die Abwesenheit seines Bruders geben könnte: François bedauert seinen rüden Auftritt, er hat das Café nicht gefunden, er ist tot. Ja, am liebsten wäre ihm, wenn François einen tödlichen Unfall gehabt hätte und er nie wieder etwas mit ihm zu tun haben müsste.

François lässt sich in der Kanzlei nicht mehr blicken, und um sieben fährt Samir direkt zu Nina, um ihr zu erzählen, was passiert ist. Er legt sich hin und redet. Bei ihr muss er keine Rolle spielen, Liebe und Vertrauen lösen ihm die Zunge. Er hat keine Scheu, ihr offen zu sagen, was er denkt, er kann auf Zurückhaltung, Selbstkontrolle und Berechnung verzichten – die vielen Schutzmechanismen, die er sich für den Umgang mit seiner Familie und seinen Mitarbeitern zugelegt hat, damit er ihren Erwartungen und Wunschvorstellungen möglichst genau entspricht. Er gesteht Nina, dass er nicht weiß, wie es weitergehen soll. Die Situation lähmt ihn, er hat sich den ganzen Tag nicht auf seine Fälle und Mandanten konzentrieren können, er war ständig mit den Gedanken woanders. »Ich habe ihn nicht unter Kontrolle, verstehst du?« Er konnte François nie so recht einschätzen und hat ihn – Nina kann er es ja sagen – nie geliebt. Nina hört ihm zu und versucht, ihn zu beruhigen: »Er fliegt sicher bald zurück, vielleicht will er nur Geld von dir.« Ja, das klingt plausibel, und für eine kleine Weile lässt ihn diese Möglichkeit aufatmen. Geld kann er ihm geben, aber Zuneigung, Freundschaft oder gar brüderliche Liebe nicht. Was François will, ist ihm ein Rätsel, François selbst ist ihm ein Rätsel, aber eines ist sicher: Er muss auf der Hut vor ihm sein. »Alle halten ihn für einfach gestrickt, dabei ist er komplex und bei weitem nicht so harmlos, wie man glaubt. Er ist gefährlich. Er ist nicht gebildet genug, um die Nuancen seiner Persönlichkeit und seiner latenten Aggressivität in Worte zu fassen. Sein Vater hat ihn abgelehnt, das wird er ihm nie verzeihen, ihm nicht und uns nicht, und deshalb ist er heute gekommen. Ich soll dafür bezahlen.« Nina glaubt, dass François im Internet auf Informationen gestoßen und ganz spontan für ein paar Tage nach New York gekommen ist. »Er verschwindet sicher bald.« Wenn er sich wieder meldet, soll Samir einfach sein Spielchen mitspielen. Samir drückt sie an sich und küsst sie. In ihrer Gegenwart erscheint ihm alles so einfach, als hätte ein klarer, unerschrockener Geist die Ereignisse analysiert und geordnet.

Am Abend ruft Samir auf dem Rückweg nach Hause vom Auto aus seine Mutter an und fragt sie nach François. Sie ringt mit den Worten, und er hört ihr an, dass sie Kummer hat. Erst nach einer längeren Pause eröffnet sie ihm, dass François weg ist. Er hat alle seine Sachen mitgenommen, *und weißt du, was er zu mir gesagt hat?* Nein, Samir weiß es nicht und will es am liebsten auch nicht wissen. Warum hat er den Kontakt nicht einfach ganz abgebrochen? Aber seine Mutter spricht kurzatmig, mit abgehackter Stimme weiter: »Er hat gesagt, dass er nie mehr zurückkommt.« Samir krampft sich das Herz zusammen, das Handy entgleitet ihm und fällt zu Boden. Aus dem Lautsprecher tönt weiter die Stimme seiner Mutter, sie ruft seinen Namen. Er tritt aufs Gaspedal und beschleunigt, bis das Auto fast abhebt. Ihm wird auf einmal sehr leicht und unbeschwert zumute; dieser Zustand wird für immer verloren sein, sobald er anhält. Er drückt das Gaspedal bis zum Anschlag durch, überholt andere Fahrzeuge, darunter schwerbeladene Tanklastzüge, und entdeckt auf einem, der eine explosive Flüssigkeit geladen hat, ein Totenkopfzeichen: GEFAHR. Er könnte jetzt mit Vollgas gegen den Tank brettern und mitten auf der Straße hochgehen, doch er umkurvt den Lastzug mit einem geschickten Ausweichmanöver, und plötzlich gerät sein Wagen ins Schlingern.

Samir klammert sich am Lenkrad fest, um nicht gegen die Windschutzscheibe geschleudert zu werden. Blut rinnt ihm aus der Nase und tropft auf die Ledersitze. Er stemmt sich hoch, damit er sich im Rückspiegel betrachten kann, aber als er auf der richtigen Höhe ist, reflektiert der Spiegel nur sein blankes Entsetzen.

7

Talfahrt – dieses Wort hat Samuel immer gemocht. Sein breiter Klang lässt an einen langen, ungebremsten Fall denken, aber es hat auch etwas Verspieltes, einen tragikomischen Beigeschmack, eine gewisse Lust am Untergang. An dieses Wort muss er denken, während er darauf wartet, dass irgendetwas passiert, dass sich eine Lösung abzeichnet oder sie ihn gleich umlegen. Und wenn schon. Er ist schließlich allein, sollen sie ihn doch umlegen, dann ist wenigstens Schluss, es ist sowieso alles aus. Wie ein vorzeitig gealterter, zahnloser Greis sieht er aus, sollen sie ihm doch Arme und Beine brechen und die Rippen gleich mit, einfach so aus Spaß, weil sie so schön knacken und knirschen. Er spürt seinen Körper nicht mehr, nur die Hand hält durch, Hand und Kopf funktionieren noch und erinnern ihn an das Nichts und an den Schmerz, den Verlust, die Einsamkeit. Er hat keinen Stoff mehr, sein Konto ist im Minus und der Computer geklaut. Ihm bleibt nichts anderes übrig, als Nina anzurufen und sie um Geld zu bitten, per Auslandsüberweisung oder per Blitzgiro, er geht vor die Hunde, und er wird sie auch nie wieder anrufen, ehrlich. Das verspricht er ihr hoch und heilig, und sie gibt nach. Es ist der Preis für ihren Seelenfrieden. Dass sie ihm Geld gibt und er sie nur angerufen hat, um sie anzubetteln, ist demütigend, keine Frage, aber eine Lappalie im Vergleich zu seiner Armut/Angst/Anspannung und im Vergleich zu der Gewissheit, dass er Nina verloren hat. Die Hölle ist in ihm, sie besteht in der Überzeugung, dass er es nicht mehr lange machen wird, aber noch klammert er sich ans Leben und seine Möglichkeiten.

Und am nächsten Tag ist tatsächlich alles geregelt. Er zahlt und bekommt wortlos und friedlich seinen Computer zurück. Er hat es überstanden und verlässt sich nicht mehr darauf, dass er von den Typen das bekommt, was er braucht. Sie werden ihm nichts mehr geben. Den Stoff bekommen nur diejenigen, die sich an das einzig praktikable Tauschsystem halten: Konsumieren/bezahlen, konsumieren/bezahlen. Er wird mutterseelenallein verrecken, denn er hat nicht mehr das Kapital, das es ihm erlaubt, als aktives Element an diesem System teilzunehmen. Jetzt bleibt nur noch der Alkohol.

Von nun an trinkt und liest er tagelang und macht sich Notizen, als wollte er eine Abhandlung über den Liebeskummer und die Einsamkeit verfassen. Dabei denkt er: Ich bin nicht allein. Andere Schriftsteller haben gelebt, geliebt und gelitten und ihr Elend in literarische Werke verwandelt. Mit unerhörter Disziplin arbeitet er Stunde um Stunde an seinem Roman, und wenn er mitten in der Nacht aufwacht, schreibt er wie in Trance Szenen von verblüffender Wucht, die ihm eine Art ererbter Wut in die Feder zu diktieren scheint – als wären schon im Bauch seiner Mutter die Angst und die Wut wie Gift in ihn hineingesickert. Er ist in seinem Element. Er ist der Schriftsteller mit der abgehackten Stimme, mit den zerfetzten Sätzen, in denen die Worte mit einer Dynamik aneinandergereiht sind, die alles mit sich reißt, das sorgsam Errichtete zerstört, das Verborgene ans Licht zerrt, das Reine beschmutzt und das Ruhige ins Wanken bringt.

Nach Jahren des Nachdenkens und Wartens drängt es aus ihm heraus. Nach Jahren der Passivität führt nun er das Regiment. Mit vierzig Jahren fühlt er sich endlich auf dem Höhepunkt seiner geistigen Reife, und er genießt dies umso mehr, als seine bisherige Lebensmaxime Verzicht lautete. Nichts anderes reizt ihn mehr, als Worte aneinanderzufügen und Sätze zu schreiben, deren Rhythmus ihn anspornt, als Figuren zu erfinden und mit ihnen in der für sie geschaffenen Welt zu leben, die fiktiv sein muss, damit sich die andere, die reale Welt ertragen lässt. Es geht ihm gut, wenn er allein ist und sich in den Prozess des Schreibens stürzt. Dann weiß er, wo er hingehört: an seinen Schreibtisch, vor den leuchtenden Computer. Um ihn herum liegen die aufgeschlagenen Lexika und die schwarz eingebundenen Hefte, angefüllt mit Tausenden von Notizen aus den vergangenen zwanzig Jahren – Zeitungsausschnitte, Aufsätze, Textpassagen aus Büchern. Hunderte handgeschriebene Seiten, die er erst einmal entziffern musste. Nie zuvor hat er ein so dringendes Bedürfnis verspürt, sich von der Welt fernzuhalten, nicht um sich auszugrenzen – manchmal kommt es ihm vor, als wäre sein Leben bislang ein einziger schleichender Ausgrenzungsprozess gewesen –, sondern um in ihr seinen Platz zu finden, einen Platz, den nur das Schreiben verschafft. Nur das Schreiben bietet einen direkten, unverzerrten Blick auf die Welt. Er liebt dieses Leben, er liebt die extreme Anspannung, in die ihn die Zeiten des Rückzugs versetzen. Sie erinnern ihn an einen Lehrsatz aus der jüdischen Mystik, von dem sein Vater einmal gesprochen hatte: Nach der Erschaffung der Welt hat sich Gott aus ihr zurückgezogen und dem Menschen seine Weiterentwicklung selbst überlassen. Samuel hatte seinem Vater intellektuell sehr nahe gestanden und war von ihm früh in die Textexegese und das Studium der weltlichen und heiligen Schriften und der Philosophie eingeführt worden. Seit Nina fort ist, liest er wieder mit dem Stift in der Hand die Quellen und Bücher aus dem Nachlass seines Vaters, vorwiegend Aufsätze über das Judentum. Nach der Begegnung mit Nina und der Aufklärung über seine wahre Abstammung hatte er nicht nur mit seinen Eltern, sondern auch mit seinem jüdischen Erbe gebrochen, und nun kommt all das, was er während seiner langen Lehrjahre angesammelt hat, wieder zum Vorschein – heilige Texte und Gebete, Kommentare und mystische Auslegungen, Kommentare zu den Kommentaren und Fragen, auf die man mit einer Gegenfrage antwortet, Kommentare zu den Kommentaren zu den Kommentaren, chassidische Geschichten und Lehren. Sein Roman ist erfüllt vom Glanz der Mystik und von biblischen Gestalten mit unaussprechlichen Namen – alles, was Samuel zwanzig Jahre lang geheim gehalten hat, wird offenbar, und er lässt die Worte strömen, ohne zu sortieren. Endlich werden ihm die Augen geöffnet, und er empfindet eine große innere Ruhe, als hätte Nina es ihm durch ihr Fortgehen ermöglicht, zu sich selbst zurückzufinden. Lange war er nicht in der Lage, die Erinnerung an seine Herkunft und seine Eltern zu aktivieren, und jetzt kann er sie sogar zum Thema seines Buches machen. Er verarbeitet die doppelte Geschichte – seine eigene und die seiner Eltern – in dem Roman, den er *Die Tröstung* nennt, denn im Grunde hat er immer nur eines gewollt: getröstet werden. Und auch jetzt wünscht er sich in seiner Einsamkeit in Wirklichkeit nur eines – er möchte mit Nina zusammen sein. Sie fehlt ihm, sie fehlt ihm ganz entsetzlich. Wenn er an sie denkt, bohrt sich ein starker Schmerz wie eine spitze Schere in sein Herz. Immerhin ist er zu der Überzeugung gelangt, dass er nur deshalb endlich etwas Großes schreiben kann, weil sie weg ist. Er hat wieder Kafkas *Tagebücher* gelesen, vor allem die Seiten, die von dem Zusammenhang zwischen Schaffenskraft und Enthaltsamkeit handeln. Er schreibt gut, weil er allein ist, und er weiß, dass er künftig auf diese Einsamkeit nicht mehr verzichten, nie wieder mit einer Frau zusammenleben, sich nie mehr überhaupt auf eine Frau oder gar Kinder einlassen will. Soziale Kontakte sind zwar nützlich, wenn man die Menschen beobachten will, aber sie halten einen vom Schreiben ab, und in Zukunft will er nichts anderes mehr tun. Früher hatte er sich oft gefragt, warum er trotz der vielen vergeblichen Publikationsversuche am Schreiben festhielt. Er war sich oft vorgekommen wie ein unerfahrener, schwächlicher Schwimmer, der es gerade eben so schaffte, sich über Wasser zu halten und nicht unterzugehen, und der in ein Wettkampfbecken geraten war, das er gern mit kräftigen Beinschlägen und weit geöffneten Augen durchmessen hätte, denn so sah er die Literaturszene – als unermesslich großen Raum, den es zu erobern galt. Ohne ein gewisses Training kam man nicht aus, man brauchte Atem, Technik, Willensstärke und den Drang, voranzukommen und immer weiterzumachen, auch an Tagen, an denen man lieber im Bett geblieben wäre, als zu trainieren.

Man musste mit dem Kopf unter Wasser schwimmen, auch auf die Gefahr hin, dass man nicht mehr auftauchte. Meistens ging man unter.

Seitdem er als Kind, auf dem Schoß seines Vaters sitzend, mühsam Passagen aus der Thora entziffert hat, fühlt er sich zur Literatur hingezogen. Die Lektüre und die Auslegung von Texten sind für ihn das Höchste. Ein Leben ohne Bücher ist undenkbar, und jetzt, wo Nina nicht mehr da ist, kann er sich endlich eingestehen, dass sie sich in diesem Punkt am wenigsten einig waren. Nina hatte durchaus einen Bezug zur Literatur, denn sie war eine neugierige und von Natur aus intelligente Frau, aber ihr war unbegreiflich, wie man den Büchern seine gesamte Zeit und Energie und auch noch die Freunde opfern konnte. Sie verstand nicht, was Samuel daran so maßlos faszinierte. Seine Sturheit ärgerte sie. Obwohl seine Schubladen von Ablehnungsschreiben überquollen, arbeitete er weiter. Was erhoffte er sich denn? Veröffentlicht und berühmt zu werden lag wohl kaum mehr im Bereich des Möglichen. »Sei nicht so blauäugig!«, hatte sie ihn entnervt angefahren.

Wenn man schreibt und freiwillig den größten Teil des Tages allein verbringt, ohne jeden Kontakt zur Außenwelt, muss man verrückt sein oder sich nicht scheuen, es zu werden. Samuels Verrücktheit nimmt zu. Er ist verrückt vor Einsamkeit, Bedürftigkeit und Trauer, und als der Druck eines Tages zu stark wird und er spürt, dass er womöglich eine Dummheit macht, beschließt er, Nina noch einmal anzurufen.

Seine ersten Worte lauten: »Ich muss mit dir sprechen, ich muss deine Stimme hören.« Er erzählt ihr, dass er wieder schreibt und ihr das Manuskript zum Lesen geben möchte. »Nein, auf keinen Fall, wir dürfen nicht mehr miteinander sprechen, du sollst mich nicht mehr anrufen, es ist aus.«

Ich verlange nichts von dir, kein Geld, ich will nur deine Stimme hören. Mir fehlen unsere Gespräche. Du fehlst mir, ich leide, ich leide furchtbar.

In der Leitung bleibt es still, Nina lässt keine Regung erkennen. Krampfhaft ringt Samuel um Worte, die ein Echo auslösen könnten, er benimmt sich wie ein Mann, der die Sachen seiner Frau durchwühlt, um einen Brief oder irgendeinen kompromittierenden Gegenstand zu finden, weil er sie bloßstellen will. Er will sie verletzen, reuevoll soll sie zu ihm zurückkehren, dann wird er ihr alles vergeben und sie zu Lüge und Betrug zwingen. Am Vorabend hat er, als verlangte ihm sein Unterbewusstsein noch mehr Leiden ab, wieder einmal in dem Essayband *Flucht aus Byzanz* von Joseph Brodsky geblättert, und nun hört er sich zu seiner eigenen Verblüffung am Telefon die Worte wiederholen, welche die Mutter des Dichters, die in Moskau geblieben war, ihrem Sohn ins amerikanische Exil geschrieben hatte: »Das Einzige, was ich von diesem Leben noch will, ist, dich wiederzusehen.« Aber Nina beharrt darauf, dass es endgültig aus sei, sie wolle ihn weder wiedersehen noch mit ihm reden, sie habe *einen Schlussstrich unter dieses Kapitel gezogen, ein neues Leben angefangen*, das ihr sehr zusagt, denn es sei *intensiver, zügelloser, reicher* – ein Leben ganz nach ihrem Geschmack. Anscheinend will sie ihn nicht nur abwimmeln oder loswerden, nein, sie will ihm den Gnadenstoß geben. In ihrer Verbissenheit liegt eine Spur Sadismus – diese Facette ihres Wesens entdecken sie jetzt gemeinsam. Er ist verstört, er leidet, sie jubiliert. Sie gefällt sich in der

Rolle der bissigen/zupackenden/mörderischen Raubkatze, die endlich handelt und genau weiß, was sie tut. Sie schließt ab mit zwanzig Jahren emotionaler Distanz, sie rächt sich für das, was er ihr genommen hat, sie liquidiert ihre menschlichen Seiten, sie behauptet sich. Sie erdrückt ihn mit ihrer Überlegenheit und ihrer neugewonnenen Kraft, sie ist berauscht von Samirs Liebe, dem Geld, ihrem ungewohnten Selbstvertrauen und der Gewissheit, dass alles möglich ist. Sie weiß, auf welche Sprosse der sozialen Leiter sie gehört – die oberste. Und da ist sie angekommen. Er hingegen ist ganz unten und wird dort auch bleiben: *Bleib dort und vergiss mich.* Sie ist grausam, na und? Sie schuldet ihm nichts. Scharf fährt sie ihn an: »Dich wiedersehen? Das ist das Letzte, was ich will!«

Warum so viel Verachtung? So viel Brutalität? Will sie herausfinden, ob noch Widerspruchsgeist in ihm steckt? Ein langes Schweigen breitet sich aus, das nicht durch das kleinste Räuspern unterbrochen wird, und dann kommt er zu sich, wie ein Boxer, der zu Boden gegangen ist und benommen hört, wie er angezählt wird: 5, 4, 3 … Schließlich rappelt er sich hoch, ist wieder auf den Beinen und nimmt alle ihm verbliebene Kraft und Würde zusammen.

Aus Rache für das, was sie ihm angetan hat, dreht er den Spieß um: »Dann bist du also glücklich in deinem goldenen Käfig, deinem künstlichen Paradies, deinem Luftschloss? Glücklicher als in der Zeit mit mir, als du zwar arm warst, aber frei? Ist das wirklich das Leben, das du dir erträumt hast? Hattest du wirklich keinen anderen Ehrgeiz, als dich finanziell von einem reichen Mann abhängig zu machen? Vor Armut geschützt, aber emotional auf schwankendem Boden? Das ist eine falsche Sicherheit, wie du sehr wohl weißt. Er könnte dich von heute auf morgen verlassen, und dann hast du gar nichts mehr. Er liebt dich, er begehrt dich, gut, vorläufig. Aber wie lange noch? Glaubst du, dass er bei dir bleibt, wenn du ein kritisches Alter erreicht hast? Wie viel Zeit bleibt dir noch? Drei, vier ruhige, glückliche Jahre, und dann? Soll ich dir sagen, was dann passiert? Erst wird er dich betrügen, ohne dass du es mitbekommst, später wird er dich offen betrügen und dir versichern, dass es nichts zu bedeuten hat, es ist nur ein Abenteuer, weiter nichts. Schließlich wird er dich wegen einer anderen Frau verlassen, einer jüngeren, attraktiveren. Er hat nie ernsthaft erwogen, sich von seiner Frau scheiden zu lassen, der er alles verdankt. Schockiert dich das? Es ist die Realität! Sie ist ungerecht und gemein. Ach, wer hätte das gedacht. Was bietet er dir? Ein Leben im Wohlstand. Du hast ein schönes Apartment, eine Haushaltshilfe, Markenhandtaschen. Siehst du nicht, dass er dich wie eine Nutte behandelt? Dass er dich nicht respektiert? Siehst du nicht, dass das Einsiedlerleben, das er von dir im Namen der Liebe verlangt, ganz schön chauvinistisch und frauenverachtend ist? Du bist zu dem geworden, was du vor zwanzig Jahren so verachtet hast – eine Vierzigjährige, die glaubt, dass sie zehn Jahre jünger aussieht, weil sie noch superkurze Miniröcke trägt. Eine Frau, die kokett vor ihrem Mann herumhüpft wie ein kleines Mädchen vor dem Papa, deren jugendliche Kleidung demonstrieren soll, wie verführerisch/einfühlsam/begeisterungsfähig sie ist – ein Sexspielzeug, das sich den Regeln und Phantasien eines Alphamännchens fügt! Du hast gesagt, du willst immer unabhängig sein und auf eigenen Füßen stehen. Sieh dich heute an! Säuselst du ihm vor, wie schön und klug er ist, wenn er zwischen zwei Terminen oder am Abend auf dem Rückweg zu seiner Frau kurz vorbeischaut? Nimmst du ihm den Stress, der sich bei der Arbeit in ihm aufgestaut hat? Bedankst du dich artig bei ihm, wenn er dir im Gehen noch rasch ein paar Scheine auf den Tisch legt, große, glatte Banknoten, die er auf dem Weg zu dir aus dem nächsten Geldautomaten gezogen hat? Oder habt ihr eine stillschweigende Vereinbarung getroffen: Ich gebe dir alles, was du willst, und du bietest mir als Gegenleistung das, worauf ich einen *Anspruch* habe?«

Sein Wortschwall hat sie mürbe gemacht, und sie ist kurz davor, in Tränen auszubrechen, deshalb schleudert sie unvermittelt den Telefonhörer weg. *Mistkerl.*

Ja, sie ist die beschriebene Einsiedlerin, die heimliche, immer verfügbare Geliebte, das hat er ganz richtig erkannt. Er hat alles richtig gesehen: die Geldscheine, die Samir auf dem runden Tischchen am Eingang liegen lässt oder heimlich in ihren Geldbeutel steckt, die Dessous und die erotischen Accessoires, die er ihr mitbringt oder liefern lässt – Überraschung! –, die Kleider, Schuhe und Taschen, die er ihr jeden Tag schenkt, ohne auf den Preis zu achten, damit sie noch schöner ist und er sie noch länger begehrt. Er hält sie aus, und zwar mit Stil. Und Samuels Intuition bewährt sich noch darüber hinaus. Als hätte er heimlich beobachtet, wie Samir eines Tages kam, Ninas Kopf zwischen seine Hände nahm und auf sein Geschlecht drückte, obwohl sie krank war: *Nein, ich zwinge dich nicht, ich würde dich niemals zu so etwas zwingen, aber mach mir doch bitte die Freude.* Ich bin KRANK, hatte sie gesagt, nicht heute Abend, ich bin müde, erkältet, KRANK, und er hatte darauf beharrt, sieh doch, in welchem Zustand ich bin, du kannst mich doch nicht so gehen lassen, TU ETWAS, und sie als gehorsames Weib tat wie geheißen. Ja, Samuel hat alles messerscharf erkannt, und ihr ist zumute, als würde die ganze Welt sie nackt auf riesigen Bildschirmen begaffen. Nina, in Tränen aufgelöst. Und die Zuschauer lachen.

8

Wie gerädert tritt Samir gegen 21 Uhr endlich den Heimweg an. Um sich zu fangen, macht er einen Umweg, läuft quer über den aufgeweichten Rasen des Central Park. Er bekommt kaum Luft, die Anwesenheit seines Bruders nimmt ihm den Atem. François wirkt auf ihn wie ein hochgiftiges Toxin, gegen ihn kann man sich nicht immunisieren lassen. Wenn er in der Nähe ist, zeigt der Revolver direkt auf die Schläfe und kann jeden Moment losgehen. Samir muss nicht mehr um seinen Platz in der Gesellschaft kämpfen, er hat sich, während er die Sprossen der Erfolgsleiter hochkletterte, nach und nach vom Schlachtfeld zurückgezogen. Neuerdings sind seine Kämpfe im Wesentlichen beruflich bedingt: Er will seine Mandanten erfolgreich vertreten, seine Prozesse gewinnen, seine Honorare erhöhen, Prämien einstreichen, für den Besten auf seinem Gebiet gehalten werden, mehr nicht. François steht auf der anderen Seite des Flusses, auf der Seite, wo die Gefahr zu ertrinken am größten ist. Soll er doch absaufen, denkt Samir, *das ist nicht mein Problem.*

Als er seine Wohnung betritt und die Kinder in ihren Baumwollpyjamas sieht, mit frisch gezogenem Seitenscheitel und nach Babylotion duftend, beaufsichtigt von dem strengfrisierten englischen Kindermädchen in seiner schwarzweißen Schürze, sagt er sich, dass er sein Leben liebt und zu allem bereit ist, um es zu schützen. Er liebt die zwanglose Ruhe, die zyklische Regelmäßigkeit, die natürliche Disziplin; alles fügt sich zu einem perfekten System, dessen Details ihn in seiner Überzeugung bestärken, dass er genau für dieses Leben *geschaffen* ist. Wenn er die Wohnungstür aufschließt, stellt er sich oft vor, wie sein Leben wohl aussähe, wenn ihn drinnen eine andere Frau und andere Kinder erwarten würden, eine Muslimin, modern, weltlich, religiös oder traditionell, wie auch immer, jedenfalls eine Frau mit derselben Identität und vielleicht sogar ähnlichen Werten. Aber ein Wunschtraum ist das nicht, eher eine Schreckensvision. Warum, weiß er nicht.

Seine Kinder brechen in Freudengeheul aus, springen ihm in die Arme und küssen ihn. Er fragt sie, was sie den Tag über gemacht haben, und streicht ihnen zärtlich über das Haar. Das Kindermädchen steht schon bereit und zieht sie in Richtung Schlafzimmer. Sie folgen ihr bereitwillig. Die Selbstbeherrschung, Disziplin und Fügsamkeit seiner Kinder faszinieren ihn immer wieder aufs Neue. Er muss daran denken, wie es war, wenn sein eigener Vater um ein oder zwei Uhr morgens von der Arbeit nach Hause kam. Er schlief dann schon auf der kleinen Schaumstoffmatratze, die seine Mutter von einer Nachbarin bekommen hatte. Sein Kopf steckte unter der blauen Bettdecke, die seine Großmutter aus rauer, stumpfer Wolle gestrickt hatte. Er hörte das Klappern des Schlüssels im Türschloss, den schweren

Schritt seines Vaters, das kurze Rauschen der Wasserspülung und das leise Surren des Fernsehers, vor dem der Vater später so abrupt vom Schlaf übermannt wurde, als wäre jemand in die Wohnung eingedrungen und hätte ihm mit einem Schalldämpfer eine Kugel in den Kopf gejagt. Manchmal stand Samir auf und ging zu seinem Vater, weil er ihn gern geküsst und sich in seine Arme geschmiegt hätte. Sein Vater wies ihn immer ab. *Geh schlafen.* Kalt. Hart.

Samir ruft nach seiner Frau und hört sie aus dem Wohnzimmer antworten. Er stellt seine Notebook-Tasche ab, zieht die Jacke aus und will zu ihr, aber als er in der Tür steht, stockt ihm der Atem: Seiner Frau gegenüber sitzt, mit einem Glas Wein in der Hand, François. Er trägt einen schwarzen Anzug und eine blaue Krawatte und sieht damit aus wie ein aufdringlicher Versicherungsvertreter aus den 1950er Jahren. Samir bleibt wie erstarrt stehen und weiß nicht, wie er reagieren soll. Seine Frau wundert sich über die Blutflecke auf seinem Hemd (Nasenbluten, erklärt er, nichts Schlimmes) und stellt ihm seinen Bruder als François Duval vor, Mitarbeiter von Pierre Lévy, der für ein paar Tage in New York sei und ihn kennenlernen möchte.

»Ach, richtig, Pierre hat davon gesprochen«, erwidert Samir mit aufgesetzter Munterkeit, »freut mich.« Er streckt François seine feuchte Hand hin und setzt sich neben ihn.

»Du hast dem Wachmann nicht Bescheid gesagt«, fährt Ruth fort. »Ich musste nach unten gehen. Und weil ich mir nicht ganz sicher war«, setzt sie lachend hinzu, »habe ich dich angerufen, aber du hast nicht abgenommen.«

»Glücklicherweise hatte ich eine Visitenkarte«, sagt François vergnügt.

Samir ist verkrampft und nervös und macht eine Weile

mehr schlecht als recht Small Talk auf Englisch. François' Englischkenntnisse sind erbärmlich, so dass Samir bald ins Französische überwechselt und ihn grob zur Rede stellt, was ihm eigentlich einfiele und wie er es wagen könne, zu ihm nach Hause zu kommen und sich vor seiner Frau über ihn zu mokieren. Ruth sitzt verständnislos daneben. François bemerkt ihre Blicke und fragt Samir, ob er ihm wirklich hier und jetzt antworten solle? Ja. Ruth spricht kein Französisch. Na los. Jetzt oder nie. Da bekommt François Panik. Dass er sich in Gegenwart dieser Frau mit Samir messen soll, ist ihm unheimlich. Schon als er geklingelt hatte und auf einmal dieser Frau gegenüberstand, vor der er sich rechtfertigen und der er schöntun musste, damit sie ihn einließ, war ihm das Herz in die Hose gerutscht. Sie war jedoch nicht misstrauisch geworden, sondern hatte eher Mitleid mit diesem stammelnden Franzosen gehabt, der nur Kauderwelsch herausbrachte. Auch ihm imponierten natürlich das Geld, das Haus, die Umgangsformen und die Selbstsicherheit der Macht. Er hatte geglaubt, alle Trümpfe in der Hand zu halten, aber hier in den USA, in diesem riesigen Apartment, in dem jeder Gegenstand aus edlen Antiquitätenläden stammt, alles am richtigen Ort ist und man ständig von Dienstpersonal umgeben ist, hat er nichts zu melden. Ruth beobachtet die beiden Männer, bis Samir sich ihr zuwendet und sich entschuldigt: François spricht kaum Englisch, sie werden das Gespräch auf Französisch fortsetzen, wenn sie nichts dagegen hat. Nein, kein Problem, sie hat zu tun (und weiß sowieso nicht, was sie mit dem Besucher reden soll). Bevor sie sich in die Küche zurückzieht, schenkt sie François ein gewinnendes Lächeln und gibt ein paar nichtssagende Floskeln von sich, wie es die Höflichkeit erfordert.

Jetzt sind sie allein. Samir geht, zitternd vor Aufregung, als Erster zum Angriff über. Er würde François am liebsten ins Gesicht schlagen, aber er beherrscht sich. »Was gibt dir das Recht, einfach so bei mir aufzutauchen? Was willst du überhaupt?« Und schnell schiebt er noch eine Drohung hinterher: Er könnte ihn anzeigen und ihn daran hindern, dass er in seine Nähe kommt, er könnte ein Kontaktverbot erwirken, Mittel und Wege dazu hat er. François soll nur nicht glauben, dass er seine Familie unter Druck setzen kann, solche Spielchen funktionieren hier in New York nicht, mit ihm nicht, ein Wort von ihm, und François wird ausgewiesen oder eingesperrt. Ist ihm überhaupt klar, was er da riskiert? Begreift er die Tragweite seiner Handlungen?

Nein, François begreift nicht, er weicht aus. Er will doch nur seine Verwandten besuchen, seine Neffen kennenlernen und sehen, wo sein Bruder lebt. »Dein Bruder?«, äfft Samir ihn spöttisch nach. Er hat nichts mit ihm am Hut, und daran wird sich auch nichts ändern, François gehört nicht zu seiner Familie, die einzige echte Verwandte ist seine Mutter. Und dann schreit er ihn an: »Hau ab!«

»Sachte, sachte ... willst du, dass deine Frau erfährt, wer du wirklich bist? Soll ich zu ihr in die Küche gehen und ihr die wahre Geschichte vom Vater ihrer Kinder erzählen? Das lässt sich machen ...«

Samir steht auf, gießt sich ein Glas Hochprozentigen ein und stürzt ihn in einem Zug hinunter. Dann erkundigt er sich gereizt, wie François ihn gefunden hat.

»Oh, du bist nicht besonders vorsichtig, Samir«, grinst François.

»Nenn mich hier niemals Samir!«

François verzieht verächtlich die Mundwinkel. »Als du

bei Mama zu Besuch warst, hast du deine Jacke in meinem Zimmer liegen lassen. Ich hab die Taschen durchsucht und deinen Pass gefunden. Ich hab ihn mir angeschaut und ihn wieder in die Tasche geschoben, außerdem hab ich mir eine Visitenkarte von der Kanzlei rausgenommen. Total einfach. Aber wie soll ich dich jetzt anreden, Samir oder Samuel?«

»Was hast du vor? Du kommst nach New York, du tauchst erst in der Kanzlei und dann bei mir zu Hause auf. Willst du Kohle? Ist es das? Wie viel?«

François deutet auf einen großen, siebenarmigen Leuchter, der auf einem Beistelltischchen neben ihm steht: »Ach, wie hübsch. Woher kommt der?« Samir schweigt. »Das ist was Jüdisches, oder?« François will ihn provozieren, das ist Samir klar, und er gibt keine Antwort. François ist aufgestanden und schlendert gemächlich durch das Zimmer. Vor einem alten Gemälde, das Rabbiner beim Talmudstudium darstellt, bleibt er stehen. »Du hast Fotos von Rabbis aufgehängt? Bist du Jude geworden?« Er spaziert weiter zu den Gebetbüchern und bleibt vor jedem einzelnen Gegenstand interessiert stehen, als wollte er eine Liste sämtlicher Dinge zusammenstellen, die den Besitzer als Juden ausweisen.

Auf einmal hat Samir genug: *Schluss jetzt!* Er soll damit aufhören, sie gehen. »Warte draußen auf mich, ich spreche noch kurz mit meiner Frau.« Sichtlich aufgebracht stürmt Samir aus dem Wohnzimmer und erklärt Ruth, er müsse François in dessen Hotel begleiten.

»Kann er denn nicht ein Taxi nehmen?«

»Nein, er ist neu in der Kanzlei, ich kann ihn nicht allein losschicken. Außerdem muss ich mit ihm reden.« Und er geht.

Draußen umkreist François neugierig Samirs Wagen. Er bewundert ihn ausgiebig und sieht sich schon selbst am Steuer sitzen. Voller Neid denkt er an die Frauen, die er »mit so einer Kiste abschleppen könnte«, und als er Samir kommen sieht, fragt er ihn: »Lässt du mich mal fahren?« Samir antwortet nicht. Als sie eingestiegen sind, sucht François im Autoradio nach einem harten Rap und blickt gedankenverloren aus dem Fenster.

»Lässt du mich jetzt fahren oder nicht?«

»Vielleicht ... jetzt nicht ... Warum warst du nicht in dem Café, wo wir uns verabredet hatten?«

»Deine Begrüßung hat mich genervt. Beim Rausgehen hab ich gedacht, dass du mich nicht mehr sehen willst.«

»Warum bist du dann zu mir nach Hause gekommen?«

»Wollte nur checken, wie du lebst. War neugierig.«

»Es ist meine Entscheidung, ob ich dich zu mir einladen will oder nicht.«

»Du hättest mich eingeladen? Im Ernst? Ach was, Samir, ich war dir doch immer scheißegal. Du hast dich mit mir verabredet, weil du einen Mordsschiss hast, stimmt's?«

»Weshalb sollte ich Angst haben?«

»Das fragst du mich? Deine eigene Mutter weiß nicht, dass du Kinder hast! Obwohl es ihr größter Traum ist, dass du heiratest und dich vermehrst! Wenn sie wüsste ... Warum hast du ihr nichts erzählt? Hast du was zu verbergen?«

Samir starrt wortlos auf die Straße.

»Du willst deine Frau schützen. Weil, Mama und ich, wir gehen dir am Arsch vorbei, oder? Du hast deiner Frau bestimmt erzählt, dass du aus einer guten Familie kommst, und dich nicht getraut, ihr deine Mama vorzustellen. Und ich behaupte sogar, sie weiß nicht mal, dass du einen ...«

»Sei still! Jetzt hörst du mir gefälligst mal zu. Ich suche dir ein Hotelzimmer und gebe dir Geld, damit du dir was zum Anziehen kaufen und ein paar Tage bleiben kannst. Ich organisiere jemanden, der dich zur Freiheitsstatue, zum Central Park, zum Empire State Building und so weiter bringt. Anschließend fliegst du zurück, sagst Mama keinen Ton und vergisst mich. Hast du mich verstanden?«

Statt einer Antwort grinst ihn François frech an: »Und – bist du fertig? Kann ich jetzt endlich mal ans Steuer?«

9

Am Abend stellt François seine Tasche in dem von Samir gebuchten Hotelzimmer ab und macht sich ausgehfertig – Lederjacke, Jeans, Ringe an den Fingern. Dann zieht er los. In der Nähe des Clubs, wo Samir ihn gegen Mitternacht treffen will, versucht er, ein junges Mädchen* abzuschleppen, aber sie ist nicht interessiert. Der Türsteher** vor der Disco gewährt ihm widerspruchslos Einlass, er muss gar nicht erst den Namen Tahar aussprechen. François ist weiß, er ist blond, er ist einer von den Guten und darf durch. Siegessicher stolziert er in die von Lichtblitzen durchzuckte Dunkelheit. Vielfarbige Spots flackern über der Tanzfläche, sie blenden die Hereinkommenden und wecken ... was? Die Triebe? Eine animalische Lust? Elektronische Geräte

---

* April Vincente, 19, aus einer Latino-Familie stammend. Die mittelmäßige Studentin wünscht sich inständig, »eine Familie zu gründen«.
** John Dante, 24, ehemaliger Boxer. Seit seinem achten Lebensjahr träumt er davon, »Weltmeister« zu werden, muss sich mit einem Job als Security-Mitarbeiter zufriedengeben.

blinken um die Wette mit den klimpernden Armbändern an den Handgelenken der Frauen, blingbling, so etwas hat François noch nie gesehen – so schöne, so leichte Mädchen, solche Schlampen/Nutten/Huren, sie kreischen vor Lachen, *da fallen einem schier die Augen aus dem Kopf, die sind ja fast nackt, und wenn sie sich vorbeugen, sieht man ihre Möse oder ihre Titten. Mann, was für eine Bruthitze.* Sie benehmen sich wie Pornostars, denkt er, solche Frauen kennt er aus den Filmen, die er sich ständig reinzieht, Frauen, die am ersten Abend – vielleicht sogar nach dem ersten Blickkontakt – mit einem Kerl ins Bett steigen und ihm den Schwanz lutschen. Keine Jungfrau weit und breit, stellt er missmutig fest, keines der keuschen Mädchen, von denen er träumt, keine der bildschönen Kindfrauen, die noch kein Mann berührt hat, überall nur hemmungslose Körper, die nach Sex riechen (nach Deodorant, Sperma, Blut, Schweiß, Scheiße) und an denen er alles hasst: ihren Alkoholatem, ihr männliches Gehabe, ihr verdorbenes Lächeln. Er ist der Mann, er wüsste schon, wie er mit ihnen umspringen würde, wenn's darauf ankommt, er weiß, was sie eigentlich wollen, diese kleinen Schlampen, nämlich, dass ihnen einer zeigt, wo's langgeht, das wollen sie, durchgefickt werden wollen sie, und plötzlich kriegt er einen Ständer, Mist, reiß dich zusammen – wenn sie ihn nur ranlassen würden, angekettet müssten sie sein, sich zieren, genau, *die warten doch nur drauf,* und plötzlich entdeckt er eine große Rothaarige* in der Nähe der Bar. Sie hat einen auffällig rosigen Teint und riesige Brüste, die beim Tanzen gegeneinanderschlagen. Er

---

* Graziella Beluga, 21, aus Texas. Nachdem sie mit zehn von ihrem Vater missbraucht worden war, lebte sie bei verschiedenen Pflegeeltern, bis sie als Au-pair zu einer französischen Familie nach New York ging, in der Hoffnung, dort ein »neues Leben anzufangen«.

könnte sie sich vornehmen, das wäre genial, wie gern würde er sie ficken, er legt die Hand auf sein hartes Geschlecht und stellt sich vor, was er mit ihr anstellen würde, wenn er Geld hätte, er würde sich von ihr einen blasen lassen ... Jetzt ganz cool bleiben! Er sieht sich in einem der großen Spiegel, durch die der Club wie ein Puff wirkt – soll man sich hier beim Befummeln selbst anglotzen, oder was? Das törnt die also auch an? Und plötzlich sieht er seinen Vater vor sich, blond, hellhäutig, fast weiß, dabei wäre François viel lieber ein dunkelbrauner, kraushaariger Charakterkopf. Mit seinem Engelsgesicht kommt er überall rein – ach, so ein lieber kleiner Kerl! –, niemand traut ihm etwas Böses zu. Seine maghrebinischen und schwarzen Kumpels dagegen werden überall abgewiesen und machen allen Angst. Er wünscht sich nichts sehnlicher, als es ordentlich krachen zu lassen, am liebsten würde er die Bank sprengen, Feuer legen, bei seinem Vater alles kurz und klein schlagen, die *weißen* Leinenlaken zerfetzen, das *weiße* Porzellanservice zertrümmern, ihre kreideweißen, rasierten und gepuderten Geschlechtsteile zerkratzen, er hasst ihn, er hasst diese weiße, saubere, höfliche, feindselige, gierige Bourgeoisie mit ihrem blitzblank geputzten Hintern und dem herben, verbitterten Mund, er hasst seinen Vater. Er ist nicht anpassungsfähig, alle Lehrer haben das beklagt, und er weiß es selbst. Egal. Er hasst seinen Vater und seinen Bruder, diesen gnadenlosen Opportunisten, er hasst dessen überhebliches Gehabe. Samir tut, als gehörte er einem erlauchten Kreis an, zu dem er, François, keinen Zutritt hat, und jetzt wird ihm auf einmal klar, weshalb er hergekommen ist: Er will Samir fertigmachen. Am Tag seiner Niederlage wird er in der ersten Reihe sitzen und Beifall klatschen, bis ihm die Handflächen brennen.

Doch in diesem Moment steht Samir unvermutet in einem enganliegenden schwarzen T-Shirt vor ihm. »Was stehst du da rum? Ich habe einen Tisch reserviert, komm mit.« Warum tut er das? Warum versucht er mit allen Mitteln, einen auf Bruderliebe zu machen? Um ihn zu ködern, um ihn einzuwickeln. Er zieht ihn ins Vertrauen, bestellt ihm etwas zu trinken, und nach vier, fünf Gläsern ist François entspannt, sein Kopf fährt Karussell, er will noch ein Glas, dann noch ein zweites, drittes, viertes, fünftes. Samir ist mit einer klapperdürren Blonden, die er mühelos beschwatzt hat, in Richtung Toilette verschwunden, während er selbst es nicht einmal gewagt hat, sich an die Rothaarige ranzumachen, diese Schlampe. Noch ein sechstes und siebtes Glas, und zehn Minuten später wankt François zum Ausgang, weil er gesehen hat, dass die Rothaarige die Tür ansteuert. Für die fünfzig Meter braucht er, nach rechts und links torkelnd, eine gefühlte Ewigkeit, dann entdeckt er sie draußen, ein Stück abseits, hinter einer fetten Limousine. Sie lehnt mit dem Rücken dagegen, der Rock ist ein Stück hochgerutscht, die Bluse steht offen, und er denkt sich: *Die wartet doch nur drauf.* Er wankt auf sie zu und quatscht sie an. Sie sollte nicht alleine rauchen, ob sie sich nicht die Kippe teilen wollen? Aber sie hat keine Lust zu teilen oder zu reden, sie möchte rauchen und fährt ihn auf Englisch an, er solle sich verziehen. Er versteht nicht richtig, was sie sagt, aber an ihrer Lautstärke erkennt er unschwer, dass sie ihn zum Teufel schickt; ihre Augäpfel sind von roten Äderchen durchzogen, sie ist betrunken und genervt. Er zischt auf Französisch »du Schlampe« und wirft sich auf sie, zerreißt ihr die Bluse (*dreckige Hure!*), zerrt den Rock hoch und greift brutal in ihren Slip, er schiebt die Hand zwischen ihre

Schenkel und versucht, seine Finger in ihre Vagina zu schieben. Ohne auf ihre Schreie, Faustschläge und Fußtritte zu achten (*dreckige Hure!*), drückt er sie mit der linken Hand gegen das Auto, während er mit der rechten seine Hose herunterzieht und seinen Schwanz herausholt (*dreckige Hure!*). Ihr durchdringendes Kreischen zerreißt die Nacht, und schon kommt es ihm, er spritzt sein Sperma genau in dem Moment auf ihren Bauch, als der Türsteher mit einer Eisenstange neben ihm auftaucht. François nimmt die massige Silhouette aus dem Augenwinkel neben sich wahr, lässt die Frau los und spurtet in Richtung Straße. Er rennt wieselflink, und niemand folgt ihm, denn kein Verfolger könnte ihn einholen. Auf seine athletischen Sprinterbeine hat er sich schon immer verlassen können, sie scheinen über den Asphalt zu fliegen. Die Polizeisirene nimmt er nur als vages Jaulen in der Ferne wahr, sie verschmilzt mit den Klagelauten, die die Frau immer noch ausstößt. Schon sehr weit entfernt.

10

Francis Scott Fitzgerald bekannte einmal, er habe an dem Tag mit dem Schreiben begonnen, an dem er erfuhr, dass seine Mutter vor seiner Geburt zwei Kinder verloren hatte, und auch Samuel kann den Moment, in dem der Schriftsteller in ihm geboren wurde, exakt definieren: der Tod seiner Eltern. Deshalb geht es in seinem Buch um Identität, Trauer, Herkunft. Über den Tod seiner Eltern ist er nie ganz hinweggekommen. So viele Dramen scheinen darin ihren Anfang zu nehmen – der Suizidversuch, die Trennung von

Nina, die langsame Rekonvaleszenz. Wozu war das alles gut? Er hat sich nie damit abgefunden, und nun schreibt er eben darüber. Dem Schreiben geht ein Zustand des Unbewussten voraus. Das Schreiben ist keine Lösung, es macht alles nur schwerer.

Besonders deprimiert ihn die Kluft zwischen den intellektuellen Ansprüchen seiner Eltern, ihrer Gier nach schulischen Höchstleistungen, ihrer hemmungslosen Verherrlichung von Wissen und dem Resultat seiner jahrelangen Plackerei. Er hätte Quantenphysiker, Rabbiner, Philosoph oder Genetiker werden können – werden müssen – und hatte sich stattdessen aufgrund eines Computerfehlers an der Juristischen Fakultät eingeschrieben. Am Ende hatte er alles aufgegeben und war Sozialarbeiter in einer Banlieue geworden, wo er noch dazu verschweigen musste, dass er Jude war. Was für ein Fiasko, schreibt er, dass das Versteckspiel zum Schlüssel für sein Überleben geworden ist! Was für ein Fiasko, sich eingestehen zu müssen, dass er aus einer Protesthaltung heraus, auf eigenen Wunsch und eigenes Betreiben, das Elternhaus verlassen und sein wahres Wesen verleugnet hat und jetzt Lügen über sich verbreiten muss, um nicht beleidigt und ausgegrenzt zu werden. Er hat geglaubt, dass man seine Manuskripte veröffentlichen würde, aber alles, was er geschrieben hat, ist ohne eine echte Begründung abgelehnt worden, so dass er aufgehört hat, seine Texte überhaupt noch anzubieten. Die Absagen hat er in einem großen Schuhkarton aufbewahrt. Er hat sich nie dazu durchringen können, sie wegzuwerfen. Hat Nina an ihn und sein literarisches Potential geglaubt? Nein, niemals. Und so schreibt er von nun an gegen sie an.

11

Samir versteht nicht, warum sein Bruder an dem Abend aus dem Club abgehauen ist. Er versteht nicht, warum er nun nicht ans Telefon geht. Er ist beunruhigt. Seiner Frau kann er nicht erklären, warum er so nervös ist und seit einiger Zeit abends Tranquilizer schluckt, warum er keine Lust mehr hat auf Sex/Aufstehen/Duschen/Anziehen/Hausaufgaben kontrollieren. Das ganze Ausmaß seiner Lüge fächert sich immer wieder aufs Neue vor ihm auf, und der Schmerz trifft ihn mit voller Wucht: Ich werde *niemals* ich selbst sein können. Er kann sich nicht zu seiner Frau oder einem Freund setzen und beiläufig erwähnen: *Übrigens, ich bin Samir Tahar.* Und selbst bei Nina, die ihm so nahesteht und fast alles über ihn weiß, hat er oft den Eindruck, eine Rolle zu spielen, auch wenn es nur flüchtige Empfindungen sind, deren Ursprung er nicht erkennt. Den Kollegen in seiner Kanzlei fällt auf, wie angespannt und reizbar er neuerdings ist. Sie haben recht. *Er verbirgt etwas.*

Geht's gut, Sam? Alles in Ordnung?

Nein, es geht ihm schlecht. Er verbirgt so viel – den Scharlatan, der aus ihm geworden ist und der lieber sterben würde, als zuzugeben, woher er kommt; den Bruder, dem er misstraut, diesen ordinären, grobschlächtigen, ungebildeten Fremden, dieses bedrohliche Individuum mit seinen ungehobelten Manieren und der latenten Aggressivität, die sich jeden Augenblick entladen kann; die Wut, die in Wellen in ihm aufsteigt, die Schwindelgefühle, die ihn überkommen, weil er anderen Menschen und dem Zufall ausgeliefert und nicht mehr Herr der Lage ist. In diesem Gemütszustand sieht er nur noch einen Ausweg – die

Flucht. Eine gut organisierte Flucht, zusammen mit Nina. Sollte die Wahrheit je ans Licht der Öffentlichkeit gezerrt werden, würde ihn der Skandal umbringen, daran zweifelt er nicht, und François' Anwesenheit in New York ist eine Bedrohung, wie sie schlimmer nicht sein könnte. Denn nach ein paar Tagen taucht sein Bruder ohne jede Erklärung für sein Schweigen unvermittelt wieder auf und ruft ihn nun täglich an, sogar mehrmals am Tag. Bei diesen Telefonaten wirkt François verstört und unberechenbar. Samir muss mit jemandem darüber reden, sonst dreht er durch, aber mit wem? Seine Umgebung führt er erfolgreich weiter hinters Licht, aber wie lange hält er das noch durch? Ohne ein paar Lines Kokain geht längst nichts mehr. In seinem Inneren herrscht das totale Chaos, und eines Tages erträgt er es nicht mehr. Er befürchtet allen Ernstes, den Verstand zu verlieren, und entschließt sich, Pierre Lévy anzurufen und ihm alles zu beichten, denn Lévy ist für ein paar Tage nach New York gekommen. Jetzt oder nie, denkt Samir, auf Lévy kann er sich hundertprozentig verlassen, auch wenn ihre letzte Begegnung in Paris in einem Missklang endete. Er wählt Pierres Nummer, und der Freund hört seiner Stimme sofort an, dass etwas nicht stimmt. »Was ist los, Sam?« – »Ich habe Probleme, Pierre, große Probleme, du musst mir helfen.« Sie verabreden sich für den Abend in einem großen Restaurant an der Madison Avenue. Schon als Samir den Hörer auflegt, geht es ihm besser. Die Aussicht, dass er endlich seine wahre Identität offenbaren kann, verschafft ihm augenblicklich ein Gefühl von innerem Frieden. Nina ist ganz und gar einverstanden: Dieses Bedürfnis nach Wahrheit und Transparenz ist nur der Beginn einer viel größeren Veränderung, die jetzt ansteht.

Eines Tages werden sie zusammenleben, und Samir wird endlich sein wahres Ich zeigen können. Das versichert sie ihm, und er glaubt ihr.

Pierre, ich habe dich um dieses Treffen gebeten, weil ich über etwas Ernstes mit dir sprechen will. Du bist der Einzige, dem ich die Wahrheit sagen kann.

Und er erzählt alles.

Ich bin ein Araber, ein muslimischer Araber. Mein richtiger Vorname ist Samir.

Es dauert ein paar Sekunden, bis Pierre Lévy reagiert. Natürlich bedrückt ihn Samirs Lügengespinst (er bezeichnet dessen Betrug als »monströs«), doch zugleich fühlt er sich verantwortlich für die chaotische Situation, in der sein Freund steckt, denn schließlich war er es, der ihn als Erster für einen Juden gehalten und als solchen präsentiert hat. Auf gewisse Weise ist er der Auslöser des Täuschungsmanövers, aber er würde gern verstehen, warum ihm Samir die Wahrheit nicht früher anvertraut hat.

Unmöglich! Er hat diese Lüge doch komplett aus dem Nichts heraus erfunden, aufrechterhalten, vorangetrieben, mit Hilfe seiner Phantasie immer weiter ausgeschmückt, es war ein solides Konstrukt, dem er jeden Tag neue Elemente hinzufügte, als müsste er sich permanent aufs Neue vom Sinn der ganzen Sache überzeugen. Dem ein Ende setzen? Wie denn? Samir schüttelt den Kopf.

»Ich hatte keine andere Wahl! Wenn ich es dir damals gebeichtet hätte, hättest du mich rausgeworfen!«

»Unsinn! Auf keinen Fall! Wofür hältst du mich? Ich hätte versucht zu verstehen, was dich zu dieser Lüge veranlasst hat!«

»Das stimmt nicht, du hättest mich gefeuert! Du hättest mich gar nicht erst eingestellt, wenn du gewusst hättest, dass ich ein Araber bin, genau wie die anderen Kanzleien!«

Pierre sagt lange nichts. Diese Opferhaltung kann er nicht ausstehen. Er selbst hat sich seine Position ohne jede Hilfe, allein durch Engagement und Ausdauer erarbeitet, und Samirs Verteidigungsrede ist ihm ein Gräuel. Und das sagt er ihm ins Gesicht. Er nimmt ein paar Schlucke Wein und stellt dann sein Glas mit äußerster Langsamkeit ab.

»Willst du wissen, was ich wirklich denke?«

Samir nickt.

»Du redest wie einer, der sich nichts zutraut, du hast eine Sklavenmentalität. Eine solche Sichtweise ist engstirnig, kleinlich … Sie geht davon aus, dass man immer das Opfer seiner Herkunft, seiner Geschichte und Erziehung bleibt. Das ist falsch. Alles im Leben ist eine Frage von Entschlossenheit und Absicht. Alles dreht sich um Gelegenheiten und Begegnungen und darum, Chancen zu ergreifen. Davon bin ich fest überzeugt, und ich gehe sogar noch weiter: Ich selbst bin der lebende Beweis dafür. Was tust du, wenn sich eine Tür schließt? Du klopfst an eine andere, und schlimmstenfalls trittst du sie ein …«

»Ich habe meine Unterlagen an Dutzende Kanzleien geschickt, und sie haben mir nicht einen einzigen Termin für ein Bewerbungsgespräch gegeben! Findest du das normal? Willst du abstreiten, dass das Problem der Diskriminierung existiert?«

»Nein, Diskriminierung gibt es tatsächlich, aber sie macht sich an der sozialen Schicht fest und nicht an der Herkunft. Deine Adresse war vielleicht ein Nachteil für dich, aber dein Name …«

»Das sagst du nur, weil du nie davon betroffen warst!«

»Oh, als Jude habe ich genügend Demütigungen erlebt, das kannst du mir glauben! Ich weiß, was Diskriminierung und soziale Ausgrenzung heißen. Denkst du, mich haben sie in der Schule nicht einen ›dreckigen Juden‹ genannt? Glaubst du, ich bin noch nie von einer Frau verlassen worden, nachdem sie erfahren hatte, dass ich Jude bin? Oder dass ich mir nicht alle möglichen antisemitischen Klischees anhören musste, selbst aus dem Mund meiner engsten Freunde? O ja, ich habe auch geglaubt, mein Name sei schuld an meinen mangelnden Chancen … Wir sitzen im selben Boot, glaub mir.«

»Du erzählst Anekdoten, ich spreche vom Zugang zu Arbeitsplätzen, von gesellschaftlicher Teilhabe, ich spreche von einer systematischen Deklassierung!«

»Willst du die ungeschminkte Wahrheit hören? Das, worüber man in der Öffentlichkeit schweigt, um den sozialen Frieden nicht zu stören? Die Wahrheit ist, dass die Araber sich ewig gedemütigt und die Juden sich ewig verfolgt fühlen. Die Wahrheit ist, dass die Araber sich benehmen, als wollte man sie immerfort unterdrücken und kolonisieren, und die Juden, als wären sie ständig von Ausrottung bedroht. Beide Gruppen müssen mit ihrer Vergangenheit leben und das Beste daraus machen, und manchmal führt dies zu einem regelrechten Opferwettbewerb: Wer hat am meisten gelitten? Wer leidet heute noch am meisten? Wer hat die meisten Toten aufzuweisen? Wer ist der Henker? Wer das Opfer? Wir sind es! Nein, wir! … Das ist erbärmlich und unwürdig und macht mich traurig. Es macht mich traurig, als eine Art Zerrbild zu existieren, weil die eigene Existenz als Summe von Defiziten wahrgenommen wird, nach dem Motto ›Wer hat die besseren Märtyrer?‹ ... Hast du dich wirklich so kolossal diskriminiert gefühlt? Du hast doch dein Studium erfolgreich abgeschlossen, oder? Du warst einer der Besten, das hast du mir selbst erzählt. Hattest du vielleicht mal einen Professor, der es dir im Mündlichen besonders schwergemacht hat, weil er rassistische Vorurteile hatte? Vorurteile kommen ständig ins Spiel, in allen möglichen Konstellationen. Wenn ein Spross aus großbürgerlicher Familie mit Adelsprädikat, 1000-Euro-Lackschuhen und einer Platinuhr im Examen aufkreuzt, kann es genauso passieren, dass er aufgrund seines Erscheinungsbilds durchrasselt. Muss ich es wirklich aussprechen? Du verleugnest deine Identität, weil du unter Verfolgungswahn leidest. Du bist paranoid.«

»Ich soll paranoid sein, ich? Sind die Juden vielleicht nicht paranoid? Sobald sie sich durch die geringste Bemerkung auf die Füße getreten fühlen, sobald sie sich ungeliebt, benachteiligt oder zu Unrecht kritisiert fühlen, bringen sie ihre Allzweckwaffe in Stellung – den Antisemitismus. Wer es wagt, ein kritisches Wort gegen Israel zu sagen, gilt als Antisemit und hat sofort die Liga gegen Antisemitismus und Rassismus am Hals. Wenn ein Jude durchs Examen fällt, war der Prüfer ein Antisemit. Wenn er ein Bewerbungsgespräch vermasselt, ist der Personalchef ein Antisemit. So geht das zu, wir wissen doch, wie es läuft. Sogar meine Kinder sind im Bilde. Ihre Mutter hat es ihnen beigebracht! Diese Angst, nicht geliebt und anerkannt zu werden, ist wirklich zwanghaft! Von Juden hört man immer nur aggressiv vertretene Ansprüche – Selbsterkenntnis und Gewissensprüfung liegen ihnen nicht! Aber wenn ein Araber sagt, dass er wegen seiner Herkunft beleidigt wird, das falsche Aussehen hat und sich diskriminiert fühlt, hält man ihm vor, er jammere zu viel, er übertreibe, spiele das Opfer, sei nie zufrieden, integriere sich nicht, aber das sei sein Fehler, er solle doch wieder dahin gehen, woher er gekommen ist, in das Land, aus dem seine Eltern stammen … Oder den Vornamen ändern – und genau das habe ich getan! Ich bin nicht paranoid, glaub mir, ich weiß, wovon ich spreche, ich habe über fünfzig Bewerbungen losgeschickt und bin nicht zu einem einzigen Gespräch eingeladen worden. Erst seit ich meinen Vornamen geändert habe, bin ich auf einmal interessant und intelligent, man hört mir zu, man will meine Meinung wissen, ich bin sichtbar geworden! Mein französisch klingender Vorname hat mich auf eine Weise legitimiert, wie es all meine Kenntnisse und Diplome nicht konnten. Ist das zu fassen? Im 21. Jahrhundert! In einer Demokratie! Reden wir doch mal darüber! Wie oft ich meinen Ausweis zeigen musste oder im Auto angehalten und kontrolliert wurde! Meine Freunde haben sich darüber amüsiert, aber meine Frau fand es überhaupt nicht komisch! Dass man mich für einen Araber hielt, hat sie maßlos geärgert. Seit ich den Aston Martin fahre, habe ich übrigens weniger Probleme in dieser Hinsicht … Gib's zu, Pierre, du hast mich eingestellt, weil du dachtest, ich sei Jude. Vielleicht auch, weil ich ausgezeichnete Zeugnisse hatte und kompetent war, aber es hat dich beruhigt, dass ich offenbar einer von euch war. Du warst froh, dass du es mit einem Juden zu tun hattest … behaupte nicht das Gegenteil. Das Erste, was dem Sohn meines Partners auffällt, wenn er in eine neue Klasse kommt, ist, ob unter den Schülern Juden sind oder nicht. Und wenn einer da ist, freundet er sich mit ihm an, da kannst du Gift drauf nehmen, selbst wenn sie sonst gar keine Gemeinsamkeiten haben. Er wird ihn am Wochenende in die Sommervilla der Familie einladen, und Berman und seine Frau werden die Eltern kennenlernen. Sie werden mit ihnen ausgiebig über die politischen Machtverhältnisse und die Juden, über Israel und den Iran, über das Wiedererstarken des Antisemitismus und die Immobilienpreise in Jerusalem und Tel Aviv plaudern, denn so funktioniert das nun mal!«

»Na gut, schon möglich, sie folgen dem Herdentrieb. Aber was besagt das? Mir ist das Hemd auch näher als der Rock, und ich bin deshalb weder ein besserer noch ein schlechterer Mensch. Es hätte meine Einstellung dir gegenüber nicht im Geringsten beeinflusst, wenn du mir die Wahrheit gesagt hättest.«

»Du hättest mich genauso gefördert? Mir den Schlüssel zu deiner Kanzlei gegeben? Du hättest mein Studium in New York finanziert und mir die neugegründete Zweigstelle anvertraut? Du wärst mein Freund und Mentor gewesen, wenn du gewusst hättest, dass ich dich belogen habe? Weißt du noch, was du mal zu mir gesagt hast? ›Du bist für mich wie ein Sohn.‹«

»Ich hätte mich vermutlich hintergangen gefühlt, das ist wahr, aber ich hätte versucht, dich zu verstehen! Welches Bild hast du denn von mir? Siehst du mich als beschränkten, um nicht zu sagen rassistischen Sektierer? Darf ich dich daran erinnern, dass ich gerade einen neuen Mitarbeiter maghrebinischer Abstammung eingestellt habe?«

»Soll ich dich dazu beglückwünschen?«

»Sei nicht albern ... Ich habe ihn aufgrund seiner Zeugnisse und seiner Leistungen eingestellt und weil er im Gespräch einen guten Eindruck auf mich gemacht hat! Sofiane ist brillant, das beweist er mir jeden Tag mit seiner Arbeit. Wenn ich ihn nicht engagiert hätte, wäre er garantiert bei einer anderen Kanzlei untergekommen. Dein Problem ist, dass du die Menschen in monolithische Blöcke einteilst. Die Realität ist viel komplexer! Sicher gibt es viele Arbeitgeber, die dich nicht beschäftigt hätten, weil du Samir heißt und sie anerzogene Vorurteile haben; so etwas nennt man Dummheit oder Ignoranz, und die kann keine noch so gerechte und egalitäre Gesellschaft ausmerzen. Aber es gibt auch Andersdenkende, wenn auch nicht so viele, mag sein. Du hättest wahrscheinlich mehr Zeit gebraucht, um sie von dir zu überzeugen, aber irgendwann hätten sie dir vertraut und dir eine Chance gegeben, möglicherweise erst nach ein, zwei Gesprächen, nach einem befristeten Vertrag oder einer Probezeit, gut, aber letzten Endes hätten sie dich genommen, und nicht nur das, sie hätten dir nach drei, vier Jahren eine Partnerschaft angeboten! Wie viele Bewerbungen hast du abgeschickt? Fünfzig? Und dann hast du kapituliert? Hundert hättest du abschicken müssen!«

»Ich habe die Arbeit gebraucht, deshalb habe ich die Stelle genommen. Und ich bin immer noch davon überzeugt, dass du mich entlassen hättest, wenn ich dir damals gleich die Wahrheit gesagt hätte.«

»Da hast du sicher recht. Ich hätte dich nicht behalten – aber nicht, weil du mir deine richtige Identität verschwiegen hast, sondern weil ich das Vertrauen in dich verloren hätte.«

Samir senkt den Kopf und sagt lange nichts.

»Ich bin geliefert, Pierre. Ruth weiß nicht, dass ich einen Bruder habe, sie hält mich für einen Juden. Wenn sie von meinem Bruder erfährt und davon, wer ich wirklich bin, verliere ich alles, was ich mir aufgebaut habe. Ich verliere meine Familie, meine Karriere, meine Stelle, ich sitze auf der Straße, verstehst du?«

»Du machst dir Sorgen um dich, aber denkst du auch an Ruth und deine Kinder?«

»Setz mich nicht noch mehr unter Druck ...«

»Aber das ist wichtig! Du kanntest die Geschichte und Abstammung deiner Frau, als du sie geheiratet hast! Ihre ganze Existenz kreist um das Jüdischsein. Du hättest dich nicht an sie heranmachen dürfen, wenn du damals schon wusstest, dass du ihr nie die Wahrheit sagen kannst! Du hast sie getäuscht. Tu jetzt nicht so, als sei das belanglos!«

»Dich stört doch nur, dass ein Araber eine Jüdin verführt und ihr zwei Kinder gemacht hat!«

»Red keinen Unsinn! Ich finde es schrecklich, dass ein Mann nicht nur seine Frau belügt, sondern auch noch seine eigenen Kinder in diesen Identitätsschwindel hineinzieht. Das ist unverzeihlich.«

»Welchen Schwindel? Meine Kinder sind Juden ... Sie wurden als Juden erzogen und tragen sogar den Namen ihrer Mutter! In diesem Punkt bin ich der Verlierer!«

»Du hast ihnen einen Teil ihrer Identität vorenthalten.«

»Was spielt das für eine Rolle?«

»Was das für eine Rolle spielt? Gut, solange sie es nicht erfahren, das stimmt, spielt es keine Rolle, aber stell dir vor, dein Bruder plaudert alles aus, stell dir den Schock vor, das Trauma ...«

»Ah, du gibst also zu, dass sie schockiert sein werden, wenn sie erfahren, dass ich ein Muslim bin.«

»In welcher Welt lebst du denn, Samir? Du hast die Tochter von Rahm Berg geheiratet! Die Tochter des Mannes, dessen Vater in der zionistischen Irgun gekämpft hat. Davon hast du mir selbst erzählt! Was erwartest du? Dass sie sich deine Enthüllungen lächelnd anhören, dir um den Hals fallen und dich in ihrer Mitte willkommen heißen? Du hast sie belogen, Sami ... Trotzdem musst du es ihnen jetzt sagen. Auch wenn es dir schwerfällt, auch wenn du viel zu verlieren hast ...«

»Auf keinen Fall.«

»Es gibt ein jiddisches Sprichwort, über das du nachdenken solltest: Mit der Lüge kommt man durch die ganze Welt – aber nicht wieder zurück!«

»Was soll ich deiner Meinung nach tun?«

»Du sollst ihnen die Wahrheit sagen! Sie werden sie eines Tages ohnehin erfahren!«

»Das kannst du vergessen!«

»Und dein Bruder? Meinst du wirklich, dass er dichthalten wird?«

»Aus diesem Grund wollte ich dich treffen. Damit du mir hilfst! Damit du mir einen Rat gibst! Nicht, damit du mich verurteilst!«

»Dann hör mir jetzt gut zu. Du sagst ihnen vorläufig nichts, in Ordnung, aber du versuchst, dir deinen Bruder vom Hals zu schaffen.«

»Wie?«

»Was, glaubst du, will er von dir?«

»Geld. Ich werde ihn fragen, wie viel er will, und ihn wegschicken.«

»Sehr gut. Das Problem ist nur, dass er wahrscheinlich immer mehr fordern wird, wenn du ihm einmal Geld gegeben hast, um ihn zum Schweigen zu bringen. Und was machst du dann?«

»Ich weiß nicht …«

»Denke strategisch! Du willst, dass er abreist. Geld wird nicht ausreichen, um ihn auf Abstand zu halten. Nein, er braucht noch etwas anderes, und das solltest du ihm geben. Interesse, Zuneigung … Sei ihm ein Bruder, und du wirst bald nicht mehr von ihm belästigt werden.«

»Das glaubst du wirklich?«

»Sei so gut und vertraue mir, ein einziges Mal.«

12

Am nächsten Tag lädt Samir François zum Essen ein, um, wie verlangt, Zerknirschung zu heucheln. Er beteuert ihm, er bereue aufrichtig, wie er ihn seit seiner Ankunft in New York behandelt habe. Er bedauere, dass er so grob war und nicht versucht habe, seine Beweggründe zu verstehen, dass er ihn aus Angst auf Abstand gehalten und ein Klima des Argwohns erzeugt habe, obwohl François doch mit der löblichen Absicht gekommen sei, Frieden zu schließen. Ihm dagegen sei nichts Besseres eingefallen, als auf Konfrontationskurs zu gehen. Es tue ihm leid, sich nicht *wie ein Bruder* benommen zu haben: »Ich hätte dich bei mir aufnehmen und dich in meine Familie integrieren müssen. Stattdessen habe ich nur überlegt, wie ich dich auf Distanz halten kann. Ich habe mich benommen, als würdest du eine Bedrohung darstellen, dabei habe ich doch immer auf dich aufgepasst, als du klein warst. Ich habe dich gehütet, wenn Mama arbeiten war.« Er spielt bewusst die Gefühlskarte aus, denn bei François, der ohne Vater von einer fragilen Mutter aufgezogen wurde, taugen Angriff und verkrampfte Aggressivität nicht. Also packt er ihn bei seinen Gefühlen und hofft, ihn auf diese Weise zur Rückkehr nach Frankreich zu bewegen. In dem kleinen, preiswerten indonesischen Restaurant, in das er ihn eingeladen hat – ein ruhiges, abgelegenes Lokal, in dem ihm ganz bestimmt keiner seiner Bekannten über den Weg läuft –, versichert er, er habe nachgedacht und wolle François helfen und mehr über ihn erfahren, es interessiere ihn wirklich: *Ich will alles wissen.* Und es gelingt Samir tatsächlich, den Bruder einzulullen. François blinzelt hektisch, und mit seiner verlegenen Miene hat er so gar nichts von dem Gewaltverbrecher an sich, der im Kopf seiner Mutter herumspukt. Gut, er hat vielleicht ein paar Mal gedealt und Waffen versteckt, um einem Kumpel einen Gefallen zu tun oder weil er Geld brauchte, aber er wüsste nicht mal, wie man eine Waffe entsichert. Ein harmloser Bursche ist er, ein kleiner Ganove, der keiner Fliege etwas zuleide tut. Seine einzige Schwäche ist sein Jähzorn. Er geht schnell in die Luft, wenn jemand ihm dumm kommt oder er sich in die Ecke gedrängt fühlt. Doch beim großen Kräftemessen wird er den Kürzeren ziehen. Er hat weder das Charisma noch die perverse Intelligenz, noch das Denkvermögen, das man sich durch eine systematische Bildung erwirbt, und er ist mit den komplexen gesellschaftlichen Codes nicht vertraut. Er ist ein unbedarfter, frustrierter Bursche, aber kein Bösewicht. Ein gewisser, nicht zu unterschätzender Risikofaktor ist sein Starrsinn, aber wenn er einen Stärkeren vor sich hat, unterwirft er sich. Wer ihn zähmt, dem frisst er aus der Hand. Sein fehlender Tiefgang lässt sich durch nichts kaschieren. Samirs kleine Rede flößt ihm Vertrauen ein. Und es dauert nicht lange, bis er wie ein eifriger Zeuge nach einem Raubüberfall zu Samir sagt: »Also gut, ich erzähl dir alles.«

Mit seinem Namen geht es schon los. François Yahyaoui. Seinen Vornamen hat er immer gehasst. Er kann ihn nicht ausstehen. François klingt so französisch, Horror. Er würde sich lieber Mohammed, Djamal oder Kamel nennen wie die anderen und Tahar wie sein Bruder. Er hätte lieber braune Haut und dunkle Augen wie seine Mutter und wäre gern ein lupenreiner Muslim wie seine Freunde. In der Siedlung, in der alle Welt aus Nordafrika stammt, gehört er nicht richtig dazu, man nennt ihn »den Blonden«, den »Roumi«, er kommt einfach nicht dagegen an. Manchmal nennen sie ihn auch François I. Und das ist noch schlimmer für ihn, weil er den Vater, der ihn nie anerkannt hat, noch abscheulicher findet als den Namen, den er von ihm geerbt hat. Seine Mutter hat sich eine Rosa-Brille-Version für ihn zurechtgelegt, die ihn aufwertet und die er auf ihr Verlangen hin verbreitet: »Du sagst: ›Mein Vater war Berufsoffizier.‹ Du sagst: ›Mein Vater war Pilot und ist mit dem Flugzeug abgestürzt.‹ (›Mein Vater war ein Held‹, fügt er selbst hinzu.) Du sagst: ›Mein Vater war Franzose.‹ Mehr sagst du nicht.«

Seine Mutter machte damals eine sehr schwere Zeit durch. Samir war ausgezogen. Brunet hatte ihr und dem Sohn den Unterhalt gestrichen. Einige Monate zuvor hatte François nach mehreren gescheiterten Anläufen noch einmal versucht, Kontakt zu seinem Vater aufzunehmen. Er hatte ihn am Ausgang des Palais Bourbon abgepasst, wo die Nationalversammlung tagte. Als er ihn von weitem kommen sah, begleitet von einem jungen, aktenschleppenden

Assistenten in Anzug und Krawatte, hatte sich eine Art Stolz in ihm geregt. Er war auf seinen Vater zugegangen, doch der hatte so getan, als würde er ihn gar nicht kennen. François hatte ihm hinterhergeschaut, bis er in einer der lauten Pariser Brasserien verschwunden war, in denen es kein Gericht unter zwanzig Euro gab und François sich nicht mal ein Getränk hätte leisten können. Auf dem Heimweg hatte er, im Gang der Regionalbahn stehend, vor Wut geweint.

Von da an geht es bergab mit ihm. Er tut nichts mehr für die Schule und treibt sich den ganzen Tag in der Siedlung herum. Der Hausmeistersohn aus seinem Hochhaus*, halb Franzose, halb Araber, ein Typ mit dunklen Haaren und grünen Augen, schlägt ihm vor, für ein paar Scheine Schmiere zu stehen. François' Aufgabe besteht darin, die anderen zu warnen, falls die Polizei auftaucht. Er dreht seine Runden um das Gebäude, überwacht die Ausgänge, redet nicht viel, konzentriert sich auf seinen Job. Normalerweise rückt immer ein ganzer Trupp Polizisten weithin sichtbar mit blinkendem Blaulicht an, denn sie haben Angst, ohne Eskorte in die Siedlung vorzudringen. Aber manchmal, wenn sie einen wichtigen Deal wittern oder einem großen Fisch auf der Spur sind, kommen sie auch in Zivil aus dem Hinterhalt – gerade noch ist alles ruhig, und auf einmal, hopp, springen sie aus Lieferwagen, die du nicht hast kommen sehen, packen dich, drücken dich mit dem Gesicht gegen die Wand, biegen dir die Arme auf den Rücken und legen dir Handschellen an. Sie werden schon was finden, was sie dir anhängen können. Ab und zu stürmen sie sogar mit

---

* Barnabé Cissé, 26, träumte schon immer davon, »möglichst viel Kies zu machen und den Rest des Lebens am Strand von Punta Cana abzuhängen«.

Getöse die Treppe hoch und hämmern an Wohnungstüren: *Aufmachen, Polizei!* Und dann bricht Panik aus. In solchen Fällen muss man sofort reagieren, und François ist, wie jeder weiß, genau der Richtige dafür, denn er läuft schneller als sein Schatten. Er kann dreizehn Etagen hochsprinten, ohne aus der Puste zu kommen. Das ist ein Talent – jedem das Seine –, warum soll man nicht davon profitieren.

Als Wachhund bewährt er sich. Daraufhin bieten sie ihm an, dass er Shit verkaufen kann, und er ist einverstanden, denn es ist ein Vertrauensbeweis und eine Art Beförderung. Es geht um keine großen Mengen, nur ein paar Plättchen unter der Hand, da ist doch nichts dabei. Er lungert in Bahnhöfen und auf Parkplätzen herum, wartet auf Kunden und wird eines Tages aus einem Auto heraus von Polizisten in Zivil verhaftet. Er wird in eine geschlossene Einrichtung gebracht, erzählt dem Richter eine herzerweichende Story und wird zu ein paar Stunden Sozialarbeit verurteilt. Das heißt, er schrubbt Graffiti von einer Schulwand und fegt Müll, Laub, leere Orangensafttüten, Bonbonpapier, das an den Fingern klebt, und Sammelkärtchen vom Pausenhof. Sein Betreuer ist ein vierundzwanzigjähriger Erzieher, ein ultralinker, sanftmütiger Idealist, und alle sind zufrieden.

Als er nach Hause entlassen wird, lässt er die Bosse wissen, dass er wieder ins Geschäft einsteigen will. Von jetzt an keine halben Sachen mehr, er hängt sich an zweitklassige Bandenchefs und wird gefragt, ob er Waffen aus dem Balkan bei sich bunkern würde. Er willigt sofort ein und stellt keine Fragen. Offiziell sollen die Waffen für die Sicherheit der Siedlungsbewohner sorgen, aber es ist allgemein bekannt, dass sie der Ausbildung junger Dschihadisten dienen oder von kriminellen Banden und Dealern gekauft wurden.

Doch das ist nicht sein Problem. Er hat das große Los gezogen, glaubt er, so eine einmalige Gelegenheit kann man sich doch nicht entgehen lassen. Endlich die Aussicht auf einen Platz an der Sonne! In einem nahe gelegenen Waldstück hat er ein ruhiges Fleckchen aufgetan, wohin sich niemand wagt, dort kann er sogar heimlich Schießübungen machen. Waffen faszinieren ihn. Er liebt den Geruch von Schießpulver und den dumpfen Knall der Explosionen, am liebsten zündet er Handgranaten, denn bei denen muss man nur wie bei einer Bierdose am Ring ziehen. Sie kann zu früh explodieren, klar, das ist gefährlich, aber was für ein Kick!

»In dieser Zeit haben wir uns mal bei Mama gesehen. Ich hab mir gesagt, wenn du es so weit nach oben geschafft hast, kann ich das auch.«

Obwohl er Waffen mag und sich bei den Drogendeals manchmal wie in einem spannenden Actionfilm fühlt, weiß er im Grunde schon, dass sie ihn eher ins Gefängnis bringen werden als nach Australien, in das Land, von dem er träumt, seit ein Junge aus der Siedlung dort mit der Produktion von Trainingsanzügen im Weißer-Tiger-Look sein Glück gemacht hat.

»Schließlich hab ich mir deine Adresse besorgt ... und den Rest kennst du.«

François ist aufgewühlt und greift zum Glas, um seine Gemütsbewegung zu verbergen, und Samir begreift, dass er am Ziel ist. Er hat seinen Bruder da, wo er ihn haben will, alles ist gut. Eilig versichert er ihm, dass er ihm helfen wird: »Du fliegst zurück, und ich zahle dir deine Ausbildung, ich lasse dich nicht im Stich. Aber du musst mir versprechen, dass du keinen Stoff und keine Waffen mehr anrührst, du darfst nicht mehr auffallen. Und dann ... hör mit diesen ultrabrutalen Ballerspielen auf, die vernebeln dir das Hirn, die verstellen dir den Blick auf die Wirklichkeit.« François nickt fügsam. »Gut«, fährt Samir fort, »du kannst noch zwei, drei Wochen bleiben, ich kümmere mich um alles und ...«

Nein, François will gleich nach Frankreich zurück. Er ist blass geworden, als müsste er sich jeden Augenblick übergeben. Und nun rückt er damit heraus, dass er Probleme hat, er erzählt Samir von dem Abend im Club und von der jungen Frau, der er ein bisschen zugesetzt hat, was ihm inzwischen leidtut. Jetzt hat er Angst, dass sie ihn anzeigt oder mit jemandem darüber redet. Er hatte zu viel getrunken an jenem Abend, *du hast mir ein Glas nach dem anderen bestellt, so viel trinke ich sonst nicht.* Er weiß nicht mehr so genau, was passiert ist – kann es sein, dass er ihr echt was getan hat? Er will nicht für etwas geradestehen müssen, an das er sich nicht erinnert.

»Und außerdem hat sie's drauf angelegt«, schimpft er laut, »sie hat mich angemacht mit ihrem nuttigen Minirock und ihrem ausgeschnittenen Top, wo man alles gesehen hat. Erst machen sie dich scharf, diese Schlampen, und wenn du drauf abfährst, heulen sie rum. Was wollen die denn eigentlich? Dass man bitte, bitte sagt, obwohl sie sich einem an den Hals werfen? Verdammt, Samir, ich hab echt Schiss. Die ist imstande, irgendwas zu erfinden, dass ich sie vergewaltigt habe oder so, dabei habe ich sie so gut wie überhaupt nicht angerührt, die sind doch zu allem fähig, die sind doch alle irre ... Ich will hier weg.«

François' Wortschwall beunruhigt Samir. Hat sein Bruder die Frau tatsächlich vergewaltigt? Hat er sie belästigt? Er würde ihn am liebsten so lange schütteln, bis er sich erinnert, alles gesteht und bis zum Ende seiner Tage im Gefängnis schmort. Aber er widerspricht ihm nicht, denn es geht darum, die eigene Haut zu retten. Seine einzige Sorge ist, wie er seinen Bruder aus New York entfernen und sich und seine Familie vor ihm schützen kann. Deshalb bestärkt er François in seinen Befürchtungen.

»Deine Angst ist berechtigt. Kann sein, dass sie dich anzeigt. Du weißt nicht, was du riskierst, wenn du in den Staaten bleibst. Schon morgen könnten die Bullen von der Sitte – und das sind die Schlimmsten – mit belastenden DNA-Proben in deinem Hotel auftauchen. Sie werden dich für zwanzig Jahre einbuchten, und auch der beste Anwalt könnte dein Strafmaß nicht mindern. Du wirst die feministischen Frauengruppen am Hals haben. Die öffentliche Meinung wird gegen dich mobilmachen. Und zu allem Übel bist du Franzose. Hör zu, du musst wirklich weg … Ich besorge dir ein Flugticket.« Er verstößt gegen seine tiefsten Überzeugungen, doch die Angst diktiert ihm seine Worte.

»Stopp mal«, unterbricht ihn François, »da ist noch was.« Wie soll es laufen, wenn er wieder in Frankreich ist? Er braucht Geld, er kann nicht so weitermachen wie bisher. »Ich will solide werden, ich hab genug von dem ganzen Mist.« Er ist schließlich hergekommen, weil er Hilfe braucht, weil er sein Leben ändern möchte, er will »nicht wieder so ein bekackter Kleindealer« werden.

»Ich helfe dir.«

»Das würdest du für mich tun?«

»Ja.«

»Und warum? Du hast doch selbst gesagt, dass ich dir nichts bedeute.«

»Ich tue es für unsere Mutter. Damit sie sich keine Sorgen mehr um dich macht. Damit sie nachts nicht mehr aufstehen muss, um sich zu vergewissern, dass du heil nach Hause gekommen bist und nicht besoffen oder bekifft in der Gosse liegst. Damit sie mich nicht mehr anruft und mir vorjammert, dass sie keinen Bissen mehr runterkriegt, weil sie immer nur an dich denken muss und daran, was du als Nächstes anstellen wirst, oder weil sie Angst hat, dass die Polizei dich abholt und ihr Ruf für immer beschädigt ist. Du weißt, dass Ehre für sie sehr wichtig ist. Deshalb werde ich dir Geld geben, aber dafür musst du mir versprechen, dass du etwas unternimmst. Such dir eine Arbeit oder fang wenigstens wieder eine Ausbildung an. Versprich mir, dass du dir mit dem Geld nicht Stoff kaufst oder es im Casino verspielst.«

»Das würdest du von Mama doch sowieso erfahren, oder?«

»Ich habe anderes zu tun, als dir hinterherzuschnüffeln, François. Ich habe eine Arbeit und eine Familie. Ich würde dir lieber vertrauen.«

Das Wort Vertrauen renkt alles ein, und jetzt ist es François, der in einem ruhigen, versöhnlichen Ton etwas vorschlägt.

»Super wär für mich, wenn du mir jeden Monat was überweist ... Ich will dich ja nicht ausnutzen.«

»Wie viel?«

»Ich weiß nicht ... Sag du.«

»Nein, nur zu, nenne mir eine Summe, die sich nach deinen echten Bedürfnissen richtet.«

»Zweitausend Euro im Monat? Das tut dir nicht weh, du hast deine Ruhe, und ich habe genug zum Leben und kann

Mama ein bisschen was bieten. Ich gehe nach Frankreich zurück, und du hörst nichts mehr von mir.«

Samir ist maßlos erleichtert. Zweitausend Euro sind eine Kleinigkeit für ihn, François hätte fünftausend fordern können, und er muss plötzlich lachen. Einverstanden.

»Aber wie willst du das machen, ich meine, wie kriege ich das Geld?«

»Ganz einfach, ich eröffne ein Konto für dich und richte einen monatlichen Dauerauftrag ein. Innerhalb von achtundvierzig Stunden ist alles geregelt.«

»Und wenn deine Frau dahinterkommt?«

»Machst du dir jetzt Sorgen um mich? Das ist ja was ganz Neues ...«

»Ich will nicht, dass du meinetwegen in der Scheiße sitzt.«

»Sie wird nichts merken. Ich erledige das diskret, schließlich habe ich gute Kontakte bei der Bank, das ist kein Problem.«

François hat noch etwas auf dem Herzen. »Samir, warum lässt du Mama in diesem elenden Rattenloch wohnen, wo du ihr doch eine richtig schöne Wohnung mieten könntest?«

»Sie will nicht umziehen, es ist ihre Entscheidung, nicht meine.«

»Ich könnte sie bestimmt überreden ...«

»Willst du mehr? Reicht es dir nicht?«

Wortlos greift François nach seiner Sporttasche und erklärt, er werde mit der U-Bahn zum Flughafen fahren, er will auf der Stelle los und den ersten Flug nach Paris buchen.

»Nicht doch«, widerspricht Samir, weniger aus Zuneigung denn aus Sorge, er will sich vergewissern, dass François wirklich abfliegt. »Ich begleite dich natürlich.«

Und beim Abschied kommt es fast zu einer Umarmung. Sie klopfen sich gegenseitig freundschaftlich auf die Schulter. *Denk nicht mehr an diese dumme Sache! Gute Reise!*, gibt Samir ihm mit auf den Weg und winkt, während er beobachtet, wie François auf die Sicherheitsschleuse zugeht. *Bis bald!* Dabei hofft er, dass er ihn nie wiedersehen wird.

13

Eine Frage wird Schriftstellern häufig gestellt: Wie lange brauchen Sie für ein Buch? Das klingt, als hätte das Schreiben Ähnlichkeit mit der Architektur, mit dem Bau eines Hauses, als könnte man die Herstellungsfrist und das Lieferdatum vorausberechnen – jeder bekommt, was er bestellt hat, und alle sind zufrieden. Zwänge bekommen dem literarischen Schreiben im Allgemeinen schlecht. Der Akt des Schreibens hat etwas Asoziales: Man schreibt gegen etwas an. Wie soll man unter diesen Umständen das Fundament für ein sozialverträgliches Gedankengebäude errichten können? Samuel hat das nie geschafft und ist deshalb Sozialarbeiter geworden. Er wollte am Rand der Gesellschaft bleiben, der von Menschen bevölkert ist, die ebenso leiden wie er, die vielleicht ein wenig anders sind, aber auch Verwundete, Gebrochene wie er. Seit der Trennung von Nina ist die Einsamkeit der Mittelpunkt seines Lebens, mit dem Schreiben hält er sich die Depression vom Leib. Er schreibt, um zu überleben, um nicht krank zu werden, er arbeitet und sieht irgendwann vage, wie sich die Steine zu einem Gebäude fügen, und nun kann er antworten: »Ein Jahr.«

Eine andere Frage wird selten gestellt, obwohl sie doch den Kern des kreativen Prozesses berührt: Wie weiß man, wann ein Buch fertig ist? Mit dieser Frage schlägt sich Samuel seit einem Monat tagtäglich herum. Er liest, ergänzt, streicht, korrigiert – sein seelisches Gleichgewicht hängt nicht mehr von der Liebe einer Frau ab, sondern von der Platzierung eines Wortes, eines Semikolons, vom Rhythmus eines Satzes, der Sprachmelodie. Das überwältigende Bedürfnis, mit dem Geschriebenen so eng verbunden zu sein, als würde man es aus sich selbst ausgraben – und was soll daraus entstehen? –, hilft ihm am besten, seine wirre Existenz zu ertragen.

Als Samuel seinen Text liest, ohne etwas zu verbessern, weiß er, dass das Manuskript fertig ist. Es gibt nichts mehr anzufügen, er kann es abschicken. Hier und da entdeckt er zwar noch rhythmische Schwankungen und Brüche, die den Leser irritieren könnten, und er ahnt, welche Stellen Missfallen erregen könnten. Aber er ändert nichts mehr. Schreiben bedeutet, Missfallen zu akzeptieren. Das Streben nach Perfektion, der Zwang, es »richtig zu machen«, »gut zu schreiben«, verursacht ihm Beklemmungen. Literatur ist Unordnung. Die Welt ist Unordnung – wie soll man sie sonst in ihrer Brutalität abbilden? Die Worte sollten nicht an der *richtigen* Stelle sein. Genau in diesem Bereich des Ungewissen bewegt sich die Literatur.

Samuel verfolgt keine Ziele. Er will nichts anderes, als täglich seinen Text fortschreiben, das unersättliche, kalte Raubtier füttern. Ist es nicht verrückt, dass das Wohlbefinden von der Fähigkeit abhängt, die eigene Geschichte in Worte zu fassen?

Am meisten bedauert er, dass es ihm nicht gelungen ist, sein Leben zu einem literarischen Universum zu gestalten. Er hat sich in verschiedenen Phasen seines Lebens um die Veröffentlichung seiner Texte bemüht, aber diese Zeiten sind ihm in schrecklicher Erinnerung. Es kommt ihm vor, als hätte er sich damals mit einer schweren, potentiell tödlichen Krankheit infiziert, die sein ganzes Wesen in Mitleidenschaft gezogen hat. Ja, es war eine Zeit, in der es ihn permanent drängte, sich eine Kugel in den Kopf zu jagen. Er kassierte nur Absagen, sein Roman passte nicht in das jeweilige Verlagsprogramm, die Programmchefs bedauerten, ihm mitteilen zu müssen, und so weiter – die reinsten Kondolenzbriefe. Zum Trost las er einen Satz von Singer immer wieder: »Es verging kein Tag, an dem ich nicht an Selbstmord dachte. Die größte Qual für mich war der Mangel an Erfolg meiner Arbeit.« Und er, Samuel, hatte es noch nicht einmal fertiggebracht, Schriftsteller zu werden.

Im Grunde hat er in seinem ganzen Leben noch nie mit irgendetwas Erfolg gehabt.

Samuel fürchtet sich nicht mehr vor der Ablehnung seines Manuskripts. Irgendetwas ist ihm abhandengekommen. Nicht der literarische Ehrgeiz – er hat immer noch den Drang, eine eigene, unverkennbare Sprache zu erschaffen und mit einer klaren, unüberhörbaren Stimme zu sprechen –, aber der soziale Ehrgeiz ist weg. Er wünscht sich nicht mehr, bekannt/anerkannt zu sein, denn diese fixe Idee zerstört alles. Als er auf die vierzig zuging, gab er den Wunsch auf, Bewunderung hervorrufen zu wollen, um seiner Leistungen willen geliebt zu werden und eine klar umrissene gesellschaftliche Position einzunehmen. Die Zustimmung anderer Menschen ist für sein Glück nicht mehr notwendig, und das erleichtert ihn enorm. Der Druck hat nachgelassen, das Korsett schnürt ihn weniger ein, er ist auf die andere Seite übergewechselt ... Gestern war es noch möglich, gestern war dieses »Sei erfolgreich!« geradezu eine Verpflichtung, ein Auftrag. Jeder musste sich dieser Norm unterwerfen (oder er wurde von der Gesellschaft an den Rand gedrängt). Heute ist das nicht mehr so, wie sich Samuel ohne Zorn und ohne Angst vor dem Urteil der Öffentlichkeit eingesteht. Was ist aus den Bruchstücken eines Versprechens und den eigenen oder ihm von den Eltern eingepflanzten ehrgeizigen Plänen geworden – dem Entwurf eines AUSSERGEWÖHNLICHEN Wesens, eines ELITE-Menschen? Sie haben sich als Trugbild entpuppt.

Folglich redet er sich ein, als er sein Manuskript an vier Verlage schickt, dass er keine Erwartungen hat. Er ist ruhig und bei klarem Verstand. Er weiß, dass es in der Literatur keine Erfolgsgeschichten gibt. Schreiben bedeutet, sich Tag für Tag mit dem Scheitern auseinanderzusetzen.

14

Rückkehr in den Frieden/in die zweigeteilte Existenz: zwei Wohnungen, zwei Frauen, zwei Leben. Nina lässt neuerdings eine gewisse Ungeduld erkennen, sie hat *genug* von diesem *Einsiedlerdasein*, es *passt* ihr nicht, aber Samir redet ihr gut zu: Sie habe doch einen festen Platz in seinem Leben. Ein wenig am Rand, ein wenig im Schatten, aber der Platz ist ihr sicher. Und dann fährt er, um sie milde zu stimmen, fort: »Die intensivsten Leidenschaften, die größten Liebesgeschichten spielen sich im Verborgenen ab.« – »Aber mir reicht das nicht, verstehst du?« Nein, er versteht es nicht. »Ganz objektiv betrachtet, hast du doch alles.« Alles: Geld, materiellen Komfort, sexuelle Harmonie. Das müsste ihr eigentlich reichen, findet er. Was er täglich mit ihr erlebt, widerlegt Bermans Befürchtungen. Samir war noch nie so gelassen, so frei von Ängsten, Zweifeln und Schuldgefühlen, den üblichen Begleiterscheinungen eines Ehebruchs. Er befindet sich privat und beruflich in einer Phase der Euphorie, in der ihm alles gelingt, was er anpackt. Er gewinnt Prozesse mit einer neuen Souveränität und außergewöhnlichem Engagement. Er spielt und siegt.

So geht das eine Weile.

Samir und Nina schirmen sich weitgehend von der Außenwelt ab. Nina sieht praktisch niemanden außer Samir. Samuel hat recht, sie führt das Leben einer Geisha. Immer wieder muss sie sich einschärfen, dass sie mit einer Nutte nichts gemeinsam hat, nein, nein, nein, aber im Grunde zweifelt sie daran. (Was tut sie denn anderes, als auf ihn zu warten? Sich seinen Wünschen zu fügen? Ist sie denn in irgendeiner Form unabhängig? Nein. Und manchmal hat sie den – rasch wieder unterdrückten – Impuls, sich aufzulehnen.) Lange hatte sie sich nur gewünscht, von Samir geliebt zu werden, aber nun sind neue Wünsche hinzugekommen (und Samuels harte Worte haben das Ihre dazu beigetragen): Sie will ein Kind. Seit fast einem Jahr wohnt sie nun schon in dem schönen Apartment, das Samir für sie gemietet hat, und es fehlt ihr an nichts, aber inzwischen widerstrebt ihr der Status der ausgehaltenen Geliebten, der ihr anfangs, im ersten Liebesrausch, noch gefallen hat, denn sie spürt, dass er sie entwürdigt und unsichtbar macht. Sie hat genug davon, sich immer nur nach Samirs Terminen und Wünschen zu richten, sie will mehr. Hinzu kommt die Angst vor dem Älterwerden. Sie befürchtet, dass er sie irgendwann abservieren wird, wenn er ihrer überdrüssig ist. Samuel hat diese heimtückische Furcht in ihr geweckt, vielleicht aus Eifersucht und um sie zu verletzen, aber recht hat er trotzdem. Das weiß sie, weil sie Samirs Schwäche für junge Frauen kennt. Auf der Straße dreht er sich ganz offen nach ihnen um, und sie hat sogar schon beobachtet, wie er einer kaum zwanzigjährigen Verkäuferin seine Visitenkarte zusteckte, während sie selbst Dessous anprobierte, die er für sie ausgesucht hatte. Sie weiß es, weil sie mitbekommen hat, wie ein Mandant ihm einmal anvertraute: »Ich verlasse meine Frau in einem Alter, in dem sie noch hoffen kann, einen anderen zu finden«, und Samir hatte diese Äußerung mit einem Lachen quittiert, obwohl es so traurig war. Es ist tragisch, wenn man weiß, dass jenseits einer bestimmten Altersgrenze der Fahrschein nicht mehr gilt. Auch wenn Frauen noch so beherzt gegen die Zeit ankämpfen und alle Tricks anwenden, um jünger und begehrenswerter zu wirken, ist es in einer von Männern dominierten Gesellschaft ein von vornherein verlorener Kampf. Nina kann auf eine Affäre von zwei, drei Jahren hoffen – aber was kommt danach? Die Wahrheit, die sie nicht hören will, lautet, dass Samir sie irgendwann verlassen wird. Er hat zu große Lust auf Veränderung, er braucht frische Reize, leichte Eroberungen. Er ist in jeder Hinsicht ein Konsument, ein Genießer. Er hat sich schon immer mit schönen

Frauen umgeben, möglichst mit den superschönen, an die sich die anderen Männer gar nicht erst heranwagen. Sie glaubt, dass ein Kind sie schützen würde – ein Kind ist eine Versicherungspolice. Na und? Jeder tut, was er kann. Er hätte diese Entwicklung voraussehen müssen, sie war zu erwarten gewesen. Früher oder später stellt sich die Frage nach einem Kind.

Nina legt sich einen Plan zurecht. Eines Abends zieht sie alle Register und umgarnt ihn äußerst phantasievoll, sie ist genau die Frau, die er sich erträumt, und nachdem sie sich geliebt haben, teilt sie ihm mit, sie wünsche sich ein Kind. Sie sagt nicht, dass sie ihre Beziehung legitimieren will – das kommt später, denkt sie, ganz von allein, durch das Kind. Samir hat sich vor diesem Moment gefürchtet, er hat geglaubt oder gehofft, sie habe mit dem Kinderwunsch abgeschlossen. Sie hat lange nicht mehr darüber gesprochen, und nun fängt sie wieder davon an. *Das ist unmöglich*, ruft er ihr ins Gedächtnis, es geht ihnen doch gut miteinander, er liebt sie, sie lieben sich, sie sind frei, ohne Verpflichtungen, wozu *ein Problem* schaffen? Ein Kind würde alles nur verkomplizieren. *Ein Problem?* Sie lässt sich nicht abspeisen: »Du hast es mir versprochen, bevor ich hergekommen bin.« Ja, er hatte es versprochen, schon möglich, im Überschwang der Liebe und Zärtlichkeit war es ihm herausgerutscht, doch jetzt muss er realistisch sein.

Er ist verheiratet,

er hat schon zwei Kinder,

er kann das Risiko nicht eingehen, dass alles zerbricht, was er sich aufgebaut hat,

er will sie nicht verlieren,

aber sie muss vernünftig sein und sich beruhigen.

Seine Worte hallen in ihr nach, und schon wächst die Angst, schon regt sich der Ärger, und sie sagt mit einer Kälte, die ihm einen Schauer über den Rücken jagt: »Mach mir ein Kind, oder komm nie mehr wieder.« Das ist übertrieben, erpresserisch, kindisch, der Satz verrät, wie schwach sie ihre Position einschätzt. Dennoch droht sie ihm, und er weiß, dass sie fähig ist, ihre Drohung in die Tat umzusetzen. Panik erfasst ihn. Eine Attacke aus dem Hinterhalt. Und wenn sie ohne seine Einwilligung schwanger wird? Sie hat ihm versichert, dass sie die Pille nimmt, aber vielleicht lügt sie ja.

»Ich verstehe dich nicht mehr.«

»Du verstehst mich nicht mehr? Ich sitze hier allein in diesem Apartment, in einem fremden Land, ohne Freunde, ich kenne niemanden außer dir – du wolltest nie, dass ich mir eine Arbeit suche! –, aber so kann ich nicht leben! Ich will nicht nur durch diese Wohnung mit dir verbunden sein!«

»Ich liebe dich, das sollte dir genügen.«

»Wenn du mich liebst, musst du mir das Kind schenken, von dem ich träume.«

Da stellt er sich vor sie hin und sagt so distanziert, dass sie zu Stein erstarrt: »Du machst alles kaputt. Dabei hast du alles, was eine Frau sich nur wünschen kann.« Dann greift er nach seiner Jacke und verlässt ohne ein Abschiedswort die Wohnung.

15

Im ersten Moment ist es ein gutes Gefühl, aber nach zwei, drei Tagen hält Samir es nicht mehr aus, sein Körper verlangt nach Nina, er hat das Bedürfnis, sie zu sehen, sie fehlt ihm, ihre Abwesenheit facht seine Sehnsucht umso mehr an. Ohne sie hat er Mühe, sich auf seine Fälle zu konzentrieren, er weicht seinen Mandanten aus, zögert Telefonate hinaus, sagt alle Termine ab. Ninas Abwesenheit ist wie ein tiefes Loch in seinem Inneren, dessen gähnende Schwärze ihn erschreckt. Nur sie kann es füllen. Er steht, von Schwindelgefühlen überwältigt, am Rand eines Abgrunds und ist nahe daran hineinzustürzen. Dass sie ihm so sehr fehlen würde, hat er nicht geahnt, und diese Tatsache setzt ihm schwer zu, denn sie offenbart etwas, das er bisher immer zu umgehen gewusst hat: Abhängigkeit. Er muss ununterbrochen an Nina denken, und bald wird der Schmerz unerträglich. Er würde gern widerstehen, er will nicht klein beigeben und bei der Kraftprobe unterliegen, die sie angezettelt hat. Er muss sich eingestehen, dass ihm ihr Widerstand imponiert. Sie hat ihn nicht angerufen und nicht die geringste Reue oder Unsicherheit an den Tag gelegt – welch eine innere Stärke! Denn schließlich, sagt er sich immer wieder, ist sie nichts ohne ihn, sie braucht ihn, nur durch ihn hat sie eine Wohnung und kann einkaufen gehen, sie ist hier in New York vollkommen isoliert, sie hat kein Geld, sie müsste doch Angst haben, ihn zu verlieren, er könnte sie verlassen und nie wieder anrufen. Jawohl, sie ist nichts ohne ihn. Er setzt sie im Geist in ein schlechtes Licht, um sein Gesicht zu wahren, aber in Wahrheit ist er es, der am Boden liegt. So hatte er sich zuletzt an dem Tag gefühlt, an dem sie sich für

Samuel entschieden hatte und er zu dem Schluss gekommen war, dass er sie nie mehr wiedersehen wollte. Abhängigkeit ist etwas Neues für ihn, und er will nicht wahrhaben, dass er ohne Nina verloren ist. Er hat sich nie emotional an eine Person binden oder sich verlieben wollen. Nun ist es doch passiert: *Du liebst sie. Du liebst sie und leidest.* Diese Option hat er nicht einkalkuliert, er hat sich in die Liebe gestürzt wie von einem Schiff in den Ozean. Er sinkt und wird wie von Bleikugeln von dem in die Tiefe gezogen, was ihm bisher am meisten auf der Welt bedeutete: seiner Frau und seinen Kindern. Sein komfortables Familienleben ist ihm auf einmal lästig. Also ringt er sich zu dem Wagnis durch, dieses Kind zu zeugen. Ruth würde vorläufig nichts davon erfahren. Früher oder später wäre eine Scheidung wahrscheinlich unvermeidbar. Irgendwann wird er sich der Wut und dem aufgeblasenen Machtgehabe seines Schwiegervaters stellen müssen, er fühlt sich in diesem Augenblick stark genug dazu.

Als er an diesem Punkt seiner Überlegungen angelangt ist, will er sofort aufbrechen, um Nina seine Entscheidung mitzuteilen, aber es ist neun Uhr abends, und seine Frau ruft ihn im Büro an: »Kommst du nicht? Es ist Sabbat, vergiss nicht, Käsekuchen für meinen Vater mitzubringen.« *Es ist Sabbat:* Jüdische Rituale, die ihm fremd sind, eine endlos lange Mahlzeit, bei der sich alles um sie dreht, *die Juden*, um ihre vielen strapaziösen Traditionen, an die er sich nie recht gewöhnen konnte. Am liebsten würde er darauf verzichten, heute und für alle Zukunft. Er hat sich nie als Jude im religiösen Sinne gefühlt. Was er ehrlich bewundert und sehr gemocht hat, sind die Solidarität und der Zusammenhalt der Juden untereinander, der beispielsweise dazu führt, dass ein argentinischer Jude immer froh sein wird, wenn er einem französischen Juden begegnet. So etwas hat er nie erlebt. Er hat sich fremd gefühlt, als er im 16. Arrondissement mitten unter Kleinbürgern lebte, die von ihren Eltern durch massive Geldzuwendungen kontrolliert wurden. Er hat sich fremd gefühlt, als er wieder mit Mutter und Bruder in Sevran wohnte. Entsetzliche Erinnerungen! Er hat sich nirgendwo wirklich zu Hause gefühlt.

Er sitzt noch in seiner Kanzlei, nachdem fast alle Partner und Mitarbeiter nach Hause gegangen sind. Freitags machen sie manchmal schon am frühen Nachmittag Schluss. Nur Berman ist noch in seinem Büro und arbeitet. Bleiches Licht dringt durch die Vorhänge. Samir hat Lust, Nina anzurufen, und lässt es dann doch bleiben. Stattdessen schreibt er ihr eine SMS: *Ich liebe dich. Ich will ein Kind von dir.* Aber er löscht sie gleich wieder. Dann sucht er seine Sachen zusammen, verlässt das Gebäude und kauft eine Straße weiter in einer Konditorei Käsekuchen für seinen Schwiegervater. *Soll er doch daran ersticken!* Beim Verlassen des Ladens überkommt ihn das unwiderstehliche Verlangen, Nina zu sehen, zu küssen, an sich zu drücken, er muss schnellstens mit ihr reden und sie berühren, aber wieder ruft er sich zur Vernunft: Morgen früh wird er sie wecken. Morgen früh wird er ihr sagen, dass er mit ihr zusammenleben will. Diesen Entschluss kann er nicht für sich behalten, er treibt ihn zu sehr um. Andere müssen davon erfahren. Pierre wagt er nicht anzurufen, er hat keine Lust, es ihm am Telefon mitzuteilen, also wird Berman sein Geheimnis als Erster erfahren. Er macht kehrt und steht vor der Tür der Kanzlei, als Berman herauskommt. »Nein, bleib, ich muss mit dir reden!« – »Kann das nicht bis Montag warten?« – »Nein, das kann nicht warten!« Fassungslos lässt Berman Samirs Redefluss über sich ergehen: *Ich bin verliebt, ich muss dringend mit jemandem reden ... verstehst du? Was in mir vorgeht, ist zu einschneidend. Ich habe die Frau wiedergefunden, die ich einmal geliebt habe, es ist passiert, als ich nicht mehr damit gerechnet habe, als ich schon tot war! Mit ihr zusammen fühle ich mich lebendig. Zwischen mir und meiner Frau läuft nichts mehr, ich bin ein anderer Mensch geworden. Ehrlich gesagt, erkenne ich mich selbst nicht wieder. Sie heißt Nina Roche.*

Berman hört zu, sagt nichts, verurteilt ihn nicht – was soll er auch sagen, er, der ehrenwerte Familienvater, vorbildliche Ehemann, aufopferungsvolle Sohn, der nie aus dem Rahmen gefallen ist, der Modellbürger, der zu jeder Wahl geht, brav Steuern zahlt, am Zebrastreifen die Straße überquert, jedes Risiko scheut? Er weiß, dass er derjenige ist, dem das Rückgrat fehlt. Seit der Geburt seines vierten Kindes hat er Asthma, er ächzt unter dem Joch von Familie und hochabgesichertem Eigenheim. Er hat es gemacht wie sein Vater und ist nun ebenso unglücklich wie dieser. Er beneidet Samir um sein Selbstvertrauen und seine Geringschätzung der Konventionen – er selbst würde sich so etwas nie zutrauen. Und entsprechend reagiert er: *Ich könnte mir nie vorstellen, mein Leben zu ändern.*

Samir geht nicht darauf ein.

»Ich musste darüber sprechen, denn meine Entscheidung betrifft auch die Kanzlei. Wahrscheinlich werden manche Mandanten auf Druck meines Schwiegervaters den Anwalt wechseln.«

Berman versucht ihn zu unterbrechen, aber Samir fährt ihm über den Mund: »Hör mir zu!« Dann spricht er in ruhigerem Ton weiter: »Ich werde meine Frau verlassen. Morgen sage ich es ihr.«

»Das kannst du nicht!«

»Und warum nicht?«

»Aus einem einfachen Grund: Ein Jude tut so etwas nicht!«

Berman fällt auf der Grundlage von Tradition und Erziehung ein eindeutiges moralisches Urteil. Er ist schockiert. Ein Abenteuer, eine flotte Affäre von ein paar Stunden, die man sich, geplagt von Schuldgefühlen, gönnt und die man (mit der Gewissheit, dass es NIEMALS eine Wiederholung geben wird) erleichtert beendet, das ist noch denkbar … Aber ein Doppelleben – nein. Eine planmäßig organisierte Beziehung, bei der man für eine Frau eine Wohnung mietet und ihr alles zur Verfügung stellt, was das Herz begehrt – nein. Das ist Betrug.

Bei Bermans letzten Worten braust Samir auf: »Und wie soll sich deiner Meinung nach ein Jude verhalten? Gibt es eine moralische Haltung, die die Juden für sich gepachtet haben? Welche Konsequenzen hat es, zum auserwählten Volk zu gehören?« Er stößt dies aufgebracht und mit beißender Ironie hervor. »Wenn es eine jüdische Moral gäbe, wäre das ja wohl bekannt!«

Berman ist entsetzt. Wie gelähmt starrt er Samir an, und in ihm macht sich das Gefühl breit, dass hier irgendetwas ganz und gar aus dem Ruder läuft. Sein Partner ist ein Fremder. Nach ein paar Sekunden fasst er sich und erklärt kühl: »Du bist verrückt geworden … Ich erkenne dich nicht wieder, Sam.«

Aber Samir hat sich am Thema festgebissen. »Soll ich ehrlich sein? Du machst mir Angst, du mit deinem militanten Moraleifer, deiner Rechtschaffenheit, deinem Pflichtbewusstsein. Zu glauben, dass man ohne Betrug durchs Leben kommt, ist unrealistisch. Oder dass man rein bleiben kann. Reinheit ist ein Begriff, den man nur auf Elemente anwenden kann. Ein Stein kann rein sein. Oder das Wasser des rituellen Bads, in das du am Abend vor Kippur eintauchst, um dich von all den schmutzigen Tricks zu reinigen, zu denen uns die Ausübung unseres Berufs zwingt. Du steigst aus dem Bad und bist ein Heiliger, aber glaub mir, wenn du mit der echten Welt in Berührung kommst, wirst du dreckig!«

»Als Jude habe ich dennoch die Pflicht …«

»Hör bloß auf damit! Juden haben nicht mehr Moralempfinden als jeder andere, sie sind einfach nur größere Moralapostel.«

Berman erstarrt. »Wenn du so daherredest, schließt du dich aus der Gemeinschaft aus.«

Samir mustert ihn ungerührt. »Habe ich denn je dazugehört?«

Innerhalb weniger Sekunden scheint ihre Freundschaft zu zerbröckeln, und Berman kommt zu dem Schluss, dass er es hier mit einem Abtrünnigen zu tun hat, einem Verräter an der jüdischen Sache, dem sein Volk gleichgültig ist, einem jener Juden, die radikale Assimilationsgedanken unkritisch schlucken und dann ungefiltert wieder ausspucken. Tahar ist ein Jude ohne Gewissen, ohne Skrupel und vermutlich auch ohne Liebe zu seinen Mitmenschen. Er empfindet auf einmal Abscheu vor ihm, und dennoch macht er ihm keine direkten Vorwürfe, sondern begnügt sich mit einem nüchtern hingeworfenen Satz: »Ich glaube, wir haben uns nichts mehr zu sagen.«

IV

Die Tröstung

»Ein Meisterwerk!«
Eric Dumontier*

»Ein Schock.«
Dan Sbero**

»Ein großartiger Roman!«
Sophie de Latour***

»Die Geburt eines Schriftstellers.«
Marion Lesage****

»Eine verstörende Geschichte.«
Léon Ballu*****

* Eric Dumontier schrieb die Rezension, um Samuels PR-Agentin zu gefallen, einer faszinierenden Blondine, in die er rasend verliebt war.
** Der berühmte Literaturkritiker Dan Sbero bekannte: »Mein größter Erfolg war zweifellos mein Interview mit Saul Bellow, dem zwei Tage später der Literaturnobelpreis zugesprochen wurde.«
*** Sophie de Latour, 34, strebte die redaktionelle Leitung des Kulturteils ihrer Zeitung an.
**** Marion Lesage, Autorin eines vergessenen Romans mit dem Titel »Über den Nachteil, tot zu sein«, von dem 400 Exemplare verkauft wurden. Sie wurde kürzlich aus der Redaktion ihrer Zeitung entlassen, offiziell wegen Sparmaßnahmen, in Wahrheit jedoch, weil sie nicht auf die Annäherungsversuche des Redaktionschefs eingegangen war.
***** Seinem Therapeuten vertraute Léon Ballu an, dass er zwar berufliche Erfolge aufzuweisen, sein Privatleben jedoch »komplett vergeigt« habe.

1

Samir hat Nina seit zwei Wochen nicht angerufen. Sie hat in einem Zustand tiefster Niedergeschlagenheit auf seinen Anruf gewartet, und durch ihre Isolation wird die ohnehin schon kräftezehrende Situation noch belastender. Durch ihren Rückzug hat sie Samir den notwendigen Freiraum gegeben – eine ungeheure Leere, hofft sie insgeheim –, damit er sich bewusst wird, wie sehr er sie braucht und wie sinnlos, nein, geradezu unmöglich sein Leben ohne sie ist. Als sie dann begriffen hat, dass er sie nicht mehr anrufen wird – sei es, weil ihn ihr Ultimatum zu sehr bedroht und er sie lieber gar nicht mehr sehen will, sei es, weil er sie nicht mehr liebt, oder jedenfalls nicht genug, um seine Familie zu verlassen –, beschließt sie, sich nicht hängenzulassen, sondern die wenigen Kontakte zu pflegen, die sie in New York knüpfen konnte. Es handelt sich hauptsächlich um Frauen, die sie vom Friseur oder aus dem Fitness-Studio kennt, das in einem der luxuriösesten Hotels der Stadt untergebracht ist und in dem man den Gästen jeden Wunsch von den Augen abliest. Samir hatte sie dort aus eigener Initiative angemeldet. Wie viele Telefonnummern hat sie sich notiert? Drei oder vier, mehr nicht. Sie kennt so gut wie niemanden außer Samir, denn er hat ihr deutlich genug zu verstehen gegeben, dass sie ihm jederzeit zur Verfügung stehen soll, wann immer er ein Zeitfenster hat. Deshalb musste sie ihre

Besorgungen stets seinem Zeitplan anpassen. Ein einziges Mal hatte sie sich mit einer Französin, einer Bekanntschaft aus eben jenem Fitness-Studio, in einem kleinen Kino in der Nähe der Fifth Avenue verabredet, wo ein französischer Film lief, und hatte dann auf Samirs Verlangen hin in letzter Minute abgesagt. Er hatte sie daran erinnert, dass sie doch bitte ihre Termine nach seinen ausrichten möchte, *das ist doch das mindeste.*

Ihre Begegnungen liefen immer nach demselben Schema ab: Er rief sie an und kündigte sein Kommen an. Sie musste für ihn bereit sein (das heißt, sich für ihn frisieren, schminken, anziehen). Wenn er durch die Tür trat, küsste sie ihn. (Sie *musste* ihn küssen, denn als sie einmal am Telefon geblieben war, obwohl er in der Tür stand, hatte er sich aufgeregt und es ihr lange vorgeworfen.) Sie liebten sich, und dann aßen sie etwas. Anschließend ging er wieder, jedoch nicht, ohne sie gefragt zu haben, ob es ihr auch an nichts fehle. Für ihn hatte sie alles hinter sich gelassen: in erster Linie ihre Beziehung zu Samuel, die zwar nicht perfekt oder leidenschaftlich war, in der sie sich aber immerhin so wohl gefühlt hatte, dass sie sich vorstellen konnte, ein Kind zu bekommen. Außerdem ihren Beruf, der zwar keine großen Perspektiven geboten und nicht viel eingebracht hatte, aber sie doch mit einem gewissen Stolz erfüllt hatte, wenn sie ihr Bild in Kaufhauskatalogen und auf riesigen Werbeplakaten mit Sonderangeboten sah. Sie war kein berühmtes Model und hatte sich nur im Umfeld der großen Ladenketten und Lebensmitteldiscounter bewegt, was sich mit der Welt der Luxusartikel oder Haute Couture nicht vergleichen ließ, aber es hatte ihr gefallen, dass sie regelmäßig das Ideal der französischen Frau verkörpern durfte: die gesunde, ausgeglichene Hausfrau, die mustergültige Angestellte, die hingebungsvolle Mutter, die Werbung machte für die *stabilste und preislich konkurrenzlose* Schultasche, den *exquisitesten* Schinken oder die *Superabsorber*-Windeln. Die Frauen, die sie in der Werbung sahen, wollten ihr ähnlich sein und unbedingt dieselben Produkte wie sie verwenden. Ihr Beruf hatte viele Annehmlichkeiten, auch wenn er angesichts der vielen Stunden vor der Kamera und der Anstrengungen, die sie unternehmen musste, damit ihr Gesicht und ihr Körper sexy blieben, zu schlecht bezahlt war. Zumindest konnte sie sich damals ihre Zeit einteilen, wie sie wollte, kein Arbeitstag glich dem anderen, und sie kam mit Menschen zusammen, die ihr ohne Unterlass versicherten, wie atemberaubend schön sie sei. Das war sie wirklich, aber ihre Kindheit unter der Fuchtel eines strengen, neurotischen Vaters hatte ihr jede Objektivität in dieser Hinsicht geraubt.

Für Samir hatte sie dieses selbstbestimmte Leben aufgegeben, und jetzt verlässt er sie nach nur einem Jahr, ohne ihr das Kind gemacht zu haben, nach dem sie sich sehnt, ohne klar und deutlich gesagt zu haben, was passiert, wenn sie sich trennen. Ihre Mutter hat sie verlassen, Samir hat sie verlassen, anscheinend reichen weder ihre Zärtlichkeit noch ihre Schönheit noch ihre anderen Qualitäten aus, um sich die Liebe der Menschen zu erhalten. Sie haben irgendwann genug von ihr oder ziehen ihr andere Personen, andere Lebensentwürfe vor – bei ihrer Mutter war es ein Arbeitskollege, bei Samir ist es die Ehefrau, die reiche Erbin, deren Foto Nina im Internet gefunden hat.

Sie ruft ihre wenigen Bekannten an und erzählt ihnen, was passiert ist – und keine der Frauen wagt es, sich mit ihr zu treffen. In New York ist sie eine Frau ohne Familie, ohne Ansehen, ohne Geld. Bisher hat ihr Samir Geld gegeben, aber davon ist kaum noch etwas übrig. Sie wirtschaftet mit dem wenigen, was ihr geblieben ist, und fragt sich, wie lange sie wohl noch in der Wohnung bleiben kann. Er hat sich ja nicht offiziell von ihr getrennt. Soll sie ausziehen? Noch warten? Wohin soll sie gehen? Plötzlich hat sie Angst, alles zu verlieren, und ihr kommt der Verdacht, dass Samir ihr durch sein Schweigen genau das demonstrieren will: *Du bist von mir abhängig. Ohne mich bist du hier ein Niemand.* Sie würde sich gern wehren, aber wie? Womit?

Sie entschließt sich, Samir anzurufen und ihn um Hilfe zu bitten. Es ist ein schwerer Schritt, der ihr sehr widerstrebt. Damit kapituliert sie und verzichtet gleichzeitig auf das Kind, das Zusammenleben mit ihm, den Platz an seiner Seite. Die Unsicherheit wird zu ihrem ständigen Begleiter werden. Sie schaufelt sich das Grab, in das sie am Ende sinken wird. Ist das übertriebener Pessimismus? *Nein, ich bin nur realistisch*, denkt sie und wählt Samirs Handynummer. Sofort springt die Mailbox an. Wenn es klingeln würde, könnte sie annehmen, dass er die eingehenden Anrufe filtert und sie wegdrückt, aber die Mailbox scheint permanent eingeschaltet zu sein. In den nächsten achtundvierzig Stunden versucht sie es immer wieder, und plötzlich bekommt sie es mit der Angst zu tun. Und wenn er nun einen Unfall hatte? Oder schwerkrank ist? Sie würde es nicht erfahren, denn wer sollte sie schon informieren? Sie ruft alle Kliniken in der Nähe an und erkundigt sich, ob ein Patient seines Namens eingeliefert wurde. Das nimmt mehrere Stunden in Anspruch und bleibt ergebnislos, nirgendwo ist der Name aufgeführt.

Nach einer Woche wagt sie es, in Samirs Kanzlei anzurufen. Nur von dort, glaubt sie, kann sie Informationen erhalten, ohne Samir zu kompromittieren. Der unfreundliche Ton der Sekretärin* bereitet ihr sogleich Unbehagen, und als sie nach Rechtsanwalt Tahar fragt, gerät sie fast ins Stottern.

»Er ist für einige Zeit nicht im Haus«, erwidert die Dame am Telefon.

»Ist er in Urlaub? Wann kommt er zurück?«

»Das kann ich Ihnen nicht sagen.«

»Kann mir jemand anders weiterhelfen?«

Nach einem längeren Schweigen sagt die Sekretärin schließlich: »Ich weiß nicht, wann Herr Tahar wieder im Haus sein wird. Wenn es sich um eine dringende juristische Angelegenheit handelt, kann ich Sie mit einem seiner Partner verbinden.«

»Ja, es ist dringend und vertraulich«, erwidert Nina.

»Dann bleiben Sie bitte am Apparat. Wen darf ich melden?«

Nina zögert eine Sekunde, dann antwortet sie: »Nina Roche.«

Brausende Chopin-Klänge dringen aus dem Hörer, und ein paar Minuten später hört Nina eine Männerstimme. »Hier ist Berman.« Sie sagt ihren Namen, und Berman ist sofort im Bilde. Er will auf keinen Fall, dass sie ihm am Telefon Fragen stellt. Er überlegt, ob er sie hinhalten oder

---

* Man muss dazu sagen, dass Maria Electraz eine Schreckschraube ist. Die sechsundfünfzigjährige geschiedene Mutter dreier Kinder ist zudem ein Workaholic. Da sie dafür bekannt ist, Anrufer abzuwimmeln, hat Tahar ihr den Spitznamen »Checkpoint« gegeben.

abweisen soll, aber er fürchtet, dass sie versuchen könnte, mit Ruth Kontakt aufzunehmen, und verabredet sich deshalb mit ihr in einem Café, das nur wenige Gehminuten von der Kanzlei entfernt liegt.

»In einer Viertelstunde bin ich dort.«

Als Berman das Café betritt, erkennt er sie sofort. Sie muss es sein – es ist wie das Aufblitzen eines Diamanten im Kohlebergwerk. In dem vollbesetzten Café halten sich an diesem Spätnachmittag viele hübsche Frauen auf, aber eine so schöne, so umwerfend sinnliche Frau überstrahlt sie alle. Dabei muss sie sich nicht einmal offensiv zur Schau stellen, sie sitzt gänzlich unaffektiert an einem Tisch, und Berman verspürt einen kurzen Stich von Neid. Dieser Frau hätte er zweifellos auch nicht widerstehen können, das ist ihm sofort klar. Nein, er korrigiert sich auf der Stelle: Er könnte ihr immer noch nicht widerstehen. Er eilt auf sie zu, ergreift mit übertriebener Herzlichkeit ihre Hand und setzt sich zu ihr. Dass sein Blick über ihr Gesicht und ihren Körper gleitet, kann er nicht verhindern, aber sie ist an diese kurzen Gesprächspausen, in denen Männerblicke sie abtasten, vermutlich gewöhnt. Er habe sich mit ihr treffen wollen, erklärt er, »weil es Dinge gibt, die man besser nicht am Telefon bespricht«. Es sei nicht nötig, dass sie sich vorstelle, sagt er, er wisse, wer sie sei und warum sie hier sei. Nina kann ihre Überraschung kaum verhehlen. Samir hat nie erwähnt, dass er mit einem Dritten über ihre Beziehung gesprochen hat. Sie entspannt sich ein wenig. Weiß Berman, wo sich Samir aufhält? Geht es ihm gut? Sie hat nichts mehr von ihm gehört und ist beunruhigt, und das ist auch der Grund, warum sie einfach anrufen *musste*. Als sie sieht, wie Berman die Lippen zusammenpresst, ahnt sie, dass etwas Gravierendes vorgefallen sein muss, denn warum sonst würde er mit einer freundschaftlichen Geste seine Hand auf ihre legen, obwohl er sie nicht kennt? Ihr wird schwindlig vor Schreck, ein Abgrund tut sich auf. Ihr Herz flattert, als würde ein starker Blutstrom ihre Arterien überschwemmen und das langsam pulsierende *tack tack tack* des Herzschlags in ein unregelmäßiges, ruckartiges Pumpen verwandeln. Sie würde Berman am liebsten anflehen, ihr augenblicklich reinen Wein einzuschenken, damit endlich Schluss ist: Setzen Sie die Nadel an, und stechen Sie zu! Doch sie verharrt regungslos wie eine Verurteilte, die weiß, dass sie bald an die Reihe kommt und die in stiller Ergebenheit den Todesstoß erwartet. Sie sitzen sich schweigend gegenüber, ohne die Rufe der Kellner, die allgemeine Geräuschkulisse und die Wortfetzen der Gespräche um sie herum wahrzunehmen, und auf einmal ertappt sich Nina verwundert dabei, wie sie betet. Stumm bittet sie darum, dass Samir lebt, während Berman in psalmodierendem Tonfall murmelt: »Es tut mir so leid, es tut mir so leid, ich weiß nicht, wie ich Ihnen das Drama schildern soll.«

2

Was kann es Großartigeres geben für einen Mann wie Samuel, dessen Schreibbedürfnis zur Triebfeder seines Daseins geworden ist, dessen gesamte berufliche, private und gesellschaftliche Existenz um diese Berufung kreist – obwohl seine Ausbildung ihn keineswegs dazu prädestiniert, obwohl ihn niemand je dazu ermutigt hat (schon gar nicht

Nina, die seine Arbeit nie auch nur ansatzweise glaubwürdig fand, dabei hatte sie keine Zeile von ihm gelesen und auch nie Interesse daran bekundet, kaufte allerdings ohne Skrupel in seiner Gegenwart Bücher, die er ihr empfohlen hatte, und las sie konzentriert, ja, kommentierte sie sogar mit dem beängstigenden Ernst eines Menschen, dem die Literatur am Herzen liegt; vermutlich wollte sie ihn demütigen durch ihre Gleichgültigkeit gegenüber seiner Arbeit und ihr Interesse an den Werken anderer, nicht selten ziemlich unbegabter Autoren) –, was kann es da Aufregenderes geben, als nach jahrelanger Nichtbeachtung von einem großen Verlag publiziert zu werden und schlagartig zu einem gefeierten Schriftsteller zu avancieren?

Sein ganzes Leben hat er sich als Versager gefühlt, weil seine Eltern, erdrückt von den übermächtigen intellektuellen Schwergewichten, die sie sich als Lehrer erkoren, ihm Minderwertigkeitsgefühle eingeimpft und ihm beigebracht hatten, dass der Mensch vor seinen Meistern und vor Gott ein Nichts ist und darum demütig sein müsse. Und als sie ihm dann von seiner wahren Abstammung erzählt hatten, war ihm ihre Einstellung sehr plausibel erschienen. Er musste der Sohn eines Alkoholikers sein, eines Blindgängers, eines Geisteskranken – denn welcher andere Vater hätte ein so willenloses Wesen wie ihn in die Welt setzen können?

Nichts hat er im Leben zustande gebracht, außer der bildschönen Nina zu begegnen und sie zwanzig Jahre lang mit Hilfe von Tricks und Erpressung an sich zu fesseln. Ein Loser! Das hat sich ein Mal mehr bestätigt, als Nina sich für Samir und gegen ihn entschied, und wie oft hat er als stummen Kommentar in den Blicken ihrer gemeinsamen Bekannten gelesen: *Sie ist viel zu gut für ihn!* Im Alltag ist er unablässig auf das jämmerliche Spiegelbild eines farblosen Typen gestoßen, der völlig unfähig ist, irgendjemanden körperlich oder geistig zu faszinieren, und der es nicht einmal schafft, sein Studium abzuschließen. Was wollte er eigentlich damit beweisen, dass er systematisch und sehr wirkungsvoll alle Möglichkeiten sabotierte, die ihm die Wechselfälle des Lebens vor die Füße spülten? Doch nur, dass er bedeutungslos und inkompetent war. Sein Leben lang hat er sich mittelmäßig gefühlt, und nun versichert man ihm, er sei »brillant«, »genial«, »talentiert«. Wovon reden die eigentlich? Er würde ihnen am liebsten sagen, dass sie einem Irrtum aufsitzen. Selbsthass und unentwegte Selbstgeißelung sind seine Art, mit Niederlagen umzugehen und sich zu schützen, und bisher hat er in seiner Außenseiterposition, die niemand je in Frage stellte und in der ihn niemand zur Rechenschaft zog, einen gewissen Trost gefunden. Sie ist ihm zur Gewohnheit geworden.

Auf so großen Zuspruch ist Samuel nicht vorbereitet. Nur wenige Wochen nachdem er sein Manuskript abgeschickt hat, ruft ihn ein Verleger an, von dessen Programm er angetan ist, und bittet ihn um ein Gespräch. Der Mann ruft gegen Mittag an – es ist ein Montag, das bleibt Samuel im Gedächtnis haften –, stellt sich kurz vor und fragt ohne Umschweife: »Sie sind der Autor von *Die Tröstung*?«
»Ja.«
»Haben Sie schon mit einem anderen Verlag einen Vertrag für dieses Buch abgeschlossen?«
»Nein.«
»Wohnen Sie in Paris?«
»In der Nähe von Paris.«

»Können Sie morgen in mein Büro kommen? Sagen wir um ... 15 Uhr?«

»Ja.«

Samuel will gerade auflegen, als der Verleger noch beiläufig anfügt: »Ah ja, das habe ich ganz vergessen ... Ihr Buch ... Es ist sehr gut, wirklich, Sie haben viel Talent.« Pause. »... und ich habe nicht die Angewohnheit, jemandem Talent zu bescheinigen, wenn es nicht auch zutrifft.«

In jener Nacht macht Samuel kein Auge zu. Er übt im Geist die Sätze, die er zu dem Verleger sagen wird, doch bei ihrem Treffen am nächsten Tag wechseln sie kaum ein Wort. Der Verleger spricht sehr wenig, Samuel so gut wie gar nicht. Aber er hat danach einen unterzeichneten Verlagsvertrag in der Tasche.

Als ihn später ein Journalist bittet, den »Marcel-Proust-Fragebogen« auszufüllen, beantwortet er die Frage *Wann und wo waren Sie am glücklichsten?* mit den Worten »Im Büro meines Verlegers«. Im Lauf der folgenden Wochen ruft ihn Letzterer mehrfach an und schlägt verschiedene Änderungen vor. Ein Anruf reißt Samuel im Morgengrauen aus dem Schlaf. Es geht um ein Komma: Soll man es behalten oder streichen? Er sei sich da nicht sicher.

In dieser Welt – und nur in ihr – will Samuel künftig leben. In einer Welt, in der die Stellung eines Kommas wichtiger ist als die gesellschaftliche Stellung.

3

Sie sind festgenommen.

Es ist sechs Uhr früh, als bewaffnete Polizisten (oder Soldaten? Wie viele sind es?) in Samirs Wohnung stürmen. *Hände hoch! Umdrehen! Keine abrupten Bewegungen! Stillhalten!* Handschellen klicken, Stiefel klacken, grobe Hände fassen unsanft zu, es ist eine bewusste Einschüchterung: Wir haben die Macht! *Aber was werfen Sie mir denn vor? Ich habe nichts getan! Erklären Sie mir, was los ist!*

Nur noch ein kurzer Blick durch das Fenster auf den diesigen Himmel, um abzuschätzen, wie spät es ungefähr ist. Eine Stadtlandschaft im Morgengrauen, in Yves-Klein-Blau getaucht, die Sonne dringt nur zögernd durch den Dunst. *Los, mitkommen.* Einer der Männer legt seine derbe, feuchte Hand auf Samirs Kopf, um ihn ruhigzustellen, während ein anderer ihm vor Ruths Augen Handschellen anlegt. Sie versteht das alles nicht, presst aufgeregt laute Drohungen hervor, beruft sich auf ihren Einfluss und ihre Macht. *Das können Sie doch nicht tun, das werden Sie noch bereuen!* Sie fragt nach den Namen der Unbekannten, die sich als Polizisten ausgegeben haben. Wer sind sie wirklich?

»Wer sind Sie?«, schreit Ruth. »Zeigen Sie mir Ihre Ausweise, ich werde Sie anzeigen!«

Regeln Sie das mit den Behörden, Mrs Berg.

Ruth steht zusammengekrümmt in ihrem beigefarbenen Seidenpyjama auf der Türschwelle, man könnte meinen, sie würde jeden Moment vornüberkippen und mit dem Kopf auf den Boden aufschlagen. Sie ist ungekämmt, und ihr Gesicht ist verzerrt von Müdigkeit/Ratlosigkeit/Wut. Nichts ist mehr übrig von der unantastbaren Patrizierin, der Expertin für Selbstbeherrschung, deren vorbildliche, weltgewandte Gelassenheit durch nichts und niemanden zu erschüttern ist. Wie hätte sie auch ahnen sollen, dass sie einmal in eine derart grässliche Situation geraten würde? Eine Verhaftung im Morgengrauen durch ein brutales Polizeiaufgebot gibt es doch nur im Film, in der Bronx oder in haarsträubend konstruierten Thrillern – doch nicht in einem luxuriösen Apartmentgebäude an der Fifth Avenue, wo man beim Portier entweder den Ausweis vorlegen, eindeutig als Yuppie auftreten oder mattglänzend weißes Haar als Nachweis der sozialen Respektabilität zur Schau tragen muss. Das Haus ist ein Safe, den kein Einbrecher knacken könnte: vor der Eingangstür ein bewaffneter Security-Mann, im Foyer ein unfreundlicher, argwöhnischer Portier und überall Überwachungskameras, die von versierten Technikern montiert wurden und direkt mit dem New York City Police Department verbunden sind, wo Mitarbeiter in Vier-Stunden-Schichten überprüfen, ob auch wirklich keine unbefugten Personen das komfortable Gleichmaß stören. Beim geringsten Verdacht sind nach spätestens fünf Minuten fünf Männer mit Sturmgewehren unterwegs, an diesem Morgen sind es sogar mehr als fünf, vielleicht sieben oder acht, und sie wollen mitnichten die Bewohner dieser Festung schützen, sondern Samir wie einen Mafioso oder einen Schieber verhaften.

Ruth richtet sich auf, hebt das Kinn und bemerkt, dass ihr Nachbar* seine Wohnungstür geöffnet hat und sie mit

---

* Allan Dean, 76, Rentner. Sein größter Wunsch war es, die Wohnung der Tahars zu kaufen.

einem harten, abschätzigen Blick beobachtet. In Gebäuden, in denen der Quadratmeter über 35 000 Dollar wert ist, hasst man Skandale und alles, was den Wert des Besitzes mindern könnte, und so zieht der Nachbar die Tür hinter sich zu, als hätte er nichts gesehen. Was in der Nachbarwohnung vor sich geht, will er nicht wissen. Ruth starrt auf die geschlossene Tür, in deren Schloss sich der Schlüssel von innen mit metallischem Knacken zwei Mal dreht, und würde vor Scham am liebsten im Boden versinken. Etwas ist gestorben, hier, genau vor ihrer Wohnungstür, etwas ist endgültig zerbrochen. Sie unterdrückt die Tränen, wendet sich den Polizisten zu, diesmal ohne sie anzuschreien, sieht ihren Mann zappeln wie einen Fisch in der Reuse, wirft sich rasch einen Mantel über und läuft ihnen hinterher. Sie betreten den Lift, während Samir wie ein Automat immer wieder dieselben Fragen stellt: »Wer sind Sie? Was wollen Sie? Zeigen Sie mir Ihre Ausweise!« Ruth läuft zur Treppe und rennt sie keuchend hinunter, rutscht ein paar Mal fast aus und steht schließlich im Foyer vor dem sprachlosen Portier und dem Hausmeister, der geschäftig den rosaroten Marmorboden wischt und nicht innezuhalten wagt. Die Polizisten sind ebenfalls unten angekommen und zerren Samir am Arm mit. Geräuschvoll schwärmen sie auf dem Gehweg aus, angestarrt von ein paar schaulustigen Joggern, die frühmorgens am Central Park ihre Runden drehen. Manche bleiben stehen, machen Fotos oder Videos, die sie anschließend sofort ins Internet stellen, die Schweine. Vor dem Eingang parkt ein dunkler Kleintransporter. Ruth läuft auf ihn zu, aber Samir hat keine Zeit mehr, ihr etwas zuzurufen, er sitzt schon, eingeklemmt zwischen zwei massigen Polizisten, auf der Rückbank. Die Tür schlägt zu. Der Wagen startet mit quietschenden Reifen, gefolgt von zwei anderen Polizeifahrzeugen mit jaulenden Sirenen.

Sie brettern durch die Straßen, rasen bei Rot über die Kreuzungen, der Regen peitscht gegen die Windschutzscheibe, die Scheibenwischer pendeln wie Metronome, tick-tack. Neben den Geräuschen der erwachenden Stadt vernimmt Samir Stimmen aus den Walkie-Talkies seiner Entführer, die den »Erfolg der Operation« bestätigen. Er erinnert sich an die ersten Worte aus Kafkas *Prozess*: »Jemand musste Josef K. verleumdet haben, denn ohne dass er etwas Böses getan hätte, wurde er eines Morgens verhaftet.« Exakt dasselbe war ihm zugestoßen: Er hatte nichts Böses getan, und dennoch waren Männer gekommen und hatten ihn verhaftet.

4

Das Glück – oder Unglück –, gerade dann vom Erfolg eingeholt zu werden, als er ihn nicht mehr erwartet. Das Glück – oder Unglück –, mit Hilfe eines Buches berühmt, bewundert, geliebt zu werden, nachdem er doch immer das Gefühl hatte, ein Ausgestoßener und unermesslich einsam zu sein, nicht etwa vorsätzlich, sondern weil er eben nie beliebt war und dazugehörte, weil er sein Leben auf der Ersatzbank verbrachte.

Und worin besteht nun diese außerordentliche Leistung, die dazu geführt hat, dass auf einmal sein Name in aller Munde ist? Er hat eine private Geschichte zu einem Roman verarbeitet, er hat Wörter aneinandergereiht – mehr nicht.

Habe ich wirklich ein außergewöhnliches Buch geschrieben?, fragt er sich. Nein, er hat einfach Glück gehabt, dass gewisse Leute seinen Roman im richtigen Augenblick gelesen haben, sie müssen gut drauf gewesen sein. Die Kritiker, die sein Buch in die Hände bekamen, waren entweder gerade verliebt oder angenehm alkoholisiert. Erfolg beruht immer auf einem Missverständnis, und seiner in besonderem Maße. Es ist alles ein großer Irrtum, in ein paar Tagen oder Wochen werden es alle begriffen haben, und dann wird er in die Anonymität zurückfallen, die schon immer sein Los gewesen ist. Doch die fatale Enttarnung will sich nicht einstellen. Jeder Tag bringt neue Begegnungen und positive Meldungen. In der Woche vor dem Veröffentlichungsdatum erscheinen lange Artikel über ihn, und einen Tag, bevor das Buch in den Handel kommt, steht es bereits auf den Bestsellerlisten. Ausländische Verlage bemühen sich um die Übersetzungsrechte. Die ersten Auktionen finden statt. Samuel sieht im Geist sein Gesicht wie im Western auf einem Steckbrief, oben steht das Wort WANTED und darunter eine gewaltige Summe als Kopfgeld. Alle Welt will ihn und ist bereit, dafür zu bezahlen.

Angesichts dieses überwältigenden Erfolges muss er sich verpflichten, zu PR-Zwecken zur Verfügung zu stehen, und wird vorübergehend auf Kosten seines Verlegers in einem noblen Pariser Hotel einquartiert. Fortan verbringt er seine Tage damit, Interviews zu geben, Leserfragen zu beantworten, sich für Zeitschriften fotografieren zu lassen und im In- und Ausland herumzureisen, um in Buchhandlungen, in denen er wie ein bedeutender Politiker empfangen und geehrt wird, sein Werk zu signieren. Jedes Mal glaubt er insgeheim an eine Verwechslung – sie können doch nicht ernsthaft *ihn* so sehnlichst erwarten und anhimmeln? *Warum mich?*

Anfangs schmeicheln ihm die unzähligen Lobreden. Alle versichern ihm, er sei ein außergewöhnlicher Autor, und am Ende glaubt er es selbst. Er kommt sich bedeutend vor. Unangreifbar. Ihm öffnen sich auf einmal Orte, die er nie zu betreten gehofft hatte, und er lernt Persönlichkeiten kennen, die er aus der Ferne bewundert hat – Intellektuelle, Politiker, aber auch Schauspieler, darunter einen, den er seit seiner Kindheit verehrt und der ihn nun hartnäckig bittet, ihm eine Rolle zu schreiben.

Was Sie in Ihrem Buch geschrieben haben über Herkunft, soziale Zwänge und den Druck, den Eltern und Gesellschaft auf uns ausüben, das spricht mir aus der Seele – solche Sätze stehen in den Briefen seiner Leser, die er ratlos liest, denn er will für nichts und niemanden ein Sprachrohr sein.

Auch die Frauen sehen ihn auf einmal in einem anderen Licht. Hinreißende Geschöpfe rufen ihn an und wollen sich mit ihm verabreden. Und so kommt es, dass er sich eines Tages im Bett einer Romanautorin* wiederfindet (was die Dinge nicht einfacher macht, denn die Tatsache, dass sie beide schreiben, gibt ihren Streitereien eine zusätzliche Schärfe, so als nutzten sie Widerspruch, Zorn und Groll als kreative Inspiration). Sie heißt Léa Brenner, ist zweiundfünfzig Jahre alt und Verfasserin eines anspruchsvollen, hochgelobten Werkes. Ihr Beifall hat dazu beigetragen, ihn in die literarische Szene von Paris zu katapultieren, denn als sie sein Buch in einer wichtigen literarischen Beilage in den höchsten Tönen preist, wird ihr Artikel sofort vom Verlag

---

* Léa Brenner ist Schriftstellerin geworden, um ihren Vater zu »enttäuschen«.

ausgeschlachtet, und auf der roten Bauchbinde, die den Roman des noch unbekannten (»aber nicht mehr lange«, prophezeit man) Autors umhüllt, prangt ihr Urteil: »Großartig.« Es ist nicht ganz klar, ob die Liebe oder der Respekt ihr das Wort in die Feder diktiert hat. Sicher bezieht es sich einerseits auf den Text (der Léa Brenner *tatsächlich* gefällt und in dem sie sogar die Ironie und die Schärfe der besten Tschechow'schen Novellen entdeckt), andererseits meint es aber auch die Liebe, die Samuel auf den ersten Blick in ihr entfacht hat (obwohl er sich kühl und distanziert verhält).

Vier Monate zuvor, noch bevor der Roman in die Buchhandlungen kam, hatte Léa Brenner ihm über den Verlag eine kurze Nachricht zukommen lassen. Das Buch, dessen Fahnen sie am Vortag erhalten hatte, habe ihr sehr gefallen.

Sie liebte Samuel, ohne ihm jemals begegnet zu sein, sie liebte ihn, weil sie ihn *gelesen* hatte. Sie wusste sehr wohl, wie ernüchternd es sein kann, die Autoren von Büchern kennenzulernen, die einem zu Herzen gehen. Sie erinnerte sich zum Beispiel an einen Abend mit einem amerikanischen Schriftsteller, dessen Bücher sie während ihres Studiums verschlungen hatte und den sie nun als vulgären Langweiler ohne jedes Feingefühl erlebte, obwohl sein Werk so kraftvoll war. Es schien, als wäre dem Autor, der sich in seinem schriftstellerischen Schaffen ganz und gar verausgabt hatte und in ihm aufgegangen war, keine Substanz geblieben, nachdem er das Beste gegeben hatte, was in ihm steckte.

Sie stellte sich dennoch vor, wie sie mit Samuel schläft, die Lektüre beflügelt ihre erotische Phantasie. Bei ihr reichen Wörter aus, um sexuelles Verlangen auszulösen. Aus diesem Grund lässt sie sich auch nur mit Schriftstellern ein. Vor Samuel hatte sie eine lange Affäre mit einem israelischen Autor, über den sie nach eigenem Bekunden lieber nicht mehr sprechen will, weil schon allein der Klang seines Namens sie zum Weinen bringt.

Samuel hatte ihr mit ein paar höflichen Worten geantwortet, und noch am selben Abend hatte sie ihm einen neuen, diesmal sehr langen Brief geschrieben, in dem sie nicht nur im Wechsel von kritischer Analyse und enthusiastischer Begeisterung höchst detailliert auf seine Arbeit einging, sondern auch – und das berührte Samuel sehr – auf den Tod seiner Eltern zu sprechen kam. Am Schluss lud sie ihn auf einen Kaffee zu sich in ihre große Mietwohnung im 7. Pariser Arrondissement ein.

Drei Wochen später sitzt er in ihrem Salon, umgeben von wertvollen alten Büchern, und ist beeindruckt, denn er hat seine Bücher bisher immer nur in Bibliotheken ausgeliehen, als günstige Taschenbuchausgaben gekauft oder aus zweiter Hand bei den Verkäufern am Seineufer erstanden.

Befangen steht sie vor ihm, dieser Mann verwirrt sie, und als er ihr zur Begrüßung die Hand drückt, weiß sie, dass sie noch an diesem Tag mit ihm ins Bett gehen wird.

Sie landen tatsächlich im Bett, und es ist eine Katastrophe. Samuel versagt, und Léa versichert ihm, das sei überhaupt kein Problem, doch für ihn ist es eines, und er zieht sich an und geht. Sie ruft ihn so lange an, bis er nachgibt. Eine Zeitlang treffen sie sich regelmäßig. Sie können sich stundenlang über Politik, Philosophie, russische Lyrik, südamerikanische Romane oder italienische Prosa unterhalten, aber im Bett haben sich ihre Körper nichts zu sagen. Nicht dass Samuel sich von Léa abgestoßen fühlen würde – sie ist eine wunderschöne große, feingliedrige Frau mit sehr kurzen blonden Haaren und einer durchscheinend hellen Haut –, aber er kann einfach keine erotische Nähe zu ihr herstellen. Das Begehren ist ungerecht. Warum erregen ihn ihr Körper und der Duft ihrer Haut nicht? Sie hat alles, was ihm normalerweise gefällt. Warum empfindet er nichts als grenzenlose Gleichgültigkeit? Nach zwei Misserfolgen rät sie ihm, einen Arzt aufzusuchen, und er weigert sich. Versteht sie denn nicht? Er begehrt sie nicht und hat sie nie begehrt. Er hat Nina und Ninas Körper zu sehr geliebt. Nina musste er nur sehen oder flüchtig berühren, und schon hatte er Lust auf sie. Er vermisst sie mit neuerwachter Intensität. Zum ersten Mal seit ihrer Abreise hat er eine Affäre mit einer Frau, und er begreift, dass es die letzte sein wird. Er hat geglaubt, er habe Nina endlich vergessen, aber die Gefühle quellen überall hervor, überrollen ihn von allen Seiten. Es ist demnach möglich, verflucht und gesegnet zu sein, Gewinner und Verlierer, glücklich und unglücklich zugleich.

5

Samirs Verhaftung hat nur wenige Minuten gedauert. Vor dem Apartmenthaus ist wieder Ruhe eingekehrt. Ruth geht, die Hände in den Manteltaschen zu Fäusten geballt, ins Foyer zurück. Es kommt ihr so vor, als wäre ihr Mann von etwas Großem verschlungen worden – man hat ihn ihr mit Gewalt entrissen, und nun ist er verschwunden, als hätte ihn ein Hai zwischen die mächtigen Kiefer bekommen, als hätte ihn eine Wasserstoffbombe pulverisiert, als hätte man ihn schlicht vom Angesicht der Erde getilgt. Es ist das erste Drama ihres Lebens, bisher haben ihre Eltern sie vor allem bewahrt und ihr Leid, Mangel und Trauer erspart. Kein Mann hat ihr je Schmerz zugefügt, weil kein Mann sie je verlassen hat. Keine Freundin hat sie verletzt, weil es keiner in den Sinn gekommen wäre, mit ihr zu brechen. Keine hat sich wissentlich des Vergnügens beraubt, von ihr eingeladen zu werden, die Ferien in der Familienvilla zu verbringen und hinterher sagen zu können: »Ich war bei Ruth Berg.« Kein Lehrer ist rüde mit ihr umgesprungen – sie ist schön, intelligent, einflussreich, warum hätten sie sie bestrafen sollen? »Nicht mal Gott traut sich, dir ein Unglück zuzumuten«, hatte einmal eine Freundin gewitzelt, aber Ruth hatte nicht darüber lachen können, denn sie war überzeugt davon, sie werde für ihr Glück eines Tages bezahlen müssen. Und jetzt ist es so weit. Sie zahlt den Preis für die vielen unbekümmerten Jahre, in denen sie, ausgestellt und streng beaufsichtigt wie das Gemälde eines Alten Meisters, von ihrem Vater nie auch nur ein kritisches Wort gehört hat, denn Berg ist buchstäblich verrückt nach seiner Tochter, gibt Unsummen für sie aus und hat sein ganzes Leben der Erfüllung ihrer Wünsche gewidmet. Wer sie sieht, ist von ihr eingenommen, sie hat Geschmack und feste Meinungen. Auch einen Mangel an Intelligenz oder Besonnenheit kann man ihr nicht vorwerfen, sie ist feinsinnig und überdies offen für spirituelle Dimensionen. Ihr Vater zitiert auf Dinnerpartys mit Vorliebe Woody Allen, der nach einer Begegnung mit Ruth einmal gesagt hat: »Wenn ich als Frau wiedergeboren werden müsste, wäre ich gern Ruth Berg!« Hat sie je einen Schicksalsschlag erlebt? Nein. Nicht einmal einen kleinen Misserfolg. Niemand hat sie in der Öffentlichkeit als »dreckige Jüdin« bezeichnet – oh, sie weiß wohl, dass ihr Vater regelmäßig antisemitische Briefe erhält, aber ihr ist das erspart geblieben. Eine winzige Enttäuschung hat es gegeben, als sie endgültig begreifen musste, dass ihr Vater ihr nur einen der jungen bürgerlichen Juden aus dem Reservoir der Harvard-, Princeton- und Columbia-Absolventen als Freund zugesteht. Und selbst darüber hat sie sich hinweggesetzt. Sie hat sich in einen Franzosen von dubioser Herkunft verliebt, und ihr Vater hat ihn schließlich akzeptiert. Warum? Weil er sie nicht verlieren will und sich scheut, sie vor den Kopf zu stoßen. Wie sollte sie auf etwas so Dramatisches wie die Verhaftung ihres Mannes im Morgengrauen vorbereitet sein? Und noch dazu in der eigenen Wohnung? *Ruth*, sagt sie sich, *du bist drei Jahrzehnte lang vor Unglück bewahrt worden, jetzt bist du an der Reihe. Du wirst Qualen erleiden wie Hiob. Du bist besudelt. Was für ein gewaltiger Schandfleck. Die Verhaftung deines Mannes lässt sich nicht mehr aus der Familienbiographie tilgen, sie steht da wie eine beschämende Fußnote, die euch bis ins dritte Glied verfolgen wird.*

Solche Gedanken wirbeln ihr durch den Kopf, als sie die Treppe hochsteigt. Gab es irgendeinen Hinweis auf einen drohenden Absturz? Hat sie ihn übersehen oder sich blind gestellt? Mit tränenüberströmtem Gesicht steht sie in der Wohnungstür, und ihr verschleierter Blick fällt auf das Bild des berühmten Rabbiners. Sie fleht ihn um Hilfe an, sie betet darum, dass ihr Mann unschuldig ist und ihre Familie sie beschützen möge, sie betet um die Rückkehr in ein normales Leben, sie betet darum, dass sich alles nur als böser Traum entpuppt, und sie betet für sich selbst, denn sie will wieder die Frau sein, die sie vor dem Drama war – die verwöhnte, sorglose und unbeschwerte Ruth, die Grüntee-Eis, Visconti-Filme, Ferien in Porto Cervo und marineblaue Kaschmirpullover liebt.

Plötzlich hört sie leise Schritte. Mit vom Schlaf verquollenen Augen stehen ihre Kinder vor ihr und wollen wissen, was passiert ist, wo ihr Vater ist. Sie redet ihnen gut zu, das ist jetzt das Allerwichtigste, und sagt ihnen, sie sollen wieder ins Bett gehen, was sie mit verblüffender Folgsamkeit tun. Dann holt sie tief Luft, räuspert sich, um ihre gewohnt gelassene, unverbindliche Stimme wiederzufinden, und wählt die Nummer von Dan Stein, dem Anwalt der Familie. Es ist noch früh am Tag, aber sie weiß, dass er den Anruf ohne Zögern entgegennimmt, wenn er ihren Namen auf dem Display liest. Ihren Vater ruft sie noch nicht an. Erstens hält er sich im Ausland auf, und außerdem bekommt bei ihm immer gleich alles eine politische Dimension. Wenn sie ihn informiert, liefert sie sich aus, und dazu sieht sie vorläufig noch keine Veranlassung. Natürlich schützt sie damit in erster Linie sich selbst, denn sobald ihr Vater von der Sache erfährt, wird er die Angelegenheit in die Hand nehmen und sie womöglich auf eine Weise regeln, die ihr nicht gefällt. Ruth weiß, dass ihr Vater Sami nie besonders gemocht hat und nur auf eine Gelegenheit wartet, ihn loszuwerden. Er lauert beständig auf eine falsche Bewegung, damit er ihn endlich feierlich auffordern kann: *Raus mit dir, Tahar, geh dahin zurück, wo du hergekommen bist.* Sie beschreibt Stein, was geschehen ist, er hört ihr ruhig zu, und als sie ihn schließlich fragt, wie sie sich verhalten solle, antwortet er: »Tun Sie gar nichts, ich komme.«

Zwanzig Minuten später ist er da, in der rechten Hand den Aktenkoffer, in der linken das Handy, das alle paar Minuten klingelt, indem es wie eine Harfe zirpt. Dan ist mittelgroß und hat ein rundes Gesicht, in dessen Mitte eine platte Nase mit auffällig großen Nasenlöchern sitzt. Bei seinem Anblick fragt sich jeder unwillkürlich: »Was ist bloß mit seiner Nase passiert?« Zwanzig Jahre lang hatte er mit einer riesigen verbeulten Nase gelebt und sich dann zu einer Schönheitsoperation entschlossen, die aber schiefging, und nun hatte er eine platte, breite, kurze Nase, die auf afrikanische Vorfahren schließen ließ. Inzwischen dementiert er das nicht mehr. »Ja, ich bin der Sohn von Mordechai Stern und Tina Turner«, lautet sein Standardscherz. In der Familie ist er der große Schweiger, aber sobald er im Gerichtssaal steht, läuft er rhetorisch zu Hochform auf. Er spielt virtuos auf der Klaviatur der Gefühle und legt ebenso gekonnt tragische wie humorvolle Auftritte hin. Bevor er einer der brillantesten amerikanischen Strafverteidiger wurde, verdiente er sich sein Geld als Stand-up-Comedian in Caroline's Comedy Club am Broadway. Sein Vorbild waren die genialen verbalen Entgleisungen von Lenny Bruce, und wenn seine Freunde Kostproben hören wollten, ließ er sich nicht lange bitten. Er stellte sich vor das Publikum, und das Publikum tobte vor Lachen. Und dann war sein Vater an einer Herzattacke gestorben, und seine Mutter hatte zu ihm gesagt: »Dan, entweder machst du dein Juraexamen, oder mir wird's ergehen wie deinem Vater. Brauche ich *lejtsim* in der Familie? Nein. Aber einen Anwalt kann man immer brauchen.« Und er hatte sich gefügt, hatte alles andere aufgegeben und war ein hervorragender Jurist geworden, der seine Prozesse wie Theaterstücke in brechend vollen Sälen inszenierte.

Wenn Stein plädierte, wusste man, dass einem ein unvergessliches Erlebnis bevorstand.

An jenem Vormittag in Tahars Wohnung jedoch hält sich Stein bedeckt. Auf dem Weg zu Ruth hat er das Büro des Staatsanwalts angerufen und keinerlei Informationen erhalten. Er möchte wissen, ob Ruth irgendeine Vermutung hat, ob sie glaubt, dass Sam Gefahr droht oder er in etwas Undurchsichtiges verwickelt ist. »Es ist eine Entführung!«, kontert sie hochmütig, und Stein fragt sich, ob sie das ernst meint. Er hält diese Version für ausgeschlossen, nicht weil so etwas nicht vorkäme – prominente Personen wecken immer Begehrlichkeiten –, sondern weil alles dagegen spricht, dass bewaffnete Männer vor Tagesanbruch in ein strenggesichertes Wohnhaus an der Fifth Avenue eindringen und einen Mann entführen. Sie würden warten, bis er das Gebäude verlassen hat. Davon ist Stein überzeugt, aber er sagt nichts, denn er will seine Mandantin nicht kränken: bei 800 Dollar die Stunde weiß er, was von ihm erwartet wird. Ruth erwähnt, dass sie nicht eine Sekunde lang das Gefühl hatte, echten Polizisten gegenüberzustehen.

»Sie haben ihn nicht über seine Rechte belehrt und nicht gesagt, dass er einen Anwalt anrufen kann, und sie sind mit unglaublicher Brutalität vorgegangen. Ich habe nicht mal ihre Ausweise gesehen, sie sind hereingestürmt, haben ihn gepackt und waren weg.« Stein fragt mehrfach nach, ob ihr Mann Feinde hat oder sich bedroht fühlte, und plötzlich fällt ihr etwas ein. Sami war in letzter Zeit viel weg, und damit meint sie nicht nur unterwegs, sondern auch in Gedanken verloren: »Er wirkte in den letzten Wochen bedrückt und misstrauisch, wenn er mit uns zusammensaß. Er ist so angespannt gewesen, dass ich öfter nachgefragt habe, aber er hat immer nur gesagt, es sei nichts.«

Stein empfiehlt ihr, ein, zwei Stunden zu warten. Wenn sie dann noch nichts von ihrem Mann gehört habe, solle sie die Polizei benachrichtigen. Standhaft und würdevoll akzeptiert Ruth seinen Vorschlag und begleitet ihn zur Tür. Zwei Stunden später hat sie immer noch kein Lebenszeichen von Sam.

6

Mit einer Kapuze über dem Kopf wie ein zum Galgen Verurteilter sitzt Samir in dem Transporter, dessen Reifen auf dem Asphalt quietschen. Lautstark verlangt er zu wissen, wohin man ihn bringe und warum. Sie fahren lange. Dann bleibt das Fahrzeug plötzlich stehen. Er hört Türen schlagen. Hände packen ihn grob, Finger bohren sich wie Kneifzangen in seine Arme, und er wird herausgezogen und angetrieben wie ein störrisches Zirkuspferd. Gelächter, Beschimpfungen. Unter dem schwarzen Tuch kann er kaum atmen, er sehnt sich nach frischer Luft, und als er das sagt, hört er als einzige Antwort: »Klappe.« Auf zittrigen Beinen wankt er ungefähr fünfzig Meter wie ein Betrunkener, dabei war er noch nie so nüchtern wie in diesen schrecklichen Minuten. Jemand schiebt ihn irgendwo hinein. Was könnte das sein – eine Höhle? Eine Grotte? Ein Keller? Es ist kalt und feucht, es riecht nach abgestandener Luft und Schweiß. Stimmen, Geräusche, Rufe dringen an sein Ohr. »Wo sind wir?«, will er wissen. »An einem Ort, an dem dich niemand suchen wird«, erwidert eine Männerstimme. Eine derbe Hand, die einen Moment lang wie eine Monsterfratze vor seinen Augen auftaucht, zieht ihm die Kapuze vom Gesicht und zerkratzt ihm dabei das rechte Augenlid. Es dauert ein paar Sekunden, bis sich seine Augen wieder an das Licht gewöhnt haben. Er befindet sich in einem Raum mit Betonwänden, der so aussieht, als würden hier Verhöre stattfinden: ein Tisch, drei Stühle und eine nackte Birne, die an einem ramponierten Kabel von der Decke hängt.

»Nennen Sie Ihren Namen, legen Sie den Finger da hin, halten Sie das Blatt zwischen den Händen, höher, ja, so, unter das Kinn, nicht bewegen, und klick!« *Mördervisage! Dreckskerl!* »Leibesvisitation, filzt ihn gründlich, Leute, alle Körperöffnungen!« *Schwein! Abschaum! Hund!*

Unverständnis, Verwirrung, Angst – ja, Samir ist starr vor Angst. Er tröstet sich damit, dass der Alptraum gleich zu Ende sein wird: *Gleich wache ich auf.* Was wirft man ihm vor? Er kann beweisen, dass er nichts Böses getan hat, sie haben den Falschen. »Lassen Sie mich frei! Rufen Sie meinen Anwalt an oder meine Frau! Ich bin der Schwiegersohn von Rahm Berg!« Einer der Männer fängt an zu lachen: »Dann werden wir ja gleich sehen, ob dein Schwiegervater noch zu dir hält.« – »Ich bin unschuldig! Ich habe nichts getan!« Klack, die Tür fällt ins Schloss. Er bleibt allein in einer winzigen vergitterten Zelle zurück.

Ein Verstoß gegen die Moral, denkt Samir, ist in diesem Land praktisch ein Verbrechen. Es ist ein Verbrechen, ein allzu offensives und freizügiges Sexualleben führen zu wollen. Sicher gibt es auch in diesem Land Exzesse, aber nicht hier in New York, nicht in dem angepassten Milieu, in dem er sich bewegt. Er hat geahnt, dass ihm seine Sexabenteuer früher oder später Ärger einbringen werden, eine Anzeige wegen sexueller Belästigung oder der Verführung Minderjähriger. Dennoch hat er seine erotische Monomanie nicht abgelegt, warum auch, er fühlte sich unbesiegbar. Seine geradezu pathologische Sexsucht und die gelegentlichen Affären mit Minderjährigen, die er gehabt hatte, bevor Nina nach New York kam, könnten ihm gut und gern zehn Jahre Gefängnis einbringen. Hat eine der Frauen ihn angezeigt? Möglich. Alles ist möglich. Er sitzt in der Falle, ein Ausweg ist nicht in Sicht. Zweifellos gibt es Beweise – Speichelspuren, Sperma, Zettel, die er geschrieben und vergessen hat, verräterische, aufreizende, gesetzwidrige SMS, kompromittierende Mails voller sexueller Anspielungen. Die gibt es. Ständig hat er neue Reize gesucht ... Sein Eroberungsdrang und seine Gier nach Neuem haben alle Hemmungen außer Kraft gesetzt. Er muss auf einmal an die Sekretärin denken, die er nach der Probezeit nicht übernommen hatte, offiziell aus Mangel an Qualifikationen, inoffiziell weil sie ihm die kalte Schulter gezeigt hatte. Dabei wäre sie in Wirklichkeit nur zu gern auf seine Anmache eingegangen! Daran besteht für ihn kein Zweifel, so etwas spürt er genau. Er sieht die Stewardess vor sich, deren Hinterteil ihn auf einem Flug von New York nach Los Angeles so beeindruckt hatte, dass ihm der Ausruf »Was für ein Arsch!« entfahren war. (Sie hatte eine Spur empört gewirkt, aber dann doch gelächelt und seine Entschuldigung angenommen.) Und die junge Staatsanwältin, mit der er nur etwas angefangen hatte, weil er wollte, dass sie ihre Anklageschrift abänderte. (Sie gefiel ihm nicht, sie war hässlich, und es war das erste Mal, dass er eine Frau aus beruflichen Gründen verführte. Er hatte es umgehend bereut und sich geschworen, so etwas nie wieder zu tun.) Seit einigen Monaten hat die Angst über das Verlangen gesiegt, er weiß, dass eine dieser Affären ans Licht kommen oder eine der Frauen sich rächen könnte, und einmal hat er zu Berman bei einem ihrer gemeinsamen Mittagessen gesagt: »Eines Tages wird eine Frau Anzeige gegen mich erstatten und behaupten, ich hätte sie auf einem Parkplatz vergewaltigt. Dann hat sie es auf mein Geld abgesehen. Denn so etwas würde ich nie tun. Niemals, verstehst du, ich würde nie eine Frau vergewaltigen. Wenn so etwas passiert, wirst du wissen, dass sie lügt.«

Daran muss er in der Enge der Zelle denken, in die man ihn gesperrt hat. *Ich war schwach. Ich war leichtsinnig. Unbesonnen. Berman hat mich gewarnt! Pierre hat mich gewarnt! Und ich habe nicht auf sie gehört! Ich werde alles verlieren! Mein Leben zerrinnt mir zwischen den Fingern! Ich muss mich beruhigen/mir etwas einfallen lassen/eine Lösung finden, und zwar schnell.* Samir zählt im Geist die Namen aller Anwälte auf, die ihn in einer solchen Sache vertreten könnten. Drei oder vier fallen ihm ein, Starverteidiger, Experten für Verfahrensfragen, die imstande sind, überall Formfehler zu entdecken und auch noch die geringste Schwachstelle des Gegners aufzuspüren – Junggesellen oder Geschiedene, deren Privatwohnung nur durch einen Flur von ihrer Kanzlei getrennt ist. Dann denkt er an Ruth und an Nina. Wie werden sie wohl reagieren, wenn sie die Wahrheit erfahren? Und eine Frage quält ihn besonders: Wie weit werden die Ermittlungsbeamten gehen? Bis zur totalen Bloßstellung? Bis zur lückenlosen Aufklärung?

Die Angst hat von seinem ganzen Wesen Besitz ergriffen.

7

Ruth hat sich auf Empfehlung ihres Anwalts an die Polizei gewandt. Vor der Eingangstür des Polizeireviers überläuft sie ein Schauer, sie denkt an ihren Mann und hat Angst. Eine kleine kratzbürstige Blondine* fragt nach ihrem Anliegen und fordert sie auf, ein Formular auszufüllen und sich zu gedulden, aber nach einer Dreiviertelstunde spricht Ruth sie noch einmal an, sie kann nicht länger warten, ihr Mann ist vor mehreren Stunden verhaftet worden, und immer noch weiß sie nichts über seinen Verbleib.

»So kann man Menschen nicht behandeln! Man kann nicht einfach einen Mann in seiner eigenen Wohnung festnehmen und der Familie jede Auskunft verweigern! Wir sind hier in Amerika! Wir haben schließlich Rechte, oder nicht? Ich verlange doch nur, dass diese respektiert werden!« – »Ich gebe Ihnen einen guten Rat. Beruhigen Sie sich und bleiben Sie sitzen, bis man Sie aufruft. Ihr Protest nützt Ihnen gar nichts«, fährt die Frau sie gereizt an. »Sie sind nicht die Einzige. Sie werden aufgerufen, wenn Sie an der Reihe sind.« In Ruths Kopf herrscht Chaos. Was kann passiert sein – eine Entführung, eine falsche Beschuldigung, ein Finanzskandal? Inzwischen hält sie alles für möglich, irgendetwas ist ins Rollen gekommen und lässt sich nicht aufhalten, sie kennt die Regeln nicht und ist allein, zum ersten Mal in ihrem Leben allein, ohne Begleitung, ohne Hilfe.

Fünf Viertelstunden später wird sie endlich in das Büro eines Polizeibeamten** geführt, einen kleinen Raum mit

---

* Samantha de la Vega, 45, verkündet gern öffentlich, dass sie ihren Mann und ihren Beruf hasse.
** David Beer, 26, fühlt sich zu seiner Arbeit bei der Polizei »berufen«.

weißen Wänden, an denen Bilder von Vermissten hängen. Der Mann fordert sie auf, sich zu setzen und mit ihrer Aussage zu beginnen. Während er tippt, lässt sie ihn nicht aus den Augen. Sie erzählt alles, lässt kein noch so winziges Detail aus, bemüht sich, die Ereignisse in ihrer genauen Abfolge wiederzugeben. Plötzlich hebt er den Blick und sagt, es gebe da ein Problem.

»Was für ein Problem?«, fragt Ruth angespannt.

»Ich bin gleich wieder da.«

Das Warten dauert eine Ewigkeit, und Ruth befürchtet schon das Schlimmste – Sam ist tot. Bei diesem Gedanken wird ihr so flau, dass sie fast in Ohnmacht fällt, aber gerade noch rechtzeitig kommt der Polizeibeamte in Begleitung eines ungefähr sechzigjährigen Mannes* zurück, den Ruth für seinen Vorgesetzten hält. Der Mann setzt sich neben sie und erklärt trocken, vorläufig gebe es keinerlei Informationen.

»Was soll das heißen, keinerlei Informationen? Haben Ihre Leute ihn festgenommen oder nicht?«

»Dazu kann ich Ihnen nichts sagen.«

»Steckt vielleicht die Mafia dahinter? Wollen Sie das damit andeuten?«

»Nein, die Mafia hat nichts damit zu tun ...«

»Sie geben also zu, dass mein Mann von Ihren Leuten verhaftet wurde?«

»Er wurde verhaftet, aber nicht von uns.«

»Das verstehe ich nicht ...«

»Mehr kann ich Ihnen im Moment nicht sagen.«

»Die Männer wollten mir nicht einmal ihre Ausweise zeigen! Sie haben meinen Mann verhaftet und wie einen gewöhnlichen Verbrecher abgeführt!«

---

* John Delano, 62, hat beruflich alles erreicht, was er erreichen wollte.

»Das ist richtig.«

»Schockiert Sie das nicht?«

»Weniger als die Taten, die Ihrem Mann zur Last gelegt werden.«

»Was wollen Sie damit andeuten?« Ruth ist außer sich vor Empörung. »Ich weiß nicht mal, was man ihm vorwirft! Keiner hat uns etwas gesagt! Mir nicht und meinem Anwalt auch nicht! Ich habe das Recht zu wissen, was meinem Mann zur Last gelegt wird!«

»Sie werden es zu gegebener Zeit erfahren.«

»Nein, Sie sind verpflichtet, es mir auf der Stelle zu sagen. Wir leben in einer Demokratie, oder nicht? Und außerdem verfüge ich über Mittel und Wege, es in Erfahrung zu bringen ...«

»Keine Drohungen, wenn ich bitten darf, keine Drohungen. In einem Fall wie diesem würde ich an Ihrer Stelle darauf verzichten.«

»Worauf wollen Sie hinaus? Nur zu, sagen Sie es! Ich habe das Recht, es zu erfahren. Wer hat Anzeige erstattet?«

Da steht der Polizeibeamte auf, wendet sich Ruth zu, die Arme in die Seiten gestemmt wie ein Racheengel, und erwidert in ruhigem Ton: »Die Vereinigten Staaten von Amerika.«

8

Menschen sind nicht für Ruhm geschaffen. Es ist unnatürlich, von Tausenden erkannt/geliebt zu werden. Zehn- oder zwanzigtausend sind schon viel. Aber Hunderttausende? Wie hätte Samuel ahnen können, dass der schnelle Wandel von der Anonymität zum Ruhm eine so umwälzende körperliche und seelische Erfahrung sein würde, die alle Synapsen im Gehirn elektrisiert? Er muss eine Flut von Anrufen, den steten Strom der Arschkriecher und Scharen von Schmeichlern über sich ergehen lassen, die sich alle auf die Landkarte des Erfolgs, der Interviews und Talkshows schmuggeln wollen, er wird unablässig angefragt (*Die Leute wollen Sie sehen/wiedersehen, mit Ihnen sprechen, Sie einladen, Sie sind interessant geworden, man will mit Ihnen gesehen werden, Ihre Anwesenheit ist mittlerweile ein Aktivposten, ein Mehrwert, Sie sind großartig, talentiert, außergewöhnlich, rufen Sie mich an*). Von einem solchen Erfolg hat er immer geträumt, er hat ihn heiß ersehnt und zornig mit dem Schicksal gehadert, als er ihm verwehrt war, und jetzt erkennt er leicht beschämt, dass er diese künstliche, oberflächliche Berühmtheit und die Horde der Hofschranzen nicht aushält. Er will nicht mehr quer durch Frankreich touren oder ins Ausland hetzen, wenn er lieber zu Hause bleiben und schreiben würde. Ihm widerstrebt inzwischen der Medienrummel und alles, was damit zusammenhängt – die vielen Stunden in der Maske, wo er geschminkt und frisiert wird, um »auf Sendung gut rüberzukommen« und »das Licht auf sich zu ziehen«, er ist die Geständnisse leid, die man im Studio von ihm erwartet, die Posen, die er einnehmen muss, er würde lieber ablehnen oder es wenigstens genießen können, aber er verschließt sich. Michel Houellebecq hat recht, der Erfolg macht furchtsam.

Was fehlt ihm? Es ist die Stille, die dem Schreiben vorausgeht, es trägt und begleitet. Wenn er am Morgen sieht, wie viele Nachrichten sich schon wieder auf seinem Handy angesammelt haben, überkommt ihn ein lähmendes Entsetzen. Er sitzt, ohne es zu wollen, an den Schalthebeln einer lärmenden Maschine, obwohl er das Schreiben doch gerade wegen seiner Vorliebe für Stille und Einsamkeit gewählt hat.

Kontakte, Begegnungen, Signierstunden hat er schnell satt. Er hat das Gefühl, ausgestellt zu werden, er kommt sich vor wie ein Tanzbär, dem man gönnerhaft den Rücken tätschelt. Und er fängt an, sich zu verachten. Er verachtet sich, als er einem potentiellen Leser zulächelt, der ihn mit seinem Buch in der Hand auffordert: »Nennen Sie mir einen guten Grund, es zu kaufen.« Er verachtet sich, als er sein Buch durch die Luft schwenkt, um einen Buchhändler zu widerlegen, der ihm nicht zugetraut hat, dass er es wie frischen Fisch anpreisen wird – *das bringen Sie nicht fertig!* Er verachtet sich, als er einen zweitklassigen Kritiker nicht spontan ohrfeigt, nachdem er sich von ihm anhören musste: »Wer für sein erstes Buch so viel Anerkennung bekommt, muss sicher ordentlich intrigieren und tricksen.« Er verachtet sich, als er seinem Verleger im Verlauf eines Streits – er weigerte sich, an einer Gesprächsrunde zur besten Sendezeit teilzunehmen – nicht Jim Harrisons Ausspruch an den Kopf wirft: »Schriftsteller sein ist zugleich Fluch und Aufgabe. Das habe ich im Alter von einundzwanzig gelernt, als mein Vater und meine Schwester bei einem Autounfall ums Leben kamen. Nach einem solchen Verlust gibt es keinen Kompromiss mehr, weder mit Verlegern noch mit sonst jemandem.« Er verachtet sich, weil er zustimmt, als eine große Tageszeitung ein Porträt von ihm drucken will, und er sein Leben einem Unbekannten anvertraut, der ihn dann prompt hintergeht und schreibt, sein Vater sei nach seinem Übertritt zum orthodoxen Judentum ein »Erleuchteter« geworden. Er verachtet sich, weil er nicht den Mut aufbringt, einen gepfefferten Brief an den Journalisten zu schreiben, der zu verantworten hat, dass folgender Satz gedruckt wurde: »Samuel Baron benutzt den Tod seiner Eltern, um seine Leser zu rühren.« Aber am meisten verachtet er jene, die nur noch über das viele Geld mit ihm sprechen, das er verdient, und die ihr Verhalten ihm gegenüber nach seinem materiellen Erfolg ausrichten. Geld verändert alles. Es verändert das Verhältnis zu den Freunden, der Familie und den Menschen, die man neu kennenlernt, und es verändert einen selbst, denn man wird zu einem verstohlenen Imperialisten, der sich daran gewöhnt und unmerklich mutiert. Man wird zu dem, was man verachtet.

9

»Ich will meinen Anwalt sprechen! Ich bin unschuldig! Ich habe nichts getan! Ich will hier raus!« Sinnlose Forderungen, Samir bleibt eingesperrt. Erst eine Stunde später nähern sich zwei Männer der Zellentür, schließen sie auf und holen ihn heraus. »Wir werden dich jetzt verhören und deine Version mit der deines Bruders vergleichen.« Bei diesem Satz werden Samir die Knie weich. Und plötzlich fällt ihm das Abendessen in dem verschwiegenen indonesischen Restaurant wieder ein, als sein Bruder ihm sein Herz ausgeschüttet hatte. Er hatte ihm von seinem Ausrutscher erzählt und dass er Angst hatte und möglichst schnell zurück nach Frankreich wollte. Samir hatte ihn nicht ernst genommen.

»Hat mein Bruder etwas Unrechtes getan?«, fragt er aufgeregt.

Einer der Polizisten bricht in Gelächter aus und äfft ihn nach: »Etwas Unrechtes?«

»Hören Sie, ich bin irrtümlich hier. Ich habe nichts getan. Das schwöre ich.«

»Soso.«

»Ich habe keine Ahnung.«

»Das behauptet ihr doch alle! Die bringen euch bei, dass ihr das sagen sollt! Ihr seid alle Lügner! Lügner und Parasiten!«

Sie führen ihn in einen überheizten Verhörraum. Samir verlangt etwas zu trinken.

»Wenn du trinken willst, musst du den Mund aufmachen …«

»Ich habe nichts zu sagen.«

»Na, wenn du so anfängst …« Mit diesen Worten dreht einer der Männer die Heizung noch weiter hoch und schwenkt eine Wasserflasche vor Samirs Gesicht hin und her. »Willst du? Dann musst du dich etwas kooperativer verhalten.«

»Ich verstehe das nicht! Was wirft man mir denn vor?«

»Tu nicht so harmlos. Der Vorwurf lautet auf Mittäterschaft bei einem terroristischen Anschlag gegen die amerikanischen Interessen.«

Innerhalb von Sekunden strömt ätzende Panik in jede Zelle seines Körpers und höhlt ihn innerlich aus. So fühlt es sich also an, wenn ein Mensch zerstört wird. Die spitzen Eisenzähne des Mahlwerks bohren sich in die Haut … Was passiert in so einem Moment? Ist die Angst allumfassend? Fühlt man sich leicht, befreit von der Last der Lüge, der Kompromisse, der Maskerade?

»Al-Qaida, sagt dir das was?«

Samir überläuft ein Zittern. Es dauert eine Weile, bis er sich wieder im Griff hat und antworten kann.

»Was hat das mit mir zu tun? Ich habe nichts getan!«

»Du wirst verdächtigt, ein Mitglied von al-Qaida zu sein.«

»Das ist doch absurd! Ich verstehe das nicht! Was soll ich denn getan haben?«

Der Polizeibeamte spielt eine Weile mit der Wasserflasche. »Wie gesagt: Du bist ein Terrorist.«

Samir verliert das Bewusstsein. Als er wieder zu sich kommt, verlangt er nach einem Arzt. Einer der Polizisten lacht laut auf.

»Fängst du jetzt schon an mit diesem Theater? Offensichtlich kennst du das Programm.«

»Wovon reden Sie? Es geht mir schlecht. Ich kann nicht richtig atmen!«

»So versucht ihr es immer: Erst soll ein Arzt hinzugezogen werden, dann wollt ihr einen Anwalt sprechen, verlangt Essen, leugnet alle Anklagepunkte, ihr behauptet, die Geheimdienste hätten das alles frei erfunden. Aber ich sage dir, Freundchen, so läuft das hier nicht.«

Samirs Hände sind auf dem Rücken gefesselt. Die Handschellen scheuern, und er bittet darum, dass man sie ihm abnimmt: »Ich-bin-unschuldig-das-ist-ein-Irrtum-ich-habe-nichts-getan-ich-bin-Anwalt.«

Ein hellblonder Mann baut sich vor ihm auf. »Ihnen wird vorgeworfen, an einem terroristischen Anschlag von al-Qaida beteiligt gewesen zu sein.«

»Ich habe nichts getan, wovon reden Sie überhaupt? Ich verstehe das nicht! Sie können nicht das geringste Beweismaterial haben, denn ich habe nichts getan! Wer hat sich eine solche Anschuldigung ausgedacht?«

»Halt die Klappe!«

»Das ist ein abgekartetes Spiel, dahinter steckt eine Falschaussage, lassen Sie mich frei! Sie haben keine Beweise!«

»Im Kampf gegen terroristische Umtriebe genügt ein einfacher Verdacht, um Sie festzuhalten.«

Ein anderer Mann übernimmt. »In welcher Verbindung stehst du zu Djamal Yahyaoui?«

»Djamal?«

»François Djamal Yahyaoui gibt an, dein Bruder zu sein.«

»Er heißt François, nicht Djamal, und ja, er ist mein Halbbruder. Aber was hat das mit mir zu tun? War er an einem Anschlag beteiligt?«

»Dein Bruder ist ein Dschihadist. Er wurde in Afghanistan verhaftet, wo er sich für einen Anschlag gegen die amerikanischen Interessen ausbilden ließ. Das FBI hat Beweise dafür, dass du seine terroristischen Aktivitäten finanziert hast.«

»Was?«

»Man hat auf seinem französischen Bankkonto monatlich eingehende Zahlungen entdeckt, die seit einem Jahr von dir angewiesen werden. Dieses Geld diente der Finanzierung seiner Reisen, seiner paramilitärischen Ausbildung und seiner Mordaufrufe.«

Samir kann nicht gleich antworten, denn er hat das Gefühl, in schwarzem Schlamm zu versinken, der seine Mundhöhle verklebt. Er ringt nach Worten, seine Zunge stolpert unbeholfen über die Silben.

»Das ist ein Irrtum! François ist nach New York gekommen, weil er Geld gebraucht hat. Er war in einer schwierigen Phase. Es ist doch nicht verboten, dem eigenen Bruder Geld zu geben! Ich habe ihm meine Hilfe zugesagt, aber ich wusste nichts von seinen Aktivitäten! Ich konnte nicht wissen, was er mit diesem Geld vorhatte! Ich bin Anwalt, vergessen Sie das nicht! Und weshalb hätte ich überhaupt seine terroristischen Aktivitäten finanzieren sollen? Verraten Sie mir das. Was hätte ich denn mit dem islamistischen Terror zu schaffen?«

»Genau diese Frage beschäftigt uns auch. Vielleicht bist du ein Schläfer oder ein Doppelagent.«

»Ich bin weder das eine noch das andere! Ich bin amerikanischer Staatsbürger, ich habe einen Halbbruder in Frankreich, von dem ich kaum etwas weiß und dem ich helfen musste, damit er meiner Mutter nicht zur Last fiel. Mehr steckt nicht dahinter! Mein Bruder ist kein Islamist, mein Bruder ist nicht einmal Muslim! Ich verstehe das nicht. Wie konnte es dazu kommen?«

Der Mann überlegt kurz, dann steht er auf. »Gut, wir sagen es ihm.«

10

Nach seinem kurzen Aufenthalt in New York kehrt François Mitte 2007 nach Frankreich zurück. Er freundet sich mit dem Exhäftling Eric an, der sich neuerdings Mohammed nennt. Wie sie zusammenkommen, ist nicht ganz geklärt. Manche sagen, Eric sei ein Bekannter aus der Siedlung gewesen, andere behaupten, Nawel habe sie unabsichtlich miteinander in Kontakt gebracht, als sie François nahelegte, einen Teil von Samirs Geld an den Sozialfonds der Moschee zu spenden. Eric/Mohammed ist ein charismatischer, dunkelhäutiger Mann um die vierzig, dessen Hauptbeschäftigung darin besteht, möglichst viele Leute zum Islam zu bekehren. Er ist selbst ein Konvertit und predigt seine Religion überall in der Siedlung mit dem Koran in der Hand. Als die beiden sich eines Tages zusammen in der Pariser Innenstadt treffen, schlägt Eric François vor, ihn in eine Moschee zu begleiten, die er häufig aufsucht. Eric/Mohammed hat durch einen Mithäftling im Gefängnis den Islam für sich entdeckt, ist daraufhin konvertiert und hat, wie er François beteuert, »Frieden gefunden«.

Hunderte frommer Muslime drängen sich vor dem heiligen Ort, der versteckt hinter einem Gebäude mit verfallener Fassade liegt. François geht mit. Der Imam, Hamid Oussen, ist ein kleiner Mann mit einem dichten schwarzen Bart, der einen makellos weißen Qamis trägt. Als er zu sprechen beginnt, ist François auf Anhieb von seiner Ausstrahlung gefesselt. Eric/Mohammed gesteht ihm flüsternd, dass er diesen Mann bewundert. Der Imam weiß, wie er die jungen Männer, die sich regelmäßig um ihn versammeln, in seinen Bann zieht. Er ist aufmerksam, hört ihnen zu und bleibt dabei immer sanft. Nie erzwingt er etwas. Er versteht ihre verzweifelte Lage und kritisiert die ungerechte Behandlung, die ihnen widerfährt. Er ist ergriffen von dem, was er sagt, und seine Ergriffenheit überträgt sich auf seine Zuhörer. Die Wahrheit liegt im Gebet, sagt er. Lasst uns beten. Und als sie Seite an Seite auf die Knie fallen, weiß François, dass in den unisono rezitierten Gebeten die Wahrheit enthalten ist. Er ist einer von ihnen – ein Untertan Gottes.

Eines Abends geht François am Ausgang der Moschee auf Hamid Oussen zu und spricht ihn an: Er sei erschüttert von dem, was er gesehen und gehört habe, er habe nie geglaubt, dass er jemals eine solche Brüderlichkeit erleben würde. (Er wagt es tatsächlich, dieses Wort zu benutzen.) Dem Imam ist der blonde, blauäugige junge Mann, der sich François nennt, bisher noch nicht aufgefallen, und er fragt ihn, ob er ein Konvertit sei. François lässt sich Zeit mit der Antwort, denn der Mann in der weißen Gandura schüchtert ihn ein. Schließlich nimmt Hamid Oussen, der das verlegene Schweigen des jungen Mannes richtig deutet, ihn zur Seite und fordert ihn auf, ihm seine Geschichte zu erzählen. Sie setzen sich auf große, purpurfarbene Samtkissen, und François beginnt zu erzählen. Von seinem Vater, den er »nie gekannt hat«, von dem er aber weiß, dass er »ein berühmter Politiker« ist, von seiner Mutter, die versucht hat, »sich in die französische Gesellschaft zu integrieren, um aus ihrem Sohn einen echten Franzosen zu machen«, von seinem Bruder, zu dem er keinen Kontakt hat, der ihm aber regelmäßig Geld schickt, »um sein Gewissen zu erleichtern« – kurzum, er fühlt sich alleingelassen. Hamid hört ihm zu, nimmt Anteil, analysiert: »Du weißt nicht, wer du wirklich bist. Du musst dich entscheiden, wohin du gehörst.« Hellhörig wird Hamid, als François sich als Sohn eines prominenten Politikers ausgibt. Das interessiert ihn. Er weiß nicht, ob er es mit einem Wirrkopf und pathologischen Lügner zu tun hat oder ob François die Wahrheit sagt, aber wenn es wahr ist, muss er seine Worte mit Bedacht wählen.

Er lädt François zu sich in sein hübsches Einfamilienhaus im Stadtzentrum ein, in dem er mit seiner Frau, einer kleinen Dunkelhaarigen, und vier Kindern wohnt; alle tragen traditionelle Kleidung, und die Frau ist verschleiert. Während des Essens, das aus Kichererbsensuppe und Fladenbrot besteht, stellt Hamid eine Menge Fragen. Er will in Erfahrung bringen, was François wirklich sucht. Der sehr verklemmte, latent aggressive junge Mann wirkt etwas konfus auf ihn, er scheint kein anderes Ziel zu haben, als die verlorene Ehre seiner Mutter zu rächen. Und sein Vater ist offensichtlich das Hassobjekt. Aber Verantwortung, sagt Hamid Oussen, trüge nicht allein der Vater, sondern die ganze Gesellschaft, die er verkörpert, »die Gesellschaft, deren Werte nicht die unseren sind. Sie wagen, uns vorzuwerfen, dass wir unsere Ehefrauen schlecht behandeln, weil wir ihre Tugend und Schamhaftigkeit beschützen, aber sieh dir an, was sie ihren Frauen antun! Sieh dir an, wie dieser Mann deine Mutter behandelt hat! Wie einen Gegenstand! Er hat ihre Ehre geschändet und sich dann ihrer entledigt! Glaub mir, die Ungläubigen verharren im Irrtum, aber wir haben die Wahrheit gefunden!« François ist sehr bewegt von diesen Worten und atmet tief durch, um die aufsteigenden Tränen zu unterdrücken. Hamid legt ihm die Hand auf die Schulter und gibt ihm ein Buch über den Islam: »In diesem Buch wirst du den Frieden finden.« François nimmt das Buch entgegen und legt es auf den Tisch. Schon jetzt spürt er eine Art inneren Frieden. Die Religion hilft ihm, seinen Platz in der Welt zu finden. »Was soll ich tun?«, fragt er. »Als Erstes musst du deinen Vornamen ändern.« François ist überglücklich, denn davon hat er schon immer geträumt, und mit Hamids Hilfe entscheidet er sich für den

Namen Djamal. Als er am Abend nach Hause kommt, verkündet er seiner Mutter: *Von jetzt an heiße ich Djamal.* Und sie protestiert nicht. Djamal bedeutet »Schönheit«. Ja, *Djamal,* ein schöner Name, er verheißt eine bessere Zukunft.

Djamal weicht Hamid nicht mehr von der Seite. In seiner Nähe geht es ihm gut, Hamid schließt alle seine Wissenslücken. Das kulturelle und religiöse Erbe seiner Mutter war François bisher weitgehend fremd, Arabisch kann er weder verstehen noch sprechen. Er isst kein Schweinefleisch, aber den Ramadan hat er nie eingehalten. Er möchte lernen. Gemeinsam studieren sie Texte, und er eignet sich ein rudimentäres Arabisch an. In seiner Parallelwelt fühlt sich Djamal wie neugeboren. In Hamid glaubt er einen Vater, einen Bruder, einen spirituellen Lehrer gefunden zu haben. Jeden Freitagabend geht er in die Moschee. Hamid hat sehr viele Gefolgsleute und Freunde, darunter auch einige militante Islamisten aus einer salafistischen Gruppe, die sich dem Predigen und Kämpfen verschrieben hat. In der Moschee, unter Hunderten von Gläubigen, fühlt sich François endlich am rechten Ort. Noch nie hat er sich so aufgehoben und zugehörig gefühlt, noch nie so verstanden und geliebt. Die Mahlzeiten nehmen alle gemeinsam auf dem Fußboden sitzend ein. Die Gesänge sind Balsam für seine Seele. Seine Mutter und sein Bruder würden das nicht verstehen, glaubt er. Sie wissen nicht, wie es ist, eine echte Familie zu finden, einer spirituellen Gemeinschaft, einer harmonischen Gruppe, einer Sippe anzugehören und nicht nur einen, sondern hundert, nein tausend Brüder um sich zu haben, die dasselbe Ideal verfolgen und sich für dasselbe Ziel einsetzen.

Seine Mutter macht sich zunächst noch keine Sorgen, denn ihr Sohn studiert und betet eifrig. Beunruhigt ist sie erst, als er sich äußerlich verändert und radikale Sprüche von sich gibt, die sie erschrocken als Ergebnis einer Indoktrination erkennt. Ein paar Monate nach seiner Begegnung mit Hamid Oussen trägt Djamal einen dichten Bart zur Schau und kleidet sich mit einem weißen Qamis, den Hamid ihm geschenkt hat. Er liebt es, in diesem Aufzug durch die Straßen zu gehen oder in den Vorortzügen zu sitzen, er ist stolz auf seine neue Identität und fühlt sich stark, kämpferisch, mächtig. Zu Hause verlangt er, dass sich seine Mutter das Haupt verhüllt. Eines Abends lädt er Hamid zu sich ein und fordert sie auf, sich zu diesem Anlass das Gesicht zu verschleiern. Nawels erste Reaktion ist Abwehr, aber dann gibt sie nach. Hamid empfiehlt seinem Schüler gewisse Schriften und zeigt ihm Dokumente, die Djamals »politisches Bewusstsein« stärken sollen. Das Adjektiv »politisch« ist Djamal neu; für Politik und Gesellschaft hat er sich nie interessiert, ihm geht es nur ums Überleben und Geldverdienen.

»Dir ist es nie aufgefallen, weil du wie ein echter Franzose aussiehst«, sagt Hamid, »aber Frankreich ist ein rassistisches Land. In der Kantine servieren sie absichtlich Schweinefleisch, damit unsere Kinder hungers sterben, sie wollen uns provozieren ... Wenn ich Auto fahre, kann ich sicher sein, dass ich pausenlos angehalten werde, und wenn ich die Metro nehme, kontrollieren sie natürlich immer mich. Als Araber findest du nie im Leben eine gute Arbeit, und eine vernünftige Wohnung kannst du auch vergessen. Die Franzosen haben unsere Eltern hergeholt und ihnen ein Eldorado versprochen, und dann haben sie sie stattdessen wie

Tiere in Schlafstädte gepfercht, sie ausgebeutet und misshandelt. Und jetzt wollen sie sie wieder loswerden. Sollen wir, ihre Kinder, uns dafür etwa auch noch bedanken? Die Juden sind immer die Ersten, wenn es gilt, Tote zu beklagen, aber wer beklagt unsere Opfer? Soll ich dir sagen, woran das liegt? Unsere Toten haben nicht denselben Wert! Man will uns einreden, dass wir nicht so wichtig sind. Sieh dir an, was in Tschetschenien passiert ist! Dort haben Sie die Muslime massakriert! Es war eine ethnische Säuberung! Sieh dir Palästina an! Und wie springen sie hier mit uns um? Wir werden uns auflehnen! *Allahu akbar!* Wir werden alles niederreißen in Frankreich, dem größten Feind des Islam!« Hamid hält einen Moment inne. Djamal starrt ihn an wie hypnotisiert. »Weißt du«, fährt Hamid fort, »es gibt nur eine Art, wie wir unseren unterdrückten Brüdern in den anderen Ländern helfen können – wir müssen an ihrer Seite kämpfen! Wir müssen den Mut haben, zu den Waffen zu greifen!«

François ist von dieser Ansprache schwer beeindruckt und nimmt Hamids Einladung zu Spaziergängen im Wald von Fontainebleau an – wohl wissend, dass es keineswegs darum geht, die Freuden der Natur zu genießen, sondern ein Netzwerk zur Rekrutierung von französischen Dschihadisten aufzubauen, das dazu dient, geeignete Kandidaten für die Entsendung in das pakistanisch-afghanische Grenzgebiet zu finden. Vor den Toren von Paris bereiten sie sich auf den Dschihad vor. Sie gehen aus freien Stücken nach Tschetschenien oder Afghanistan, um Terroristen zu werden, sie kehren den Demokratien den Rücken und wenden sich Diktaturen zu, sie geben ein selbstbestimmtes Leben auf und wählen das Risiko – ein Leben unter dem Kommando der Taliban in den Bergen von Kaschmir.

Es ist ein Ausflug mit paramilitärischem Anstrich. Ungefähr sechzig Freiwillige um die zwanzig haben sich, ausgerüstet mit Wanderschuhen und Rucksack, am Treffpunkt eingefunden. Hamid nimmt sie lächelnd in Empfang, lässt sie in einen Bus einsteigen und zählt sie dabei. Als sie sich alle hingesetzt haben, hält er eine kleine Begrüßungsansprache. Er geht liebenswürdig von einem zum anderen, heißt jeden einzeln willkommen und bleibt kurz bei Djamal stehen, dessen Engagement ihm imponiert. Dann kehrt er an seinen Platz zurück und ruft ihnen mit ernster Stimme das Ziel der Operation in Erinnerung. Seine Gesichtszüge verhärten sich, er will ihnen etwas zeigen. Über einen kleinen Bildschirm flackern Bilder vom Krieg – Bilder, so erklärt Hamid, von »euren muslimischen Brüdern, die überall auf der Welt wie Hunde erbarmungslos ermordet werden«. Zerstückelte, enthauptete, verbrannte, zerfetzte Leiber und entstellte Gesichter. Danach brodelt genug Hass in ihnen, danach können sie eine Knarre halten und eiskalt abdrücken. Ob sie schon fähig wären zu töten, ist ungewiss, aber das kommt mit der Zeit, wenn sie erst da unten in Tschetschenien oder Afghanistan auf sich gestellt sind. Dann wird sich zeigen, wer die wahren Kämpfer sind.

Unter Kampfgeschrei geht es los. Nach anderthalb Stunden erreichen sie ihr Ziel. Dort traben sie stundenlang durch dichten Wald, ohne zu essen und zu trinken, sie werden körperlich und geistig auf die Probe gestellt, regelrecht geschunden, und um das durchzuhalten, putschen sie sich mit Marschliedern auf, die vom Kämpfen, von der bevorstehenden Befreiung und vom Tod des westlichen Feindes handeln, der erniedrigt und befiehlt, unterdrückt und kolonisiert. Ihr Geschrei wird von penetranten Geräuschen aus einem Transistorradio übertönt: ratternde Hubschrauber-Rotoren, Schüsse aus Handfeuerwaffen, peitschende Kalaschnikow-Salven, Bombenexplosionen, das bringt in Stimmung, das macht Laune. Es ist ein brutaler Drill. Die Schwächsten stolpern oder rutschen aus, fallen hin oder lassen sich fallen, jammern und fluchen, die anderen helfen ihnen auf und schieben sie weiter. Einige brechen zusammen. Die hören lieber gleich auf. Wenn sie schon von einer fünfstündigen Wanderung durch den Wald überfordert sind, wie wollen sie es dann mehrere Wochen mit Waffen behängt in den afghanischen Bergen aushalten? Sie sollen lieber in Frankreich bleiben, ihrer Mutter helfen, ihre Schwestern beaufsichtigen und ihre Joints rauchen. Aber die anderen, die die Anstrengung, die Anspannung und den Druck aushalten, die fast krepieren, aber nicht aufgeben, die fallen und wieder aufstehen, die klaglos leiden, die die grausamsten Bilder sehen können, ohne den Blick abzuwenden oder zu weinen, die werden aufbrechen, Waffen tragen und kämpfen. Einer von ihnen ist François/Djamal. Schon als er sich verpflichtet, weiß er, was auf ihn zukommt. Seiner Mutter sagt er, er ginge zum Sporttraining. Sie sieht, wie sich sein Körper verändert, er wird muskulöser, und seine Gesichtszüge werden klarer. Djamal nimmt an mehreren Märschen in der Haute-Savoie teil. Im Gebirge steht er vor noch höheren physischen Anforderungen, etwa muss er lernen, wie man Felsen erklettert. Bei jedem Aufstieg besticht er durch seine Ausdauer, seine Kaltblütigkeit, seinen Mut und seine Entschlossenheit. Seine Freunde nennen ihn »Djamal der Blonde«. Er will auf keinen Fall zugeben, dass er das Produkt einer ehebrecherischen Affäre zwischen einer Muslimin und einem Christen, einer Angestellten und ihrem Arbeitgeber, einer Französin tunesischer Herkunft und einem Franzosen aus alteingesessener Familie ist, denn dann würde man ihn ablehnen – davon ist er überzeugt –, und er will unbedingt ein Teil der Gruppe sein. Deshalb behauptet er, sein Vater sei ein Franzose, der nach einer spirituellen Erfahrung zum Islam konvertiert ist. Bei seinem Tod habe er ihm, Djamal, eine kleine Erbschaft hinterlassen. Neubekehrte sind bei den »Wanderern« und auch sonst sehr beliebt. François hat nicht das Gefühl, dass er seine Identität verrät. Den arabisch klingenden Namen seiner Mutter trägt er nach eigenem Bekunden, weil er ein Araber sein will. Das Christentum, lernt er, »ist die Religion der Sklavenhalter«. Nach der Rückkehr von seinen »Ausflügen« wird er immer radikaler, er wirft seiner Mutter vor, einen nachlässigen, lauen Islam zu praktizieren, gewissermaßen einen Islam mit gekrümmtem Rückgrat, er dagegen träumt von einem aufrechten, harten, reinen Islam, der nicht verwässert, auch wenn er in Frankreich praktiziert wird. Seine Mutter nimmt sein Bedürfnis nach Reinheit, seine Kompromisslosigkeit und seinen aggressiven Dogmatismus mit Schrecken zur Kenntnis, aber sie schweigt und beugt sich den neuen Regeln ihres Sohnes: *Du sollst dich im Haus und außerhalb des Hauses verschleiern … du sollst nicht mit Männern sprechen … du sollst mir nicht widersprechen.* Als gehorsame Frau befolgt sie seine Gebote, und er, der allmächtige Gebieter, herrscht/überwacht/verdammt.

Er würde so gern aufbrechen … Doch zunächst heiratet Djamal eine junge Muslimin, die er in der Siedlung kennengelernt hat. Sie heißt Nora und arbeitet auf dem Markt. Er trifft sie zufällig bei einem Abendessen in der Wohnung einer seiner Tanten, und sie fällt ihm sofort auf: dunkler Typ, lange gelockte Haare unter einem gemusterten Tuch. Nora ist keine auffällig schöne Frau, aber gerade das nimmt Djamal für sie ein. Sie stammt aus einer traditionellen Familie, aber sie verliebt sich auf den ersten Blick in diesen blonden jungen Mann, der so ganz aus dem Rahmen fällt, und redet sich ein, dass er sie zu nichts zwingen wird. Sie heiraten im kleinen Kreis im Bürgermeisteramt von Sevran, Djamals Trauzeuge ist Hamid. Das Paar zieht in eine kleine Mietwohnung. Ihr Vermieter, ein Expolizist, der die Seiten gewechselt hat, entpuppt sich als Miethai, der billige Wohnungen kauft, die er dann für exorbitante Summen weiter- oder untervermietet. In manchen der Dreizimmerwohnungen hausen dichtgedrängt fünfzehn Personen, in jedem Zimmer eine Familie.

Die Lebensumstände sind schwierig, aber zum ersten Mal im Leben ist Djamal glücklich. Der Islam hat ihm Frieden gebracht, und er liebt seine Frau. Doch etwas fehlt ihm. Eines Abends fragt er Hamid, warum er nicht als Kämpfer nach Afghanistan geschickt wurde: »Ich kann hier nicht untätig rumsitzen! Weißt du, wie sie unsere Leute behandeln? Hörst du die Lügen, die wir schlucken sollen? Wir sitzen hier in der Falle, Hamid! Aber ich will mit aller Kraft Allah dienen!«

Zum ersten Mal ist Hamid um eine Antwort verlegen. Sicher, Djamal hat alle Märsche mustergültig bewältigt und seine absolute Loyalität unter Beweis gestellt. Dennoch hat Hamid sein anfängliches Misstrauen nie ganz ablegen können. Möglicherweise ist Djamal ja doch der Informant irgendeiner Anti-Terror-Zelle. Obwohl sie sich nahestehen, ist er noch nicht bereit, ihn loszuschicken und ihm die Namen seiner Kontaktpersonen zu nennen. Da kommt ihm die Idee, Djamal auf die Probe zu stellen, und so schlägt er ihm zwei Monate nach der Heirat vor, im Jemen eine religiöse und sprachliche Ausbildung zu absolvieren. Djamal gefällt die Idee. Er träumt schon lange davon, in ein muslimisches Land zu gehen, in dem er endlich seinen Glauben leben kann, ohne deswegen schief angesehen und unterdrückt zu werden, und er verkündet seiner Frau, er werde verreisen, um sich diesen Wunsch zu erfüllen. Nora hat keine Einwände, sie lässt ihn ziehen. Im Grunde ihres Herzens weiß sie, dass sie ihm nie dorthin folgen wird, und hofft, er werde von sich aus nach seiner Rückkehr auf alle weiteren Pläne in dieser Richtung verzichten. Der erste Brief, den sie von ihm bekommt, gießt Wasser auf ihre Mühlen: Es ist schwierig da unten. Schon der Flug in einer alten Kiste mit zerfledderten Sitzen, die noch dazu so eng hintereinanderstehen, dass Djamal die ganze Zeit die Knie anziehen muss, ist eine Tortur. Nach der Landung muss er sich auf dem Rollfeld übergeben. Die Hitze verschlägt ihm den Atem, seine Kleider kleben an der Haut wie ein Verband auf einer Wunde, er hat Hunger und Durst, und nachdem er sein Gepäck geholt hat, schwant ihm, dass er es keine zwei Tage in diesem Land aushalten wird. Aber er täuscht sich: Er hält es nicht nur aus, es gefällt ihm sogar. Nachdem er seine Sachen bei einem jemenitischen Paar, das ihn aufzunehmen bereit ist, abgestellt hat, sich reichlich Wasser ins Gesicht gespritzt und mit dem Paar eine Schüssel Fleischklöße geteilt hat, die er mit den Fingern in sich hineinstopft, geht es ihm schon besser. Noch am selben Tag schreibt er sich an einer jemenitischen Universität für Koranstudien und Arabisch-Unterricht ein. Das zumindest behauptet er später, aber seine wahre Absicht ist zweifellos finsterer – man erzählt sich, dass der Leiter der Universität im Auftrag von Osama Bin Laden Freiwillige rekrutiert: Er spürt die aktivsten und eifrigsten ausländischen Studenten auf, macht sich an sie heran, redet mit ihnen, wirkt auf sie ein, natürlich stets mit der gebotenen Vorsicht. Er sucht nur die Zuverlässigsten aus, keine Schwächlinge. Die Braven, Unterwürfigen lässt er in Ruhe weiterstudieren. Bei Djamal ist er sich nicht ganz sicher. Auch wenn der Franzose einen sehr rigorosen Islam befürwortet, spricht er nicht wie ein politisch denkender Mensch. Er liebt die Tage des Lernens und der Kontemplation, die regelmäßigen Gebete und die Mahlzeiten in der Gemeinschaft, denn in solchen Momenten herrscht Brüderlichkeit. Am Abend isst er in der Männerrunde eine heiße Suppe oder etwas Couscous aus einer flachen Terrakotta-Schale, die in der Mitte steht, während die Frauen auf der Erde sitzen und in einem Kessel Mandeln zerstoßen, aus denen Öl gepresst wird. Nach dem Abendessen setzt sich Djamal am liebsten an ein großes Lagerfeuer und lauscht den Klagegesängen, die die Schlaflosen anstimmen. Dann kehrt er mitten in der Nacht in seine kleine Kammer zurück und schreibt Briefe an seine Frau, in denen er ihr erklärt, dass er seine Lehrzeit ableiste und Allah bis zu seinem Tode dienen werde: *Ich bin hergekommen, um zu erfahren, wie ich die Eintrittskarte ins Paradies bekomme, und ich habe die Antwort gefunden.*

Eines Vormittags wird er beim Verlassen der Universität verhaftet. Soldaten drücken ihn gegen eine Mauer, legen ihm Handschellen an und stoßen ihn in eine winzige Zelle, in der er die ganze Nacht verhört wird: Hat er Kontakt zum

Leiter der Universität? Zu Bin Laden? Warum ist er in den Jemen gekommen? Wo wohnt er? Womit verbringt er seine Tage? Was sind seine Absichten? Seine politischen Überzeugungen? Djamal packt das Entsetzen. Im ersten Augenblick versteht er nicht recht, was das alles soll. Er habe doch nur gebetet und studiert, beteuert er. Sicher, er ist dem einen oder anderen Prediger begegnet, aber er hat sich keinem angeschlossen, sondern ist ihnen aus dem Weg gegangen – so lautet seine Version. Die Männer, die ihn mit der Waffe in der Hand verhören, haben eine andere: Es gab Terroranschläge der islamistischen Armee, die im Land Angst und Schrecken verbreitet haben. Ob er auf dem Laufenden sei? Nein, schwört er. Einer der Bewaffneten starrt ihn hasserfüllt an: »Ich wiederhole: Die jemenitische Regierung verfolgt Aufwiegler, und wir haben gute Gründe für die Annahme, dass du einer bist.« Djamal wiederholt, dass er nur sein Arabisch verbessern wolle, aus keinem anderen Grund sei er hier, seine Absichten seien friedlich ... Aber ihm bleibt keine Zeit, den Satz zu beenden. Einer der Männer verpasst ihm einen Fausthieb aufs linke Auge. Djamal schreit auf und kann vor lauter Blut nichts mehr sehen. »Erinnerst du dich jetzt? Kommt dein Gedächtnis allmählich zurück? Ich frage noch einmal: Weshalb bist du in den Jemen gekommen? Du bist Islamist, richtig?« Nein, nein! Djamal zittert und bepinkelt sich und spürt beschämt, wie die Feuchtigkeit an seinen Beinen hinabrinnt. Ihm ist heiß, er versteht nicht richtig, was sie zu ihm sagen. Vor Angst fängt er an zu weinen, woraufhin sie ihn wie eine Memme behandeln und ihn in eine winzige dunkle Zelle sperren, in der schon drei bärtige Typen mit düsterem Blick und verfilzten Haaren hocken. Es stinkt nach Urin, Schweiß und

Exkrementen, der Gestank setzt sich in seinen Haaren und Kleidern fest, und ihm wird übel. Am liebsten würde er den Kopf gegen die Wand schlagen, bis er explodiert. Er kauert sich mit angezogenen Beinen in eine Ecke und fängt an, für seine rasche Entlassung zu beten. Aber er glaubt nicht mehr daran. An der Wand stehen arabische Schriftzeichen, die er nicht entziffern kann. Leise schluchzend schläft er schließlich ein.

Mitten in der Nacht wird er von einem Gefängnisaufseher geweckt, der mit einem Knüppel nach ihm stochert, als wäre er eine giftige Schlange, und ihn anschreit: »Raus mit dir! Schön langsam!« Djamal wird in einen feuchten, fensterlosen Raum gebracht, der von einer Glühbirne notdürftig erhellt ist. Das Verhör fängt wieder von vorn an: *Wer bist du? Warum bist du hergekommen? In welchem Verhältnis stehst du zu dem Leiter der Universität?* Und so weiter. Djamal verlangt nach einem Anwalt, sein Gegenüber fängt an zu lachen. »Was glaubst du, wo du bist? Du bist hier nicht in Frankreich!« Er wird geschlagen, bedroht, gibt nicht klein bei und erhält, da er hartnäckig insistiert, die Erlaubnis, das Französische Konsulat anzurufen. Damit öffnen sich für ihn die Türen in die Freiheit. Noch nie hat er mit so viel Nachdruck bestätigt, dass er Franzose ist. Dem Beamten, den das Konsulat geschickt hat, versichert er eindringlich, was er auch seinen Kerkermeistern gesagt hat: »Ich bin nur hergekommen, weil ich studieren und die Sprache lernen wollte.«

In dieser schwierigen Zeit bittet er weder seine Mutter noch Hamid um Hilfe, er will allein zurechtkommen. Und es gelingt ihm, da er bereits nach drei Wochen freigelassen wird. Vor dem Gefängnistor erwartet ihn sein Gastgeber. Sie kehren zusammen in dessen Haus zurück und essen schweigend bei Kerzenschein zu Abend. Später betreten zwei schwarzgekleidete Männer durch eine Geheimtür die Wohnung, begrüßen Djamal herzlich und stecken ihm ein Flugticket nach Frankreich zu. Wer sind diese Männer? Wann wurden sie um Unterstützung gebeten? Die Antwort ist vage.

Als er wieder in Frankreich ist, erkennt Nora ihn kaum wieder. Er ist ein misstrauischer, paranoider, argwöhnischer, zwanghafter Mensch geworden, ein Radikaler. Und vor allem ein Antisemit. Überall wittert er Juden und vergeudet das Geld, das ihm Samir immer noch schickt, für den Druck und die Verteilung antisemitischer Traktate. Das Paar entfremdet sich zunehmend. Djamal schließt sich mit Hamid und anderen »Brüdern« zusammen, keiner zweifelt mehr an ihm und seiner religiösen Überzeugung. Über seine Erlebnisse im Jemen spricht er nicht, denn er empfindet es als Niederlage, dass er dort nicht Fuß fassen konnte. Eines Morgens gibt ihm einer der Gläubigen den Rat, eine Ausbildung zum Facharbeiter für Fleischerzeugnisse zu machen. »*Halal* ist die Zukunft«, behauptet der Mann und belegt mit Zahlen die Bedeutung des Marktes sowie den Nutzen der Tätigkeit für die Renaissance des reinen Islam: Wenn Muslime die Wahl haben, essen sie *halal*. »Du könntest eines Tages sogar deine eigene Schlachterei eröffnen, *inch'Allah*.« Mit Samirs Geld wäre es tatsächlich möglich, denkt Djamal, beginnt die Ausbildung, die ihm ausgesprochen zusagt, beendet sie erfolgreich und erhält seinen Facharbeiterbrief.

Zwei Monate darauf findet er eine Anstellung in einem Schlachthof, der Halal-Fleisch produziert. Dort nimmt er die Tiere in Empfang, streichelt sie, um sie zu beruhigen, und führt sie dann in die Trommel – eine rotierende Maschine, die nach Mekka weist und speziell für rituelle Schlachtungen konstruiert wurde. Der Kopf des Rinds wird fixiert, der Hals in die Länge gezogen. Djamal betätigt einen Hebel, mit dem die Vorrichtung sich um eine horizontale Achse drehen lässt, so dass die Beine des Tiers in die Luft zeigen. Das Tier brüllt, alles muss schnell gehen. Djamal setzt das Messer seitlich am Hals an und durchtrennt dem Tier mit einem einzigen großen Schnitt die Kehle, damit es nicht leidet. Er empfindet nichts dabei. Das Blut spritzt hervor und rinnt in den Auffangbehälter, aber das bekümmert Djamal nicht, denn es ist ein heiliger Akt, und er ist stolz, dass er für diese Tätigkeit auserwählt wurde. Wenn das Tier nicht mehr atmet, zieht er ihm die Haut ab, weidet es aus und spaltet den Tierkörper in der Mitte. Krachend gehen die Hälften zu Boden. Dann zerteilt er das Fleisch, wiegt es und trägt es schließlich in die Kühlkammer. Danach muss er nur noch seine Waschungen vornehmen.

Djamal liebt seine Arbeit nicht nur, er nimmt sie zudem sehr ernst. Ihm kommt von nun an die Aufgabe zu, die Schafe für das islamische Opferfest zu schlachten. Das tut er, wie es sich gehört, im Schlachthaus. Er nimmt Bestellungen entgegen und organisiert die Auslieferung. Es ist ihm ein Gräuel, wenn er, was bisweilen vorkommt, abgetrennte Schafsköpfe, verwesende Gerippe und stinkende Eingeweide in den Müllschluckern seines Wohnhauses findet. Der Anblick löst einen physischen Ekel bei ihm aus, schließlich gibt es für so etwas die Schlachthäuser. Als er eines Abends vom Gebet zurückkehrt, bemerkt er vor seinem Wohnhaus ein Schaf, das zwischen zwei Bäumen angebunden ist, und dahinter drei Jugendliche mit einem gewaltigen Messer. Der erste versucht, das Tier festzuhalten, während ein anderer auf es einschlägt. Djamal stürzt hin und geht so wütend auf die Jungen los, dass sie erschrocken und sprachlos zurückweichen. Ihre Hände sind voller Blut, das Tier wimmert vor Schmerzen. Djamal reißt dem Jungen das Messer aus der Hand, holt weit aus und tötet das Schaf mit einem einzigen Hieb. Dann nimmt er die Halbstarken ins Visier und droht: Wenn er sie noch einmal auf offener Straße dabei erwischt, wie sie ein Tier massakrieren, werden sie selbst die Messerklinge zu spüren bekommen. Das ist ihm so herausgerutscht, und sein Ausbruch ist ihm etwas peinlich, aber er liebt Tiere nun einmal. Im Jemen, wo Katzen und Hunde auf der Suche nach Essbarem durch die Straßen streunten, hatte er sich in ein mageres, halbverhungertes Kätzchen verliebt, das er in einer Mülltonne gefunden hatte. Er hatte für das Tier gesorgt, solange er im Land war, und es dann schweren Herzens freilassen müssen – niemand hatte es aufnehmen wollen.

Sein Leben ist das Schlachthaus und sind seine Kollegen, mit denen er abends nach der Arbeit gern noch eine Weile in der Moschee zusammensitzt. Er diskutiert mit ihnen über Koransuren und Politik und träumt immer noch davon, in den Kampf zu ziehen. In ihrer Mitte fühlt er sich wohl, anders als zu Hause, wo ihn seine Frau zurückstößt, wenn er zu später Stunde heimkehrt, nach Tierkadavern, Blut und Eingeweiden stinkend. Er ekelt sie an, und sie will nicht mehr mit ihm schlafen, will ihn nicht einmal mehr küssen. Eines Abends sagt sie zu ihm: »Ich empfinde nichts für dich.« Sie sieht, wie sich sein Gesicht verzerrt, und bekommt Angst. Dennoch bleibt sie standhaft und spricht zum ersten Mal das Wort »Scheidung« aus. Wann genau verliert er die Kontrolle? Als sie dieses Wort ausspricht oder etwas später, als sie mit aller Kraft auf ihn eintrommelt, weil er sie küssen will und ihren Kopf zwischen die nach Blut stinkenden Hände nimmt? Er stürzt sich auf sie, drückt sie gegen die Wand und dringt brutal in sie ein, wobei er sie keuchend als *dreckige Hure* beschimpft und ihr droht, wenn sie ihn verlasse, werde er sie umbringen. Nach ein paar Minuten lässt er sie los und ordnet seine Kleider. Nora ist in Tränen aufgelöst und bedeckt ihre Brüste mit den Händen. Schluchzend droht sie mit der Polizei. *Nur zu, hol sie, los doch, dann werf ich dich aus dem Fenster.* Er erträgt es nicht mehr, von Frauen unterjocht zu werden – erst seine Mutter, dann seine Ehefrau. Er träumt von einer Gesellschaft, in der jeder seinen festen Platz hat, der Mann in der Öffentlichkeit, die Frau im Haus. Als er später eingeschlafen ist, flüchtet Nora in ihrer zerrissenen Bluse zu ihren Eltern und lässt all ihre Habseligkeiten zurück. Er wird sie nie mehr wiedersehen. Doch sie zeigt ihn nicht an, denn seine Drohungen klingen ihr unablässig in den Ohren.

Djamal will nicht mehr in der Wohnung leben, in der ihn alles an die Schande erinnert, die ihm seine Frau durch ihren Wunsch nach einer Scheidung angetan hat. Er wohnt abwechselnd bei seiner Mutter und bei zwei Brüdern, Aktivisten wie er, die er von einem Abendessen bei Hamid kennt. In jenem Sommer beschließt er, nach Marokko auf Brautschau zu fahren, denn einer der Brüder hat ihm von einem sechzehnjährigen Mädchen aus gutem Hause erzählt, das die Eltern verheiraten wollen. Drei Wochen vor der Abreise verbrennt er seinen Pass und gibt auf der Behörde an, ihn verloren zu haben, damit er einen neuen bekommt, in dem kein Stempel von seinen diversen Auslandsaufenthalten zeugt.

In Marokko lernt er seine zukünftige Frau* kennen, ein rundliches junges Mädchen mit einem offenen Blick. Er verhandelt mit ihrem Vater, sie einigen sich auf die Höhe der Mitgift, und wenige Tage später findet die Hochzeit statt. Am Hochzeitsabend schläft er mit ihr auf der kleinen Matratze, die seine Schwiegereltern in ein Zimmer ihres Hauses gelegt haben. Als er fertig ist, gibt er ihnen das Laken mit dem Blutfleck. Durch die Wand hört er das freudige Getriller der Frauen und ist glücklich.

Bei seiner Rückkehr bezieht er mit seiner neuen Frau eine Zweizimmerwohnung und nimmt seine Arbeit wieder auf. Gelegentlich trifft er Hamid, sein Mentor wirkt unruhig und besorgt. Djamal stellt ihm Fragen, will wissen, was dahintersteckt, und eines Tages zieht Hamid ihn ins Vertrauen: Er werde demnächst an der Seite seiner unterdrückten Brüder kämpfen. Er halte es nicht mehr aus, untätig in einem Land auszuharren, »in dem man uns nicht liebt«.

In den Nächten, die auf Hamids vertrauliche Mitteilung folgen, schläft Djamal schlecht. Er träumt davon, wie Hamid aufzubrechen, mit der Waffe in der Hand, als Held. Über Hamid kommt er in Kontakt mit Männern, die den Auftrag haben, westliche Gotteskämpfer zu rekrutieren. Djamal hat einen makellosen Werdegang und Referenzen aufzuweisen, vor allem aber sieht er wie ein Europäer aus und wird weniger Misstrauen erregen. Aus diesem Grund

* Latifa Oualil, 16. Hat keine Ahnung, was sie aus ihrem Leben machen will.

fordern ihn die Männer sofort auf, sich den Bart abzurasieren und statt seines traditionellen Gewandes Jeans und Oberhemd zu tragen. »Du darfst nicht auffallen.« Als er sich ihnen in seinem neuen Outfit präsentiert, lachen sie: »So würde dich sogar der Ku-Klux-Klan nehmen!« Noch am selben Tag statten sie ihn mit einem falschen Pass aus und mit einer Telefonnummer, die er nach seiner Ankunft in London am Bahnhof wählen soll. Als Erkennungszeichen soll er seinen Gesprächspartner mit einem bestimmten Satz begrüßen und dann die U-Bahn zur Station Finsbury Park nehmen. Am Ausgang werde ihn ein bärtiger Mann erwarten, der einen blauen Schal trage. Das Problem ist nur, dass Djamal bei seiner Ankunft eine Menge bärtiger Männer mit Schals sieht. Er muss sich eine gute Dreiviertelstunde gedulden, bis ein Mann, auf den die Beschreibung passt, auf ihn zutritt und ein paar Worte mit ihm wechselt. Er folgt ihm durch ein Gewirr von Straßen und Plätzen und steht nach ungefähr einer Stunde vor einem kleinen weißen Backsteinhaus. Stumm bedeutet ihm der Mann einzutreten. Im Inneren herrscht ein reges Kommen und Gehen, Djamal hält das Haus für ein Studienzentrum, aber er ist sich nicht sicher, und als er seinen Begleiter fragt, wo sie sich befinden, stellt sich heraus, dass Fragen nicht erwünscht sind. Djamal fühlt sich ein wenig unbehaglich, denn der Mann spricht kaum ein Wort, sondern führt ihn lediglich in eine Kammer und schärft ihm ein, dass er dort auf ihn warten soll. Vier oder fünf Stunden hockt Djamal allein in dem winzigen Raum, in dem es nach Urin und Schweiß stinkt, bis der Mann mit einer Aluschale, einer Wasserflasche und einem Plastiklöffel wiederkommt. Djamal werde den Abend hier verbringen, erklärt er, und in der Nacht gleich wieder aufbrechen, damit er um 6 Uhr 50 das Flugzeug nach Islamabad erreiche. Das Essen in der Aluschale, ein Lammeintopf mit Kartoffeln, ist noch halb gefroren, und das fette Fleisch hat eine gallertartige Konsistenz, es riecht ekelerregend, so als wäre das Tier zusammen mit den Eingeweiden gekocht worden. Djamal verzichtet auf das Essen und holt *Die Kunst des Krieges* von Sunzi aus dem Rucksack. Um zwei Uhr morgens wecken ihn die Stimme des Mannes und der blendend helle Lichtstrahl einer Taschenlampe. Im Halbschlaf stemmt er sich mühsam hoch und hört sich die letzten Anweisungen an, dann verlässt er, das Flugticket und die Zugfahrkarte zum Flughafen in der Hand, das Gebäude und stolpert in die eisige Nacht hinaus.

Er passiert den Zoll ohne Probleme und steigt in das Flugzeug, wo er auf seinen Sitz fällt und sofort einschläft. Er erwacht erst von der Durchsage der Stewardess, man werde in wenigen Minuten in Islamabad landen.

Auf dem Flughafen schlägt ihm eine unerträglich schwüle Hitze entgegen, schlimmer noch als im Jemen. Und was ihm noch auffällt, sind die Staubwolken, die von allen Seiten heranwehen und sich zu einer Art gelblicher Paste verdichten, die an den Wimpern klebt und unter die Kleider dringt. Djamal zieht seine Jacke aus und presst sie an sich. Er ist sehr beeindruckt von der dichten Menschenmenge in der Umgebung des Flughafens, die ausschließlich aus Turbanträgern mit kohlschwarzen Haaren besteht. Ausgemergelte Tiere irren zwischen Autowracks umher, umschwirrt von Schwärmen fetter Fliegen und Mücken, deren Gebrumm wie ein Echo auf das Stimmengewirr der Menschen klingt. Schwarzhändler laufen mit ihrem kläglichen Warenangebot hin und her und versuchen, den Blicken der Polizisten zu entgehen, die mit durchgeschwitzter Uniform und schussbereiter Waffe auf Streife sind.

Nach einer Stunde vergeblichen Suchens entdeckt Djamal ein öffentliches Telefon und ruft seinen Kontaktmann an. Er erhält die Anweisung, sich nicht von der Stelle zu rühren und in der glühenden Sonne auszuharren. Zum ersten Mal wäre Djamal gern wieder François und würde nach Hause fahren. Die mörderische Hitze, die unbekannte Sprache und das Elend um ihn her rücken seinen Wunsch nach einer Heldentat in die Ferne. Doch als zwei Stunden später endlich ein Mann auftaucht und ihn zum Mitkommen auffordert, geht er mit. Sein neuer Begleiter hat ein dunkles Boxergesicht und derbe Hände und riecht intensiv nach Motoröl. Er steigt in einen klapprigen weißen Lieferwagen. Im Auto herrscht eine Gluthitze, sie verschmoren fast. Der Transporter rast los, und Djamal betrachtet durch das Fenster eine Landschaft in wechselnden Blautönen, in die sich ab und zu Grün mischt, langgestreckte Bergzüge, die bis zum Horizont reichen, Frauen unter dem Tschador, die Kinder mit sonnenverbrannten Gesichtern tragen, und von Fliegen umsurrte Staubwolken, die sich als Schafherden erweisen. Die Fahrt dauert eine Ewigkeit, die Straße ist steinig, und das Fahrzeug wippt, als wäre es auf Stahlfedern montiert. Djamal muss sich immer wieder übergeben.

Endlich halten sie vor einer großen Moschee, einem »Zentrum der Predigt und der sittlichen Lebenshaltung«, das dem Dschihad geweiht ist. Wenige Meter vor dem Eingang sitzt auf der Straße ein abgezehrter alter Mann mit Kamm und Schere, der einem jüngeren, der vor ihm kniet, in aller Öffentlichkeit die Haare schneidet. Schwarze Strähnen fallen zu Boden. Ein Stück entfernt beugt sich ein

Mann über eine riesige gusseiserne Pfanne und brät blutige Fleischstücke an. Djamal folgt seinem Führer in die Moschee. Er wird von einem weißgekleideten Mann in Empfang genommen, der ihm einen neuen Namen gibt und ihm sagt, in einem Hotel in der Nähe sei für ihn ein Zimmer reserviert. Dort wird er zwei Wochen bleiben, in dieser Zeit unterzieht man ihn einer Überprüfung: Ist er ein Spion? Ein Journalist? Mit seinem europäischen Aussehen erregt Djamal Argwohn. Und immer häufiger ertappt er sich bei der Frage, was er hier eigentlich soll. Der petrolfarbene Teppichboden seines Hotelzimmers ist von schwärzlichen Schmutzflecken übersät, von den Wänden blättert der Putz, und in den Ritzen verstecken sich Kakerlaken. Die meiste Zeit verbringt er in der Moschee. Gespräche, Gebete und Mahlzeiten wechseln sich in einem unabänderlichen Rhythmus ab, und nach zwei Wochen erhält er endlich den Bescheid, dass alles in Ordnung sei und er nach Afghanistan weiterreisen dürfe. Man erklärt ihm, wie alles ablaufen wird. Der Zuständige für den Transfer der ausländischen Freiwilligen in die Ausbildungslager, ein Mann um die dreißig in Militäruniform, wird Djamal begleiten und ihm helfen, an den Kontrollpunkten der pakistanischen Polizei die Ruhe zu bewahren. Ihr Ziel sind die Lager der Lashkar e-Taiba, einer Organisation, die Ende der 1980er Jahre im Rahmen des Dschihad gegen die Sowjets in Afghanistan entstand und sich später dem islamistischen Kampf gegen »die Juden und Kreuzfahrer« anschloss.

Djamal wird in einem versteckt gelegenen, in mehrere Sektoren unterteilten Camp untergebracht, in dem auch die Führung von Lashkar wohnt. Er erhält eine Militäruniform – Kampfanzug, Armeehemd und eine Art Barett –

und lernt zwei Männer kennen: Abdel, genannt Mekka-Abdel, und Mohammed, ein Mitglied der pakistanischen Landstreitkräfte, die zwischen dem Camp und Afghanistan hin und her pendeln und über die Situation vor Ort Bericht erstatten. Mohammed ist auch für die Rekrutierung von Ausländern, gleich welcher Nationalität, zuständig.

Djamal verbringt mehrere Wochen in diesem Lager und wird dann in ein anderes geschickt, das getarnt im gebirgigen Randgebiet des Pandschab liegt. Die Einheiten sind mobil, damit sie schwerer ausfindig zu machen sind. Der Tag im Camp verläuft nach einem feststehenden Ritual: Wecken um drei Uhr morgens, anschließend gemeinsames Gebet mit Vorträgen über die Bedeutung des Heiligen Krieges. Wie in Fontainebleau werden Bilder von Übergriffen auf die muslimische Bevölkerung und von Verstümmelten gezeigt. Zusammen mit Rekruten aus der ganzen Welt durchläuft Djamal ein militärisches Training. Es besteht aus stundenlangen Gewaltmärschen bei Tag und Nacht, Schießübungen und dem Zerlegen und Zusammensetzen von Waffen. Er lernt militärische Taktiken wie Hinterhalt und Tarnung kennen und übt den Umgang mit Waffen – Handgranaten, Kalaschnikows, Präzisionsgewehren, Panzerfäusten – und die Herstellung und Anbringung von Sprengsätzen und Zündern. Die Rekruten führen Befehle aus, rennen und klettern, kriechen, rollen sich durch den Sand, springen in Gräben, tragen Lasten, greifen einen Militärkonvoi an. Es ist kalt, Djamal hat Hunger, oft übermannt ihn die Erschöpfung; auch hier werden die Schwächsten ausgesondert und in ihr Herkunftsland zurückgeschickt.

Im Lager leben zwei- bis dreitausend Mudschaheddin, aber auch Türken, Kurden, Engländer, Amerikaner und

Tschetschenen. Djamal spielt sich zunehmend auf, fängt an zu spinnen, spuckt große Töne und sieht sich schon als Helden, als Halbgott. Aufgeblasen stolziert er im Lager umher – sein Selbstbewusstsein und seine Überheblichkeit sind kaum zu überbieten. Er wird dem Feind trotzen! Der Anführer ist ein Sheikh, der Abdel unterstellt ist und für ihn die Besten, die Berufenen aussucht, die als Märtyrer sterben werden. In dieser Gemeinschaft hat Djamal ein Ziel, er existiert, er ist wichtig; im Frieden, bei sich zu Hause in Sevran, ist er eine Null.

Manchmal werden die Männer mitten in der Nacht von Lärm geweckt, umgruppiert und evakuiert. Die Waffendepots stellen eine tödliche Gefahr dar. Es heißt, dass die pakistanische Armee und amerikanische Offiziere in der Nähe seien … Die Männer fliehen ohne Hast, denn sie werden jedes Mal rechtzeitig von Soldaten der pakistanischen Armee vorgewarnt, das ist gut eingespielt. Djamal übernimmt die Säuberung des Lagers – rasch aufräumen, notdürftig desinfizieren – und sammelt in einer großen Metalldose herumliegende Patronenhülsen. Manchmal dauert es mehrere Stunden, manchmal auch mehrere Tage, bis die amerikanischen Soldaten endlich wieder abgezogen sind – *unverrichteter Dinge, stümperhaft, erbärmlich, wir werden sie alle töten, diese Hunde!* – und sie wieder ins Camp zurückkehren können. Am Abend werden vor dem Feuer Koransuren rezitiert, die vom baldigen Sieg erzählen. *Und unsere Feinde werden wir mit dem Schwert niederstrecken, wir werden in ihre Länder einfallen und sie alle, ohne Ausnahme, töten!*

Sie schlafen auf dem Fußboden, in zerschlissene Decken gewickelt, die nach Schweiß und Staub riechen, sie trotzen der Kälte und der Hitze, dem Wind und der Angst, und sie träumen von den Frauen, deren Marmorleib sie unter einem undurchdringlichen Tschador erkunden werden, von reinen Frauen, die bei der Liebe nicht schreien, die sich widerstandslos darbieten, ihre Schenkel auf Befehl hin öffnen und schließen, sie träumen von haarlosen, makellosen Körpern, die sie entjungfern könnten. Wie schön sie sind, schön wie das himmlische Paradies!, frohlocken sie und sind so in ihre Träume versunken, dass sie die amerikanischen Soldaten nicht hören, die sich ihnen mit dem Gewehr im Anschlag und Handgranaten am Gürtel nähern, die bereit sind, ihnen den Schädel wegzupusten, und sie mit Eisenstangen aus ihren Träumen reißen. Als Djamal begreift, was los ist, schreit er, dass er Franzose sei – *Ich bin Franzose! ... dass er nichts getan habe ... Ich bin Franzose! Ich habe nichts getan! Ich bin unschuldig!* Aber einer der Soldaten schlägt ihm den Gewehrkolben ins Gesicht, wobei er ihm fast das rechte Ohr abreißt, und Djamal kippt in einer Wolke aus aschgrauem Sand um.

Ich ... bin ... Fran...

11

»Wegen dieses Bruders, den Sami nie auch nur mit einer Silbe erwähnt hat, sitzt er heute im Gefängnis«, sagt Berman zu Nina. »Nach seiner Gefangennahme in Afghanistan durch amerikanische Soldaten wurde François in die USA gebracht und in Guantanamo inhaftiert. Aber man weiß nicht genau, welche Rolle Sam in dieser Geschichte spielt, das ist noch sehr unklar.«

Nina folgt den langen Ausführungen geduldig, als wäre sie davon nicht betroffen, als ginge es um einen Unbekannten. Konnte sie sich so sehr in Samir täuschen? Kann ein Mann nicht nur zwei, sondern fünf oder sechs Gesichter haben? Wer ist Samir wirklich? Ein grausamer Betrüger, ein schizophrener Verführer, ein infantiler Perverser? Ist er das Opfer einer infamen Intrige, oder muss man ihn als Politaktivisten einstufen? Ein Terrorist ist er nicht. Ein Islamist oder Fundamentalist auch nicht. Dazu liebt er Alkohol und Sex, Provokation und Regelverstöße viel zu sehr. Und er liebt *sie*. Liebt er sie *wirklich*? Ihre Gedanken überschlagen sich, sie kann Realität und Einbildung, Tatsachen und Gerüchte, Wahrheit und Fälschung nicht mehr auseinanderhalten. Übelkeit steigt unaufhaltsam in ihr auf wie ein todbringender Geysir, und hätte Berman seinen Monolog nicht endlich beendet, wäre sie inmitten des ohrenbetäubenden Stimmengewirrs ohnmächtig vom Stuhl gefallen, vielleicht hätte ihr Herz aufgehört zu schlagen, denn was bleibt ihr jetzt noch? Absolut nichts mehr. In den langen Monaten in New York hat sie sich treiben und zu sehr bevormunden lassen, aber es war ihr so leichtgefallen. Endlich keine Beziehungsprobleme mehr, keine unbezahlten Rechnungen, keine mühevolle Suche nach Arbeit. Sie war aller Lasten ledig gewesen, die das Leben normalerweise mit sich bringt.

»Sie können nicht in New York bleiben«, sagt Berman, »sonst werden Sie verhört. Ihre Anwesenheit könnte ihm zusätzlich schaden. Außerdem werden sie seine Bankkonten einfrieren. Glauben Sie mir, das Beste, was Sie tun können, ist, umgehend nach Frankreich zurückzukehren.« Nina schweigt. Sie hat den Verdacht, dass Berman Samirs wahre Identität nicht kennt, denn er wiederholt ständig, wie fassungslos er ist: »Wieso sollte sich ein Jude für die Interessen radikaler Islamisten einsetzen – es sei denn, er ist ein Doppelagent, und das möchte ich doch bezweifeln.« Sie hält es für besser, Berman nicht aufzuklären. »Was halten Sie davon?«, will er wissen. Sie würde Sam gern sehen, sagt sie, und mit ihm sprechen. Berman winkt ab: »Sie können ihn weder sehen noch mit ihm sprechen. Er ist vollständig isoliert. Sie behandeln ihn wie einen gemeingefährlichen Verbrecher, verstehen Sie? Niemand hat das Recht, mit ihm in Kontakt zu treten. Selbst für seine Anwälte ist jeder Besuch eine äußerst komplexe Prozedur. Sie wollen ihn durch die Einzelhaft mürbe machen, damit er die Nerven verliert. Er soll glauben, dass die ganze Welt ihn vergessen hat, das ist eine von ihren vielen Foltertechniken.«

»Dann werde ich ihm schreiben.«

»Das halte ich für keine gute Idee. Was glauben Sie denn? Dass diese Leute das Briefgeheimnis respektieren? Alle Briefe an ihn werden zensiert. Sie werden aufmerksam gelesen, und wenn er sie tatsächlich erhält, dann nur mit vielen geschwärzten Stellen. Machen sie kein so entsetztes Gesicht, im Kampf gegen den Terror gibt es keine Regeln. Denken Sie daran, was diese Leute aus Ihren Briefen erfahren werden … Der Richter wird herausfinden, dass Sami ein Doppelleben geführt hat, was ihn zusätzlich belasten und denen in die Hände spielen wird, die ihn als unaufrichtiges, zwielichtiges Subjekt darzustellen trachten. Als jemanden, der in mehr als einer Hinsicht Menschen hinters Licht führt. Mit diesen Informationen können sie ihn noch monatelang in Haft behalten …«

»Das ist mir egal, ich muss ihn sehen und …«

»Das ist Ihnen egal? In welcher Welt leben Sie? Wir

spielen hier nicht in einer romantischen Komödie mit, Nina.«

Sein primitives Macho-Gehabe stößt sie ab, aber sie sagt nichts, lässt seine Belehrungen geduldig wie eine Erstklässlerin über sich ergehen.

»Hören Sie, Nina, was erwarten Sie von ihm? Er wird wahrscheinlich für längere Zeit im Gefängnis bleiben. Vorläufig sind Sie ihm wirklich keine Hilfe. Sie könnten ihm sogar schaden. Er braucht nur seine Anwälte. Niemanden sonst.«

»Ich habe Geduld.«

»Sie haben Geduld? Worauf wollen Sie denn warten? Wenn seine Konten gesperrt sind, wird der Wohnungsinhaber den Mietvertrag nicht verlängern, Sie werden nicht mal mehr ein Dach über dem Kopf haben ... Warum wollen Sie das alles auf sich nehmen? Er bringt Sie in Gefahr, oder etwa nicht?«

»Ich bleibe, weil er mich brauchen wird, weil wir zusammen sind.«

Berman ist verärgert und blafft ungehalten: »Sie sind nicht zusammen! Sami ist verheiratet, er hat Kinder, und die Einzige, die er jetzt braucht, ist seine Ehefrau. Nur sie kann ihm durch ihre Unterstützung und ihren Einfluss helfen. Sie machen sich keine Vorstellung, welche gigantischen Anwaltskosten in einem solchen Fall entstehen, ohne seine Frau würde er vermutlich nicht einmal die begleichen können.«

»Sie verstehen das nicht ... Ich liebe ihn ... Ich werde ihn nicht im Stich lassen ...«

Zu hören, wie diese wunderbare Frau, die eine enorme erotische Anziehung auf ihn ausübt, freimütig gesteht, dass sie Tahar liebt, ist ein harter Schlag für Berman. Ein Schlag für seine Weltanschauung, seine rigiden Moralvorstellungen und seine Prinzipien, für die Grundlagen seines ruhigen und sittenstrengen Lebens – eines Lebens, das er ohne weiteres aufs Spiel setzen würde, wenn er auch nur eine Sekunde lang hoffen könnte, bei ihr zu landen. Von ihr geliebt zu werden, wäre ein Traum, und ihm entfährt der Satz: »Sam kann sich glücklich schätzen, Sie zu haben.«

Durch Ninas trauriges Lächeln schimmert der Verlust der Unschuld.

»Nina, ich kann Ihnen helfen hierzubleiben. Es wäre Ihnen zwar nicht möglich, Sami zu besuchen, aber ich wäre für Sie da.« Er beugt sich vor und legt ihr die Hand auf den Arm. Nina zieht ihn brüsk zurück. »Entschuldigung ...«

Ninas Blick schweift durch den Raum.

»Spielen Sie nicht die gekränkte Unschuld! Ich sage es noch einmal – ich könnte Ihnen helfen.«

»Aha ... und wie?«

»Zunächst einmal könnte ich versuchen, Ihnen eine neue Unterkunft zu besorgen, denn es wäre nicht klug, in der bisherigen Wohnung zu bleiben. Die Ermittler werden die Kontobewegungen überprüfen und womöglich bei Ihnen auftauchen. Oder seine Frau erfährt von Ihrer Existenz und steht plötzlich vor der Tür. Das ist die schlimmste Variante.«

»Und wie würde es weitergehen?«

Berman schiebt seine Hand wieder über den Tisch, bis sie Ninas Finger berührt.

»Danach hängt alles von Ihnen ab.« Er ist scharf auf sie, sogar hier in diesem überfüllten Restaurant, und fühlt sich schlecht deswegen. Extreme Schuldgefühle plagen ihn, er schwitzt, sein Baumwollhemd ist feucht, und dennoch lässt er nicht locker. »Was meinen Sie? Es würde Ihnen Zeit geben, sich zu überlegen, wie es für Sie weitergehen soll, und sich Gedanken über Ihre Zukunft in diesem Land zu machen.«

»Ich will Ihre Hilfe nicht.«

Er zieht seine Hand zurück und lässt sich gegen die Rückenlehne sinken, als müsste er giftigen Dämpfen ausweichen.

»Nina, es gibt da etwas, das Sie wissen sollten und das Ihre Entscheidung möglicherweise beeinflussen könnte ...«

Sie erstarrt.

»Es tut mir leid, wenn ich ein wenig brutal sein muss ... Sind Sie bereit, es zu hören?«

»Sprechen Sie.«

»Am Tag vor seiner Verhaftung hatte ich ein langes Gespräch mit Sami ... bezüglich Ihrer ... Beziehung. Es war spät, wir waren allein im Büro, haben etwas getrunken, und er hat mir anvertraut, dass Sie gedroht haben, es sei aus zwischen Ihnen beiden, wenn er seine Frau nicht verlassen würde. Er hat mir gesagt, dass Sie ein Kind wollen ...«

Nina presst die Lippen zusammen, ihre Augen schwimmen in Tränen.

»Ich dachte zuerst, er hätte gern einen Rat, aber er hatte seine Entscheidung schon getroffen.«

Nina wendet den Blick ab.

»Er hatte vor, Ihnen zu sagen, dass er sich von Ihnen trennen will.«

12

Jemand will ihn mit einem Betonklotz an den Füßen versenken, das muss ein Alptraum sein, gleich wird er aufwachen, und alles ist gut. Aber nein, nichts ist gut, seine Handgelenke sind wund gescheuert von den Handschellen, und er möchte endlich verstehen, was hier gespielt wird, warum er im bleichen Licht einer nackten Glühbirne, die mit einer hypnotisierenden Pendelbewegung über ihm hin und her schwingt, in diesem Raum sitzt, und er bittet/verlangt/droht/schreit: »Rufen Sie meinen Anwalt an! Wo ist meine Frau?«

»Halt's Maul!«

Wie lange ist er schon in dieser winzigen Zelle eingesperrt? Er hat jedes Zeitgefühl verloren. Es kommt ihm vor, als steckte sein Kopf in einer Plastiktüte, so schwer fällt ihm das Atmen, seine Gliedmaßen zucken in unregelmäßigen Abständen, sein ganzer Stoffwechsel ist träge geworden, als hätte jemand seinem Blut toxische Substanzen beigemischt, die allmählich seine Muskeln lähmen und zu einem langsamen, qualvollen Tod führen. Vor allem nachts halten ihn die verzweifelten Klagelaute und das Röcheln seiner Mitgefangenen in einem Zustand anhaltenden Schreckens, aus dem er erst im Morgengrauen auftaucht, kreidebleich, ausgedörrt, vom Schlafmangel erschöpft und voller Angst, denselben Alptraum noch einmal durchleben zu müssen. Die nächtlichen Verhöre, die seinen Willen brechen sollen. Der Psychoterror. Die Drohungen. Die Demütigungen. Die Schikanen.

Sie haben gewusst, was Ihr Bruder vorhatte.

Nein, er hat es nicht gewusst. *Nichts* hat er gewusst!

In welcher Beziehung stehen Sie zu Djamal Yahyaoui? Wussten Sie, wozu die Geldbeträge bestimmt waren, die Sie regelmäßig überwiesen haben? Warum haben Sie ihm so hohe Summen überwiesen? Warum sind Sie in die Vereinigten Staaten gekommen? Wie sind Ihre Verbindungen zu islamistischen Kreisen? Sind Sie Jude? Sind Sie zum Islam konvertiert? Für wen arbeiten Sie? Wussten Sie, dass Ihr Bruder einen Terroranschlag vorbereitet? Wussten Sie, dass er sich in Afghanistan aufgehalten hat? Wussten Sie, dass er ein islamischer Fundamentalist geworden ist? Warum waren Sie in Frankreich Mitglied eines Schießclubs? In welcher Beziehung stehen Sie zu Muslim-Organisationen in New York? Was halten Sie von Bin Laden? Wussten Sie, dass Ihr Bruder gelernt hat, wie man Amerikaner tötet? Hatten Sie die Absicht, einen Anschlag auf die Vereinigten Staaten von Amerika durchzuführen? Was empfinden Sie für die Vereinigten Staaten? Betrachten Sie sich als amerikanischer Staatsbürger? Was wollte Ihr Bruder auf amerikanischem Boden? Zu welchem Zeitpunkt hat er Sie in seine Konvertierungsabsichten eingeweiht? Wussten Sie, dass er verheiratet ist und seine Frau den Tschador trägt? Wussten Sie, dass Ihr Bruder in Frankreich mit einem Flugblatt zum Mord an den Juden aufgerufen hat?

Ich habe nichts getan! Das ist ein Irrtum! Ein schreckliches Missverständnis!

Ein Justizirrtum, eine Denunziation, ein Gerücht. Tahar hat so etwas immer befürchtet, und jetzt sitzt er in seiner

Zelle, das Gesicht in den Händen vergraben, zerfurcht von Müdigkeit/Ratlosigkeit/Erschütterung. Irgendwann beruhigt er sich, denn schließlich weiß er ja, dass er nichts verbrochen, sich nichts vorzuwerfen hat, und schläft vor Erschöpfung ein. Alle fünf Minuten richtet ein Aufseher den Strahl einer Taschenlampe auf ihn, um sich zu vergewissern, dass er nicht versucht hat, sich das Leben zu nehmen (aber womit denn?).

Eines Tages beschließt er, in den Hungerstreik zu treten, weil er hofft, damit auf seinen Fall aufmerksam zu machen und seine Unschuld zu beweisen. Er weist stur alle Essensrationen zurück, obwohl seine Bewacher sie ihm aufzudrängen versuchen: Er soll nicht sterben. Nach zwei Wochen wird er abgemagert, mit eingefallenem Gesicht und leerem Blick notfallmäßig in ein Militärkrankenhaus eingeliefert, wo Ärzte ihn untersuchen und eine Zwangsernährung anordnen.

Terroristen will man lebend haben.

Er liegt allein in einem Zimmer zwischen weißen Laken, an Schläuche angeschlossen wie ein Schwerverletzter. Zum ersten Mal seit seiner Verhaftung weint er. Er würde sich gern wie ein Fötus zusammenrollen und hin und her schaukeln. Als er begreift, dass sie ihn weder sterben lassen noch jemanden benachrichtigen werden, weil sie die Mittel haben, ihn am Leben zu erhalten, beendet er seinen Hungerstreik.

Einige Tage später wird er in seine Zelle zurückgebracht, wo er in einem komaähnlichen Zustand vor sich hin vegetiert. Er nimmt sich vor, jeden Tag ein paar gymnastische Übungen zu machen, doch er hält es nie lange durch. Er ist überzeugt davon, dass es mit ihm zu Ende geht. *Ich werde sterben, ohne erfahren zu haben, was wirklich passiert ist.*

Eines Morgens wird Samir besonders schroff geweckt. Mit seinen verklebten Augen, seiner aschgrauen Haut, den verfilzten Haaren und dem struppigen Bart bietet er einen furchterregenden Anblick. »Dein Anwalt ist da«, raunzt der Aufseher. Sein Anwalt? Samir seufzt auf. Bedeutet dies das Ende des Alptraums? Der Aufseher führt ihn zum Besucherzimmer, in dem Dan Stein ihn erwartet.

»Dan!«, ruft Samir, die Hände gegen die Scheibe gepresst, »ich werde wahnsinnig hier drin! Dan, hol mich raus!«

»Ruth hat mich gleich nach deiner Verhaftung angerufen. Ich weiß, dass du einen Anwalt verlangt hast, aber man hat mich erst vor kurzem benachrichtigt. Wir haben uns die ganze Zeit ins Zeug gelegt, aber bis heute wurden alle unsere Eingaben abgelehnt.«

»Haben sie das Recht dazu?«

»Sie haben jedes Recht, Sami ... Es gibt in deinem Fall ein übergeordnetes Interesse – die Sicherheit der Vereinigten Staaten. Verglichen damit zählst du nicht.«

»Dan, ich weiß nicht, was hier los ist. Ich verstehe nicht, was sie mir vorwerfen, ich habe nichts getan!«

Stein öffnet seine Aktenmappe und holt Notizblock und Stift heraus. Er will wissen, ob Samir den Grund für seine Festnahme kennt. Ja, ja, er wurde ihm genannt, aber er versteht nicht, was das soll, es muss ein Irrtum sein, ein abgekartetes Spiel, ein Komplott, ein ... Aber Stein unterbricht ihn.

»Konzentrieren wir uns auf das Wesentliche. Die Zeit

drängt. Seit dem Angriff auf das World Trade Center wurden, wie du weißt, die Anti-Terror-Gesetze verschärft. Sie können mit dir anstellen, was sie wollen, verstehst du? Seit der Kongress dem ›Patriot Act‹ zugestimmt hat, sind die elementarsten Bürgerrechte eingeschränkt, sobald es sich um den Kampf gegen die islamistische Bedrohung handelt. Sie halten dich für einen Schläfer, Sami, für einen inaktiven Agenten. Sie glauben, du bist vor Jahren in die USA eingeschleust worden, damit du dich unauffällig in die amerikanische Gesellschaft integrierst, mit ihr verschmilzt, unsichtbar und unverdächtig wirst – zu dem einzigen Zweck, irgendwann einen Anschlag zu verüben. Aber was sie nicht verstehen – und das bereitet ihnen wirklich Kopfzerbrechen –, ist, warum ein Jude sich für die Interessen der radikalen Islamisten einsetzt. Sie haben die CIA und das FBI eingeschaltet. Es würde mich auch nicht wundern, wenn sie Kontakt zum Mossad aufgenommen hätten.«

»Und wie lauten ihre Schlussfolgerungen?«, fragt Samir finster.

»Entweder bist du kein Jude ... das wäre eine Möglichkeit«, Stein fixiert Samir, der sein Unbehagen schlecht verbergen kann, »oder du hast dich dem radikalen Islam verschrieben. Oder du bist tatsächlich das Opfer einer Intrige, und in diesem Fall wüssten sie gern, warum es ausgerechnet dich trifft. Warum sollte dich jemand zu Fall bringen wollen? Auf wen hat es derjenige abgesehen? Auf dich, deine Frau, die Kanzlei, deinen Schwiegervater?«

»Ich werde der Taten zu Unrecht beschuldigt, die man mir vorwirft«, sagt Samir förmlich.

Eine Spur Feindseligkeit blitzt im Blick des Anwalts auf.

»Ich weiß noch nicht, ob ich diesen Fall übernehme.«

»Aber warum denn nicht? Du kannst mich nicht fallenlassen, ich habe dir gesagt, dass ich unschuldig bin! Was willst du? Dass ich vor dir auf die Knie sinke und dich anflehe? Na gut, dann flehe ich dich an: Ich brauche dich!«

»Ich muss es mir überlegen.«

»Ich bin dein Partner und der Ehemann einer deiner besten Mandantinnen! Ich bin der, dessen vierzigsten Geburtstag du voriges Jahr mitgefeiert hast. Ist dir das entfallen?«

»Ich möchte zuerst verstehen, wie es kommt, dass dein Bruder ein radikaler Islamist ist und du ein Jude bist, und vor allem möchten deine Frau und ich wissen, warum du die Existenz deines Bruders verschwiegen hast.«

»Ganz einfach: François ist nicht mein Bruder, sondern mein Halbbruder. Wir haben nicht denselben Vater. Er war nie ein Muslim. Dass er konvertiert ist, habe ich nicht gewusst. Ich kannte ihn ja kaum! Ich habe praktisch nie mit ihm unter einem Dach gewohnt. Glaub mir bitte, ich habe mit dieser Geschichte nichts zu tun!«

»Beweise es.«

Die Tröstung

»Hochstapelei!«
Sophie Maurois*

»Ein unbedeutendes Werk.«
David Kassovitz**

»Nach der Lektüre dieses Buches
hat der Leser Anspruch auf Trost.«
Tristan Lanoux***

»Der schlechteste Roman dieses
literarischen Herbstes.«
Jean de la Cotte****

---

* Die für ihre Integrität und ihre hohen Ansprüche bekannte Literaturkritikerin Sophie Maurois hegt den Wunsch, alles hinter sich zu lassen und mit einem vierzig Jahre älteren Schriftsteller nach Irland umzusiedeln.
** David Kassovitz hat seine beißende Kritik mit dem Satz »Wenn ein Sepharde sich beklagt, glaubt man ihm nicht« gerechtfertigt.
*** Tristan Lanoux, Schriftsteller und Feuilletonist mit einer Vorliebe für bissigen Humor und schonungslose Verrisse, gestand im Vertrauen schon mal gern, er habe alles, wovon ein Mann nur träumen könne – die besten Bücher und die schönsten Frauen.
**** Der verkrachte Schriftsteller Jean de la Cotte, ein Anhänger der extremen Rechten, sagte zu einem Kollegen bezüglich Samuel Baron: »Den mach ich fertig.«

13

Die Treibjagd beginnt. Samuel war gewarnt worden: Lynchen lässt es sich am besten in der Meute. Die Verrisse will er nicht lesen. Er kauft keine Zeitungen mehr, hört nicht mehr Radio, schaltet den Fernseher nicht mehr an und loggt sich nicht mehr in die sozialen Netzwerke ein. Aber es gibt Freunde und Bekannte, die ihn immer noch mit einem Anruf oder per SMS auf dem Laufenden halten, indem sie ihm ihr Mitgefühl aussprechen, ganz so, als wäre jemand gestorben.

Die Sache geht ihm an die Nieren, das kann er nicht leugnen. So etwas hat er nicht erwartet. Jede negative Kritik trifft ihn bis ins Mark. Nach einem besonders herben Verriss denkt er sogar kurz daran, sich von einer Autobahnbrücke an der Strecke Paris–Honfleur zu stürzen. Es mag unverhältnismäßig erscheinen, wenn jemand allein aufgrund der Tatsache, dass er als Künstler kritisiert wird, das unwiderstehliche Verlangen empfindet, seinem Leben ein Ende zu setzen, und noch dazu auf eine so grausige Weise, die eine so unendliche Selbstverachtung dokumentiert. Ihm jedoch erscheint es plausibel. Das Anstrengendste an seiner Existenz sind nicht der Erfolg und der Ruhm, der damit einhergeht – die Buchhandlungen, die den Autor einladen wollen, die Journalisten, die wegen Interviews anfragen, die Leser, die ihm schreiben, dass sein Roman sie erschüttert/

begeistert/fasziniert und/oder ihr Leben verändert hat, das Geld, das Probleme löst und Möglichkeiten eröffnet, die er davor nie hatte, die Freiheit, zu schreiben, wann und wo er will, der Wohlstand, der es ihm erlaubt, Auftragsarbeiten abzulehnen ... All diese äußeren Manifestationen des Erfolgs sind ihm durchaus willkommen. Die schwerste und schmerzlichste Herausforderung, der er sich als bekannter Schriftsteller stellen muss, ist die Erfahrung, unbeliebt zu sein. Öffentlich gehasst, kritisiert und verachtet wurde er früher nicht, und das Phänomen macht ihm schwer zu schaffen. Er schlägt eine Zeitung auf und liest, sein Buch sei »schlecht«. Er macht den Fernseher an und sieht sich in einer Literatursendung, in deren Verlauf ein Journalist ihm vor Tausenden von Zuschauern mit vorwurfsvoll erhobenem Zeigefinger ins Gesicht sagt: »Ich mag Sie nicht.« Und er kann sich noch so tapfer wehren und den Angriff abschmettern, indem er dem Mann entgegenhält, dass er das Recht habe, sein Buch nicht zu mögen, ihn als Person aber doch gar nicht kenne – dennoch ist er tief getroffen. Die Zielscheibe von so viel Hass zu sein, ist seelisch und körperlich eine Tortur, es raubt ihm den letzten Nerv. Er fragt sich, was an seinem Buch, seiner Gesinnung, seiner Ausdrucksweise oder seinen Antworten eine solche Flut von Beleidigungen hervorgerufen haben mag. Er ist darauf gefasst, dass jeden Moment jemand auftaucht und ihm eine Kugel in den Kopf jagt. Als Sozialarbeiter hat er über viele Jahre hinweg die Erfahrung gemacht, dass man ihn wertschätzt. Er war ein »guter« Mensch, die Leute respektierten ihn, sie mochten ihn, und jetzt erlebt er, wie Unbekannte öffentlich kundtun, dass sie ihn verabscheuen. Das empfindet er als eine abgrundtiefe Ungerechtigkeit. Ihm fällt ein, was Thomas Bernhard geschrieben hatte, nachdem sein Buch *Frost* erschienen war: »Ich glaubte, an dem Irrtum, Literatur sei meine Hoffnung, ersticken zu müssen. Ich wollte von der Literatur nichts mehr wissen. Sie hatte mich nicht glücklich gemacht.« Damit kann er sich identifizieren.

So holt ihn das Unglück wieder ein, und er sucht und findet Trost im Alkohol. Er geht jeden Abend aus, besucht Cocktailpartys und Empfänge, Küsschen links, Küsschen rechts, und unterzeichnet eines Morgens in einer Sendung sein Todesurteil, als er auf die Frage eines Fernsehjournalisten, wie man mit einer solchen Umwälzung im Leben umgehe, vor einem Millionenpublikum antwortet: »Der Erfolg ist das Schlimmste, was mir je passiert ist.«

14

Nur wenige Neuigkeiten dringen bis in Samirs Zelle vor, und sie sind immer schlecht. Mandanten seiner Kanzlei verlangen während laufender Verfahren ihre Unterlagen zurück und wechseln den Anwalt. Und dann landet der Skandal auf der Titelseite einer der größten amerikanischen Zeitungen:

Französischer Anwalt unter Verdacht – Beteiligung an Terroranschlag gegen die USA?

Berman ruft Pierre Lévy an und schildert ihm die Lage. Seine Stimme ist heiser vor Verbitterung, er reiht Vorwurf an Vorwurf. Alles, was er sich aufgebaut hat, zerfällt ihm unter den Händen, er braucht einen Sündenbock und teilt kräftig aus: »Du hast mir diesen Kerl empfohlen! Du hast ihn hergeschickt, ihn ausgebildet und ihm sein Aufbaustudium finanziert! Du trägst in dieser Sache eine moralische Verantwortung! Wer ist dieser Sami Tahar wirklich? Weißt du das? Soll ich dir sagen, was ich glaube? Du hast dein Vertrauen an einen Mann verschwendet, der dich hinters Licht geführt und dir übel mitgespielt hat! Du hast mir einen Anwalt empfohlen, der auf dem besten Weg ist, mich zu ruinieren!«

Pierre Lévy ist fassungslos. Er hat die Zeitung gelesen, sicher, und er hört sich Bermans Version an, aber er ist so durcheinander, dass ihm keine Erwiderung einfällt. Er weiß als Einziger, dass Samir ein muslimischer Araber ist, und plötzlich kommen ihm Zweifel. Wenn er nun tatsächlich manipuliert wurde? Wenn Samirs Beichte nur dem Zweck diente, sich im Falle eines Strafprozesses seiner Unterstützung und seines Rückhalts zu versichern? Objektiv betrachtet, belasten die Fakten Samir. Alles deutet darauf hin, dass er sich durch seinen unverdächtigen Lebenswandel eine untadelige Tarnung verschafft hat. Alles deutet darauf hin, dass er schuldig ist!

»Und jetzt will er dich sprechen!«, poltert Berman weiter. »Er erklärt, nur dir allein will er die Wahrheit sagen!« Daraufhin kündigt Lévy an, er werde umgehend nach New York kommen, und versucht einstweilen, Berman davon zu überzeugen, dass Samir das Opfer eines Justizirrtums geworden sei.

»Eines Justizirrtums? Das würde ich uns sehr wünschen, denn wenn sich herausstellt, dass er ein Spion, ein Agent oder Verräter ist, dann können wir die Kanzlei dichtmachen! Und weißt du, was das für mich bedeutet? Ich habe eine Familie zu ernähren und Dutzende Kredite am Hals. Was soll aus mir werden?«

»Es wird sich schon alles regeln«, erwidert Lévy, ohne selbst daran zu glauben.

»Immer schön optimistisch, das ist so typisch für euch Sepharden! Ich denke genau das Gegenteil: Es kann nur noch schlimmer werden. Bald wird uns keiner mehr engagieren wollen! Die Kanzlei Shelley und Partner hat uns schon ein Drittel unserer Mandanten abspenstig gemacht. Wenn wir nicht bald eine Strategie finden, fahren wir gegen die Wand.«

»Hast du Tim Vans schon angerufen? Er hat die PR für den Chef von Vertigo übernommen, als die Firma von einem Finanzskandal gebeutelt wurde, und inzwischen haben sie wieder einen ganz ordentlichen Ruf.«

»Ich kann nicht zweihunderttausend Dollar springen lassen, damit irgendein Bursche mir eine Pressemitteilung schreibt und sie an den Mann bringt!«

»Ich komme!«

Pierre Lévy legt auf und organisiert überstürzt seine Abreise. Noch am selben Abend fliegt er nach New York und erhält nach mehreren Anläufen und Telefonaten die Erlaubnis, mit Samir zu sprechen. Er *muss* einfach mit ihm sprechen.

Als Pierre Lévy das Besuchszimmer betritt, muss er sich zusammennehmen, damit man ihm seine Bestürzung nicht anmerkt. *Sami?* Samir blickt ihn verstört an. Er hat kahle Stellen auf dem Kopf – eine neue Landkarte der Schmerzen. Seine mageren Arme hängen, vom Gewicht der Handschellen beschwert, wie künstliche Gliedmaßen an seinem ausgemergelten Körper. Über die Handgelenke, an denen das Metall unablässig scheuert, ziehen sich rote Striemen. Sein Gesicht ist eingefallen und hat eine wächserne, gelbliche Farbe. Die Augen, in denen eine Angst flackert, die früher nicht da war, liegen tief in den Höhlen. Schwarze Bartstoppeln bedecken Wangen und Kinn, so dass er einen verwahrlosten Eindruck macht. Auf Lévy wirkt er schwach und krank, das ist nicht der Tahar, dem er in Paris begegnet ist. Was das Unglück aus einem Menschen machen kann!

Samir ist sichtlich überrascht. Nie hätte er sich vorstellen können, dass man Pierre Lévy zu ihm lassen würde. In der Tat war dazu eine politische Intervention erforderlich. Lévy hat nicht gezögert, seine Verbindungen spielen zu lassen, er hat Zusicherungen gegeben, und nun ist er da.

»Du bist gekommen«, sagt Samir leise, »danke.« Er setzt sich und sackt in sich zusammen. Mehrere Minuten sitzt er stumm vor der Glasscheibe, das Gesicht in den Händen vergraben, dann richtet er sich langsam auf. »Pierre, ich bitte dich. Hol mich hier raus!«

»Mach dir keine Sorgen, ich bin gekommen, um dir zu helfen.«

»Ich weiß, was du denken musst ...«

»Du wirst es mir erklären, nicht?«

»Ich habe meinem Bruder nur Geld geschickt, ich wusste nicht, dass er damit terroristische Aktivitäten finanziert, wie hätte ich das auch ahnen sollen? Das ist die Wahrheit! Ich hatte keine Ahnung!«

Pierre beugt sich vor und flüstert: »Sag mir als Erstes, ob irgendjemand außer mir weiß, dass du Muslim bist.«

»Nein, nun ja ... ein paar Leute.«

»Hast du es deinen Anwälten gesagt?«

»Nein.«

»Du verschweigst den Personen, die dich vertreten, eine so wichtige Information? Wie soll dich Stein denn verteidigen? Kannst du dir vorstellen, was los ist, wenn die Gegenseite am Tag der mündlichen Verhandlung mit dieser Information herausrückt?«

»Ich dachte, es wäre vorteilhafter, wenn ich nichts sage ...«

»Du bist dir bewusst, wie man dir das auslegen kann?«

»Was würdest du mir raten?«

»Du musst es sagen. Früher oder später erfahren sie es ohnehin.«

Samir schweigt. Dann fragt er Lévy mit gesenktem Blick: »Misstraust du mir auch?«

»Soll ich ehrlich sein? Ich weiß nicht, was ich davon halten soll. Es ist schon eine merkwürdige Geschichte, das musst du zugeben.«

»Glaubst du, ich hätte dir meine wahre Identität offenbart, wenn ich geplant hätte, mich ein Jahr später an einem Terroranschlag zu beteiligen?«

»Nein.«

»Ich wusste nicht, was mein Bruder mit den Überweisungen angestellt hat.«

»Warst du nicht neugierig? Wolltest du nicht wissen, wozu er dein Geld verwendet?«

»Meine Mutter hat mir gesagt, dass er auf Reisen war und eine Ausbildung zum Metzger angefangen hat. Er wollte eine Schlachterei eröffnen, in der sie mitarbeiten sollte. Das habe ich geglaubt. Ich habe keine Sekunde lang daran gezweifelt!«

»Du bist leichtgläubig ... Aber vor dem Richter kann man schlecht mit guten Absichten argumentieren. Deine Mutter hat dir erzählt, dass er zum Islam übergetreten ist und sich radikalisiert hat, oder nicht?«

»Nein, hat sie nicht! Sonst hätte ich ihm doch kein Geld mehr geschickt! Natürlich wäre ich misstrauisch geworden! Mag sein, dass sie Angst hatte, ich würde ihm sonst den Geldhahn zudrehen. Ich weiß es nicht. Wie hätte ich ahnen sollen, was er aushecket? Er war in Frankreich, und ich war hier! Glaubst du mir das, Pierre?«

»Du musst all das Ruth und Dan Stein erzählen.«

»Unmöglich! Dann lässt sich Ruth scheiden! Und Dan wird mich nicht mehr verteidigen wollen ...«

»Du hast keine andere Wahl, Sami. Wenn du es verschweigst, werden sie es selbst herausfinden, und dann ist die Situation erst recht verfahren! Die Zeitungen werden lange Artikel über dich bringen, Berg wird private Nachforschungen anstellen, und er wird Zeugen für deinen unmoralischen Lebenswandel finden, das kannst du mir glauben! Berman wird ihm die Tür einrennen! Er hasst dich bis aufs Blut. Und mich macht er für alles verantwortlich! Ich habe für dich gebürgt, ich hatte die Idee, eine Zweigstelle in New York zu gründen und dir die Leitung zu übertragen. Und Berg – denkst du auch an ihn? Weißt du, wozu ein Mann wie er fähig ist, wenn er sich gekränkt fühlt? Und wenn deine Frau durch die Polizei davon erfährt, wird sie glauben, dass du tatsächlich Terrorakte finanziert hast. Willst du das? Willst du den Respekt deiner Frau verlieren? Dann verlierst du alles. Du wirst den Rest deiner Tage im Gefängnis schmoren und deine Kinder nie wiedersehen!«

»Ich habe doch nur meinem Bruder geholfen! Ich wusste

nicht, was er mit dem Geld gemacht hat! Ich bin unschuldig!«

»Hattest du seit dieser Geschichte Kontakt zu ihm?«

»Nein, nein, ich weiß nur, dass er in Guantanamo einsitzt.«

»Versuche nicht, mehr herauszufinden. Das ist nicht mehr dein Problem.«

»Ich bin unschuldig ...«

»Das solltest du Stein, den Ermittlern und dem Richter erklären. Aber vorher musst du mit deiner Frau sprechen.«

15

Als Ruth den Grund für die Festnahme erfährt, verzieht sie keine Miene. Sie ist keine Frau, die durch Dramen und Skandale aufblüht. Ihr erster Gedanke ist, dass es sich um ein schreckliches Missverständnis handeln muss, ein Komplott gegen ihren Mann, die Kanzlei, ihren Vater oder sie selbst, die Frau, die von so vielen beneidet/belauert/bewundert wird. Viele warten doch nur darauf, dass sie abstürzt, sehnen ihren tiefen Fall geradezu herbei, aber sie hat keine Angst, denn ihr Mann ist unschuldig. Wieso sollte ein jüdischer US-Anwalt sich als Geldgeber amerikafeindlicher antisemitisch-islamistischer Splittergruppen betätigen? Für diese Anschuldigung muss es eine logische Erklärung geben. Die muss man finden. Strengen wir uns an. Seien wir objektiv.

Ja, bestätigt der Polizeichef gelassen, verwunderlich wäre es. Ja, und? Er erlebt so etwas nicht zum ersten Mal, er weiß, wozu Menschen fähig sind: Verrat, Manipulation, Verbrechen aus Hochmut, aus ideologischen Gründen, aus Verblendung. Er ist jeden Tag mit dem menschlichen Irrsinn konfrontiert, ihn wundert nichts mehr; im Gegenteil, es fasziniert ihn, wie gründlich der Mensch das Böse in sich aufnimmt und ihm Gestalt gibt. *Alles ist möglich.* Sie habe doch sicher schon von Geheimagenten gehört oder von Menschen, die ein Doppelleben führen? Ihm lägen Beweise vor, die man gerade sorgfältig überprüfe, die Ermittlungen seien noch nicht abgeschlossen, aber die Fakten sprächen nun einmal für sich und seien objektiv unwiderlegbar.

»Sie können sie nicht vom Tisch wischen. Ein radikaler französischer Islamist wurde in Afghanistan verhaftet, als er einen Anschlag gegen die amerikanischen Interessen vorbereitete. Dieser Franzose, Djamal Yahyaoui, ist den Geheimdiensten bekannt und vertritt extremistische Positionen. Er ist Antisemit und Holocaust-Leugner und ruft zum Rassenhass auf.«

Ruths Blick verschleiert sich. Was sie da hört, bringt sie aus der Fassung, ihre Finger trommeln wie von selbst auf die Schreibtischplatte, *tacktacktack, tacktacktack.* Existentielle Verlustängste durchfluten ihren Körper, die tief in ihrer Familiengeschichte verankert sind.

»Dieser Yahyaoui«, fährt der Polizeichef fort, »war bewaffnet, als man ihn festnahm, und besaß ein Bankkonto in Frankreich, auf das regelmäßig Überweisungen *Ihres Mannes* eingingen.«

»Das ist unmöglich.«

»Wir haben Beweise! Mit diesem Geld konnte Djamal Yahyaoui seine Reisen in den Jemen und nach Pakistan finanzieren, hochentwickelte Waffen kaufen und antisemitische Schriften verteilen, die zum Mord aufrufen. Kommen Sie, ich will Ihnen etwas zeigen.«

Der Mann führt sie in ein Nebenzimmer, in dem auf einem gewaltigen Schreibtisch mehrere Bildschirme stehen. »Setzen Sie sich.« Er deutet auf einen Stuhl mit einer gebrochenen Rückenlehne. Dann legt er ein Videoband ein, auf dem ein hellhäutiger Mann mit einem rotblonden Bart, der eine lange, cremefarbene Gandura trägt, Hetztiraden in die Kamera schreit: »Ihr habt gesehen, wie sie uns behandeln! Das soll das Land der Menschenrechte sein? Dieses Land wird von Zionisten gelenkt! Aber wir werden uns rächen! *Allahu akbar!* Wir kriegen sie alle!« Ruth wird von Entsetzen gepackt. Der Film zeigt den Mann, der eines Abends zu ihnen in die Wohnung gekommen ist und sich als Samirs Kollege vorgestellt hat. An seinen Namen erinnert sie sich nicht mehr. Er hat damals andere Kleider getragen und keinen Bart gehabt, aber für sie besteht kein Zweifel: Er ist es.

Es gelingt ihr, sich ihren Schrecken nicht anmerken zu lassen, und sie erklärt frostig: »Das ist ein abgekartetes Spiel.« *Was zu beweisen ist.*

Ein Komplott. Ein antisemitisches Komplott. Man will Sami, den Juden, zu Fall bringen. Aber warum auf diese Art? Was ist das eigentliche Ziel? Stein, der von Samir noch nicht ins Vertrauen gezogen wurde, hat da so eine Vermutung: »Durch solche Manöver sollen Zweifel gesät werden. Die Leute sollen glauben, dass ein französischer Jude ein Feind der Amerikaner sein kann. Und nicht irgendein beliebiger Jude, sondern der Schwiegersohn von Rahm Berg. Die Zielscheibe ist Ihr Vater, Ruth. Jemand will sein Unternehmen schwächen. Je grotesker und unsinniger die Anschuldigung ist, desto mehr wird die Gerüchteküche brodeln, und die wildesten Spekulationen werden die Runde machen. Denken Sie daran, was nach dem 11. September geschehen ist! Manche haben behauptet, unter den Opfern seien keine Juden gewesen, weil die Juden im Voraus über den bevorstehenden Angriff informiert wurden. Das ist bewusste Desinformation. Und eine Provokation. Jemand will Ihren Vater in die Sache verwickeln, seine Firma destabilisieren, ihn ruinieren. Unter Topkonzernen ist das gar keine so seltene Strategie.« Seine Argumente überzeugen Ruth. Ihr Mann ist unschuldig, und nichts – weder die Worte des Polizeiinspektors noch Bermans perfide Sticheleien – können sie von dieser Überzeugung abbringen. *Jemand* hat ihm übel mitgespielt.

Der Mann, der mit der Kippa auf dem Kopf und dem gesegneten Becher Wein in der Hand am Sabbatabend das Gebet sprach, der mit Begeisterung an Auktionen jüdischer Kunstgegenstände teilnahm, von denen er wahlweise mit einer illuminierten Bibel, dem Porträt eines vom nächtelangen Studieren zerknitterten Rabbiners oder einem hebräischen Buch aus dem Nachlass von Raschi, Buber oder Steinsaltz zurückkam, der an Jom Kippur stets in die Synagoge ging und mindestens drei Mal pro Woche in einem koscheren Restaurant aß, wo er sicher sein konnte, *wenigstens kein Schweinefleisch* auf dem Teller zu finden – niemals pflegte dieser Mann Kontakte zu islamistischen Gruppen! Als Ruth ihm im Besuchszimmer gegenübersitzt und sein abgezehrtes Gesicht und die zerzausten Haare sieht, in denen ein Vogel nisten könnte, als sie bemerkt, wie er die Hände vor der Brust kreuzt, als wäre er auf einen Angriff gefasst (bestimmt schlagen sie ihn, denkt sie, und die Vorstellung, wie ihr Mann sich unter den Schlägen von Folterern krümmt, treibt ihr die Tränen in die Augen), spricht sie ihm Mut zu: Sie wird ihn hier rausholen. Sie liebt ihn, sie hält zu ihm. *Ich vertraue dir.* Ja, sie muss es noch einmal sagen: Sie liebt ihn, sie wird immer zu ihm halten, er kann auf ihre Liebe und Unterstützung zählen. Sie hat die besten Anwälte zu seiner Verteidigung engagiert, in wenigen Tagen ist er auf freiem Fuß. Ihr ist klar, dass *er* dieses Geld nicht auf ein Konto eingezahlt hat, die Transaktionen müssen hinter seinem Rücken durchgeführt worden sein, er ist in dieser Hinsicht immer so sorglos, die Bank hat das zu verantworten ... Da unterbricht Samir, der sich die ganze Zeit schon nervös die Hände massiert hat, sie hastig und stößt in düsterem Ton hervor: »Ich habe das Geld auf François Yahyaouis Konto überwiesen.« – »Was?« Ruth reißt entgeistert die Augen auf, blinzelt hektisch, und ihr ganzer Körper versteift sich. Samir weiß, dass in diesem Augenblick etwas endgültig verlorengegangen ist, das er nie wiederfinden wird.

»Wie? Was hast du gerade gesagt? Sag das noch einmal!«
»Bitte beruhige dich, ich erkläre es dir.«
»Was willst du mir erklären?«
»Hör mir einfach zu.«

Ruth verstummt und lehnt sich weit zurück, als brauchte sie einen Sicherheitsabstand, als wäre ihr auf einmal bewusst geworden, dass sie einem großen, gefährlichen Raubtier gegenübersitzt.

»Erinnerst du dich an den Mann, der zu uns nach Hause gekommen ist, den Kerl, der sich als François Duval vorgestellt und als Mitarbeiter der Kanzlei ausgegeben hat?« (Ja, sie erinnere sich, erwidert sie so kühl, als wäre sie bereits dabei, sich von ihrem Mann zu lösen.) »Dieser Mann heißt in Wirklichkeit François Yahyaoui. Er ist mein Halbbruder. Ich habe dir nie von ihm erzählt, weil ich ihn kaum kenne. Ich war sehr jung, als ich hierher übergesiedelt bin. Er ist nur in die Staaten gekommen, um mir Geld aus der Tasche zu ziehen. Er hat mir gesagt, dass er pleite sei und gern weiterstudieren wolle. Nur aus diesem Grund habe ich ihm Geld überwiesen. Ich wollte ihm helfen. Ich hatte Mitleid mit ihm, verstehst du? Mitleid!«

»Du hast einen Bruder und hast mir nie etwas davon gesagt?«

»Ich kenne ihn doch kaum, und ich hatte nie auch nur das Geringste mit ihm gemeinsam. Ich habe ihn aus meinem Leben gestrichen. Über ihn zu sprechen hätte bedeutet, ihn wieder hereinzuholen. Er ist total abgedreht, ein Versager, was hätte ich denn deiner Meinung nach tun sollen?«

»Und du richtest einen monatlichen Dauerauftrag für einen Mann ein, den du kaum kennst? Du hättest dich weigern können, er wäre nach Frankreich zurückgeflogen, und ...«

»Nein, so einfach liegen die Dinge nicht. Ich musste nachgeben, sonst hätte er mich erpresst.«

»Erpresst? Aber weshalb denn? Hast du etwas zu verbergen?«

Ja.

Dies ist der Augenblick, in dem er ihr alles beichten muss, glaubt er, denn sie wird es am Ende durch die Presse oder die Ermittler ohnehin erfahren. Die Zeit ist gekommen, den Teufelskreis aus Lüge und Verschleierung zu durchbrechen. Samir fröstelt vor Nervosität, aber er gibt sich einen Ruck und gesteht ihr alles, von Anfang an, er redet schnell, ihre Zeit ist begrenzt, wie soll man die Essenz eines ganzen Lebens in wenige Minuten packen? Abschließend eröffnet er ihr: »Mein richtiger Vorname ist Samir. Meine Mutter heißt Nawel, sie ist noch am Leben. Ich bin kein Jude, Ruth. Ich bin Muslim.«

Und nun geschieht etwas, womit Samir überhaupt nicht gerechnet hat. Man kann es nur mit dem Wort Tragödie bezeichnen – eine Tragödie ohne ein einziges Element von befreiender Komik, ohne jede Atempause oder Mäßigung, wie sie zuweilen auf starke Emotionen folgt. Samir ist auf alles Mögliche gefasst gewesen – dass sie ihn auf der Stelle verlässt (das heißt, sie steht auf und geht wortlos hinaus), dass sie ihn aus Liebe freispricht (das erscheint ihm unrealistisch) oder ihn über eine kürzere oder längere Zeitspanne hinweg auf Distanz hält, bis er sich ihr Vertrauen neu erworben hat, und er in der Zwischenzeit darum kämpfen muss, die Ehe zu retten, Vergebung zu erlangen und den vielbeneideten und beneidenswerten Platz an ihrer Seite wieder einnehmen zu dürfen, der ihm vor der Enthüllung zugestanden hat, den Platz, an dem ihm all das in den Schoß gefallen ist, das ihm früher fehlte: Ehre und Würde. Es mochten altmodische Wertbegriffe sein, aber für einen Mann wie Samir, der sich von ganz unten hocharbeiten musste, der von machtlosen, besitzlosen, illusionslosen Eltern, von einfachen, armen Leuten aufgezogen wurde, gibt es nichts Wichtigeres, denn diese Werte erfüllen ihn mit Selbstbewusstsein und Stolz. Ja, er hat mit einigem Weitblick im Geiste verschiedene Möglichkeiten durchgespielt, aber in keinem – wirklich keinem – Moment hat er in Betracht gezogen, dass seine Frau durchdrehen würde. Kaum hat er sein Geständnis beendet, da wirft sie sich gegen die Glasscheibe im Besuchszimmer und hämmert mit den Fäusten wie eine Verrückte dagegen. Er ist völlig entgeistert, in einem solchen Zustand hat er sie noch nie erlebt, diese außer Rand und Band geratene Frau ist ihm absolut fremd. Sie ist imstande, die Glasscheibe zu zerschmettern und ihn umzubringen! Endlich rennen Polizisten herbei und packen sie: *Das reicht jetzt!* Es ist alles sehr schnell gegangen, der Auftritt hat nur wenige Sekunden gedauert. Aber als sie den Kopf hebt und sich ihre Blicke durch das Plexiglas treffen, begreift er: Die Schlacht ist eröffnet.

16

Die nächsten Stunden verbringt Ruth in einem Zustand tiefster Verzweiflung, sie zieht sich zurück, hüllt sich in Schweigen, glüht vor Zorn. Später schließt sie sich zusammen mit Pierre Lévy und Dan Stein, der die Neuigkeit aus Lévys Mund erfahren hat, im Büro ihres Mannes ein. Ausnahmezustand/Krisenmanagement. Ruth hat ihren Standpunkt unmissverständlich dargelegt: Sie will Sami nicht mehr sehen, sie hat kein Vertrauen mehr zu ihm, sie wird sich von ihm trennen, *unternehmen Sie etwas!* Stein hat auf Lévys Betreiben hin darauf verzichtet, seine Mitarbeit fristlos aufzukündigen. Sie diskutieren, entwickeln eine Verteidigungstaktik, werden zu Strategen, Kriegsherren und PR-Experten. Die Angelegenheit ist heikel, wenn nicht gar brisant, sie müssen sich einig, stark, *solidarisch* sein. Pierre bringt Ruth dazu, ihre Entscheidung zu überdenken. Er überzeugt sie nicht nur von Tahars Unschuld, sondern auch von der Notwendigkeit, ihm zu verzeihen.

»Er hat gelogen, weil er dazu gezwungen war! Er hatte keine andere Wahl, wenn er arbeiten und seinen Beruf ausüben wollte. Sie können sich nicht vorstellen, wie effektiv die Diskriminierung in Frankreich funktioniert. In den USA ist das anders. Hier gibt es Regulierungen und Auflagen. Die Diskriminierung ist ein wichtiges politisches, soziales und wahltaktisches Thema. Bei uns in Frankreich ist sie immer noch ein Tabu, das Thema ist uns lästig. Ich behaupte nicht, dass man sich damit nicht befasst, das schon, aber eben ungenügend. Warum müssen die angehenden Juristen in den USA am Ende ihres Studiums keine umfangreiche mündliche Prüfung ablegen wie ihre Kommilitonen in Frankreich, wenn sie als Anwälte zugelassen werden wollen? Ganz einfach – weil sie hier die Probleme der Rassendiskriminierung, der falschen Hautfarbe, der Ungleichbehandlung bereits angepackt haben! Wenn in Frankreich ein dunkelhäutiger Student, ein Student aus dem Maghreb oder ein Student mit einem ausländisch oder jüdisch klingenden Nachnamen im mündlichen Examen durchfällt, denkt er häufig, das läge an seiner Herkunft. Diese Vermutung wirkt wie Gift! Und das Schlimmste ist, dass sie sogar oft zutrifft! Als ich Samirs Lebenslauf bekam, sind mir seine Fachkenntnisse aufgefallen, aber ich habe auch registriert, dass er Jude ist. Hat das meine Entscheidung beeinflusst? Vielleicht. Hätte ich ihn auch genommen, wenn er mir gesagt hätte, dass seine Eltern aus Nordafrika stammen? Zweifellos, denn ich stelle Mitarbeiter ganz unterschiedlicher sozialer oder ethnischer Herkunft ein. Samir hat geglaubt, dass er bessere Chancen hat, wenn er die Frage des ethnischen Hintergrunds umgeht, und er ist damit gescheitert, weil ihm nichts Besseres eingefallen ist, als seine Identität zu fälschen. Er hat gelogen und betrogen, aber wie könnte man ihm das übelnehmen? Wie hätte ich an seiner Stelle gehandelt, wenn mich Zweifel geplagt hätten, ob die Gesellschaft auch nur die elementarsten Gleichheitsprinzipien wahrt? Ich glaube, ich hätte genauso gehandelt wie er! Und ich will Ihnen noch etwas gestehen: Ich habe ebenfalls schon durch mein Schweigen gelogen. Ich habe aus Furcht vor Benachteiligung verschwiegen, dass ich Jude bin …«

»Bei deinem Namen«, scherzt Stein, »dürfte das nicht so leicht sein …«

»Richtig, aber es ist schon vorgekommen, dass ich mich nicht zum Judentum bekannt und andere im Zweifel gelassen habe. Man kann einen jüdischen Namen tragen und trotzdem kein Jude sein.«

»Das kommt selten vor.«

»Ja, aber es ist möglich.«

Ruth sitzt wie zu Eis erstarrt vor ihnen. Sie ringt um Fassung, und die innere Kälteschicht schützt sie und hält sie auf niedrigem Niveau am Leben. Ließe sie den Tränen freien Lauf, würde sie zusammenbrechen. Sie ist schockiert, das kann Pierre gut verstehen. Er wäre es auch, wenn bei dem Menschen, den man am meisten liebt, auf einmal ein anderes Gesicht zum Vorschein käme. Auch er würde leiden. Ruth ist wütend auf Samir, das ist normal und menschlich, niemand würde in dieser Situation anders reagieren. Sie musste feststellen, dass sie mit einem Mann zusammengelebt hat, den sie im Grunde nicht kennt, und dass ihre innige Vertrautheit eine Illusion war. In so einem Fall hat man jedes Recht, enttäuscht und deprimiert zu sein.

Auch ihm war es so ergangen, als er die Wahrheit erfahren hatte: »Ich habe an ihn geglaubt, ich habe ihm alle Wege zum Erfolg gebahnt, ich habe für ihn getan, was nur selten ein leiblicher Vater für seinen Sohn tut, und was hat es mir gebracht? Ich könnte zu dem Schluss kommen, dass er nie aufrichtig zu mir war, sondern mich immer nur benutzt hat, aber, man muss sich in einen anderen hineinversetzen können, man muss die Überlebensmechanismen verstehen, die einsetzen, wenn das ganze Streben eines Menschen, seine Integrität, ja seine Existenz bedroht sind!« Stein hört eine Weile schweigend zu, ohne Lévy zu unterbrechen, dann ergreift er unvermittelt das Wort. Es gebe ein moralisches Problem, das er in Ruths Gegenwart erörtern möchte: Er will von Samirs Unschuld überzeugt sein, bevor er sich offiziell als sein Anwalt präsentiert. Als Jude will er keinen islamistischen Terroristen verteidigen. Lévy wischt seine Befürchtungen mit einer Handbewegung beiseite: »Was das betrifft, sind wir uns doch alle einig.«

»Aber wie können wir in diesem Stadium denn sicher sein?«

»Ein Verdacht hat ausgereicht, dass er eingesperrt und eines schrecklichen Verbrechens beschuldigt wurde. Die Intuition und die Freundschaft sollten ausreichen, dass wir uns von seiner Unschuld überzeugen und alles für seine Freilassung unternehmen.« Lévy erhebt sich und zieht einen Brief aus der Jackentasche, den Samir an seine Frau und seine Kinder geschrieben hat. Es ist ein langes, emotionales, erschütterndes Schreiben, in dem er sie um Verzeihung bittet. »Sam braucht uns. Wir können ihn nicht im Stich lassen. Er wurde von seinem Bruder hintergangen. Er ist unschuldig, und das werden wir beweisen.«

17

Ihren Vater will Ruth persönlich informieren. Sie vereinbart einen Termin in seinem Privatbüro, von dem aus man halb Manhattan überblickt, einem Raum von gewaltigen Ausmaßen, an dessen Wänden Diplome, Familienfotos und Bilder von Rahm Berg mit Prominenten aus der ganzen Welt hängen: Präsidenten, Schauspieler, *wichtige Leute*. Bergs Einfluss, Prestige und Macht sind an den Wänden seines Büros ausgestellt wie in einem Schaufenster. Auf seinem Schreibtisch steht direkt in seinem Blickfeld eine große Fotografie von Ruth und ihren Kindern, die auf Bergs Privatyacht auf hoher See aufgenommen wurde. Ruth lächelt mit windzerzausten Haaren fröhlich in die Kamera, die Nase ist von der Sonne gerötet, ihre Leinenbluse bauscht sich in der frischen Brise. Tahar ist zu Ruths großem Bedauern nicht mit auf dem Bild. Sie hat ihren Vater immer wieder aufgefordert, doch bitte ein *richtiges* Foto aufzustellen, ein Foto von der *ganzen* Familie. »Ich bin keine Witwe, und geschieden bin ich auch nicht.« Sie erntete stets einen abweisenden Blick. Gewisse Dinge sind nicht verhandelbar.

Ruth stöckelt auf ihren Pumps langsam in das Büro, die dünnen Metallabsätze bohren sich wie Stahlspitzen in den edlen Parkettboden. Seit sie die Schwelle übertreten hat, ist sie trotz der Beruhigungsmittel, die sie vorher geschluckt hat, unsicher und befangen. Sie bewegt sich wie ein Zombie, ihr Gesicht ist schlaff vor Müdigkeit, Tränen quellen aus ihren Augen, die Situation jagt ihr große Angst ein. Ihr Vater ist eine imponierende Gestalt, und sie weiß selbst nicht recht, was sie am meisten beeindruckt – seine stattliche Erscheinung, sein Charisma, seine verheerende, alles niederwalzende Beredsamkeit oder doch eher die echte oder gespielte Schüchternheit, die er manchmal privat an den Tag legt und die vermuten lässt, dass ihn die Nähe zu anderen Menschen erschreckt und er sich durch sie in die Enge gedrängt fühlt.

Sie sind beide angespannt. Rahm Berg weiß nur, dass etwas Gravierendes vorgefallen sein muss, mehr nicht. Am Morgen hat ihn seine Tochter angerufen und ihm mit Grabesstimme verkündet, sie müsse »sofort« mit ihm sprechen, »nein, nicht am Telefon, es ist ernst, ich komme zu dir«. Ihr Vater ist gerade erst von einem langen Indienaufenthalt in die USA zurückgekehrt und hat noch nichts erfahren. Die Tochter hat die Tür kaum hinter sich geschlossen, da bestürmt er sie schon mit Fragen: Ob sie krank sei? Ob eines der Kinder krank sei? – »Nein, nein ...«

Berg atmet erleichtert auf. Alles andere kann ihn nicht erschüttern, glaubt er, aber als Ruth anfängt zu erzählen und er begreift, was sie ihm mitteilen will, erkennt er im Handumdrehen die Auswirkungen dieses familiären Erdbebens und die Verwüstungen, die der Skandal in ihrem/ seinem Leben hinterlassen wird. Er könnte seinen guten Ruf einbüßen! Allein dieser Gedanke lässt ihn aus der Haut fahren. Er kann seine Wut kaum zügeln. Hochaufgerichtet steht er vor dem Fenster, in dem sich seine Silhouette spiegelt.

»Ich werde für diesen Lump keinen Finger rühren, und glaub du nur nicht, dass ich ihm verzeihen oder dir meine Absolution erteilen werde! Bist du dir im Klaren darüber, dass du einen Kerl geheiratet hast, der islamistischen Gruppierungen nahesteht? Der Vater deiner Kinder wird terroristischer Aktivitäten verdächtigt! In welche grässliche Geschichte hast du uns da hineingezogen, Ruthie?«

Ruth senkt betreten den Kopf. Denn natürlich hofft sie auf seine Unterstützung, nur deshalb ist sie persönlich zu ihm gekommen und hat ihm gesagt, ihr Mann werde »zu Unrecht« festgehalten. Sie hätte es auch der Polizei überlassen können, ihn zu benachrichtigen. Sie hätte sich im Hintergrund halten und eine Erklärung verweigern können, aber nein, sie weiß, was sie ihrem Vater schuldig ist. Ohne ihn kann sie nichts ausrichten, ohne ihn bleibt sie auf der Strecke. Berg ist mächtig. Berg hat Einfluss. Das fasziniert und stößt ab. Das hat Samir angelockt. Berg übt eine spezielle Form von Tyrannei aus, die er aus dem ärmlichen Judenviertel von Brooklyn mitgebracht hat, wo er von einer asthmatischen Mutter und einem nachgiebigen Vater aufgezogen wurde. Er ist von Natur aus eine gespaltene Persönlichkeit: einerseits liebenswürdig, gütig und charmant, andererseits arrogant, herablassend und unbarmherzig. Er schickt Blumen und lässt ein halbes Dutzend Mal die Verabredung platzen. Er zeigt einem Mitarbeiter die kalte Schulter und beruft ihn gleichzeitig ins Spitzengremium eines seiner zahllosen Unternehmen. Ruth weiß inzwischen, wie sie mit diesem reizenden Neurotiker, diesem gefühlvollen Unhold umgehen muss. Sie geht ein Risiko ein, wenn sie ihm alles sagt und nichts auslässt.

»Er hat uns alle über seine Identität belogen und mich hintergangen… Aber er ist ein liebevoller Vater und ein guter Ehemann. Er ist unschuldig!«

Rahm Berg wendet sich seiner Tochter zu und bricht in dröhnendes Gelächter aus. Das tut er immer, wenn er aufgewühlt oder zornig ist.

Langsam und deutlich fährt Ruth fort: »Er hat sich nichts zuschulden kommen lassen! Er wurde benutzt! Sein Anwalt glaubt sogar, dass du das eigentliche Ziel bist!«

»Ich? Mag sein ... Aber es macht nicht ungeschehen, dass du einen Muslim geheiratet hast! Meine Tochter hat einen Araber geheiratet! Mein Vater wird sich im Grabe umdrehen!«

»Er hat nichts Böses getan!«

»Woher willst du das denn wissen? Dein Mann wird der Beteiligung an einem terroristischen Akt beschuldigt. Und plötzlich gibt er zu, dass er Muslim ist und dich von Anfang an belogen hat. Was will er verbergen, hm? Eine bessere Zuflucht als unsere Familie konnte er kaum finden! Wer würde denn schon den Schwiegersohn von Rahm Berg verdächtigen?«

»Willst du behaupten, dass er mich nur geheiratet hat, um sich eine gute Tarnung zu verschaffen?«

»Das wäre denkbar! Diese Kerle sind zu allem imstande, wenn es um ihre kriminellen Ziele geht. Du hast einen undurchsichtigen Drahtzieher geheiratet! Einen Lügner! Das ist die eigentliche Katastrophe ... eine wahre Tragödie! Diese ganze Ehe war ein einziger Fehler! Und der wird dir immer anhängen, glaub mir. Du musst doch einsehen, dass du Tahar nie wiedersehen darfst und dich auf der Stelle von ihm scheiden lassen musst! Welche Gründe hast du für deine Behauptung, er sei unschuldig? Er wird verdächtigt, an einem terroristischen Anschlag beteiligt gewesen zu sein. Weißt du, was das bedeutet? Glaubst du, das FBI hätte ihn bei sich zu Hause verhaftet, wenn es nicht stichhaltige, unwiderlegbare Beweise in den Händen hätte? Und wenn das der Fall ist, wenn er wirklich auf die eine oder andere Weise –

aus Überzeugung oder für Geld oder was auch immer – Terroristen unterstützt hat, wirst du doch wohl nicht ernsthaft überlegen, ihm weiter zur Seite zu stehen? Du bist vollkommen verrückt, Ruth! Diese Kerle scheren sich keinen Deut um Recht und Gerechtigkeit! Sie eignen sich die Mittel an, die ihnen die Demokratien zur Verfügung stellen, und missbrauchen sie für ihre Zwecke. Um uns zu töten!«

»So etwas hat er sicher nicht getan. Das ist unmöglich. Er ist das Opfer gemeiner Machenschaften, nachdem er vorher schon das Opfer von Diskriminierung war ...«

»Du bist diesem Perversen ja vollkommen hörig! Er ist keineswegs ein Opfer. Er hat dich betrogen. Er hat dich angelogen. Er hat sich als Jude ausgegeben. Das reicht, um ihn schuldig zu sprechen. Du verteidigst ein Ungeheuer, das alle Juden umbringen würde, wenn es könnte. Ohne Skrupel!«

»Das stimmt nicht!«

»Es ist die Wahrheit, du stellst dich nur taub. Willst du meine ehrliche Meinung hören? Ich bin von seiner Schuld überzeugt. Du hast dich von einem niederträchtigen Gauner blenden lassen.«

»Du sprichst von meinem Mann ...«

»Ja und? Du glaubst, du kennst ihn? Dann lass dir eines gesagt sein: Du kennst ihn ganz und gar nicht. Du schläfst mit ihm, er ist der Vater deiner Kinder, aber du weißt nichts über ihn.«

»Er wurde in eine Falle gelockt!«

»In eine Falle? Dass ich nicht lache ... Die Einzige, die in der Falle sitzt, bist du, und hineingelockt hat dich ein Kerl, der nur eines verdient – den Rest seiner Tage im Gefängnis abzusitzen! Und ich bin der Letzte, der ihn da herausholt!«

Sie weicht dem Blick ihres Vaters aus, verzieht sich

stumm in eine Ecke des Zimmers, öffnet das Fenster und zündet sich eine Zigarette an.

»Ruth, es ist schrecklich, was du gerade durchmachst. Ich habe deine Entscheidungen immer mitgetragen, auch wenn ich diese Verbindung nicht befürwortet habe, wie du weißt. Da kommt so ein Kerl aus Frankreich und behauptet, Waise zu sein und keine Belege für seine jüdische Abstammung zu haben. Das fand ich schon immer sehr eigenartig. Ich habe ihm meine einzige Tochter nur sehr ungern gegeben, und trotzdem habe ich ihn akzeptiert. Um deinetwillen ... Aber jetzt ... Alles spricht gegen ihn. Findest du nicht auch? Er ist Muslim. Selbst wenn er unschuldig sein sollte und freikommt, bleibt er ein Muslim und wird sich verhalten wie einer! Glaubst du ernsthaft, er wird sich als Jude begreifen und weiterleben, als wäre nichts geschehen? Nein, er wird sich rächen wollen, er wird streitsüchtig und zornig sein, weil er sich gedemütigt fühlt. Ist das der Vater, den du dir für deine Kinder wünschst? Du hast keine Wahl, Ruth, schuldig oder unschuldig, verlass ihn. Wenn du das nicht machst, siehst du mich nie wieder. Mich nicht und den Rest der Familie auch nicht.«

18

Die Ermittler brauchen nur wenige Tage, um herauszufinden, dass Samirs Biographie auf einer verschleierten Identität beruht.

Er ist Araber, er ist ein muslimischer Araber.

Der Anwalt, der die Familien von zwei bei Kabul gefallenen US-Soldaten vertreten hat, ist derselbe, dessen Bruder vor kurzem im afghanischen Bergland von den Amerikanern festgenommen wurde.

Von da an werden die Isolationsmaßnahmen verstärkt und die Besuche eingeschränkt. Die Ermittlungsergebnisse belasten Samir nicht nur, sie sprechen ihn endgültig schuldig. Er hat alle über seine Identität, seine Vergangenheit und seine Herkunft belogen. Was hat er damit bezweckt? »Ein Muslim würde sich nicht als Jude ausgeben, wenn er damit nicht bestimmte Ziele verfolgen würde, die er als übergeordnet betrachtet«, sagt der Polizeichef. Und damit noch nicht genug, sie ermitteln weiter, fallen mit ihren Hunden, ihren Fragen, ihren Anspielungen, Mutmaßungen und Behauptungen in die Kanzlei ein, schnüffeln in Akten und Gedanken. *Wir haben da so eine Vermutung, erzählen Sie uns von Tahar.* Und nun werden seine Gegner und die Kontrahenten seines Schwiegervaters auf einmal gesprächig. Alle kommen sie angelaufen, die vermeintlichen Freunde, die eifersüchtigen Partner, die enttäuschten Mandanten, die verlassenen Frauen, die gekränkten Angestellten, die neidischen Nachbarn, und berichten bereitwillig von diesem und jenem Ereignis. Manchen löst das Geld die Zunge, anderen die reine Lust am Lästern und Verleumden. Klatsch und Tratsch allenthalben, selbst Berman ergreift die Gelegenheit beim Schopf und sagt gegen Samir aus, gibt alles preis, erzählt von Frauen, jungen Mädchen, Minderjährigen, Huren, Callgirls. Im Büro des Staatsanwalts treffen Briefe von Denunzianten ein: Tahar habe ein *Doppelleben* geführt, heißt es darin, das Leben eines *Wüstlings*, und sogar »eine *Geliebte* aus Frankreich kommen lassen und sie wie eine Zweitfrau ausgehalten und eine Wohnung für sie gemietet! Er hat ein *Doppelleben* geführt und gewollt, dass man ihn dafür noch lobt: Bravo, was bist du doch für ein freier Mensch! In Wirklichkeit ist Tahar ein Dunkelmann. Dass er außerdem ein Heuchler ist, wundert keinen!«

In diesem Land ist zweierlei unantastbar: die Wahrheit und die Familie. Wer an einem dieser beiden Tabus rüttelt, ist tot. Vernichtet. Die tiefste Demütigung erlebt Ruth, als sie die Enthüllungen in der Presse liest. *Hast du das gelesen?* Ja, sie hat. Sie ist eine betrogene Ehefrau, die nichts bemerkt hat, nichts bemerken wollte. Alle lauern auf ihre Reaktion. Wird sie zu ihm stehen oder sich von ihm trennen? Wenn sie einen Raum betritt, verstummen plötzlich alle Gespräche. Sie bekommt nicht mehr automatisch den besten Tisch im Restaurant, und beim Friseur lässt man sie warten wie eine ganz gewöhnliche Kundin. Ihre Freunde rufen nicht mehr an und laden sie nicht mehr ein. Sie ist eine Paria geworden. Schwarze Gedanken kreisen durch ihren hübschen Kopf und lassen sich nicht vertreiben. Wie kann sie es anstellen, in der Öffentlichkeit nicht das Gesicht zu verlieren? Für kurze Zeit beschließt sie, seltener vor die Tür zu gehen. Sie bleibt in der Wohnung und hofft, dass sich die Wogen glätten werden. Aber nichts glättet sich. Ihr Vater will nicht mehr mit ihr reden. Ihre Freunde wenden sich von ihr ab. Ihre Nachbarn verlangen, dass sie auszieht. Was weiß sie denn schon von diesem Mann, in den sie sich auf den ersten Blick verliebt hat? Wer ist dieser französische Anwalt ohne Vergangenheit, dieses Phantom, dessen Geheimnis sie nie entschlüsseln und dessen Konturen sie nie klar erkennen konnte, nicht einmal, wenn sie sich liebten? Was weiß sie von ihm, abgesehen von dem Wenigen, das er ihr aus freien Stücken erzählt hat, um sie für sich zu gewinnen und sie zu manipulieren? Was soll sie von einem Mann halten, der zwei Handys besitzt und ihr eines davon verschweigt? Der sich nie rechtfertigt, wenn er zu spät kommt, der manchmal für ein, zwei Tage untertaucht, ohne sich zu melden, und der vehement auf *seiner Freiheit, seiner Individualität, seiner Ablehnung eines normierten, konformistischen, instinkt- und triebfeindlichen Lebens* beharrt? Welche Zukunft hat sie an der Seite eines Mannes, der nicht der Mensch ist, der er zu sein vorgibt? Welche Zukunft hat sie an der Seite eines Exhäftlings? Einen solchen Menschen wird sie nie wirklich kennen, er wird ihr nie ganz gehören. *Einen gefährlichen Mann* hat ihr Vater ihn genannt. *Eine Zeitbombe.* Was hat sie an ihm so fasziniert? Was hatte er, was die anderen nicht hatten? Rudy Hoffman hatte sie abgewiesen, Ben Lewinsky hatte sie abgewiesen. Lenny Cohen, Aaron Epstein und Nathan Mandelstam hatte sie abblitzen lassen, die im selben jüdischen Milieu wie sie aufgewachsen waren, eine exzellente Ausbildung genossen hatten und über dieselben Witze lachten wie sie. Was ist aus ihnen geworden? Sie sind alle verheiratet und haben drei oder vier Kinder. Sie haben ein funktionierendes Privatleben. Und ich nicht, denkt sie, ich nicht.

Eine Woche später reicht sie bei Gericht die Scheidung ein und beantragt das alleinige Sorgerecht für ihre Kinder.

19

Als Samir erfährt, dass seine Frau nicht mehr mit ihm reden will, ist er wie vor den Kopf geschlagen. Und Nina? Er denkt viel an sie. Was wohl aus ihr geworden ist? Sie musste sicher ausziehen, weil er die Miete für die Wohnung nicht mehr bezahlt hat. Von seinem Bruder dringen keine Neuigkeiten zu ihm durch. Er weiß nicht einmal, ob seine Mutter darüber informiert wurde, dass die Amerikaner François verhaftet und nach Guantanamo gebracht haben. Er hat keine Ahnung, wie es mit ihm selbst weitergehen wird, und verbringt fast einen ganzen Vormittag damit, einen langen Brief an seine Kinder zu schreiben, in dem er ihnen die wahre Geschichte seiner Herkunft erzählt. Wenn er ihnen jetzt nicht die Wahrheit sagt, muss er jede Hoffnung auf eine gefühlsmäßige Bindung zu ihnen aufgeben, davon ist er felsenfest überzeugt. Er wird Stein bitten, ihnen den Brief zu geben und auch Ruth ein paar Zeilen zu übermitteln, die er ihr geschrieben hat.

»Ich bin der Sohn von Nawel Yahyaoui und Abdelkader Tahar……………………………………

Ich bin am …. in ….. geboren.

Ich habe in London gelebt, danach bin ich in einem Vorort von …….. aufgewachsen.

Ich habe Jura studiert ……………………….

Ich habe keine Arbeit gefunden. Ich wurde diskriminiert ……………………………

Er hat mich für einen Juden gehalten………….

Ich war vielleicht feige …………………….

Es tut mir leid, dass ihr meine Mutter nicht kennenge-

lernt habt .... eines Tages vielleicht ....
.... es hat schrecklich weh getan ....
.... nur mit euch bin ich vollkommen glücklich gewesen ....
....
....

Ich hatte Angst, alles zu verlieren, wenn ich die Wahrheit sage .... ich war so, wie sie mich haben wollten ....
Lange war ich ein Mensch ohne Identität ....
.... ich möchte euch wiedersehen ....
.... ich liebe euch ....
<u>Verurteilt mich nicht.</u>«

Dann schläft er ein. Neben ihm liegt eine englisch-arabische Ausgabe des Korans. Die Leute, die ihn verhören, haben sie ihm gegeben, obwohl er nicht darum gebeten hat. Er weiß nicht, wie spät es ist und ob er lange geschlafen hat, als der Aufseher ihn weckt und ihm mitteilt, dass eine Besprechung mit einem seiner Anwälte ansteht. Pierre Lévy ist schon da und erwartet ihn. Samir setzt sich und zieht die Schultern nach vorn, als wolle er sich verstecken.

»Ich weiß, was du mir jetzt sagen wirst«, sagt Pierre leise.
»Warum bist du dann gekommen? Ich habe auf dich gehört. Ich habe Ruth alles gebeichtet, und das habe ich jetzt davon: Ich bin allein, ihr Vater hat sie gegen mich aufgehetzt, sie hat die Scheidung eingereicht, sie will, dass ich keinen Kontakt mehr zu meinen Kindern habe … Ich habe alles verloren …«
»Sie hätte es ohnehin herausbekommen.«

»Woher willst du das wissen? Vielleicht hätten sie die Anklage fallengelassen, bevor ...«

»Die Anklage fallengelassen? Du träumst wohl! Weißt du nicht, dass sie dich auf unbestimmte Zeit hier festhalten können und nicht einmal verpflichtet sind, eine Gerichtsverhandlung anzuberaumen?«

Als Samir das hört, greift er sich mit beiden Händen an den Kopf und rüttelt wie irre daran, als hätte er vor, ihn abzureißen und gegen die Glasscheibe zu schleudern.

»Es tut mir leid, davon wollte ich eigentlich nicht anfangen. Ich möchte dir nur begreiflich machen, dass sie eine Untersuchung durchführen und dich nicht aus der Haft entlassen werden, solange sie nicht sämtliche Punkte deiner Biographie zutage gefördert haben. Seit sie wissen, dass du Muslim bist, sind sie von deiner Schuld überzeugt ...«

»Sollen sie doch suchen, ich habe mir nichts vorzuwerfen!«

»Stein und ich werden für dich kämpfen, glaub mir, und wir haben gute Gründe zu der Annahme, dass du freikommen wirst.«

»Was redest du für einen Blödsinn? Ich werde hier alt und grau, oder sie bringen mich nach Guantanamo, wo ich bis zum Ende meiner Tage in einem Käfig hocke. Und weshalb?«

»Beruhige dich! Wie gesagt, die Neuigkeiten sind nicht schlecht, sie haben nichts gegen dich in der Hand, es ist nur eine Frage der Zeit ...«

»Aber ich bin am Ende, Pierre! Ich bin unschuldig, ich habe doch nur meinem Bruder Geld überwiesen! Ruth glaubt mir nicht, sie will mich nicht mehr sehen ... Sie weigert sich, mir zu sagen, wie es den Kindern geht. Geschweige denn, dass sie mir ihre Briefe geben würde!«

»Ich weiß ...«

»Obwohl ich nichts verbrochen habe!«

»So einfach ist das nicht ...«

»Was soll das heißen?«

»Hier, an diesem Ort, bist du in gewisser Weise schuldig. Zum einen, weil du ein muslimischer Araber bist, zum anderen, weil du versucht hast, diese Tatsache zu verschweigen.«

»Ich bin schuldig, weil ich ein Muslim bin?«

»In diesem speziellen Kontext, in diesem Land, angesichts der Traumata, die Amerika in den letzten Jahren erlitten hat, bist du schuldig. Das wird die gegnerische Seite zu beweisen versuchen.«

»Das ist Rassismus.«

»Das ist Politik. Die Rassenfrage ist eine politische Frage. Stell dir vor, zwischen den Beweismitteln, die bei deinem Bruder sichergestellt wurden, fand sich neben dem *Praktischen Leitfaden für Terroristen*, den Reden von Bin Laden und den Handbüchern zur Herstellung von Bomben auch ein Koran. Unglaublich, oder?«

»Die Terroristen verspotten die Werte des Islam. Der Islam, in dem ich erzogen wurde, ist ein anderer ... Was haben wir mit diesen Leuten zu schaffen? Wie konnte mein Bruder ein Fundamentalist werden? Dieser Typ ist absolut einfältig, hat nichts als Mädchen und Konsum im Kopf ... Er ist tatsächlich eine Stunde mit dem Bus nach SoHo zu einem angesagten Laden für Markensportschuhe gefahren, um sich weitere zwei Stunden ein 1500-Dollar-Modell einfach nur anzusehen – das ist wahr, ich schwör's dir! ... New

York fand er ›total geil‹ … Was ist passiert in seinem Leben, dass er freiwillig ein bewaffneter Kämpfer wird, Amerika hasst und bereit ist, für Allah zu sterben?«

»Er muss indoktriniert worden sein …«

»Und womit, bitte, rechtfertigen sie meine Haft? Ich habe nichts mit ihm zu tun …«

»Das eigentliche Problem ist nicht, dass du Geld an François überwiesen hast, denn ich sehe nicht, wie sie beweisen wollen, dass du die geplante Verwendung des Geldes kanntest. Das Problem ist, dass du in Bezug auf deine Identität gelogen hast. Du bist Muslim und hast dich als Jude ausgegeben, und das ist in den Augen der Richter ein erschwerender Tatumstand.«

»Ja, aber nur, weil man mich als Jude wahrgenommen hat! Weil die Gesellschaft mich gezwungen hat, auf meine wahre Identität zu verzichten. Ich habe mich dafür geschämt, dass ich meine Herkunft, meine Vergangenheit und die Geschichte meiner Eltern verleugnet habe, das kannst du mir glauben!«

»Du hast die Tochter von Rahm Berg geheiratet, dem großen Verfechter der jüdischen Gedenkkultur, und zu diesem Zweck gelogen.«

»Also gut, ich bin schuldig. Und was mache ich jetzt?«

»Jetzt machst du, was ich dir sage.«

20

Als Nawel Tahar erfährt, dass ihre beiden Söhne in den USA inhaftiert sind und man ihnen die Beteiligung an einem Akt des internationalen Terrorismus vorwirft, wodurch ihnen eine lebenslange Freiheitsstrafe droht, verliert sie das Bewusstsein. Ihrem Körper entweicht in Sekundenschnelle alle Kraft, und er bricht unter der Last dieser unbarmherzigen Nachricht zusammen.

Ich bekomme keine Luft mehr.

Ihre Nachbarn, stutzig geworden durch die seltsame Stille in der Wohnung nebenan, alarmieren den Rettungsdienst, und kaum ist Nawel reanimiert, sagt sie zu den Sanitätern, dass sie sich am liebsten aus dem Fenster gestürzt hätte, doch ihr habe der Mut dazu gefehlt: *Ich wollte, dass dieser Schmerz aufhört*. Im Rettungswagen, der mit heulenden Sirenen ins nächstgelegene Krankenhaus rast, glaubt sie zu schweben. Ihr Körper ist schwerelos und wird von einer unsichtbaren Macht gehalten.

Ich will sterben.

Sie wacht in einem rosarot gestrichenen Klinikzimmer auf, ihre Arme liegen ausgestreckt neben dem Körper auf dem Bett, und sie ist allein, vollkommen allein, wie man es ist, wenn etwas endgültig zu Ende geht, allein wie im Angesicht des Todes. Ja, so fühlt es sich an: Sie ist eine lebende Tote, körperlich zwar anwesend, aber in ihr ist alles in einem Auflösungsprozess begriffen. Und erst jetzt, in diesem Zustand (ihre Körperspannung lässt nach, ihr Puls verlangsamt sich, ihre Bewegungen werden eigenartig träge) kommt ihr die Idee, zum Telefon zu greifen und François Brunet anzurufen. Sie hat ihn seit Jahren nicht mehr gesprochen, aber sie weiß, was aus ihm geworden ist. Sie liest alle Artikel über ihn, auf die sie in Boulevardzeitschriften, gelegentlich auch in der Tageszeitung stößt. Gern posiert er mit Frau, Kindern und Hund im Garten des Landsitzes, den seine Frau mit in die Ehe gebracht hat und in dem tausend verschiedene Blumen blühen, deren Namen er dem jeweiligen Interviewpartner bereitwillig aufzählt. Mit Vorliebe nennt er die poetisch klingenden: *Hier der Stern von Bethlehem, dort Tausendschönchen, Frauenschuh, Mädesüß, Paradiesvogelblume und da hinten der Ehrenpreis, lateinisch Veronica spicata*, der Vorname seiner Frau. Er spricht diesen Namen mit Zärtlichkeit aus, obwohl er ihn noch nie leiden konnte und seine Frau ebenso wenig. Wenn Nawel die Blumennamen in der Zeitschrift liest, gerät sie ins Träumen. Sie beneidet ihn um seine gutbürgerliche Existenz und seine gutfrisierte Ehefrau, die er auf dem Foto von hinten an den Schultern hält wie ein Künstler, der sein Gemälde präsentiert. Wie gern wäre sie an der Stelle dieser Frau, in seinen Armen, auf dem Foto. Sie schneidet alle Artikel aus, in denen er erwähnt wird, und holt sie ab und zu hervor, um sie zu lesen. Die Antworten, die er den Journalisten gegeben hat, kennt sie auswendig. Jeden Mittwochnachmittag, wenn die parlamentarischen Debatten ausgestrahlt werden, sieht sie ihn im Fernsehen, betrachtet andächtig seine Silhouette im Halbrund, lauscht andächtig seinen Beiträgen und denkt dabei: Mit diesem Mann habe ich geschlafen. Sie kann sich nur noch an eine sehr starke sexuelle Leidenschaft erinnern. Er hat sie zu nichts gezwungen, nein, sie hat sich seinem Regiment bereitwillig unterworfen. Ihr gefielen seine scheinbare Gleichgültigkeit, die unterdrückte Wut und die Distanz, auf der er unbewusst beharrte, als wollte er gleich von Anfang an klarstellen, dass sie nie zu seiner Welt gehören werde und sich zwischen ihnen nie eine echte Beziehung entwickeln könne. Aber wenn sie sich liebten, waren sie einander näher, als sie es je einem anderen Menschen gewesen waren oder sein würden. Daran dachte sie, wenn sie ihn im Fernsehen über die französische Steuerpolitik reden hörte.

Nach der Arztvisite will sie ihn anrufen, aber sie bekommt nur die Sekretärin an den Apparat, die sie fragt, worum es gehe, wer sie sei und so weiter. Die übliche Auswahlprozedur. Sie lässt sich nicht abwimmeln, schlägt sogar fast drohende Töne an, und schließlich ruft er sie unter der Nummer zurück, die sie hinterlassen hat. »Hallo? Was wollen Sie?« Er klingt kühl, ihr Anruf passt ihm nicht in den Kram, er hat zu tun, er muss Unterlagen zusammenstellen und fertigt sie kurz angebunden ab: »Ich habe Ihnen nichts zu sagen.« Sie liege im Krankenhaus, erläutert sie. Er äußert sein Bedauern und fragt aus reiner Höflichkeit nach dem Grund. Und sie antwortet: »François ist im Gefängnis. Es geht mir sehr schlecht.« Als Brunet das Wort »Gefängnis« hört, bricht ihm der kalte Schweiß aus. Er weiß, was er zu verlieren hat, wenn diese Geschichte herauskommt, er weiß, was selbst ein Kollateralschaden für eine politische Karriere bedeuten kann. Und dieser Sohn schadet ihm. Er will nichts weiter hören, aber als er Nawel das zu verstehen gibt, regt sie sich auf und fährt ihn an: »Sie haben mich nicht verstanden ... Es ist eine sehr schlimme Sache ... François ist ein radikaler Islamist geworden und wurde in Afghanistan von den Amerikanern verhaftet. Er sitzt in Guantanamo.« Brunets behütete bürgerliche Welt, in der man leise spricht und sich nie beklagt, stürzt mit Getöse in sich zusammen. »Das ist ... unmöglich!« – »Aber ich sage Ihnen, es ist wahr!« Brunet sperrt sich, er hat sich nie um dieses Kind gekümmert und will jetzt nicht damit anfangen. Nawel gibt nicht auf: »Sind Sie sicher?« Zum ersten Mal, seit sie ihn kennt, geht sie aus der Deckung und wählt den Angriff: »Wenn er durchgedreht ist, liegt das an Ihnen! Weil Sie ihn abgelehnt haben! Weil er ohne Vater aufgewachsen ist! Sie müssen mir helfen!« Brunet sagt nichts, und Nawel fährt fort: »Wollen Sie, dass es Ihre Familie aus meinem Mund erfährt? Die Presse wird darüber schreiben, und Sie werden durch den Skandal das Gesicht verlieren. Wenn Sie mir nicht helfen, erzähle ich alles.«

Ich komme.

Es bleibt ihm nichts anderes übrig. Er muss mit ihr sprechen und sie dazu bewegen, dass sie schweigt und sich diskret im Hintergrund hält. Zwei Stunden später steht er im Krankenhaus an ihrem Bett. Nawel hat sich dazu aufgerafft, sich ein wenig zurechtzumachen – ein Hauch Lippenstift – und ein frisches rosafarbenes Nachthemd anzuziehen. Obwohl der Anlass für ihre Begegnung ein so dramatischer ist, möchte sie ihm gefallen. Als er das Zimmer betritt, fällt ihm unwillkürlich sein Besuch nach der Geburt seines Sohnes ein – er hatte die Tür geöffnet und Nawel gesehen, sie trug die Haare zum Knoten hochgesteckt, dann den Kleinen im Babybettchen, ein exaktes Abbild seiner selbst. Fünfundzwanzig Jahre später scheint sich die Szene zu wiederholen, die Protagonisten sind älter geworden, und das Kind liegt nicht mehr im Bettchen, sondern sitzt im Gefängnis. François Brunet geht auf Nawel zu, sieht ihr schönes, von Leid gezeichnetes Gesicht und den brennenden Blick, den er nie vergessen konnte, und ist auf einmal betroffen. Das Wiedersehen mit der Frau, die er einmal geliebt hat, geht ihm zu Herzen. Mehr als erwartet. Er möchte sich zu ihr auf den Bettrand setzen und sie in den Arm nehmen, an sich drücken und trösten. Aber er sagt nichts, sondern schüttelt ihr nur kraftlos die Hand und erklärt, er werde ihr einen guten Anwalt nennen, den sie beauftragen könne, und dessen Honorar, Reisekosten und Spesen übernehmen. Mehr kann er nicht für sie tun. Sie fängt an zu weinen und fleht ihn um Hilfe an. Daraufhin geht er zum Gegenangriff über: Es sei alles ihre Schuld, sie habe François schlecht erzogen, sie habe ihm keine anständige Ausbildung ermöglicht, sie habe einen Wilden aus ihm gemacht, einen Menschen ohne Moralempfinden. Daraufhin blickt sie ihn lange mit ungewohnter Härte an und fordert ihn mit fester Stimme auf, sofort das Zimmer zu verlassen. Er gehorcht mit gesenktem Kopf.

Nawel steht auf und betrachtet sich im Spiegel über dem Waschbecken. Sie ist immer noch eine schöne Frau, »schöner als die von François«, denkt sie. Sie hätte ein anderes, aufregenderes Leben führen können, wenn sie sich nicht immer ihren Söhnen und den anderen Männern in ihrem Leben untergeordnet hätte. Sie hat ihnen alles gegeben – und was hat sie nun davon? Vom väterlichen Joch war sie direkt unter das Joch ihres Ehemannes geraten und hatte sich dann von François Brunet und ihren Söhnen versklaven lassen. Sie wird nicht in die USA gehen. Sie wird Brunet nie wieder anrufen. Zum ersten Mal im Leben will sie frei sein.

21

Noch mehr Verdächtigungen, Rassenvorurteile, Diskriminierungen. Tahar, eben noch ein über die Grenzen des Staates New York hinaus bekannter Anwalt und ein geachteter, bewunderter und gefürchteter Mann, empfindet sie nicht nur als ungerecht, sondern auch als einen gewaltigen Affront, der rechtfertigt, dass er gelegentlich aus der Haut fährt, wenn seine Anwälte sich im Besuchszimmer die Klinke in die Hand geben. Sie marschieren ein wie Militärstrategen, die über der besten Kriegstaktik brüten, oder wie Therapeuten, die speziell dazu ausgebildet wurden, die psychischen Belastungen der verschärften Einzelhaft in einer winzigen Hochsicherheitszelle aufzufangen. Und Samir hat das Bedürfnis, mit ihnen zu reden, ihnen zuzuhören, seine Isolation bedrückt ihn, sein Hals ist wie zugeschnürt, sein Kopf fühlt sich an wie in eine Schraubzwinge gespannt. Manchmal gebärden sich seine Anwälte auch wie Kriegsherren, denn um einen Krieg handelt es sich, wie sie Samir erklären, um einen offenen Krieg gegen all jene, die die US-amerikanischen Interessen, die westlichen Werte oder die Demokratie antasten wollen, *und dich halten sie für eine Bedrohung, verstehst du?* Eine *reale* Bedrohung. Er, eine Bedrohung? Er, der harmloseste und verträglichste Mann auf Gottes Erdboden, der die uramerikanische Regel *Du sollst mit Fremden nicht über Religion und Politik sprechen* verinnerlicht hat und sich sklavisch daran hält. Gut, das hat ihn nie daran gehindert, offen seine Meinung zu sagen, aber immer nur im vertrauten Kreis von Freunden und Bekannten, die sich über seine provokanten Äußerungen nicht ärgern, sondern sie mit Humor aufnehmen. Schon möglich, das ist vorgekommen, aber jetzt wird er aufgefordert, seine Äußerungen im Licht der späteren Ereignisse zu rechtfertigen. So fragt man ihn zum Beispiel, warum er einmal bei einem Dinner Salman Rushdie kritisiert habe, und zwar mit den Worten, der Schriftsteller verdanke seinen außergewöhnlichen Ruhm weniger den literarischen Qualitäten seiner Bücher als der Fatwa, die Ajatollah Khomeini gegen ihn verhängt habe; er hätte in seinem Haus bleiben sollen, statt zu fliehen und sich vor einer »bewusst in Kauf genommenen Gefahr« in Sicherheit zu bringen. Und hatte er nicht im Gespräch mit einem der engsten Mitarbeiter seines Schwiegervaters die israelische Politik heftig angegriffen und damit einen Familienstreit ausgelöst, der sich nur mit größter Mühe beilegen ließ? Hatte er nicht gelegentlich im Ramadan gefastet? Hatte er nicht vor zwei französischen Kollegen eine »Schmährede gegen die USA« vom Stapel gelassen? War er nicht einem Schießclub beigetreten? Und wenn ja, zu welchem Zweck? Hat er nicht einem Kanzleimitarbeiter anvertraut, er wolle Flugstunden nehmen? Hatte man ihn nicht in unmittelbarer Nähe einer Moschee gesehen? Hatte er nicht wenige Monate vor den Anschlägen des 11. Septembers zu seiner Frau gesagt: »Findest du nicht auch, dass es einen antiarabischen Rassismus gibt?« und ein anderes Mal »Bin Laden ist eine Erfindung der CIA«? War er nicht zusammen mit dem Präsidenten des Amerikanisch-Arabischen Anti-Diskriminierungskomitees in einem Restaurant in Manhattan gesehen worden? Und hatte er nicht bei einer Kundgebung für zwei Muslime, die auf offener Straße ermordet worden waren, einen Button mit der Aufschrift »Der Islam ist nicht unser Feind« getragen?

»Jedes Detail, jedes Wort und jede Handlung werden gegen dich verwendet werden«, erklärt ihm Dan Stein in lehrerhaftem Ton, »also versuch, dich an alles zu erinnern, was du gesagt und getan hast, damit wir uns auf die Argumente der gegnerischen Partei einstellen können.«

»Ich habe in der Steinway Street einen Kebab gegessen, ist das eine verwerfliche Handlung?«

»Du kannst dir nicht vorstellen, was sie dir alles vorwerfen werden. Sie werden deine Vergangenheit durchforsten, dein Haus durchsuchen und alle Leute ausfragen, mit denen du je zu tun hattest, sogar sämtliche Frauen, mit denen du irgendwann mal geflirtet hast. Sie werden alles tun, um dir etwas anzuhängen! Haben sie dich misshandelt?«

»Willst du wissen, ob sie mich gefoltert haben, um mir ein Geständnis zu entlocken? ... Sind psychologischer Druck, Schikanen, Psychoterror, Einschüchterungsversuche, Beleidigungen, Erpressung und Drohung eine Form von Folter? Kann man Ohrfeigen und extrem unangenehme und entwürdigende – ich bestehe auf dem Wort ›entwürdigend‹ – Haftbedingungen als Folter definieren? ... Nein, sie haben mich nicht zu Tode geprügelt oder an den Füßen aufgehängt, wenn du das meinst, sie hätten es sicher gern getan, aber ich habe ihnen ein Dutzend Mal erklärt, dass ich Strafverteidiger bin und meine Rechte kenne und dass ich meine Unschuld mit allen Mitteln beweisen werde. Höchstwahrscheinlich hatten sie keine Lust auf eine Klage beim Internationalen Gerichtshof.«

»Okay, bei der Verhandlung bist du still.«

Früh am Morgen wird Samir in Handschellen und Fußfesseln von einem gepanzerten Fahrzeug abgeholt. Er kommt sich vor wie ein gefährliches Raubtier auf dem Transport von einem Zoo zum nächsten, das unterwegs streng bewacht wird, weil es jemandem an die Kehle gehen könnte. Unter seinen Bewachern sind sehr junge Männer, und als er den ältesten von ihnen bittet, ihm die Handschellen abzunehmen, die ihn ins Fleisch schneiden, erhält er die lapidare Antwort: »Nein. Sie gelten als gefährliches Individuum.« Nach einer einstündigen Fahrt wird ihm der Kopf auf die Brust gedrückt, und er wird aufgefordert auszusteigen. Will er ein Tuch, mit dem er sein Gesicht verhüllen kann? Er lehnt ab: »Nein, ich bin kein Gangster, ich habe mir nichts vorzuwerfen.« Die Fotografen erwarten ihn, Kameras und Teleobjektive im Anschlag, auf der Jagd nach einem Schnappschuss, den sie den Boulevardzeitungen verkaufen können. Journalisten belagern ihn mit Mikrofonen, die sie wie Waffen auf seinen Mund richten: *Raus damit!* Er geht, vom Blitzlichtgewitter geblendet, stumm an ihnen vorüber und kneift automatisch die Augen zu. Penibel befolgt er den Rat seiner Anwälte – nicht mit der Presse reden, sich bedeckt halten. *Selbst wenn dich jemand anschreit, aufdringlich ist oder dich provoziert, darfst du den Mund nicht aufmachen.*

Beklommen betritt er den Gerichtssaal, während sich alle Blicke auf ihn richten, setzt sich auf die Anklagebank, wippt im Takt seines rasenden Herzschlags nervös mit dem Fuß und kann nicht verhindern, dass ihn die Gefühle übermannen. Wie soll man auch ruhig bleiben und nicht vor Angst zittern, wenn sich gerade alles, das einen stets umgeben hat, verflüchtigt? Sein Körper fühlt sich an, als würden sich von Zeit zu Zeit Metallspitzen aus einer Splitterbombe in ihn hineinbohren, alles tut ihm weh, ohne dass er die Quelle seiner Schmerzen genau lokalisieren könnte. Seine Haut ist eine einzige Wunde. Riesige Aphthen bedecken seine Zunge und seine Genitalien, seine Vorderarme sind seit kurzem von Schuppenflechte befallen, die einen durch nichts zu stillenden Juckreiz verursacht. Seine Unterlippe ist von kleinen Bläschen übersät, die Speiseröhre ist durch das ständige saure Aufstoßen entzündet. Nichts davon wurde in der Haft behandelt.

Seine Anwälte – nur noch Stein und einer seiner engsten Mitarbeiter, nachdem Lévy sich zurückgezogen hat, weil er seit Jahren nicht mehr in den USA praktiziert hat – treten in ihren dunklen Anzügen auf ihn zu und begrüßen ihn freundschaftlich, bevor sie sich neben ihn setzen. »Man könnte meinen, dass ich Lepra habe«, sagt Samir leise zu Stein und zeigt ihm seinen Mund und die rötlichen Flecke auf seinen Armen. Sie wechseln ein paar geflüsterte Bemerkungen, dann hebt Stein warnend die Hand, denn der Richter betritt durch eine unauffällige Tür sein Podest wie ein Schauspieler die Bühne. Schweigen senkt sich über den Saal. Der Richter ist ein mageres Männlein um die fünfzig mit grauen, fast bläulichen Haaren. Der gefürchtete Jurist ist bekanntermaßen konservativ und unnachgiebig. Er nimmt auf seinem schweren Lehnstuhl Platz und eröffnet mit schleppender, kaum vernehmbarer Stimme die Verhandlung, in dem er den Fall aufruft und die Anklagepunkte auflistet. Samir hört ihm zu, er hat den Eindruck, dass über einen Fremden verhandelt wird, der sich dem Terrorismus mit Leib und Seele verschrieben hat und dessen einziger Lebenszweck es ist, den amerikanischen Interessen zu schaden und so viele Menschen wie möglich zu töten. Er muss plötzlich an die Worte denken, mit denen der Hauptredner auf einer Tagung für angehende Rechtsanwälte ihn vor einigen Jahren vorgestellt hatte; der Professor, ein berühmter Rechtswissenschaftler, der an amerikanischen Elite-Universitäten lehrte, hatte ein ausgesprochen wohlwollendes Porträt von ihm gezeichnet. Er hatte insbesondere Samirs überragende rhetorische Fähigkeiten, seine Diplomatie und seinen Mut hervorgehoben und als Scherz am Rande angefügt, das sei nun wahrlich keine leichte Übung für einen Franzosen, der sich mit sprachlichen Hindernissen und der Komplexität des amerikanischen Rechtssystems herumplagen müsse. Und vor nicht allzu langer Zeit hatten Hunderte von Junganwälten ihn nach einem fast einstündigen, frei aus dem Stegreif gehaltenen Vortrag als einen »Großen der Zunft« beklatscht. Und nun sitzt er vor diesem Richter wie ein Hochstapler. In diesem Moment erhebt sich die Staatsanwältin, eine blasse Frau in einem blauen Baumwollkostüm. Schlicht, klassisch. Eine Frau, die Samir unter anderen Umständen gereizt hätte.

Sie macht ihn fertig.

Ihm wird zur Last gelegt, terroristische Aktivitäten finanziert zu haben.

Ihm wird zur Last gelegt, Verbindungen zu einem Franzosen zu unterhalten, der dem radikalen Islam anhängt und die Absicht hatte, einen Anschlag auf die amerikanischen Interessen zu verüben.

Sie spricht sehr lange, aber Samir hört nach einer Weile nicht mehr zu. Wozu auch? Weshalb sollte er sich mit den Details seiner eigenen Hinrichtung befassen? Sollen sie seinen Tod doch ohne ihn organisieren. Zum ersten Mal entspannt er sich. Er denkt an seine Kinder. Er denkt an Nina. Wird er sie je wiedersehen? Da sitzt er nun in einem Gerichtssaal auf der Anklagebank – er, auf dessen Plädoyers bereits in juristischen Lehrbüchern verwiesen wird.

Als sie fertig ist, setzt sie sich wieder hin, wobei sie darauf achtet, ihre Oberschenkel nicht zu entblößen. Der Richter räuspert sich. Sein Blick gleitet über den Saal. Samir erschauert, starrt auf seine zitternden Hände, und was er sieht, weckt auf einmal seinen Widerspruchsgeist. Er hat es satt, wie ein Kriegsverbrecher, ein Paria, ein Terrorist behandelt zu werden, und schreit: »Ich bin unschuldig!«

Sofort packt ihn Stein am Arm und zischt ihm zu, er solle sich gefälligst beherrschen. Der Richter nimmt ihn ins Visier und warnt ihn, wenn er nicht still sein könne, werde er ihn wegen Missachtung des Gerichts belangen. Samir schweigt, aber er hält seinem Blick stand. Der Richter erhebt sich und zieht sich in einen Nebenraum zurück. Es dauert eine Ewigkeit, bis er wiederkommt. Samir schließt die Augen, und als er sie wieder öffnet, sieht er die steinerne Miene des Richters, aus der ihm blanke Wut und Verachtung entgegenschlagen.

Ich verfüge eine Fortdauer der Haft von Mr. Samuel Tahar.

22

Ein Foto von Samir in Handschellen erscheint am nächsten Tag in einer französischen Tageszeitung unter der Rubrik »Vermischtes«. Das ganzseitige Bild ist so platziert, dass der Blick davon angezogen wird wie von dem schwarzen Zentrum einer Zielscheibe, und Samirs Verzweiflung springt den Betrachter an, auch wenn das Foto etwas unscharf ist. Man sieht, wie er mit hinter dem Rücken gefesselten Händen und abgewandtem Blick von zwei bulligen Polizisten vorwärtsgezerrt wird. Hinter den seitlichen Absperrgittern drängen sich Menschen, die etwas zu rufen scheinen. Eine Frau mit markanten Gesichtszügen hält ein Plakat mit der Aufschrift *Die Feinde sind unter uns* in die Höhe. Samir wirkt müde, sein Rücken ist gebeugt, man sieht einen gebrochenen Mann, der auf den Eingang zum Gerichtsgebäude zustrebt, als müsste er der Rachsucht der Menge entkommen. Er ist nicht mehr der hochmütige Golden Boy und auch nicht der affektierte und herablassende Charmeur, er ähnelt in nichts dem Studenten, den Samuel kannte, dem redseligen Spötter mit der flinken Zunge und der gebräunten Brust unter dem weitgeöffneten Hemd, dem etwas eindimensionalen Aufschneider, der perfekten Inkarnation einer bestimmten Art von Männlichkeit. Auf dem Bild wirkt er geschwächt, beinah geschrumpft, irgendwie krank. Er hat dunkle Ringe unter den Augen, die offenkundig in einen Abgrund des Grauens geblickt haben. Er ist am Ende. Eine Wende zum Besseren ist nicht mehr möglich.

Wie soll man nach einer solchen Erfahrung wieder die Position einnehmen, die man davor innehatte? Wie soll man wieder ein geachteter, einflussreicher Mann werden, der durch seine bloße Anwesenheit Macht und Bedeutung ausstrahlt? Wie soll man nach so etwas die kleinen Freuden des Familienlebens genießen, sich mit einem Freund zum Sport verabreden, ein Buch oder eine Zeitschrift lesen, ins Kino gehen und all die anderen harmlosen kleinen Dinge tun, mit denen man sich den Alltag versüßt, und dabei nicht eine tiefe Mattigkeit empfinden und von dem Gefühl überwältigt werden, dass man nie wieder glücklich sein wird? Eine Erfahrung wie diese ist ein Bruch, der eine innere Zersplitterung zur Folge hat: Samir wird in Zukunft körperlich anwesend, aber in Wahrheit andernorts sein, in einem mentalen Gefängnis, das er ohne Psychopharmaka nicht mehr wird verlassen können.

Samuel hält sich in der Bar des Hotel Bristol auf, als er liest, was passiert ist. Er sitzt, geschützt vor der anonymen Menge seiner Bewunderer, auf einem der Samtsofas, das für ihn in einer ruhigen Ecke reserviert ist. Hier, an diesem gediegenen, luxuriösen Ort, dessen gedämpfte Beleuchtung die intime Atmosphäre noch verstärkt, empfängt er seine Besucher. Es gefällt ihm, sich Tag für Tag an diesen Ort zu begeben, an dem Nina und er auf seinen Wunsch hin Samir wiedergetroffen haben, und manchmal nimmt er sich für ein, zwei Nächte ein Hotelzimmer. Er kommt immer etwas früher als verabredet, damit er sich etwas zu trinken bestellen kann und das Vergnügen hat, von weitem seinen leeren Tisch zu betrachten und zu wissen, dass dieser für ihn freigehalten wird und mehrere Personen abgewiesen wurden, weil er als privilegierter Gast Vorrang genießt. Endlich einmal sitzt er am längeren Hebel und erteilt die Befehle. Ausgestattet mit einem eleganten Anzug und seiner neuerworbenen Macht kostet er triumphierend die Rolle aus, die Samir in seinen ruhmreichen Zeiten bis zum Exzess gespielt hatte – die Rolle des hochgeschätzten Stammgastes.

Samuel setzt sich, und sofort wieselt ein Kellner herbei und erkundigt sich nach seinen Wünschen. Er trinkt immer etwas Alkoholisches. Nicht mehr so viel wie früher, denn er kann sich mittlerweile beherrschen, aber einem guten Wein kann er nicht widerstehen, und den Probierschluck zelebriert er jedes Mal über Gebühr. An jenem Abend erwartet er eine Schweizer Journalistin, die ihn um ein Interview für eine große Literaturzeitschrift gebeten hat, und da noch Zeit ist, gibt er einer Kellnerin durch ein Handzeichen zu verstehen, dass sie ihm Zeitungen bringen solle. Wie gewohnt, fängt er von hinten an zu blättern – die hebräischen Texte, die sein Vater ihm gab, musste er immer von rechts nach links lesen – und erkennt plötzlich auf der vorletzten Seite Samir. Er traut seinen Augen nicht und fasst sich unwillkürlich mit der Hand an die Stirn, als wäre er gerade aus einem Alptraum erwacht. *Das ist unmöglich, das kann nicht sein.* Aber es ist tatsächlich Samir. Unter dem Bild steht *Der Fall des franko-amerikanischen Anwalts* und noch weiter unten *Tahar steht unter Verdacht, an einem Terroranschlag beteiligt gewesen zu sein.*

Samuel studiert das Foto ausgiebig, besonders Samirs Augen ziehen ihn wie magisch an. Dann überfliegt er den dazugehörigen Artikel. Er will alles wissen, so schnell wie möglich. Er versucht zwischen den Zeilen zu lesen und legt die Zeitung verwirrt zur Seite. Ein Schock. Ein heftiger Schock. Unsichtbare Turbulenzen schütteln ihn, und er muss gleich an Nina denken. Was mag unter diesen tragischen Umständen wohl aus ihr geworden sein? Ist sie als die offizielle Lebensgefährtin bei Samir geblieben? Führt sie ein von ihm unabhängiges Leben? Samuel weiß nicht, ob sie immer noch mit Samir liiert ist, und beim Lesen des Artikels wird ihm bewusst, was er wirklich will: mit Nina reden. Er hat ihre Stimme seit langem nicht mehr gehört, weil er ihren Wunsch nach vollständiger Funkstille respektiert hat, aber jetzt tippt er aufgeregt die Buchstaben ihres Vornamens in sein Mobiltelefon, und auf dem Display erscheint ihre Nummer. Mit klopfendem Herzen lauscht er dem Rufzeichen, dessen fremdartig dumpfer Klang nicht nur auf die Distanz zwischen den Ländern hinzuweisen scheint. Nach wenigen Sekunden teilt ihm eine metallische Ansagestimme mit, dass diese Nummer nicht mehr vergeben ist. Nina hat wahrscheinlich eine neue Nummer, das leuchtet ihm ein. Er bekäme auch nicht gern Anrufe von Leuten, die er noch aus seiner Zeit als Sozialarbeiter kennt und die ihn womöglich um Hilfe, eine kleine Spende oder ein signiertes Exemplar seines Buches bitten. Er legt auf, nimmt die Zeitung wieder zur Hand und liest den Artikel noch einmal. Es muss sich um einen Racheakt oder eine Geldgeschichte handeln, vielleicht ist eine fragwürdige Transaktion aufgeflogen. Er glaubt nicht eine Sekunde lang, dass Samir in einen Terroranschlag verwickelt ist, umso weniger, da er Nina zu sich nach New York geholt hat. Er hätte sich doch damit begnügen können, sie regelmäßig in Paris zu besuchen, wo er viel mehr Bewegungsfreiheit und keine anderen Verpflichtungen gehabt hätte und völlig unbemerkt ein Doppelleben hätte führen können. Ein Mann, der insgeheim eine so gefährliche Mission vorbereitet, mietet doch nicht eine seiner Exgeliebten ganz in der Nähe seiner eigenen Wohnung ein, integriert diese Frau in sein Leben und geht damit das Risiko ein, dass es zu einem Skandal kommt, der ihn den Beruf kostet und ihn zu einer öffentlichen Abbitte zwingt! Samir hat Nina gebeten, mit ihm nach New York zu kommen, weil er sich unangreifbar, unverwundbar und allen überlegen fühlte. Es gab keine obskuren Geschichten, sein Leben lag offen da wie ein friedliches, spiegelglattes Meer, und die einzige Ausschweifung, die er sich leistete, war eine Gespielin für nebenbei.

Aber was hat das mit dem islamischen Terrorismus zu tun? Welchen Zusammenhang gibt es zwischen dem Terror und Samir, dem gemäßigten Muslim, der seine orientalischen Wurzeln lieber vertuscht als hervorhebt und sich damit verhält wie manche Juden, die am liebsten mit ihrer Umgebung verschmelzen würden und sich sogar einen französisch klingenden Namen zulegen, um einer Identität zu entkommen, die sie einengt? Er kann sich Samir beim besten Willen nicht als Glaubenseiferer vorstellen oder gar als Märtyrer, der sich opfert, um eine Welt zu zerstören, deren Werte er doch teilt – bis hin zu den dekadentesten! Er trinkt, er liebt die Frauen, und er liebt Amerika! Wie hat er so tief fallen können? Samuel ist bestürzt und muss sich gleichzeitig eingestehen, dass er eine gewisse Genugtuung verspürt. Er stellt sich Ninas Reaktion vor. Ist sie zu dem Schluss gekommen, dass sie sich für den Falschen entschieden hat? Bedauert sie ihre Wahl? Er hat sich oft gefragt, ob sie weiß, dass sein Buch veröffentlicht worden ist und einen großen Erfolg erzielt hat. Gelegentlich hat er daran gedacht, ein Exemplar an Samirs Kanzlei zu schicken, aber er hat es nicht gewagt, weil er glaubte, er habe zu viel zu verlieren.

Er nimmt die Zeitung wieder zur Hand und liest nach der Meldung diesmal auch das große tendenziöse Porträt, für das zahlreiche Personen aus Samirs Umfeld interviewt worden sind. Merkwürdig, dass der Journalist nicht daran gedacht hat, mich zu befragen, denkt Samuel. Denn alle kommen sie zu Wort – die alten Freunde, die Mitarbeiter, die Nachbarn. Sie informieren und kommentieren, mit vielen saftigen (und nicht selten absurden oder ausgedachten) Details garniert, den Mann, den sie zu kennen meinen: »Ein genialer Opportunist, der für Erfolg über Leichen geht«; »ein Muslim, der schon immer ein Problem mit seiner Identität hatte«; »ein pathologischer Schürzenjäger«; »ein brillanter, berechnender Student, der nach den Vorlesungen immer noch eine Weile mit den Profs diskutierte und sich so ihr Vertrauen und ihre Wertschätzung erschlich – er wusste, wie man sich einschleimt«. Den Schluss des Artikels bildet die Äußerung eines Rechtswissenschaftlers von der Universität Montpellier, der behauptet, Samir gut gekannt zu haben, und seinen Exstudenten mit einem abgewandelten Zitat von Maurice Barrès charakterisiert: »Jung, unendlich sensibel und gedemütigt, war er reif für den Ehrgeiz.«

23

Nina irrt mit Schweißperlen auf der Stirn allein durch die labyrinthischen Gänge des Flughafens Paris-Charles-de-Gaulle, ihren kleinen Reisekoffer in der Hand, ein paar zusammengefaltete Geldscheine in der Tasche, das absolute Minimum. Als sie durch den Zoll geht, wird ihr schlagartig bewusst, dass sie alles verloren hat. Es gibt nichts zu beschönigen. Sie beneidet die lächelnden Reisenden, die wie aufgeregte Kinder, die sich auf das Wiedersehen mit ihren Eltern freuen, auf die von den vielen Handabdrücken trübe gewordene Glasscheibe zueilen, wo sie von ihren Freunden erwartet werden. Ihre Gefühlsausbrüche lassen Nina zur Salzsäule erstarren. *Dreh dich nicht um.* Vergiss New York. Vergiss Samir und das Leben, das du mit ihm geführt hast. Vergiss die Katastrophe. Zum ersten Mal im Leben beschleicht sie das unangenehme Gefühl, dass sie nicht angestarrt wird, weil sie so schön ist, sondern weil sie so allein ist. Sie muss an einen Satz denken, den eine der Frauen aus ihrem Fitness-Studio in New York einmal zu ihr gesagt hat: »Von einem gewissen Alter an pfeifen dir nur noch die Bauarbeiter auf den sehr hohen Gerüsten hinterher.« Die weibliche Pflicht, begehrenswert zu sein, hat die rechtschaffene, etwas scheue Nina in eine artige Puppe verwandelt, dazu abgerichtet, Männern zu gefallen und sich der männlichen Ordnung zu unterwerfen.

Wird sie in Frankreich, wo sie weder Verwandte noch Freunde hat, einen Job finden? Hat sie überhaupt eine Chance, allein ihren Lebensunterhalt zu bestreiten? Und wie soll sie die Lücke in ihrem Lebenslauf und die unvermutete Rückkehr erklären? Ihrer Agentur hat sie den Rücken gekehrt. Die Großunternehmen, für die sie gemodelt hat, waren gezwungen, Ersatz für sie zu suchen. Inzwischen verkörpern vermutlich andere, jüngere Frauen die ideale Frau und Mutter, an der sich angeblich zahllose perfektionistische Hausfrauen orientieren. Vor einem Jahr hatte sie Paris überstürzt verlassen, ohne ihren Arbeitgeber zu informieren, und damit den Vertrag gebrochen, der sie verpflichtete, für die nächste Werbekampagne von Carrefour zur Verfügung zu stehen. Sie hatte ihr privates Bankkonto geplündert und ihren Kreditrahmen von ein paar hundert Euro ausgeschöpft, ohne die Bank zu informieren, so dass wahrscheinlich in der Zwischenzeit ihr Konto gesperrt, vielleicht sogar bei der Banque de France erfasst worden ist. Ihre wenigen Bekannten hat sie lange vernachlässigt und über ihren Aufenthaltsort im Ungewissen gelassen, sie kann sie nicht plötzlich aus heiterem Himmel anrufen. Und dann gibt es da noch die vielen Verabredungen, bei denen sie einfach nicht aufgetaucht ist, die Personen, bei denen sie sich nicht gemeldet hat, die Termine, die sie nicht wahrgenommen hat. Sie ist verschwunden wie ein Dieb in der Nacht, ohne jede Erklärung, weil sie der festen Überzeugung war, sie werde nie wieder nach Frankreich zurückkehren. Und jetzt steckt sie in diesem Land fest, zu dem sie alle Beziehungen abgebrochen hat.

Als die Glastür vor ihr aufgleitet, fühlt sie sich einen Moment lang an den New Yorker Flughafen zurückversetzt, wo Samir sie damals abgeholt hatte. Sie hatte sich in der Flughafentoilette umgezogen, sich frisch geschminkt und parfümiert und war wie eine Königin in vollem Ornat vor ihm erschienen, den geschmeidigen Körper stolz aufgerichtet, von ihrer üppigen, dunklen Haarpracht umflossen. Jetzt ist sie nur noch eine Frau mit stumpfem Blick, die unschlüssig herumsteht und sich fragt, ob sie den Vorortzug oder ein Taxi nehmen soll. Der öffentliche Nahverkehr ist billiger und deshalb vernünftiger, und sie kann in maximal einer Stunde bei Samuel sein und wird auf den ersten Blick erkennen, was sie von ihm zu erwarten hat. Sie versucht, die düsteren Gedanken, die sie belagern, von sich zu schieben, aber sie ist zu dünnhäutig geworden, und die Gedanken sind zu stark und lassen sich nicht verscheuchen. Mühsam bahnt sie sich einen Weg durch die langen Gänge, die von Plakaten gepflastert sind, auf denen für »ein Wochenende in New York zu Schnäppchenpreisen« geworben wird. Eine Gemeinheit! Der Druck auf ihrer Brust nimmt zu, als würden sich ihre Gefühle dort zusammenballen, und als sie in der Bahn auf das zerfledderte Sitzpolster gesunken ist, steigt der Schmerz unaufhaltsam in ihr auf und bricht schließlich aus ihr heraus. Wie ein Fluss, der über die Ufer getreten ist, überschwemmt er alles und reißt alles mit sich fort, bis ihre ganze Welt unter Wasser steht. *Geht es Ihnen gut, Madame?*, fragt ein Musiker mit einem starken osteuropäischen Akzent. Nein, es geht ihr nicht gut, es geht ihr schlecht, wie gehetzt springt sie auf den Bahnsteig und rennt los, ihre Füße scheinen über den Boden zu gleiten wie auf Rollschuhen. Nur raus hier. An die Luft. Schnell.

DIE HÖLLE

Draußen kündigt sich ein Gewitter an, der böige Wind treibt die Wolken wie ein Rudel schwarzer Gedanken zu einer kompakten Masse zusammen. Nina erreicht gerade noch rechtzeitig die Bushaltestelle und steigt genau in dem Moment in den Bus, in dem ein Blitz, gefolgt von einem Donnerschlag, den kohlschwarzen Himmel durchzuckt. Glück gehabt, sie ist in Sicherheit. In Sicherheit? Gleich steht ihr eine schwierige Begegnung bevor. Sie probt in Gedanken die fälligen Reuebekundungen. Samuel wird sie gewiss nicht mit offenen Armen und einem *Alles-vergeben-und-vergessen* empfangen, er wird sie auf die Knie zwingen und versuchen, sie mit ihrem früheren Ich zu konfrontieren, der leichtfertigen Egozentrikerin, *denn so hast du dich mir gegenüber benommen*. Wie ein Raubtier, das seine Beute zerreißt/zermalmt/zerstückelt. Und sie wird klein beigeben. Was hat sie in New York gewollt? Was ist aus ihr geworden? Ein nettes kleines Frauchen, das sich den Wünschen des Mannes fügt und nur durch seine Wahrnehmung existiert. Nina denkt über diese Frau nach und ist zum ersten Mal zornig auf Samir, obwohl er so viel durchmacht, sie ist zornig, weil er ihr nicht geholfen hat, sich in New York ein eigenständiges Leben aufzubauen, und weil er daran gedacht hat, sich von ihr zu trennen, obwohl sie alles für ihn aufgegeben hat. Was für ein Reinfall.

Zehn Minuten später steht sie am Fuß des Hochhauses, in dem Samuel wohnt. Sie hatte ganz vergessen, wie einförmig diese verdreckten, kantigen Betonblocks in einer lichtlosen, tristen Stadtlandschaft klemmen; die Sonnenstrahlen werden anderswo abgefangen, sie spiegeln sich in den riesigen Fensterfronten der kilometerweit entfernt liegenden urbanen Prestigebauten. Ihre Empfindungen beim Betreten des Gebäudes möchte Nina lieber nicht analysieren. *Ich kehre nach einer langen Reise nach Hause zurück*, redet sie sich ein und denkt sich nichts dabei, als sie vor der Tür der Wohnung, in der sie mit Samuel gelebt hat, ihren Schlüssel hervorkramt und ins Schloss steckt. Die Tür geht auf, der Eingangsbereich liegt im Dunkeln. Nina macht ein paar Schritte, drückt auf den Lichtschalter und hört plötzlich einen Schreckensschrei. Am Ende des Flurs zeichnet sich die Silhouette einer Frau ab, dann schiebt sich die Gestalt eines dünnen Mannes ins Bild, der mit finsterer Miene und ausgestrecktem Arm drohend auf sie zukommt. »Wer sind Sie?«, fragt sie erschrocken. Der Mann antwortet barsch ein paar Worte in einer fremden Sprache. In der Wohnung lebt ein chinesisches Paar mit seinen Kindern, die wild durcheinanderschreien und lachen, als führten sie ein Theaterstück auf. Sie haben keine Ahnung, was Nina sagt.

»Das ist meine Wohnung!«, beschwert sie sich. »Sie befinden sich hier in meiner Wohnung! Wo ist Samuel? Wo ist er?« (Und die Chinesen beratschlagen unterdessen: *Wer ist diese Irre? Kennst du sie? Was erzählt sie da? Wirf sie raus!*)

»Wer hat Ihnen erlaubt, hier einzuziehen?«, fährt Nina fort. »Hat Samuel eine Nummer hinterlassen, unter der man ihn erreicht? Ich verstehe nicht, was Sie sagen!« (*Ich habe keine blasse Ahnung, was die Frau will! Ruf die Hausmeisterin! Sie wird uns erklären, was die Irre von uns will, mach schnell, sie sieht gefährlich aus.*)

Fünf Minuten später steht eine ungefähr sechzigjährige Frau asiatischer Herkunft vor der Tür. Die Hausmeisterin ist übellaunig, weil sie bei ihrer Lieblingsserie gestört wurde, und erklärt kurz angebunden auf Französisch und Chinesisch, dass Samuel Baron vor einem Monat ausgezogen sei, nein, sie wisse nicht, wie man ihn erreicht, *er ist ausgezogen, tut mir leid … Ihre Sachen? Keine Ahnung, er hat keine Nachricht hinterlassen, nicht mal verabschiedet hat er sich.* Schluss der Vorstellung, die Wohnungstüren fallen zu, und Nina steht wieder draußen vor dem Gebäude. Es ist fast acht Uhr abends, und es dämmert bereits, sie hat keine Unterkunft und nur ein paar hundert Euro in der Tasche, mit denen sie allenfalls eine Woche übersteht. Der Horror.

24

Was spielt sich im Kopf eines Schriftstellers ab, der meint, ein Thema gefunden/eingegrenzt zu haben? Zuerst freudige Erregung über seinen Geistesblitz und gleich darauf der Fragenkatalog: Wie soll ich das Thema behandeln? In welcher Form? Mit welchem Ziel? Welchen Mitteln? Welches Ergebnis will ich erreichen?

Diese Fragen stellen sich Samuel nach seinem unerwartet erfolgreichen Erstlingsroman mit neuer Dringlichkeit, denn von allen Seiten machen sie ihm Druck: *Woran schrei-*

ben Sie jetzt? An welchem Projekt arbeiten Sie? Sitzen Sie an einem neuen Buch? Wann wird es fertig sein? Können Sie uns ein paar Worte zum Thema Ihres neuen Buches sagen? Er ist davon überzeugt, dass ihm sein Buch entgleitet, wenn er während des Schreibens darüber spricht; plaudert man auch nur einen Bestandteil des Ganzen aus, kommt einem alles abhanden oder es entsteht ein Riss, der sich nicht mehr kitten lässt. Die Kraft des Schreibens speist sich aus den Bedingungen seiner Entstehung: in Grenzbereichen, im Verborgenen. Wenn es durch offizielle Ankündigungen an die Öffentlichkeit gezerrt wird, bemächtigt sich die Gesellschaft seiner und macht es zum Gesprächsthema, das sie bald satthat. Samuel hat noch nicht über ein zweites Buch nachgedacht, er ist zu sehr mit der Werbung für sein erstes beschäftigt, und nun stößt ihn unverhofft eine Zeitungsmeldung auf eine ergiebige und unverbrauchte Thematik, die er ohne Skrupel ganz nach Belieben ausschlachten kann und für die er nicht einmal lange recherchieren muss. Die Möglichkeit, eine Geschichte zu schreiben, in der ein Freund, eine reale Person, als Hauptfigur auftritt, verursacht ihm keinerlei Gewissensnöte. Schreiben ist Verrat. Er ist schon immer der Ansicht gewesen, die Literatur habe keinen Anspruch darauf, als legitim, nützlich und moralisch einwandfrei eingestuft zu werden. Seines Erachtens bekommt es ihr sehr schlecht, wenn sie sich danach verzehrt, unbefleckt, anständig und korrekt zu sein.

Am nächsten Tag nimmt Samuel Kontakt zu Samirs Anwälten auf und teilt ihnen mit, er könne ihnen behilflich sein. Er sei mit Samir eng befreundet gewesen, kenne ihn besser als irgendjemand sonst und sei der beste Leumundszeuge, den sie sich wünschen könnten. Sein unerwartetes Angebot zu einem Zeitpunkt, an dem Samir so dringend Hilfe benötigt, erscheint Stein und Lévy als ein enormer Glücksfall, und sie fragen Samuel denn auch sofort, ob er auf ihre Kosten nach New York kommen könne. Stein hat von dem Mann, der sich als »französischer Schriftsteller und enger Freund von Samir Tahar« vorgestellt hat, noch nichts gehört, aber Lévy kennt ihn und spart nicht mit Lob: »Ich habe sein Buch gelesen und fand es großartig. In Frankreich hat er einen Namen. Er könnte eine Gastkolumne in einer der bekannten Tageszeitungen schreiben, das könnte etwas bewirken.« Aber Samuel stellt eine Bedingung: Er will Samir im Gefängnis besuchen, ihm Fragen stellen und seine Version der Ereignisse hören. Das können sie unmöglich versprechen, bedauern die Anwälte, ihr Mandant werde lückenlos überwacht: »Seitdem die Behörden erfahren haben, dass er Muslim ist, kann man ihn praktisch überhaupt nicht mehr besuchen.« Dennoch erhalten sie überraschend zwei Tage später eine Besuchserlaubnis für Samuel. Bis dahin hat außer Ruth und ihnen beiden noch niemand mit Samir sprechen dürfen – und die Mehrzahl dieser Unterredungen hatte stattgefunden, bevor die Polizei Samirs wahre Identität herausgefunden hatte. Die Richter, erläutern Stein und Lévy, haben offenbar auf die Tatsache reagiert, dass Samuel Schriftsteller ist. Sie wollen wohl vermeiden, dass Artikel über Angriffe auf die individuellen Freiheiten und die Gefangenenrechte erscheinen, die sich in Windeseile in aller Welt verbreiten und das amerikanische Rechtssystem in ein schlechtes Licht rücken. Sie wissen, dass sich Samuel ohne weiteres einer französischen Rot-Kreuz-Delegation anschließen und sich über die humanitäre Hilfe einschleusen lassen könnte. Er wäre nicht der Erste. Aus diesem Grund haben sie ihm einen Besuchsschein ausgestellt.

Samuels Abreise wird noch für denselben Tag organisiert. Welche Rolle spielen dabei Bosheit, Gier und Rache? Eine gewaltige, ohne Zweifel. Eine Zeitungsmeldung wartet darauf, ausgebeutet zu werden. Eine wahre Geschichte ist zum Greifen nah. Samuel hat nicht einmal darüber nachgedacht, was er sagen oder nicht sagen wird, Samirs Schuld oder Unschuld interessieren ihn deutlich weniger als das Material, das er repräsentiert – eine Fülle an Informationen, eine Flut von Fakten. In Samirs Geschichte steckt ein Buch, in dem es von großen Themen nur so wimmelt, und Samuel fühlt sich seinem Sujet mehr als gewachsen. Ist ihm bewusst, wie viel zusätzliches Leid er Samir zufügt, wenn er dessen Vergangenheit publik macht? Nein, die Eskalation der Verletzungen lässt ihn kalt. Ein Schriftsteller ist kein »bonus pater familias«, er muss nicht Sorgfalt und Umsicht walten lassen. Er muss nicht im Voraus darüber nachdenken, welchen Schaden er möglicherweise anrichtet. Und die Moral? Welche Moral? Während einer sehr kurzen Unterredung mit seinem Verleger hat er diesem von Samirs Aufstieg und Fall erzählt. Er erzählte ihm davon, weil er erschüttert war und sich fragte, ob es angebracht sei, ein solches Buch zu publizieren. Vielleicht hatte er auch Mitleid, und am Ende erkundigte er sich, was der Verleger von dieser schrecklichen Geschichte hielte. Der Verleger lächelte und erwiderte trocken: »Wissen Sie, was Francis Scott Fitzgerald einmal gesagt hat? *Ein Schriftsteller lässt nichts ungenutzt.*«

Er lässt in der Tat nichts ungenutzt und sucht alle Presseartikel zusammen, die über die »Affäre Tahar« zu finden sind. Er unterstreicht, macht sich Notizen und denkt über Fragen nach, die er Samir stellen könnte. Dann legt er alle Blätter in eine große graue Sammelmappe.

Im Flugzeug denkt Samuel an Nina und spielt alle möglichen Varianten in Gedanken durch. Wie gern würde er sie in New York treffen und nach Frankreich mitnehmen! Er weiß, dass er sich belügt, wenn er sich einzureden versucht, dass er wegen des Buches in die USA fliegt. Er fliegt ihretwegen, er will sie wiederfinden und zurückerobern.

Am frühen Nachmittag landet er in New York, wo er sich im Carlyle ein Zimmer reserviert hat. Das Gespräch mit Samir ist für den übernächsten Tag angesetzt, er hat also vierundzwanzig Stunden Zeit, um Samirs Anwälte kennenzulernen und sich so viele Informationen wie möglich zu beschaffen. Sie haben versprochen, alle seine Fragen zu beantworten. Eine Berichterstattung in Europa könnte sich ihrer Meinung nach positiv auf die Entwicklung des Falls in den Vereinigten Staaten auswirken, und sie unterschätzten keineswegs den Einfluss, den die Stimme eines prominenten Schriftstellers auf die öffentliche Meinung und die politischen Institutionen in Frankreich hat. Sie wissen, dass Samir unschuldig ist, aber er ist auf das Wohlwollen der Anti-Terror-Richter angewiesen, und dagegen können sie nichts unternehmen.

»Wenn Sie in Frankreich berichten, was hier vor sich geht, werden sich die Dinge vielleicht zu unseren Gunsten entwickeln«, sagt Stein.

»Ein franko-amerikanischer Anwalt wird wegen eines

Verbrechens festgehalten, das er nicht begangen hat«, ergänzt Lévy.

»Ich werde alles tun, was in meiner Macht steht, um ihm zu helfen«, verspricht Samuel.

Samuel macht sich Notizen, doch erst als das Gespräch mit den Anwälten sich dem Ende zuneigt, ringt er sich dazu durch, die entscheidende Frage zu stellen: Ob ihnen etwas über eine andere Frau in Samirs Leben bekannt sei, eine Frau, die vieles über ihn weiß und vielleicht relevante Informationen besitzt? Stein zuckt die Achseln. Lévy erwidert: »Ja, es gab da eine Frau in seinem Leben, aber sie hat nichts gewusst. Sams Partner hat mir gesagt, dass sie sich nach dem Vorfall nach Frankreich abgesetzt hat. Ihre Anwesenheit hätte unsere Verteidigung außerordentlich erschwert.«

»Aber vielleicht könnte sie gewisse Einzelheiten aufklären ...«

»Wir haben das diskutiert und entschieden, dass ihre Aussage Tahar nur zusätzlich schaden würde. Es liegt nicht in unserem Interesse, sie zurückzuholen.«

»Wissen Sie, wie man sie erreichen könnte?«, fragt Samuel mit kaum verhohlener Ungeduld.

»Nein, leider nicht.«

Am Nachmittag soll das Treffen mit Samir stattfinden. Samuel entscheidet sich für einen sehr eleganten grauen Leinenanzug und ein mattweißes, mit Perlmuttknöpfen besetztes tailliertes Hemd aus ultrafeiner Baumwolle. Bei der Wahl der Krawatte zögert er kurz, dann greift er zu einer schwarzen. Vorher hat er sich schon in dem Friseursalon, den ihm die Dame an der Hotelrezeption empfohlen hat, die Haare schneiden lassen. Die Sorgfalt, mit der er sich ankleidet, erinnert an die Kostümierung eines Schauspielers, der sich auf ein Stück vorbereitet, in dem alles auf die Ermordung eines geliebten/beneideten/verachteten Menschen hinausläuft. Seltsam, die alte Rivalität kocht in einem Alter hoch, in dem es natürlicher gewesen wäre, sich ein wenig zu entspannen. Man könnte auf die Idee kommen, dass nur noch der Machtkampf die beiden ehemaligen Freunde verbindet. Eine Konfrontation steht an, bei der einer der beiden Kontrahenten bereits am Boden liegt. Zweifellos der günstigste Augenblick für eine Offensive.

25

Samir hat die gesellschaftlichen Verhältnisse nie für ausgewogen gehalten. Seiner Ansicht nach funktioniert die Welt durch Beziehungen und Netzwerke, durch Tauschgeschäfte und Machtübernahmen, und manchmal kommen noch die sexuelle oder religiöse Orientierung hinzu, die soziale oder ethnische Herkunft, Freundschaft oder Erotik. (Die Sexualität ist in seinen Augen die stärkste Fessel – mit ihr kann man die meisten Zugeständnisse aus einem anderen Menschen herausholen, ja, den anderen buchstäblich *ausnehmen*. Diese Erfahrung hatte Samir häufig gemacht, und einige seiner Verflossenen sind auch tatsächlich bei seinen Anwälten aufgetaucht, um ihre Hilfe anzubieten.) War das ungerecht? Zweifellos, aber gegen Unrecht ist kein Kraut gewachsen, das hat er längst begriffen. Man beklagt es, schön und gut, warum auch nicht. Aber darüber hinaus geschieht nichts. Er war ja auch Anwalt geworden und hatte gelogen, weil er nicht auf der falschen Seite stehen wollte.

Deshalb erwartet er von Samuels überraschender und unerwarteter Intervention gar nichts. Da eilt auf einmal dieser französische Superheld herbei, um ihn und seinen Ruf zu retten, so ein Schwachsinn, er hat ihm doch nur das Leben schwergemacht und ihm das genommen, was für ihn am meisten zählte! Was kann er von Samuel anderes erwarten als eine gezielte persönliche Attacke? Samuel, »der große französische Schriftsteller«, hat den Wunsch geäußert, ihn zu treffen und einen Artikel über ihn zu schreiben, um die Öffentlichkeit auf seinen Fall aufmerksam zu machen – so die offizielle Version. »Aber was«, hat er seinen Anwälten erklärt, »können wir uns von einem Mann erhoffen, dessen Leben ich mutwillig zerstört habe, nur um mein eigenes befriedigender zu gestalten? Er hat ein erfolgreiches Buch veröffentlicht, sagt ihr, schön für ihn, und angeblich hat er die Absicht, zu meinen Gunsten auszusagen … Aber seien wir mal ehrlich – ich habe mich seiner Biographie bedient, um mir ein neues Leben zu erfinden, und er weiß Bescheid! Ich trage seinen Vornamen! Ich habe zwei Mal versucht, ihm die Frau auszuspannen, die er liebt, und es ist mir zwei Mal gelungen! Wieso sollte er unter diesen Umständen den Wunsch haben, mir zu helfen? Das glaube ich nie und nimmer! Ich bin nicht bereit, mich vor seinen Karren spannen zu lassen!«

»Wenn er es nicht macht, um dich freizubekommen, warum dann?«, fragt Stein. »Aus Rache?«

»Nein, das wäre zu kindisch.«

»Will er dich bloßstellen?«

»Vielleicht.«

»Hör mal ... er legt Tausende von Kilometern zurück, nur damit er sich daran weiden kann, dass du am Boden liegst? Dazu muss er nur seinen PC anschalten, das geht schneller. Nein, ich halte ihn für aufrichtig. Ihr wart doch Freunde, oder nicht?«

»Früher einmal, ja, wir waren wie Brüder, aber das ist zwanzig Jahre her.«

Samir hat seine Anwälte gebeten, ihm Samuels Roman zu besorgen. Er möchte ihn lesen, bevor er sich endgültig entscheidet, und, wenn möglich, verstehen, was an diesem Text einen so durchschlagenden Erfolg rechtfertigt, wo Samuel es bisher doch nie geschafft hat, etwas zu publizieren, und es ihm außerdem an jeglichem Charisma mangelt. Pierre bringt ihm sein eigenes Exemplar mit. Samir fängt gleich an zu lesen und legt das Buch nicht mehr aus der Hand, er vergisst zu essen, verzichtet auf seine Hofgänge, streicht das Duschen. Der Roman ist Nina gewidmet, und das ist seiner Einschätzung nach so ungefähr das einzig Ehrliche an diesem Machwerk, das beileibe keine getreue Darstellung der Tatsachen ist, sondern ein Täuschungsmanöver von geradezu verblüffender Niedertracht. Denn an der Geschichte, die Samuel zum Star gemacht hat, ist kein Wort wahr. Mit keiner Silbe erwähnt er den Selbstmordversuch, mit dem er Nina zurückgewinnen wollte. Die Konflikte zwischen ihm und seinen Eltern sucht man vergeblich. Frei erfunden ist auch die Familienidylle, denn zu jener Zeit war er bereits von zu Hause weggelaufen und redete nicht mal mehr mit seinen Eltern. Samuel hat die Geschichte eines Mannes geschrieben, der von allen verlassen wurde – von seiner biologischen Mutter, seinen Adoptiveltern, der Frau, die er liebt, seinem besten Freund, der Gesellschaft ... Ein Opferlamm. Seine Schilderungen müssen selbst den hartgesottensten Leser zu Tränen rühren. Den Unfalltod seiner Eltern hat er kurzerhand zu einem Suizid umgedeutet. Das ist doch der Gipfel! Kein Wort darüber, dass seine leibliche Mutter sich tatsächlich das Leben genommen hat. Nichts über seine eigenen Winkelzüge, seine Erpressungen, seine Drohungen. Samirs Urteil steht fest: Samuel ist nur darauf aus, die Leute mit seinen billigen, scheinheiligen Wortgebilden emotional zu manipulieren, und das ist ihm gelungen. Manipulation als treibende Kraft der Literatur. Der Versuch, mit Hilfe der Sprache ein Trugbild zu erschaffen. Und plötzlich ist ihm klar, weshalb Samuel nach New York gekommen ist.

»Lass wenigstens zu, dass er dich besucht«, bittet Stein, nachdem er sich Samirs Bedenken angehört hat.

»Er wird herkommen, mich beobachten und mich aushorchen, und dann wird er nach Frankreich zurückfliegen und daraus ein Buch machen, mit dem er seinen Erfolg ausbaut. Ich weiß, wozu ein Mensch imstande ist, der die Machtposition behalten will, die er sich durch Arbeit, Tricks und Kompromisse erworben hat. Das Glück mag unecht sein, aber wer einmal davon gekostet hat, will es nicht mehr missen. Erwartest du wirklich, dass ich bei so etwas mitspiele?«

»Du solltest einzig und allein auf deinen Vorteil bedacht sein ... Er hat sich verpflichtet, sich in Frankreich für dich einzusetzen, und das wird er auch tun.«

Samir nickt mechanisch.

»Und außerdem«, fährt Stein fort, »kann es doch ganz amüsant sein, in einem Roman die Hauptrolle zu spielen.

Manchmal wird sogar ein Kultbuch daraus. Du hast doch *Kaltblütig* von Truman Capote gelesen?«

Ja, er hat das Buch gelesen und gemocht. Aber das ist etwas anderes.

»Diesmal geht es um *mein* Leben.«

26

Nina bewohnt ein Zimmer in einem kleinen Pariser Hotel in der Nähe der Place de la Bastille. Was nun? Samuel ist verschwunden, und sie weiß nicht, wie sie ihn erreichen soll, seine Telefonnummer hat sich geändert. Samir ist im Gefängnis, Angehörige hat sie nicht mehr – ihr Vater ist seit drei Jahren tot, ihre Mutter ist aus ihrem Leben verschwunden – und Freundinnen auch nicht. Ihr ist nichts geblieben, die Liebe hat ihr alles genommen, und auf einmal wird ihr bewusst, dass sie unter diesen Umständen nicht lange durchhalten wird. Ohne Arbeit, Wohnung und Geld kann sie nicht überleben. Dass ihr Leben einmal eine so tragische Wendung nehmen würde, hätte sie sich wahrlich nicht träumen lassen. Auf eine Trennung war sie gefasst, nicht aber auf eine solche Verlassenheit.

Mit letzter Kraft sucht sie im Telefonbuch nach einer Spur von Samuel. Dass sie im Internet recherchieren könnte, kommt ihr nicht in den Sinn – wie soll sie auch ahnen, dass er ein berühmter Schriftsteller geworden ist? Zudem fürchtet sie, sie könnte in Versuchung geraten, Samir zu googeln, und ungewollt lesen, dass er am Ende ist. Sie sammelt die Kleinanzeigen aus dem Supermarkt, die

Kunden ans Schwarze Brett gepinnt haben, ruft bei potentiellen Arbeitgebern an und wird ein einziges Mal zu einem Gespräch eingeladen, das dann kurzfristig abgesagt wird. Auch als Tagesmutter bewirbt sie sich, wird aber nicht genommen, weil ihr die Referenzen fehlen. In einem Immobilienbüro erklärt sie tapfer, sie wolle eine kleine Wohnung mieten, aber ohne Garantien ist nichts zu machen: *Wir können bedauerlicherweise nichts für Sie tun, kommen Sie wieder, wenn sie Arbeit, Gehaltsabrechnungen, eine Kaution beibringen können.* Sie ruft bei ihrer Agentur an, weil sie hofft, doch noch als Katalogmodel für ein paar Aufnahmen engagiert zu werden. Über ein Dutzend Mal ruft sie an, ohne den Agenten zu erreichen, immer ist er gerade außer Haus/in einer Besprechung/im Ausland/auf Geschäftsreise. Eines Vormittags lässt er sie endlich durchstellen: »Du hast deinen letzten Vertrag nicht erfüllt! Du bist heimlich abgehauen, hast dir keine Gedanken über die Konsequenzen gemacht und tauchst jetzt auf einmal wieder auf und willst da einsteigen, wo du aufgehört hast? Du träumst wohl, Nina!« Schweigen. Dann setzt er noch eins drauf. »Und abgesehen davon habe ich dir in deiner Altersklasse nichts mehr anzubieten.« Dieser Satz zieht ihr endgültig den Boden unter den Füßen weg. Sie hat nicht mehr genug Geld für ihr Hotelzimmer, und dann geht alles sehr schnell. Ein paar Wochen später sitzt sie auf der Straße.

27

Nur keine Gefühlsduselei, denkt sich Samuel, ich bin hier wegen des Buchprojekts, es ist eine Drecksarbeit, aber ich muss da durch. Warum aber ist er dann so bedrückt, als er das Gefängnis sieht, in dem Samir inhaftiert ist – ein furchterregender, von Stacheldraht umgebener Betonblock im Nirgendwo, in dem angeblich die gefährlichsten Kriminellen der USA einsitzen? Warum steigen ungebeten alte Erinnerungen in ihm auf, als er durch die langen grauen Gänge geht und gegen die Angst ankämpft, die sich wie eine Schlinge um seinen Hals legt? Melancholie, Nostalgie. Verdammt.

Als er das Besuchszimmer betritt, wo Samir ihn erwartet, hat er vergessen, dass er eigentlich alles aufschreiben will, er lässt sein Notizbuch in der Tasche und starrt, die Hand gegen die Glasscheibe gestützt, seinen Freund eine Weile stumm an. Samir bietet einen schrecklichen Anblick mit seiner gelblichen Gesichtsfarbe und den kahlen Stellen auf dem Kopf. Vergeblich ringt Samuel um Worte, ihm ist, als habe eine Gehirnerschütterung sein Sprachzentrum blockiert. Welch tragische Gestalt! Was das Unglück und die Wechselfälle des Lebens aus einem Menschen machen können. Als sich ihre Blicke schließlich begegnen, wird Samuel schlagartig bewusst, dass er über das hier kein Buch schreiben wird. Samir setzt sich hin und reibt sich nervös die Finger. Die Glasscheibe dämpft seine Stimme.

»Was willst du hier? Du bist gekommen, weil du mich in diesem Zustand erleben wolltest, stimmt's?« Das Gesicht zur Grimasse verzogen, beugt er sich hinunter und massiert sich leise seufzend die schmerzenden Knöchel unter den metallenen Fußfesseln.

»Wie fühlst du dich?«, fragt Samuel.

»Hervorragend! In Hochform!«, ruft Samir und steht auf. »Schau mich an, ich bin der glücklichste Mann auf der Welt! Sehe ich nicht blendend aus?«

»Es tut mir leid ...«

»Es tut dir leid? Ja, was denn? Du bist nicht verantwortlich für das, was mit mir passiert! Ich habe mich ganz allein in diese Hölle manövriert. Ein Typ wie du würde es keine vierundzwanzig Stunden in diesem Dschungel aushalten! Warum bist du hergekommen?«

»Ich will zu deinen Gunsten aussagen.«

Samir stöhnt auf.

»Ach ja? Du willst den Richtern erzählen, dass ich ein Ausbund an Tugend bin? Ein hochmoralischer Mensch? Ein anständiger Familienvater? Ein loyaler Freund? Blödsinn, ich bin ein Wüstling, Moral ist für mich nur im beruflichen Kontext von Belang – auf die Berufsehre achte ich sehr, da habe ich mir nichts vorzuwerfen, aber der Rest ... Ich war ein untreuer und abwesender Ehemann, ein verlogener Vater, ein Freund, der dich bedenkenlos verraten hat. Meine Mutter würde sagen: ein schlechter Muslim ... Und das Schlimmste ist, dass ich überhaupt keine Schuldgefühle habe! Null! Jetzt sag mir mal, womit du die Richter milde stimmen willst? Mein privates Strafregister ist lang. Außerdem glaube ich dir nicht, dass es dir leidtut. Ich glaube generell nicht, dass irgendeinem Menschen das Unglück eines anderen leidtut, man empfindet vielleicht ein wenig Mitgefühl angesichts der Leiden seines Gegenübers, das eigene Glück lässt man sich dadurch aber nicht vermiesen.«

»Ich bin hier, weil ich dich verstehen will und weil ich herausfinden will, was ich für dich tun kann.«

»Du bist gekommen, weil du ein gutes Gewissen haben willst! Davon träumen die Menschen doch ein Leben lang. Sie wollen beim Einschlafen denken können: ›Ich bin ein guter Mensch.‹ In dieser Hinsicht scheitert man immer, da kann man machen, was man will.«

»Diesen Anspruch habe ich nicht.«

»Aber sicher hast du ihn, wie alle anderen auch! Du hast eine weite Reise auf dich genommen, um mir zu beweisen, dass du keinen Groll gegen mich hegst. Du spielst den Coolen, obwohl du mich eigentlich für das, was ich dir angetan habe, hassen müsstest, du müsstest mich hassen und mir alles Schlechte wünschen! Gib's zu, ganz tief in deinem Inneren wünschst du es dir auch! Die Situation animiert dich, du siehst mich an und denkst dir insgeheim: ›Viel tiefer kann er nicht mehr sinken.‹ Und vielleicht auch: ›Es gibt doch noch eine Gerechtigkeit auf der Welt.‹ Nina ist wieder in Frankreich, er wird sie nicht mehr wiedersehen, sie ist endlich wieder frei. Das hast du doch gewollt, oder?«

»Ich habe nichts von ihr gehört ...«

»Aber du müsstest alle Hebel in Bewegung setzen, um sie zurückzugewinnen! Such sie! Sie ist ganz allein in Paris, ohne Geld ... Der Gedanke macht mich wahnsinnig! Ich habe sie nicht beschützen können.«

»Ich mache mir überhaupt keine Sorgen um sie. Sie ist stark.«

»Stark? Aber sie ist ganz allein! Finde sie!«

»Warum sollte ich?«

»Weil ich dich inständig darum bitte, weil ich alles verloren habe und du Mitleid mit mir hast. Du hast doch Mitleid, oder?«

»Du hast noch nie jemandem Mitleid eingeflößt.«

Zum ersten Mal lächelt Samir.

»Woher soll ich wissen, wo sie ist?«

»Du wirst sie schon finden. Dir stehen doch jetzt alle Türen offen. Ich weiß auch nicht ... Lass deine Beziehungen spielen. Du hast die Möglichkeiten dazu, man kennt dich ... Ich weiß, wie das ist.«

Samuel wendet verlegen den Blick ab. Minuten verstreichen, ohne dass einer von beiden etwas sagt.

»Deine Anwälte glauben, dass du gute Chancen hast, freigelassen zu werden.«

»Bei den Honoraren, die sie bekommen, haben meine Anwälte die verdammte Pflicht, Optimismus zu versprühen.«

»Sie sagen, dass es keine Beweise für deine Schuld gibt und man dich deshalb auch nicht nach Guantanamo gebracht hat.«

»Glaubst du etwa, dass es hier besser ist? Es ist die Hölle! Und ich bin noch privilegiert, sie haben mich in eine Einzelzelle gesteckt. Ohne die hätte ich zwischen den Banden nie überlebt. Du kannst es dir nicht vorstellen ... Sie schließen sich nach ihrer ethnischen Herkunft zusammen und vertreiben sich die Zeit mit Schlägereien.«

»Du bist bald draußen.«

»Warum halten sie mich überhaupt noch fest? Warum behandeln sie mich wie einen gefährlichen Psychopathen, wenn ich unschuldig bin und nichts gegen mich vorliegt? Das einzig gefährliche Subjekt ist mein Bruder. Er sitzt in Guantanamo, und von mir aus soll er da seine faschistischen Ideen wiederkäuen, bis er verfault. Aber was habe ich damit zu schaffen?«

»Ich werde dir helfen.«

»Aus welchem Grund? Damit ich möglichst schnell wieder mit Nina zusammen bin? Weil du Zuneigung für mich empfindest? Willst du wissen, was ich glaube? Du bist nur gekommen, weil du ein Buch über mich schreiben und aus meinem Unglück Kapital schlagen willst.«

»Ich müsste nicht so weit reisen, wenn ich darüber schreiben wollte ...«

»Hör bloß auf ... Du bist hier, um mich zu beobachten, weiter nichts ...«

»Jetzt drehst du allmählich ganz durch.«

Da steht Samir auf. Im Stehen wirkt er noch abgezehrter. Er kann sich kaum auf den Beinen halten.

»Ja, ich drehe durch! Ich werde noch wahnsinnig in diesem Loch! Manchmal lassen sie mich fünf Tage in der Zelle, ohne dass ich einen Menschen zu Gesicht kriege, und dann rede ich mit mir selbst, das heißt, mit dem Doppelgänger, den ich mir geschaffen habe. Du hast recht, ich drehe durch! Hast du auch nur den leisesten Schimmer, was sie hier mit mir anstellen? Verhöre mitten in der Nacht in brütend heißen Räumen, wo sie mich vor Durst krepieren lassen, damit ich ein Verbrechen gestehe, das ich nicht begangen habe, und Äußerungen zustimme, die ich ablehne. Dann wieder Isolationshaft in einer eiskalten oder feuchten Zelle, in die sie mich nackt werfen. Oder sie sperren mich in eine Art Gitterkäfig, der so klein ist, dass ich die ganze Zeit stehen muss und nicht mal die Knie beugen kann! Hast du schon mal probiert, länger als zwölf Stunden aufrecht zu stehen? Ich drehe durch, ja, aber ich bin trotzdem noch so klar im Kopf, dass ich kapiere, warum du hier bist. Du willst ein Buch über meinen Fall schreiben! Wow, das wird ein Megaseller! Was willst du alles schreiben, sag schon!«

Samirs Gedanken überschlagen sich.

»Hör auf!«, knurrt Samuel.

»Du wirst schreiben, dass ich übergeschnappt bin und wie eine Skulptur von Giacometti aussehe, schließlich willst du dich ja poetisch ausdrücken, o ja, der große Literat hat einen Ruf zu wahren, er muss darauf achten, dass Inhalt, Form und Stil einwandfrei zusammenpassen!«

»Du spinnst, ich werde nichts dergleichen tun, hör auf!«

»Erinnerst du dich an das Ultimatum, das du Nina gestellt hast? *Entweder du bleibst bei mir, oder ich bringe mich um.* Erinnerst du dich an deinen Triumph, als sie bei dir im Krankenhaus saß, nachdem du dir die Adern aufgeschlitzt hattest? Also gut, ich mache es jetzt genauso: Wenn du über mein Leben schreibst und auch nur ein Element aus meinem Leben verzerrt darstellst, wenn du es wagst, die vielen Zugeständnisse, die ich machen musste, um zu überleben, ins Lächerliche zu ziehen, schieße ich mir eine Kugel in den Kopf, kapiert? Wenn du mich in den Dreck ziehst, wenn du daran schuld bist, dass mich meine Kinder nicht mehr sehen wollen, mache ich Schluss! Das überlebe ich nicht! Und du wirst es auch nicht überleben, denn dein Gewissen wird dir keine Ruhe lassen! Dein Gewissen wird dich Tag und Nacht quälen, so wie mich meines gequält hat, als ich mit Nina geschlafen habe, während du deine Eltern unter die Erde gebracht hast, und so wie ich jahrelang nur mit Hilfe von Psychopharmaka die Scham darüber aushalten konnte, dass ich meine Identität und meine Herkunft verleugnet und mich nicht zu meiner Mutter bekannt habe. Ich wollte mich schützen, ja, aber ich hatte auch Minderwertigkeitsgefühle. Ich weiß, dass du über mich schreiben wirst, ich weiß es genau! Das Problem mit den Schriftstellern ist, dass sie alle egozentrisch, narzisstisch und doppelzüngig sind. Sie haben alle nur eins im Kopf: ihr Buch! Sie sind bei allem immer auf ihren eigenen Vorteil bedacht. Aber wie viele Bücher gibt es denn überhaupt noch, bei denen man denkt: Das ist ein Buch, das mich verändert hat, da ist Sprengstoff drin, das ist ein existentiell wichtiges Buch, ohne das ich nicht leben könnte? Sehr wenige! Und rechtfertigt diese aseptische, lahme und glanzlose Literatur wirklich die Entgleisungen und Exzesse ihrer Verfasser? Dein Buch hat mir übrigens nicht besonders gefallen. Es ist weinerlich und sentimental, und ich verabscheue Pathos, das weißt du. Man hat mir meine Grobheit oft genug vorgeworfen, dabei bin ich nur direkt. Du hast inzwischen den Draht zur gesellschaftlichen Realität verloren, Samuel! Dein ganzer Ehrgeiz besteht doch nur noch darin, ein Buch zu schreiben, nicht wahr? Oder das treffende Wort zu finden? Die ideale Form? Sicher verkündest du überall lauthals, es gäbe nichts Schwierigeres im Leben als Bücher schreiben … Blödsinn! Das Schreiben ist auch nur eine Art von vielen, sich einen Platz in der Gesellschaft zu erobern. Mich treibt im Augenblick nur noch ein Ehrgeiz um: Ich will meine Freiheit wieder.«

28

Samir liegt ausgestreckt in seiner Zelle auf der Matratze, sein starrer Körper fühlt sich an, als ob er in einem eisernen Drucktank stecken würde. Er kann die Glieder nicht mehr bewegen, nur der Verstand funktioniert noch. Ist er dazu verdammt, in diesem Zustand seine Tage zu beschließen, wird so sein Paria-Dasein zu Ende gehen? Ihn packt die Furcht. *Ich habe nichts getan*, schreit er, *er hat nichts getan*, bestätigt sein Bruder, *er hatte von nichts eine Ahnung, ich habe ihm nicht gesagt, wozu ich das Geld gebraucht habe, das er mir überwiesen hat, er ist unschuldig, rein wie Schnee*, und dasselbe beteuert Nawel in ihrem Pariser Krankenhaus, *Samir hat nie etwas davon gewusst, er ist ein guter Sohn, er hat mir regelmäßig Geld geschickt und darauf geachtet, dass es mir an nichts fehlt, er ist ein guter Muslim, ein ehrenhafter und anständiger Mensch – ein Vorbild. Lassen Sie ihn frei.*

Kaum ist er wieder in Paris, schreibt Samuel einen langen Artikel, in dem er Samirs Geschick anprangert. Erste Demonstrationen von Unterstützern finden statt. Ein amerikanischer Schriftsteller bietet Samir an, einen Roman über sein Schicksal zu schreiben (er lehnt ab). Samir bekommt Briefe mit Beleidigungen und Hilfsangeboten, Heiratsanträgen und Todesdrohungen und eine Postkarte von einem anonymen Absender, der ihm mitteilt, dass seine Frau leidet und seine Kinder ihn vermissen. Diese Karte liest er jeden Tag mehrmals. In Paris werden Stimmen laut, die ihn als Opfer von Willkürhaft sehen. Doch seine Gedanken kreisen immer um Pierres Warnung: *Sie können dich auf unbestimmte Zeit hier festhalten.*

29

Samuel liegt auf dem Velourssofa im Salon seiner großen, dezent/schick/bürgerlich eingerichteten Mietwohnung am Boulevard Raspail, und vor seinem inneren Auge ziehen wie im Zeitraffer die einprägsamsten Bilder seiner Geschichte mit Nina vorüber. Wann genau hat er sie verloren? Wo ist sie jetzt? Wo soll er sie suchen? Er weiß nichts mehr über sie. Von unserer Liebe ist nichts übrig, denkt er.

Und so greift er fahrig nach einem Buch* und legt es wieder weg, steht auf, nimmt zur Beruhigung ein Bad und geht schließlich ins Bett. Der Wunsch, Nina zu finden, hat sich in ihm festgekrallt, und nach einer schlaflosen Nacht, in der ihn jeder Gedanke in noch größere Anspannung versetzt und jedes Traumbild ihn wieder auf Nina zurückgeworfen hat, beschließt er eines Morgens, einen Privatdetektiv namens Lin Cheng**, den er noch aus seiner Zeit als Erzieher kennt, mit der Suche zu beauftragen. Er verabredet sich mit ihm am Nachmittag in einem der Touristencafés auf den Champs-Élysées. Der hochgewachsene Cheng, ein Mann um die vierzig, ist schon da, als Samuel das Café betritt. Samuel setzt sich neben ihn, ohne sich etwas zu trinken zu bestellen, und erklärt ihm hastig die Hintergründe des Auftrags. Die Worte sprudeln ohne Punkt und Komma hervor, seine monotone Stimme verrät seine Angst, seine Not und seine innere Unruhe. Er erklärt die Umstände, zeigt Cheng ein Foto der bezaubernden Nina von früher, die mit ihrer Sinnlichkeit allen den Kopf verdrehte, und dem gehörig be-

---

* *Leben und Schicksal* von Wassili Grossman. Der Roman, der lange der Öffentlichkeit nicht zugänglich war, wurde nach seiner Publikation schlagartig berühmt.
** Lin Cheng hatte nur ein Lebensziel: »So schnell wie möglich weg von hier.«

eindruckten Detektiv entfährt unwillkürlich die Bemerkung: »Wie schön sie ist!« Dann erkundigt er sich, ob sie Freunde oder Bekannte in Paris habe und ob ihre finanzielle Situation es ihr erlaube, sich in einem Hotel einzuquartieren. Samuel verneint – soviel er weiß, hat sie weder Freunde noch Geld. Nach kurzem Zögern will Cheng wissen, ob Samuel sich vorstellen könne, dass sie obdachlos sei, und Samuel bleibt fast das Herz stehen. Natürlich hat er sich diese Frage gestellt, aber er will sie sich nicht beantworten. Dass Nina auf einem Stück Karton, das sie aus einem Abfalleimer gezogen hat, auf der Erde schläft, ist für ihn undenkbar. Sie wäre den Blicken der Passanten ausgesetzt, vielleicht sogar den Übergriffen von Männern, die aufgrund ihrer mangelhaften Erziehung, mittelmäßigen Bildung oder schlechten Erfahrungen kriminell geworden sind, verwilderte Kerle ohne Seele und Gewissen, die sie mitten in der Nacht vergewaltigen, ohne dass es jemand mitbekommt, weil niemand die Schreie der Außenseiter hören will. Er will sich nicht ausmalen müssen, wie sie mit ausgestreckter Hand auf der Straße sitzt. Lieber redet er sich ein, dass sie schon irgendwie zurechtkommt, denn das Gegenteil ist unmöglich, ausgeschlossen. Er ist zu allem bereit, um sie zu finden, und sagt zu Cheng, der an seinem Kaffee nippt: »Ich gebe Ihnen, was Sie wollen, aber bringen Sie sie mir zurück, ich flehe Sie an.«

»Trotzdem muss ich Ihnen sagen, dass die Chancen gering sind. Sie könnte wieder ins Ausland gegangen sein.«

»Ich bezahle Sie nicht, damit Sie mir sagen, dass Sie sie nicht finden werden.«

»Es wird nicht leicht sein, es wird eine Weile dauern und ...«

»Ich will, dass Sie sie aufspüren, ganz gleich, wie lange es dauert.«

»Ich bitte um etwas Geduld ...«

30

Ein paar Tage später erfährt Samir, dass der Richter die Einstellung des Verfahrens angeordnet hat. Wie durch Watte nimmt er die Stimme von Stein wahr, der immer wieder sagt: »Der Alptraum ist vorbei, der Alptraum ist vorbei.« Doch Samir bleibt reglos sitzen, wie erfroren, und spürt nichts. Nur sein linkes Augenlid zuckt unkontrolliert. Bis zu diesem Augenblick hat er sechsundsechzig Tage im Gefängnis verbracht. Er hat sie gezählt. Jeden Tag hat er mit Kreide einen Strich auf die Zellenwand gemalt, und jeder Strich bedeutet einen Tag Haft.

Ich bin frei.

Stein erklärt ihm, dass seine tatsächliche Haftentlassung sich noch ein paar Tage hinziehen wird, aber er solle sich bereithalten. Samir kann seine Enttäuschung kaum kaschieren, aber er bedankt sich vielmals bei Stein, und als der Anwalt schon fast im Gehen ist, ruft er ihm nach, er werde natürlich das Honorar begleichen, irgendwie werde er es hinbekommen, auch wenn es Jahre dauern sollte, auf jeden Fall werde er für seine Schulden einstehen.

»Du schuldest mir nichts«, erwidert Stein lakonisch.

»Ausgeschlossen, hörst du? Es ist absolut ausgeschlossen,

dass ich dir kein Honorar zahle, das ist eine Frage des Prinzips, ich könnte auch sagen: der Würde.«

»Verstehst du nicht?«, sagt Stein. »Die Honorare aller Kollegen, die sich bemüht haben, deine Unschuld zu beweisen, sind schon bezahlt.«

»Von Ruth, nicht wahr?«, fragt Samir, tief berührt von der Vorstellung, dass seine Frau ihn insgeheim doch nicht fallengelassen hat.

»Nein. Seit ihrem Entschluss, sich von dir zu trennen, hat Ruth aufgehört, uns zu bezahlen, aber das war kein Problem, ich hätte auf jeden Fall weitergemacht ...«

»Aber wer war es dann?«, unterbricht ihn Samir ungeduldig.

»Pierre Lévy.«

In den letzten Stunden vor seiner Entlassung findet Samir keinen Schlaf. Wird er die Rückkehr in das normale Leben gut überstehen? Wie wird die Begegnung mit seinen ehemaligen Mitarbeitern ausfallen? Was ist mit seiner Familie? Was wird aus ihm werden, wenn er wieder draußen ist? Wie soll er sich sein Leben einrichten? Wird er das Recht haben, seine Kinder noch am selben Tag zu besuchen? Soll er nach Frankreich fliegen und mit seiner Mutter sprechen? Ihm ist kein Entlassungsdatum mitgeteilt worden, er weiß nur, dass er diese Woche noch freikommt. Seit dieser Ankündigung befindet er sich in einem Zustand äußerster Erregung, er trainiert doppelt so viel wie vorher und schreibt wie besessen, damit er sich später an diese Zeit erinnert. Das Warten.

31

»Sie wohnt gar nicht so weit weg von Ihnen«, berichtet Cheng ein paar Tage später, während er Samuel ein Blatt Papier mit einer Adresse überreicht, »es war nicht besonders schwer, sie zu finden.« Samuel reißt ihm das Blatt förmlich aus der Hand, bedankt sich und holt einen Umschlag aus der Tasche. »Es ist so, wie Sie befürchtet haben«, fährt Cheng fort. »Machen Sie sich auf etwas gefasst. Sie haben mir beim letzten Treffen ein Foto gezeigt ...« Samuel erstarrt. »Na ja, es könnte sein, dass Sie sie nicht wiedererkennen. Sie lebt in einem Frauenhaus, ungefähr eine Stunde von hier entfernt.«

Als Samuel sich im Internet informieren will, findet er den folgenden Eintrag: *Einrichtung für Frauen in Notsituationen. Vorübergehende geschützte Unterkunft für bis zu sieben Frauen ab 18 Jahren, allein oder mit Kindern, die sich in einer* **körperlichen, sozialen oder materiellen Notlage** *befinden.* Die Fotos auf der Website zeigen ein sehr karg ausgestattetes Gebäude: Stockbetten, ein Holztisch, ein paar Stühle, ein Sofa, ein Fernsehzimmer. In so einer ärmlichen Umgebung kann er sich Nina beim besten Willen nicht vorstellen. Er betrachtet die Fotos, die über den Bildschirm ziehen, und wird traurig – traurig und bitter. Noch am selben Tag ruft er die Leiterin der Einrichtung an und sagt ihr, er wolle »Nina Roche, eine Ihrer Bewohnerinnen«, besuchen. Er stellt sich als Schriftsteller vor, um Eindruck zu schinden, und die Dame ist in der Tat beeindruckt. Doch sie lässt auch die gebotene Vorsicht walten und will zuerst mit Nina sprechen, die »vielleicht keine Lust hat, hier gesehen zu werden – manche unserer Bewohnerinnen wollen ihre Vergangenheit hinter sich lassen und sich ein neues Leben aufbauen«. Daraufhin greift er zu einer Lüge: »Sie hat mir selbst Ihre Telefonnummer gegeben«, und wenige Minuten später (er hat mit der Leiterin gescherzt, sie seiner besten Absichten versichert und sie zum Lachen gebracht, um ihren Widerstand zu brechen) ist sie einverstanden, jedoch unter der Bedingung, dass er im Frauenhaus seinen Roman vorstellt. Sie zählt ihre Argumente mit der Unerbittlichkeit einer Richterin auf: Sie kennt ihn, sie hat sein Buch gelesen, sie bewundert es und kann sogar Passagen daraus zitieren; die Literatur ist ihr Leben, ihre ganze Liebe gehört dem Lesen und Schreiben von Büchern (übrigens hat sie auch einen Roman geschrieben, der noch nicht veröffentlicht ist – »wenn Sie ihn vielleicht bei Gelegenheit lesen und mir Ihre Meinung dazu sagen könnten ...«); sie ermutigt die Frauen, Bücher zu lesen, berät sie täglich bei der Auswahl ihrer Lektüre und hat ein Alphabetisierungsprogramm für die ärmsten unter ihnen geplant, Frauen, die beim Lesen Mühe haben oder Fehler machen, Ausländerinnen, Frauen mit Leseschwäche und diejenigen, die keinen Zugang zu Bildung und Kultur haben, »dass es das in Frankreich noch gibt, im 21. Jahrhundert, es ist unglaublich!« Sie hat sogar eine Bibliothek im Frauenhaus eingerichtet (bei diesen Worten kräuseln sich Samuels Lippen verächtlich, weil er die Bücher im Geist vor sich sieht, man kann sich ja denken, was da steht – Romane für die breite Masse, der pure Kitsch, das, was man so *Frauenromane* nennt), sie hat mehrere Jahre gebraucht, um die etwa dreihundert Bücher aufzutreiben, aus denen ihre Bibliothek besteht: »Es ist nicht viel, aber das Wesentliche ist dabei. Es sind die

Bücher meines Lebens, die mich zum Nachdenken gebracht haben und aus mir die gemacht haben, die ich heute bin.« (Das macht ihn hellhörig und ändert sein Bild von ihr ein wenig.) Sie redet und redet und hört nicht auf, und am Ende akzeptiert Samuel ihre Bedingung. Er wird sein Buch vorstellen, *einverstanden* (den Teufel werde ich tun, denkt er dabei). Im Grunde hat ihn das Gespräch gelangweilt, er will schließlich nichts anderes, als Nina aus der Hölle herausholen, in die die Beziehung zu Samir sie gestürzt hat.

Als er aufgelegt hat, ist er erleichtert: Er hat die Erlaubnis erhalten, Nina zu besuchen. In einem Kaufhaus besorgt er Parfüm und einen Seidenschal, und auf dem Weg zum Frauenhaus kauft er wie ein verliebter Verehrer vor dem ersten Rendezvous einen Strauß riesige pinkfarbene Pfingstrosen – aber mag sie Pfingstrosen überhaupt? Wie soll er das halbverfallene Gebäude ihrer Liebe wieder instand setzen? Ein Verrat nach dem anderen hat die Liebe geschwächt, und nun geht er zu Nina, um sie nach bewährter Taktik zurückzuerobern. Und keine der furchtbaren Erinnerungen an sie untergräbt seine Entschlossenheit. Er will der Erste und Einzige sein, der sie liebt/beschützt. War sie womöglich nur der Einsatz in dem Wettkampf zwischen Samir und ihm? Vielleicht. Heute will er nur eines – sie zu sich zurückholen, sie neu erschaffen, sie in die Frau zurückverwandeln, die sie war, bevor sie ihn verlassen hat – die strahlende, sinnliche Schönheit, die alle Männer begehren und die ihm gehört. Er will sich sein ideales Sexsymbol neu erfinden und Nina einen neuen Platz in ihrer Beziehung zuweisen. Von nun an wird er der Dominante sein, ihn werden die Menschen beachten. Dieser Rollentausch gefällt ihm. Er will Nina in seinen Erfolg einbauen, sie ist das Puzzlestück, das noch fehlt, und zu diesem Zweck muss er sie sehen. Und mit ihr reden.

Er hat einen taillierten schwarzen Anzug aus feinstem Tuch angezogen, dessen Satinfutter ein wenig zu stark glänzt, dazu ein weißes Hemd mit einem schmalen Kragen, aus dem sich eine geschwollene Ader über den Hals schlängelt, und eine schwarze Häkelkrawatte. Er hat seine Garderobe mit Sorgfalt ausgesucht, denn er will Nina gefallen. Er ist nicht mehr der weinerliche, weichliche Pessimist, dem man seinen Neid und seine unterdrückte Wut anmerkt. Früher war seine Arroganz nur eine Fassade, sein Hochmut war die Maske des Versagers, des Missgünstigen. Sein Außenseitertum und sein asoziales, ruppiges Gehabe waren eine Pose. Die Anerkennung hat ihn friedlich gemacht und ihm ein gewisses Selbstvertrauen und mehr Gelassenheit verliehen; er hat seinen Platz im Leben gefunden. Endlich nimmt ihn die Gesellschaft zur Kenntnis.

Es ist früh am Nachmittag, als er vor dem Frauenhaus aus einem schwarzen Taxi mit Ledersitzen steigt. Das rote Backsteinhaus, das in einer Pariser Banlieue in der Nähe einer Eigenheimsiedlung liegt, ist eine Bruchbude. Die Gegend ist trist und reizlos. Hier hat man keine Chance, sein Leben neu zu gestalten, denkt Samuel. Hier geht man irgendwann vor die Hunde. Ein großes dunkelgrünes Eisentor versperrt den Haupteingang, und erst hinter dem Gitter hat Samuel einen freien Blick auf das Grundstück: von der rostrotgestrichenen Fassade blättert der Putz ab, in einem von Dornenranken und Gestrüpp überwucherten Garten steht eine von Termiten befallene graubraune Bank, und dahinter duckt sich ein Schuppen, in dem bunte Liegestühle gestapelt sind, die bei schönem Wetter manchmal herausgeholt werden – das erklärt ihm eine kleine dickliche Rothaarige mittleren Alters, die ihn in Empfang nimmt. Äußerlich unscheinbar, aber welch eine Persönlichkeit! Ihre Präsenz ist überwältigend, und sie strahlt eine enorme Autorität aus. Dass sie mutig ist und keinen Kampf scheut, erkennt man auf den ersten Blick. Sie stellt sich Samuel vor: Sie ist die Leiterin des Frauenhauses, in dem zurzeit auch Nina wohnt.

Die Leiterin geht voran – *Vorsicht, Fußabstreifer vor dem Eingang* – und erklärt ihm, dass die Frauen sich nach dem Mittagessen in den Salon zurückgezogen haben. Lächelnd wiederholt er ihre Formulierung »sie haben sich in den Salon zurückgezogen«, durch die er sich in einen bürgerlichen Roman des 19. Jahrhunderts versetzt fühlt, dabei springt ihn die Ärmlichkeit der Einrichtung förmlich an. *Sie sehen fern, lesen, arbeiten oder unterhalten sich, gehen Sie nur hin. Durch den Flur und dann rechts. Dort finden Sie Nina.* Im Flur mieft es nach Essen, Speiseöl und abgestandener Luft, und er legt sich unwillkürlich die Hand auf Nase und Mund.

An diesem Tag sitzen sechs Frauen in dem grünen Salon, dessen Wände einen neuen Farbanstrich gebrauchen könnten. Als sie Samuel bemerken, reagieren sie leicht irritiert. Ein Mann! Offenbar liegt ihnen die Frage *Was hat der denn hier verloren?* auf der Zunge. Er tritt langsam näher, grüßt linkisch und entdeckt schließlich Nina inmitten dieser Multikulti-Truppe, die die Sensation in aufgeregtem Sprachengewirr kommentiert. Auf einmal ist er befangen und sucht stumm ihren Blick. Was will er darin lesen? Sehnsucht? Alte Gefühle? Eine Spur Zärtlichkeit, mit der er sich fürs Erste zufriedengeben könnte? In diesem Stadium genügt ihm ihre reine Anwesenheit. Ja, sie ist da, sie ist es wirklich, in ihren Jeans und dem weißen XXL-Shirt, und ihr Gesicht wird von einem schwachen Lächeln erhellt, aber sie rührt sich nicht, sie steht nicht auf, um ihn zu begrüßen, obwohl sie ihn offensichtlich erkannt und seine Verwandlung wahrgenommen hat – den modischen Anzug, die blankpolierten Schuhe, den Blumenstrauß, das aufwendig verpackte, teure Parfüm. *Oh, da ist ja der Märchenprinz!*, ruft eine der Frauen*, und alle fangen an zu lachen, *dürfen wir den verlorenen Schuh anprobieren?* Er steht da wie das perfekte Ebenbild Samirs und erinnert an den denkwürdigen Tag, an dem sie ihn im Fernsehen entdeckt haben. Nina dagegen ist auf den ersten Blick kaum wiederzuerkennen. Sie hat raspelkurze Haare (sie muss sie sich selbst geschnitten haben, denkt Samuel, in einem Anfall von Zorn oder ohne einen Spiegel, denn sie sind unterschiedlich lang geraten), und der Haaransatz ist grau. Sie hat zugenommen, und ihr Gesicht ist vollkommen ungeschminkt. So ungepflegt hat er sie noch nie gesehen. Er geht auf sie zu, und als er vor ihr steht, überlegt er kurz, ob er sie küssen soll, verzichtet dann aber darauf, legt nur kurz seine Wange an ihre und überreicht ihr die Blumen und Geschenke, die sie entgegennimmt, ohne sie eines Blickes zu würdigen oder gar auszupacken. Er fragt sie, ob er sie unter vier Augen sprechen könne, ja, natürlich, also wieder zurück durch den Flur mit den unappetitlichen Gerüchen. Er führt sie in den Garten, sie setzt sich auf eine Bank, und dort, inmitten von Brombeergestrüpp und Disteln, zieht er die ganz große Show ab: Liebeserklärung – Geschenke –

---

* Lila Rodier, 38, Exprostituierte. Sie schrieb ein Tagebuch, in dem sie sich ein »aufregendes Leben mit einem feinen Pinkel« erfand.

Versprechungen. Seine Hände und Taschen sind voll, er spielt sein neues Selbstbewusstsein aus, jetzt ist er der Tausendsassa. Sie hört ihm ohne eine sichtbare Gemütsbewegung zu und strahlt sogar eine gewisse Härte aus, etwas Scharfes, Schneidendes.

»Warum bist du gekommen?«

»In erster Linie deswegen«, sagt er und gibt ihr ein Exemplar seines Buches. Sie nimmt es in die Hand, schlägt es auf und liest die gedruckte Widmung: *Für Nina, die Einzige, die mich trösten kann.*

»Hast du gewusst, dass ich ein Buch geschrieben habe?«, fragt er. »Hast du es gelesen? Hast du die Rezensionen gelesen? Ja, es ist unglaublich, nicht? Ja, ich bin glücklich, ich reise viel, ich habe keine freie Minute mehr, ich versuche, gelassen zu bleiben und einen kühlen Kopf zu bewahren.« Und später entfährt ihm sogar der Satz: »Ich bin trotz meines Erfolgs ein einfacher Mensch geblieben.« Lächelnd schlägt sie das Buch zu. »Aber ich bin auch gekommen, um dir das hier zu geben«, ergänzt er, auf die Geschenkpäckchen deutend.

»Ich packe sie später aus«, erwidert Nina ungerührt und fragt dann wie beiläufig: »Hast du Neuigkeiten von Samir?«

Er hatte nicht erwartet, dass sie ihn erwähnen würde, und erwidert kurz angebunden: »Reicht dir noch nicht, was er dir angetan hat?« Dann nimmt er sich zusammen und fährt in freundlicherem Ton fort: »Entschuldige bitte … Du weißt, was mit ihm passiert ist, oder?«

»Ja, einer seiner Partner hat es mir erzählt.«

»Hast du nicht versucht, ihn zu sehen?«

»Nein.«

»Ich glaube, er hat gute Chancen freizukommen.«

Sie fängt nicht an zu weinen, sondern wendet nur den Blick ab, und goldene Pünktchen blitzen in ihren Pupillen auf – die Sonne?

Themenwechsel. Ja, sie hat gewusst, dass er ein Buch veröffentlicht hat, ganz zufällig hat sie davon gehört, als sie ins Frauenhaus kam. Sie hat das Buch gelesen, es hat ihr gefallen, sie mochte die Verknüpfung von Realität und Phantasie und den schrägen Humor, der die dramatischen Ereignisse entschärft. Es hat sie nicht gestört, dass die literarische Inszenierung ihr eigenes Leben wiedergibt, ganz im Gegenteil, es hat ihr sogar Spaß gemacht, sich als Romanheldin in einem Buch wiederzufinden.

Samuel hört ihr eine Weile zu und hält es dann auf einmal nicht mehr aus, er muss ihr ins Wort fallen. Er rückt ihr so nah, dass er die feinen Fältchen auf ihrer Stirn erkennt, und entdeckt, dass ihr linkes Augenlid ein wenig hängt. »Ich bin hergekommen, um dich hier rauszuholen. Ich werde mich um dich kümmern. Es wird dir an nichts fehlen.« Man hört ihm an, wie stolz er ist. Ich werde sie retten, denkt er. Ich errette sie aus ihrem Elend, aus der Obdachlosigkeit und der Abstumpfung, das ist gut/schön/richtig, eine Heldentat. Ich rette ihr das Leben, weil sie mir vor zwanzig Jahren das Leben gerettet hat. *Komm, wir gehen. Pack deine Sachen zusammen.* Er ergreift ihre Hand mit ungewohnter Zartheit. Aber sie entzieht sie ihm abrupt. *Nein.* Hat er sich verhört? Das kann doch nicht sein? *Nein, ich komme nicht mit.* Sie will noch drei Monate in diesem Frauenhaus bleiben. Und dann? *Das entscheide ich, wenn es so weit ist.* Aber das ist doch albern, hier kann sie nicht bleiben, hier ist es so trist, so deprimierend, so hässlich. *Nein.* Sie liebt diesen Ort. Sie fühlt sich wohl unter den Frauen, die vom Leben und von den Männern schlecht behandelt wurden, diesen Frauen mit ihren schweren oder knochigen Körpern, mit ihren schwieligen Händen und Zahnlücken, den Frauen, die immer noch kämpfen und Widerstand leisten, die alles verloren und alles gewonnen haben, diesen leicht manipulierbaren und oft manipulierten Frauen, die viel zu lange gehorcht haben, die zu Sexobjekten und asexuellen Wesen gemacht wurden, die wie Tiere die Hand ihres Herrn und Meisters fürchteten, die zu Sklavinnen degradiert, missbraucht, kleingehalten, zum Schweigen gebracht worden waren, die ihren Körper nicht kannten und nicht *nein* zu sagen wagten, weil sie Angst hatten, nicht mehr geliebt zu werden und ihre Daseinsberechtigung zu verlieren, unsichtbar zu werden für die Gesellschaft, das von Männern beherrschte System. Ja, sie fühlt sich wohl hier, denn zwischen diesen Frauen hat sie ihren Platz gefunden. Sie liebt die spontane Verbundenheit, die entsteht, wenn sie ihre brüchigen Lebensläufe schildern, sie liebt die herzliche Atmosphäre bei den gemeinsamen Mahlzeiten in dem großen Speisesaal, den sie selbst geschmückt haben. Sie liebt ihren Körper, der von der Last des Gefallenmüssens befreit ist. Das ist eine neue Erfahrung für sie, denn früher hat sie Bestätigung nur bei Männern gesucht und sich unter männlichen Schutz gestellt – aber was hat sie davon gehabt? Männer haben sie schrecklichen Erlebnissen ausgesetzt. Sie hat sich mit der Frau angefreundet, die sie von nun an sein wird: *arm, aber frei*.

Samuel sagt nichts, er leidet schweigend an seiner narzisstischen Wunde, die sehr tief ist und blutet. Dann steht er auf – *Wenn es das ist, was du willst* – und geht. Er blickt sich nicht noch einmal um. Am liebsten würde er jedes Bild

von Nina aus seinem Gedächtnis streichen. Im Flur trifft er auf die Leiterin des Frauenhauses, *nein, jetzt nicht,* sie will ihm die Bibliothek zeigen, besteht darauf, so war es vereinbart, sie nötigt ihn geradezu, *also gut, warum nicht,* und er folgt ihr. Ihm ist übel, vor seinen Augen dreht sich alles, so dass er sich an einem Stuhl festhalten muss. Sein Blick klebt an der rothaarigen Frau, die ausführlich referiert, als hielte sie vor hundert Zuhörern einen Vortrag, dabei sind sie allein, *ich bin jetzt wieder allein,* niemand außer ihm hört zu, warum redet sie nur so laut? Sie deutet auf Regale voller Bücher und erklärt, dass sie die Literatur schon immer für ein Instrument zur Frauenemanzipation gehalten hat. »Wenn man Tolstoi, Duras oder Stendhal liest, erfährt man mehr über die Beziehung zwischen Männern und Frauen als durch das eigene Leben. Und am Ende schreibt man dann die eigene Geschichte nieder.« Samuel liest schweigend die Titel auf den Buchrücken – die meisten Werke stammen von Frauen: Simone de Beauvoir, Marguerite Yourcenar*, Marguerite Duras, Joyce Carol Oates, Sylvia Plath, Virginia Woolf, Cynthia Ozick, Anna Achmatowa, Marina Zwetajewa ... »Und wo sind die Männer?«, fragt er scherzhaft.
Überall.

---

* Nina war ein Satz aus Marguerite Yourcenars Roman *Alexis oder der vergebliche Kampf* nahegegangen: »Es bereitet irgendwie Genuss zu wissen, dass man arm und allein ist und dass niemand an uns denkt. Es vereinfacht das Leben.«

32

Am nächsten Tag erfährt Samuel, den Ninas Verlust immer noch grenzenlos demoralisiert, dass ihm für seinen Roman *Die Tröstung* ein großer Literaturpreis zuerkannt wurde. In den Wochen zuvor ist sein Name ab und zu gefallen, es machten Gerüchte die Runde, er habe gute Chancen auf den Preis, und sein Verleger hat ihn täglich angerufen, um die Lage zu sondieren und etwas über seine psychische Verfassung in Erfahrung zu bringen, »denn nicht jeder ist diesen hohen Weihen gewachsen, manche sind zu labil und erholen sich nie mehr davon, aber Sie sind stark, Sie sind ehrgeizig, Sie haben mit dem Bücherschreiben gewartet, bis Sie vierzig wurden, und werden die nötige innere Distanz aufbringen, Sie werden es verkraften«. Da wäre ich mir nicht so sicher, denkt Samuel. Er fühlt sich ganz und gar nicht stark, sein Privatleben zeugt ja wohl von seiner Unfähigkeit, sozialem Druck und Konkurrenz standzuhalten, und in Wahrheit ist er nie ehrgeizig gewesen. Unablässig geht ihm ein Satz durch den Kopf, den Witold Gombrowicz 1967 in sein Tagebuch geschrieben hat: »Ich hatte seit langem, von Anfang an gewusst – gewissermaßen vorgewarnt –, dass die Kunst keinen persönlichen Nutzen bringen kann und darf ... dass sie ein tragisch Ding ist.«

Er gerät in Panik bei dem Gedanken, von noch mehr Fotografen, Journalisten, Buchhändlern, Bewunderern, Verehrerinnen und Verlegern umlagert zu werden und ins Zentrum einer Welt katapultiert zu werden, von der er sich so lange ausgeschlossen gefühlt hat. »Sie werden mit Ehren überhäuft werden«, sagt sein Verleger, »und wir werden sie gemeinsam zu nutzen wissen.« Was macht man mit Ehren?

Helfen sie einem, geliebt zu werden? Verleihen sie Unsterblichkeit? Wird man unbesiegbar? Ein Superheld? Sind sie eine Versicherung gegen Misserfolge in der Liebe? Gegen Melancholie und Selbsthass? Alter und Krankheit? Schläft man besser, wenn man berühmt ist? Wird man ein besserer Schriftsteller? Ein besserer Liebhaber? Erhöhen sie die Chancen, bei wichtigen Leuten vorgelassen zu werden? Schneller einen Arzttermin zu bekommen? Verhelfen einem Ehren zu einem besseren Tisch im Restaurant? Und wenn einen irgendwann der Schwindel überfällt? Vom Gipfel geht es immer nur abwärts, immer weiter nach unten, bis man in den Tod stürzt. Samuel fühlt sich wohler am Rand der Manege, bei denen, die sich aus dem Getümmel zurückgezogen haben, oder auch ganz unten, bei den Gestrandeten. Von da aus kann er sich den Zirkus besser ansehen – man muss nur ein wenig den Kopf heben, und schon sieht man Menschen fallen. Nicht dass er sich in Zeiten des Misserfolgs sympathischer gewesen wäre, aber ihm scheint doch, als hätte er sich bisher noch einen Rest Kritikfähigkeit und eine gewisse Distanz zu Menschen und Ereignissen bewahrt, die ihm der ganz große Erfolg nehmen würde. Wer Ehren und Preise ablehnt, braucht im Grunde nicht weniger Arroganz und Eitelkeit. Durch die verächtliche Zurückweisung will er demonstrieren, dass er über den Dingen steht und unbestechlich ist. Der zwanghafte Wunsch, moralisch zu handeln, und der Drang nach Unbeflecktheit sind nur andere Masken des Strebens nach Ruhm.

Samuel wäre gern ein Querkopf, der sich mit großer Geste verweigert: Julien Gracq, der den Prix Goncourt ablehnte (»Ich beharre auf meiner Einstellung, dass es keinerlei Sinn mehr hat, sich an einem wie auch immer gearteten

Wettbewerb zu beteiligen, und dass ein Schriftsteller nichts zu gewinnen hat, wenn er sich von dieser Lawine mitreißen lässt«); Jean-Paul Sartre, der den Nobelpreis nicht annahm (»Kein Künstler, kein Schriftsteller, kein Mensch verdient es, zu seinen Lebzeiten geweiht zu werden«); der Mathematiker Grigori Perelman, der ein Preisgeld von einer Million Dollar ausschlug (»Geld oder Ruhm interessieren mich nicht«); Samuel Beckett, der nicht nach Stockholm fuhr, um den Literaturnobelpreis entgegenzunehmen, weil er ihn für eine »Katastrophe« hielt – ein Begriff, den auch Tennessee Williams für literarischen Ruhm verwendete.

(Und seine größte Angst: Was der Erfolg aus *ihm* machen würde.)

Ihm fallen die Sätze ein, die sein Verleger noch vor der Unterzeichnung des Vertrags zu ihm gesagt hatte: »Sie haben Talent, aber Sie bewegen sich abseits der Literaturszene, Sie sind gewissermaßen naturbelassen, sehr schön, das hat seinen Charme, und mir gefällt es, aber wenn das Buch erst einmal erschienen ist, müssen Sie sich etwas Mühe geben.« Sich Mühe geben? Das Schreiben verlangt ihm schon so viel ab …
Er hat von diesem Augenblick des Ruhms geträumt. Aber er hat zu viel Angst vor dem, was da auf ihn zukommen könnte. Unselige Tage, an denen die Wörter, die bisher überreich geflossen sind, sich auf einmal verweigern.

Ich lehne ab.

Früher hatte er geglaubt, dass soziale Anerkennung, Erfolg und das Erreichen von Zielen, auf die die konsum- und wettbewerbsorientierte Gesellschaft die Menschen festlegt, ihn wunschlos glücklich machen würden. Er hatte, als sein berufliches Leben eine so günstige Wendung nahm, sogar gehofft, von seiner plötzlichen Berühmtheit und ihren Begleiterscheinungen profitieren zu können, aber ein dunkler, ungreifbarer Teil von ihm hatte Widerstand geleistet, war am Rand geblieben und wuchs in ihm wie eine wilde, ätzende Pflanze. An diesem verwilderten, von Dornengestrüpp überwucherten Ort, an dem jede Bewegung Wunden reißen, allergische Reaktionen auslösen oder tödliche Infektionen hervorrufen kann, wo man bei jedem Schritt über Hindernisse stolpert, wo man bei jedem Versuch, sich einen neuen Weg zu bahnen, kopfüber in den Morast fällt – ein Mal, zwei Mal, tausend Mal –, an diesem Ort, und nur dort, kommt der Mechanismus des Schreibens in Gang, der einen jeden Moment zerbersten und in die Luft fliegen lassen kann, denn der Zünder lässt sich nicht entschärfen. Jenseits des Zauns liegt ein gut markiertes, klar umgrenztes Gebiet, in dem es sich angenehm leben lässt – aber man macht sich die Hände nicht schmutzig. Und Schreiben bedeutet, schmutzige Hände zu haben.

33

Am Tag seiner Freilassung wird Samir durch eine Geheimtür hinausgeführt, damit er der Horde der lauernden Journalisten und Fotografen entgeht. Er ist allein, weder seine Familie noch Freunde sind gekommen, um ihn abzuholen, und er ist erleichtert, denn dadurch bleibt es ihm erspart,

Reue, Schuldbewusstsein oder Vergebung mimen zu müssen. Wozu wäre dieses ganze Theater gut? Was sollte es bringen? Absolution? Wiedereingliederung in die Gemeinschaft? Muss er sich bei seiner Familie und seinen Freunden bedanken, wenn er sie sieht? Scheiße! Er schuldet der Gesellschaft nichts, findet er, o nein, die Gesellschaft ist *ihm* eine Menge schuldig. Gut, er hat einen Fehler begangen – eine moralische Verfehlung –, als er seine Mutter aus seinem Leben ausschloss und seine Kinder eines Teils ihrer Geschichte und Identität beraubte. Das bedauert er aufrichtig, das kann er sich nicht verzeihen, aber mehr wirft er sich nicht vor. Der Rest – die Lügen, die Zugeständnisse, der eine oder andere Pakt mit sich selbst – war eine zwangsläufige Reaktion auf die Verhältnisse. Es war ihm ergangen wie einem Tier im Schlachthof, er saß in der Todesfalle fest, zermahlen von der Maschine der Diskriminierung, verroht durch die Gesellschaft. Chancengleichheit?, alles Augenwischerei, man hat doch keine andere Wahl, als sich zerhacken zu lassen, das Blut der Herkunft muss fließen, selbst die Eingeweide müssen raus, sie sind dreckig, das Zeug spritzt und macht Flecke, hartnäckiger Groll und Hass quellen hervor, eine Seuche. Dann muss man wieder aufstehen, sich hocharbeiten, wenn auch geschwächt, vielleicht sogar verkrüppelt, und weitermachen, endlich von den Fesseln befreit. Überleben ist alles. Marschieren oder krepieren, hatte sein Vater gesagt, das Krepieren ist schon erledigt, jetzt also marschieren, über den Asphalt, immer geradeaus, nicht nachdenken, sich nicht wieder ablenken oder kaufen lassen. Unter dem Gewicht seiner Schritte breitet sich das dynamische, vibrierende New York vor ihm aus, er läuft und orientiert sich dabei an seinem inneren Kompass, an der Geometrie der Gefühle. Sein Körper entspannt sich, kann sich endlich abreagieren, verliert seine Blockaden und die Bürde der Schuldgefühle/Lügen/Scham/Kindheit, die tonnenschwer auf ihm gelastet hat. Für ein paar Meter beschleunigt er das Tempo, dann geht er wieder langsamer, als würde er eine Maschine testen: Sie funktioniert, das Räderwerk ist noch nicht vollständig eingerostet. *Ich bin lebendig, ich bin frei.* Seine Füße scheinen über den Boden zu gleiten, bis er plötzlich wie gebannt stehen bleibt und sein Blick an den Wolkenkratzern in die Höhe fährt, die von Lichtbündeln angestrahlt vor ihm aufragen – er hatte ganz vergessen, welche maßlose, hochmütige Ästhetik sich hier brüstet, wie aufdringlich diese verlotterte Stadtlandschaft ihre Schönheit zur Schau stellt, wenn sie von den ersten Sonnenstrahlen illuminiert wird. In seiner Zelle ist sein Blick an den grauen Wänden abgeprallt und hat sich in der Schwärze verloren.

Schließlich treibt es ihn in den Morast der Unterwelt, das heruntergekommene Niemandsland, die Untiefen der Stadt, die Gegenden, die seiner angeschlagenen Dualität, seiner tiefverwurzelten Ambivalenz, seiner Neigung zu Geheimnis und Schatten entgegenkommen, er taucht ein in die unterirdischen Arterien, begibt sich zu den Straßenmusikern – Saxophonisten, Klarinettisten –, illegalen Einwanderern, Pennern, den sexbesessenen Ehebrechern und brünstigen Minderjährigen, die gar nicht da sein dürften, drückt sich an Mauern entlang, aus denen Disteln sprießen, nimmt versunken den weiten Horizont, die Schönheit einer glatten, von Regentropfen gesprenkelten Meeresoberfläche in sich auf, legt sich hin, bis der Himmel eine dunkle Farbe annimmt – eine Halbkugel aus Ruß –, stört sich nicht an der Feuchtigkeit in der Luft und den kleinen, sich kräuselnden Wellen, die heranrollen und wie der Rauch der rot aufglühenden Zigarette verwirbeln, an der er hektisch zieht. Er sitzt rauchend auf einem Steinpfosten. Frei. Frei und glücklich. Der Ehrgeiz ist tot, endlich. Der Ehrgeiz und der Erfolgszwang – dieses Damoklesschwert, das von Geburt an über dem Menschen hängt, diese Klinge, die die Gesellschaft jedem an die Kehle drückt, bis er keine Luft mehr bekommt, und die sie erst wieder wegnimmt, wenn sie uns vom Platz gestellt und disqualifiziert hat. Wenn sie uns ächtet. Dann kommt das große Aufräumen, dann wird ausgeholzt! Es ist etwas Befreiendes an dieser Verbannung, von der man nie weiß, ob sie nur vorübergehend oder auf Lebenszeit gilt, diesem Augenblick, in dem man in die Bruderschaft der Erledigten/Verkrachten/Abservierten aufgenommen wird, die durch ihr Alter oder ihren Misserfolg nicht mehr dazugehören, die Ungewollten, die Ungelernten, die Kleinen und die Schlichten, die Unbekannten und die Farblosen, die Arbeitslosen und die, deren Namen keiner kennt, deren Anrufe man ignoriert, zu denen man »nein« und »später« sagt, diejenigen, für die man nie Zeit hat und zu denen man nie liebenswürdig ist, die Luschen, die Grobschlächtigen, die Schwachen, die Wegwerf-Frauen, die peinlichen Freunde. Wie gut, wenn endlich die Angst vergeht, eine Enttäuschung zu sein, wenn der Druck der Gefallsucht und der vielen Regeln nachlässt, die man sich selbst auferlegt, weil man nach Individualismus/Ehre/Anerkennung/Macht/Opportunismus/Massenverträglichkeit strebt – all die verheerenden Folgen der gescheiterten elterlichen Träume/des Determinismus/der wahnhaften Utopien und nicht zuletzt die brutale Vorschrift, die in der Gesellschaft ebenso gnadenlos herrscht wie in den intimsten Beziehungen: Bringt LEISTUNG! Seid STARK!

Samir ist ihr unterworfen wie alle anderen, aber nicht mehr so unbedingt, da niemand mehr etwas von ihm erwartet, da er selbst nichts anderes mehr erhofft, als sich seiner wiedergefundenen Identität zu erfreuen. Die Klinge ist abgerutscht. Der Nächste, bitte!

Anmerkung

In Teil II des vorliegenden Romans zitiert François aus dem Lied *Sale pute* von Orelsan.